Simon R. Green est né à Bradford-on-Avon en 1955. Sa carrière d'auteur a débuté en 1988, alors qu'il travaillait depuis deux jours à la librairie « Bilbo » à Bath : ça ne s'invente pas ! En France, on le connaît pour ses séries *Traquemort* et *Darkwood*. Auteur très prolifique, lorsqu'il n'écrit pas de romans, il travaille pour une sitcom britannique et joue du Shakespeare, car il aurait voulu être un artiste.

Du même auteur, aux éditions Bragelonne :

Darkwood :
1. *La Nuit de la Lune Bleue*
2. *Les Épées de Haven*
3. *Les Gardes de Haven*
4. *Par-delà la Lune Bleue*

Nightside :
1. *Vieux Démons*
2. *L'envers vaut l'endroit*
3. *La Complainte du rossignol*

Du même auteur, aux éditions L'Atalante :

Traquemort :
1. *Le Proscrit*
2. *La Rébellion*
3. *La Guerre*
4. *L'Honneur*
5. *La Destinée*
6. *L'Héritage*
7. *Le Retour*
8. *La Coda*

www.milady.fr

Simon R. Green

La Nuit de la Lune Bleue

Darkwood – 1

Traduit de l'anglais (Grande-Bretagne) par Cédric Perdereau

Bragelonne

Milady est un label des éditions Bragelonne

Cet ouvrage a été originellement publié en France par Bragelonne.

Titre original : *Blue Moon Rising*

Illustration de couverture :
Miguel Coimbra

ISBN : 978-2-8112-0210-1

Bragelonne – Milady
35, rue de la Bienfaisance – 75008 Paris

E-mail : info@milady.fr
Site Internet : http://www.milady.fr

À ma mère et à mon père,
qui ont toujours été présents lorsque j'ai eu besoin d'eux.

En ce temps-là vivaient des héros et des êtres malfaisants. Les ténèbres arpentaient le monde. Un chevalier en armure étincelante y trouvait encore des dragons à occire, des princesses à secourir et de grands exploits à accomplir.

Il existe beaucoup d'histoires de cette époque, des récits de bravoure indéfectible et de vaillance infinie.

Mais parlons d'autre chose…

Chapitre premier

La Course à l'Arc-en-ciel

Juché sur sa licorne, le prince Rupert supportait stoïquement la pluie battante qui l'accompagnait sur le chemin de Touffebois. D'une main, il cherchait sans trop y croire la puce qu'il sentait sous son plastron. Malgré la pluie glacée, il suait à grosses gouttes. Avec un moral aussi bas que le sien, il devait laisser un sillon derrière lui.

— Pars nous tuer un dragon, mon fils, avait dit le roi John.

Tous les courtisans avaient poussé force vivats. Ils pouvaient se le permettre, *eux*. Ils n'étaient pas obligés de partir affronter un dragon, *eux*. Ni de traverser Touffebois en armure complète pendant la saison des pluies. Rupert finit par abandonner sa traque de la puce et tenta de rajuster son casque. Rien à faire. L'eau lui coulait encore dans le cou.

Le sentier étroit serpentait entre des murs d'arbres aussi glauques que son humeur. D'épaisses lianes humides enserraient les troncs et tombaient en rideaux de certaines branches. Aucun animal ou oiseau ne paraissait vivre dans les parages : on n'entendait rien que le pas de la licorne et la pluie qui gouttait des frondaisons. La boue épaisse et les feuilles mortes rendaient la piste centenaire plus traîtresse qu'à son habitude, et la licorne se fatiguait en glissades et dérapages rattrapés de justesse.

Tout cela ne disait rien qui vaille à Rupert. Depuis son plus jeune âge, il vibrait au récit des hauts faits de ses ancêtres, racontés d'un ton solennel lors des longues soirées d'hiver. Il se rappelait, enfant, être resté bouche bée devant le feu de la Grande Salle, à écouter avec un ravissement horrifié ces histoires d'ogres et de harpies, d'épées magiques et d'anneaux de puissance. Rupert avait juré très jeune de rejoindre un jour cette longue lignée de héros, comme son grand-oncle Sebastian, qui avait échangé trois ans de sa vie contre trois vœux pour libérer la princesse Elaine de la Tour sans porte. Ou comme grand-père Eduard, parti affronter la Sorcière de Nuit, dont la légendaire beauté était préservée par le sacrifice sanglant de jeunes vierges.

Et maintenant qu'il avait sa chance, il la gâchait. Selon Rupert, c'était la faute des ménestrels. Tout à leur impatience de chanter l'histoire du héros qui terrasse dix ennemis d'un seul coup d'épée grâce à son cœur si pur, ils en oubliaient les détails importants : comment empêcher la pluie de vous couler dans l'armure, comment éviter les fruits inconnus qui donnent la courante, ou encore la meilleure façon de creuser des latrines. En fin de compte, les chansons ne mentionnaient pas grand-chose de la vie d'un héros. Plus ça allait, plus Rupert était de méchante humeur. C'est ce moment que choisit la licorne pour trébucher.

— Du calme ! cria le prince.

La licorne eut un reniflement de mépris.

— Facile à dire pour toi. Tu restes tranquillement assis pendant que je me tape tout le travail. Ton armure pèse des tonnes. J'ai un de ces maux de dos…

— Je suis en selle depuis trois semaines, rappela Rupert sans compassion. Moi, ce n'est pas mon dos, qui me tracasse.

La licorne ricana et s'arrêta net, manquant désarçonner le prince. Rupert se rattrapa à la longue corne torsadée.

— Pourquoi on s'arrête ? La piste est trop boueuse, peut-être ? Tu as peur de te salir les sabots ?

— Si tu continues à faire l'intéressant, tu vas te retrouver à pied, le prévint la licorne. Au cas où tu n'aurais pas remarqué, il y a une grande toile d'araignée en travers du chemin.

— Et tu veux que je m'en occupe, j'imagine ?

— Ce serait gentil, oui. (La licorne piétina sur place, et le prince eut brièvement le mal de mer.) Tu sais que je n'aime pas les araignées…

Avec un juron résigné, Rupert sauta de sa monture. Chaque mouvement était salué par les protestations sonores de son armure. Il s'enfonça de trois bons pouces dans la boue et mit du temps à trouver son équilibre. La visière ouverte, il étudia les épais filaments ourlés de perles de pluie. Rupert fronça les sourcils. *Quelle sorte d'araignée est capable de tisser une toile de près de trois mètres de haut ?* Il avança d'un pas prudent pour pousser l'un des fils de la pointe de l'épée. La lame y resta collée, et Rupert dut tirer à deux mains pour la dégager.

— Ça commence bien, commenta la licorne.

Rupert l'ignora. Plus il le regardait, moins il trouvait que l'obstacle ressemblait à une toile d'araignée. Les fils formaient des nœuds et pendaient depuis les branches hautes jusque dans la boue. Quand Rupert remarqua que, malgré l'absence de vent, la toile tremblait, il sentit ses cheveux se hérisser sur sa nuque.

— Rupert…, souffla la licorne.

— Laisse-moi deviner. On nous regarde ?

— Gagné.

Rupert fronça les sourcils. On les suivait depuis leur entrée dans Touffebois, à l'aube. Leur compagnon de route restait caché dans l'ombre et paraissait craindre la lumière. Rupert cala ses pieds sur le sol traître. S'il fallait se battre, la boue lui poserait des problèmes. Il enleva son casque et le posa sur le bas-côté. La visière réduisait trop son champ de vision. Il regarda autour de lui, puis se figea d'horreur en apercevant entre les arbres une silhouette fine et contrefaite. Aussi grande qu'un homme, elle bougeait comme un animal. Dans un rai de lumière, ses crocs et ses griffes lancèrent un éclat froid. Puis elle disparut dans l'ombre.

Au-delà de Touffebois, il n'y avait que les ténèbres. De mémoire d'homme, la Forêt avait toujours eu une zone de nuit perpétuelle. Et ce qui y vivait s'accommodait très bien de cette obscurité. Les cartographes l'avaient baptisée le Noirbois, toujours avec la même annotation : « Ici, des démons. » Depuis des siècles innombrables, Touffebois s'interposait entre la Forêt et le Noirbois. Un chaos de marais et de fourrés peuplé de prédateurs silencieux tapis pour surprendre les imprudents sur les pistes encombrées de ronces et de lianes. Et pourtant, depuis quelques mois, d'étranges créatures s'aventuraient dans la Forêt, des formes insanes qui reculaient devant la lumière du jour. Parfois, quand le soir tombait, un villageois entendait des grattements sur sa porte et ses volets barrés. Au matin, il retrouvait de larges sillons dans le bois et des animaux mutilés dans sa grange.

Touffebois n'était plus une barrière.

« Ici, des démons. »

Rupert ravala sa peur. Comme toujours lorsqu'il était nerveux, il resserra sa prise sur son épée. Le poids de l'acier le réconforta, et il fit aller et venir la lame devant lui. Il regarda les nuages noirs qui cachaient le soleil. Un seul rayon aurait suffi à renvoyer la créature dans sa tanière. Mais comme toujours, la chance abandonnait Rupert.

Ce n'est qu'un démon, se dit-il avec humeur. *Je suis en armure complète, et je sais me servir d'une épée. Il n'a aucune chance.*

— Licorne, dit-il doucement en scrutant l'ombre où il avait aperçu le démon, tu ferais mieux de trouver un arbre derrière lequel te cacher, histoire de rester loin du combat. Je ne voudrais pas qu'il t'arrive malheur.

— Et moi donc, répondit une voix étouffée.

La licorne s'était déjà réfugiée derrière un tronc épais, à bonne distance.

— Merci beaucoup, soupira Rupert. Et si j'avais besoin de ton aide ?

— Ce serait très gênant, répondit la licorne, parce que je ne bougerai pas d'ici. Je reconnais les démons à l'odeur. Tu sais, ils mangent les licornes…

— Ils mangent n'importe quoi.

— Ce qui inclut les licornes.

Une fois de plus, le prince fit le vœu de retrouver celui qui lui avait vendu cette licorne, puis de faire subir à toutes ses extrémités un sort très déplaisant.

Un bruissement sur sa gauche lui laissa à peine le temps de se retourner avant que le démon le percute. Déséquilibré par sa lourde armure, il tomba en avant dans la boue. Le souffle coupé par l'impact, il lâcha son épée. Il eut la vision fugitive d'une silhouette sombre et difforme, au-dessus de lui, puis une masse pesante lui atterrit sur le dos. Une main griffue lui écrasa la tête dans la boue. Rupert battit des bras et voulut se redresser, mais ses bottes de fer glissaient dans la boue fluide. Le liquide lui entrait dans la bouche et privait ses poumons de l'inspiration qu'ils réclamaient à grands cris.

Malgré ses ruades paniquées, il ne parvenait pas à se dégager. La tête lui tournait, et un grand rugissement lui emplissait les oreilles. Quand il se retrouva avec un bras coincé sous lui, il eut l'inspiration soudaine de s'en servir comme levier pour se retourner. Pris à son propre piège, le démon fut bientôt immobilisé sous le poids de l'armure.

Savourant l'air retrouvé, Rupert resta allongé un long moment. Malgré ses appels à l'aide, la licorne ne répondait pas. Tout du long, le démon martelait son armure de coups. Le prince grogna de souffrance quand une griffe lui ouvrit la pommette, et il tenta désespérément de saisir son épée. Le démon profita de ce mouvement pour se dégager. Roulant rapidement de côté, Rupert ramassa son arme et se remit debout malgré la boue collante. Sous le poids de son armure, chaque mouvement était un effort. La joue et le cou couverts de sang, il faisait face au démon accroupi.

Par bien des façons, ç'aurait pu être un homme difforme. Mais un seul regard plongé dans ses yeux noirs et sans pupille donnait une idée du mal à l'état pur. Les démons tuaient pour vivre, et vivaient pour tuer. C'était un chancre, une noirceur sur le monde. Rupert leva son épée et se força à voir ce démon comme un adversaire ordinaire. Fort et rapide, redoutable bien sûr, mais lui aussi savait l'être, s'il ne paniquait pas. Il fallait qu'il trouve un terrain plus ferme. La boue traîtresse pouvait lui coûter cher. Il fit un premier pas en avant, et le démon serra les poings, son large sourire s'ouvrant sur des rangées de dents pointues et crantées. Le démon recula, intimidé par l'acier. En apercevant le terrain derrière son adversaire, Rupert eut un sourire et se dit qu'il avait une chance.

Il saisit son épée à deux mains, prit une grande inspiration, puis chargea la créature, conscient qu'une chute trop précoce lui serait fatale. Le démon recula précipitamment, toujours hors de portée de l'épée. Au prix d'un grand effort, Rupert parvint à ne pas glisser. Un nouveau bond en arrière propulsa le démon droit dans la toile qui barrait le chemin. Rupert s'arrêta en quelques pas pour porter le coup de grâce, puis se figea. Les épais filaments de la toile s'enroulaient d'eux-mêmes autour du démon. La créature déchirait tout ce qui lui passait à portée de mains, mais elle se mit bientôt à hurler de souffrance. Des gouttes d'acide s'étaient formées sur les fils, faisant fumer le sol sous ses pieds. Fasciné, Rupert regarda le démon disparaître dans un cocon qui le recouvrait des pieds à la tête et battait comme un cœur. Ses derniers spasmes moururent rapidement quand la toile se mit à digérer son repas. Rupert abaissa son arme et s'y appuya pour soulager son dos meurtri. Il recracha le sang qu'il avait dans la bouche. Et voilà comment on devenait un héros. Il eut un sourire amer et tenta d'imaginer à quoi il ressemblait, avec sa magnifique armure couverte de boue et crevassée par les griffes du démon. Il porta la main à sa joue et sourcilla en voyant son gantelet rougi. Il n'avait jamais aimé la vue du sang. Surtout quand c'était le sien. Il avait mal partout et sa tête le lançait. Une fois son épée rengainée, malgré la boue, il s'assit au bord de la piste.

L'un dans l'autre, il s'en était bien tiré. On ne trouvait pas tant d'hommes à avoir terrassé un démon. Rupert regarda le cocon immobile et fit la grimace. Certes, sa victoire n'était pas des plus héroïques ni honorables, mais le démon était mort. C'était ce qui l'intéressait le plus.

Il ôta ses gantelets et se tâta le visage. Les coupures larges et profondes couraient de son œil à sa bouche. *Autant les nettoyer*, se dit-il. *Il ne faudrait pas qu'elles s'infectent.* La pluie avait cessé pendant le combat, et le soleil descendait vers le soir. L'été commençait tout juste, et pourtant, déjà, la nuit tombait de plus en plus tôt. La pluie s'était arrêtée, mais les branches continuaient à déverser de grosses gouttes sur le chemin, et une odeur lourde saturait l'air. Rupert regarda le cocon de toile et frissonna. Sans le démon, il aurait tenté de traverser l'obstacle. Les prédateurs prenaient bien des formes… surtout à Touffebois.

Avec un soupir de résignation, il se rendit compte qu'il fallait repartir.

— Licorne ?

—Je suis là, répondit une voix polie au cœur des ombres.

—Tu viens, ou il faut que j'aille te chercher? (L'animal sortit, la tête haute, évitant soigneusement le regard noir de son cavalier.) Et où étais-tu, pendant que je risquais ma peau à combattre ce démon ?

—Je me cachais. C'était la meilleure chose à faire.

—Pourquoi tu ne m'as pas aidé ?

—Eh bien, si toi tu n'arrivais pas à tuer le démon, avec ton épée et ton armure, je ne vois pas ce que j'aurais pu faire…

Rupert soupira. Cette licorne avait réponse à tout…

—J'ai mauvaise mine ?

—Pire.

—Merci.

—Tu auras sans doute des cicatrices…, ajouta la licorne.

—Super. Tant qu'à faire…

—Je croyais que c'était très héroïque, d'avoir des cicatrices sur le visage ?

—Celui qui t'a dit ça devrait aller se faire soigner… Charogne de ménestrels… Tu m'aides à me relever ?

La licorne s'approcha rapidement. D'une main ferme, Rupert s'accrocha à un étrier et se hissa sur ses pieds, appuyé contre le flanc de sa monture. Dès qu'il aurait un peu moins mal, il tenterait de se mettre en selle.

La licorne le regardait, inquiète. Le prince Rupert était un homme grand, d'environ vingt-cinq ans. Mais le sang, la fatigue et la douleur ajoutaient plusieurs années à son beau visage. La peau grise et couverte de sueur, les yeux fiévreux, il n'était pas en état de monter. Mais par fierté, il se forcerait à essayer.

— Rupert..., souffla la licorne.

— Oui ?

— Pourquoi... ne me mènerais-tu pas par la bride un moment ? Je n'arrête pas de glisser, dans la boue.

— Bonne idée... Je vais faire ça...

Le prince tendit la main et saisit les rênes, la tête basse. La licorne le précéda en contournant prudemment le cocon et suivit la piste vers le cœur de Touffebois.

Deux jours plus tard, de nouveau en selle, Rupert approchait de la lisière entre Touffebois et le Noirbois. Presque toutes ses douleurs avaient disparu, grâce à un sachet d'herbes que l'astrologue de la Cour avait fourré de force dans ses fontes. Et bien qu'il ait plus d'une fois regretté de ne pas avoir de miroir, il avait l'impression que les blessures sur son visage formaient des croûtes tout à fait saines. Dans l'ensemble, le prince Rupert se sentait un peu plus gaillard. Enfin, un peu moins déprimé.

Il devait tuer un dragon. Mais puisque personne n'en avait vu depuis une éternité, ils étaient relégués à la légende. Et Rupert avait perdu foi dans les légendes. L'honneur et la gloire y prenaient le pas sur les points les plus importants. Par exemple, comment tuer ce machin sans y laisser sa peau ? « Grâce à un cœur pur », c'est un peu vague quand on se retrouve face à un dragon. *Je suis sûr que le mien souffle du feu*, soupira intérieurement Rupert. Il travaillait à un raisonnement qui lui permettrait de tourner les talons honorablement quand sa vessie se rappela véhémentement à son attention. Rupert soupira et tourna la bride vers le côté de la piste. Encore une chose dont les ménestrels ne parlaient jamais.

Il démonta et s'attela à défaire la série de couches complexes qui lui protégeaient les parties. Il y parvint *in extremis,* et sifflota en se soulageant contre un tronc d'arbre. Si son régime ne s'arrangeait pas bientôt, il serait le seul héros à partir au combat la braguette ouverte…

Ce fut la pensée de trop. Dès qu'il eut fini son affaire, Rupert se débarrassa de son armure. Il l'avait acceptée au nom de la tradition des chevaliers en quête. *Merde à la tradition,* se dit-il avec entrain. À chaque pièce d'armure qui tombait dans la boue, son humeur s'allégeait. Après réflexion, il décida de garder les bottes à pointes d'acier. S'il avait envie de donner un coup de pied… Vêtu de son doublet de cuir et de son pantalon, avec sa meilleure veste, Rupert se sentit à l'aise pour la première fois depuis des semaines. Et vulnérable, bien sûr, mais avec la chance qu'il avait ces derniers temps, il se serait retrouvé prisonnier de la rouille, de toute façon…

— J'ai horreur de l'herbe, ronchonna la licorne.

— Alors pourquoi tu la manges ? demanda Rupert en bouclant la ceinture de son fourreau.

— J'ai faim, tiens… Et puisqu'on n'a plus de fourrage depuis des semaines…

— Qu'est-ce qui te dérange ? C'est de l'herbe… Les chevaux en mangent tout le temps.

— Je ne suis pas un cheval !

— Je n'ai pas dit que tu…

— Je suis une licorne, pure race, et je mérite des soins de qualité. De l'avoine, de l'orge, de…

— Dans Touffebois ?

— J'ai horreur de l'herbe, murmura la licorne. Ça me ballonne.

— Essaie les chardons, suggéra Rupert.

— J'ai une tête d'âne ? demanda la licorne avec un regard menaçant.

Rupert se détourna pour cacher son rictus… et découvrit une dizaine de gobelins sortis de l'ombre pour leur bloquer la route. Grands d'un mètre à un mètre vingt, maigres comme des épouvantails et les oreilles pointues, ils étaient armés de courtes épées rouillées et de hachoirs ébréchés. Leurs armures de bronze et d'argent avaient dû être récupérées sur des voyageurs humains. À leur sourire déplaisant, on comprenait sans peine ce qu'il était advenu de leurs anciens occupants. Furieux de s'être laissé surprendre si facilement, Rupert tira l'épée et les toisa tour à tour. Nerveux, les gobelins hésitèrent.

— Eh bien, ne restez pas plantés là, grommela une voix dans les ténèbres. Tuez-le.

Les gobelins se dandinèrent d'un pied sur l'autre.

— Vous avez vu la taille de cette épée ? souffla le plus petit.

— Et regardez les cicatrices sur son visage… le sang séché sur son armure… Il a dû tuer une dizaine de personnes, pour se salir autant…, murmura un autre brigand.

— Il a dû en faire de la pâtée pour chiens, se lamenta le plus petit.

Rupert fit quelques passes dans le vide. Sous la lumière, sa lame sema un sillage de reflets étincelants. Les gobelins brandirent leurs armes avec résignation et se resserrèrent un peu pour se rassurer.

— Capturez au moins son cheval, dit la voix dans l'ombre.

— Son cheval ? répéta la licorne furieuse en levant la tête. Son *cheval*? Vous avez vu le machin sur mon front ? C'est quoi, à votre avis ? Une décoration ? Je suis une *licorne*!

— Cheval, licorne, c'est pareil…

La monture du prince laboura le sol d'un sabot et baissa la tête. La pointe de sa corne accrocha un rayon de soleil.

— Bon. Ça suffit. Un par un ou tous ensemble, vous allez y passer !

— Bravo, chef, murmura le plus petit des gobelins.

Rupert lança un regard amusé à la licorne.

— Je croyais que tu étais un trouillard raisonnable et logique ?

— Je suis trop occupé à être furieux, grogna la monture. J'aurai peur plus tard, quand je n'aurai rien d'autre à faire. Aligne-moi ces abrutis, je vais les embrocher. Je vais leur montrer si je suis un cheval…

Les gobelins commencèrent à reculer discrètement.

— Vous avez fini, oui ? Tuez-moi ce satané voyageur ! rugit la voix dans les ténèbres.

— Si vous voulez qu'il meure, vous n'avez qu'à le tuer vous-même, gémit le plus petit des gobelins en cherchant une retraite du regard. C'est votre faute, tout ça. On aurait dû le prendre en embuscade pendant qu'il avait la tête ailleurs, comme d'habitude.

— Il vous fallait un peu d'entraînement au combat.

— Du flan, oui ! L'embuscade à quinze contre un, on sait faire, et on devrait s'en tenir à ça !

Avec un gros soupir, le chef des gobelins sortit de l'ombre. Large d'épaules, d'une musculature impressionnante, haut de presque un mètre cinquante, c'était le plus gros représentant de son espèce que Rupert ait jamais vu. Le chef des gobelins écrasa son cigare sur son plastron vert-de-gris et foudroya ses sbires du regard. Un nouveau soupir, et il secoua la tête.

— Non mais regardez-vous... Comment voulez-vous que je vous forme à la guerre si vous refusez de vous battre ? Pourquoi vous en faites tout un plat ? Il est tout seul...

— Avec une licorne..., fit remarquer le plus petit des gobelins.

— D'accord, il est tout seul avec sa licorne. Et alors ? Je vous rappelle qu'on est des brigands, maintenant. C'est notre travail de faire trépasser les voyageurs sans défense pour prendre leurs biens.

— Sans défense, c'est vite dit, quand même. Vous avez vu sa grosse épée ?

Les gobelins étaient fascinés par les quelques passes que Rupert faisait avec sa lame. La licorne trottait de long en large derrière lui, pointant sa corne vers quelques brigands tour à tour. Ce qui n'améliorait pas vraiment leur moral.

— Allez, les gars, insista le chef à court d'arguments. Vous n'avez quand même pas peur de quelqu'un qui monte une licorne ?

— Je ne vois pas le rapport..., s'étonna le plus petit des gobelins.

En réponse, le chef murmura quelques mots dont Rupert ne comprit qu'un seul. *Vierge*. Tous les gobelins se tournèrent vers lui avec un rictus menaçant.

— Ben, ce n'est pas toujours facile d'être prince, vous savez, expliqua-t-il en rougissant malgré lui. Ça vous défrise ?

Il abattit son épée dans le vide, et trancha net une branche basse. Qui chuta au sol avec un bruit mat et sinistre.

— Super…, rouspéta le petit des gobelins. Voilà qu'on l'a énervé.

— Mais tu vas la fermer ! gronda le chef. Bon, on est treize, il est tout seul. Si on lui saute dessus tous en même temps, on est sûrs de le tuer.

— Vous voulez parier ? demanda une voix anonyme derrière le chef.

— La ferme ! Quand je donne l'ordre, vous chargez. Chargez !

Il s'élança en trébuchant, l'épée brandie, et les autres gobelins le suivirent à contrecœur. Rupert s'avança et assomma le chef d'un coup de poing. Refroidis tout net, les autres lâchèrent immédiatement leur quincaillerie. Rupert rassembla les gobelins, les fit reculer loin de leurs armes abandonnées, puis s'appuya contre un tronc d'arbre pour réfléchir. Il n'avait pas le cœur à tuer des brigands aussi incompétents. Le chef s'assit, secoua la tête pour s'éclaircir les idées, et le regretta immédiatement. Il jeta à Rupert un regard qui se voulait noir et crâne. Ce n'était pas très réussi.

— Je vous avais bien dit qu'on aurait la poisse si on partait à treize, soupira le plus petit des gobelins.

— Bon…, commença Rupert. Écoutez bien, je vais vous dire ce qu'on va faire. Vous acceptez de ficher le camp d'ici et de me laisser tranquille. En échange, je consens à ne pas vous donner à ma licorne en petits morceaux. Ça vous plaît ?

— Beaucoup, répondit un des gobelins, très empressé.

Et tous les autres hochèrent la tête avec énergie.

— On récupère nos armes d'abord ? demanda le chef.

— J'ai l'air si bête que ça ?

— Il fallait bien essayer. D'accord, messire le héros.

— Et vous n'essaierez pas de me suivre ?

— Eh, je ne suis pas fou ! Il va me falloir des semaines pour que ces gars acceptent de se battre, après ce que vous leur avez fait. Pour ma part, je serai tout à fait content de ne jamais vous revoir…

Après quoi le chef gobelin se releva et conduisit ses brigands sous les arbres. En quelques secondes, tous eurent disparu. Rupert sourit et rengaina l'épée. Finalement, ce n'était pas si difficile que ça, les quêtes.

Une heure plus tard, la lumière déclinait rapidement alors que Rupert s'engageait dans le Noirbois. Loin au-dessus de lui, les arbres pourrissants entrelaçaient leur feuillage pour masquer le soleil. En quelques instants, Rupert passa de la fin de journée à la nuit. Il tira sur les rênes de la licorne et s'arrêta pour jeter un coup d'œil en arrière, mais la lumière ne pouvait pas le suivre dans le Noirbois. Rupert caressa l'encolure de la licorne et attendit que ses yeux s'adaptent à la pénombre.

Un faible halo argenté émis par des champignons phosphorescents soulignait les troncs. Au loin, il eut l'impression de voir un éclair, comme une porte refermée en hâte pour éviter d'attirer l'attention. Rupert tendit l'oreille, mais il régnait un silence sépulcral. L'air doucereux puait la mort et la pourriture.

Ses yeux finirent par s'ajuster suffisamment pour qu'il voie la piste étroite menant vers le cœur du Noirbois. Il fit signe à la licorne de reprendre sa marche. Le lent martèlement de ses sabots contrastait de façon inquiétante avec le silence. Cette piste était la seule à traverser l'obscurité. Un chemin, droit comme un « i » d'une lisière à l'autre, taillé il y avait si longtemps que plus personne ne se rappelait par qui ni pourquoi. Le Noirbois était plus qu'ancien, et gardait ses secrets avec jalousie. Les yeux de Rupert allaient et venaient sans cesse. Avec un frisson, il se rappela le démon croisé dans Touffebois. Le Noirbois était… un risque mesuré. Si quelqu'un savait où trouver un dragon, ce serait la Sorcière de Nuit.

Si elle était encore en vie, après toutes ces années… Avant que Rupert se mette en route, l'astrologue de la Cour l'avait aidé à étudier les archives du château. Ils avaient cherché une carte pouvant indiquer l'antre du dragon. En vain. Ce qui avait fort ravi Rupert, jusqu'à ce qu'ils trouvent un rapport de la rencontre entre grand-père Eduard et la Sorcière de Nuit. Cette histoire étonnamment courte – par rapport à la chanson la plus récente sur le sujet, qui comptait cent trente-sept couplets. Longs, tant qu'à faire… – mentionnait un dragon, et suggérait qu'on trouverait la sorcière dans sa maisonnette du Noirbois, près de la lisière de Touffebois.

— Et même si j'étais assez crétin pour aller chercher une femme dont le passe-temps favori était de saigner des vierges, avait dit Rupert, expliquez-moi pourquoi elle accepterait de m'aider.

— Apparemment, avait dit l'astrologue, elle aimait beaucoup votre grand-père.

Malgré le doute qu'il venait d'exprimer clairement, l'astrologue avait refusé d'en dire davantage. Et puisque Rupert ne risquait pas de trouver un dragon sans aide, une source douteuse valait mieux que pas de source du tout…

Les arbres penchés au-dessus de la piste prenaient un air menaçant. Rupert avançait dans les ténèbres, accompagné seulement par le bruit des sabots de sa monture. Plus d'une fois, le prince fit halte, convaincu qu'un être maléfique rôdait juste à la limite des ténèbres. Mais il n'y avait que la nuit et le silence. Faute de lanterne, il brisa une branche morte pour s'en faire une torche, mais le bois s'effrita dans sa main. Sans lumière pour se guider, il perdit toute notion de temps. Mais les arbres finirent par s'écarter, et Rupert arrêta sa monture. Devant eux s'ouvrait une petite clairière, au centre de laquelle se dressait une forme sombre – la masure de la sorcière, sans aucun doute. La lumière des champignons phosphorescents, sur les troncs les plus proches, soulignait à peine la silhouette de la maisonnette. Levant les yeux vers le ciel nocturne, Rupert ne vit ni lune ni étoile. Rien qu'une obscurité vide qui paraissait s'étendre à l'infini.

— Tu es sûr que c'est judicieux ? murmura la licorne.

— Non. Mais tu as une meilleure idée pour trouver un dragon ?

— Euh… Non, mais ça aussi, on pourrait en discuter…

Avec un sourire, Rupert démonta et lâcha les rênes.

— Reste ici.

— Parce que tu crois que je vais attendre ici tout seul ?

— Tu veux vraiment rencontrer la Sorcière de Nuit ?

Sans un mot, la licorne alla se cacher derrière le tronc le plus proche.

— Je reviens dès que je peux, promit Rupert. Ne t'éloigne pas trop.

— Dommage, je comptais admirer le paysage. Tu as de ces conseils, parfois…

Rupert tira son épée, prit une grande inspiration et s'avança dans la clairière. Malgré toute sa prudence, le bruit de ses pas semblait crever le silence. Il se mit à courir. Tout son dos était pris de frissons à l'idée de l'attaque qu'il ne verrait sans doute jamais venir. La maisonnette de la sorcière était tapie devant lui comme un prédateur endormi, la porte et les fenêtres soulignées par une lueur pourpre et sourde. Rupert s'arrêta en dérapant et s'adossa au mur de rondins, les yeux cherchant follement des signes de poursuite. Rien. Pas un mouvement. Pas un bruit, non plus, à part son souffle court et rauque. Il déglutit, reprit sa respiration puis frappa très doucement, très poliment, à la porte de la maisonnette. Une lueur vive l'aveugla quand la porte s'ouvrit d'un coup, et une main osseuse aux ongles proéminents le saisit à la gorge. Rupert rua et se débattit, mais il fut entraîné à l'intérieur.

La vieille femme voûtée referma la porte d'un coup de pied et lâcha Rupert sur le tapis crasseux. Il s'assit et massa sa gorge douloureuse tandis que la Sorcière de Nuit caquetait d'un air mauvais en se frottant les mains.

— Désolée, dit-elle en souriant. Ça fait partie de l'image, vous comprenez. De temps en temps, il faut que je commette une vilenie, sinon tout le monde croit que je me ramollis. Enfin… Qu'est-ce que vous venez faire par chez moi ?

— Je me disais que vous pourriez m'aider.

— Vous aider ? Vous êtes sûr que vous avez la bonne maisonnette ?

Le chat noir accroupi sur l'épaule de la sorcière cracha et frotta son épaule contre les longs cheveux gris de sa maîtresse. Elle lui caressa la tête d'un air absent.

— Donnez-moi une raison de ne pas vous transformer en crapaud. Une seule. N'importe laquelle.

Rupert lui montra son épée, et la sorcière sourit.

— Rengainez-moi ça ou j'y fais des nœuds.

Après un temps d'hésitation, Rupert glissa son épée dans le fourreau.

— Je crois que vous avez connu mon grand-père, avança-t-il prudemment.

— Possible. J'ai connu pas mal d'hommes, à mon époque. Il s'appelait comment ?

— Eduard, du royaume de la Forêt.

La Sorcière de Nuit le regarda d'un air absent, puis ses yeux parurent s'éteindre. Elle se détourna lentement, et alla s'effondrer dans un vieux fauteuil à bascule près du feu.

— Oui, finit-elle par dire presque dans sa barbe. Je me souviens d'Eduard.

Rupert profita de son silence pour regarder autour de lui. Venue de nulle part, une lumière douce baignait la maisonnette. Il y avait des chauves-souris au milieu des poutres, et l'ombre d'un chat frôlait le mur de guingois – sans aucun chat pour la projeter. Au fond de l'âtre vide et sombre, des yeux lumineux le fixaient au sein d'une présence sans forme.

Rupert tourna sa curiosité vers la Sorcière de Nuit. Dans son fauteuil à bascule, un chat sur les genoux, elle ne paraissait plus si impressionnante : une vieille femme desséchée et voûtée par les années, à la maigreur douloureuse et au visage ridé par la peine. On était loin de la légendaire tentatrice aux mèches brunes qui régnait sur les ténèbres. Rien qu'une vieille femme fatiguée, perdue dans ses souvenirs d'une époque plus riante. Elle leva les yeux et surprit le regard de Rupert.

— Oui, regardez-moi bien, dit-elle. J'étais belle, autrefois. Si belle que les hommes parcouraient des centaines de lieues pour me courtiser. Les rois, les empereurs, les héros… J'aurais pu choisir celui que je voulais. Mais ils ne me disaient rien. Il me suffisait d'être… belle.

— Combien de jeunes femmes sont-elles mortes pour que vous le restiez ? demanda Rupert avec dureté.

— J'ai perdu le compte. Cela ne paraissait pas très important, à vrai dire. J'étais jeune, puissante, et les hommes m'aimaient. Rien d'autre ne comptait. Comment tu t'appelles, mon garçon ?

— Rupert, Madame.

— Tu aurais dû me voir à l'époque, Rupert. J'étais si belle. Si magnifique. (Elle se balançait, ces années envolées lui ramenant un sourire aux lèvres.)

J'étais jeune, puissante, je manipulais les ténèbres à ma guise. J'érigeai un palais de glace et de diamant en une seule nuit, et les seigneurs et les dames de dizaines de Cours vinrent me rendre hommage. Ils ne se rendaient jamais compte que quelques filles disparaissaient dans leurs villages. Et quand bien même, ils n'en auraient eu cure. Puis Eduard est venu me tuer. Il avait deviné la vérité sur l'origine des maléfices qui frappaient la Forêt. Ah, les nuits qu'il passa avec moi dans ces salles glacées ! Il était grand, brave et beau, et pas une seule fois il ne céda. Je fis assaut de merveilles et de terreurs, mais jamais je ne parvins à le faire plier. Nous dansions dans mes salons, seuls dans ces échos de glace étincelante. Chaque chandelier était une stalactite. J'en vins à l'aimer, peu à peu, et lui se prit d'affection pour moi. Comme n'importe quelle jeune écervelée, je pensais notre amour éternel.

» Il dura un mois.

» J'avais besoin de sang frais, et Eduard ne pouvait pas le permettre. Il était roi avant d'être amant, et sa responsabilité le liait à son peuple. Il ne put se résoudre à me tuer, mais je ne pouvais pas changer ma nature profonde. Alors, profitant de son sommeil, je quittai la Forêt. Et je vins vivre ici, dans les ténèbres, où personne ne peut voir ce qu'est devenue ma beauté.

» J'aurais pu le tuer pour protéger mon secret, pour rester jeune, belle et puissante. Mais je l'aimais. Mon Eduard. Le seul homme que j'aie jamais aimé. Il doit être mort, à présent.

— Depuis plus de trente ans…

— Tant d'années…

Les épaules de la sorcière retombèrent, elle se tordit les mains, puis poussa un lourd soupir. Elle leva sur Rupert un sourire las.

— Alors tu es de sa famille ? Tu lui ressembles un peu, petit. Que veux-tu ?

— Je cherche un dragon, Madame, dit Rupert.

D'un ton qui suggérait bien que, si possible, il préférerait ne pas en trouver. Enfin, il l'espérait…

— Un dragon ? (Après un regard surpris, un grand sourire fendit la face ridée de la sorcière.) Un *dragon* ! Bon sang, tu me plais bien, mon garçon ! Personne n'a eu les tripes de chasser le dragon depuis des années. Pas étonnant que tu n'aies pas eu peur de venir me voir ! Eh bien mon mignon, c'est ton jour de chance. Il se trouve que j'ai une carte qui te mènera directement au repaire d'un dragon. Une vraie bonne affaire. Je peux te la laisser au prix ridicule de trois pintes de sang.

Rupert avait fait de son mieux pour rester modeste devant le regard admirateur de la sorcière. Ses yeux se durcirent, et la vieille dame haussa les épaules.

— J'aurai essayé. Puisque tu es le petit d'Eduard, je vais te faire une autre proposition. La carte est à toi. Si je me rappelle où je l'ai fichue.

Elle se leva lentement, laissant le chat sauter à terre, et fouilla les profondeurs d'une étagère dans un coin. Rupert était perdu. À l'origine, il avait prévu de tuer la Sorcière de Nuit, s'il en avait l'occasion. Mais même si elle n'avait pas l'air de regretter la mort de toutes ces jeunes filles dont elle avait perdu le compte, il avait presque pitié d'elle. Ces longues années de solitude dans le Noirbois l'avaient bien assez punie. La sorcière se retrouva soudain devant lui et il sursauta quand elle lui tendit un vieux rouleau de parchemin.

— Tiens mon garçon, tu ne peux pas le rater. Si tu arrives jusque-là. Pour commencer, il va falloir traverser tout le Noirbois, et il n'y a pas grand monde qui ait réussi ça.

— Je suis bien arrivé jusqu'ici…

— Aussi près de la lisière de Touffebois, il reste encore un peu de lumière. Après cette clairière, il n'y a que l'obscurité. Attention à toi, mon Rupert. Le vent froid souffle dans la longue nuit, et il porte une odeur de sang et de mort. Quelque chose s'agite au cœur du Noirbois. Et ce n'est pas beau. Si je n'étais pas si vieille, je pense que j'aurais peur.

— Je peux me débrouiller, répondit le prince, la main sur l'épée.

— Tu es bien le petit d'Eduard… Lui aussi, il pensait que l'acier résolvait tout. Et quand je te regarde, j'ai l'impression de le revoir. Mon Eduard…

La voix soudain tremblante, elle retourna dans son fauteuil et le renvoya à sa quête.

— Avant de partir, je… je peux faire quelque chose pour vous, Madame ?

— Pars, dit-elle d'un ton sans appel. Laisse-moi. S'il te plaît.

Rupert referma la porte en silence.

Assise seule devant son âtre vide, la Sorcière de Nuit se balançait. Après un moment, ses yeux se fermèrent et elle s'endormit. De nouveau jeune et belle, elle dansa toute la nuit avec Eduard dans un palais de glace et de diamant.

Quelques jours de voyage suffirent à épuiser les provisions de Rupert. Pas de gibier dans le Noirbois, ou alors corrompu et infect. Pas d'eau non plus. La soif lui brûlait la gorge, et la faim lui torturait le ventre.

En même temps que la clairière de la Sorcière, il avait abandonné la lumière, les bruits… bref, tout ce qui faisait la vie. Il ne voyait pas la piste, la licorne, ni même sa main tendue devant lui. Seul le duvet sur ses joues lui donnait une idée du temps écoulé. L'épuisement le faisait dépérir à vue d'œil. Ils se reposaient chaque fois qu'ils étaient fatigués, mais Rupert ne parvenait pas à dormir. Les ténèbres le réveillaient.

Quelque chose aurait pu le prendre par surprise.

Il passa une main tremblante sur ses lèvres craquelées, puis fronça les sourcils en s'avisant que la licorne s'était arrêtée. Il voulut demander s'il y avait un problème, mais sa langue gonflée lui emplissait presque toute la bouche. Il descendit péniblement de sa selle et s'appuya au flanc de l'animal jusqu'à ce que ses jambes soient assez fortes pour le porter. Il avança de quelques pas trébuchants, les mains tendues devant lui, et grogna de douleur quand des épines lui percèrent les chairs. D'autres tâtonnements plus prudents lui révélèrent un roncier. La piste en était barrée. Rupert dégaina son épée, et fut choqué de voir qu'il était trop faible pour la manier autrement qu'à deux mains. Avec ses dernières forces, à coups douloureux, il entreprit de tailler un chemin dans le roncier. La licorne le suivit lentement, sa fière corne alourdie de fatigue.

Rupert frappa encore et encore, luttant contre la douleur croissante dans ses bras et sa poitrine.

L'épuisement le rendait presque insensible aux lacérations sur ses mains et son visage. Son épée était de plus en plus lourde, son bras de moins en moins assuré, tout son corps tremblait de fatigue, mais il refusait de plier. Il était Rupert, prince du royaume de la Forêt. Avait-il terrassé un démon… bravé le Noirbois… pour se laisser vaincre par un roncier de misère ? Il abattit son épée sauvagement, s'enfonçant encore un peu. Puis il cria quand un soudain éclat de lumière repoussa les ténèbres.

La main levée pour protéger ses yeux, Rupert avança en titubant. Un long moment, il resta à regarder le ciel derrière ses doigts à peine écartés. Les larmes baignaient ses joues. Mais il finit par baisser la main, surpris de voir le paysage autour de lui. Il était sorti du Noirbois. Au sommet d'une colline pentue, il dominait une série de champs cultivés. De l'orge, du maïs et de l'avoine mûrissaient sous un soleil d'été. De longues lignes de chênes massifs servaient de brise-vent, et le soleil se reflétait vivement dans les cours d'eau. Les champs étaient délimités par de fins murets de pierre, et traversés par une route de terre battue menant à la sombre montagne qui dominait l'horizon. Son sommet se perdait dans les nuages.

La montagne. Celle qu'on appelait la Tanière.

Rupert finit par se détourner de cette masse menaçante et regarda autour de lui. Il s'étrangla. À moins de dix mètres, un petit ruisseau dévalait le coteau en reflets chantants. Rupert lâcha son épée, avança tant bien que mal et tomba à genoux. Il trempa la main dans l'eau et se lécha prudemment les doigts. L'onde était claire et pure. Rupert sentit de nouvelles larmes lui inonder les joues. Il les noya bientôt dans l'eau vive.

Le visage immergé, il avala le nectar glacé à grosses gorgées, s'étranglant dans son impatience. Puis il trouva la force de se relever. S'il buvait trop d'un coup, il se rendrait malade. Allongé sur l'herbe douce, il se sentait divinement ballonné. D'un grognement, son estomac lui rappela qu'il n'avait pas mangé depuis des jours. Mais cela pourrait attendre. Pour l'heure, il se sentait trop bien pour bouger. La licorne but à son tour, puis se mit à brouter avec contentement. Pour la première fois depuis des jours, Rupert se sentait bien. Appuyé sur un coude, il regarda le chemin par lequel il était arrivé. Le Noirbois restait toujours aussi impénétrable. Le soleil ne passait pas l'ouverture qu'il avait taillée lui-même. Un vent froid soufflait sans cesse depuis les arbres moisis. Rupert sourit sauvagement, et sentit le sang suinter de ses lèvres craquelées. Dont il n'avait que faire.

— Je t'ai eu, soupira-t-il. Je t'ai eu !

— Je t'ai aidé, rappela la licorne.

Rupert se retourna. L'animal le regardait, inquiet. Il tendit la main pour lui caresser le mufle.

— Je n'aurais jamais réussi sans toi, dit Rupert. Tu as su rester avec moi quand j'en avais besoin. Merci.

— Ç'a été un vrai plaisir, répondit la licorne. Bien. Je vais brouter un peu de cette délicieuse herbe, et je ne veux pas être dérangé avant d'avoir fini. C'est clair ?

— Ha ! Pas de problème. Le soleil est encore haut, et j'ai un gros retard de sommeil. Après... Je pense que je te montrerai comment on taquine la truite.

— Pourquoi voudrais-je amuser un poisson ? demanda la licorne.

Mais Rupert dormait déjà.

Il fallut au prince et à sa monture près d'un mois pour atteindre la Tanière. Les repas réguliers et l'eau fraîche leur ragaillardirent le corps et l'âme, mais le Noirbois avait laissé son empreinte. Chaque soir, alors que le soleil plongeait vers l'horizon, Rupert préparait un grand feu. Et chaque nuit, avant de s'endormir, il le réalimentait pour être sûr d'avoir de la lumière s'il se réveillait avant l'aube. Son sommeil était agité par des cauchemars qu'il préférait oublier. Pour la première fois depuis son enfance, Rupert avait peur du noir. Chaque matin, il se réveillait la honte au ventre et maudissait sa faiblesse. Il se jurait tout bas qu'il ne céderait plus à l'angoisse. Le soir venu, avant de se coucher, il préparait un nouveau feu. Pourtant, les nuits étaient chaudes et aucun animal dangereux ne rôdait dans les parages.

La Tanière se rapprochait, chaque jour plus imposante. Et Rupert se demandait de plus en plus ce qu'il ferait en arrivant au pied de la montagne. D'après la carte de la Sorcière de Nuit, il trouverait la caverne du dragon près du sommet. Mais plus il approchait, plus il doutait qu'un homme puisse gravir ces versants de basalte qui emplissaient l'horizon. Et pourtant, Rupert ne pensa jamais à faire demi-tour. Il était arrivé jusque-là, malgré toutes les épreuves, et refusait d'abandonner alors qu'il avait son objectif en point de mire.

Va tuer un dragon, mon fils. Prouve que tu mérites le trône.

L'air du petit matin était encore froid comme la nuit quand Rupert atteignit les contreforts. L'herbe rase et les buissons cédèrent tranquillement le pas à la roche nue, grêlée et usée par le vent et la pluie. Un chemin taillé dans la roche menait vers le sommet de la montagne, et la licorne jura presque tout du long. Rupert gardait les yeux sur le chemin, s'efforçant d'oublier l'à-pic à côté de lui. De plus en plus étroite et traîtresse, la piste fut finalement barrée par des rocailles instables. Avec un regard pour les pierres glissantes, la licorne s'arrêta net.

— Bon, ça suffit, là. Je suis une licorne, pas un bouquetin.

— Mais c'est le seul chemin. La piste est plus facile, après.

— Ce n'est pas la montée qui m'inquiète, c'est la descente, tu vois. Rapide. Très rapide. Avec le vent qui me crie dans les oreilles. Et une fin qui rime avec « plaf ».

Rupert soupira et mit pied à terre.

— D'accord. Redescends et attends-moi en bas. Donne-moi deux jours. Si je ne suis pas revenu d'ici là…

— Rupert… Rien ne t'oblige à faire ça. On pourrait toujours rentrer et dire à la Cour qu'on n'a rien trouvé. Personne n'en saurait quoi que ce soit.

— Si. Moi.

Leurs regards se croisèrent, et la licorne inclina la tête.

— Bonne chance, Sire.

— Merci, répondit Rupert avant de se détourner rapidement.

— Sois prudent, marmonna la licorne. Je n'ai pas envie de former un autre cavalier, moi…

L'animal fit demi-tour sur la piste et redescendit vers la sécurité.

Rupert écouta un moment ses pas s'éloigner. La licorne ne risquerait rien au pied de la montagne. Sans les gravats, il aurait trouvé un autre prétexte pour le renvoyer. La fin de la quête serait du ressort de Rupert, et de personne d'autre. Inutile qu'ils risquent tous les deux leur peau.

Le prince se reprit et étudia les décombres devant lui. Ça paraissait dangereux. Douze mètres de long, mais seulement trois de large. Un seul faux mouvement le ferait glisser jusque dans le vide. Un coup d'œil à la chute libre ne fit rien pour le rassurer. Ça faisait haut. S'il glissait, il arriverait sans doute au pied de la montagne avant la licorne. Avec un sourire fébrile, il posa le pied sur les pierres.

Qui se mirent aussitôt à bouger sous ses pieds. Rupert retint sa respiration le temps qu'elles s'immobilisent. Lentement, pas à pas, il traversa la partie instable, prenant le temps de tâter le terrain avant de s'y appuyer. Malgré tous ses efforts, les pierres le portaient de plus en plus près du bord, et il comprit qu'il ne parviendrait pas de l'autre côté. Alors que les pierres glissaient sous une de ses bottes, il transféra son poids sur l'autre pied pour compenser le mouvement. Les pierres se mirent immédiatement à couler comme de l'eau sous ses semelles, le portant sans remords vers l'à-pic. Rupert se laissa tomber à plat ventre et enfonça ses mains dans les gravats. Immobilisé, un pied dans le vide, il écouta les pierres rebondir contre le flanc de la montagne.

À peine un mètre devant lui, la piste redevenait solide. Mais ç'aurait aussi bien pu être un kilomètre.

Retenant son souffle, Rupert se rendit compte qu'il était coincé. Le plus petit mouvement pouvait le tuer. Ce qui lui donna une idée. Le plus petit mouvement ne le sauverait pas. Mais le plus grand, un saut de toutes ses forces, pourrait le tirer d'affaire. Ou le tuer. Rupert eut un grand sourire. Après tout, si ce n'était pas la chute, ce serait sans doute le dragon… Il ramena lentement les jambes sous lui en un long mouvement mesuré et planta les pieds dans la rocaille. Les pierres bougèrent et le portèrent un peu plus près du vide. Rupert prit une grande inspiration et bondit vers la terre ferme. Il atterrit de travers, le souffle coupé par le choc, mais sa main tendue saisit une saillie rocheuse et il s'y accrocha tandis que les pierres délogées tentaient de l'entraîner vers la mort. Il resta un moment cramponné, cherchant désespérément un appui stable pour ses pieds. Puis son autre main trouva une prise, et il se traîna vers la sécurité.

Rupert s'éloigna du bord du gouffre et se laissa tomber, tremblant, le cœur battant la chamade. Le sol de pierre, pourtant dur, ne lui avait jamais paru si accueillant.

Il se reposa un moment, puis se remit douloureusement sur ses pieds. Tout son corps lui faisait mal, et il s'était ouvert la main sur la roche. Incapable de nettoyer ses blessures sans les outres d'eau qu'il avait laissées à la licorne, Rupert les ignora. Il n'y avait pas de guérisseur dans les parages. Si elles s'infectaient… Écartant cette pensée, il reprit son ascension vers le dragon.

La piste finit par disparaître, remplacée par une série apparemment infinie de marches étroites taillées dans la façade. Rupert se détourna et regarda vers le vide, admirant le panorama. Derrière les kilomètres de champs cultivés, la Forêt paraissait minuscule et très éloignée. Avec un soupir nostalgique, Rupert commença à grimper.

Les heures passées à monter ces marches inégales lui nouèrent les jambes et le dos. L'escalier s'étendait aussi loin qu'il pouvait lever les yeux. Ce que Rupert apprit à ne pas faire, se concentrant sur les marches devant lui. L'air se rafraîchissait avec l'altitude, et le vent charriait de la neige et de la pluie glacée venues du sommet. Blotti dans sa cape trop fine, Rupert tenait bon malgré les bourrasques. Les yeux larmoyants, les mains et les pieds engourdis, le souffle condensé en nuages de vapeur, il continuait à grimper, marche après marche, luttant contre le vent, le froid et la douleur.

Il était le prince Rupert du royaume de la Forêt, et il affronterait son dragon.

L'escalier s'acheva sur une étroite corniche devant l'entrée d'une caverne. Rupert resta là, oscillant sur ses jambes, ignorant les éléments et le souffle rauque qui lui brûlait la gorge et la poitrine. La caverne obscure béait comme une blessure dans la façade de pierre. Ralenti par l'épuisement de ses jambes, Rupert s'avança. Il avait enfin trouvé son dragon. Depuis le départ, il se demandait ce que cette rencontre lui inspirerait. De la peur ? Mais à présent, au pied du mur, il n'éprouvait pas grand-chose. Il avait donné sa parole, et l'avait tenue. Il ne pensait pas pouvoir vaincre le dragon. Au fond de lui, il savait depuis le début qu'il allait à la mort. C'était ce qu'attendaient les courtisans, après tout. Et s'il vivait, juste pour les faire bisquer ? L'épée tirée, il se positionna du mieux possible sur la corniche. Essayant d'oublier le gouffre derrière lui, il chercha la meilleure formule de défi possible.

L'un dans l'autre, c'était l'instant le moins héroïque de sa vie.

— Monstre impie ! Moi, Prince Rupert du royaume de la Forêt, je te défie ! Viens te battre !

Le silence s'éternisa, et une voix grave s'éleva au fond de la caverne.

— Pardon ?

Se sentant légèrement ridicule, le prince répéta son défi. Le silence s'éternisa encore, et Rupert se mit en position de combat quand le dragon émergea des ténèbres, obstruant le passage de sa masse imposante. De longues ailes membraneuses enveloppaient la créature comme une cape d'émeraude, achevées devant sa poitrine par des serres aux griffes effroyables. Long d'au moins dix mètres de la gueule à la queue, couvert d'écailles scintillantes, le dragon dominait le prince et l'étudiait de ses yeux verts. Quand Rupert leva son épée, le dragon lui lança un grand sourire, dévoilant des dizaines de crocs acérés.

— Bonjour ! Belle journée, hein ?

Rupert cligna des yeux, vexé.

— Vous n'êtes pas censé parler du tout, dit-il d'un ton catégorique. Vous êtes censé lancer un rugissement effroyable, griffer le sol, et me charger en crachant le feu.

Le dragon prit le temps de réfléchir. Deux volutes de fumée lui sortaient des narines.

— Pourquoi ?

Rupert abaissa son épée, qu'il trouvait de plus en plus lourde, et s'y appuya.

—Eh bien… C'est la tradition, j'imagine. Ça a toujours été comme ça.

—Pas avec moi, assura le dragon. Pourquoi voulez-vous me tuer ?

—C'est une longue histoire…

—J'imagine. Bon, vous feriez aussi bien d'entrer.

Après un temps d'hésitation, Rupert suivit le dragon dans sa caverne. À mesure qu'il s'enfonçait dans ce tunnel, la lumière du jour disparaissait derrière lui. Ramené au Noirbois par la pénombre montante, il sentit son front se couvrir de sueur. Ce fut donc avec soulagement qu'il vit la lueur chaleureuse d'un feu de bois. Mais cela n'apaisa pas sa frustration. Après toute la préparation qu'il lui avait fallu, il était presque furieux qu'on le prive d'un combat… Il y avait peu de chances que la créature s'amuse avec lui. Si le dragon avait voulu le tuer, ç'aurait été chose faite. Couvrant la fin du chemin d'un pas plus vif, il rejoignit le dragon qui l'attendait dans une grande caverne de pierre, de cent cinquante bons mètres de diamètre. Sur les murs s'étalait la plus grande collection de papillons naturalisés que Rupert ait jamais vue.

—Je croyais que les dragons amassaient l'or et l'argent, dit Rupert en désignant les centaines de vitrines.

Le dragon haussa les épaules, mais des étincelles dansèrent dans ses narines.

—Certains, oui. D'autres s'intéressent aux pierres précieuses. Moi, c'est les papillons. C'est aussi beau, vous ne trouvez pas ?

— Si, si, bien sûr…, le rassura le prince.

Poussé par la curiosité, il rengaina son épée et s'accroupit face au dragon.

— Qu'y a-t-il ? demanda la créature.

— Vous ne correspondez pas à ce que j'attendais, admit Rupert.

— Les légendes sont rarement conformes à la réalité, gloussa le dragon.

— Mais vous parlez !

— Et alors ? Vous aussi…

— Euh, oui, mais je suis humain…

— J'avais remarqué, lâcha le dragon. Écoutez, les légendes… toutes ces histoires de dragons grands, forts et méchants qui mangent les gens pour un rien… Ce sont des dragons qui les ont inventées. Pour vous faire peur. Pour avoir la paix.

— Mais…

— Bon… À un contre un, je peux venir à bout de n'importe quel humain. Mais aucun dragon ne peut combattre une armée. (Penché en avant, le monstre siffla doucement, comme perdu dans ses souvenirs.) Autrefois, les dragons emplissaient les cieux, maîtres de toute la création. Le soleil chauffait nos ailes tandis que nous planions au-dessus des nuages. De nos griffes nues, nous arrachions l'or et l'argent au roc, et la terre tremblait sous nos rugissements. Tout ce qui vivait nous redoutait. Et puis l'homme est arrivé, avec son épée et sa lance, son armure et ses armées. Nous aurions dû nous unir pendant qu'il était temps, mais non. Nous nous battions pour des peccadilles, et protégions notre précieux trésor. Nous pérîmes seuls, un par un. Notre époque est révolue.

Le dragon resta perdu dans sa nostalgie, mais finit par se secouer.

— Pourquoi venez-vous me défier ?

— Pour prouver que je suis digne d'être roi.

— Avez-vous *envie* de me tuer ?

Troublé, Rupert haussa les épaules.

— Ce serait plus facile si vous étiez un monstre, comme prévu. Vous n'avez jamais massacré des femmes et des enfants, brûlé des maisons et volé du bétail ?

— Certainement pas ! Pour qui me prenez-vous ?

Rupert haussa un sourcil, et le dragon eut la bonne grâce de paraître un peu penaud.

— Bon, admettons que j'aie rasé un village par-ci, par là et dévoré une vierge de temps à autre… Mais c'était il y a longtemps. Je suis un dragon… Les gens auraient été déçus. Depuis, j'ai pris ma retraite.

Le silence s'éternisa. Perdu dans ses pensées, Rupert admirait la flambée. S'il s'était attendu à ça…

— Et vous, vous voulez me tuer ? demanda-t-il au dragon.

— Pas vraiment. Je me fais un peu vieux…

— Me manger, alors ?

— Surtout pas, répondit le dragon. Les humains me donnent des aigreurs.

Les silences ne raccourcissaient toujours pas.

— Bon, finit par proposer le dragon. Si vous me tuez, ça prouvera que vous êtes digne, c'est ça ?

— Oui, c'est ça.

Là, Rupert était dans son élément.

— Alors pourquoi ne pas ramener un dragon vivant ? Ce serait encore plus courageux, non ?

— Euh… Oui, sans doute… Personne n'a jamais capturé un dragon…

— Eh bien voilà !

— Mais ça ne vous dérangerait pas d'être capturé ?

Le dragon gloussa.

— J'ai bien envie de vacances. Voir du pays, rencontrer des gens. C'est exactement ce qu'il me faut. (Le dragon fit signe à Rupert d'approcher.) Euh, au fait… Prince ?

— Oui ?

— Par hasard, vous ne voudriez pas sauver une princesse, dans la foulée ? J'en ai une ici, et elle me rend fou.

— Vous avez enlevé une princesse ? cria Rupert en se relevant d'un bond, la main sur la garde de son épée.

— Parlez moins fort ! Elle va vous entendre. Et c'est elle qui est venue. En fait, je serais ravi de la voir partir. Les anciens de je ne sais quelle Cour l'ont envoyée ici en sacrifice, et je n'ai pas eu le cœur de la tuer. Elle ne peut pas rentrer, et je ne peux quand même pas la mettre à la porte. Je me disais que vous pourriez peut-être m'en débarrasser… Après tout, on me l'a envoyée sans me demander mon avis…

— C'est une vraie princesse ?

— A priori oui…

— Et quel est le problème ? demanda Rupert avec méfiance.

— *Dragon !*

Le dragon cilla en entendant la voix stridente qui leur parvenait depuis un autre tunnel.

— Je vous laisse deviner…

La princesse fit irruption dans la grande caverne, et s'arrêta net en apercevant le prince. Rupert se leva en hâte. La princesse portait une longue robe aérienne qui avait dû être blanche, à présent striée de dizaines de couleurs de boue et de terre. La vingtaine à peine dépassée, elle était plus jolie que belle. Ses yeux au bleu profond et sa bouche généreuse contrastaient avec la ligne carrée et presque masculine de sa mâchoire. Ses longs cheveux blonds lui tombaient à la taille en deux tresses soignées. Elle se tenait avec grâce du haut de son mètre quatre-vingts. Tandis que Rupert cherchait la formule de courtoisie convenable pour saluer une princesse, elle glapit de joie et se précipita vers lui pour l'enlacer. Rupert recula d'un pas sous le choc.

— Mon héros ! Vous venez me sauver ! lui chuchota-t-elle en pressant son visage contre celui de Rupert.

— Eh bien, euh, oui, tout à fait, répondit Rupert en essayant de se dégager sans paraître trop discourtois. Heureux de pouvoir vous rendre service. Je suis le prince Rupert…

L'étreinte de la princesse lui coupa le souffle. *J'étais plus en sécurité avec le dragon*, pensa Rupert tandis que sa vision commençait à se voiler. La princesse finit par le lâcher et se recula pour le regarder en détail.

Il ne devait pas être beaucoup plus vieux qu'elle, mais les cicatrices qui lui couvraient une partie du visage lui donnaient un air dur et dangereux. Ses longues mains fines étaient mal en point et couvertes de sang séché. Son doublet de cuir et son pantalon avaient beaucoup servi, sa cape était en piteux état. Dans l'ensemble, l'homme évoquait plus le bandit que le prince. La princesse eut une moue dubitative, puis sa bouche se tordit. Elle-même ne devait pas avoir l'air très digne.

— Où est votre armure ? demanda-t-elle.

— Je l'ai laissée dans Touffebois.

— Et votre monture ?

— Au pied de la montagne.

— Vous avez apporté votre épée, au moins ?

— Bien sûr, dit Rupert en tirant sa lame pour la lui montrer.

Elle la lui retira des mains, en testa l'équilibre, fit quelques passes expertes et la rendit.

— Ça ira. Bon, tenez, et maintenant finissons-en.

— En finir avec quoi ? demanda Rupert poliment.

— Eh bien, tuez le dragon. C'est bien pour ça que vous venez, non ?

— Ah... En fait, le dragon et moi en avons discuté, et je vais le ramener au château en vie. Et vous aussi, bien sûr.

— Ce n'est pas très honorable, lança la princesse.

— Oh, mais si, assura le dragon.

— Vous, taisez-vous.

— Avec joie.

— Eh, dans quel camp vous êtes ? demanda Rupert qui n'aurait pas refusé un peu d'aide.

— Celui qui me permettra d'être sauvé de la princesse...

La jeune femme donna un coup de pied au monstre.

Rupert ferma les yeux. Une fois rentré, il donnerait des consignes précises aux ménestrels. Les détails à souligner, et ceux à oublier. Il toussota, et la princesse se retourna vers lui avec humeur.

— Comment vous appelez-vous ? demanda-t-il.

— Julia. Princesse Julia des Coteaux.

— Eh bien, Princesse Julia, vous avez le choix. Soit vous venez au château avec le dragon et moi, soit vous restez toute seule ici.

— Vous ne pouvez pas me laisser ici. Ce ne serait pas honorable.

— C'est noté.

Julia cligna des yeux, puis regarda le dragon, concentré sur le toit de sa caverne. Il soufflait des cercles de fumée chamarrée.

— Vous ne me laisseriez pas ici toute seule. N'est-ce pas ?

Le sourire du dragon fit étinceler ses dents à la lumière du feu. Julia lui lança un regard noir.

— Vous ne perdez rien pour attendre…

— Bon, on pourrait se mettre en route ? demanda Rupert. Ma licorne ne va nous attendre que deux jours.

— Vous montez une licorne ? s'étonna le dragon.

Rupert se sentit rougir en regardant la princesse.

— Vous savez, ce n'est pas facile d'être prince. À cause des lignées. Pour une dynastie, le pire, ce sont les prétendants bâtards. Alors tous les descendants royaux qui ne sont pas mariés doivent rester… purs.

— Ben oui. C'est pour ça que les anciens m'ont envoyée ici.

Le dragon toussota.

— Votre château est loin d'ici, Rupert ?

Avant de pouvoir répondre, le prince fut pris de vertige et se rattrapa au bras de Julia. Il s'assit lourdement avant que ses jambes le trahissent.

— Qu'y a-t-il ? s'inquiéta Julia en aidant Rupert à se baisser.

— Il faut que je me repose un peu…, grogna-t-il

en se passant la main sur les tempes. Il fait chaud. Ça va aller.

Le dragon regarda le prince, soupçonneux.

— Rupert, comment êtes-vous monté ici ?

— J'ai suivi la piste jusqu'à ce qu'elle soit barrée par les débris. Après, j'ai pris l'escalier.

— Vous avez fait tout ce chemin à pied en une seule journée ? (Julia considéra Rupert avec un respect renouvelé.) Malgré mon escorte de sept gardes et une mule de bât, il nous a fallu près de quatre jours pour arriver ici. Vous avez tellement froid que vous ne sentez même pas vos blessures, hein ? Vous devez être gelé. C'est même étonnant que vous teniez encore debout.

Rupert haussa les épaules.

— Ça va. Je suis juste un peu fatigué.

— Bien sûr, dit le dragon. Écoutez, réchauffez-vous un peu à côté du feu, je vous ferai descendre tous les deux en volant. C'est une très belle journée pour ça.

— Bien sûr, marmonna Rupert. Belle journée… pour ça.

Son menton s'affaissa contre sa poitrine, et le sommeil l'emporta comme une vague. La princesse l'allongea doucement, l'enveloppa de fourrures, puis lava et banda ses mains. Rupert n'en sut rien, mais, pour la première fois depuis qu'il avait quitté Noirbois, il ne fit aucun cauchemar.

Quelques heures de sommeil lui firent le plus grand bien. Et bientôt, bien *trop* tôt, Rupert se retrouva perché sur le dos du dragon, cramponné à son cou comme s'il ne devait plus jamais le lâcher. Derrière lui, Julia le serrait aussi fort, voire plus encore.

— J'ai le vertige, lui confia-t-elle.

— Vous n'êtes pas la seule. (Avec un regard pour les nuages noirs, frissonnant dans le vent glacé qui balayait la caverne, Rupert ajouta :) Si c'est une bonne journée pour voler, je ne voudrais pas décoller par mauvais temps…

— Prêts ? demanda le dragon en repliant les ailes.

— Euh…

— Alors accrochez-vous !

Le dragon se lança dans le vide et se mit à planer.

Comme une brique.

Les yeux fermés, Rupert entendit le vent rugir à ses oreilles et visualisa le sol qui approchait. Quand le reptile écarta les ailes, le choc coupa le souffle du prince. Avec une série de heurts, la chute devint un vol plané. Rupert finit par ouvrir les yeux. Il le regretta aussitôt. Les champs s'étendaient comme un couvre-lit en patchwork pastel. La Forêt s'étendait au nord. On y distinguait clairement le cancer du Noirbois. Après un nouveau virage, Rupert se retrouva face à la base de la montagne. L'un dans l'autre, il aurait sans doute préféré descendre à pied. Avant la collision, les ailes du dragon battirent avec puissance et il se posa avec un choc qui secoua Rupert jusqu'aux os. Les ailes repliées, le dragon regarda autour de lui.

— Et voilà. N'était-ce pas merveilleux ?

— Merveilleux…

— Ça fait du bien de sentir le vent souffler autour de soi… Euh, Prince… Vous pouvez descendre, vous savez.

— On s'habitue doucement à l'idée, expliqua Julia. Mon estomac se croit encore dans les nuages…

Elle lâcha prudemment Rupert, puis ils s'aidèrent l'un l'autre à rejoindre le sol. Le plancher des vaches ne leur avait jamais paru si confortable. Le dragon les avait déposés au début du sentier, et Rupert regarda autour de lui. Aucun signe de la licorne, mais cela ne l'étonnait pas.

— Licorne ! Si tu n'es pas revenu quand j'aurai compté jusqu'à dix, je te donne au Zoo royal pour promener des enfants !

— Tu n'oserais pas ! s'indigna une voix tremblante derrière un affleurement de rochers.

— Tu paries ?

La licorne se décida à sortir la tête, avec un sourire crispé.

— Content de vous revoir, Sire. Qui sont vos amis ?

— Voici la princesse Julia. Je l'ai sauvée.

— Ha ! lâcha la princesse.

— Et voici un dragon. Il nous accompagne au château.

La licorne disparut de nouveau derrière son rocher.

— Licorne, soit tu sors maintenant, soit j'envoie le dragon te chercher. Ou pire encore, j'envoie la *princesse* te chercher.

Julia lui donna un coup de pied dans la cheville. Le sourire de Rupert ne vacilla pas. Il pensait au sort qui attendait le premier ménestrel qui voudrait chanter les joies de l'aventure devant lui… La licorne les rejoignit avec hésitation, s'arrêtant à bonne distance du dragon.

— Oh, alors tu te décides à nous rejoindre ? demanda Rupert.

— À mon corps défendant.

—Il fait tout à son corps défendant, expliqua Rupert à la princesse.

—Eh, vilain ! Bon, aucune chance que le dragon soit végétarien ? (D'un sourire, le reptile dévoila ses crocs étincelants.) C'est bien ce que je pensais...

Le Noirbois s'ouvrait devant eux, menaçant. Avec une fascination morbide, Rupert étudiait la trouée qu'il avait taillée à l'aller. Jamais, au cours des semaines de route entre le Noirbois et la Tanière, il n'avait pu se débarrasser de la peur que ces ténèbres lui avaient insufflée. La puanteur du vent exhalé par cette noirceur corruptrice où nulle lune n'avait jamais lui redoubla sa terreur. La poitrine oppressée, il chercha le pommeau de son épée pour se rassurer.

Plus jamais. Pitié, plus jamais.

—Le Noirbois..., dit la princesse Julia tout bas, fascinée. Je croyais que c'était une légende, une histoire pour faire peur aux enfants. Vous êtes sûr qu'il faut passer par là pour rejoindre le royaume de la Forêt ? Ça sent la charogne...

De crainte que sa voix le trahisse, Rupert se contenta de hocher la tête. Oui, il fallait traverser le Noirbois. Non, il n'y avait pas d'autre chemin. Mais cela ne l'empêchait pas d'hésiter. Raide à côté de la licorne, il ne pouvait se résoudre à faire le premier pas vers cette nuit de l'âme.

—J'imagine que je pourrais vous emmener en volant, Julia et vous, proposa le dragon. Mais ça nous forcerait à abandonner la licorne.

—Non, répondit immédiatement Rupert. Pas question.

— Merci, souffla sa monture.

Rupert hocha la tête, toujours captivé par les ténèbres.

— Bon, dit la princesse, on y va ? Plus tôt on démarre, plus tôt on sera de l'autre côté.

— Je ne peux pas, dit Rupert d'un ton fébrile.

— Qu'y a-t-il ? lâcha la princesse. Vous avez peur du noir ?

— Oh que oui, souffla Rupert.

— Vous plaisantez, hein ? Vous n'êtes pas sérieux. Vous avez peur du *noir* ?

— Fermez-la, dit la licorne. Vous ne pouvez pas comprendre.

— Moi, je crois que je comprends, intervint le dragon, qui observait les ténèbres de ses yeux dorés. Le Noirbois était déjà ancien dans ma jeunesse, Julia. On raconte qu'il existe de tout temps. L'essence des ténèbres manifestée. Tous ceux qui le bravent y risquent leur corps et leur âme. Que vous est-il arrivé dans le Noirbois, Rupert ?

Le prince savait qu'il n'y avait pas de mots pour exprimer la véritable horreur des ténèbres. Simplement, il mourrait ou perdrait la raison s'il entrait dans le Noirbois. Avec un effort qui le fit trembler, Rupert se détourna de l'entrée. Il avait déjà affronté ce danger, il pourrait recommencer. Rupert s'accrocha à cette pensée avec l'énergie du désespoir. Cette longue nuit ne l'avait pas brisé. Avec de la nourriture, de l'eau et des compagnons, le voyage serait peut-être plus facile.

Si je renonce, j'aurai peur du noir toute ma vie.

Rupert prit une grande inspiration tremblante.

— Rupert, insista le dragon, que vous est-il arrivé dans le Noirbois ?

— Rien. Rien du tout. En route.

Il poussa la licorne en avant, mais l'animal hésita et regarda son cavalier.

— Rupert. Tu n'es pas obligé…

— Avance, bon sang, murmura le prince.

La licorne le suivit en silence, puis Julia, et le dragon, protégé des ronces par ses écailles.

Quand la nuit s'abattit sur eux derrière l'orée du Noirbois, Rupert se mordit la lèvre pour ne pas crier. Les sons familiers de la campagne, chants d'oiseaux, cris d'animaux et souffle du vent cessèrent d'un coup, remplacés par un silence sinistre. Même sans les voir, il savait que des démons les guettaient depuis les ténèbres. Tous ses instincts lui criaient d'allumer une torche, mais il n'osait pas. Attirés par la lumière, les démons les prendraient au piège au milieu des ronces. Il avançait de son pas le plus rapide, sourcillant quand les épines égratignaient ses mains tendues. La piste paraissait plus étroite que dans son souvenir, mais les ronces finirent par disparaître, et Rupert murmura aux autres de s'arrêter un instant. Avec sa boîte d'amadou, il alluma une torche. La flamme paraissait étrangement étouffée, comme si le Noirbois ne la laissait brûler qu'à contrecœur. Au bord du chemin, l'écorce fendue des arbres pourrissants révélait un bois corrompu, et leurs branches tordues et difformes ne portaient aucune feuille. Mais Rupert savait avec une certitude horrible qu'ils étaient encore vivants.

— Rupert…, dit Julia.

— Plus tard. On y va.

Blottie dans sa petite flaque de lumière, la compagnie avançait lentement le long de la piste qui traversait le bois.

Ils n'étaient pas en route depuis très longtemps quand le premier démon les trouva. Tordu, il était accroupi au bord de la lumière, et ses yeux rouge sang les guettaient depuis les ombres. L'éclat de la lame de Rupert le fit disparaître vers les profondeurs des ténèbres.

— C'était quoi, ça ? demanda Julia.

— Un démon, répondit Rupert.

Les cicatrices sur son visage le lançaient. Il tendit la torche à Julia et s'avança pour regarder autour de lui. Les frottements diffus dans les frondaisons se précisèrent peu à peu, et la torche révéla des silhouettes qui encerclaient le groupe. Leurs yeux luisants les fixaient sans ciller. Même son épée ne rassurait pas Rupert.

— Ce n'est pas possible, souffla-t-il d'une voix creuse. Les démons ne chassent jamais en meute. Tout le monde sait ça.

— Personne n'a dû le leur dire, répondit le dragon. Revenez par ici. Vous êtes un peu loin à mon goût.

Rupert rejoignit le reste du groupe. Les démons se rapprochèrent.

— Pourquoi ils n'attaquent pas ? demanda Julia.

— Ne leur donnez pas de mauvaises idées, souffla la licorne. Ils se disent peut-être que personne n'est assez bête pour se jeter dans un piège aussi évident. Moi-même, j'ai du mal à y croire.

— Ils ont peur du dragon, réalisa Rupert.

— C'est un signe d'intelligence, admit celui-ci.

Rupert voulut sourire, mais le résultat tenait plus de la grimace. Il lui fallait toute sa maîtrise de soi pour ne pas se lancer sans réfléchir sur les démons. Malgré la peur qui lui tordait le ventre et faisait trembler ses bras, il refusait de céder. Contrairement aux ténèbres, ces démons étaient matériels. On pouvait les combattre. Dès qu'il s'avança, les démons se fondirent dans les ténèbres. Julia poussa un lent soupir de soulagement, et la flamme vacilla quand elle s'autorisa enfin à trembler. Rupert regarda autour de lui, furieux que les démons aient pris la fuite. La bataille aurait fait un bon exutoire. Il rengaina son épée d'un geste violent, et la compagnie reprit sa traversée de la nuit sans fin.

Un peu plus tard, ils atteignirent une petite clairière et s'y reposèrent un moment. Julia prépara un feu au centre pendant que Rupert balisait le périmètre en y plantant des torches. Plus rien ne les poussait à rester discrets. À l'évidence, les démons retrouveraient le groupe quand ils en auraient envie. Rupert alluma la dernière torche et retourna vivement près du feu de camp. Les ténèbres ainsi repoussées, il se laissa tomber près de Julia, savourant la chaleur qui réchauffait ses os transis. Il ne se rappelait pas un froid aussi intense à sa première traversée. Ni cette clairière, d'ailleurs. Il haussa les épaules, ajouta une autre branche au brasier, et resserra sa cape autour de lui. De l'autre côté du feu, la licorne somnolait. Le dragon était parti dans les ténèbres, sans doute pour effrayer les démons. Rupert examina Julia à la dérobée. Blottie sous leur seule couverture, la princesse tendait les mains vers les flammes.

— Tenez, dit soudain Rupert en ôtant sa cape. Vous frissonnez.

— Vous aussi. Ça ira.

— Vous êtes sûre ?

— Tout à fait.

Rupert n'insista pas.

— Encore combien de temps avant de sortir du Noirbois ? demanda la jeune femme.

— Je ne sais pas, reconnut-il. Le temps passe différemment, ici. Mon premier passage a pu durer quelques jours, ou plusieurs semaines. On perd toute notion du temps, dans les ténèbres. Au moins, cette fois, on a de quoi manger, boire et faire du feu. Ça devrait faire une différence.

— Vous avez traversé le Noirbois sans provisions ni lumière ? (Julia regarda Rupert avec une sorte de respect, puis se détourna rapidement avant de reprendre d'une voix neutre :) À quoi ressemble votre château, Rupert ?

— Il est vieux, répondit-il avec un sourire. Il vous plaira.

— Vraiment ?

— Bien sûr. Tout le monde vous accueillera à bras ouverts.

— Pourquoi cela ? Je ne suis qu'une princesse sans dot. Sept sœurs me séparent du trône. Si même les anciens acceptaient mon retour. Ce qui ne sera jamais le cas.

— Pourquoi cela ?

— Parce que… Vous promettez de ne pas rire ?

— Promis.

— Je me suis enfuie. Ils voulaient que j'épouse un prince que je n'ai jamais rencontré, pour des raisons politiques. Vous connaissez ça.

— Pff… encore des histoires de lignée.

— Alors je me suis enfuie. Je n'ai même pas atteint la frontière. Une princesse rebelle ne leur servait pas à grand-chose, surtout avec tant d'aînées. On m'a donc envoyée au dragon. (Julia s'abîma de nouveau dans la contemplation du feu.) C'est mon père qui a signé le décret. Mon propre père.

Rupert lui posa la main sur le bras pour la réconforter, mais elle se dégagea vivement.

— Ne vous inquiétez pas, Julia. Tout se passera bien. Je trouverai un moyen de vous ramener chez vous.

— Jamais ! Je ne veux plus jamais y mettre les pieds ! Pour eux, je suis morte. Et parfois, je regrette que ce ne soit pas le cas.

Elle se leva d'un bond et courut vers les ténèbres. Rupert voulut la suivre.

— Ne bougez pas.

Rupert se retourna. Le dragon le regardait depuis la pénombre.

— Pourquoi ?

— Elle ne veut pas que vous la voyiez pleurer.

— Oh…

Rupert se dandina d'un pied sur l'autre, puis se rassit. Le dragon vint s'accroupir près du feu.

— Elle va finir par revenir, Rupert.

— Oui. J'aimerais l'aider, vous savez.

— Bien sûr. Julia est une fille bien. Pour une humaine.

— On a tous nos problèmes…

— Vous aussi ?

— Bien sûr. Pourquoi croyez-vous que je me sois retrouvé embringué dans cette histoire de quête ?

—L'honneur, la gloire, l'amour de l'aventure ? Non, à voir votre tête, ce n'est pas ça…

—Je suis fils cadet, dit Rupert. Je ne peux pas hériter tant que mon frère est en vie.

—Et vous n'avez pas voulu tuer votre frère, compléta le dragon en opinant du chef.

—Je ne peux pas sentir cet abruti. Mais si je me déclare contre lui, tout le royaume sera ravagé par la guerre civile. C'est pour ça que mon père m'a envoyé en quête. Vous étiez censé me tuer et les débarrasser du problème.

—Votre propre père vous a envoyé à votre mort ?

—Oui. Mon propre père. Officiellement, c'était pour prouver que j'étais digne du trône. Mais tout le monde savait. Moi compris.

—Mais alors pourquoi avoir obéi ? Vous n'étiez pas obligé de m'affronter.

—Je suis prince du royaume de la Forêt. J'avais donné ma parole. Et puis…

—Oui ?

—L'autre gros problème de ma famille, c'est que nous sommes ruinés.

—Ruinés ? Mais vous dirigez le pays ! Comment pouvez-vous être ruinés ?

—Le pays vient de connaître sa deuxième famine d'affilée, les barons refusent de payer leurs taxes, et si notre monnaie était dévaluée une fois de plus, on pourrait s'en servir de capsules à bouteilles.

—Oh…, fit le dragon.

—Exactement. Oh.

—Donc, ce n'est pas en me ramenant en vie que vous allez régler votre problème.

— Pas vraiment, admit le prince. Outre le vaste trésor que vous étiez censé détenir, la peau de dragon vaut une fortune. Ainsi que les dents de dragon. Quant à vos…

— Je sais ce qu'elles valent, merci. D'ailleurs, j'y tiens énormément.

Rupert rougit et détourna le regard.

— Enfin, vous comprenez mon problème.

— Je vais y réfléchir, promit le dragon.

— Mais vous allez la fermer et me laisser dormir, oui ? murmura la licorne.

Quand la princesse vint se rasseoir, tout le monde évita de mentionner ses yeux légèrement gonflés.

— De quoi étiez-vous en train de parler ? demanda-t-elle.

— Il semblerait que la famille du prince ait quelques soucis d'argent.

— Ils sont ruinés, dit la licorne.

— Quand tout ceci sera fini, je pourrai peut-être entreprendre une nouvelle quête, dit Rupert. Aller chercher un pot d'or au pied de l'Arc-en-ciel, par exemple.

— Tu pourras y aller à pied, je te préviens, railla la licorne.

— Le pied de l'Arc-en-ciel, répéta le dragon. Ce n'est pas une légende, vous savez ?

— Ça existe vraiment ? s'étonna Julia.

— Parfois…

— Comment le trouve-t-on ? demanda Rupert.

— On ne peut pas. C'est lui qui vous trouve. C'est autant un état d'esprit qu'un lieu, s'efforça d'expliquer le dragon. Si vous l'atteignez, vous réalisez votre souhait le plus cher. On a souvent des surprises, d'ailleurs. Il y a un sort…

Tout le monde s'immobilisa quand une branche se brisa à proximité. Se relevant d'un bond, Rupert tira l'épée, et Julia prit une dague dans sa botte. La licorne se rapprocha du dragon en renâclant. Puis, l'une après l'autre, les torches autour de la clairière crachotèrent et s'éteignirent. Les ténèbres déferlèrent.

— Ils nous ont retrouvés, murmura Rupert.

Une silhouette s'avança dans la clairière. Grand et pâle comme un cadavre, l'être restait accroupi au bord de la lumière, ses mains griffues se crispant convulsivement. Ses yeux faiblement luisants les regardaient fixement, comme une large tête de crapaud. Tandis que la compagnie l'observait avec une fascination morbide, d'autres démons se précisèrent derrière lui. Certains marchaient debout, d'autres à quatre pattes, et d'autres encore rampaient dans la poussière. La lumière du feu se reflétait sur leurs griffes et leurs crocs. Quoique différentes, toutes les créatures portaient l'empreinte de la corruption de la chair et de l'âme. Rupert leva son épée et s'avança à la rencontre du démon crapaud, incroyablement rapide malgré son dandinement. En position de combat, Rupert s'écarta au dernier moment et abattit son épée en un long arc de cercle. Le sang noir gicla du dos de la créature, qui se tordit de douleur au sol jusqu'à ce que la licorne lui piétine le crâne. Les silhouettes alentour se retirèrent dans les ténèbres.

— Quelles sont nos chances, Prince ? murmura Julia.

— Faibles. Ils sont trop nombreux.

— Mais nous avons un dragon avec nous, protesta Julia. Tout le monde sait que les dragons ne peuvent être tués que par des héros au cœur pur.

— Ça aussi c'est une légende, soupira le dragon. Je suis vieux, Julia. Plus que tu peux l'imaginer. J'ai la vue basse, j'ai des douleurs partout en hiver, et ça fait des années que je n'ai pas craché le feu. Si ça se trouve, je ne sais même plus comment on fait. Non, Julia, les dragons meurent tout aussi facilement que les autres.

— Vous voulez dire que nous n'avons aucune chance ? demanda Julia.

— Il y a toujours une chance, affirma Rupert, plus décidé que jamais.

— Pas comme ça, dit le dragon. Vous allez devoir tenter la Course à l'Arc-en-ciel.

— De quoi vous parlez ? lança Rupert sans quitter les ombres du regard.

— Du pied de l'Arc-en-ciel. Je connais un sort qui vous y emmènera. Si vous êtes assez fort. Ceux qui arrivent au pied de l'Arc-en-ciel obtiennent ce qu'ils désirent le plus au monde.

— Essayez le sort, dit Julia. Je ne veux pas que ces choses me prennent en vie. J'ai entendu trop d'histoires.

Rupert opina, l'air sombre. Il avait dû entendre les mêmes.

— Attention ! cria Julia.

Rupert lança son cri de bataille et abattit son épée à deux mains tandis que les démons s'élançaient depuis les ombres. Sa lame fauchait ses adversaires comme de l'avoine trop mûre. Le sang mouchetait l'air, mais les démons ne faisaient pas un bruit, même en mourant.

Le silence du Noirbois n'était rompu que par les piétinements et le bruit de la lame de Rupert quand elle s'enfonçait dans les chairs. Le dragon se redressa de toute sa hauteur pour tailler ses ennemis en pièces. Les morts et les mourants gisaient pêle-mêle autour de lui, mais les créatures continuaient à affluer. Julia enfonça sa dague dans un œil globuleux et écarta le cadavre d'un coup de pied. La licorne s'approcha pour la protéger, les sabots et la corne déjà couverts de sang. Rupert tourbillonnait et dansait, son épée tranchant les chairs avec une adresse meurtrière, mais chaque démon qui tombait était remplacé par un autre. Le prince sentait la douleur monter dans son dos et ses bras, et, chaque fois, son épée lui paraissait un peu plus lourde. Rupert s'en moquait. Des mois de frustration trouvaient enfin un exutoire et il souriait comme un loup en sentant son épée remplir son office.

Puis tout fut fini. Les démons se retirèrent dans les ténèbres, laissant leurs morts derrière eux. Le souffle rauque et douloureux, Rupert regarda autour de lui en baissant lentement son arme. Le sang et la mort jonchaient la clairière. Tandis que sa rage refluait, Rupert sentit le froid, la fatigue et la nausée. On lui avait appris à utiliser une épée, comme il convenait à son rang, mais sa nouvelle joie meurtrière le dérangeait. Prendre plaisir au massacre… C'était la nature des démons. Le sang qui séchait sur sa lame le dégoûta soudain, et il rengaina l'arme sans l'essuyer. Mal à l'aise, il regarda ses compagnons pour s'assurer qu'ils n'avaient rien. Malgré le sang écarlate qui teintait ses griffes et ses crocs, le dragon paraissait tout à fait indemne. La robe blanche de la licorne était elle aussi éclaboussée de sang, mais ses blessures rares. Julia nettoyait sa dague avec professionnalisme, mais ses mains tremblaient. Rupert secoua la tête. Sans le soutien de la rage, la fatigue le laissa faible et tremblant. Mais il entendait déjà des bruissements aux abords de la clairière. Il se tourna vers le dragon.

— Lancez le sort, dit-il entre ses dents serrées. Encore un assaut comme celui-ci, et ils vont nous écraser.

Le dragon hocha la tête.

— Tout dépend de vous, Rupert. D'abord, vous verrez une lumière au loin. Comme un phare. Puis la magie sauvage vous montrera le chemin. Suivez-le. C'est la Course à l'Arc-en-ciel. Ce que vous y trouverez dépend de vous.

Rupert regarda les ténèbres, et une voix s'éleva en lui. *Je ne peux pas.* Il avait eu du mal à entrer dans le Noirbois avec de la lumière et des amis. Mais abandonner tout cela pour s'élancer, seul, dans les ténèbres… *J'en ai fait assez ! Je ne peux pas retourner dans les ténèbres ! J'ai peur !*

— Rupert ?

J'ai peur !

— Lancez le sort.

— Tenez-vous prêt. Il me faut quelques instants.

Rupert hocha la tête, raide, et se rapprocha de la licorne.

— Veille sur la princesse pendant que je serai parti, d'accord ?

— Je la protégerai de ma vie, promit la licorne. Quand je n'ai pas le choix, je peux être un héros, tu sais.

— Je n'en ai jamais douté, assura le prince avec un sourire.

La licorne se dandina d'un sabot sur l'autre.

— Dans l'ensemble, vous savez, Sire… j'ai connu des quêtes beaucoup moins convaincantes.

— Ça devait être vraiment pathétique.

— Mais tu vas te taire, oui…, tança la licorne avec affection. Et surveille tes arrières, dans la Course à l'Arc-en-ciel. À qui je me plaindrais, sans toi ?

Rupert étreignit le cou de la licorne et se détourna. Julia l'attendait, un mouchoir à la main.

— La faveur d'une dame, dit-elle en le lui tendant. Le héros emporte toujours la faveur d'une dame.

— Oh, j'en ai toujours voulu une, souffla-t-il en rangeant le morceau d'étoffe sous son doublet. Je vous la rapporterai en un seul morceau.

— Rapportez plutôt de l'aide. (Elle se pencha en avant pour l'embrasser.) Et revenez vivant, ou je vous le ferai regretter.

Elle partit dans les ombres. Le prince porta la main à ses lèvres. Pour ça, au moins, les ménestrels n'avaient pas menti. Le dragon s'avança.

— Vous êtes prêt ?

Rupert regarda les ténèbres. *J'ai peur. Mais j'ai donné ma parole.*

— Autant que possible. Et vous ?

— Le sort est lancé.

Rupert tira l'épée, la soupesa, puis la tendit au dragon.

— Donnez ça à Julia. Elle me retarderait dans ma course.

— Bien sûr, promit le dragon.

— Une lumière ! cria la licorne.

Rupert se retourna d'un bloc. Une lueur écarlate avait éclos au cœur du Noirbois.

— C'est ça ! cria le dragon.

Mais Rupert avait déjà démarré. Il traversa la ligne de démons à l'orée de la clairière et les dépassa avant qu'ils aient pu réagir. Une piste se forma devant lui dans les ténèbres, paraissant luire et étinceler sous ses pas. Un démon jaillit des ténèbres pour lui barrer la route, et cria quand la lumière du chemin bondit pour l'avaler. Rupert accorda un regard rapide au cadavre en passant. Derrière lui, il entendit les premiers bruits de bataille tandis que la horde démoniaque s'abattait sur ses compagnons. Il se força à courir plus vite. Les arbres du Noirbois filaient de part et d'autre du chemin éclairé. Son souffle lui brûlait les poumons, mais il était au-delà de la douleur, au-delà de la peur, poussé seulement par le besoin impérieux de sauver ses amis. Il ne savait pas depuis combien de temps il courait. Mais la piste scintillait encore devant lui, et la lueur ne paraissait pas se rapprocher. *Ce n'est pas la vitesse qui compte*, dit une voix en lui. *C'est ton besoin*. Ses jambes tremblaient de fatigue, et il vit avec horreur que le chemin commençait à disparaître. Il s'obligea à courir encore plus vite, criant de douleur. Puis il trébucha et s'étala quand le chemin disparut complètement.

Je regrette, Julia, pensa-t-il avec désespoir quand les ténèbres l'engloutirent. *J'aurais vraiment voulu être un héros pour toi.*

La lumière rugit contre les ténèbres. Rupert se releva tandis que des couleurs plus vives les unes que les autres s'abattaient autour de lui. Ses oreilles étaient pleines du tonnerre d'une cascade colossale. Le temps parut ralentir et s'arrêter. Les couleurs tachèrent la vue de Rupert tandis qu'il levait la tête et les mains vers la splendeur de l'Arc-en-ciel.

Puis celui-ci disparut, et la nuit fut plus sombre que jamais.

Captivé par cette beauté, Rupert resta un instant immobile. Partout où la lumière avait brillé, les arbres étaient redressés et assainis. Par le trou que leurs branches feuillues perçaient dans la canopée, la lune déversait une flaque de lumière immaculée. Et là, par terre devant lui, reposait une épée. Le prince se pencha pour la ramasser. Une épée ordinaire, acérée et équilibrée. Rupert sourit amèrement quand les ténèbres se refermèrent. Encore une légende creuse... Le trésor au pied de l'Arc-en-ciel... Rappelé à la réalité par les bruits du combat, Rupert serra la main autour de l'épée et reprit sa course.

En débouchant dans la clairière, Rupert ne vit tout d'abord qu'une masse de démons enragés, toutes griffes dehors. Le dragon, baigné par la rougeur du feu, frappait partout où il pouvait, la gueule ensanglantée. Derrière lui, Julia se déplaçait pour conserver le feu entre les démons et elle. Sa robe était trempée de sang. Quant à la licorne, Rupert ne la vit nulle part. Soudain, un démon passa sous la garde du dragon et plaqua la princesse au sol. Rupert s'élança avec un cri. Un démon bondit vers lui, et fut tranché en deux dans le même mouvement. D'autres démons tentèrent de lui barrer la route. L'épée ne paraissait rien peser, et le sang de démon tomba comme une rosée impie.

Il rejoignit ses amis au moment où la princesse éventrait son assaillant. Elle leva les yeux et s'essuya le visage d'une main ensanglantée.

— Eh bien, il t'en aura fallu, du temps !

Rupert sourit, sachant qu'ils étaient perdus. Ils se campèrent dos à dos pour recevoir le prochain assaut, Julia tout en efficacité et Rupert en virevoltes et finesse. Et malgré tous leurs efforts, le nombre des créatures paraissait ne jamais devoir tarir. L'épuisement finirait forcément par avoir raison des deux humains. La Course à l'Arc-en-ciel avait été leur dernière chance, et il avait échoué. Rupert lâcha un hoquet de douleur. Avant de mourir, un démon lui avait éraflé la poitrine. Un sang poisseux lui coula sur le flanc, et la douleur chassa l'évanouissement qui le menaçait. D'autres démons arrivaient, et Rupert sut qu'il n'était plus assez rapide pour les arrêter tous. Il maudit en silence la licorne qui les avait abandonnés à leur sort, et se prépara à la mort. En espérant qu'elle serait rapide.

Puis le dragon tendit le cou, plein de noblesse, et le feu emporta la nuit. Les démons se dispersèrent comme des feuilles racornies tandis que le souffle de la bête les enveloppait. D'autres tombèrent au sol et agonisèrent en silence. La grande tête du dragon allait et venait de tous les côtés, son feu purifiant la clairière. Puis la flamme s'éteignit.

À la lumière mourante, Rupert regarda les survivants rejoindre leurs camarades, attendant hors de la clairière. D'autres démons. La horde était infinie. Rupert abaissa lentement son épée et s'y appuya. Il n'osait pas s'asseoir, par crainte de ne jamais pouvoir se relever. *Il possède la force de dix hommes, car son cœur est pur.* Maudits ménestrels. Trahie par ses jambes, Julia se laissa tomber à ses pieds, les yeux dans le vague. Malgré l'épuisement, elle trouvait encore la force de s'accrocher à son épée. La colère et l'horreur s'éveillèrent de nouveau en Rupert quand il vit l'étendue des blessures de la princesse. S'il ne l'avait pas arrachée à la caverne du dragon, s'il ne l'avait pas entraînée dans le Noirbois… S'il ne l'avait pas abandonnée pour courir après une légende…

… Si. *Tu es bien courageuse, ma belle Julia*, se dit Rupert. *Tu méritais mieux que moi.* Il se détourna, trop horrifié pour regarder la princesse. Les démons se regroupaient déjà, toujours aussi nombreux. Rupert se tourna vers le dragon, qui s'était accroupi à côté du feu, épuisé. Une de ses ailes pendait inerte, à moitié arrachée, et un sang doré coulait sur son flanc. Le dragon souleva sa grande tête et étudia le prince couvert de sang.

— Avez-vous trouvé le pied de l'Arc-en-ciel ?

— Oui. C'était magnifique.

— Et qu'avez-vous trouvé ?

— Une épée. Rien qu'une épée ordinaire.

Rupert ne pouvait s'empêcher d'être amer. Il jeta l'épée à terre devant lui. Le dragon étudia l'arme puis se détourna.

— La Magie sauvage est parfois… capricieuse. (Il regarda dans les ténèbres.) Une dernière attaque, et tout sera fini.

— On ne peut pas abandonner, protesta Rupert. Nous les avons repoussés deux fois.

— Je suis blessé, Rupert. Je suis trop vieux pour ces galimatias.

Rupert secoua la tête, cherchant sa colère pour repousser le désespoir.

— Et la licorne ? Où est-il ?

— Par là, dit le dragon.

Rupert suivit le regard du dragon. À moins de dix pas du feu, la licorne était allongée, inerte, à moitié ensevelie sous les corps des démons.

— Licorne !

Rupert le rejoignit en trébuchant et s'agenouilla à côté de sa monture tombée. La licorne voulut lever la tête ; en vain.

— Tu pourrais parler moins fort ? J'ai mal à la tête.

Des sillons sanglants avaient creusé les flancs de la licorne, et ses côtes étaient enfoncées. Sa corne, brisée à la base, n'avait laissé qu'un moignon irrégulier.

— Pardon, dit Rupert. Pardon.

— Ce n'est pas de ta faute, répondit la licorne.

Sa voix se brisa, et il toussa. Ses lèvres se parèrent d'une mousse sanglante. Rupert se mit à pleurer.

— Arrête… Tu aurais dû voir le type d'en face. Tu as trouvé le pied de l'Arc-en-ciel ? (Rupert hocha la tête, la gorge trop serrée pour parler.) Eh bien… sacrée quête, hein ? On chantera notre chanson pour l'éternité.

— Oui, et ils se tromperont de bout en bout.

— Ça ne m'étonnerait pas. Je vais me reposer un peu, mon gars. Je suis fatigué.

— Licorne ?

— … tellement fatigué.

— *Licorne !*

Au bout d'un moment, Julia vint s'accroupir à côté de lui.

—Il a perdu sa corne pour moi, gémit Rupert. Moi qui n'ai rien fait pour lui à part le mener dans le danger…

—C'était ton ami, le consola Julia.

Elle n'aurait pas pu lui faire plus de mal.

—Rupert ! cria le dragon. Les démons !

—Tiens, ton épée, dit Julia tandis qu'ils se relevaient avec raideur.

Rupert foudroya l'arme du regard, et sentit la rage éclore en lui, plus ardente que jamais. Partout autour de lui, les démons s'avançaient, les ténèbres à leur suite. La lumière du feu se reflétait sur les griffes et les crocs. Le dragon se prépara à les affronter, blessé mais indompté. Julia se tenait à côté de lui, toujours aussi fière malgré ses blessures, attendant qu'il la rejoigne. Et la licorne était mourante à ses pieds.

C'était ton ami.

Rupert prit l'épée. La colère et le chagrin brûlaient en lui. Il ne restait plus qu'à mourir courageusement, en emportant le plus d'ennemis possible avec eux. Il leva l'épée au-dessus de sa tête. Toute sa rage, toute son angoisse, toute sa détermination parurent passer dans son arme et filer dans la nuit. Loin, si loin au-delà de lui qu'il eut l'impression de lancer son défi à la face des ténèbres. La lumière jaillit de sa main, emplissant la clairière. Les démons en déroute s'enfuirent ventre à terre devant l'Arc-en-ciel qui s'abattait sur le Noirbois avec un rugissement de cascade.

Le temps parut s'arrêter. D'éclatantes couleurs repoussaient la nuit, fauchant les démons. Et la lumière scintillante continuait à briller sur eux jusqu'à ce que leur chair corrompue se dissolve et s'enfonce dans la terre brisée. Puis l'Arc-en-ciel disparut. Une fois de plus, la nuit reprit ses droits sur le Noirbois.

Dans le silence soudain, les craquements du feu de camp paraissaient très forts. La lune brillait sur la clairière par une large trouée entre les arbres. Partout où l'Arc-en-ciel les avait touchés, les arbres avaient retrouvé leur vraie nature, saine et droite. Rupert baissa lentement son épée pour l'étudier, mais ce n'était de nouveau qu'une épée. *Eh bien… on dirait que certaines légendes sont vraies, après tout.*

— Quelqu'un pourrait m'expliquer pourquoi je ne suis pas mort ? demanda la licorne.

— Licorne !

Rupert se retourna d'un bloc et vit l'animal qui se redressait sur des jambes tremblantes. De ses terribles blessures, il ne restait que quelques fines cicatrices, et il ne perdait plus de sang. Rupert le regardait, les yeux écarquillés, puis il examina rapidement ses propres blessures. Il avait une intéressante collection de cicatrices, mais au moins la douleur avait disparu. Il se sentait merveilleusement bien.

— Moi aussi, je vais bien, lança une voix amusée derrière lui.

Avant que Rupert puisse se retourner, Julia l'enlaça et le serra vivement pour le lui prouver. Elle lui passa un bras sur les épaules pendant qu'il reprenait son souffle, puis se précipita pour enlacer le dragon qui remuait son aile guérie avec prudence.

— Quelqu'un pourrait m'expliquer ce qui se passe ? insista la licorne.

— J'ai appelé l'Arc-en-ciel pour te sauver la vie, dit Rupert avec un grand sourire.

—Ah. J'étais sûr que tu finirais par servir à quelque chose.

Rupert rit et rengaina son épée avec douceur. La joie déborda en lui comme une source revenue à la vie après la sécheresse. Puis son rire retomba doucement tandis qu'il étudiait sa monture en détail.

—Qu'y a-t-il ? s'étonna l'animal.

—Je te trouve différent…, expliqua Rupert d'un air pensif.

—Je me sens bien, répondit son ami en tournant la tête pour s'examiner.

—Oh mon Dieu, souffla Rupert quand il comprit.

—*Quoi ?*

—Euh…

Rupert cherchait un moyen délicat d'aborder le sujet. Avec sa franchise caractéristique, Julia le tira de ce mauvais pas.

—Eh ! Où est la corne de la licorne ?

—Ma *quoi* ?

La licorne loucha presque pour la trouver, mais il ne restait qu'un moignon d'os au milieu de son front.

—Les démons l'ont brisée en te combattant, expliqua Rupert. Apparemment, l'Arc-en-ciel ne guérit que les blessures, il ne fait pas repousser ce qu'on a perdu.

—Ma *corne* ! se lamenta la monture. Tout le monde va me prendre pour un *cheval* !

—Je te promets que non.

—Mais en attendant, coupa le dragon, puis-je vous suggérer que nous fichions le camp ? Nous ne sommes littéralement pas sortis du bois, et je suis sûr qu'il reste bien assez de démons pour nous mener la vie dure.

— Oui, dit Julia. Le cauchemar est fini, mais la nuit ne s'arrête pas.

— Si, assura Rupert en posant la main sur le pommeau de sa nouvelle épée. La nuit s'arrête forcément, à un moment ou un autre.

Chapitre 2

Le fils prodigue

Deux mois plus tard, Rupert, Julia, le dragon et la licorne avançaient d'un pas fourbu sur la route qui serpentait vers le château de Rupert. Le prince montait sa licorne, tandis que Julia était perchée sur les épaules du dragon. Tous deux portaient une veste et un pantalon de cuir, avec par-dessus une épaisse cape de fourrure. Le temps s'était cruellement rafraîchi ces derniers mois, et un vent froid soufflait sans cesse dans la Forêt.

— Et le héros est de retour, dit Julia. Il ne devrait pas y avoir une fanfare ?

— Le premier ménestrel que je vois, j'espère pour lui qu'il saura courir. J'en ai ma claque des chansons de geste.

Le dragon toussota.

— Je suis désolé de reparler de ça, Rupert, mais on t'a envoyé en quête dans l'espoir que tu rapporterais le trésor d'un dragon. Ou, au moins, des morceaux de dragon mort, qui valent apparemment une fortune. Et au lieu de ça, tu ramènes un dragon vivant, ce qui ne vaut pas grand-chose, une princesse sans dot, et pas une seule pièce d'or en récompense de tes aventures par ailleurs remarquables.

Rupert sourit.

— Il y a toujours l'épée de l'Arc-en-ciel.

— Tu ne vas quand même pas vendre *ça* ?

— Julia, le royaume de la Forêt a plus besoin d'argent que moi d'une épée magique. Le trône apporte des devoirs, tu te souviens ?

— Oh que oui. Ça va être difficile de retourner à tout ça. Les robes de soirée, l'étiquette, et les dames de compagnie qui t'empêchent de faire quoi que ce soit d'amusant.

— Je serai là aussi, promit Rupert.

— Alors tout ira bien, sourit Julia.

Elle lui serra la main brièvement.

De grands chênes majestueux bordaient leur route, arborant toutes les couleurs de l'automne. Le soleil bas et le vent froid qui secouait les branches troublaient le prince. L'hiver arrivait tôt cette année. Comme si la Forêt n'avait pas assez de problèmes… Il secoua la tête et inspira profondément, savourant les parfums riches du bois, des feuilles et de la terre. Il était presque chez lui. Chez lui. De nombreux souvenirs se réveillèrent, rarement heureux. Rupert tira les rênes de sa monture et se tourna vers le dragon.

— Euh, dragon… Je pense qu'il vaudrait mieux que tu te fasses…

— Discret ? (Le dragon sourit, dévoilant ses rangées de crocs acérés.) Je comprends, Rupert. On ne voudrait pas faire paniquer tout le monde d'entrée de jeu, hein ?

— Tout à fait. Ils auront déjà assez de mal à faire semblant d'être contents de me voir. Si en plus ils doivent s'habituer à toi…

— Je comprends.

Accroupi, le dragon attendit patiemment que Julia se laisse glisser au sol. Puis il s'écarta tranquillement de la route, se glissa parmi les arbres, et disparut.

— Je ne savais pas que les dragons pouvaient devenir invisibles ! s'exclama Rupert.

— On ne peut pas, répondit une voix désincarnée d'entre les arbres. Mais nous sommes très bons en camouflage. C'est la seule façon de se nourrir. Après tout, dix mètres de dragon, on a vu plus discret pour surprendre une proie.

— D'accord… D'accord. Bon, alors à plus tard. Je reviendrai dès que j'aurai eu une chance d'arranger les choses avec la Cour. Oh, et… si tu trouves des petits oiseaux ronds à l'air idiot… Ne les mange pas. Ils sont protégés par ordre du Roi.

— Trop tard, dit le dragon la bouche pleine.

Rupert secoua la tête, résigné.

— Bah… De toute façon, il serait largement temps de réguler de nouveau la population des dodos.

Il se retourna. Julia l'attendait au milieu de la route, l'air impatient.

— Si vous avez fini… Il se fait tard.

— Oh, bien sûr… On est presque arrivés.

Après une hésitation, il mit pied à terre.

— Et qu'est-ce que tu fabriques, maintenant ?

— Eh bien… ce serait assez triste si j'arrivais à dos de licorne pendant que tu me suis à pied. Il vaudrait mieux que tu le montes jusqu'à ce qu'on arrive.

— Non merci.

— Je pense vraiment qu'il faudrait…

— *Non.*

— Pourquoi ?

— Parce que je ne peux pas monter une licorne. Voilà, content ?

Rupert regarda le sol et gratta la terre du bout du pied.

— Oh…

— Et qu'est-ce que ça veut dire, « oh », je te prie ?

— Ça veut dire qu'il réfléchit, expliqua la licorne. C'est toujours mauvais signe.

— Et alors ? Je ne peux pas monter une licorne, la belle affaire !

— Malheureusement, chez nous, c'est important. Licorne, tu es blessé.

— Mais non.

— Mais si, insista Rupert. C'est pour ça que nous sommes tous les deux à pied.

— Et tu vas sans doute vouloir que je boite…

— Tu as tout compris. Sois convaincant, tant qu'à faire, sinon tu n'auras que de l'herbe à manger pendant un mois.

— Monstre.

La licorne s'éloigna un peu, essayant diverses façons de boiter pour trouver celle qui lui convenait le mieux. Avec un sourire, Rupert et Julia reprirent leur chemin.

Les arbres cédèrent bientôt le pas à une clairière, une douve, et un château. Rupert s'arrêta au bord de la douve, et considéra le pont-levis relevé d'un air mauvais. On ne fermait le château qu'en période d'urgence. Il remarqua les remparts vides, et passa en revue ce qu'ils avaient vu de la Forêt depuis leur sortie du Noirbois. Guerre ? Révolution ? Non, ils auraient vu des fermes brûlées, des cadavres dévorés par les corbeaux. Une épidémie ? Rupert frissonna soudain en pensant qu'ils n'avaient pas vu une seule âme depuis leur retour. Mais son bon sens lui dit qu'il y aurait eu des feux de soufre et des croix peintes sur les portes.

— Qu'y a-t-il ? demanda Julia.

— Je ne sais pas trop. (Rupert observa le baraquement de la porte.) Ho hé, du château ! Abaissez le pont-levis !

Pendant qu'il attendait, impatient, Julia examina le château.

— Ce n'est pas très grand, hein ? finit-elle par dire.

Rupert sourit. Il fallait reconnaître que le Château de la Forêt était tout sauf impressionnant. Les pierres étaient fendues et grêlées par leur exposition au vent et à la pluie, et les hautes tours crénelées paraissaient fatiguées et penchées. Et pourtant, ces murs familiers restaient toujours aussi chaleureux aux yeux du prince. Le château avait résisté aux guerres et aux pestilences, aux ténèbres et à l'usure, protégeant ses ancêtres comme eux-mêmes protégeaient le pays. Quatorze générations de la lignée de la Forêt avaient été élevées derrière ces murs, quatorze générations de service. Rupert poussa un lourd soupir. Parfois, le passé lui pesait lourdement. Mais, même s'il avait prié toute son enfance pour trouver un moyen de quitter le château, cela restait son foyer. Il était content de le retrouver.

— Le château est beaucoup plus impressionnant à l'intérieur.

— Je n'en doute pas.

— Nous avons quatre ailes séparées, de mille pièces chacune, douze salles de banquet, trois salles de bal, les quartiers des serviteurs, les quartiers des gardes, les écuries, la cour…

Julia regarda le petit château, large de moins de cent mètres, haut d'à peine trente.

— Vous avez tout ça ? Là-dedans ?

— Eh bien… le château est plus grand à l'intérieur qu'à l'extérieur.

— Comment est-ce possible ?

— Une facétie des architectes.

— Mille pièces par aile…, murmura la princesse. Comment faites-vous pour chauffer, en hiver ?

— On oublie, en général. J'espère que tu as apporté des vêtements chauds.

— Combien de pièces y a-t-il en tout ?

— Nous n'en sommes pas tout à fait certains, confia Rupert en regrettant d'avoir lancé le sujet. Il y a des pièces qui n'apparaissent qu'à des jours bien précis. Et on a perdu l'Aile sud il y a trente-deux ans. En moyenne, il doit y avoir cinq mille deux cent quatorze pièces en automne. Je crois. Enfin, pas d'inquiétude, tout se passera bien si tu restes dans les couloirs principaux.

Une voix rauque sur les murailles lui épargna la réponse de Julia.

— Eh ! Vous, à la douve ! Du balai, ou on vous transforme en pelotes d'épingles.

Rupert foudroya les meurtrières du regard. Une fois à l'intérieur, il aurait quelques vives paroles avec l'officier de la Garde. Il y aurait une sacrée panique dans le fort, quand on reconnaîtrait sa voix.

—Abaisse le pont-levis, mon bon! cria-t-il avec grandeur et superbe.

—Dégagez.

La licorne ricana, et Rupert porta la main à son épée.

—Vous ne savez pas qui je suis?

—Non. Et je m'en fiche.

—Je suis le prince Rupert!

—Mais non, répondit la voix.

—Tu es sûr que tu ne t'es pas trompé de château? demanda Julia avec prévenance.

—Malheureusement, non, assura la licorne. Vous comprenez pourquoi nous sommes toujours si contents de nous en éloigner?

—Je vous dis que je suis le prince! rugit Rupert, tout à fait conscient de ce que la princesse devait se dire.

—Laissez tomber, répondit le garde. Tout le monde sait que le jeune Rupe a été envoyé en quête pour tuer un dragon. Il a disparu, et on le suppose mort. Maintenant dégagez, bande de traîne-savates, ou on encorde les arcs, et les chiens auront à manger un peu plus tôt.

—Traîne-savates? Je vais le tuer! Je vais tous les tuer!

—Du calme, Rupert, le consola Julia en empêchant le prince de tirer l'épée. Il n'a pas tout à fait tort, cela dit. Ta tenue n'est pas très princière.

Rupert regarda leurs habits usés et tachés par le voyage, et il grimaça plus férocement encore.

—Garde! C'est votre dernière chance.

—Silence, paysan!

Rupert était sur le point d'exploser quand une voix déterminée leur parvint depuis les arbres derrière lui.

— Tenez bon, Prince Rupert. Je m'occupe de lui.

Après une brève pause, dix mètres de dragon agacé jaillirent des arbres, arrosant Rupert, Julia et la licorne de branches et de feuilles. Les puissantes ailes du dragon l'amenèrent rapidement au pont-levis et le maintinrent en position tandis que ses pieds griffus se cramponnaient au bois, laissant de profonds sillons dans la surface. Le garde eut un bref mais très audible sursaut nerveux, puis il s'enfuit en appelant à l'aide. Avec un nouvel effort, le dragon pesa de tout son poids contre la poulie qui retenait le pont-levis. La lumière dansait sur ses écailles émeraude que faisaient onduler ses muscles. Les chaînes cédèrent, et les trois voyageurs se reculèrent loin du pont-levis forcé. Le dragon les rejoignit en planant sous les applaudissements de Rupert et Julia.

— Bien joué, dit la licorne. Et maintenant, on va sans doute se faire attaquer par toute l'armée.

Rupert mena son petit groupe sur le pont-levis, qui trembla sous le poids du dragon. Quelque chose s'agita dans la douve, et Julia regarda l'eau boueuse d'un air curieux.

— Vous avez des crocodiles dans votre douve, Rupert ?

— Plus maintenant, répondit-il d'un air absent en fixant les doubles portes de l'autre côté du pont-levis. On en avait, avant, mais quelque chose les a mangés.

— Quoi donc ?

— On n'est pas vraiment sûrs. Mais si ça peut manger des crocodiles, ça peut garder une douve, alors on ne l'a pas dérangé.

Les grandes portes de chêne s'écartèrent lentement, et Rupert mena sa troupe à l'entrée de la cour. Les sourcils froncés, il s'arrêta sur le seuil. Même à cette heure tardive, il aurait dû y avoir des marchands à leur étal, en train de bonimenter une foule de badauds. Et aussi des gitans, des illusionnistes, des rémouleurs et des ferrailleurs, des mendiants et des prêtres. Tout cela sous l'œil vigilant des gardes. Mais non. La cour était vide et silencieuse. Faute de brasero ou de torche, l'ombre s'épaississait peu à peu.

— Mais bon sang, où sont-ils tous passés ?

Comme ses pas, les paroles de Rupert résonnèrent contre les murs de pierre autour de lui, sans réponse.

— J'ai vu des cimetières plus animés, reconnut Julia.

— Si je vois quoi que ce soit qui ressemble à une croix peinte sur une porte, je m'en vais, gémit la licorne. Il y a un problème. Je le sens, je vous le dis.

— Oh, la ferme, lâcha Rupert. S'il y avait une épidémie, ils ne nous auraient pas ouvert, dragon ou pas.

— Si je comprends bien, les choses ne devraient pas être aussi… calmes, insista le dragon.

— Voilà.

Rupert s'arrêta au pied des marches menant à l'entrée principale. Les portes fermées ne lui plaisaient pas du tout.

— Il a dû y avoir une sorte d'urgence dans le pays. Si menaçante que le château a dû être vidé de ses défenseurs, puis fermé au monde extérieur. (Il étudia les fortifications et chemins de ronde déserts et frissonna.) Mais quelle menace… ?

— Le Noirbois, dit une voix douce.

Rupert se retourna d'un coup, épée en main, quand la lumière des torches inonda la cour. Au sommet des marches, une silhouette imposante en cotte de mailles étincelante se découpait contre les portes. Ses larges épaules surmontaient un corps à la musculature imposante, et la torche projetait des éclats rougeoyants sur sa hache de bataille. Julia tira son épée et se rangea au côté de Rupert quand une dizaine de gardes armés firent irruption dans la cour pour soutenir la silhouette.

— Des amis à toi ? demanda la princesse.

— Pas forcément.

Personne ne bougea, puis la grande silhouette abaissa sa hache et sourit.

— Bienvenue, Prince Rupert.

— Merci, messire Champion. Je suis heureux d'être revenu. (Rupert s'inclina légèrement, sans rengainer son épée.) Surpris de me revoir ?

— Un peu, mais pas vraiment. (Le Champion jeta un regard derrière Rupert.) Je vois que vous avez trouvé un dragon.

— Tout à fait, dit Rupert calmement. Et maintenant, voulez-vous renvoyer les gardes, ou dois-je lui dire que le dîner est servi ?

Avec un grand éclat de rire, le Champion congédia sa troupe. Ils repartirent dans l'entrée tandis que le Champion descendait les marches avec majesté pour accueillir Rupert et ses compagnons. Les deux hommes s'étudièrent avec prudence, sans lâcher leur arme. Le Champion inquiétait Julia. Malgré sa quarantaine de printemps, il portait sa hache de guerre comme un jouet. De vieilles cicatrices barraient son visage dur et impassible, et son sourire constant ne parvenait pas à ses yeux froids et sombres. *Des yeux de tueur*, se dit Julia avec un frisson. Sa présence seule suffisait à la mettre mal à l'aise.

— Eh bien, dit le prince tout bas. Quelle est la situation ?

— La même qu'auparavant, Prince. Il faudra peut-être que je vous tue, comme avant.

— Pour le bien du royaume ?

— Oui, Sire. Pour le bien du royaume.

Ce fut Rupert qui détourna le regard en premier. Le Champion se tourna vers Julia.

— Et qui voilà ?

— La Princesse Julia, annonça Rupert.

Le Champion s'inclina légèrement.

— Si vous voulez bien m'excuser un instant, Sire, je vais m'assurer qu'on prépare une chambre pour votre invitée.

Il se détourna et remonta les marches sans se presser. Rupert jura à mi-voix et rengaina son épée avec une violence inutile. Julia regarda le Champion s'éloigner, puis remit à son tour l'épée au fourreau.

— Il a parlé de te tuer ?

— Tu te souviens que je suis un fils cadet ? Mon frère est le premier héritier. Mais il y a beaucoup de factions à la Cour qui voudraient se servir de moi comme fer de lance pour prendre le pouvoir. Le devoir du Champion est de préserver le royaume. Il préférerait m'abattre que risquer une guerre civile. Je le sais depuis toujours. D'où la quête, qui devait régler le problème sans déshonorer quiconque. Au lieu de ça, je reviens à un moment délicat, et il a peur que je prenne avantage de la situation.

— Et tu ferais une chose pareille ?

— Je ne sais pas… J'imagine…

— Silence, dit la licorne. Le voilà.

Une poignée de courtisans et de dames de compagnie s'alignèrent près des portes tandis que le Champion redescendait les marches, accompagné de quatre gardes armés en uniforme rouge et or. La main de Julia se posa de nouveau sur sa garde.

— Tout va bien, la rassura Rupert. C'est une escorte.

Julia regarda les gardes avec méfiance, puis parut se détendre… sans pour autant ôter la main de son épée. Un toussotement poli attira son attention.

— Oui, messire Champion ?

— Intéressantes cicatrices que vous avez au visage, Sire.

— Je me suis coupé en me rasant.

— Et qu'est-il arrivé à votre armure ?

— Je l'ai laissée dans Touffebois. Elle me gênait.

Le Champion secoua la tête.

— J'ai fait prévenir la Cour de votre arrivée, Sire. Je pense que vous devriez présenter vos hommages à votre père.

— Ça ne peut pas attendre ?

— J'ai peur que non. (La voix du Champion était polie, mais son regard inflexible interdisait toute protestation.) Comme vous l'aurez compris, Sire, nous avons un problème.

— Oui. Vous avez parlé du Noirbois.

— Oui, Sire. Il s'étend…

Rupert regarda le Champion, incrédule. Les frontières du Noirbois n'avaient pas bougé depuis des siècles.

— À quelle vitesse ?

— Un peu moins d'un kilomètre par jour. Touffebois a déjà disparu dans la longue nuit, et les démons vagabondent dans la Forêt. Le Noirbois sera à nos portes dans quelques mois, si nous ne trouvons pas un moyen de l'arrêter.

— De l'arrêter ? Vous n'avez même pas réussi à le ralentir ! (Rupert hésitait entre le rire et les larmes. Il résista à l'envie de secouer le Champion.) Nous sommes passés par le Noirbois au retour, messire Champion. Il grouille de démons. Nous avons eu de la chance d'en sortir en vie. Et pourtant, nous avions un dragon avec nous.

— Nos soldats sont bien entraînés, répondit le Champion tout de go.

— Ah oui ? Et où sont-ils ?

Rupert se tourna ostensiblement vers les fortifications, mais le regard du Champion ne bougea pas.

— Les démons attaquent les fermes et les villages frontaliers, Sire. Nous avons dû envoyer tous les hommes disponibles à leur secours. Les habitations les plus éloignées sont évacuées, mais plus personne n'ose voyager de nuit. Tout cela prend tellement de temps… Nous perdons un peu plus d'hommes chaque nuit. Les démons sont devenus… rusés.

— Oui, dit Rupert. Ils chassent en meutes, à présent.

— Ce n'est pas possible, répondit le Champion sans hésitation.

— Balivernes, trancha Julia. Je les ai vus de mes propres yeux.

— Les démons ne coopèrent pas, insista le Champion en ignorant Julia.

— Ils ont appris, renchérit Rupert. Pourquoi avez-vous fermé le château ?

— Des démons sont parvenus jusqu'ici. Quand la nuit tombe, ils nous observent depuis les ombres. Leurs yeux brillent comme des charbons ardents. Pour l'heure, ils n'ont pas attaqué, mais ils sont de plus en plus nombreux. Comme s'ils… attendaient quelque chose.

Rupert se mordilla la lèvre inférieure. Si le Noirbois était encore à plusieurs mois de là, que faisaient les démons si loin des ténèbres ? Et où se cachaient-ils pendant la journée ? Il secoua la tête, écœuré.

— Puisque je suis le dernier en date à avoir traversé le Noirbois, je dois être une sorte d'expert. Je vais aller voir mon père.

— Oui, Sire. La Cour vous attend. Avec tout le respect que je vous dois, Sire, ne vous attendez pas à un miracle. Toutes les factions paraissent avoir leur propre plan pour lutter contre le Noirbois, et aucun ne vaut tripette. Votre père écoute tout le monde, et donc ne fait rien. Essayez de lui faire comprendre qu'il faut prendre des décisions. Il ne peut pas continuer à reporter ainsi.

Rupert regarda le Champion, pensif. On était en train de le piéger. Il le sentait. La dernière fois que tout le monde l'avait appelé « Sire », il s'était retrouvé à traverser le Noirbois pour trouver un dragon.

— Où est Harald ? demanda-t-il avec méfiance. Il a toujours été le plus pragmatique de la famille.

Le Champion haussa les épaules.

— Je ne pense pas que Monsieur votre frère croie au Noirbois.

— Ha ! Eh bien je vais lui faire changer d'avis, ma foi… Bon, menez-moi à la Cour. D'ailleurs non, attendez. J'ai un mot à vous dire. Ce garde à la porte…

— Il a été remplacé. À présent, Sire, je pense que nous avons perdu assez de temps. La Cour vous attend.

— Qu'elle continue, intervint le dragon. Moi aussi j'ai à parler.

Son énorme tête pivota et les grands yeux dorés se retrouvèrent face à ceux du Champion. L'escorte armée recula, terrorisée, mais le Champion tint bon.

— Rupert est mon ami. Vous avez menacé de le tuer.

De grandes étincelles jaillirent des naseaux du dragon, et deux volutes de fumée s'en envolèrent. Le Champion ne bougea pas un muscle.

— J'ai un devoir à remplir, expliqua-t-il.

— Je m'en fiche.

Le Champion regarda Rupert, qui assistait à la scène avec un ravissement évident. Depuis tout petit, il vivait dans l'ombre du Champion, sachant qu'il pouvait mourir d'une seconde à l'autre. Ce retournement de situation était des plus délectables. Voyant le rictus de Rupert, le Champion se tourna de nouveau vers le dragon.

— S'il arrive quoi que ce soit à Rupert, prévint le dragon, je rase ce château. Compris ?

— Compris. On vous a déjà dit que votre haleine pue le souffre ?

— Dragon ! intervint Rupert en voyant les grandes griffes se lever. J'apprécie ton intention, mais malheureusement, je pense que nous aurons besoin de lui.

— Merci, fit l'intéressé avec raideur.

Le dragon foudroya le Champion du regard puis recula la tête. La fumée continua à s'élever de ses naseaux tandis qu'il aiguisait ses griffes sur quelques briques. Le Champion se retourna vers le prince.

— Je pense que vous devriez enseigner les bonnes manières à votre animal, Sire.

— Oh, vous savez, quand on fait dix mètres de long et qu'on crache le feu, les bonnes manières, c'est très surfait… Et au fait, messire Champion. Ne dites jamais de mon ami que c'est *mon animal*. Vous pourriez l'énerver.

Le dragon se fendit d'un grand sourire. Le Champion étudia les rangées de crocs acérés et lui tourna le dos.

— Si vous êtes prêt, Sire, votre père…

— Je sais… Il a horreur d'attendre. Allons-y, Julia. Julia ?

— Par là, indiqua la licorne.

Rupert se retourna juste à temps pour voir Julia placer son genou dans les parties d'un garde et assommer une dame de compagnie.

La princesse ne s'était pas ennuyée. Lassée que tout le monde l'ignore, elle s'était écartée pour découvrir les lieux. Avant peu, une délicate dame de compagnie l'avait interceptée, accompagnée par un garde apparemment mort d'ennui.

— Une princesse ? s'était étonnée la dame Cecelia en regardant les habits de cuir élimés de Julia. Et… d'où venez-vous, précisément ?

— Des Bas-Coteaux, répondit Julia.

Elle avait remarqué au premier coup d'œil la magnifique robe de la dame Cecelia. Brodée avec soin, ornée de centaines de pierres semi-précieuses, la robe façonnée et rembourrée la couvrait des épaules aux chevilles. Si lourde qu'elle ne pouvait se déplacer qu'à petits pas, elle avait des manches assez larges pour avaler un chien. Le décolleté plus qu'abondant, comme la taille de guêpe, devaient moins aux trente ans de la dame qu'au corset à baleines qu'elle portait sous son habit. Dans l'ensemble, la dame Cecelia paraissait riche, aristocratique et magnifique. Et elle le savait.

Et moi je m'en fiche. Au moins, je ne porte pas de corset.

— Les Bas-Coteaux…, répéta la dame pensivement. Je dois me tromper, ma chère, mais j'avais toujours cru que les Bas-Coteaux étaient un duché. Et *stricto sensu*, les duchés n'ont pas de princesse. Enfin, les titres de campagne n'ont rien à voir avec ce qui se pratique en bonne société.

Elle lui adressa son plus beau sourire, pour souligner le fait que, si Julia n'était pas membre de la bonne société, son interlocutrice l'était indubitablement, elle.

Je ferais mieux de ne pas la frapper, pensa Julia. *Rupert a bien assez de problèmes comme ça.*

Elle se pencha en avant, étudiant la robe de la dame Cecelia de plus près. Outre le corset, on voyait clairement les lignes des baleines qui aidaient à maintenir la silhouette de sablier.

— Comment faites-vous pour respirer dans cette tenue ? demanda Julia.

—Avec grâce et délicatesse, répondit la dame avec froideur.

—Et tout le monde s'habille de la sorte ?

—Tous ceux qui sont... quelqu'un. Assurément, même une noble de campagne sait reconnaître la mode royale ?

Je ne vais pas la frapper, décida Julia.

—Vous êtes arrivée avec le jeune Rupert, n'est-ce pas ?

—Tout à fait. Vous le connaissez ?

—Oh, tout le monde connaît Rupert...

Voyant le sourire mauvais de la dame Cecelia et le rictus sonore du garde à son côté, Julia se rembrunit.

—Ai-je dit quelque chose de drôle ?

—Ma chère, glousa la dame Cecelia, Rupert n'est prince que de nom. Il n'héritera jamais du trône. Celui-ci reviendra à son aîné, le prince Harald. Qui en est digne, lui. Cher Harald... Grand, beau, charmant, et incroyable sur la piste de danse. Et pour ce qui est des dames... Oh, ma chère, tout ce qu'il y a à dire sur Harald...

—Je me fiche d'Harald. Parlez-moi de Rupert.

—Le prince Rupert est d'une inutilité crasse. Il ne sait pas danser, ni chanter, ni écrire de poésie, et sait encore moins se comporter avec une dame.

—D'ailleurs, railla le garde, il monte encore une licorne.

—Ce n'est pas un homme... Pas comme mon Gregory, ajouta la dame Cecelia.

Le garde sourit et banda ses muscles sous le regard admirateur de la dame.

—Rupert, renchérit la dame Cecelia, est un bonnet de nuit, un raseur, un...

— Une limace.

Et tous deux de rire avec malice.

Ce qui eut les conséquences qu'on sait pour les parties du garde et la bouche de la dame.

De tout cela, Rupert ne vit que la fin. Quand un des membres de l'escorte du Champion fit mine d'intervenir, Rupert le faucha aux chevilles avant de poser la pointe de son arme sur sa gorge.

— Bel enchaînement, Sire, complimenta le Champion. Vous progressez.

— Merci. Gardez l'œil sur ce bouffon pendant que je m'occupe de Julia. (Il rengaina son arme et rejoignit la princesse juste à temps pour l'empêcher d'abattre sa botte sur la dame Cecelia.) Julia ! Pas ici. Je t'en prie, accompagne-moi à la cour pour rencontrer mon père. Tu pourras toujours te battre là-bas. Je te dirai qui taper. Mais ne te fatigue pas avec ces amateurs. Les vraies immondices ne quittent jamais la Cour.

Julia se laissa entraîner à son corps défendant.

— J'imagine qu'ils t'ont insultée ? dit Rupert.

— Quelque chose comme ça.

— Oublie-les. Je suis sûr qu'ils ne recommenceront pas.

— Jamais, promit une voix de fausset derrière eux.

Rupert sourit. Apparemment, Julia aurait du mal à se réhabituer à la vie de château. Le Champion s'inclina devant la jeune femme quand Rupert et elle le rejoignirent.

— Si vous voulez bien me suivre, Princesse Julia, la Cour est par ici.

Julia inclina la tête avec superbe, accepta le bras tendu par le Champion, et se laissa guider sur les marches menant à l'entrée. Les quatre gardes suivirent à bonne distance. Rupert se tourna vers la licorne et le dragon.

— Je croyais que l'escorte était pour toi, dit le dragon.

— Pas du tout. Eh bien, ne restez pas plantés là. Venez avec moi voir le roi.

— Euh… Tous les deux ? insista la licorne.

— Évidemment. Je vais avoir besoin d'aide. Et maintenant, rattrapons Julia, avant qu'elle frappe quelqu'un d'autre.

Rupert faisait les cent pas dans l'antichambre. Malgré ses œillades noires, la double porte qui le séparait de la Cour restait obstinément close. Il avait entendu les verrous se remettre en place derrière le Champion, parti informer le roi que son fils était enfin de retour. Une fois de plus, les grandes portes avaient été claquées au nez de Rupert. Une fois de plus, la Cour s'occupait de décider de son avenir. *Quoi qu'on me demande, je refuserai*, se promit Rupert. *Je n'ai pas survécu au Noirbois pour me faire tuer par les manigances de ma famille.*

Il s'arrêta et écouta aux portes. Le grondement audible derrière le bois massif indiquait que la Cour était encore au complet malgré l'heure tardive. Rupert sourit. Les courtisans avaient horreur de travailler tard. Cela les empêchait de s'adonner à leurs occupations importantes, comme la chasse, la boisson et la fornication. Rupert s'étira lentement, et pensa avec impatience au lit profond et moelleux qui l'attendait dans sa chambre. Mais aussi fatigué qu'il soit, il savait qu'il ne parviendrait pas à dormir avant de découvrir quel nouveau maléfice le roi et sa Cour lui réservaient. Il se jeta sur une des chaises si merveilleusement inconfortables de cette antichambre et regarda ce que faisaient ses amis.

Julia s'entraînait à lancer la dague sur les portraits de famille. Elle visait vraiment bien. Le dragon, allongé à moitié dans l'antichambre et à moitié dans l'entrée, mâchonnait une tapisserie centenaire que Rupert n'avait jamais aimée. Entre deux coups de dents, il soufflait des ronds de fumée par les narines. Et la licorne… Rupert fronça les sourcils.

— Licorne, tu n'aurais pas pu faire ça avant d'entrer ?

— Désolé… Tu sais bien que je suis nerveux dans les bâtiments. J'ai toujours peur que le toit me tombe sur la tête.

Combien de fois Rupert s'était-il retrouvé là, à attendre la permission de parler à son propre père ? Son esprit se pencha sur le passé, et n'y vit rien de plaisant. Né sept ans après son frère, Rupert avait été une surprise pour tout le monde, et pas des meilleures. Pour un roi, le deuxième fils servait d'assurance au cas où il arriverait malheur au premier. Mais deux princes adultes et bien portants n'annonçaient rien de bon. Rupert l'avait compris très tôt. Tout le monde s'était efforcé de le lui expliquer. Il grimaça en repensant à certains épisodes. Les tuteurs, qui le battaient parce qu'il était plus intelligent que son aîné. Ses maîtres d'armes, qui le battaient parce qu'il était moins fort que son aîné. Les courtisans, qui le flattaient ou l'insultaient selon les modes. Les barons, qui intriguaient en son nom. Et le Champion, dont les yeux froids promettaient la mort.

Malgré la moussefeu qui luisait sans cesse dans les lampes pendues au plafond bas, l'antichambre restait sombre, comme si les ténèbres l'avaient suivi dans le château. Rupert soupira. Dans la Forêt, tout avait paru si simple et direct ! Mais il n'avait pas le choix, le pays avait besoin de lui. Il sourit avec amertume. C'était bien une première, d'ailleurs. Non, de devoirs, il n'en avait qu'envers ses amis : Julia, le dragon et la licorne. Le sourire de Rupert se radoucit à cette idée, et il la savoura un moment. Il n'avait jamais eu d'amis. Son rang l'avait séparé des autres enfants, et quant à la famille... Sa mère était morte quand il avait cinq ans. Son frère l'insultait et le tourmentait. Et son père l'avait envoyé à la mort sous un faux prétexte.

Rupert secoua la tête. Il avait traversé le Noirbois deux fois, repoussé les démons et invoqué un Arc-en-ciel. Merde à son père, à la Cour et à ce satané Champion. Ils avaient voulu se débarrasser de lui ? Raté. Que ça leur plaise ou non, ils devraient compter avec le deuxième prince, à présent...

— Ça va durer encore longtemps ? demanda Julia en retirant sa dague de l'œil d'un ancêtre.

— Ils aiment bien me faire attendre. Ça leur permet de me garder à ma place.

— Et tu les laisses faire ?

— Avant, oui, répondit-il d'un ton rêveur. Mais les choses ont changé. Dragon...

La créature arrêta de s'aiguiser les griffes sur une armure posée là.

— Oui, Rupert ?

— Tu vois ces portes ?

— Oui, Rupert. Très bel ouvrage.

— N'est-ce pas ? En combien de morceaux pourrais-tu les réduire ?

Le dragon étudia les portes un moment, puis sourit de toutes ses dents. Il se leva et tendit la patte pour tâter le bois du bout des griffes. Les battants frémirent. Avec un hochement de tête de connaisseur, il sortit de la salle et y revint à reculons. Rupert, Julia et la licorne se blottirent dans un coin tandis que le dragon se préparait. Il vérifia d'un coup d'œil que ses amis ne risquaient rien, puis abattit sa queue sur les portes. Les deux battants explosèrent, retombant dans un concert de cris et de jurons fort satisfaisants. *Alors comme ça, on voulait me claquer la porte au nez ?* Avec un grand sourire, Rupert passa sous la queue du dragon et examina les dégâts. Une des portes était restée suspendue sur un gond, tandis que l'autre avait renoncé et s'était abattue au sol. Rupert prit une grande inspiration et franchit l'ouverture. Le rugissement de la Cour se mua en silence consterné.

Rupert regarda autour de lui. Quelques centaines de courtisans et de dames le contemplaient avec peur, indignation ou curiosité sous la lumière argentée d'une cinquantaine de lampes de moussefeu. À l'autre bout, de grands vitraux déversaient la dernière lumière du soir sur le trône et son estrade, taillés dans le même bloc de chêne. Assis là, impassible, son père. La grande tête léonine du roi John IV paraissait presque trop lourde pour son corps. Malgré sa robe aux motifs délicats et sa couronne dorée, on voyait surtout sa tignasse grise et sa barbe indisciplinée.

Même dans ses meilleurs jours, le monarque évoquait davantage le forestier que le souverain. Et pourtant, le roi John se comportait avec dignité, le regard calme et profond.

À côté de lui, Thomas Grey, l'astrologue de la Cour. De la noblesse, il avait toutes les apparences, mais pas la naissance. Grand, large d'épaules et d'une beauté sombre, il était toujours vêtu de noir. Ce fils de forgeron était un ami d'enfance du roi. Quand John était monté sur le trône, Thomas Grey avait écourté sa carrière prometteuse à l'académie de Sorcellerie pour revenir au côté de son ami.

Rupert avait une sainte horreur de cet homme. Il souriait trop.

L'hostilité des courtisans était presque palpable. Rupert se dirigea vers le trône, et s'arrêta presque aussitôt devant le héraut. Bouche bée, celui-ci fixait les vestiges de la porte.

—Eh bien, héraut, ne restez pas comme ça. Annoncez-nous.

—Je pense qu'ils nous ont vus entrer, Rupert, dit une voix amusée derrière lui.

—Ce n'est pas la question, Julia, répondit Rupert avec un sourire. Il faut se faire annoncer.

—Je n'ai aucune intention de vous annoncer, fit le héraut. On n'entre pas ici comme dans…

Sa voix mourut quand le dragon passa la tête par les portes. Quand la créature se tassa pour franchir l'ouverture, l'homme blêmit et déglutit avec peine. Le chambranle, trop étroit, venait de grandir de quelques tailles.

—Je vous annonce immédiatement, Sire.

Il s'avança en hâte et, prenant sa pose la plus solennelle, déclama :

— Le prince Rupert du royaume de la Forêt, deuxième héritier au trône, défenseur du faible, guerrier du royaume, et collecteur de taxes mineures ! (Après un regard par-dessus son épaule, il ajouta :) Accompagné de ses amis.

Julia fit une révérence parfaite, puis se rendit compte qu'elle avait encore sa dague en main. Elle sourit, releva son pantalon sur une belle hauteur de jambe, et glissa son arme dans sa botte. Le dragon adressa à la cantonade un grand sourire pointu. Plusieurs courtisans furent pris de modestie et reculèrent au fond de la salle. La licorne agita la tête, nerveuse, et baptisa le chambranle.

— Si tu recommences, murmura Rupert, je te fais un nœud. Là…

— Rupert, mon cher ami, je suis si content de te revoir sain et sauf ! lança une voix sonore de l'autre côté de la Cour.

Rupert vit une allée se dégager entre les courtisans tandis que son frère s'avançait avec élégance. Grand, d'une beauté classique et musculeuse, Harald avait tout du héros de légende, et il le savait. Il assena une claque sur l'épaule de Rupert et lui serra la main. Ils forcèrent tous deux pour broyer celle de l'autre, et Rupert perdit. Comme d'habitude.

— Intéressant, ton dragon… Mais tu sais, il faut les tuer *avant* de les ramener.

— Je te laisse essayer, invita Rupert avec un sourire.

Discrètement, il secoua la main pour ramener du sang dans ses doigts. Le regard dans les yeux d'Harald, le dragon se lécha les babines d'une langue fourchue.

— Plus tard, peut-être, soupira le prince héritier avec un sourire charmeur pour Julia. Eh bien, Rupert, au moins ton goût en matière de femmes s'améliore. Tu ne nous présentes pas ?

— Je pense que l'un de nous deux va le regretter, dit Rupert. Princesse Julia des Bas-Coteaux, puis-je vous présenter mon frère, le prince Harald du royaume de la Forêt ?

Aussi habitué qu'il soit aux réactions violentes de ses amis, Rupert fut pris au dépourvu quand toute la Cour hoqueta de surprise. Enfin, ça ressemblait à de la surprise. Julia regarda la main que le prince lui tendait et poussa un cri de rage pure. Harald regarda la main droite de Julia et sa bouche s'ouvrit d'un coup. Il recula d'un pas, avec de petits couinements et des gestes pour la repousser. Voyant Julia prête à sauter sur Harald pour l'assommer, Rupert la ceintura.

— Qu'est-ce qu'il y a encore ? demanda-t-il. Tu ne t'entends avec personne ?

— C'est lui ! cria la princesse en se débattant.

— Je sais que c'est lui. C'est moi qui vous ai présentés.

Julia cessa soudain de se débattre, et Rupert la libéra, méfiant.

— Tu ne comprends pas. C'est le prince que je devais épouser. Celui à cause de qui je me suis enfuie.

Rupert ferma les yeux, écœuré. Chaque fois qu'il paraissait comprendre quelque chose…

— Pourquoi tu n'en as pas parlé avant, Julia ?

— Parce que je ne connaissais pas son nom, Rupert. On ne me l'a pas dit. On m'a promise à lui quand j'étais enfant. La cérémonie devait avoir lieu à ma majorité. Ton père et le mien ont échangé des anneaux d'or blanc gravés en signe d'accord. Je porte le mien depuis que j'ai quatre ans, et Harald porte encore le sien. Je l'ai vu sur sa main. Il a exactement le même aspect que le mien.

Rupert foudroya son frère du regard, tandis qu'il récupérait un semblant de façade.

— C'est vrai ? Tu es censé l'épouser ?

— Eh bien, oui, mon cher frère, enfin j'étais, mais…

— Mais quoi ?

— Eh bien, elle s'est enfuie, après tout, s'indigna Harald. Et donc, Père a tout naturellement arrangé un autre mariage, avec l'une des filles d'un baron. Une belle petite pouliche. Une sacrée dot, et un avantage politique de taille. À présent, grâce à toi…

— À présent, grâce à toi, coupa le roi d'une voix sèche, puisque le contrat avec le duché des Bas-Coteaux est encore valide, le mariage devra avoir lieu. Un autre désastre à nous annoncer, Rupert ?

— Laissez-moi cinq minutes, je suis sûr que je peux trouver…

Harald s'éloigna pour converser tranquillement avec le roi, tandis que Rupert faisait de son mieux pour calmer Julia.

— Je refuse de l'épouser, lâcha-t-elle. Je préfère encore entrer dans les ordres.

L'esprit de Rupert se cabra en imaginant Julia en bonne sœur, mais il s'efforça de garder son calme.

— Tu ne seras pas obligée de l'épouser, promit-il d'un ton conciliant. Je vais arranger la situation.

Julia renifla, dubitative, et étudia Harald d'un air méfiant.

— C'est ton frère. Il est comment ?

— Riche, séduisant, et doué avec les femmes. Trois bonnes raisons de le détester. Mais Harald est aussi pompeux, méticuleux, parfois obtus et obstiné, et il pense que l'on devrait interdire tout amusement à ceux qui ne sont pas de sang noble. Quand j'étais petit, il m'a rendu la vie misérable. Le genre de vie qui laisse quelques cicatrices. En gros, c'est un salaud sans scrupule et obstiné. Il fera un excellent roi.

— Un prince classique, quoi, soupira Julia.

Rupert se força à sourire.

La Cour, pendant ce temps, avait fini par reprendre ses esprits. Le retour de Rupert aurait en soi suffi à donner du grain à moudre aux courtisans. Son entrée dramatique via une porte explosée était un plus non négligeable. La présence de la princesse et du dragon avait achevé de les plonger dans une véritable frénésie de spéculation. Pour l'heure, personne n'avait eu l'audace d'aller se présenter officiellement à l'un ou l'autre. En fait, la discussion animée portait pour l'heure sur le danger inhérent à une prise de contact avec le dragon ou la princesse. Quelques personnes un peu plus braves avaient commencé à s'approcher doucement, et découvert à leurs dépens ce qui se passe quand dix mètres de dragon lâchent un vent. Les courtisans les plus proches s'étaient reculés, affolés, un mouchoir parfumé sur le nez. On se précipita pour ouvrir les fenêtres. Apparemment, la journée serait longue.

Le roi était debout, enragé.

— Sortez ce dragon de ma Cour ! Faites-le sortir avant qu'il recommence !

Le dragon recommença. Rupert le regarda, sévère.

— C'était nécessaire ?

— Oui.

— Tu vas recommencer ?

— Certainement.

— Alors va plutôt faire ça dehors. Tu as tout le château pour te soulager.

Le dragon haussa les épaules.

— Je ne vois pas pourquoi je sortirais. Je vais plutôt faire la sieste.

Il étira ses grandes ailes, poussant plusieurs courtisans à se réfugier de l'autre côté des portes. Puis il se blottit au centre de la Cour, le menton posé sur la queue. Les grands yeux dorés se fermèrent, et le dragon se mit bientôt à ronfler, comme un nuage d'orage pris d'indigestion.

— Votre ami en a-t-il fini, à présent ? demanda le roi d'un ton glacé.

— Je l'espère, dit Rupert. Mais ne parlons pas trop fort. On ne réveille pas un dragon qui dort.

Le roi soupira et secoua la tête.

— Approchez du trône.

Rupert obtempéra, suivi par Julia. L'astrologue se tenait à la gauche du roi, et Harald à sa droite. Ils s'inclinèrent tous deux poliment devant Julia, qui les ignora. Le roi fixa son fils en silence.

— Rupert, vous ne pouvez donc rien faire comme il faut ?

— J'ai du mal. Désolé de ne pas vous avoir rendu

le service de me faire tuer pendant la quête. Mais la mort est si assommante…

— Je parlais du dragon, dit le roi.

— Bien sûr…

— J'ai fait pour le mieux, dit le roi tout bas sans détourner le regard.

— Vous voulez dire, ce que l'astrologue vous a suggéré.

Thomas Grey s'inclina, mais ses yeux bleu pâle avaient un éclat dangereux.

— Je conseille le roi au mieux de mes capacités limitées. Nous avions tous deux le sentiment qu'une quête réussie pourrait aider à redorer votre blason auprès de cette Cour. Un prince qui aurait tué un dragon serait, pour le moins, plus facile à marier.

Rupert eut un sourire moqueur.

— Ah ? Le marché des fils cadets est toujours aussi engorgé ?

L'astrologue allait répondre mais le roi l'interrompit. Il étudiait la licorne, les yeux froncés.

— Rupert. Où est la corne de la licorne ?

— Il l'a perdue en se battant.

— Il aurait dû faire plus attention.

Tout le monde se tourna vers Harald pour voir s'il plaisantait. Non.

— Harald, dit le roi. Pourquoi ne commences-tu pas à réfléchir à ce que tu vas porter pour ton mariage ? Tu sais bien que le débat n'est pas ton point fort.

— Ni la réflexion, ajouta Rupert.

— Au moins, il ne serait pas assez bête pour ramener un dragon vivant…, tança le roi John. Ou une princesse dont nous étions contents d'être débarrassés. Et maintenant, nous sommes obligés d'honorer notre accord, ou Bas-Coteaux rompra les relations diplomatiques.

— Je refuse d'épouser Harald, rappela Julia.

— Vous ferez ce qu'on vous dit, dit le roi John. Ou vous pourrez passer le temps qui vous sépare du mariage dans le pire donjon que je trouverai.

Julia planta son regard dans celui du roi, et fut la première à se détourner. Elle se tourna vers Rupert.

— Tu vas le laisser me parler comme ça ?

— C'est mon père…

Il y eut une hésitation étrange.

— Ce n'est pas la fin du monde, votre Altesse, glissa l'astrologue à Julia. Nous n'avons pas besoin de nous presser ; il n'est pas nécessaire de nouer votre union immédiatement. Je n'ai aucun doute qu'en apprenant à connaître Harald, vous comprendrez que c'est un jeune homme bien né et respectable, qui fera un bon mari. Et souvenez-vous, il sera roi un jour.

— S'il reste un royaume, nuança le Champion.

Tout le monde sursauta. Le Champion s'était avancé en silence jusqu'à se tenir à la droite de Rupert. Il avait troqué sa hache de bataille pour une épée qui pendait à sa hanche.

— Je vois que vous êtes toujours aussi doué pour prendre les gens par surprise, dit Rupert.

— C'est l'un de mes talents les plus utiles, répondit le Champion avec un sourire avant de s'incliner devant le roi. Votre majesté, nous avons un problème sérieux à aborder. Le Noirbois…

— Peut encore attendre. Je n'en ai pas fini avec Rupert. Fils, vous deviez rapporter les parties précieuses d'un dragon mort, et au moins une partie de son trésor. Vous n'avez pas rapporté d'or *du tout*?

— Non. Il n'y en avait pas.

— Et son trésor ?

— Il collectionne les papillons.

Tout le monde regarda le dragon endormi.

— Forcément… Avec vous…, commença le Champion.

— Vous n'avez rien rapporté qui ait la moindre valeur ? insista le roi.

— Rien que ceci, dit Rupert en tirant l'épée, faisant reculer tout le monde.

— Elle possède une forte aura magique, dit l'astrologue. Que fait-elle ?

— Elle invoque des arcs-en-ciel, répondit Rupert un peu honteux.

Le silence s'éternisa.

— Parlons du Noirbois, dit le roi. Le sujet paraît soudain préférable.

— Ça me va, dit Rupert en rengainant son arme.

— Nous manquons de temps, votre majesté, insista le Champion. Trois villages frontaliers sont déjà tombés face aux démons. Chaque jour, la Forêt bascule un peu plus dans la longue nuit. Les arbres se meurent, les rivières sont souillées de sang. Les bébés sont mort-nés, et les cultures pourrissent avant qu'on puisse les récolter. Les démons précèdent le Noirbois et massacrent tous ceux qu'ils croisent. Mes hommes sont en train de mourir, juste pour nous donner un peu de temps. Je vous prie respectueusement de me laisser rassembler l'ost pour lever l'armée contre les ténèbres pendant qu'il est encore temps.

— C'est ce que vous me répétez sans cesse, répondit le roi. Mais vous savez aussi bien que moi que les barons ne me donneront pas d'hommes pour une armée, de crainte que je les utilise contre eux. Ce qui ne serait pas impossible, vu leur comportement récent. Non, messire Champion, une armée est hors de question.

Le Champion secoua la tête, obstiné.

— Il me faut plus d'hommes, votre majesté.

— La Garde royale…

— … ne suffira pas pour ce qu'il faut faire !

— Il le faudra bien, décida le roi. Tous mes autres gardes et gens d'armes sont dispersés dans le royaume pour protéger mon peuple et les routes. Devrais-je les rappeler pour former l'armée, et laisser les villages et les villes sans défense contre les ténèbres ?

— S'il le faut, oui. On ne guérit pas une maladie en soignant les symptômes. Les démons sont nés dans les ténèbres. La seule façon d'arrêter la longue nuit est de mener une armée dans le Noirbois pour en détruire le cœur.

L'estomac de Rupert se tordit quand il comprit ce que le Champion avait en tête. Si les gardes étaient rappelés, les villages se retrouveraient sans protection, et les démons les balaieraient. Une sueur froide lui baigna le front au souvenir des créatures bondissantes et griffues qui avaient surgi dans la clairière du Noirbois. Il se rappela avoir espéré une mort rapide, certain qu'elle allait le prendre ce jour-là. En tant que créatures des ténèbres, les démons ne connaissaient ni honneur ni pitié. Les villageois armés de faux et de fourches n'auraient aucune chance contre la marée noire qui précédait le Noirbois. Le sang moucheterait l'air de la nuit, et les cris dureraient jusqu'au matin.

— Il doit y avoir une autre façon, balbutia-t-il en regardant le visage impassible du Champion.

— C'est le cas, dit Thomas Grey. Quand la force ne suffit pas, il faut se tourner vers la magie.

Le Champion eut un sourire méprisant.

— Toujours la même rengaine, astrologue. Toutes vos prophéties et illusions ne nous débarrasseront pas du Noirbois. Tôt ou tard, il faut toujours s'en remettre à l'acier.

— Vous parlez comme si les ténèbres étaient un animal sauvage qu'on pouvait abattre par la lance et l'épée, coupa l'astrologue. Les ténèbres ne peuvent être dissipées que par la lumière. La magie blanche contre la noire, la raison contre l'ignorance. Envoyez une armée dans le Noirbois, et vous ne la reverrez jamais.

Ils se mesurèrent du regard un moment de part et d'autre du trône, le Champion fort et droit dans sa cotte de mailles étincelante. Et pourtant, sa carrure large était presque écrasée par la présence de l'astrologue. Son regard glacé était plein d'un savoir secret, et une aura de pouvoir et de menace le drapait comme un linceul. Rupert l'étudia, surpris. Dans les quelques mois que Rupert avait passés loin de la Cour, Thomas Grey paraissait avoir grandi en stature et en influence. Et en courage. Rares étaient les individus assez braves pour contredire le Champion en face. Rupert fronça les sourcils. L'astrologue paraissait trop confiant à son goût. La magie était peut-être la seule réponse contre les ténèbres, mais seul un sorcier pouvait espérer repousser le Noirbois. Et Thomas Grey n'avait rien d'un sorcier.

— Votre majesté !

Rupert se retourna vers la voix qui retentissait au milieu des courtisans. Un homme gros et petit en robes très tachées vint s'incliner devant le trône. Ses yeux porcins étaient perçants sous les sourcils épilés, et sa bouche maquillée était plissée en une moue constante.

— Votre majesté, en tant que ministre de la Guerre, je dois protester…

— Très bien, interrompit le Champion, vous avez protesté. À présent, du balai, nous avons du travail.

Le visage du ministre s'empourpra de rage, mais sa voix resta ferme.

— Que vous approuviez ou pas, messire Champion, je suis le ministre de la Guerre. Parlez-moi une nouvelle fois sur ce ton, et je vous ferai fouetter.

La main du Champion se posa sur le pommeau de son épée, et le ministre recula.

— Messire Champion, prévint le roi, si vous tirez l'épée contre un de mes ministres, je vous fais trancher la tête.

Le Champion parut un instant sur le point de l'ignorer, mais il retira finalement la main de son arme. Le ministre recommença à respirer.

— Il m'a insulté, dit le Champion.

— Et vous aviez insulté mon ministre, dit le roi. Une insulte contre lui est une insulte contre moi. Est-ce bien clair ?

— Bien sûr, votre majesté, dit le Champion en inclinant légèrement la tête. Je ne vis que pour vous servir.

Le roi ramena son attention sur le ministre.

—Si vous avez quelque chose à nous dire, seigneur Darius, je vous en prie, faites.

—Votre majesté est des plus gracieuses. Il me semble que le seigneur Champion et l'astrologue ont fermé les yeux sur la réponse la plus évidente à nos problèmes actuels. Puisque ni la force ni la magie ne peuvent s'opposer au Noirbois, il faut clairement se rabattre sur la diplomatie.

Le Champion fut le premier à prendre la parole. Rupert hésitait entre le rire et les larmes.

—Cet homme est fou. Parler à des démons ? Et pourquoi pas discuter avec l'orage ? Les démons tuent pour vivre et vivent pour tuer.

—Pour une fois, je suis d'accord avec messire Champion, dit l'astrologue avec un regard glacial pour Darius. Le Noirbois est l'incarnation des ténèbres sur la Terre. Tout ce qui y vit est maléfique. Les démons ne sont pas des créatures vivantes comme nous. Ils n'existent que pour servir le Noirbois.

—Non. Pas le Noirbois, rappela Darius tout bas.

Un silence soudain saisit la Cour. À présent que son intention était claire, Rupert regarda le ministre avec horreur.

—Vous n'êtes pas sérieux ! dit l'astrologue.

—Pourquoi ? À l'évidence le prince Démon est de retour. Comment expliquez-vous la soudaine croissance du Noirbois, sans cela ?

—Une légende, dit le Champion un peu trop vite. Une vieille histoire pour faire peur aux enfants.

—Les hommes ont déjà passé des accords avec

le prince Démon, rappela Darius. À votre avis, si les démons hantent la cour du château nuit après nuit, si loin du Noirbois, n'est-ce pas pour nous inviter à aller passer un contrat avec leur chef?

— Je refuse de passer un accord avec les ténèbres! trancha le roi John.

— Mais si nous donnons au prince Démon ce qu'il désire...

Le ministre se tut devant le regard glacial du monarque.

— Que suggérez-vous, ministre? Que je lui abandonne mes villages dans l'espoir qu'il épargnera le château?

— Pourquoi pas? Comme messire Champion l'a déjà fait remarquer, que sont les vies de quelques paysans face à la sécurité du royaume de la Forêt?

— C'est de la folie! rugit le Champion. Je voulais dire que nous devions combattre les ténèbres, pas leur céder. Si vous accordez un sacrifice au prince Démon, nous n'en serons jamais débarrassés!

— Un tel plan nous détruirait tous! ajouta l'astrologue. Si nous ne nous opposons pas aux ténèbres, nous leur succomberons!

— Votre Majesté, en tant que ministre de la Guerre, je dois...

— SILENCE! tonna Rupert.

Les regards se tournèrent vers lui. Dans le feu de la discussion, tous avaient oublié sa présence.

— Merci Rupert, dit le roi John. Cela devenait un peu bruyant. D'après ce que m'a dit le Champion, vous avez traversé le Noirbois?

— Deux fois, précisa Rupert.

Un rire à peine contenu secoua la Cour. Le ministre de la Guerre gloussa ouvertement, ses petits yeux noirs pétillant de malice.

— Allons, Rupert, vous ne voulez tout de même pas nous faire croire que vous avez traversé le Noirbois *deux fois* ? Même accompagné d'un dragon, les démons vous auraient taillé en pièces.

— Ils ont essayé. Nous avons eu de la chance. Et maintenant retirez votre main de mon bras, ou je vous fais manger vos doigts.

Le ministre, avec une prudence exagérée, recula et s'inclina avec un air sarcastique.

— Et combien de démons avez-vous rencontrés dans le Noirbois, messire le Héros ? Dix ? Vingt ?

— Trop pour que je les compte, dit Rupert avec humeur. Les démons chassent en meute, à présent.

— Absurde, lâcha l'astrologue. Tout le monde sait que les démons n'ont pas l'intelligence requise pour collaborer. Ils s'attaquent entre eux quand les proies deviennent rares.

— J'étais sur place, rappela Rupert en s'efforçant de rester calme. Il y en avait des centaines, qui luttaient côte à côte.

— Des centaines ? railla Darius. Ne perdez pas votre temps pour des mensonges si évidents. Vous n'êtes jamais passé dans le Noirbois. Je suis certain que la princesse Julia fut fort impressionnée par vos belles histoires, mais ne pensez pas nous tromper à notre tour. Vous êtes un lâche, un bon à rien, et tout le monde le sait. À présent, filez raconter ces histoires aux bonniches. Vous n'avez rien à faire ici.

Rupert plaça un coup de poing sur les lèvres

railleuses du ministre. La Cour hoqueta quand Darius s'étala, immobile. Un garde s'avança pour ceinturer Rupert, et Julia lui colla son pied entre l'avant et l'arrière. Courbé en deux, il fut assommé d'un coup sur la nuque. D'autres gardes firent mine de s'avancer, et le Champion tira l'épée. Rupert et Julia se placèrent dos à dos. Et personne ne bougea avant un moment.

— Tu te crois de taille, petit ? demanda le Champion.

— Pourquoi pas ? Tu l'as dit toi-même, j'ai fait des progrès. Et Julia est plutôt douée avec une épée. Avec un peu de chance…

— Il t'en faudrait plus qu'un peu…

Le Champion sourit et s'avança, la mort au fond des yeux.

— Assez ! rugit le roi en se redressant. Messire Champion, rengainez, c'est un ordre ! Gardes, reprenez votre place. Je ne cours aucun danger.

Le Champion obéit sans trahir la moindre émotion. Les gardes reprirent leur poste à contrecœur, et le roi se laissa retomber sur son trône.

— Rupert, Julia, je vous en prie, rangez vos armes. Vous êtes sous ma protection dans cette Cour, et vous avez ma parole qu'il ne vous y arrivera rien.

Julia regarda son compagnon, qui opina lentement du chef. Tout le monde se détendit quand les deux épées regagnèrent leur fourreau. Une petite grappe de courtisans se forma autour de Darius qui grognait faiblement.

— Que quelqu'un ramène le ministre de la Guerre à ses appartements, ordonna le roi.

Le monarque se tourna de nouveau vers son fils quand deux courtisans emmenèrent le ministre. Il souriait derrière sa main levée.

— Non, non et non, affirma Rupert. Non, je ne mènerai pas une armée dans le Noirbois pour combattre les démons. Non, je ne mènerai pas une mission diplomatique pour parlementer avec les démons. Et non, je n'ai aucun sens du devoir ou de l'honneur. Voilà, je crois que tout est dit.

Julia hocha la tête, solennelle.

— Rupert, je t'assure…, commença le roi John.

Son fils l'interrompit aussitôt. Une discussion raisonnable ne lui amènerait rien de bon.

— Pas question. La réponse est non. J'ai fait ce que je pouvais. Pour une fois, je laisse ma place sur le billot à quelqu'un d'autre.

— Rupert, s'il y avait quelqu'un d'autre…

— Harald, par exemple ?

Son frère leva le nez de ses ongles qu'il était en train de limer, et secoua la tête.

— Désolé, frérot, mais on a besoin de moi ici.

— Va te faire cuire un œuf.

Dans un silence tendu, tout le monde fit semblant de n'avoir rien entendu.

— Rupert, reprit le roi avec fermeté. Certes, tu as mérité un repos. Malheureusement, la tâche que je te réserve est à la fois urgente et vitale, et ne saurait attendre. Demain matin…

— *Demain matin ?* rugit Rupert. Je rentre à peine ! Incroyable ! Vraiment incroyable. Je n'ai même pas passé une heure au château que vous essayez déjà de vous débarrasser de moi. Allez, je vous écoute.

—Nous manquons de temps, dit Thomas Grey. La Lune Bleue se lève.

De sombres murmures traversèrent la Cour tandis que le jeune prince regardait l'astrologue, interdit.

—On n'a pas vu de Lune Bleue depuis des siècles… Eh… Mais si je me souviens bien, d'après la légende, à la première Lune Bleue, le Noirbois est né…

L'astrologue hocha la tête, sinistre.

—Sous la Lune Bleue, la magie est libérée dans le monde. La Magie sauvage, celle qui crée ou qui détruit. La nuit où la Lune Bleue est pleine, la magie est assez forte pour refondre la réalité. Nous avons sept mois jusqu'à cette nuit. Sept mois pour trouver une réponse aux ténèbres. Sans cela, le Noirbois s'étendra sur tout ce que nous connaissons. La civilisation disparaîtra, la longue nuit n'aura de cesse, et le monde appartiendra aux démons.

La Cour garda le silence un long moment, secouée par les sombres visions évoquées par l'astrologue.

—Il doit y avoir un moyen…, commença Rupert.

—Oui. Prince Rupert. Vous devez faire route jusqu'à la Tour Sombre et ramener le Haut Sorcier.

—J'aurais dû me porter volontaire pour mener une armée dans le Noirbois, regretta Rupert. Ç'aurait été moins dangereux.

—Mais vous le ferez, dit le roi John.

—Bien sûr. Vous le saviez avant même que je fasse mon entrée.

—Attendez un peu, dit Julia en s'interposant entre Rupert et son père. Que se passe-t-il ? Rupert, qui est le Haut Sorcier ?

— Un ensorceleur. Très puissant. Exilé depuis des années. Il n'apprécie guère les visiteurs.

— Tu n'es pas obligé d'y aller, dit Julia en posant la main sur son bras. Tu en as assez fait.

— Non, répondit le prince avec lassitude. Père a raison. Ils n'ont personne d'autre… de disponible.

— Alors je viens avec toi.

— Oh, euh… J'ai peur de ne pas pouvoir vous laisser faire, intervint Harald.

— Ferme ta bouche, abruti, trancha Julia.

Les courtisans furent pris d'une quinte de toux collective. Julia les ignora, trop occupée à implorer Rupert du regard. Il secoua la tête.

— Je ne peux pas te laisser venir, Julia. Pas à la Tour Sombre. Plus que tout autre, j'aimerais t'avoir, toi, pour m'épauler, mais je ne peux pas te laisser risquer de nouveau ta vie pour moi. Je n'en ai pas le droit. Tu seras en sécurité ici… tant que tu ne t'approcheras pas d'Harald.

— Mais…

— Non, Julia.

— Ce n'est pas juste.

— Non, reconnut Rupert. C'est vrai.

Il se tourna vers le roi, qui l'étudiait attentivement.

— Eh bien, Rupert. Il semblerait que la princesse Julia et vous soyez favorablement disposés l'un envers l'autre…

— Oui, dit Rupert.

— Elle est promise à Harald. Le contrat a été signé il y a longtemps.

— Je connais mon devoir, soupira Rupert. J'ai toujours connu mon devoir. C'est la seule raison pour laquelle j'accepte cette mission. Et surtout, si je dois aller rendre visite au Haut Sorcier, je veux toute une troupe de gardes pour m'aider.

— Ils seront prêts demain à la première heure.

— Et je veux que le Champion les mène…, commença Rupert.

— Je serai honoré de chevaucher à votre côté, Sire.

— … sous mes ordres.

Le roi hésita, puis hocha la tête.

— Cette expédition sera la vôtre, Rupert. Mais je vous conseille fortement d'écouter toujours les conseils du Champion.

— Du moment que ce ne sont que des conseils.

— Bien sûr, Sire, accorda le Champion en s'inclinant.

Il recommence à m'appeler Sire, se dit Rupert. *La situation doit vraiment être désespérée.*

— Entendu, soupira-t-il. Messire Champion, nous partons à la première lueur du jour. Mais je ne sais pas comment nous pourrons convaincre le Haut Sorcier de revenir avec nous.

— Il est notre seul espoir, dit l'astrologue.

— Alors commencez à coudre des drapeaux blancs, grogna Rupert.

— Je ne vois nul besoin de discuter plus avant, intervint le roi rapidement. La Cour peut se retirer !

Les courtisans sortirent lentement, discutant avec animation. Rupert rejoignit Julia, qui lui tourna le dos.

— Julia…

— Nous n'aurions jamais dû venir ici, Rupert.

— J'ai fait ce que je pensais être bien.

— Je sais. Ce n'est pas ta faute.

Rupert lui prit doucement le bras et la força à se retourner.

—Julia. Je ne t'ai pas sauvée des démons pour te laisser partir avec mon frère. À présent, sortons d'ici. Je suis fatigué, et je me lève tôt, demain.

Julia l'étudia un moment, puis sourit comme malgré elle.

—La journée a été longue, hein…

—Excusez-moi, dit Harald en leur bloquant le passage avec élégance. Mais si quelqu'un doit raccompagner la princesse Julia à sa chambre, c'est moi. Après tout, bon sang, c'est ma fiancée.

—Harald, répondit Rupert calmement. Je ne suis pas d'humeur pour ces balivernes. Je suis rarement d'humeur, et crois-moi, pour l'heure, je le suis encore moins que d'habitude. Alors pousse-toi ou je te fais manger mon poing. Ou pire, je laisserai Julia s'en charger.

Harald regarda sa promise. Celle-ci lui décocha un sourire charmeur tout en posant la main sur le pommeau de son épée. Harald s'inclina devant elle, puis eut un sourire poli pour Rupert.

—Comme tu es courageux, Rupert, maintenant que tu as un dragon avec toi. Si tu survis au voyage vers la Tour Sombre, dépêche-toi de rentrer. Je voudrais que tu sois mon témoin au mariage. (Il sourit quand Rupert se raidit.) Je savais que ça te ferait plaisir. À demain, Julia. Nous avons tant à… préparer.

Il se recula, s'inclina et quitta la Cour avec majesté. Rupert et Julia le regardèrent s'éloigner.

—Sympathique, ton frère. Il sait vraiment enfoncer le couteau dans la plaie.

— Oui, dit Rupert. Enfin, ne soyons pas trop durs avec lui, il n'a plus très longtemps à vivre.

— Pourquoi cela ?

— Parce qu'un de ces jours, je vais le tuer.

— Je pourrai t'aider ? demanda Julia en gloussant de bon cœur.

Ils rirent ensemble, puis essayèrent de réveiller le dragon. Rupert l'appela, lui cria dans l'oreille, et frappa même son front du poing. Mais les deux volutes de fumée qui s'échappaient de ses narines ne tremblèrent même pas. Rupert soupira, contourna la bête et lui assena un coup de pied dans le postérieur. Le dragon ouvrit lentement les yeux, et Rupert sautilla sur place en se tenant le pied. Le dragon se remit debout en grommelant et regarda autour de lui.

— Julia. Où sont-ils tous passés ?

— Ils sont partis.

— Dommage. Je commençais à avoir un creux. Pourquoi Rupert s'agite-t-il comme ça en marmonnant ?

— Je crois que c'est une danse traditionnelle.

— Oh... (Le dragon observa Rupert, puis détourna le regard.) Où est la licorne ?

— Je me cache, répondit une voix derrière une tenture. Chaque fois que Rupert doit parler à sa famille, il se retrouve de mauvaise humeur et se défoule sur moi.

— Sors de là, licorne, lâcha Rupert en se rapprochant de Julia en boitant.

— Vous voyez ? (La licorne sortit de sa cachette.) Si vous n'avez plus personne à énerver, Sire, nous pourrions peut-être partir ? Au cas où vous l'auriez oublié, nous n'avons rien mangé depuis ce matin, et mon estomac pense qu'on m'a tranché la gorge.

— Bien sûr, dit Rupert. Je vais te faire apporter toute l'herbe que tu pourras manger.

— Oh, chic, soupira la licorne.

Ils empruntèrent la porte en morceaux, Rupert toujours appuyé sur Julia.

— C'est bien ma chance…, murmura la licorne.

— Quoi ? demanda Rupert.

— Après tous les efforts que j'ai faits pour boiter, personne n'en a parlé.

Rupert et Julia éclatèrent de rire et sortirent avec le dragon et la licorne qui ne boitait plus.

Le roi John regarda disparaître la queue du dragon, puis s'avachit avec un soupir. Thomas Grey s'assit précautionneusement sur les marches du trône. Ses genoux craquèrent fortement quand il s'assit. Le roi et l'astrologue parurent soudain plus âgés.

— La Cour est quand même plus grande, sans les amis de Rupert.

— Et plus calme, ajouta Grey.

— J'aime bien Julia, confia le roi. Elle a de l'entrain. Et Rupert paraît avoir développé sa main droite.

— Au moins, il nous a débarrassés un moment de cet imbécile de Darius.

— Tout à fait. Voilà ce qu'on gagne à rendre les ministères héréditaires.

— Ce n'était pas une de mes meilleures idées, concéda Grey en bâillant.

— Retiens-toi. Sinon, je vais faire pareil, et je ne pourrai pas m'arrêter. Il reste du travail. Enfin, j'imagine.

— J'en ai peur. Le mariage d'Harald, pour commencer.

Le roi John ferma les yeux et grogna.

—Comme si ça ne nous coûtait pas déjà assez cher.

—Et nous devons trouver une façon d'expliquer poliment au baron Oakeshoff qu'Harald ne va pas épouser sa fille, finalement.

—Dommage. Les barons vont nous causer encore plus d'ennuis qu'avant. On a rentré des impôts ?

—Pas un sou. Tant qu'ils penseront pouvoir nous tenir tête, nous ne verrons pas un sou. Et avec l'attaque des démons, ils savent que nous ne pouvons pas envoyer la Garde royale pour les persuader de payer.

—Et le Champion voudrait que je lui donne une armée !

—La politique n'a jamais été son fort.

—Il est loyal envers le trône. C'est pour ça que je l'ai nommé Champion. Tu sais, Thomas, après toutes ces années, il me rend toujours aussi nerveux. Il y a quelque chose de presque inhumain dans une loyauté aussi absolue. Il a tué plus d'un millier d'hommes sur mes ordres, sans jamais demander pourquoi.

—Quand un Champion commence à poser des questions, il est temps d'en changer.

Le roi lâcha un rire sans joie.

—La vie était moins compliquée, avant. Tu te rappelles quand je suis arrivé sur le trône, Thomas ?

—Oui, John. Ça doit faire au moins trente-cinq ans que le Haut Sorcier t'a posé cette couronne sur la tête. À l'époque, il y avait de l'or dans les coffres, les barons connaissaient leur place dans le monde, et le Noirbois n'était qu'une tache d'encre sur les cartes. À peine plus qu'une légende.

— C'était il y a bien longtemps, Thomas. (Le roi tira sur sa barbe grisonnante.) Comment en sommes-nous arrivés là ? J'ai fait de mon mieux, au fil des années, mais, pour chaque problème que je résolvais, deux autres surgissaient. Quand je suis arrivé au pouvoir, le royaume de la Forêt était une terre riche. Une puissance qui imposait le respect. Nous avions de si grands projets, toi et moi… Et maintenant, regarde-nous. Deux vieillards qui luttent contre leurs barons pour maintenir le pays sur pied. Nous sommes tout ce qui reste de l'ancienne garde, Thomas. Le jour où j'ai été couronné, cent cinquante chevaliers ont mis un genou en terre pour me jurer fidélité. Où sont-ils ? Morts et enterrés, tous, perdus dans une guerre ou une autre. Tous mes chers chevaliers. À présent, la chevalerie n'est plus de mode, et l'honneur est oublié. Les temps changent, et je n'arrive plus à les suivre. Ça fait si longtemps que mes problèmes surgissent dans mes rêves, et m'empêchent de me reposer. Si longtemps que ma pauvre Eleanor est morte…

Grey s'adossa à la jambe du roi, et ils restèrent ainsi, en silence. Deux vieux amis perdus dans des souvenirs plus heureux.

Les ombres remplirent la Cour à mesure que la nuit tombait. Le roi John regardait la grande salle vide, avec ses poutres et ses lambris. Les fantômes vinrent se présenter à lui dans leur armure étincelante, épée brandie bien haut tandis qu'ils juraient fidélité au trône. Tous les héros de son royaume, les champions, les forestiers, les rôdeurs et les vengeurs, morts depuis si longtemps. Le roi John regardait sa Cour, et un par un les fantômes le désertèrent, jusqu'à ce qu'il soit seul avec son trône et son royaume.

— Tu sais, finit-il par dire, ce ne sont pas tant les mauvaises décisions qui me dérangent. C'est juste que je passe des jours à peser le pour et le contre, et que je prends quand même les mauvaises décisions !

L'astrologue gloussa.

— C'est pour ça que tu me gardes, John. Je ne suis peut-être pas le Haut Sorcier, mais ma petite magie est parfois bien utile.

— Tout à fait, Thomas.

Le roi ébouriffa les cheveux de l'astrologue avec affection.

— Qu'est-ce que je ferais sans toi ?

Ils se replongèrent une fois de plus dans la contemplation du passé.

— Cinquante-cinq ans, ce n'est pas si vieux, reprit le roi. Je ne suis plus aussi jeune qu'avant, mais je ne me sens pas vieux.

— Le temps nous rattrape tôt ou tard.

— Tu te défends bien, toi. Regarde-toi. Ton dos est toujours aussi droit, et tes cheveux aussi bruns qu'avant.

— Je me teins les cheveux.

— Et tu portes un corset.

— Pas tout le temps.

— Seulement quand tu courtises une nouvelle fille. Bon sang, ton âge devrait avoir plus de dignité.

— Il faut bien passer le temps, dit l'astrologue.

Le roi rit, mais retrouva bientôt son expression soucieuse.

— Pourquoi les barons se comportent-ils ainsi, au fait ? Ils n'ont jamais été aussi rebelles.

— C'est le Noirbois, John. Notre richesse vient des mines gérées par les barons. C'est leur or, leur argent et leur cuivre qui font tenir notre économie. Mais le Noirbois avale de plus en plus de mines. Les démons remontent des tunnels et attaquent les ouvriers, qui finissent par refuser de descendre. Certaines mines ont été scellées par peur de ce qui pourrait sortir des profondeurs.

— Je ne m'étais pas rendu compte que les choses en étaient arrivées là.

— Tu ne peux pas tout contrôler, John.

— Peut-être que si j'envoyais d'autres gardes aux barons…

— Non, John. On ne peut pas se le permettre. On est déjà assez exposés comme ça. On ne devrait même pas se passer de cette troupe de gardes qu'on envoie avec le Champion.

— Je sais. Mais si on ne les lui donnait pas, je pense vraiment que Rupert n'irait pas.

— Oui… Il a fini par apprendre…

Le sourire qu'ils échangèrent s'acheva par une grimace du roi.

— Pourvu qu'ils ramènent le Haut Sorcier. C'est notre dernier espoir.

Chapitre 3

Duels

Rupert sellait sa licorne dans l'air vif de la cour. Le soleil tout juste levé commençait à dissiper la brume, mais de fins filaments se tordaient encore au ras des pavés. Le ciel éclaboussé de sang ne présageait rien de bon pour le voyage. Malgré les six heures de sommeil qu'il avait pu prendre d'après sa clepsydre, il avait l'impression d'avoir à peine fermé les yeux avant qu'un serviteur vienne le réveiller. En le secouant, tant qu'à faire. Du coup, il n'arrêtait pas de bâiller.

Un bain tiède et un petit déjeuner froid n'avaient rien fait pour améliorer son humeur. Et sa troupe de gardes l'ignorait soigneusement. C'était le pompon. Rupert jura dans sa barbe. Les doigts gourds, il se battait contre le harnais. Rattrapant *in extremis* une boucle rebelle, il se crispa en entendant des gloussements derrière lui. *Le premier qui se moque, je lui fais manger sa cotte de mailles, maillon par maillon !* Avec un sourire amer, Rupert secoua la tête. Pas encore sorti du château, qu'il pensait déjà à attaquer ses troupes ! Il ferma les yeux et inspira profondément, cherchant une sorte de calme intérieur. Le voyage serait long, ses gardes auraient tout le temps de lui taper sur les nerfs. Et inversement.

S'ils survivaient assez longtemps, bien sûr.

Rupert écarta cette pensée, boucla rapidement les dernières parties du harnais et se retourna. Une cinquantaine de gardes montés vaquait dans la cour, leurs rangs croisés par les serviteurs et les valets. Des chopes d'hydromel étaient posées à réchauffer sur des braseros par des vendeurs aux habits criards, et çà et là des hommes parlaient à voix basse avec des prêtres encapuchonnés. Une dizaine de gardes s'entraînait sous le regard vigilant du Champion, et les murs de pierre renvoyaient les heurts métalliques. D'autres profitaient du spectacle, astiquaient leur épée avec un chiffon gras et travaillaient leur air menaçant. Rupert trouvait leur compétence à la fois réconfortante et intimidante. Il resserra sa cape autour de lui et tapa des pieds pour les réchauffer. Son souffle se condensait devant lui. Avec un froncement de sourcils, il se dit qu'il n'aurait pas dû faire aussi froid au début de l'automne. Le Noirbois devait être plus proche qu'on le pensait… Il posa la main sur le pommeau de son épée. Plus tôt ils se mettraient en route, mieux ce serait pour tout le monde.

Et pourtant il hésitait. Les gardes continuaient leurs duels, parant et se fendant dans une danse de reflets. La sueur faisait luire leur visage, et leur souffle se faisait rauque à mesure qu'ils accéléraient la cadence, cherchant le premier sang qui mettrait fin à l'exercice. Rupert se rappelait trop bien les nombreux combats menés dans cette cour, enveloppé dans sa cotte de mailles mal ajustée et portant une épée trop lourde pour ses bras maigres. D'amers souvenirs refirent surface, du regard dédaigneux de son tuteur et du froid glacial. On lui avait donné pour partenaire un garde de vingt ans son aîné, bien meilleur que lui. À force d'obstination, le tuteur et le garde firent peu à peu de Rupert un épéiste. Mais il avait payé ce savoir dans le sang et l'humiliation. Rupert fronça les sourcils. Il ne serait peut-être jamais aussi expert que son frère, mais il avait appris des astuces que les leçons plus formelles d'Harald avaient certainement omises.

Rupert n'avait jamais cédé à la tentation d'étaler son adresse. De temps en temps, les deux frères menaient un duel formel sous l'œil du Champion, et Rupert s'ingéniait à perdre. Cela valait mieux. Ainsi, il ne menaçait pas la position d'Harald et ne risquait rien de plus dangereux que les railleries et les cicatrices. Mais il n'oubliait pas ces nouvelles leçons. Sortant de ces souvenirs, il se tourna de nouveau vers les gardes. Étonnamment, il ne les trouvait pas si impressionnants. Ils étaient forts, rusés, mais leur tactique était limitée et leur endurance ridicule. Ils étaient bons, certes. Mais Rupert se sentit pris d'excitation à l'idée qu'il était meilleur que la plupart.

Le prince fronça soudain les sourcils en reconnaissant l'un des gardes. Un grand homme noueux aux traits sombres et saturnins. Rob Hawke était Maître Épéiste, expert au point d'en être devenu invincible à l'épée. Têtu, retors et indiscipliné, seule son adresse exceptionnelle avait empêché qu'on l'expulse de la Garde royale. Rupert fronça les sourcils et se demanda combien d'autres pommes véreuses le roi lui avait confiées.

Une voix tranchante s'imposa soudain. À côté du Champion, Harald le regardait. Il portait une cotte de mailles complète, et une rondache avec un centre de fer. Il lui souriait.

— Rupert, mon cher. Je me disais que tu apprécierais un petit duel avant de partir, juste pour te donner de l'ardeur. Alors, qu'en dis-tu ?

C'est un piège, se dit Rupert avec dégoût. *Il est en armure, bien reposé, et moi je n'ai même pas de bouclier.*

Il regarda autour de lui. Les autres duels avaient cessé, et les gardes observaient la scène. À l'évidence, tout le monde s'attendait à ce qu'il s'esquive par une pirouette. C'était le plus intelligent à faire. Harald voulait lui faire payer dans le sang l'insulte subie devant la Cour, tout en sapant le peu de respect que les gardes avaient pour leur nouveau chef. C'était une bonne idée. Mais pour une fois dans sa vie, Rupert comptait l'emporter. Son gloussement fit hésiter Harald, mais ne troubla pas le Champion.

— Merci, mon frère, lança Rupert d'une voix qui fit naître des échos. Un peu d'exercice me fera du bien.

Il tourna le dos à son frère, ôta sa cape et la drapa sur la selle de la licorne.

— Tu es sûr que c'est une bonne idée ? demanda la monture.

— Non, répondit Rupert avec bonne humeur. Et je m'en fiche.

— Il y a des moments, je ne te comprends pas du tout.

— Eh bien comme ça, on est deux.

La licorne renifla.

— Fais attention à toi, Rupert.

Le prince hocha la tête et rejoignit son frère d'un pas confiant. L'arme de Rupert chuchota contre son fourreau en cuir tandis que les gardes formaient un cercle autour des deux princes.

— Oh, tu n'as pas de bouclier, dit Harald.

— Pas grave. Je n'en ai pas besoin.

Devant l'air décontracté de Rupert, Harald jeta un coup d'œil au Champion, qui secoua la tête.

— Il te faut un bouclier, insista Harald. Le combat doit être équitable.

— Oh, il le sera. On continue à parler ou on se bat ?

Un murmure amusé courut parmi les gardes, et Harald rougit. Il prit sa posture de combat avec le naturel d'une longue pratique et s'avança prudemment, étudiant Rupert par-dessus le bord de son bouclier. Celui-ci vint à sa rencontre, son œil exercé cherchant une gêne dans la posture de son frère, une faiblesse à exploiter. À l'évidence plus habitué à l'élégance d'un faux duel qu'à l'acharnement d'un vrai combat, Harald s'était ramolli. Après ses deux traversées du Noirbois, Rupert était plus affûté que jamais. Avec un sourire mauvais, il sentit remonter en lui toute l'amertume de ses défaites face à Harald. Son frère se rappellerait ce combat. Rupert s'avança, l'épée dardant pour chercher des failles dans la défense d'Harald.

La cour resta silencieuse un moment, hormis les pas traînants sur la pierre nue et parfois les heurts des lames. Les respirations se condensaient dans l'air tandis que les frères se tournaient autour. Harald s'élança avec un arc de cercle vers les côtes de son frère. Après une parade aisée, Rupert entra dans sa défense et lui assena un coup de pied dans le genou. Trahi par sa jambe, Harald bascula d'un côté et Rupert lui donna un coup de genou dans le ventre. Le souffle coupé, Harald se courba en deux, comme s'il s'inclinait devant Rupert. Celui-ci recula pour laisser à son frère le temps de se remettre. Il attendait cette victoire depuis trop longtemps pour la précipiter. Saisis par ce bref échange, les gardes échangeaient des murmures intéressés. Et de l'argent, constata Rupert du coin de l'œil. Il sourit, et son frère chargea de nouveau. S'il tenait son épée et son bouclier d'une main toujours aussi sûre, il ménageait tout de même sa jambe. Rupert sentit une joie mauvaise l'envahir. Son frère avait déjà perdu, mais il ne le savait pas. Froidement, Rupert entreprit de le lui prouver.

Son épée chanta dans l'air tandis qu'il l'abattait à deux mains, repoussant son frère pas à pas. Rupert alternait les coups, ébréchant peu à peu le bouclier et passant parfois en dessous pour tirer le sang d'une dizaine de petites éraflures. Harald esquivait, parait et contrait du mieux qu'il pouvait. Son frère avait beau avancer sans la moindre protection, il battait toujours en retraite, la cotte poissée de sang. Rupert déployait toutes les ruses et les coups bas qu'il connaissait. Tout le monde avait compris qu'il était meilleur qu'Harald, et Rupert en riait. Les gardes acclamaient chaque coup. Puis, soudain impatient, il écarta le bouclier d'Harald, le désarma, faucha son frère d'un coup de pied, et lui posa la pointe de son épée sur la gorge.

— Rends-toi.

— Je me rends, concéda Harald avec amertume.

Rupert le regarda un instant, puis recula. Il avait vaincu son frère. Cela faisait des années qu'il rêvait de ce moment, et pourtant cela ne lui paraissait toujours pas réel. Les gardes cessèrent leurs applaudissements quand Harald se remit sur pied. Raide, endolori, il avait du mal à bouger le bras qui tenait son bouclier. Sa cotte de mailles était déchirée et tachée de sang, et il abandonna son épée ébréchée au sol. Le sang coulait sur son visage, et pourtant il souriait.

— J'aurais dû te faire tuer il y a des années, Rupert. Si par miracle tu survis au voyage vers la Tour Sombre, ne reviens pas. Je ne commettrai pas l'erreur de t'affronter à la loyale une nouvelle fois.

Il tourna le dos à Rupert et partit en boitant, écartant les mains tendues par les gardes pour l'aider. Rupert le regarda partir. Après toutes ces années, toutes les insultes, toute la douleur, il avait enfin battu son frère. Ce n'était pas aussi savoureux qu'il l'aurait voulu. Il haussa les épaules et sourit aux gardes. Ceux-ci paraissaient étrangement calmes, comme s'ils attendaient quelque chose… Un soupçon soudain se fit jour en Rupert, et il se retournait tout juste quand un poing métallique s'abattit dans ses reins, l'envoyant au sol. Il parvint à se relever sur un genou quand une botte de fer le frappa au ventre. Il s'étala de nouveau, sanglotant de douleur.

— Ne baissez jamais votre garde, Rupert, dit le Champion. Vous devriez le savoir.

Sa botte frappa de nouveau, touchant Rupert à la hanche et l'envoyant bouler dans les pieds des gardes. Il se remit à genoux et tendit la main vers son épée. La botte du Champion s'abattit de nouveau, mais cette fois Rupert était prêt. Au lieu de reculer ses doigts, il poursuivit son mouvement, saisit la cheville du Champion à deux mains, et tordit pour le déséquilibrer. Le temps qu'il se remette sur ses pieds, Rupert l'attendait, l'épée à la main.

— C'est beaucoup mieux, dit le Champion.

Son épée cingla, et ouvrit une petite coupure sur la joue de Rupert. Puis le Champion dut reculer d'un bond quand la lame de Rupert fendit les mailles sur ses côtes. Baissant les yeux, le Champion vit du sang couler dans son armure.

— Tu vieillis, Champion, articula Rupert avec difficulté. Fut un temps, tu ne m'aurais pas laissé le temps de récupérer.

— Je suis encore à la hauteur pour vous, mon petit. Allez, montrez-moi ce que vous savez faire.

Rupert avança avec prudence, son épée oscillant devant lui. Les deux combattants se tournaient autour, puis ils se heurtèrent en un déluge de coups presque trop rapides pour le regard. Leurs bottes renforcées faisaient naître des étincelles sur les pavés. Le sang coula d'une large coupure sur le front de Rupert, lui voilant les yeux de rouge. Le Champion avait une autre entaille sanglante sous son armure. Rupert s'essuya les yeux du revers de la main, et ne put parer l'attaque du Champion à temps. Le bras qui tenait son épée se couvrit de sang, rendant la garde glissante. Et ainsi continua le combat. Rupert utilisait toute sa force et son adresse dans une démonstration de talent incomparable. Les gardes l'acclamaient sans cesse. Il se jeta encore et encore à l'assaut, son épée fendant l'air à toute vitesse dans le froid du petit matin. Rupert y mit tout ce qu'il avait, et ça ne suffisait pas.

Il n'avait pas la moindre chance.

Le Champion para chaque coup, laissa Rupert se fatiguer, puis prit la contre-offensive avec brutalité. Rupert se retrouva rossé, face contre terre sur les pavés tachés de son sang. Il était tout juste conscient de la présence du Champion devant lui. Les larmes coulèrent sur ses joues quand une main le saisit par les cheveux et lui leva la tête de force.

— Désolé, Sire. Mais vous n'auriez pas dû battre Harald en public. La prochaine fois, vous réfléchirez avant d'agir. (La main lâcha les cheveux de Rupert, et les pavés lui sautèrent au visage.) Nous partons dans trente minutes, Sire. Je compte vous voir en selle à temps. Sans cela, je vous ferai sangler sur votre monture.

Il s'éloigna sans se presser, et les gardes le suivirent un par un, laissant Rupert blotti autour de sa douleur. La cour retrouva peu à peu son activité normale. Rupert resta là un moment, puis il entendit un bruit de course, et deux mains le prirent avec douceur aux épaules. Il se recula avec un cri silencieux, l'esprit embrumé par la douleur.

— Rupert, mon amour. Que t'ont-ils fait ? (L'esprit plus clair, Rupert reconnut la jeune femme agenouillée à côté de lui.) Que s'est-il passé ?

— Je voulais gagner, Julia, dit-il avant de cracher du sang sur les pavés. Juste une fois, je voulais gagner. Aide-moi à me relever, tu veux ?

Lentement, Julia le guida vers le mur le plus proche pour qu'il puisse s'y appuyer. Il avait la tête qui tournait, et il laissa Julia lui nettoyer le visage avec un mouchoir.

— Dommage de gâcher de la si bonne soie, plaisanta-t-il.

— Qui t'a fait ça ? insista Julia d'une voix furieuse.

— Le Champion. Je n'aurais pas dû lui tourner le dos.

— Je vais le tuer !

Rupert la saisit par le poignet.

— Non. N'y pense même pas, Julia. Il ne te tuerait pas, mais il n'aurait aucun scrupule à te laisser quelques cicatrices pour te donner une leçon. Tu es très douée à l'épée, ma belle, mais je suis meilleur, et il m'a dérouillé sans se fatiguer. (Il se rendit compte qu'il lui serrait trop le poignet, et la lâcha.) Je ne suis pas gravement blessé, Julia. À part dans ma fierté. J'aurais dû me douter qu'il me punirait d'avoir vaincu Harald.

— Tu as vaincu Harald ?

— Oui… (Rupert sourit et sourcilla en sentant le sang lui couler dans la boucle.) Je l'ai battu. Au point où j'en étais, j'aurais pu lui tailler mes initiales dans la peau.

Julia éclata de rire et serra les mains.

— Oh, comme j'aurais aimé voir ça !

— Femelle sanguinaire ! grogna Rupert avant d'éclater de rire devant ses hochements de tête enthousiastes.

— Pourquoi le Champion t'a-t-il attaqué ?

— Pour me remettre à ma place. Pour saper mon autorité auprès des gardes. Et pour prouver qu'il reste le meilleur, même après toutes ces années. Il vieillit, alors il a de plus en plus besoin de le prouver.

Julia fronça les sourcils.

— Je pense que je vais en toucher un mot au dragon.

— Merci de la proposition, mais non. Je veux le vaincre moi-même.

Rupert s'écarta du mur et inspira profondément jusqu'à ce que la tête arrête de lui tourner. La douleur restait vive, plus encore quand il bougeait trop vite, mais c'était supportable. Ç'avait été pire dans le Noirbois. Il chercha son épée du regard, et Julia la lui tendit sans qu'il la demande. Avec un sourire de remerciement, il la remit au fourreau puis regarda la princesse d'un peu plus près.

Quelqu'un avait décidé de prendre la jeune femme en main. Elle portait à présent une longue robe bleu nuit, avec des broderies d'or et d'argent. Ses bagues, bracelets et colliers étincelaient de diamants, et on lui avait pris son épée. Ses longs cheveux blonds coiffés à la dernière mode de la Haute Société et son maquillage appliqué d'une main experte adoucissaient ses traits sans les contrefaire. Rupert la trouvait plus belle que jamais. Même si la tenue ne convenait pas du tout à une cour sale au point du jour.

— J'aime beaucoup ta robe, dit-il d'un ton solennel.

— J'ai l'air d'une grue, grogna Julia. Il faudrait que je me trimballe des clochettes pour avoir l'air plus idiote. La robe est trop serrée, les chaussures me scient les pieds, et cette coiffure me donne mal à la tête. Et en plus, on m'a forcée à mettre des sous-vêtements en laine bien épais, et ça me démange comme pas permis.

Elle allait se gratter quand elle se rendit compte qu'elle tenait encore le mouchoir avec lequel elle avait nettoyé le visage de Rupert. Elle renifla, le rangea dans sa manche ample et regarda le prince d'un air accusateur.

— Tu allais filer sans me dire au revoir, hein ?

— Je n'aime pas les adieux. Ça a toujours l'air si définitif…

— Rupert… Ce Haut Sorcier… Il est vraiment si dangereux que ça ?

— Oui. Le dernier messager qu'on lui a envoyé en est revenu… transformé.

— Comment ça ?

— On ne sait pas trop. Tu te rappelles les crocodiles qui vivaient dans la douve ?

— Tu veux dire que ce qui les a mangés, c'est…

— Oui. Enfin, c'est ce qu'on pense.

— Et ce type est notre dernier espoir contre le Noirbois ?

— On dirait.

— Alors on est dans les ennuis.

Rupert hocha la tête solennellement, et Julia éclata de rire. Rupert se réjouit de lui avoir enfin remonté le moral.

— Alors, Julia, comment t'entends-tu avec le château ?

— Je prends mes marques. Lentement.

— Tu as frappé quelqu'un, récemment ?

— Personne d'important.

— Ha ! Alors ça va…

Ils restèrent un moment silencieux, sans trop savoir ce qu'ils pouvaient dire, puis Julia se pencha pour l'embrasser. Rupert la serra contre lui. Leurs cœurs battaient l'un contre l'autre, et il l'écarta doucement.

— Il est temps de partir, Julia.

— Oui.

— Je t'emmènerais avec moi, si je pouvais.

— Je comprends.

— Tu m'attendras ?

— Bien sûr. Tu as encore ma faveur ?

Rupert tira un mouchoir très mal en point de sous son gilet.

— La faveur de ma dame. Je ne m'en séparerais pas pour tout le royaume de la Forêt.

Il se détourna rapidement des larmes de Julia et rangea le mouchoir. Il entendit la jeune femme s'approcher derrière lui, et sentit son souffle chaud sur sa nuque.

— Pas d'adieux, Rupert. Mais… reviens-moi entier. Sinon, je ne te pardonnerai jamais.

Il aurait aimé ajouter quelque chose, mais tout était dit. Entendant Julia s'éloigner, Rupert posa la main sur son cœur et sentit la pression douce du mouchoir contre sa peau. Apparemment, les ménestrels n'avaient pas toujours tort. Il sourit et traversa la cour pour rejoindre la licorne.

— Tu vas bien, Rupert ? Tu as l'air tout chose.

— Très bien. Vraiment.

— Julia est partie ?

— Oui.

— Je l'aime bien.

— Moi aussi, dit Rupert.

— J'avais remarqué…

Rupert éclata de rire et remit sa cape.

— Prêt à partir ?

— Prêt. Le dragon ne vient pas avec nous ? Je commençais tout juste à m'habituer à lui.

— Il se repose. Je pense que les démons l'ont blessé plus qu'il veut bien le dire. L'Arc-en-ciel aurait dû le guérir, mais il… il n'est plus tout jeune. La nuit dernière, il a eu du mal à atteindre l'écurie. Il va me manquer, mais il n'est pas en état de faire un long voyage. Et encore moins de combattre des démons.

— Des démons ? Quels démons ?

— Eh bien, quand on va retourner dans le Noirbois, licorne…

— Le Noirbois ? On ne m'a pas parlé de retourner là-bas. Bon, ça suffit. Enlève-moi cette selle, je ne bougerai pas…

— On va y entrer un tout petit peu…

— Alors on ne va se faire tuer qu'un tout petit peu ? Pas question !

— Écoute, licorne, soit on va chercher le Haut Sorcier, soit le Noirbois vient nous chercher. C'est très simple.

— Il doit y avoir une autre solution.

— Laquelle ?

— S'enfuir ?

— Là, là… Toutes les licornes sont aussi dégonflées que toi ?

— Celles qui ont un cerveau. Pourquoi crois-tu que les licornes soient si rares ? Parce qu'on est trop bêtes pour se mettre à l'abri quand il pleut ou quand il y a des humains.

Rupert étudia sa monture, pensif.

— Tu es mon ami, n'est-ce pas ?

— Pff… Oui, j'imagine. Disons que j'ai l'habitude de toi.

— Il faut que je retourne dans le Noirbois. C'est mon devoir.

— Je sais, je sais. Et moi, je dois venir avec toi.

Rupert lui flatta l'encolure.

— Merci. J'aurais du mal à y arriver sans toi. Licorne…

— Oui ?

— Je viens de me rendre compte… Depuis tout ce temps qu'on se connaît, je ne sais toujours pas ton nom.

— Mon nom ? Je suis un esclave, Prince. Les esclaves n'ont pas de nom.

L'air parut soudain plus froid et Rupert se détourna, incapable de croiser le regard rouge de sa monture.

— Tu n'es pas un esclave…

— Ah non ? Tu crois que je porte cette selle et ce harnais par choix ? J'ai été capturé dans mon troupeau par des hommes équipés de cordes et de fouets. Ils m'ont battu jusqu'à ce que j'arrête de me débattre, puis ils m'ont vendu à vous. Ce n'est pas de l'esclavage, ça ? (La licorne eut un rire amer.) Tu as été bon avec moi, Rupert, et je t'aime bien, à ma façon. Mais je reste un esclave, et tu restes mon maître. Et les esclaves n'ont pas de nom. Avant, j'en avais un. Quand j'étais libre. Et un jour, je le retrouverai.

— Je… Je suis désolé. Je n'y avais jamais pensé. (Il croisa le regard de la licorne.) Je t'ai mené dans le Noirbois, et tu as failli mourir. Tu aurais pu t'enfuir à n'importe quel moment, mais tu ne l'as pas fait parce que j'avais besoin de toi. Tu es mon ami, licorne. Si tu ne veux pas venir avec moi, rien ne t'y oblige. Mais j'aimerais que tu le fasses.

L'homme et la licorne restèrent un moment face à face.

— Allez, monte. On a du chemin, finit par dire la licorne.

Rupert hocha la tête et mit un pied à l'étrier pour se hisser en selle. Il n'était pas rentré depuis vingt-quatre heures qu'il repartait déjà. *Julia avait raison. Nous n'aurions pas dû revenir. Nous étions heureux, ensemble, dans la Forêt. Nous n'étions pas au courant pour le contrat de mariage d'Harald, ou l'étendue du Noirbois. J'aurais pu t'aimer, Julia. J'aurais pu t'aimer…*

Il soupira et secoua la tête. Un bruit de sabots lent lui fit lever les yeux. Le Champion s'approchait, menant par la bride un destrier caparaçonné. Le cheval dominait la licorne d'au moins dix paumes, et portait sa lourde armure avec nonchalance. *Impressionnant… Magnifique pour la joute. Mais pas très utile contre une meute de démons.*

— Vous vous attendez à des ennuis, messire Champion ? demanda-t-il, très solennel.

— Toujours, Sire. Vous êtes donc prêt à partir ?

— Bien sûr. Vous avez fait un excellent travail, messire Champion. Je souffre, mais je ne suis pas vraiment blessé.

— Je m'efforce de rester professionnel.

— Un jour…

— Quoi donc, Sire ? Vous verserez du poison dans ma coupe ? Vous me glisserez une dague dans les reins ? J'en doute. Vous n'êtes pas comme ça. Vous avez envie de me vaincre d'homme à homme, comme Harald. Et vous ne serez jamais assez bon pour ça.

— Harald pensait comme vous, fut un temps.

Le Champion le regarda durement, mais n'ajouta rien. Le changement de leur relation était clair pour les deux hommes. Pour la première fois, Rupert n'avait plus peur du Champion. Depuis toujours, celui-ci lui avait paru incarner la mort : un tueur aux yeux froids, qui un jour viendrait pour lui comme il en avait emporté tant d'autres. Mais à présent… Rupert l'avait affronté dans les pires conditions possibles, et il avait fait couler le sang par deux fois. Certes, il avait perdu, mais personne n'avait blessé le Champion depuis plus de vingt ans. Il était bon, très bon, mais pas invincible. *Et un jour*, se promit Rupert, *je le prouverai*. Voyant son sourire moqueur, le Champion l'étudia puis détourna son cheval.

— Encore un instant, messire Champion.

— Je suis occupé, Sire.

— Je me contrefiche de ce que vous faites, messire Champion. Tournez-moi encore une fois le dos et je vous ferai décapiter.

La main près de l'épée, le Champion se remit face à Rupert avec un petit sourire.

— Je crois que vous outrepassez votre rang, Rupert.

— Vraiment ? Hier soir, mon père vous a ordonné d'accepter mon autorité pendant le voyage vers la Tour Sombre. Allez-vous contrevenir à la parole que vous avez donnée au roi ?

Le Champion resta très immobile, et Rupert sentit les rouages de la réflexion derrière son visage impassible. Puis le Champion baissa les yeux et reprit ses rênes. Rupert avait gagné.

— Ma parole est ma loi, Sire. Pour ce voyage, vous commandez.

— Très bien, dit Rupert en s'efforçant de ne pas laisser paraître son soulagement. Parce que si vous tentez une nouvelle fois de saper mon autorité auprès des gardes, je vous trancherai la gorge dans votre sommeil.

— Les menaces sont inutiles, Sire. J'ai donné ma parole.

— Avez-vous dit aux hommes que nous passerions par le Noirbois avant d'atteindre la tour du sorcier ?

— Oui. Je n'ai jamais traversé la longue nuit, Sire. Comment est-ce ?

Rupert laissa les souvenirs remonter à la surface. Il se rappelait la peur et la douleur qui l'assaillaient, comme des chaînes autour de son âme.

— Sombre, dit-il enfin. Assez sombre pour briser n'importe qui.

Le Champion attendit, puis il comprit que Rupert n'ajouterait rien d'autre.

— Je vais rassembler les hommes, Sire. Vous devriez leur dire un mot avant notre départ.

— Est-ce bien nécessaire ?

— Sire... Il est habituel d'informer les hommes des dangers qu'ils vont courir.

— Bien. Après tout. Amenez-les, messire Champion.

— Tout de suite, Sire.

Le Champion s'éloigna. Rupert le regarda aboyer ses ordres aux gardes désœuvrés, et s'efforça de rassembler ses esprits. Comment expliquer les dangers du Noirbois à des hommes qui ne l'avaient jamais vu ? La plupart des Forestiers ne mettaient jamais les pieds dans la longue nuit, grâce à Touffebois. Mais d'après le Champion, cette frontière avait succombé aux ténèbres, et les démons rôdaient sans entrave dans la Forêt. Rupert haussa les épaules et posa la main sur le pommeau de son arme. Si tout le reste échouait, il ne lui resterait qu'à invoquer un autre Arc-en-ciel.

Les gardes se rassemblèrent lentement, leurs chevaux piaffant et piétinant d'impatience. Les haleines se condensaient dans l'air froid, et parfois, un rayon de soleil accrochait un reflet sur les cottes de mailles. Les gardes paraissaient durs et compétents. Ils ne comprendraient l'horreur réelle du Noirbois qu'une fois sur place. C'était un effroi trop personnel pour qu'on l'explique. Mais il devait essayer.

— Le Noirbois est dangereux. Toujours. Même quand vous ne verrez pas les démons, n'oubliez jamais qu'ils vous regardent. Il n'y a pas d'autre lumière que ce que nous apporterons avec nous. Pas de nourriture ou d'eau, à part nos provisions. J'ai traversé le Noirbois deux fois, et j'ai failli en mourir. Au deuxième voyage, j'étais accompagné d'un dragon. Et ça n'a rien changé.

Il s'arrêta pour regarder autour de lui, les échos de ses paroles mourant rapidement dans le silence de la cour. Les gardes restaient impassibles, prudents, mais peut-être un tout petit peu respectueux. Dans toute l'histoire de la Forêt, aucun homme n'avait survécu à deux traversées du Noirbois. *Et je vais tenter ma chance une troisième fois ? Je dois être fou…*, pensa-t-il avec amusement.

— La route qui nous mènera à la Tour Sombre sera baignée de sang et de larmes, mes amis. Jamais votre carrière ne vous aura autant mis en danger. Rares seront les survivants, mais la Forêt dépend de nous. Dussions-nous tous y mourir, nous devons convaincre le Haut Sorcier de rentrer au château. Si nous échouons, les ténèbres recouvriront nos tombes et le pays tout entier. Si nous réussissons, les chansons parleront de nous à jamais.

» Il n'est pas trop tard pour renoncer. Un cœur qui doute n'a pas sa place dans le Noirbois. Mais pour une fois dans votre vie, vous avez une chance de faire une différence. La Forêt a besoin de vous. Et moi aussi.

Il regarda autour de lui, la gorge serrée. Et un par un, les gardes tirèrent l'épée et la dressèrent, reprenant l'ancien serment d'allégeance des guerriers. Rupert hocha la tête pour accepter leur hommage, incapable de cacher son émotion. Une demi-centaine d'épées se rangea au fourreau.

— Messire Champion !

— Oui, Sire ?

— En route.

Rupert tourna la bride de sa licorne vers les portes. Le Champion suivit, et les gardes se rangèrent derrière eux en formation serrée. Les grandes portes de chêne s'écartèrent pesamment, la herse se leva et le pont-levis s'abattit avec fracas. Sous les pas lourds des chevaux, la pierre tremblait comme le cœur de Rupert tandis qu'il menait ses hommes hors du Fort. La troupe s'engagea dans la brume du petit matin.

Rupert frissonna et resserra sa cape autour de lui. Il licornait depuis le matin. Malgré le soleil dans le ciel, la journée ne s'était pas réchauffée. En se dissipant, la brume avait révélé des bas-côtés blanchis de gel. Comme autant de colonnes soutenant le ciel menaçant, des arbres morts et effeuillés montaient une garde sinistre de part et d'autre des pistes. De grands pans de toiles d'araignées occultaient le peu de paysage qu'ils auraient pu contempler. Aucun animal ne bougeait entre les arbres, et aucun oiseau ne chantait. Dans la Forêt inerte, les sabots de la troupe ne suffisaient pas à chasser ce silence contre nature.

Rupert claqua ses mains gantées de cuir épais l'une contre l'autre pour rétablir la circulation. Il ne sentait plus ses pieds depuis longtemps. Le vent mauvais lui cinglait le visage, et ses pommettes le brûlaient. L'engourdissement le pénétrait jusqu'aux os. *C'est à peine l'automne… Il n'a jamais fait aussi froid à cette époque de l'année.* Rupert sentait la longue nuit dans ce vent. Comme une avant-garde, l'influence du Noirbois le précédait. La pestilence s'annonçait au monde qu'elle engloutirait bientôt. Rupert frissonna un long moment à cette idée.

Le Champion leva soudain la main, et la colonne de gardes s'arrêta. Rupert tira les rênes de sa licorne et fit halte à côté de lui, la main sur le pommeau de son épée.

— Pourquoi nous arrêtons-nous, messire Champion ?

— On nous regarde.

— Je ne vois personne.

— Ils sont là, insista le Champion. Ils nous attendent.

Personne ne bougeait. Les gardes étaient raides sur leur selle, les yeux fouillant la Forêt, l'oreille tendue. Les arbres spectraux et décharnés cachaient d'anciens secrets dans une ombre impénétrable. Seuls les chevaux, renâclant et piaffant, faisaient du bruit par-dessus le murmure du vent dans les branches. Puis Rupert sentit ses poils se hérisser en apercevant les mouvements furtifs dans les ombres.

L'acier susurra ses promesses assassines en sortant du fourreau. *Les démons*, disait le murmure en passant de selle en selle. *Les démons sont dans l'ombre.* Rupert tira son épée et jura dans sa barbe. Son bouclier était toujours fermement attaché à son sac à dos. Il défit les lanières à l'aveugle, toute son attention braquée sur les ténèbres devant eux. Une dizaine de lanciers s'avancèrent pour flanquer le Champion et Rupert, la lumière reflétée par les hampes de leurs armes. Rupert glissa le bouclier à son bras, jeta un coup d'œil au Champion, puis poussa sa licorne en avant. Les troupes l'accompagnaient, prenant de la vitesse au fur et à mesure.

Des démons dans la forêt. Des démons en plein jour. Le Noirbois doit être plus près qu'on pensait.

Rupert secoua la tête pour s'éclaircir les idées, et remonta son bouclier à une position plus confortable. Il se rendit compte qu'il sentait à peine l'épée dans sa main inerte, et resserra sa poigne. Puis une silhouette s'avança sur la piste devant eux, et leva les mains.

— On se rend ! glapit-elle plaintivement. Vraiment !

Rupert arrêta sa monture tout net, imité par les gardes. Son inquiétude se mua en sourire à mesure qu'une plus grande troupe de gobelins s'encadrait dans la piste. Leur chef sourcilla en apercevant Rupert.

— Oh non ! Encore vous ?

Les autres gobelins considérèrent Rupert de leurs yeux plissés, puis se blottirent les uns contre les autres au milieu de la piste. Les armes tombèrent au sol, et plusieurs gobelins éclatèrent en sanglots.

— Des amis à vous ? demanda le Champion.

— Pas tout à fait, dit Rupert.

Obéissant au geste du prince, le chef des gobelins s'avança à contrecœur.

— Ce n'est pas juste, se plaignit-il en levant les yeux sur le prince. J'ai passé des semaines à transformer cette bande de crevards en combattants d'élite. C'étaient des fermiers, des bergers et des éleveurs de sangsues, et j'en ai fait des soldats. Il y a deux jours, on a repoussé une horde de démons. Le moral n'avait jamais été aussi bon. Et vous, vous me les brisez sans même toucher votre épée ! Ce n'est pas juste !

— Du calme, dit Rupert.

— Du calme ? Vous êtes une légende ! Le seul humain à avoir vaincu une meute de gobelins. Certains de mes hommes en font encore des cauchemars. Les mères gobelines font peur à leurs enfants en leur parlant du méchant humain qui va venir leur parler s'ils sont vilains. Et non content de ça, vous nous pourchassez avec toute une troupe de gardes ? Qu'est-ce que vous ferez, la prochaine fois ? Vous mettrez le feu à la Forêt ?

Rupert sourit. Apparemment, les gobelins qu'il avait mis en fuite avaient justifié leur déroute en faisant de lui une sorte de mythe. Après tout, les légendes pouvaient être utiles.

— Que faites-vous si loin de chez vous ?

— Touffebois a disparu, répondit le chef des gobelins en grommelant. Le noir est venu, et les démons ont envahi les pistes. Ils ont détruit nos maisons et massacré nos familles. Nous avons fui en emportant tout ce qu'on pouvait. Les gobelins ne sont pas courageux. On n'a jamais eu besoin de l'être. Et ce n'est pas dans notre nature. Mais après ce qu'on a vu, on a appris à haïr.

» Notre race est ancienne, messire héros. Un vestige d'un autre âge, d'une époque plus simple. Pas d'humains pour nous effrayer, pas de Noirbois pour entacher notre Forêt. Une époque où la magie était forte. Puis l'homme est arrivé, extrayant l'acier de la Terre pour briser notre bronze, pour nous chasser de nos anciennes demeures. Touffebois, nous l'avons créé pour y vivre. Nous y avons mis tout ce qui nous restait de magie. Peu d'entre nous ont survécu à ce repli. Nous vivons longtemps, et nous nous reproduisons lentement. Et nous n'aimons pas le changement.

» Nous ne sommes pas des guerriers, messire héros. Ce n'est pas dans notre habitude. Nous ne faisons même pas de bons fantassins, comme vous devez vous en souvenir. On ne demande qu'à être laissés en paix. Mais à présent, la nuit s'étend, et notre époque touche à sa fin. Autrefois, nos rangs étaient plus fournis. Nous étions des milliers à vivre dans Touffebois. Et maintenant, nous ne sommes plus que quelques centaines, sans foyer. Alors nous allons vers le château de la Forêt. Nous ne sommes pas forts, ni courageux, et nous ne portons pas d'acier. Mais nous pouvons nous battre. Et si le château accepte d'héberger nos familles, nous le défendrons de notre vie.

Le chef des gobelins planta son regard dans celui de Rupert, comme s'il attendait une insulte ou un coup pour son audace. Rupert regarda derrière lui et vit que ses hommes avaient puisé une certaine force dans ces paroles. Debout au milieu de la piste, ils attendaient la réponse de Rupert. Ils n'étaient ni fiers ni braves, mais ils avaient quelque chose… De la dignité ?

—Allez au château, dit Rupert d'une voix à peine tremblante. Demandez qu'on vous admette, en mon nom : prince Rupert, du royaume de la Forêt. Vos familles y seront à l'abri, et le roi aura toujours besoin de guerriers comme vous.

Le chef des gobelins, interdit, finit par hocher la tête.

— Et vous, messire héros ? Où allez-vous ?

— Nous allons à la Tour Sombre, dit Rupert, pour y voir le Haut Sorcier.

— Je ne sais pas pour qui je crains le plus, de lui ou de vous.

Sur ces mots, le chef des gobelins retourna à ses compagnons. D'autres gobelins émergèrent des ombres. Des femmes et des enfants, encombrés des rares possessions qu'ils avaient pu emporter. À coups d'insultes et de cajoleries, le chef des gobelins rangea son peuple en colonne puis le mena le long de la route sous les yeux amusés des gardes. Lentement, les gobelins repartirent vers le château.

— Donc vous avez déjà rencontré ces… personnes…, s'enquit le Champion.

— Plusieurs d'entre eux ont essayé de me tuer dans Touffebois, dit Rupert. Je leur ai expliqué pourquoi il fallait éviter.

Il se rendit compte qu'il tenait encore son épée, et la rengaina.

— Je vois, répondit le Champion.

Mais son ton disait le contraire.

Rupert sourit puis baissa les yeux. On tirait son étrier d'un geste impatient. Le plus petit des gobelins lui adressa un sourire joyeux.

— Bonjour, messire héros. Vous vous souvenez de moi ? Je voulais vous remercier. Notre chef est très, très bon au combat, mais pas réputé pour ses bonnes manières. Enfin, je ne veux pas dire du mal de lui, hein. C'est grâce à lui que nous avons appris à tuer des démons. Nous en avons expédié toute une meute, il n'y a pas longtemps.

— Attendez un peu. Vous avez affronté une meute de démons ? Où ça ?

— Dans une ville appelée Minebourg. On en a fait de la marmelade, ça oui. Enfin, pas très bonne, mais quand même. C'est plein de cartilages, un démon… Ne vous inquiétez pas pour le château, messire héros. On va en prendre soin pour vous. On connaît tout un tas de choses désagréables à faire avec de l'huile bouillante.

— Ça ne me surprend pas du tout, dit Rupert. Bon, pour Minebourg…

— Un beau petit coin, vous savez. Souvent, la nuit, les gars et moi on allait y voler des poules aux villageois. Enfin, plus maintenant.

— Pourquoi ça ?

— À cause des démons, pardi. Ils ont tout éventré les villageois. Plus un seul humain nulle part. Allez, messire héros, je ne peux pas rester. Je dois rattraper les gars. Bon voyage !

— Merci, messire gobelin. Mais souvenez-vous. Si j'entends dire que vous avez molesté un seul voyageur d'ici au château, je m'occuperai moi-même de vous pendre par les pieds dans la douve pour le monstre. Compris ?

— Oh, bien sûr. On doit se serrer les coudes, entre habitants de la Forêt. Oh oui. Bien sûr. Pas même un petit ?

— Non.

— Rabat-joie.

Avec un sourire, le petit gobelin s'inclina et rejoignit ses amis. Les gardes regardèrent les gobelins partir, puis considérèrent Rupert avec respect. Toute personne capable d'intimider une troupe de gobelins armés sans même élever le ton était digne d'être chef.

— Minebourg, répéta le Champion. On pourrait y être d'ici ce soir.

— Vous connaissez ?

— Une petite ville minière, Sire. Huit cents âmes, dont une demi-compagnie de gardes. Minebourg n'a pas pu tomber devant l'ombre…

— Le Noirbois doit être plus près qu'on pense, dit Rupert. Huit cents âmes… Il faut y jeter un œil.

Sombre, le Champion hocha la tête.

Le soleil tombait rapidement quand Rupert et le Champion entrèrent dans Minebourg. Nulle lumière ne brillait dans les maisons, et les rues étroites étaient pleines d'ombres. Les gardes restaient à l'écart des bâtisses, la main sur la poignée de leur arme. Les sabots étouffés résonnaient contre les épais murs de pierre, crevant le silence comme un mauvais présage. Les chevaux piaffaient et s'ébrouaient. Le regard de Rupert était perpétuellement en mouvement. Les fenêtres lui semblaient comme autant d'yeux sombres et aveugles. Nul signe de violence ou de destruction, mais toutes les maisons paraissaient abandonnées. Quelque part dans la pénombre, une porte claquait avec paresse dans le vent. Personne n'était là pour la fermer. Rupert fit signe à ses hommes de s'arrêter, et tira sur les rênes de sa licorne.

— Messire Champion…

— Oui Sire ?

— Tenez ma licorne. Je vais fouiller une de ces maisons.

— Je serais plus utile à vous seconder, Sire.

Rupert étudia le Champion un moment, puis hocha la tête et se laissa tomber à terre. On entendit les cottes de mailles râper quand les gardes tirèrent l'épée et se mirent en place pour barrer les deux bouts de la rue. Rupert décrocha une lanterne de sa selle et se battit contre la mèche.

— Rupert..., souffla la licorne.

— Ah ! Tu te décides enfin à arrêter de bouder.

— Je ne boudais pas ! Je réfléchissais !

— À quoi ?

— À toi, surtout. Tu as changé, Rupert.

— Ah oui ? Comment ?

— Eh bien, tu avais un peu plus de bon sens, déjà. Il pourrait y avoir des dizaines de démons dans ces maisons.

— Je sais, dit le prince en souriant devant la flamme qui montait. C'est pour ça que je vais entrer.

Une fois la lanterne refermée, il la leva et s'avança lentement de la maison la plus proche. La licorne fit mine de le suivre, puis s'éloigna de nouveau quand le Champion rejoignit Rupert.

— Prêt, Sire ?

— Prêt, messire Champion.

Rupert s'avança à pas de loup, se glissa dans l'entrée sans un bruit, puis repoussa la porte d'un coup au cas où quelque chose se serait caché derrière. Non. Le claquement rebondit en échos dans l'air mort, et le plafond de bois craqua par sympathie. Une fois entré,

Rupert regarda autour de lui, suivi de près par le Champion. La paille sale couvrait le sol de terre battue, les murs de pierre nue étaient humides et décolorés par le lichen, l'âtre noirci ne contenait plus qu'un peu de cendre et de charbon… Autour de la table grossière, quatre chaises – dont une d'enfant – étaient tirées devant quatre assiettes en bois. La pièce devait faire au plus trois mètres de côté, et le plafond était si bas que Rupert avait envie de se voûter. L'odeur était écœurante.

Rupert fronça le nez.

— Comment peut-on *vivre* comme ça ?

— C'est une famille de mineurs, expliqua le Champion. Ce qui signifie simplement qu'ils sont pauvres. Si un mineur ne satisfait pas le quota de son superviseur, il n'est pas payé. S'il satisfait le quota trop facilement, on l'élève jusqu'à ce qu'il soit inatteignable. Les salaires sont bas. Et puisque les seuls magasins sont la propriété des superviseurs, vous imaginez le résultat… Avec le cuivre qu'il extrait en une seule journée, un mineur pourrait nourrir sa famille pendant un an. Mais le vol est puni de mort.

— Je ne savais pas, murmura Rupert. Je n'ai jamais… réfléchi à cela.

— Pourquoi le feriez-vous ? Vous avez vos responsabilités, et les pauvres ont les leurs. C'est ainsi.

— Personne ne devrait vivre comme ça.

— Tout le monde ne peut pas vivre dans un château, Sire. Il faut bien que quelqu'un creuse les mines.

Rupert considéra le Champion avec dureté, et les deux hommes se figèrent en entendant une porte claquer au-dessus d'eux. Le Champion se précipita vers la seule autre issue, au fond de la pièce, et l'ouvrit d'un coup sur un escalier étroit et branlant. Il fouilla les ténèbres du regard et monta lentement, chaque marche craquant sous ses pas. Rupert considéra la pièce vide, puis suivit le Champion.

L'escalier menait à un étage. La même petite pièce, cette fois occupée par deux lits simples séparés d'un drap tendu sur la moitié de la pièce. Le Champion repoussa le rideau sur une fenêtre au volet de bois secoué par le vent. Il secoua la tête, remit son épée au fourreau et ferma le volet. Rupert fronça les sourcils en considérant les deux lits. Ils étaient faits, et personne ne paraissait y avoir dormi. Il pensa regarder en dessous, mais ils étaient trop bas pour cacher quoi que ce soit d'autre qu'un pot de chambre. Il leva sa lanterne bien haut pour regarder autour de lui. Son regard attiré par un objet sur le lit le plus éloigné le poussa à s'approcher. Un jouet. Une poupée de chiffon élimée, aux traits grossièrement dessinés. Rupert rengaina l'épée et souleva la poupée.

— Messire Champion, regardez.

— Une enfant devrait être au lit depuis longtemps.

— Tout à fait. Alors, où est-elle ?

— Avec sa famille. Quoi qu'il soit arrivé ici, je pense qu'ils sont partis ensemble, de plein gré. Il n'y a pas eu de lutte dans cette pièce.

Rupert fronça les sourcils.

— Mais les gobelins ont dit que Minebourg avait été visitée par des démons.

— Sire… Les gobelins mentent, parfois… Quand ça les arrange.

Rupert considéra la poupée dans sa main, puis la rangea sous son gilet pour repartir vers l'escalier.

— Je veux que toutes les maisons soient fouillées, messire Champion. Assignez les gardes pendant qu'il nous reste de la lumière.

— Ils ne trouveront rien.

— Faites-le quand même.

— Oui, Sire.

Le Champion descendit à la suite de Rupert, enfermé dans un silence réprobateur. Rupert s'en fichait. D'accord, peut-être que le gobelin lui avait menti. Certes, des démons auraient laissé d'autres traces de leur passage. Mais huit cents personnes ne disparaissaient pas sans raison. Quelque part dans Minebourg, il y avait une réponse à tout cela. Et Rupert la trouverait.

Il ressortit de la maison à grandes enjambées. Le soir se transformait lentement en nuit, striant le ciel d'écarlate. Le Champion aboyait ses ordres aux gardes, et bientôt la ville s'anima. Les lanternes évoquaient une sarabande de feux follets dans les maisons, ponctuée par les claquements des portes dans l'air mort. Les uns après les autres, tous les gardes rapportèrent la même conclusion. Personne. Aucune trace de lutte. Minebourg était morte, sous le ciel d'ébène.

— C'est une ville minière, dit Rupert. Où est la mine ?

— Au bout de la route, Sire.

Rupert secoua la tête, résigné.

— Autant y jeter un œil. C'est le seul endroit qu'on n'ait pas fouillé.

— Oui, Sire. C'est tout près. Moins d'un kilomètre.

— Comment se fait-il que vous connaissiez si bien l'endroit ? demanda Rupert d'un air soupçonneux.

— Je suis né ici, dit le Champion.

Sous un pâle filet de lune dans la nuit sans étoiles, le Champion mena Rupert et la colonne de gardes le long d'un pan incliné. Malgré la lanterne allumée pendue à chaque selle, les cavaliers voyaient à peine où leur monture posait le pied. Les grandes ombres tordues des arbres épars surplombaient la compagnie d'un air menaçant. Le vent était finalement retombé, mais l'air de la nuit était d'un froid mordant. Quand le terrain s'aplanit soudain, le Champion tira les rênes de son cheval.

— Voilà, Sire. La mine.

Rupert leva sa lanterne, mais la lumière chiche cachait plus qu'elle ne révélait. L'installation paraissait centenaire. Quelques édifices de bois brut entouraient une entrée principale à peine assez large pour trois hommes de front. Le Champion démonta en silence, ses yeux sombres fixés sur l'entrée. Rupert vint se tenir à côté de lui.

— J'avais dix ans, la première fois que mon père m'a fait descendre. La veine principale s'épuisait, et les barons avaient réduit nos salaires pour diminuer les frais. Ma famille avait besoin d'argent, et il y avait toujours du travail pour les enfants. Le tunnel qui menait à la face principale était si petit que mon père devait y ramper à quatre pattes. Moi, il suffisait que je baisse la tête. La seule lumière venait des bougies dans nos casques, et l'air était poussiéreux au point d'en paraître épais. Le premier jour, je n'ai travaillé que six heures, mais ça m'a paru une éternité.

» Je me suis enfui, cette nuit-là. Je me croyais courageux, mais je n'aurais pas supporté un autre jour dans cette mine. En trente ans, je n'avais pas remis le pied ici. Et pourtant, cette mine me fait toujours le même effet. Amusant, après toutes ces années.

Rupert jaugea le Champion du regard, mais il paraissait en avoir fini. Son visage perdu dans l'ombre semblait aussi impassible qu'à l'accoutumée. Il ne savait pas pourquoi le Champion lui racontait tout cela. Ils n'étaient pas proches. Encore moins amis. Et il était difficile d'imaginer le Champion en petit garçon. Un garçon qui avait ri, pleuré, et fui des ténèbres qu'il ne pouvait pas supporter.

— Messire Champion…

— Nous allons commencer par les corps de bâtiments.

Le Champion s'éloigna pour donner ses ordres. La lumière émana bientôt d'une dizaine de torches plantées autour de l'entrée. Les gardes parcouraient les ténèbres en silence à la recherche des villageois disparus. Dans les bâtiments vides, ils découvrirent d'étranges traces menant au tunnel qui descendait vers les profondeurs. Rupert alla les examiner de plus près. Ce n'étaient pas vraiment des empreintes. Plutôt la trace d'un objet incroyablement lourd qui aurait brièvement reposé sur le sol de la mine, écrasant et tassant la terre. Rupert fronça les sourcils. Ça ne pouvait pas venir des démons. Le Champion émergea de l'obscurité du tunnel, et Rupert se releva.

— Vous avez trouvé quelque chose ?

— Pas encore, Sire. Ils sont dans la mine, quelque part.

— Nous ne pouvons pas en être certains.

— Moi, je le suis, Sire. Quelque chose les a appelés. Quelque chose a appelé les villageois, et ils ont quitté leurs maisons pour venir à la mine. Hommes, femmes et enfants. Si nombreux qu'ils ont dû attendre leur tour pour s'engager dans le tunnel. Ils attendent que nous les rejoignions, quelque part dans l'obscurité.

Rupert lui coula un regard en biais. S'il avait eu affaire à quelqu'un d'autre, il aurait juré que son interlocuteur craquait. Certes, le Champion avait toujours été un peu instable, mais… Plus loin dans le tunnel, un garde cria d'épouvante. Rupert s'élança, le Champion à son côté, et le garde vint à leur rencontre, pâle comme un linceul. Il avait perdu son épée et sa lanterne, mais tenait quelque chose à la main.

— Que s'est-il passé ? demanda le Champion d'un ton brusque.

Le garde s'arrêta en trébuchant, incapable d'articuler tellement ses dents claquaient.

— Qu'avez-vous trouvé ? insista Rupert.

Le garde secoua la tête sans un mot et donna à Rupert une chaussure rouge. Rupert fronça les sourcils. À la taille, ce devait être un soulier d'enfant, mais il était étrangement lourd. En l'examinant de plus près, il faillit vomir. Le pied était toujours à l'intérieur, proprement sectionné à la cheville. La chaussure était rouge à cause du sang séché. Rupert passa l'objet au Champion, qui l'étudia plus avant.

— Avez-vous trouvé autre chose ? demanda Rupert.

— Je ne… Je ne voyais pas grand-chose. Il faisait trop sombre. Mais l'odeur… L'odeur est atroce.

Il déglutit péniblement et remonta vers la surface.

— Il est jeune, expliqua le Champion d'un air absent. Premier service. Il ne s'est jamais battu, voilà tout. Il va se remettre.

— Oui, bien sûr. (L'estomac de Rupert sursauta quand le Champion laissa tomber la chaussure ensanglantée.) Beaucoup de mes gardes paraissent tout aussi jeunes, messire Champion. Dois-je en conclure qu'ils sont tout aussi inexpérimentés ?

— Tout à fait, Sire.

— Je comprends mieux pourquoi le roi me les a confiés.

— Vous apprenez vite, Sire.

Avec un sourire fatigué, Rupert fit face à l'entrée du tunnel. Le Champion était tourné dans la même direction.

— Eh bien, finit par dire le prince. Nous ne pouvons plus rien faire ici. Retournons en ville.

— À Minebourg ?

— Ça vaut mieux que d'être piégé en terrain ouvert. S'il y a des démons, nous serons plus à l'abri derrière des murs de pierre.

— Ça n'a pas beaucoup aidé les villageois, rappela le Champion. Vous n'êtes pas curieux de savoir ce qui se trouve là-dedans ?

— Pas vraiment…

— Il pourrait y avoir des survivants dans la mine.

— C'est peu probable.

— Certes, Sire, mais c'est une possibilité.

— Oui, soupira Rupert. Oui, c'est possible, messire Champion. Que pensez-vous que nous devrions faire ?

— Nous devons descendre. Pour sauver les villageois, ou à tout le moins les venger.

Rupert ressentit un soudain élan de sympathie pour le Champion. À sa façon, l'homme avait aussi peur de la mine que lui du Noirbois. Et tout comme

Rupert, le Champion ne se laisserait pas détourner de son devoir par la peur.

— Très bien, accorda Rupert. Dites aux gardes ce qui se passe, et trouvez-moi quatre volontaires pour nous accompagner. Que les autres mettent en place un périmètre et le marquent avec des torches. S'il y a des démons en maraude, ça les écartera.

— Quatre volontaires, Sire ?

— Ce sera un groupe d'exploration, messire Champion, pas une force d'assaut. Il sera largement temps pour cela quand nous saurons à quoi nous avons affaire. Et je veux de *vrais* volontaires.

— Bien sûr, Sire.

Avec un petit sourire, le Champion remonta parler aux gardes.

Rupert grimaça et fouilla les ténèbres du regard. Celles-ci le soutinrent sans rien révéler. Dans sa paume, l'épée paraissait lourde et rassurante. La Course à l'Arc-en-ciel paraissait déjà si loin. *Je ne suis pas obligé. Il est complètement idiot de risquer ma vie pour quelques centaines de villageois disparus. Ma mission est bien plus importante. Le Haut Sorcier.* Il soupira avec regret, sachant qu'il n'avait pas vraiment le choix. *Non, je ne suis pas obligé. Mais je vais le faire quand même. Tant qu'on a une chance de sauver quelqu'un, je ne peux pas l'abandonner dans le noir.* Il étudia son épée. S'il y avait des démons dans les tunnels, il pourrait toujours invoquer un autre Arc-en-ciel.

Le Champion revint accompagné de quatre gardes, chacun portant une épée dans une main et une lanterne dans l'autre. Cette lumière supplémentaire servait surtout à accentuer l'exiguïté du tunnel. Rupert remarqua que le Champion avait laissé sa lanterne en arrière, les deux mains prises par sa hache.

—Prêt, Sire ?

—Prêt, messire Champion. Vous connaissez cette mine, alors autant vous laissez ouvrir la marche.

—Bien sûr, Sire.

Le Champion s'avança calmement dans le noir. Rupert le suivait de près, la lanterne levée, et les quatre gardes fermaient la marche. Concentré sur le dos du Champion, Rupert réfléchissait. Déterminé comme il l'était à ne pas céder face à son ancienne crainte de la mine, il pouvait très bien les faire tous tuer par témérité.

La pente du tunnel s'accentuait à chaque pas, et Rupert dut se pencher pour éviter de se cogner au plafond de roche grêlée et griffée soutenue par d'épais étais défigurés par la mousse et la moisissure. De grosses grappes de champignons blancs s'accrochaient aux endroits où les murs retrouvaient le sol, et un arôme de pourriture douce alourdissait l'air. Rupert fronça les sourcils. Il se rendait soudain compte que cette odeur lui paraissait étrangement familière. Le pas confiant du Champion ralentit peu à peu, et il regarda autour de lui, presque en hésitant. Comme s'il était troublé par des souvenirs inopportuns. Derrière lui, Rupert entendait les gardes jurer dans leur barbe quand il leur arrivait de glisser ou de se cogner la tête. Devant eux, les ténèbres cédaient péniblement du terrain, et la lumière ne précédait le Champion que de quelques pas.

Le tunnel s'élargit soudain et devint caverne. Large d'au moins trente mètres, elle était percée d'un puits en son centre. Au-dessus, une corde pendait à un treuil lourd. Le Champion fit signe aux gardes d'actionner le treuil, et Rupert s'aperçut qu'il avait devant lui un ascenseur. Il se pencha au-dessus du puits. L'odeur se fit immédiatement plus forte.

— On dirait une odeur de charogne, murmura l'un des gardes en rengainant l'épée pour prêter main-forte.

La corde se tendit, puis commença à s'enrouler sur l'axe. Rupert se recula, mécontent d'avoir enfin réussi à identifier cette odeur : le même arôme de pourriture qu'au Noirbois. Il regarda la corde s'enrouler pendant plusieurs minutes, essayant de calculer la profondeur du puits. Il finit par abandonner. La réponse était trop dérangeante.

— Messire Champion… C'est la seule façon de descendre ?

— Oui, Sire. L'un des gardes ira le premier pour évaluer la situation. Une fois qu'il nous aura donné son signal, je ferai venir d'autres gardes pour actionner le treuil pendant que nous le rejoindrons.

— Je n'aime pas beaucoup l'idée de laisser un homme seul là-dedans.

— Vous êtes un prince, rappela le Champion. Vous n'avez pas le droit de risquer votre vie sans raison.

Rupert haussa un sourcil, puis se détourna quand la plateforme de l'ascenseur apparut enfin. L'un des gardes jura, et un autre se signa. La solide plateforme de chêne était brûlée comme par un acide, et les derniers mètres de corde étaient râpés et décolorés. Les gardes fixèrent rapidement le treuil, puis se figèrent. Il y avait un bruit dans le tunnel. Un long glissement humide qui remontait vers eux, achevé par un grognement qui parut faire trembler la pierre.

Rupert s'avança, les yeux rivés sur la plateforme mal en point.

—Soyez prêt, messire Champion. Je descends.

—Non, Sire. Le risque est trop grand.

—C'est pour cela que je dois y aller. Dans leur cupidité, ceux qui ont creusé ce puits sont allés trop loin. Ils ont réveillé quelque chose que l'on n'aurait jamais dû déranger. L'acier ne suffit pas contre les créatures des ténèbres, messire Champion. Il faut une épée magique, comme la mienne.

Les deux hommes se jaugèrent du regard.

—Vous avez juré de suivre mes ordres, rappela Rupert.

—Vous avez raison. Montez, Sire. Nous vous ferons descendre quelques mètres par quelques mètres. Criez si vous avez des ennuis, et nous vous remonterons aussitôt. Si vous êtes trop bas pour qu'on vous entende, tapez la corde du plat de l'épée.

Rupert hocha la tête et se hissa sur la plateforme. La corde grinça, mais le bois paraissait solide.

—Abaissez, messire Champion.

—Oui, Sire.

Le Champion se joignit aux hommes du treuil, et les parois se mirent à monter autour de lui.

Rupert plaça prudemment sa lanterne sur le bord de la plateforme, accrochant des reflets dorés sur la pierre. De sa main libre, il se tenait à la corde. Pas de doute, l'odeur de corruption s'intensifiait. Chaque inspiration faisait grimacer Rupert. Il se rappela la chaussure rouge, et serra d'autant plus la garde de son épée. La plateforme continuait à descendre, et la caverne ne fut bientôt plus qu'un cercle de lumière au-dessus de lui. Rupert se dandinait, nerveux, inquiet du chemin qui lui restait à faire avant d'atteindre le fond. Il aperçut une cavité obscure dans la paroi gauche, puis cria aux gardes d'arrêter la plateforme. Celle-ci descendit de près d'un mètre avant de se stabiliser. La cavité était juste hors d'atteinte.

— Tout va bien, Sire ? demanda le Champion d'une voix faible et très lointaine.

— Très bien ! cria Rupert en retour. Levez-moi un peu. J'ai trouvé quelque chose !

Après un temps, l'ascenseur remonta. Rupert saisit sa lanterne et attendit que la cavité soit à sa portée.

— Halte !

La plateforme s'immobilisa une nouvelle fois. Rupert s'avança pour regarder dans l'ouverture. Un crâne humain brisé et déformé reflétait la lumière de la lanterne. Bien que rien ne permette de savoir s'il était récent ou vieux de plusieurs siècles, Rupert fut secoué de ce mauvais présage.

Sur son ordre, la descente reprit, et dura pendant ce qui lui parut des heures. À force de crispation, Rupert dut relâcher son étreinte sur son arme pour soulager sa main endolorie. L'air épais et moisi, toujours aussi puant, lui retournait l'estomac. Chaque à-coup de descente le persuadait un peu plus qu'il ne pouvait rester aucun survivant. Et pourtant, il devait en avoir le cœur net. Au-dessus de lui, on ne voyait plus trace de la caverne. Ou plutôt, une simple étincelle, comme une étoile qui l'aurait surveillé depuis le firmament. Puis la plateforme toucha la pierre, et Rupert fut projeté à genou par l'impact. L'ascenseur avait enfin atteint le bas du puits.

Rupert cria au Champion qu'il était bien arrivé, mais n'entendit pas de réponse. Avec un haussement d'épaules, il regarda autour de lui. Une série de tunnels partaient de la base du puits, hauts d'un mètre vingt environ. Rupert choisit l'entrée la plus proche et s'y engagea à quatre pattes, la lanterne brandie devant lui. L'humidité perlait sur les parois de pierre, vive dans l'obscurité. Rupert avançait comme il pouvait et s'efforçait d'oublier la masse de pierre qui le surplombait. Son dos lui cuisait dans cette position inaccoutumée, et l'épée lui pesait de plus en plus. Il s'y cognait souvent, et se sentait très gauche. Le sol du tunnel devint bientôt humide, et Rupert s'arrêta brusquement, pris d'une soudaine certitude. Écœuré d'avance, il baissa les yeux, certain de trouver la pierre poissée de sang. Mais le mucus qui empoissait la pierre ne portait pas la moindre nuance écarlate. Rupert fronça les sourcils, posa sa lanterne et frotta ses doigts. Le liquide transparent comme l'eau et très glissant puait la mort et la pourriture.

Le tunnel parut soudain plein de cette odeur, et Rupert essuya ses doigts sur son gilet jusqu'à être sûr qu'ils étaient propres. Le souffle rauque et peu assuré, il reprit sa lanterne avec crispation et repartit. Cette puanteur familière, dans une ambiance aussi noire, l'avait ramené au Noirbois, et, une fois de plus, la peur menaçait de lui voler la raison. Il battit l'air devant lui, paniqué, et se heurta à la pierre. Cette irruption solide dans son délire lui apporta un certain réconfort, et il puisa sa force dans cette réalité inflexible. Sa respiration reprit peu à peu un rythme normal, et il parvint même à sourire. L'obscurité avait failli le renvoyer aux portes de la folie. Il avait peut-être peur du noir, mais ça ne suffirait pas à le faire plier. Pas encore.

Il regarda le tunnel étroit devant lui et leva sa lanterne. Le sol était couvert de cette bave luisante, aussi loin qu'il pouvait voir. Rupert se mordilla la lèvre inférieure. Il voulait continuer, ne serait-ce que pour se prouver qu'il en était capable. Mais il n'était venu là que pour explorer. Le plus sensé aurait été de retourner faire part de sa découverte au Champion. Ce liquide l'inquiétait. Les démons ne laissaient pas ce genre de trace derrière eux. Rupert allait reprendre sa progression quand quelque chose l'arrêta. Loin devant lui, quelqu'un chantait.

La voix, à la fois masculine et féminine, appelait Rupert. Elle lui promettait la lumière et l'amour, l'amitié et la protection, tout ce qu'il voulait et même plus. Convaincu par la douceur et la chaleur de cette voix, Rupert s'avança. Ses mains glissèrent et il tomba en avant, le souffle coupé par l'impact. Il hoqueta, et l'odeur douceâtre lui emplit les narines. Le choc le réveilla.

Rupert se figea, horrifié. La voix continuait à l'appeler, mais Rupert résista. La mélodie lui offrait ses rêves les plus secrets, mais Rupert refusait d'y croire. Et au final, il l'emporta. Peut-être parce qu'on lui avait trop menti, et qu'il n'avait plus foi en grand-chose, fût-ce en ses propres rêves. Étendu sur le sol, couvert de cette bave immonde, Rupert avait compris ce que les habitants de Minebourg étaient venus chercher dans les profondeurs.

Sentant son échec, la voix montait et descendait, rugissait et pleurait. Rupert serra la main sur son épée et resta immobile. Il aurait dû souffler sa lanterne et se cacher dans le noir, mais il ne pouvait s'y résoudre. Après un dernier gargouillement, la voix se tut sur le grognement bas que Rupert avait déjà entendu. Le silence soudain parut tinter aux oreilles de Rupert. Au loin, une petite fille se mit à crier.

Rupert jura tout bas. C'était un piège. Forcément. Grossier, qui plus est. Mais il y avait des enfants parmi les disparus. Et si par chance il en survivait un, perdu dans ces tunnels, abandonné... Rupert secoua la tête, piégé par l'indécision. Il frissonna en se rappelant la chaussure rouge, et la poupée qu'il avait coincée sous son gilet. Il la sentait, pressée contre sa poitrine par le sol du tunnel. Il soupira, résigné, conscient qu'il n'avait pas le choix. S'il y avait la moindre chance que la fillette soit en vie, il devait la trouver. Sans quoi il ne se le pardonnerait jamais. Il continua à avancer, lentement, grimaçant en sentant la bave froide glisser entre ses doigts.

Rupert remarqua que les murs et le plafond en étaient aussi couverts. Il continua à avancer tant bien que mal, gardant sa lame hors de la bave. La petite fille continuait à pleurer, seule et abandonnée. Rupert s'arrêta le temps de reprendre son souffle. Se déplacer à quatre pattes était aussi malaisé que fatigant, et son dos lui faisait un mal de chien. Il avait l'impression d'être dans le tunnel depuis une éternité, et pourtant les sanglots ne faisaient pas mine de se rapprocher. Il se retourna, mais l'entrée du tunnel était perdue derrière lui. Les sourcils froncés, il se dit qu'il devait être près des zones de travail. Et soudain, il remarqua que la fillette avait cessé de pleurer. Il attendit, l'oreille tendue, mais le silence s'éternisa. *Elle pourrait être n'importe où,* se dit Rupert. *Je dois la trouver avant la voix.*

— Eh oh ? Où es-tu ? Ne pleure pas, petite. Je viens t'aider.

La voix cria de triomphe, et le sang de Rupert se glaça dans ses veines. Le sol se mit à trembler sous ses mains. Quelque chose venait vers lui. La masse de la créature chassait l'air devant elle, faisant naître contre le visage de Rupert un courant d'air constant. Il n'y avait jamais eu de petite fille, et Rupert l'avait toujours su, sans vouloir y croire. Il partit à reculons dans le tunnel, cognant les murs du tunnel dans sa hâte. Incapable de voir sa lanterne – car dans ces ténèbres, elle n'avait nul besoin d'yeux –, la créature l'avait amené à trahir sa position.

Il reculait aussi vite que possible, projeté d'un côté puis de l'autre par les tremblements de la pierre. Le grognement approchait de lui, puis Rupert tomba à la renverse dans la caverne de la plateforme. Il lâcha la lanterne qui roula au sol, la flamme vacillant dangereusement. Rupert se mit sur la plateforme, saisit sa lanterne et cria au Champion de le remonter. Des bruits de succion émergeaient de l'entrée du tunnel. Rupert frappa la corde du plat de sa lame, deux fois, posa sa lanterne et s'apprêta à affronter ce qui arrivait. Le grognement de basse retentit de nouveau, tout proche, affamé. La plateforme sursauta sous ses pieds, puis entama son ascension.

Rupert cria aux gardes de tirer plus vite, puis se crispa sur son épée. Ce qui l'avait appelé appartenait aux ténèbres, et la seule façon de le vaincre serait dans la lumière. Il lui fallait un Arc-en-ciel. Il prit son épée à deux mains et la leva au-dessus de sa tête. Toute sa peur, sa haine et son désespoir jaillirent de lui en un cri de défi aux ténèbres, mais l'Arc-en-ciel ne vint pas. L'épée était froide, inerte. Rupert sut, sans le moindre doute, qu'il ne recevrait pas d'aide cette fois. Il n'y aurait pas d'Arc-en-ciel. Sonné, le prince regarda l'épée. Bien sûr, personne ne lui avait promis que cette épée le sauverait une nouvelle fois. C'était simplement ce que lui avait supposé, à tort. Il se mit à trembler et à haleter sous l'effet de la panique. Il se rendait tout juste compte combien il avait compté sur cette épée, y voyant l'atout qui pouvait le sauver. Sur cette certitude, il avait bâti une assurance et une sécurité qu'il n'avait jamais ressenties auparavant. Rupert secoua la tête, repoussant la panique. Il devrait simplement affronter les ténèbres à la manière dure. Ce ne serait pas la première fois. Puis un grognement vint de sous ses pieds, et la plateforme vacilla quand une chose la percuta par en dessous.

— Tirez plus vite! cria de nouveau le prince. Remontez-moi!

La plateforme dansa une nouvelle fois, pencha d'un côté, puis se rétablit en prenant enfin de la vitesse, laissant la créature en arrière. Rupert observa avec angoisse le cercle de lumière qui se rapprochait peu à peu. Ce serait juste. Il saisit la lanterne et s'apprêta à sauter au moment où la plateforme atteindrait la caverne du treuil. Dans le puits, la créature grogna, impatiente.

Elle me suit encore, réalisa Rupert. *Qu'est-ce que c'est? Mais qu'est-ce que c'est?*

La plateforme jaillit dans la caverne. Rupert se jeta sur le côté et roula au sol, parvenant à garder son épée et sa lanterne en main. Il se remit sur pied et lança un avertissement aux gardes quand quelque chose percuta la plateforme. Le bois éclata et la créature sortit du puits en rugissant. Argentée et comme illuminée de l'intérieur, elle tomba sur les gardes qui n'eurent même pas le temps de crier. Rupert crut tout d'abord voir un ver monstrueux. Mais quand la créature se déversa au-delà du conduit, il comprit qu'elle n'avait pas de forme, et devenait simplement ce qu'elle avait besoin d'être. Le Champion eut bientôt rejoint Rupert, le saisissant par l'épaule et le jetant presque dans le tunnel menant à la surface. Rupert sortit de sa transe et partit au pas de course, le Champion sur ses talons. Il se permit un seul regard en arrière. La vase perlée avait rempli la caverne et se déversait dans le tunnel à leur suite. Avec un juron, Rupert accéléra. Le Champion leva sa lanterne pour estimer la distance qu'il leur restait à parcourir.

— Nous n'y arriverons pas, Sire. Nous devons tenir bon et combattre.

— Mais il va nous tuer !

— Si vous avez une meilleure idée, je vous écoute.

Les bruits de succion se rapprochaient, entrecoupés de grognements porcins. Rupert regarda autour de lui.

— Les étais ! Le bois est déjà à moitié pourri. Si on en fend suffisamment, le tunnel s'effondrera ! Ça ralentira la créature…

Il s'arrêta en glissant et frappa l'étai le plus proche. La lame s'enfonça dans le bois pourri et s'y coinça.

Rupert jura et la dégagea. Le Champion fendit l'étai opposé d'un seul coup de sa hache. Rupert frappa encore et encore le bois, et finit par le trancher net. Le plafond grogna une fois, et laissa tomber un peu de poussière. Le Champion brisa un autre étai. Rupert se figea. La créature se rapprochait si vite qu'il avait l'impression de voir une vague déferler sur lui. Sa lueur grisâtre soulignait en son sein écumant les cadavres des gardes, agités par ses mouvements. Rupert comprit quel sort on avait réservé aux habitants de Minebourg.

Derrière lui, le Champion fendit un nouvel étai, et le plafond gémit. Le bruit sortit Rupert de sa rêverie, et il fila dans le tunnel pour s'attaquer à une autre poutre. Le bois pourrissant céda au premier coup, et le plafond s'écroula. La poussière tomba en cascades tandis que le roc au-dessus d'eux grognait et commençait à se fendre. Rupert et le Champion reprirent leur fuite, accompagnés par un épais nuage de poussière. L'éboulement se poursuivit un moment.

Rupert déboucha dans l'air frais d'un pas trébuchant et se laissa tomber au sol, épuisé. Le Champion resta debout à côté de lui un moment, haletant, puis alla expliquer aux gardes de faction ce qui s'était passé. Assis contre la base étayée de l'entrée, Rupert écoutait le délicat grondement des pierres. Il aurait eu du mal à trouver une partie de son corps qui ne soit pas douloureuse, mais il était sain et sauf, et cela suffisait à le faire sourire. Il inspirait profondément, savourant l'air frais après la puanteur constante du puits. Il se rendit compte qu'il serrait son épée et sa lanterne. Il posa cette dernière à côté de lui pour étudier son épée. Apparemment, la magie l'avait quittée, et Rupert s'en réjouissait presque. La dernière fois qu'il avait affronté l'obscurité, un Arc-en-ciel était venu le sauver. Cette fois, il n'avait pu compter que sur lui-même. Et le fait d'en avoir été capable était capital, pour lui. Il pensa un moment abandonner cette épée pour une autre plus adaptée au combat, mais changea d'avis. L'épée était acérée, bien équilibrée, et sa main s'y était habituée. Rupert rengaina son arme et s'étira doucement. C'était tellement *bon* d'être en vie !

Les grondements incessants dans le tunnel ne paraissaient pas sur le point de s'arrêter, et Rupert fronça les sourcils malgré lui. Des tonnes et des tonnes de roche éboulée le séparaient de la créature. Elle ne pourrait jamais franchir un tel obstacle... Rupert reprit sa lanterne, se remit sur pied avec peine et regarda dans les ténèbres. Peu à peu, la certitude l'envahit que le combat n'était pas fini. Il repensa à ce qu'il avait vu de la chose, et son froncement de sourcils s'accentua. Elle n'avait d'autre forme que celle que lui dictait son environnement et, quand elle bougeait, elle moussait et ondulait comme si sa chair contre nature était un mélange étrange de solide et de liquide. Ou peut-être tout à fait autre chose, possédant ces deux propriétés en même temps. Dans son esprit, Rupert revit la plateforme de chêne se fendre sous les assauts de la créature, qui n'avait même pas ralenti.

Rupert jura tout bas. Il savait que la créature était morte, broyée sous des tonnes de débris. Il le savait, mais il fallait qu'il la voie pour en avoir le cœur net. Il tira son épée, leva sa lanterne et repartit dans le tunnel, les paupières baissées pour se protéger de la poussière qui retombait encore. Le Champion se retrouva soudain à côté de lui.

— Où allez-vous, Sire ?

— Dans le tunnel.

— C'est dangereux, Sire.

— Si cet accès n'est pas barré, tout le monde est en danger. Je vais m'en assurer.

Le Champion l'étudia un instant puis s'inclina.

— Très bien, Sire. Si vous voulez bien m'attendre un instant, je vais chercher quelques gardes pour qu'ils nous accompagnent.

— Non ! (Rupert se reprit, surpris par sa propre véhémence.) Nous sommes partis avec quatre gardes, messire Champion, et ils sont morts. Je ne connaissais même pas leurs noms. Ce qui reste de ce tunnel pourrait nous engloutir à tout instant, et je refuse de mettre inutilement d'autres hommes en danger. Je ne retourne là-dedans que pour m'assurer que tout est fini.

— Alors je vous accompagne. Moi aussi, je veux être certain.

Rupert hocha la tête et repartit dans le tunnel, le Champion à son côté. L'air du tunnel était encore épaissi de poussière, et le toit et les murs grinçaient fortement. Rupert et le Champion atteignirent bientôt l'éboulement. Un mur de débris, de terre et de bois brisé. Le Champion regarda autour de lui tandis que Rupert inspectait la barricade. Il tâta le mur çà et là du bout de l'épée, mais rien ne bougea. Il n'y avait que le silence, dans leur étroit tunnel. Seul le ruissellement de la terre qui tombait de quelques failles dans le plafond brisait le silence.

— Venez, Sire. Tout est fini.

— Non, dit Rupert. Je ne pense pas. J'entends quelque chose… qui bouge…

Il recula rapidement, le regard toujours braqué sur les débris. Puis un rocher en haut de la barricade s'inclina et tomba. Et par l'interstice s'écoula une longue corde argentée. Derrière la barrière résonna un rugissement de triomphe et de faim dévorante, s'achevant sur un grognement sinistre. Le Champion prit sa hache d'un air incertain.

— Si l'éboulement ne lui a rien fait, je ne vois pas ce que nous pourrons faire de plus, Sire. Fichons le camp. Si nous atteignons les chevaux, nous pourrons peut-être le distancer.

— Non ! Nous devons l'arrêter ici ! Au moins les parois du tunnel lui imposent une taille gérable. Si cette chose atteint la surface…

Le Champion hocha la tête, puis sourit d'un air sinistre.

— Je n'ai jamais aimé reculer devant un bon combat. Quels sont vos ordres, Sire ?

La barricade commença à s'écrouler tandis qu'une chair argentée digérait les petites pierres. La créature se dégageait de plus en plus vite, et Rupert chercha furieusement une réponse autour de lui. La créature appartenait aux ténèbres, et les ténèbres reculaient toujours devant la lumière. L'épée de l'Arc-en-ciel l'avait abandonné, certes, mais sa lanterne… Il s'élança et plaça sa flamme sur le chemin d'un tentacule. Celui-ci ignora la lanterne et frappa Rupert. Il abattit son épée à deux mains, et elle trancha facilement la chair pâle, ne rencontrant qu'une très faible résistance.

Rupert vit le membre tranché tomber à terre, mais se retourna vivement en entendant la mise en garde du Champion. De grandes fissures étaient apparues sur la barricade, et la créature se dégageait en une dizaine d'endroits. Rupert et le Champion reculèrent, et la créature s'écoula à leur suite. Un tentacule argenté recouvrit la lanterne, l'avalant en quelques secondes. Le cœur de Rupert s'arrêta. Puis la créature cria et projeta au loin son tentacule brûlé. Séparée du corps, la chair argentée se tortilla faiblement tout en se consumant. Malgré la puanteur, Rupert arborait un large sourire. La voilà, la réponse ! Le feu. Le plus vieil allié de l'homme contre les ténèbres.

— Des lampes à huile ! Trouvez-moi des lampes à huile, ordonna-t-il au Champion.

Celui-ci hocha la tête et retourna à toutes jambes vers la surface. Rupert, l'épée en main, étudia la créature à la lueur qu'elle émettait. La barricade qui barrait le tunnel était crevée en une dizaine d'endroits, et la chair continuait à se déverser par les étroites fissures. La pierre, la terre et le bois craquaient sous la pression. Dans quelques instants, la barricade abandonnerait le combat et laisserait la créature libre de se lancer à l'assaut. Si le Champion n'était pas revenu à ce moment-là, Rupert ne pourrait pas s'enfuir. Il commença à reculer prudemment, et le Champion le rejoignit avec une dizaine de gardes, chacun portant une lampe.

— Bon. Videz l'huile par terre, puis allez chercher d'autres lampes. Et vite ! On manque de temps.

Les gardes échangèrent des regards mais obéirent, et bientôt le sol du tunnel fut couvert d'huile. Dans les ténèbres, la créature poussa un grognement affamé tandis que la pierre et la terre s'écartaient pour la libérer. Rupert renvoya les gardes à la surface, et étudia la flaque d'huile qui le séparait de la créature.

— Vous pensez que ça suffira, messire Champion ?

— Sinon, on le saura vite, Sire.

Rupert rit et se tourna vers le Champion.

— Donnez-moi votre lanterne et fichez le camp.

— Allumer l'huile, c'est mon travail, affirma le Champion.

— Pas cette fois.

Les deux hommes se mesurèrent du regard, et le Champion s'inclina.

— Je vous attends à l'entrée, Sire. Ne traînez pas.

Rupert le remercia d'un hochement de tête, et le Champion remonta le tunnel en silence. Rupert rengaina son épée, s'agenouilla près de l'huile et regarda la barricade achever de s'effondrer. Il ne savait pas vraiment pourquoi il avait renvoyé le Champion. Il le fallait, simplement. Au moins pour se prouver que son courage ne résidait pas dans une épée magique. La pierre et la terre se mirent à trembler devant lui, et Rupert ouvrit sa lanterne pour en sortir la mèche. Il regarda la flaque d'huile et hésita. S'il se baissait pour allumer l'huile, les flammes l'envelopperaient aussi. Mais s'il lançait la mèche, elle risquait de s'éteindre avant de toucher l'huile. Puis la créature poussa un rugissement de triomphe et franchit enfin la barrière pour s'élancer vers lui.

Rupert hésita devant la marée déferlante accompagnée des ombres qui avaient été humaines avant qu'elle commence à les digérer. Certaines des ombres étaient à peine plus grandes que des enfants. C'est ce qui lui donna la réponse. Avec un grand sourire, il tira la poupée qu'il avait coincée sous sa veste, trempa ses cheveux dans l'huile et y porta la mèche qu'il tenait à la main. Le feu projetait des ors et des rouges sur la pierre. Levant les yeux, il vit la créature presque sur lui, obstruant le tunnel tout entier. Ses grognements sonores avaient pris un rythme dérangeant. Rupert lança la poupée dans l'huile, puis courut vers la surface.

Une chaleur intense lui enveloppa le dos, et le tunnel fut soudain plein de lumière. La créature lança un cri strident, si fort que Rupert trébucha et plaqua ses mains sur ses oreilles. Il regarda derrière lui et vit la créature se tordre de douleur, dévorée de l'intérieur. Quand elle essaya de battre en retraite vers les profondeurs, le feu la suivit. Rupert avait du mal à regarder la scène tant la lumière était vive. Il reprit sa course vers la surface, chassé par la chaleur ardente. Une vaste explosion le cueillit avant qu'il parvienne à l'air libre et le propulsa dans la nuit. Puis la lumière s'éteignit.

Il resta un moment étendu là, heureux d'être tout simplement en vie. Il avait mal à la tête, et ses oreilles sonnaient encore, mais il paraissait indemne. Il se remit douloureusement sur ses pieds, à moitié étouffé par la fumée grasse et puante du tunnel, et retourna lentement vers la surface. Les gardes qui l'y attendaient le saluèrent à grands vivats, et Rupert leva une main en réponse. Il se laissa tomber en position assise, provoquant les rires et d'autres vivats. Puis ses hommes allèrent préparer leur départ. Rupert s'appuya contre le mur et se laissa emporter par la fatigue. Il avait bien mérité un petit repos. Le Champion vint se placer devant lui.

— La créature a donc brûlé, Sire ?

— Oui. Elle a brûlé.

— Vous pensez qu'elle est morte ?

— Il paraît que le feu purifie… Non, messire Champion, elle n'est pas morte. Nous l'avons blessée, simplement. Repoussée dans les profondeurs, dans la nuit, dans les lieux secrets de la Terre d'où elle venait.

Rupert se remit lentement sur ses pieds avec un coup d'œil pour l'entrée du tunnel. Puis il lui tourna le dos. Le vent frais dissipa vite la puanteur, qui ne fut bientôt plus qu'un mauvais souvenir.

— Vous n'étiez pas obligé de rester pour allumer l'huile, dit le Champion. Vous avez agi avec force et courage, Sire.

— Vous n'étiez pas mauvais non plus, commenta Rupert avec un haussement d'épaules.

— J'ai fait mon devoir, et rien d'autre.

Sans faire de commentaire, Rupert pensa à la peur qu'inspirait la mine au Champion.

— Dommage que nous n'ayons sauvé personne, dit le Champion.

— Il était déjà trop tard quand nous sommes arrivés, dit Rupert. Nous n'aurions rien pu faire. Ce n'était pas dans ces conditions que vous pensiez revenir chez vous, j'imagine ?

Le Champion regarda les gardes s'affairer, aussi impassible que jamais.

— Chez moi, c'est le château de la Forêt, à présent, Sire. Depuis bien longtemps. Quels sont vos ordres pour la mine ?

— Que les gardes fassent de nouveau écrouler le tunnel, messire Champion. Je veux que cette entrée soit entièrement bouchée. Je doute que ça empêche la créature de sortir, mais au moins elle ne pourra plus attirer de victimes.

Le Champion hocha la tête et alla porter ses ordres. Rupert le regarda s'éloigner et posa la main sur le pommeau de son arme. Sans l'espoir qu'il avait fondé sur sa lame magique, sa mission était plus importante que jamais pour repousser les ténèbres.

Le vent parut soudain plus froid. Rupert leva les yeux vers la nouvelle lune. Déjà, elle paraissait se teinter de bleu, comme un premier signe de lèpre.

Chapitre 4

Alliés

Morte d'ennui, la princesse Julia faisait les cent pas dans l'antichambre de la Cour. Malgré la convocation du roi John, une demi-heure plus tôt, la porte était restée sourde à ses cris et ses coups de pieds. Julia se jeta sur une chaise et maudit la terre entière. Personne à qui parler, rien à faire, et puisqu'on avait décroché tous les portraits, elle ne pouvait même pas passer le temps en lançant sa dague. Julia soupira de dégoût, croisa les bras, et maudit Rupert d'être parti sans elle.

Pendant ces trois mois d'absence, la jeune femme s'était rendu compte qu'il lui manquait plus qu'un simple ami. Elle avait fait de son mieux pour s'intégrer à la société du château, mais cette Cour n'était pas plus à son goût que celle de son père. Toujours disposée à dérouiller n'importe quelle personne assez bête pour l'insulter deux fois, elle s'était attiré un certain respect méfiant, mais peu d'amis. Malgré tous leurs aimables efforts, les dames de l'âge et du rang de Julia avaient dû concéder qu'elles avaient peu de choses en commun. Les modes, les cancans et les meilleures façons de capturer un mari fortuné n'avaient que peu d'attrait pour Julia. Elle avait jeté ses chaussures les plus élégantes parce qu'elles lui pinçaient les pieds, et menacé de réprimandes physiques la première personne qui évoquerait son mariage avec le prince Harald. Elle préférait largement monter à cheval, chasser et s'entraîner à l'épée. Autant de passe-temps qui scandalisaient ses pairs. *Ce n'est pas* féminin, avaient-elles vaguement protesté. En réponse de quoi Julia avait prononcé quelques paroles fort roturières, et toutes les jeunes dames avaient soudain trouvé des raisons impérieuses de se rendre ailleurs.

Après cela, Julia s'était retrouvée à peu près seule.

Les premières semaines avaient passé à vagabonder dans tout le château. Exploration d'autant plus prenante qu'une même porte ne menait pas systématiquement au même endroit, ou que certaines ne permettaient que d'entrer, ou que de sortir. Et que certains couloirs formaient des boucles si on relâchait sa vigilance. Malgré ses nombreux égarements, Julia trouvait tout cela très intéressant. Malheureusement, après la quatrième expédition de secours envoyée après elle, le roi lui fit promettre de ne plus s'écarter des couloirs principaux sans guide. Ce qui mit fin à son amusement.

Comme leur maître le sénéchal, qui gouvernait la vie quotidienne du château, les guides partageaient un sens presque mystique qui leur indiquait où ils se trouvaient par rapport à tout le reste. Non seulement ils ne pouvaient pas se perdre, mais ils savaient où se trouvait chaque pièce à chaque instant. Dans un château où l'itinéraire dépendait du jour de la semaine, ce genre de personnes étaient on ne pouvait plus précieuses. Et donc, très difficiles à trouver quand on en avait besoin. Julia abandonna son exploration à contrecœur et retourna défier les gardes à l'entraînement.

Le roi lui donna une chaperonne. Julia découvrit rapidement que la meilleure façon de se débarrasser de cette charmante vieille dame était de la faire courir toute la journée. Après trois jours de petit trot autour du château, pendant lesquels elle arriva tout juste à garder l'œil sur Julia, cette chère dame informa le roi que Julia n'avait aucun besoin d'une chaperonne, puisque aucun homme ne serait assez rapide pour l'attraper.

Pourtant, ils essayaient. Le premier concurrent était bien sûr Harald, qui pensait apparemment que leur mariage arrangé lui donnait déjà certains droits, à défaut de son affection. Quelques bons crochets du gauche lui apprirent à garder ses distances, et firent merveille pour affiner ses réflexes. Mais il devait considérer tout cela comme un jeu, car il refusait de renoncer. À sa place, toute femme se serait sentie flattée. Ce n'était pas le cas. Harald était tout à fait charmant quand il le voulait, mais il faisait des sous-entendus lourds quant à sa fortune personnelle, et rappelait à tout-va qu'un jour, tout le royaume de la Forêt serait à lui. En réponse, Julia essayait de lui faire comprendre ce qu'elle ressentait pour lui. Fatiguée de le frapper, elle essaya de le pousser du haut des remparts. Obtus, Harald continuait à la poursuivre de ses assiduités, et Julia l'évitait autant que possible. De guerre lasse, ils conclurent une sorte de paix armée, avec l'accord tacite de ne jamais utiliser le mot *mariage*.

Mais elle s'ennuyait comme une folle. Et se sentait un peu seule. Les dames de compagnie ne lui parlaient pas, les courtisans l'ignoraient, et les gardes refusaient de se battre contre elle parce qu'elle les ridiculisait. Donc, quand le roi John l'avait convoquée à la Cour, elle s'y était rendue. Histoire de s'occuper.

Julia foudroya la double porte du regard, et sa main tomba à sa hanche. Avec une grimace, elle se rappela que, bien des semaines auparavant, le roi lui avait interdit de porter une épée dans le château. Pourtant, elle ne s'y faisait toujours pas. Elle se sentait… nue. L'épée que Rupert lui avait donnée dans le Noirbois restait dans sa chambre, et n'en sortait que pour l'entraînement. Julia soupira. Si le besoin s'en faisait sentir, il lui restait sa dague.

Julia s'abattit sur sa chaise et regarda autour d'elle. Seule la curiosité l'empêchait de partir. Le roi John devait avoir une bonne raison de demander sa présence, et Julia avait l'impression que cette raison ne lui plairait pas. Elle patienta, les dents serrées. Un nouveau regard pour la porte lui arracha un sourire. Malgré les soigneuses réparations des menuisiers, la porte portait encore les traces de griffes du dragon. Il aurait fallu la remplacer pour de bon.

Julia fronça les sourcils. Les voix continuaient à lui parvenir, très faibles, depuis l'autre côté de ces battants. Les courtisans criaient déjà à son arrivée, et le volume ne paraissait pas diminuer. Le son était juste assez fort pour être intrigant, mais pas assez pour être compréhensible. Julia décida qu'elle en avait assez. Elle se releva d'un bond, fouilla du regard la pièce chichement meublée, et eut une idée. On voulait la faire attendre ? Elle arracha la plus laide des tentures et la bourra dans l'interstice entre la porte et le sol. Puis, elle s'agenouilla et avec une torche tirée de son logement, elle mit le feu à la tapisserie.

Celle-ci brûlait bien, avec de grandes bouffées de fumée. Impatiente, Julia remit la torche en place. Les flammes montèrent un moment sans effet, et Julia commençait tout juste à se demander si une petite lampe à huile n'accélérerait pas les choses quand la Cour fit soudain silence. Puis éclata en cris de panique. Julia se réjouit d'entendre les jurons et les pas précipités. La porte s'ouvrit d'un coup sur Harald, qui salua Julia d'un hochement de tête et renversa un pichet de vin sur les flammes.

— Bonsoir, Julia, dit-il d'un ton décontracté. Nous vous attendions.

Elle l'écarta d'un coup d'épaule avant d'entrer. Il sourit et lui plaqua une main sur la hanche avant d'esquiver le coup de dague qui faillit lui trancher l'oreille.

— C'est passé très loin, taquina-t-il en restant hors d'atteinte. Me haïriez-vous moins ?

— Non. Mais vous commencez à avoir de l'entraînement.

Harald rit et la mena devant le trône. Le roi John la regarda durement.

— Vous ne pouvez pas frapper, comme tout le monde ?

— Vous me faites attendre depuis près d'une heure !

— Je n'ai pas que ça à faire, vous savez.

— D'accord. Je reviendrai quand vous serez prêt.

Elle se retourna pour partir, mais une dizaine de gardes lourdement armés lui barrait le chemin.

— Princesse Julia, votre attitude laisse grandement à désirer.

— Dommage. (Julia foudroya les gardes du regard, puis se retourna vers le trône.) Bon, admettons. Que voulez-vous ?

— Pour le moment, attendez sagement que je termine mes autres affaires. Harald vous tiendra compagnie.

Julia se raidit, dédaigneuse, releva l'ourlet de sa robe et s'assit sur la première marche du trône. Le froid du marbre la saisit malgré l'épais tapis, mais elle n'allait pas attendre debout pendant cent sept ans. Question de principes. Harald vint s'asseoir à côté d'elle, toujours hors d'atteinte. Avec un petit sourire, Julia tira sa dague et traça une grille de morpion entre eux. Harald tira une dague de sa propre botte et traça un cercle dans la case du centre.

Le roi John décida de ne rien remarquer. Il ferma les yeux un instant, puis se tourna vers les trois hommes qui attendaient devant lui avec plus ou moins de patience. Il avait déjà parlé à messire Blays par le passé, mais les deux autres landgraves lui étaient inconnus. Les trois hommes étaient arrivés ensemble. Les barons avaient donc dû s'entendre sur une ligne d'action. Mais à en juger par les coups d'œil que les landgraves se lançaient à tout bout de champ, l'alliance était plus que tendue. Satisfait, le roi John se renfonça dans son trône. Diviser pour mieux régner, telle était la règle. Les pousser à se disputer, pour que leurs propres conflits les séparent.

Il prit son temps pour étudier les trois hommes. Ils ne devaient surtout pas penser qu'ils pourraient le perturber. Messire Blays se tenait au centre. Un petit homme râblé aux cheveux gris courts et aux yeux perçants. Calme et mesuré, il cultivait un air de considération polie qui ne trompait qu'un temps. Le roi John le connaissait depuis près de vingt ans.

La silhouette à la musculature impressionnante, à la droite de messire Blays, ne pouvait être que messire Bedivere. D'après la rumeur, il avait tué une dizaine d'hommes en duel. On murmurait même qu'il les avait provoqués volontairement, pour le plaisir de tuer. Bien sûr, il était trop impressionnant et plein de morgue pour qu'on aille le lui dire en face. Mais toute sa façade de dureté ne parvenait pas à masquer la faiblesse de ses yeux bouffis et de sa moue lippue. Un jour, il pourrait remplacer le Champion. S'il vivait assez longtemps.

Il ne restait plus que l'individu timide à la gauche de messire Blays. Messire Guillam, donc, quelconque au point d'en devenir invisible. Grand, presque osseux, son visage rond et ouvert n'avait pas plus de caractère que celui d'un bébé. Ses cheveux rares étaient d'un brun terne, avec une raie nette au milieu. Ses yeux gris pâle clignaient nerveusement et il se dandinait sous le regard du roi, qui sourit derrière sa main. Il connaissait bien les hommes comme messire Guillam. Du genre à obéir à ses instructions à la lettre, principalement parce qu'ils n'étaient pas assez intelligents pour faire autrement. Ce genre d'émissaire était facile à mettre en déroute, et plus encore à manipuler. Puis messire Bedivere s'avança et s'inclina profondément devant le trône.

— Votre Majesté, si je puis vous demander un moment de votre temps…

— Bien sûr, messire Bedivere. Vous êtes le nouveau landgrave du domaine de la Crique d'Eauprofonde ?

— Oui, Sire. Je parle pour les barons Cuivre.

— Et que désirent-ils cette fois ?

— Ce qu'ils ont toujours désiré, Sire. La justice.

Un frisson de rire parcourut les courtisans, rapidement étouffé quand le landgrave les regarda. Avoisinant les deux mètres, ses épaules larges auraient pu faire hésiter le Champion lui-même. Satisfait de voir le silence revenir, messire Bedivere se détourna des courtisans avec un hochement de tête méprisant.

— La justice…, répéta le roi. Vous pourriez être plus spécifique ?

— Les barons Cuivre ont besoin d'hommes, Sire. Les démons envahissent les villes minières et détruisent tout sur leur chemin. Les réfugiés encombrent les routes un peu plus chaque jour. Nous ne pouvons pas les nourrir tous, et encore moins les abriter quand vient la nuit. Nos villes connaissent déjà des émeutes. La plupart de nos gardes sont morts en repoussant les démons. Le peu d'hommes qui nous reste ne saurait maintenir l'ordre. Les barons Cuivre demandent respectueusement que vous envoyiez une partie substantielle de votre Garde royale pour aider à repousser la menace des ténèbres.

— À l'heure actuelle, j'ai déjà envoyé à vos maîtres près de cinq cents gardes. Vous voulez dire qu'ils sont tous morts ?

— Oui, répondit messire Bedivere, suscitant des murmures d'étonnement chez les courtisans.

— Ils sont morts en combattant les démons ?

— Oui, Sire.

— Combien d'hommes des barons ont chevauché contre les ténèbres ?

— Sire, je ne vois pas…

— Combien ?

— Je ne saurais le dire. Beaucoup de gardes ont dû rester en arrière pour protéger la ville et maintenir l'ordre…

— Je vois. Mes hommes sont morts, tandis que ceux des barons restaient bien à l'abri derrière les murailles.

— C'est tout à fait secondaire, assura messire Bedivere avec calme. Mes maîtres réclament davantage d'hommes. Combien en enverrez-vous ?

— Je n'ai plus d'hommes disponibles.

— Ce sera votre dernier mot ?

— Oui. J'ai besoin de ces hommes ici même. Les barons doivent se défendre, et moi tout autant.

— Eux ne peuvent pas se terrer au fond de leur château, rétorqua messire Bedivere avec force.

Le silence s'abattit sur la Cour. Une telle insulte de la part d'un landgrave relevait presque de la trahison ouverte. Tout le monde attendait la réaction du roi John, et il lui fallut toutes ses années d'expérience et de diplomatie pour garder un visage serein. Un coup d'œil à Blays et Guillam lui avait appris qu'il ne trouverait aucun soutien de leur part. Leur expression et leur silence étaient plus éloquents que les propos de messire Bedivere. Le roi avait toujours su que les barons profiteraient de la situation pour se retourner contre lui. Bien sûr, cela arrivait plus tôt que prévu. Mais quoi qu'il décide, les barons Cuivre ne pouvaient pas perdre. S'il répondait favorablement, ce serait un signe de faiblesse, et ils reviendraient lui présenter d'autres exigences plus insensées encore. Qu'il refuse, et ils saisiraient cette occasion pour le renverser au profit d'un autre, plus malléable. La venue de messire Bedivere n'avait qu'un seul objet : insulter et humilier le roi devant sa Cour, et montrer à tout un chacun que le vrai pouvoir était aux mains des barons.

— Il est facile d'être brave derrière de hauts murs de pierre, insista messire Bedivere avec un sourire méchant. Mes maîtres n'ont que le mur de leurs villes et des barricades pour se protéger des démons. Nous exigeons d'autres hommes !

— Allez au diable, répondit le roi.

Messire Bedivere se raidit, et ses yeux prirent un instant l'éclat du sang, comme si la porte d'un fourneau s'était ouverte et refermée. Dans cette lueur éphémère, le roi vit la rage, la faim et la folie tout juste contrôlée. Il frissonna.

— Grandes paroles pour un vieux fou, contra messire Bedivere d'une voix tendue. Mes maîtres n'accepteront pas une telle réponse. Recommencez.

— Vous avez ma réponse. À présent, quittez ma Cour.

— Votre Cour ? (Le landgrave rit en regardant les courtisans et les soldats autour de lui.) Profitez-en bien, vieillard. Tôt ou tard, mes maîtres m'enverront vous la reprendre.

— Trahison, rappela le roi. Je pourrais vous faire décapiter pour cela.

— Votre Champion pourrait y parvenir. Malheureusement, il n'est pas là.

— Mais moi, je le suis, dit soudain Harald en se levant, l'épée en main.

Les courtisans murmurèrent, approbateurs, quand Harald s'interposa entre son père et le landgrave. Julia sourit et passa discrètement sa dague dans sa main de lancer, au cas où un autre landgrave voudrait intervenir. Messire Bedivere étudia Harald un moment, puis émit un rire sourd. La lueur rouge brilla et s'éteignit dans ses yeux, et il porta la main à la garde de son épée.

— Non ! cria le roi. Harald, rangez votre arme. J'apprécie l'intention, mais il aurait toutes les chances de vous tuer. Asseyez-vous et laissez-moi faire.

Harald hocha la tête, raide, remit son épée au fourreau avec un claquement, et se rassit à côté de Julia. Celle-ci lui adressa un hochement de tête approbateur, et il eut un sourire amer. Le roi se pencha en avant sur son trône et étudia messire Bedivere.

— Landgrave. Vous avez encore fort à apprendre. Pensiez-vous vraiment que vous pourriez me menacer dans ma propre Cour sans risque ? Vous êtes un imbécile, messire Bedivere, et je ne supporte pas les idiots. Votre choix est simple : inclinez votre tête devant moi, ou je vous la prends.

Le landgrave rit, et Thomas Grey s'avança. L'astrologue tendit un doigt osseux, et le rire de messire Bedivere se transforma en cri de douleur. Paralysé par la souffrance, il fut même incapable de prendre son épée.

Quand l'astrologue lui ordonna de s'agenouiller, messire Bedivere tomba, le visage baigné de larmes. Les deux autres landgraves, horrifiés, regardèrent leur compagnon pleurer comme un enfant.

— Et maintenant, prosternez-vous devant votre roi, dit l'astrologue.

Et messire Bedivere se prosterna. Le roi John considéra le landgrave tremblant, et ne prit aucun plaisir à ce spectacle. Il se sentait fatigué, sali et un peu écœuré.

— Assez, murmura-t-il.

L'astrologue baissa la main et se recula. Messire Bedivere s'écroula sur le tapis et frissonna jusqu'à ce que la douleur le lâche.

Le roi John parcourut sa Cour des yeux, mais personne ou presque ne voulait croiser son regard. Ceux qui ne se détournèrent pas exprimaient une horreur et un dégoût profonds devant ce que l'astrologue avait fait en son nom. Le roi John soupira et regarda la silhouette en noir qui attendait à son côté. Ses traits saturnins étaient calmes et détendus, et le soupçon d'un sourire jouait sur ses lèvres. *Thomas, mon vieil ami… Que nous arrive-t-il ? Nous avions juré de mourir plutôt que d'utiliser ce genre de magie.* Cette pensée le dérangeait, et il secoua la tête, comme agacé par un moustique. Son regard tomba sur messire Bedivere qui luttait pour se relever sur un genou. Le roi fit signe à deux gens d'armes tout proches.

— Aidez le landgrave à se relever.

— Non ! rugit Bedivere. Je n'ai pas besoin de votre aide.

Lentement, douloureusement, il se campa devant le trône. Les jambes secouées de spasmes incontrôlables, il parvenait à garder fière allure. Sur son visage blafard, les larmes séchées ne parvenaient pas à le priver de sa dignité. Par son refus entêté de sa propre faiblesse, il sortait presque grandi de l'épreuve. Puis l'éclat rouge surgit de nouveau dans son regard, et il se jeta sur le roi. Il était tout juste parvenu aux marches quand l'astrologue leva la main, et un éclair frappa le landgrave, le projetant au loin. La foule, aveuglée par l'éclair, vit bientôt messire Bedivere, avachi à plus de cinq mètres du trône. Touché à la poitrine, le landgrave avait la cotte de mailles crevée et le pourpoint de cuir brûlé. Messire Blays s'agenouilla à côté du guerrier et chercha son pouls.

— Il est vivant. Son armure l'a protégé.

Le roi fit signe aux deux gens d'armes.

— Faites sortir le landgrave. Que mon chirurgien s'occupe de lui.

Les gens d'armes se mirent en branle, saisirent messire Bedivere et le portèrent hors de la Cour. Le roi John secoua la tête, fatigué, se renfonça dans son trône, et regarda les deux derniers émissaires.

Nerveux, messire Guillam fit une tentative de sourire. À l'évidence, il était perdu. Un fin voile de transpiration lui baignait le front, et il se dandinait d'un pied sur l'autre, comme un enfant trop timide pour demander la permission d'aller aux toilettes. Le roi John fronça les sourcils et étudia messire Guillam plus attentivement. S'il était tout à fait incapable, les barons ne l'auraient pas envoyé. Il considéra les alternatives. Messire Bedivere avait déjà essayé de le tuer. Messire Guillam pouvait être un second assassin, connaissant les sorts, les poisons ou les malédictions. Un espion, envoyé pour prendre contact avec les éléments déloyaux de la Cour. Ou même un diplomate très doué, derrière cette façade timide. Le roi John eut un sourire crispé. Il n'y avait qu'une seule façon d'en avoir le cœur net…

— Messire Guillam ?

— Oui, Sire ?

Le landgrave sursauta violemment et regarda le roi.

— Vous êtes nouveau à ma Cour.

— Oui, Sire. Je suis le nouveau landgrave du domaine de Boisbouleau. Je parle au nom des barons Argent.

— Et que désirent-ils ?

Messire Guillam, avec un coup d'œil furtif pour l'astrologue toujours aussi sinistre, déglutit avec peine. Un sourire nerveux au roi, un doigt glissé dans son encolure pour s'aider à respirer…

— Les barons Argent désirent… également… votre aide, Sire. Ils ont besoin, euh…

Et le reste de son assurance parut le déserter. Il chercha rapidement un parchemin glissé à sa ceinture. Il le déroula, se rendit compte qu'il le tenait à l'envers, sourit d'embarras, retourna le parchemin et lut.

— Mes maîtres m'ordonnent de vous informer qu'ils ont le plus grand besoin de ce qui suit : sept troupes de gardes de votre propre Garde royale, quatre troupes de milice conscrite ; d'armes, de montures et de ravitaillement pour ces troupes…

— Cela suffit, dit le roi.

— Il reste encore beaucoup de choses, protesta messire Guillam.

— Vraiment ? Quelle surprise. Dites-moi, cher et noble Landgrave…

— Oui, Sire ?

— Que faites-vous ici ?

Messire Guillam cilla de confusion, eut un geste impuissant, et faillit lâcher son parchemin.

— Je représente les barons Argent, Sire. Je vous apporte leurs paroles.

— Non, messire Guillam. Je voulais dire, pourquoi vous ont-ils nommé, *vous*, en tant que landgrave ? Vous ne semblez pas avoir beaucoup d'expérience dans ce domaine.

— Oh non, Sire. Avant ma nomination, j'étais ministre des Finances du baron Ashcroft.

Le roi sourcilla. Un comptable. Il ne manquait plus que ça. Il aurait encore préféré un autre assassin.

— Passez votre liste à mon sénéchal, messire Guillam. Il vous fournira les armes et provisions que nous pourrons nous permettre de donner.

— Il y a aussi le détail des onze troupes… (La voix de messire Guillam mourut quand l'astrologue gloussa.) Nous pourrions transiger pour sept.

— Pas de transaction, dit le roi. Et pas de troupe non plus. Désirez-vous discuter ce point ?

— Oh non, Sire, s'empressa d'assurer messire Guillam. Pas le moins du monde. Du tout. Vraiment pas.

Il enroula son parchemin, s'inclina rapidement, puis se recula derrière messire Blays. Le roi salua le troisième landgrave d'un hochement de tête poli, et messire Blays s'inclina en retour. Ses mouvements lents et délibérés montraient sa discipline, et sa voix resta calme même quand il considéra l'astrologue.

— Vos pouvoirs ont crû depuis la dernière fois que je suis venu, messire astrologue. Mais ne croyez pas m'intimider. Il en faudrait bien plus. Je suis messire Blays, d'Oakeshoff. Je parle pour l'Or.

Le roi inclina légèrement la tête.

— Vous êtes le bienvenu à ma Cour, messire Blays. Désirez-vous également des troupes ?

— Je transmets les paroles de mes maîtres, rappela prudemment messire Blays. D'autres hommes seront nécessaires si nous devons résister aux ténèbres. La longue nuit a percé nos frontières, et déjà les démons parcourent les terres comme autant de loups enragés. Nous ne pourrons plus tenir très longtemps. Même la pierre et le bois de nos forts ne nous défendront pas quand les ténèbres s'abattront. Vous savez que je dis vrai, Sire.

— Oui, concéda le roi d'une voix lasse. Je sais. Mais ma réponse restera la même, messire Blays. Je n'ai pas d'hommes à vous envoyer.

— Je vais transmettre votre réponse à mon maître, dit le landgrave. Mais croyez-moi, il ne l'acceptera pas.

— Oh que si, insista l'astrologue. Il l'acceptera car il n'a pas le choix.

— On a toujours le choix, insista messire Blays.

Ses paroles douces firent planer un air de menace dans le silence, et aucune réponse ne vint.

— Très bien, finit par dire le roi. Vous êtes venus à cette Cour pour me demander mon aide, nobles Landgraves. Et s'il n'est pas en mon pouvoir de satisfaire les demandes de vos maîtres, je peux peut-être leur apporter un message d'espoir. En ce moment même, mon Champion et mon fils cadet, le prince Rupert, sont en route pour ramener le Haut Sorcier dans le royaume de la Forêt afin qu'il oppose sa magie aux ténèbres.

— Vous voulez le ramener ? demanda messire Blays. Après ce qu'il a fait ?

— C'est nécessaire, expliqua l'astrologue.

— Les situations désespérées appellent des mesures désespérées, rappela le roi. J'ai donc également décidé de rouvrir la Vieille Armurerie et de tirer la Curtana de son fourreau.

Après un instant de stupeur générale, le chaos éclata. Soudain, on aurait dit que tout le monde criait et jurait, s'efforçant de se faire entendre malgré le vacarme assourdissant. Les courtisans les plus proches du trône, furieux, furent repoussés à la pointe de l'épée par les gens d'armes. Et le rugissement collectif continuait à monter, créant une vague de son qui rebondissait sans fin sous le plafond haut.

Julia, stupéfaite par cette éruption, lut la surprise et l'outrage sur les visages, soulignés çà et là par la peur la plus abjecte. Elle se tourna vers Harald, presque aussi perdu qu'elle.

— Harald ! Que se passe-t-il ?

La cacophonie était telle qu'elle devait pratiquement lui crier dans l'oreille pour se faire entendre. Et malgré cela, il secoua la tête. Elle chercha dans son visage un semblant de réponse, mais il afficha bientôt un masque impassible. Seul le blanchissement de ses phalanges autour de sa dague trahissait l'ampleur de ses émotions.

— Assez ! ordonna l'astrologue, soudain enveloppé de flammes et de fumée.

Sa cape noire claqua autour de lui comme une paire d'ailes déployées, et un savoir puissant parut s'agiter derrière son regard glacial et impénétrable. Un silence général tomba sur la Cour, rompu seulement par le craquement des flammes qui enveloppaient l'astrologue sans paraître le brûler. Avec un sourire sinistre pour la Cour domptée, il laissa retomber les flammes. Une fois de plus, Thomas Grey se tenait devant eux, simple vieil homme habillé en noir.

— Merci, messire astrologue, dit le roi. Écoutez-moi bien, très chers seigneurs et dames. Je ne tolérerai pas ce genre de trouble dans ma Cour. Encore un éclat de ce genre, et mon bourreau fera son office. J'exige que l'ordre règne dans cette Cour ! Est-ce bien clair ?

Un par un, les courtisans s'agenouillèrent et inclinèrent la tête devant leur roi, puis les gens d'armes, puis l'astrologue lui-même, jusqu'à ce que dans toute la Cour il ne restât que deux hommes debout : les landgraves d'Or et d'Argent. Messire Guillam trembla quand le regard du roi John tomba sur lui, et bien qu'il ne puisse se résoudre à croiser ses yeux, il refusa de s'agenouiller. Et le roi John connaissait messire Blays depuis trop longtemps pour espérer le faire ployer.

Le roi se renfonça dans son trône et étudia les deux hommes, pensif. Il fut un temps où messire Blays aurait pris sa propre vie pour prouver sa loyauté à la couronne. Et il aurait abattu le premier qui se serait permis de la mettre en doute. Face à sa loyauté ancienne, son refus de s'incliner était presque une déclaration de guerre. Le roi tourna son attention vers messire Guillam, et fronça des sourcils. Malgré sa peur panique, il trouvait la force de le défier. Pourquoi ? Le roi John ferma les yeux et soupira. Il le savait bien. La Curtana lui inspirait une crainte plus grande encore.

Je le dois, s'entêta le roi John. *C'est nécessaire.*

Il ouvrit les yeux et regarda la mer de têtes inclinées devant lui. Il était trop cynique pour se laisser impressionner. Ils s'inclinaient moins par loyauté que par peur de l'astrologue. Mais cela lui suffirait, faute de mieux. L'ennemi était à ses portes, à plus d'un titre apparemment. Il ne pouvait plus se permettre de faire la fine bouche.

— Relevez-vous !

La Cour obéit dans un froissement de soies et de mailles. Un murmure rebelle naquit parmi certains courtisans, et mourut quand le roi fronça les sourcils. Avec un sourire mauvais, il se tourna vers messire Blays, resté impassible.

— Or donc, noble Landgrave, vous vous opposez à notre utilisation de la Curtana.

— L'épée de Compulsion est interdite à votre lignée depuis plus de quatre siècles, rappela messire Blays avec froideur.

— La situation a changé depuis, tempéra le roi. Il faut arrêter les Ténèbres, et puisque nous ne pouvons espérer y parvenir à la force de nos bras...

— La Curtana est interdite ! s'entêta messire Blays. Un roi règne avec le consentement de son peuple, et non parce qu'une épée magique les force à obéir. Nous avons déjà vu comment votre astrologue utilise ce genre de pouvoir. S'il a des torts, messire Bedivere reste un guerrier. Il a lutté et saigné pour vous dans des dizaines de campagnes. Et votre petit sorcier l'a traité comme un chien enragé ! Pensez-vous que les barons vous laisseront employer impunément un tel pouvoir ?

— Quand le roi tirera la Curtana, les barons respecteront sa volonté, rappela l'astrologue.

La réponse fut longue à venir, et s'éleva d'entre les courtisans, portée par une voix basse et sonore.

— Majesté !

— Oui, seigneur Darius ?

— Avec votre permission, Sire, j'envisage un compromis aussi satisfaisant pour vous que pour les barons.

— Très bien, seigneur Darius. Approchez du trône. Mais si ce compromis est aussi brillant que votre dernière idée, vous feriez mieux de rester à votre place.

Le ministre de la Guerre gloussa son appréciation de cette boutade, sa silhouette rebondie se faufilant avec une grâce étonnante entre les courtisans méfiants. Il s'arrêta devant le trône, entre les landgraves et le roi, et s'inclina devant les deux individus. Le roi John eut un froncement de sourcils impatient.

— Eh bien, seigneur Darius ?

— Il me semble, Votre Majesté, que messires Blays et Guillam sont anxieux de l'utilisation que vous comptez faire de la Curtana. Si vous pouviez leur expliquer une partie au moins de votre stratégie...

— Un roi n'a pas à s'expliquer, dit l'astrologue. Un sujet loyal obéit sans questions.

— Bien sûr, bien sûr, s'empressa de concéder le seigneur Darius. Je cherche tout bonnement à simplifier les débats...

— C'est une demande raisonnable, reconnut le roi. Et si elle permet de rassurer messire Blays... (Le landgrave opina, raide.) Très bien. Comme messire Blays l'a déjà signalé, la nature de la Curtana force l'obéissance. Je propose d'utiliser ce pouvoir sur les démons, pour les forcer à retourner aux ténèbres d'où ils ont surgi. C'est une solution simple à notre problème.

— Presque élégante dans sa simplicité, ajouta le seigneur Darius. Ne trouvez-vous pas, seigneur Blays ?

— Cela pourrait fonctionner, admit l'intéressé. Si toutefois la Curtana peut affecter des esprits autres qu'humains. À ma connaissance, personne n'a encore jamais essayé. Mais même si cela fonctionne, qu'adviendra-t-il de l'épée après que les démons auront été repoussés ?

— Après cela, elle sera remise à l'Armurerie, dit le roi. Et elle pourra y rester jusqu'à la fin des temps, en ce qui me concerne.

— Eh bien, eh bien…, se réjouit le seigneur Darius en tapant dans ses mains porcines. Mais je crains que les nobles landgraves aient besoin de preuves plus concrètes des intentions de Votre Majesté.

— Comment osez-vous ? rugit l'astrologue en s'avançant.

Le seigneur Darius pâlit, mais ne céda pas de terrain.

— Votre Majesté…

— Laissez-le parler, insista le roi.

L'astrologue reprit place au côté du trône. Le seigneur Darius s'inclina avec grâce.

— Tout compte fait, Votre Majesté, une épée reste une épée. Puisque vous admettez qu'elle ne devrait plus jamais être utilisée, après que les démons auront été chassés, la Curtana devrait être fondue en public, une bonne fois pour toutes.

— Mon instinct serait de refuser. Cette épée est dans notre famille depuis des générations, et pourrait se montrer utile dans le futur… mais je vous comprends. La Curtana est une épée trop dangereuse pour qu'on la confie à quiconque. Une telle réponse satisferait-elle les barons, messire Blays ?

— Elle le pourrait, admit messire Blays avec prudence. Mais je ne parle que pour l'Or.

Avec un sourire froid, le roi John répondit :

— Là où mène l'Or, l'Argent et le Cuivre le suivent. N'est-ce pas, messire Guillam ?

Le landgrave d'Argent hocha la tête avec énergie.

— Je suis sûr que mes maîtres verront là une excellente idée, Votre Majesté.

— Alors je la considérerai, dit le roi John. Vous aurez ma réponse avant votre départ demain.

Messire Blays hocha la tête, impassible.

— Merci, Sire. Nos affaires touchant à leur fin, avec votre permission, messire Guillam et moi-même allons nous retirer en nos appartements. La journée fut longue.

— Pour le moins, concéda le roi. Fort bien, nobles Landgraves. Vous pouvez disposer.

Messire Guillam et messire Blays s'inclinèrent devant le trône, se retournèrent et quittèrent la Cour. Les courtisans murmurèrent entre eux en les regardant partir.

— Silence, intima l'astrologue avec succès.

— Avant que je renvoie cette Cour pour la journée, j'ai un devoir plus que plaisant à remplir. Princesse Julia ?

— Ah, vous vous rappelez enfin que je suis là. Je commençais à me sentir invisible.

— Julia, très chère, vous n'êtes jamais loin de mes pensées. Harald. J'espère que vous avez su divertir la princesse Julia ?

— Tout à fait. Elle devient très adroite au morpion. Encore un peu d'entraînement et elle sera tout à fait au point.

Julia voulut lui planter sa dague dans le pied, qu'il écarta avec un sourire.

— Si vous avez fini… J'aimerais faire une annonce.

— Alors finissons-en, soupira Julia.

— Mes seigneurs, mes dames, j'annonce ce jour les fiançailles de mon fils aîné, le prince Harald, avec la princesse Julia des Bas-Coteaux. Je leur souhaite tout le bonheur et toute la chance du monde.

— Il en aura bien besoin, railla une voix dans l'assistance.

Julia se retrouva sur ses pieds en un instant.

— Attendez un peu ! Il est hors de question que j'épouse Harald !

— Oh que si ! insista le roi. Je viens même de l'annoncer.

— Eh bien vous pouvez le désannoncer !

— Princesse Julia, dit le roi sans se laisser démonter. Vous allez épouser Harald dans quatre semaines, de gré ou de force. Mon fils est un jeune homme convenable, et fait honneur à sa lignée. Je suis sûr que, sous sa tutelle, vous deviendrez une femme digne de lui et de la Cour.

— Je préfère encore me tuer !

— Vous n'en ferez rien ! Ce n'est pas votre genre, dit l'astrologue.

Furieuse, elle leur tourna le dos en sentant les larmes venir.

— Nous verrons. Nous verrons bien…

Le roi John l'ignora et ajourna sa Cour. Les courtisans s'inclinèrent ou firent la révérence, puis sortirent à la queue leu leu, étonnamment silencieux. Sur un hochement de tête du roi, les gardes et gens d'armes sortirent à leur suite. Julia s'éloigna du trône, puis leva les yeux. Harald se tenait devant elle. Elle n'avait pas l'énergie de le frapper.

— Que voulez-vous ? demanda-t-elle d'une voix lasse.

— Julia… Vous aimez vraiment Rupert ?

La princesse secoua la tête.

— Je ne sais pas. Peut-être. Pourquoi ?

Harald haussa les épaules.

— Je ne sais pas. Écoutez, Julia. Ce mariage aura lieu, que nous le voulions ou non. Je ne m'attends pas à ce que vous m'aimiez, mais… Suis-je vraiment un si mauvais parti ? Je ne suis pas un ogre, vous savez. Enfin, pas tout le temps. (Il marqua une pause pour voir si elle allait sourire. Non.) D'une façon ou d'une autre, Julia, vous allez devenir ma femme. Essayez de vous faire à cette idée. Nous en reparlerons plus tard.

Julia le regarda quitter la Cour. Les plans d'évasion tourbillonnaient sous son crâne. Mais où aller ? À les entendre, le royaume de la Forêt était envahi par les démons. Si le dragon avait été assez fort pour partir avec elle… Mais ce n'était pas le cas. Il avait encore mal, et il dormait presque tout le temps. Elle ne pouvait pas le quitter comme ça. Ni Rupert, d'ailleurs. Tout était de sa faute, de toute façon. S'il ne l'avait pas abandonnée dans le château pour retourner jouer les héros et se faire tuer…

Julia ferma les yeux et enfonça ses ongles dans la paume de ses mains. Elle refusait de pleurer devant le roi. Elle finit par rouvrir les yeux, toujours secs, et regarda la Cour vide sans la voir.

Où que tu te trouves, Rupert, sois prudent. Et reviens vite.

Le roi John regarda partir la princesse, admirant en secret son calme et sa maîtrise de soi. Il attendit que les portes se referment, puis s'avachit sur le trône.

— C'est sans doute une des sessions les plus longues de notre histoire, se lamenta l'astrologue en s'asseyant avec soin.

— Oui… Je te jure que ce maudit trône devient de plus en plus inconfortable.

— Au moins, toi, tu es assis. Ça fait dix heures que je suis debout, j'ai le dos en compote.

Le roi gloussa de sympathie.

— On devient trop vieux pour tout ça, Thomas.

— Parle pour toi…

Ils restèrent quelques instants à savourer chacun la compagnie de son ami, à observer les ombres qui se massaient dans la Cour. La lumière tombait par les merveilleux vitraux, et les grains de poussière dansaient dans l'air immobile. Le roi John tiraillait pensivement sa barbe, puis il jeta un coup d'œil à l'astrologue.

— Jolie démonstration que tu as donnée pour les landgraves, Thomas.

— Merci, John. Je trouvais aussi que ça s'était bien passé.

— Tu étais vraiment obligé de faire ramper messire Bedivere comme ça ?

— Allons, John… C'est un tueur, et les barons le savaient en l'envoyant ici. Il t'aurait abattu comme un chien.

— Je sais… Mais aucun homme ne devrait ramper comme il l'a fait. Je me suis senti… sali.

— Écoute, John. On en a parlé presque toute la nuit. La seule façon de dompter les barons sera de faire en sorte qu'ils nous craignent plus qu'ils craignent les ténèbres. Comment veux-tu qu'on y arrive si je n'utilise pas mes pouvoirs ? Je ne l'ai pas blessé, John. Je l'ai juste forcé à faire ce qu'il aurait fait de toute façon.

— Et l'éclair ?

— Une illusion, avant tout. Il y avait juste assez de force pour l'assommer, et c'est tout.

— Tu ne comprends pas, Thomas. Si je tire la Curtana, c'est pour prouver aux barons que nous ne sommes pas impuissants contre les ténèbres. Qu'on a des armes plus puissantes à utiliser contre les démons. Après ce que tu as fait à Bedivere, tout le monde se fiche des démons. Les gens vont surtout s'inquiéter de savoir si je compte utiliser l'épée contre eux ou pas.

— Bon sang ! Je suis désolé, John. Je n'avais pas réfléchi.

— En l'état, on hésite déjà à tirer la Curtana. Je ne veux même pas parler des Objets infernaux. Si les barons soupçonnaient qu'on envisage aussi d'utiliser ces armes-là…

— On se retrouverait avec une révolte ouverte. Je comprends, John. Mais il nous faut ces épées. Les ténèbres seront bientôt sur nous, et nous ne pouvons pas nous reposer sur le Haut Sorcier. On ne peut même pas être sûrs qu'il va venir.

— Il viendra, dit le roi. Tu le connais.

Après un silence gêné, Grey s'éclaircit la voix, hésitant.

—Je sais ce que tu penses, John. Mais nous avons besoin de lui.

—Je sais.

—Il a pu changer. Il est parti depuis si longtemps…

—Je ne veux pas en parler…

—John…

—Je ne veux pas en parler !

Thomas Grey se détourna, incapable de résister à la rage et l'amertume qu'il lisait encore dans le regard de son ami.

—Parle-moi des Objets infernaux, dit le roi John. Cela fait des années que je n'ai pas lu les textes qui les concernent.

—Apparemment, autrefois, ces épées étaient au nombre de six. Il ne nous en reste que trois. Fulgente, Gangrène et Fendroc. Personne n'a osé les dégainer depuis des siècles.

—Elles sont aussi puissantes que le dit la légende ?

—Sans doute plus encore. Toutes les sources que j'ai pu lire à leur sujet en sont mortes de peur.

—C'est bien beau, grogna le roi, mais ces épées et la Curtana sont encore au fourreau dans la Vieille Armurerie. Et la Vieille Armurerie se trouve dans l'Aile sud, qu'on n'a pas retrouvée depuis sa disparition, il y a trente-deux ans !

—Le sénéchal m'a assuré qu'il peut la trouver, rappela Grey. Et ça me suffit. C'est le meilleur guide que le château ait jamais eu.

—Oui, peut-être… Tu sais, Thomas, il y a des jours où je regrette que ton titre soit simplement honoraire. Parfois, ce serait agréable d'avoir quelqu'un qui puisse vraiment prédire l'avenir.

Grey ricana.

— Désolé, John, mais mon titre n'est qu'un héritage de nos ancêtres superstitieux. Je ne suis qu'un astronome. Si tu me montres des entrailles de mouton, je pourrai simplement conseiller d'en faire de la soupe.

Le roi sourit et hocha la tête.

— Ce n'était qu'une idée, Thomas. (Il se remit sur ses pieds, raide, et observa la Cour vide.) Je pense que je vais aller me coucher. Je suis si fatigué, en ce moment...

— Tu travailles trop. Et moi aussi. Tu devrais laisser plus de responsabilités à Harald. Qu'il s'occupe de la routine. À son âge, il pourrait facilement se charger d'une partie du travail.

— Non. Il n'est pas encore prêt.

— Tu ne pourras pas repousser l'échéance sans cesse, John. Nous ne serons pas toujours là pour le conseiller. L'âge nous rattrape.

— Dans mon cas, il court même très vite. (Le roi aboya de rire et descendit les marches du trône, écartant le bras offert par l'astrologue.) Je suis fatigué, Thomas. Nous en reparlerons demain.

— John...

— Demain, Thomas.

L'astrologue regarda le roi traverser la Cour vide.

— Demain, il sera peut-être trop tard, John.

Mais si le roi l'entendit, il n'en laissa rien paraître.

— Vous pourriez être roi, Harald, souligna le seigneur Darius.

— Je le deviendrai, rappela le prince. Je suis le fils aîné. Un jour, toute la Forêt sera à moi.

— Vous ne régnerez sur rien si vous attendez d'hériter du trône.

— C'est de la sédition.

— Oui, reconnut le seigneur Darius avec un sourire. Tout à fait.

Les deux hommes se sourirent et trinquèrent. Harald hocha la tête pour marquer son appréciation du cru, et la dame Cecelia se pencha pour remplir sa coupe à ras bord. Avec un sourire de gratitude, le prince s'installa plus confortablement sur sa chaise pour observer les appartements de Darius. D'après ce qu'on lui avait raconté de son mode de vie, Harald s'était attendu à une décoration chargée et somptueuse, tout en tapis épais et en riches tentures. Au lieu de cela, il avait trouvé une pièce sombre, presque austère, au sol et aux murs de bois sombre, réchauffée par une unique cheminée. Une grande bibliothèque encombrée de traités politiques, historiques et magiques occupait tout un côté de la pièce. Harald s'en étonna intérieurement. Le ministre de la Guerre paraissait plein de surprises. Le prince prit une gorgée de vin et étudia son hôte. Son maquillage outrancier ne cachait rien de sa laideur renfrognée. En privé, il s'y ajoutait un air impitoyable et froid qu'il prenait toujours garde de masquer en public.

Cet homme est dangereux, se dit Harald. *Il est ambitieux et impitoyable. C'est une combinaison utile en toutes choses, mais plus encore en politique. Il doit se voir en faiseur de rois.*

Il reporta son attention sur l'épouse du seigneur Darius, la dame Cecelia. Elle lui sourit et croisa son regard avec un air d'appréciation ouverte. Ses cheveux noirs comme la nuit tombaient sur ses épaules d'albâtre nues, soulignant son visage à la beauté délicate. La sensualité bouillonnait dans ses yeux noirs et sa bouche souple. Elle avait abandonné sa robe de Cour aux broderies complexes pour une simple toge de soie qui révélait d'irrésistibles éclats de cuisse chaque fois qu'elle bougeait. *Appétissante*, se dit Harald. *Et pas farouche, même devant son mari.* Une nouvelle fois, Harald se demanda ce que ces deux-là pouvaient apprécier l'un chez l'autre. Certes, ils formaient une équipe politique redoutable, mais les ragots ne tarissaient pas sur les liaisons entre la dame Cecelia et les jeunes recrues de la garde. Darius devait être au courant, mais il ne disait jamais rien. *Il faut de tout pour faire un monde*, se dit Harald avec cynisme.

— Eh bien, très cher ministre de la Guerre, dit-il. Tout cela est fort agréable, il est vrai, mais que voulez-vous exactement de moi ?

Darius sourit devant la franchise du prince, et trempa les lèvres dans son vin.

— Pour l'heure, très peu de chose, Sire. Mais soyez certain que mes amis ont vos meilleurs intérêts à cœur.

— Vraiment ? Comme c'est intéressant. J'avais l'impression que vos *amis* avaient à cœur les meilleurs intérêts de la Forêt. Après tout, c'est ce qui m'amène.

— En vous aidant, nous aidons la Forêt, le rassura Darius. Votre père n'est plus apte à régner. Il a abandonné les barons face aux ténèbres, insulté et attaqué les landgraves devant la Cour, et maintenant il menace de tirer la Curtana ! Il doit savoir que les barons ne le laisseront pas faire. C'est pratiquement une invitation à la rébellion.

— Les barons ont besoin d'un roi, dit Harald avec calme. Ils n'ont pas assez d'hommes pour résister seuls au Noirbois, et ils le savent. Leur seul espoir serait une armée. Une force unie assez puissante pour repousser les ténèbres. Ils ont essayé de forcer le roi à leur apporter son soutien, et se sont rendu compte qu'il n'avait plus besoin de leur aide. Si la Curtana fonctionne sur des esprits non humains, bien sûr. Et sinon, il sera trop tard pour essayer de lever une armée. Rien d'étonnant à ce que les barons soient désespérés. Si l'épée ne fonctionne pas, nous serons tous plongés dans les ténèbres. Et si elle fonctionne, le roi John pourrait devenir le plus grand tyran que ce royaume ait connu. Avec l'épée de Compulsion, son moindre caprice deviendrait loi. Toutefois, si le roi John est renversé, qui contrôlera l'armée ? Les barons se méfient les uns des autres, puisque l'un ou l'autre pourrait utiliser l'armée pour se proclamer roi.

» Donc, les barons ont besoin d'un roi, mais ils ne veulent pas du roi John. Et cela, seigneur Darius, explique que vous ayez demandé ma présence ici ce soir. N'est-ce pas ?

Darius regarda le prince derrière ses yeux plissés.

— Vous faites preuve d'une compréhension très claire de la situation, Sire. Je n'avais pas réalisé à quel point vous vous intéressiez à la politique. Par le passé, vous avez toujours paru plus captivé par d'autres… centres d'intérêt.

— Mais nous sommes rarement ce que nous montrons au monde, n'est-ce pas, très cher ? (Il abandonna soudain sa candeur habituelle pour prendre un air plus dur, un regard plus perçant.) J'ai peut-être l'air idiot, Darius, mais ne vous y trompez jamais.

—Alors pourquoi faire semblant? demanda la dame Cecelia avec le plus charmant froncement de sourcils.

—Pour prendre les autres à contre-pied, répondit Harald. On ne voit en moi une menace que lorsqu'il est trop tard. C'est follement amusant…

Son visage reprit son air aimable, mais ses yeux restèrent froids et sardoniques. Darius, avec un sourire incertain, se demanda quelle était la bonne approche avec ce prince Harald si inattendu.

—Les intentions de votre père sont incontestablement louables, Sire, mais il est vieux, et son esprit n'est plus aussi vif que par le passé. Il écoute trop son astrologue, et pas assez les courtisans qui ont toujours eu le privilège et la responsabilité de le conseiller. Puisque les ténèbres se massent déjà hors de nos murs, nous ne pouvons pas nous permettre de laisser le roi jouer avec nos vies en tirant une épée aussi magique qu'inutile. Si le roi refuse d'entendre raison, il faudra l'y forcer.

—C'est de mon père que vous parlez, rappela Harald à mi-voix. Si je devais penser que vous le menacez…

—Pas le moins du monde, s'empressa de promettre Darius. Il est tout à fait hors de question qu'il lui soit fait le moindre mal.

—Vous oubliez messire Bedivere.

—Une erreur, soyez-en certain. Je ne pense pas qu'un seul d'entre nous ait réalisé à quel point cet homme était instable. (Harald lui jeta un regard froid.) Croyez-moi, Sire, je vous en prie. Le roi ne sera en aucun cas blessé. Mes associés et moi-même avons le plus grand respect pour ses accomplissements passés. Nous avons simplement l'impression que la pression de sa position est devenue trop lourde pour son grand âge. Le royaume de la Forêt a besoin d'un monarque plus jeune et plus capable. Tel que vous, Prince Harald.

Avec un sourire, le prince laissa le silence s'installer.

— Avons-nous votre soutien ? demanda Darius.

Malgré la tiédeur confortable de la pièce, le ministre sentit une sueur froide perler à son front. Le prince en face de lui n'était pas l'homme qu'il avait cru connaître. Darius se demandait si ses amis et lui n'avaient pas fait une effroyable erreur. D'un seul mot, Harald pourrait faire rouler bien des têtes avant l'aube. Darius se dandina sur sa chaise, puis plaça mine de rien une main sur la dague empoisonnée dissimulée dans sa manche.

Harald leva son verre vide. La dame Cecelia se pencha pour le remplir. Sa tunique s'ouvrit un instant, révélant la naissance de son imposant décolleté. Harald sirota son vin, un sourire sardonique aux lèvres.

— Mon soutien vous est acquis, répondit-il. Mais pour des raisons qui me sont propres, et non les vôtres.

— Des raisons propres ? s'enquit Darius.

— Je veux devenir roi, expliqua Harald. Je suis las d'attendre.

Darius sourit et écarta sa main de la dague.

— Je pense que votre patience sera bientôt récompensée, Sire.

— Très bien. Pourquoi m'avez-vous abordé, Darius ? Rupert aurait certainement constitué un meilleur choix. Il a beaucoup plus que moi à gagner.

— Rupert est devenu une sorte de facteur énigmatique. Le temps qu'il a passé dans le Noirbois l'a changé. Il est devenu plus fort, plus volontaire, plus… indépendant. Il est depuis toujours loyal à la Forêt, mais sans jamais cacher le fait qu'il préfère l'éthique à la politique. Attitude fort naïve pour un prince, mais tout à fait inacceptable pour un roi. Et puis, je ne pense pas que nous pourrions travailler en bonne entente.

— Il ne m'aime pas, rappela la dame Cecelia d'une voix boudeuse.

Harald se leva en posant son verre.

— Je vous soutiens en principe, Darius. Mais pour le moment, ce sera tout. Arrangez une rencontre avec vos amis pour que je leur parle. Si je dois me lancer dans la trahison, je veux connaître tous mes coconspirateurs.

— Très bien, dit Darius. Je vous ferai prévenir dès que nous serons prêts.

— Ne traînez pas.

— Bien sûr, Sire.

Harald parti, Darius se resservit du vin. À sa propre surprise, il tremblait.

— Chiot insolent, grogna-t-il. Il devrait être reconnaissant de la chance qui lui est offerte.

— Les rois le sont rarement, rappela la dame Cecelia. Cela lui passera. Il est jeune, impatient, et pas aussi intelligent qu'il voudrait nous le faire croire.

— Ne le sous-estimons pas, dit messire Blays en sortant de la bibliothèque qui venait de se rabattre sur ses gonds dissimulés.

Messire Guillam et messire Bedivere le suivirent dans la pièce, et la bibliothèque se referma derrière eux.

—Ne nous inquiétons pas pour Harald, dit Darius. S'il veut devenir roi, nous sommes sa meilleure chance.

—Ce matin, j'aurais été d'accord avec vous, dit Blays en se laissant tomber sur la chaise en face de Darius. Mais à présent, je n'en suis plus si sûr. J'ai toujours dit que le prince réfléchissait plus qu'on voulait bien le croire. L'ancien Harald ne nous aurait pas posé de problème. Nous aurions pu en faire ce que nous voulions. Il a dû se rendre compte que, une fois arrivé sur le trône, il ne serait qu'une façade pour les barons.

—Sans aucun doute, il l'a compris. Mais que peut-il y faire ? S'il nous trahit à la Garde royale, il perd sa chance de devenir roi. Sa *seule* chance, peut-être. Et une fois mis sur le trône par nos soins, il se rendra vite compte à quel point nous lui sommes nécessaires. Le prince Rupert sera certainement rentré, ainsi que le Champion et le Haut Sorcier. Non, Messieurs. Harald a besoin de nous, et il le sait. Si nous jouons bien nos cartes, il aura *toujours* besoin de nous.

—Le Haut Sorcier m'inquiète, dit Blays. Et si le Champion et lui décidaient de renverser Harald en faveur de Rupert ?

—Si je me rappelle bien le Haut Sorcier, il a toujours été loyal au fils aîné, tempéra Darius. Et il n'a jamais eu grande patience pour Rupert. Je pense que le Champion ne présentera pas la moindre difficulté. En fait, avec un peu d'insistance, il pourrait se charger lui-même de Rupert.

Il leva les yeux. Bedivere et Guillam étaient restés debout.

— Mais asseyez-vous, Messieurs. Vous faites désordre, ainsi…

Guillam hocha la tête et se percha au bord de la chaise la plus proche. Il eut un bref sourire pour Darius et Cecelia, comme pour s'excuser d'être encore là. Bedivere était resté au repos, le dos droit et la main près de la garde de son épée. Il ne fit pas mine de s'asseoir. Darius l'étudia de plus près. Il avait remplacé son gilet et sa cotte de mailles endommagés, et seule une légère pâleur au visage pouvait rappeler le calvaire qu'il avait enduré. Pourtant, malgré son calme et sa décontraction apparente, il était plus tendu qu'un chat devant un trou de souris. Son immobilité était mortelle, comme s'il attendait simplement son prochain ordre de mise à mort. *Qui sait…*, se dit Darius. *C'est peut-être le cas.*

Blays écarta dédaigneusement une toile de poussière collée à son bras.

— Vous devriez vraiment nettoyer votre pièce secrète, Darius. On n'y entend rien, et c'est d'un crasseux…

— Et plein de courants d'air, ajouta Guillam. Vu le temps que vous nous avez gardés là-dedans, je ne serais pas surpris d'attraper un rhume. Et quel est cet endroit ? On aurait dit que le tunnel continuait sur des kilomètres.

— C'est bien le cas. Il fait partie des aérations. (Il soupira en remarquant l'incompréhension du landgrave.) Messire Guillam, vous avez certainement remarqué que mes appartements, comme tant d'autres dans le château, n'ont pas de fenêtres. Il est donc vital de faire en sorte que l'air continue à circuler. Les nombreux tunnels et aérations de ce château servent exactement à cela. Ils apportent l'air frais de l'extérieur, et emportent l'air vicié de l'intérieur. Au fil des ans, j'ai passé beaucoup de temps à cartographier ces kilomètres de galeries. Ils se sont plus d'une fois avérés tout à fait précieux pour… recueillir des informations.

— C'est toujours mieux que d'écouter aux trous de serrure…, concéda messire Blays.

— Ô combien, messire Blays. Et admettez que ces tunnels feraient d'excellentes issues de repli, si le besoin devait s'en faire sentir.

— Peut-être, admit Blays. Mais vous feriez mieux de faire quelque chose pour cette étagère. Elle est bien trop lente à s'ouvrir et à se refermer. En cas d'urgence, elle ne nous servirait à rien.

— Les contrepoids sont très vieux, et je n'ai pas le savoir-faire pour les remplacer. Tant qu'ils fonctionnent…

— Et la migration ? demanda soudain Blays. Va-t-elle vous affecter ?

— Je n'ai pas bougé de ces appartements depuis quinze ans, dit Darius. Personne d'autre ne connaît le secret de cette bibliothèque, à part vous et moi.

— La migration ? demanda Guillam. Quelle migration ?

— Je vous expliquerai plus tard, répondit Blays. Bien, Darius…

— Je veux savoir tout de suite ! s'indigna Guillam.

Darius se tourna vers Blays, s'attendant à moitié à ce qu'il remette le landgrave à sa place. Mais à son grand étonnement, Blays ravala son irritation et hocha la tête. *Intéressant… Il semblerait que messire Blays n'ait pas tout à fait le contrôle de la situation, malgré ce qu'il affirme.*

— Rappelez-vous, expliqua Blays, que l'intérieur du château est bien plus vaste que son extérieur. Cela cause quelques problèmes assez uniques. D'une part, cette absence de fenêtres et d'air frais. En outre, les différentes strates de pierre et de pièces entre l'intérieur et l'extérieur causent des écarts de température extrêmes. Les pièces les plus intérieures sont les plus chaudes, et les extérieures les plus froides. Donc, en été, le roi et les membres éminents de la haute société vivent près du mur extérieur du château, là où il fait le plus frais. Quand vient l'hiver, ils reviennent vers le cœur du bâtiment. Les personnes tout en bas de l'échelle sociale vivent la migration inverse. Et les personnages de rang intermédiaire, comme Darius, ne bougent pas du tout. Avez-vous compris, messire Guillam ?

— Tout cela paraît très compliqué, remarqua l'intéressé.

— Tout à fait. C'est pourquoi notre rébellion devra avoir lieu à un moment précis. Tant que la migration sera en cours, la confusion générale sera à notre avantage.

— Merci, dit Guillam. Je comprends, à présent.

— Alors nous pourrions peut-être nous atteler à notre tâche, invita Darius. Nous avons beaucoup de sujets à traiter.

— Lesquels ? demanda Blays. Nos ordres étaient d'insulter et d'isoler le roi, et de sonder le prince Harald. C'est fait. Pour ma part, plus tôt nous partirons d'ici, mieux ce sera. Je n'aime pas beaucoup les gens que je fréquente en ce moment.

— On nous a aussi ordonné d'être discrets, rappela

Guillam en rougissant. Et grâce à l'imbécillité de Bedivere, le roi va certainement dégainer la Curtana !

— Il l'aurait fait de toute façon, dit Blays.

— Pas forcément ! Nous aurions pu l'en dissuader ! Au moins, vous avez gardé la tête froide, Darius. Si le roi accepte de détruire la Curtana, nous pourrions avoir l'avantage.

— Vous croyez vraiment que le roi acceptera de se séparer de la Curtana ? s'étonna Blays.

— Je ne sais pas ! Peut-être, si nous parvenons à garder le contrôle de cette brute…

— Oh, arrêtez de geindre ! s'indigna Bedivere.

Outré, Guillam balbutia, puis Bedivere lui intima le silence. Le regard écarlate dans les pupilles de Bedivere fit pâlir Guillam. Ses mains tremblaient, il avait la bouche sèche. Bedivere lui adressa un sourire froid, et la folie quitta ses yeux. Pour autant que la raison pouvait lui revenir…

— Vous n'aurez jamais mieux, souffla-t-il avant de se détourner du landgrave pour contempler de nouveau ce que personne d'autre ne pouvait voir.

Darius étudia le guerrier renfrogné un moment, puis écarta la main de sa dague empoisonnée. Il soupira en silence. Les fous de guerre étaient irremplaçables au combat mais n'avaient pas leur place dans un complot. Quand on avait parlé de messire Bedivere à Darius, l'idée d'un landgrave assassin lui avait plu. Mais à présent, il doutait. Il était incontrôlable, et une fois la rébellion finie, il faudrait s'en débarrasser. Si Bedivere tenait jusque-là…

— Cette assemblée que demande Harald, dit soudain Blays… Elle est possible ?

— J'imagine…, répondit Darius. Mais c'est un gros risque. Je n'aime pas l'idée que nous soyons tous réunis dans une même pièce. Si quelqu'un nous trahit…

— On peut toujours poster des gens d'armes pour ne pas être dérangés.

Darius poussa un soupir résigné.

— Très bien. Mais ça ne me plaît pas.

— On se fiche que ça vous plaise ou non, railla Blays. Faites-le, c'est tout.

Il y eut une courte pause.

— Quelqu'un voudrait un verre de vin ? demanda Cecelia.

Blays et Guillam secouèrent la tête. Bedivere l'ignora.

— J'imagine qu'il faudra que le roi John meure ? demanda Blays, s'attirant tous les regards.

— Évidemment. Tant qu'il sera vivant, il y aura toujours quelqu'un pour comploter son retour sur le trône. Il doit mourir.

— Mais si Harald se doute…

— Aucune chance. Le roi John sera tué pendant les luttes internes, à un moment où Harald sera occupé ailleurs. Bedivere s'en chargera, de façon à jeter le doute sur l'astrologue.

— Et lui, je pourrai le tuer aussi ? demanda Bedivere avec un vif intérêt.

— Nous verrons, répondit Darius.

— Je connais John depuis des années, dit Blays. Ce n'est pas un mauvais roi… pour un roi.

— Mais pour ce qui intéresse nos maîtres, dit Guillam, un bon roi obéit aux barons.

— Les temps changent, remarqua Blays d'un ton aigri. Et nous les accompagnons.

Écœuré, il se renfonça dans son fauteuil.

— Il faut que John meure, insista Guillam. Au final, cela vaudra mieux.

— Je le sais bien, dit Blays. Ma loyauté va à l'Or, comme toujours. En menaçant de tirer la Curtana, John menace mes maîtres. Je ne peux pas le laisser faire.

— Pas plus que nous.

— Mais c'est bien dommage. J'ai toujours aimé John.

— Il faut qu'il meure, répéta Darius avec assez d'amertume pour que les trois landgraves le regardent étrangement.

— Qu'est-ce que vous avez contre John ? demanda Blays. Vos coconspirateurs, au moins, je les comprends. Ils veulent le pouvoir, l'argent, ou la vengeance. Mais vous…

— Nous sommes des patriotes, déclara Darius avec froideur.

— Eux peut-être, concéda Blays, mais pas vous. Vous participez à tout cela pour des raisons personnelles.

— Et si tel est bien le cas, ces raisons ne regardent que moi.

L'acier chuinta contre le cuir quand Bedivere tira prestement son épée et en posa la pointe sur la gorge de Darius.

— Vous nous cachez quelque chose, dit Blays avec un sourire mauvais. Ce n'est pas acceptable, comprenez-le.

— Vos amis les patriotes devront s'assurer que la Cour d'Harald obéira, murmura Guillam. Mais nous n'avons pas forcément besoin de vous. Vous n'êtes qu'un intermédiaire, Darius. Rien d'autre. Et les intermédiaires ne devraient pas faire de cachotteries. Je pense que vous devriez vraiment nous parler de vos autres *raisons*.

Darius croisa leur regard sans sourciller. Un fin filet de sang coula sur son cou quand Bedivere y appuya sa lame. La scène resta figée un instant, sans que personne cède un pouce de terrain. Blays et Guillam échangèrent un regard, et Guillam hocha la tête, désignant la pauvre Cecelia terrifiée. Blays la saisit par les cheveux et lui renversa la tête en arrière. Elle cessa de crier et de se débattre en sentant la pointe d'une dague se poser sur sa gorge. Même ses gémissements se turent quand elle sentit la pointe de métal pénétrer sa peau.

— Alors ? insista Blays.

— Je voulais me venger, répondit Darius si bas qu'il fallut un moment avant que les landgraves comprennent ses paroles.

Blays fit signe à Guillam de ranger sa dague et de relâcher Cecelia. Bedivere ôta son épée de la gorge de Darius, mais ne fit pas mine de la rengainer.

— Je n'ai jamais voulu devenir ministre de la Guerre, dit Darius. J'ai hérité ce poste de mon père. Tout le monde se fichait de ce que je voulais faire de ma vie. Je n'avais ni goût ni prédisposition pour ce poste. Mais ça n'a arrêté personne ! J'aurais pu être sorcier. J'en avais le talent et le pouvoir. L'académie de Sorcellerie m'avait proposé une place avant même que je sois adulte. Mon père ne voulait pas en entendre parler, et le roi non plus. Je serais le prochain ministre de la Guerre, point final.

» J'ai fait de mon mieux, au début, mais ça ne suffisait pas. Alors j'ai baissé les bras. Et le roi, l'astrologue et le

Champion se relaient pour m'insulter et me couvrir de ridicule parce que je ne sais pas faire un travail qui ne m'intéresse pas. Après la rébellion, Harald me donnera sans doute le poste que je veux, mais ce n'est pas la raison qui me pousse. Je veux me venger. De ces années que j'ai subies, de toutes les insultes que j'ai dû avaler sans broncher. Tous ceux qui se sont moqués de moi seront brisés, humiliés.

— Oui, assura Blays. Oh que oui.

— Je veux voir le roi mourir !

Bedivere eut un gloussement sinistre et rengaina son épée. Darius le remercia d'un hochement de tête tremblant, puis il prit la main de Cecelia qui venait de s'agenouiller à côté de son fauteuil. Une goutte de sang avait taché le col haut de sa robe. Blays se leva.

— Je ne vois pas l'intérêt de poursuivre cette conversation. Seigneur Darius, organisez cette rencontre entre le prince Harald et vos amis les patriotes. Plus tôt il s'engagera pour notre cause, mieux ce sera. Et assurez-vous que tout le monde soit présent. Il est temps que nous sachions reconnaître nos amis de nos ennemis. (Blays eut un sourire froid.) Je suis sûr que je n'ai pas à vous dire quoi faire si on essaie de nous trahir.

— Je m'occuperai de tous les problèmes qui pourraient surgir.

— Je n'en doute pas. Bonne nuit. Dormez bien.

Il s'inclina légèrement puis partit. Guillam et Bedivere le suivirent. La porte se referma lentement derrière eux. Cecelia attendit un moment pour s'assurer qu'ils étaient vraiment partis, puis eut un geste grossier pour la porte.

— Ha! Ils se croient si intelligents! Quand tu auras fini de travailler sur Harald, ce sera toi, le pouvoir derrière le trône, et pas les barons.

Darius lui tapota la main d'un air apaisant.

— Qu'ils se croient forts pour le moment, ma chère. Ça ne fait pas de mal, et les barons sont heureux.

— Et après la rébellion ?

— Il ne sera pas difficile de prouver à Harald qui a vraiment tué son père.

Cecelia rit et tapa dans ses mains, réjouie.

— Et une fois les landgraves discrédités, qui d'autre que nous pourra le soutenir ? Darius, mon chéri, tu es un génie.

Darius sourit et prit une gorgée de vin.

— As-tu réussi à attirer Harald dans ton lit ?

— Pas encore.

— Ttt… Ma chère… Auriez-vous perdu la main ?

Cecelia gloussa.

— Je commence à me poser la question. La rumeur veut qu'il soit amouraché de la princesse Julia. J'imagine que la nouveauté d'une femme qui réussit à lui dire non le captive. Enfin, ça lui passera. Et il se retrouvera dans mon lit, dussé-je l'y traîner par les cheveux… (Elle fronça les sourcils, pensive.) Roi Harald. Cela ne sonne pas trop mal. Avec notre aide, il sera excellent, tout idiot qu'il soit.

— Je me le demande…, souffla Darius. Nous prenons beaucoup de risques. S'il devait se passer quoi que ce soit…

— Mon cher Darius, si prudent. Il ne se passera rien. Tu as tout planifié. Quel problème pourrions-nous avoir ?

— Je ne sais pas. Mais aucun plan n'est parfait.

Cecelia soupira, se leva et déposa un baiser aérien sur le front de Darius.

— La soirée a été fatigante, mon cher. Je crois que je vais aller me coucher.

— Ah oui. Comment va Gregory ?

— Il a encore des problèmes, là où Julia lui a fait mal. Mais je l'aide à oublier.

Darius gloussa, et Cecelia eut un sourire affectueux.

— Cher Darius. Parfois, j'aimerais…

— Je regrette, dit Darius. Mais tu sais que ces choses-là ne m'ont jamais intéressé.

— Ce n'était qu'une idée, dit Cecelia. Mais nous faisons une excellente équipe, toi et moi, n'est-ce pas ?

— Bien sûr. L'intelligence et la beauté. Une combinaison invincible. Bonne nuit, ma chère.

— Bonne nuit, répondit Cecelia avant de partir vers sa passade.

Darius resta dans son fauteuil, réfléchissant à l'assemblée qu'il devait préparer pour le prince Harald. Il y avait fort à faire.

Mais qu'est-ce que je fais là? se demanda Julia en suivant le sénéchal. Mais elle connaissait déjà la réponse. Avec autant d'inquiétudes et de problèmes en tête, elle deviendrait folle si elle ne s'occupait pas. En théorie, l'expédition du sénéchal en quête de l'Aile sud perdue était une occasion inouïe. Après plusieurs heures de marche à tourner en rond dans des couloirs tous moins intéressants les uns que les autres, elle commençait à douter. C'était à se demander si le sénéchal ne le faisait pas exprès.

Certes, il n'avait pas paru ravi de la voir. Cela dit, il avait rarement l'air ravi. Sa grande carcasse famélique, prématurément dégarnie au sommet, ajoutait aux soucis qui troublaient constamment ses traits aquilins. Il paraissait perpétuellement inquiet, et animé par le désir frénétique de faire le plus de choses possible avant que tout s'écroule autour de lui. Âgé d'une trentaine d'années, il en paraissait vingt de plus et avait renoncé à rectifier l'erreur. Son surcot fané avait vu des jours meilleurs, et ses bottes n'avaient pas été cirées depuis des années. Il était pointilleux, pédant et colérique, et aucune de ces qualités ne compensait ses nombreux défauts. Mais tout le monde était prêt à fermer les yeux pour ne pas irriter le meilleur guide que le château ait connu. Quand Julia vint le trouver pour l'expédition, il consultait une grande carte d'un air renfrogné. Une dizaine de gardes en armure lourde attendaient qu'il donne le signal. Alerté par un garde, le sénéchal s'effondra en voyant la princesse.

— Oui ? Que voulez-vous ?

— Je viens me joindre à votre expédition, avait-elle dit avec entrain.

Elle fut très intéressée par la réaction du sénéchal, qui retroussa ses manches et dressa les poings vers le plafond.

— Non content de me donner des cartes désespérément obsolètes, non content d'avancer d'un mois la date à laquelle mon travail est dû, non content de m'allouer dix troglodytes en cotte de mailles pour me protéger, on me met la princesse Julia dans les pattes ! Ça suffit ! Je refuse ! Je suis le sénéchal de ce château, et je refuse d'être traité de la sorte.

— Je savais que vous seriez content, dit Julia en souriant.

Le sénéchal parut hésiter entre l'apoplexie et la crise de nerfs, mais il prit simplement l'air vieux et accablé.

— Pourquoi moi, Princesse ? Le château est immense. Il y a des centaines d'autres personnes à ennuyer. Pourquoi ne pas aller les persécuter ?

— Ne faites pas l'idiot, répondit-elle. Je vous promets que je ferai tout mon possible pour être utile et ne pas vous gêner.

— Vraiment ? Vous faites toujours plus de dégâts quand vous essayez de rendre service. (Il remarqua les nuages noirs qui se massaient au front de Julia, et soupira.) Oh, très bien. S'il le faut. Mais restez près de moi, ne partez pas dans un coin toute seule et, par pitié, Princesse, ne frappez personne avant de me demander mon avis.

— Bien sûr, répondit Julia d'un ton innocent.

Le sénéchal la regarda sans rien ajouter.

Et voilà donc comment, quelques heures plus tard, Julia se retrouvait à s'ennuyer comme un rat mort sur les traces du sénéchal, dans un couloir sombre vers l'arrière du château. Elle arriva à la conclusion que cette idée ne ferait jamais partie des meilleurs moments de sa vie. Puis le sénéchal tourna un angle, et tout changea. Avec autant de couloirs et de salles, il était inévitable qu'une partie du château de la Forêt soit laissée à l'abandon. Julia sentit son intérêt se réveiller en voyant un couloir que personne n'avait dû emprunter depuis des années. Les murs lambrissés étaient ternes, et d'épaisses toiles d'araignées pendaient aux montants de lampes vides. Le sénéchal ordonna une halte pendant que deux des gardes allumaient des lanternes qu'ils avaient apportées. Puis il reprit son avancée. Julia tira la dague de sa botte. La lumière chiche et le silence lui rappelaient un peu trop le Noirbois.

Arrivé à un embranchement, le sénéchal consulta ses cartes. Julia s'avança prudemment et étudia les deux ouvertures. Le couloir de gauche paraissait s'incurver et retourner sur leurs pas, tandis que celui de droite menait vers des ténèbres sans fond qui lui hérissèrent les cheveux sur la nuque. Julia secoua la tête, et se força à réfléchir. Le Noirbois était à des kilomètres de là. Ces ténèbres ne pouvaient pas lui faire de mal. Julia raffermit sa prise sur sa dague, comme pour se réconforter, et eut un sourire sombre. Même après tout ce temps, elle avait besoin d'une petite chandelle dans sa chambre pour dormir. Comme Rupert avant elle, la longue nuit avait laissé sa marque en Julia. Son cœur marqua un temps quand elle sentit une présence à côté d'elle. Mais ce n'était que le sénéchal.

— De quel côté ? demanda-t-elle, soulagée d'entendre que sa voix ne tremblait pas.

— Mais je n'en sais rien ! D'après les cartes, nous devrions prendre à gauche, mais je n'ai pas l'impression que ce soit ça. Pas du tout. Non, au diable les cartes. Il faut aller à droite. Dans le noir.

— J'aurais dû le savoir, marmonna Julia.

— Quoi ? Je n'ai pas entendu. Vous ne devriez pas bougonner comme ça, Princesse, c'est très agaçant.

Julia haussa les épaules, indifférente. Le désespoir éternel qu'affichait le sénéchal empêchait de prendre ses réflexions comme un affront personnel. Il était en colère contre le monde entier, et non contre ceux à qui il parlait.

— Pourquoi cherchons-nous l'Aile sud, messire sénéchal ?

— Parce que, Princesse, cela fait trente-deux ans qu'elle a disparu. Évaporée, introuvable, évanouie. Perdue corps et biens. Elle n'était peut-être pas très impressionnante, pour une aile, mais nous l'aimions bien, et nous voulons la récupérer. Voilà pourquoi nous la cherchons. Vous auriez préféré qu'on donne une fête pour le trente-deuxième anniversaire de sa disparition ?

— Non, messire sénéchal, répondit patiemment Julia. Je voulais simplement demander pourquoi nous la cherchons *maintenant*. Vous vous en passez depuis tout ce temps. Pourquoi est-elle devenue si importante ?

— Ah ! répondit le vieil homme avec un coup d'œil pour la princesse. Et si je ne vous le dis pas, bien sûr, vous allez simplement me rendre la vie encore plus pénible, j'imagine ?

— Vous avez tout compris, confirma Julia toujours aussi enjouée.

Le sénéchal soupira, et fit signe à Julia de s'approcher un peu.

— Ce n'est pas tout à fait un secret, mais j'aimerais autant que les gardes ne soient pas au courant trop tôt. Je suis sûr qu'ils sont parfaitement loyaux au roi, mais… pourquoi prendre des risques ?

— Je vous écoute…

— Nous cherchons l'Aile sud parce que c'est là que se trouve la Vieille Armurerie.

— Et c'est censé me dire quelque chose ?

— Le roi compte tirer la Curtana, ajouta le sénéchal. Et la Curtana se trouve dans la Vieille Armurerie.

— Ah ! Cette fois je comprends.

— Tant mieux. Bien, vous vouliez savoir autre chose ?

— Oui. Si cette Curtana est aussi puissante que tout le monde le dit, pourquoi personne n'a-t-il jamais essayé de retrouver cette Vieille Armurerie pour s'approprier l'épée ?

— Beaucoup de gens ont essayé, au fil des ans.

— Et que sont-ils devenus ?

— Nous l'ignorons. Aucun n'est revenu.

— Magnifique, dit Julia. Je remarque que vous ne m'avez rien dit de tout cela avant que nous partions.

— J'ai supposé que vous étiez au courant.

— En imaginant qu'on arrive à la Vieille Armurerie, dit Julia, ce qui paraît de moins en moins probable à mesure que j'y pense, vous sauriez reconnaître la Curtana ?

Le sénéchal plongea son regard dans les ténèbres du couloir de droite.

— La Curtana est une épée courte, de moins d'un mètre de long, et n'a pas de pointe. Il y a plusieurs siècles, on l'appelait l'épée de Miséricorde. Elle était remise à chaque roi de la Forêt le jour de son couronnement, en symbole de la justice tempérée par la compassion. Puis James VII est monté sur le trône. Il a pris la Curtana et a fait enchâsser une gemme de toucher dans sa garde – une pierre magique censée asservir l'esprit de tous ceux qui la voient.

La légende veut qu'il ait obtenu cette pierre auprès du prince Démon lui-même, mais les archives sont rares. C'était une époque de meurtre et de folie, où la Curtana devint l'épée de Compulsion, un symbole de tyrannie. Personne n'a tiré la lame depuis que James a été renversé, mais il est dit que, même au fourreau, l'épée conserve une aura de sang, de mort et de terreur. Je n'ai jamais vu la Curtana, Princesse, mais je pense que je n'aurai aucun problème à la reconnaître.

Le sénéchal se détourna et regarda les gardes qui fouillaient les ténèbres du regard, soucieux.

— Et maintenant, si vous n'avez plus de questions, Princesse, je pense que nous devrions continuer. Avant que ces troglodytes commencent à graver leurs initiales dans les lambris.

Il donna aux gardes le temps d'allumer leurs lanternes, puis repartit avec confiance dans l'obscurité. *Et mince*, se dit Julia en voyant les gardes suivre le sénéchal. *Le courage et l'héroïsme, c'est très bien, mais tout ça va trop loin. D'abord il me raconte des histoires d'horreur sur les précédentes expéditions qui ne sont jamais revenues, et ensuite il part dans le noir sans même envoyer d'éclaireur. Je n'aurais jamais dû les laisser me prendre mon épée…*

Les pas du groupe faisaient naître de grands échos dans les salles poussiéreuses, mais même ce faible son semblait porter bien loin dans le silence. Les gardes restaient proches les uns des autres, la lanterne bien haute, mais les ténèbres se massaient autour de la lumière comme des loups affamés autour d'un feu. Dans ces ténèbres, il était difficile d'évaluer les distances, et Julia commença à se demander si le couloir avait vraiment un bout, ou s'il se poursuivait à l'infini. Derrière eux, le carrefour était déjà perdu dans l'obscurité. Julia percevait quelques bruits de pas à la limite de son audition, mais, malgré toute sa concentration, elle ne voyait pas ce qui pouvait les produire. *Sans doute des rats,* se dit-elle en serrant la main sur sa dague. *Après trente-deux ans, ils doivent se croire chez eux.*

— Comment peut-on perdre toute une aile ? demanda-t-elle surtout pour se rassurer en entendant sa propre voix.

— Il semble qu'un des sorts de l'astrologue ait mal tourné, répondit le sénéchal d'un air absent en étudiant sa carte. On ignore ce qu'il préparait : il a encore trop honte pour en parler. Mais apparemment, il y a eu une grande explosion, et, en l'espace de quelques instants, toutes les portes et les couloirs qui menaient à l'Aile sud se sont… réorientés. Les personnes qui se trouvaient dans l'aile pouvaient sortir, mais plus personne ne pouvait entrer. D'après la légende, certaines personnes manquent encore à l'appel.

— Quelle horreur, souffla Julia en frissonnant.

— Si vous ne voulez pas entendre les réponses, ne posez pas les questions, dit le sénéchal. Et maintenant, silence. J'essaie de me concentrer.

Julia ravala sa repartie et laissa le sénéchal s'énerver sur sa carte. L'air était de plus en plus étouffant à mesure que le groupe progressait dans les ténèbres. Autour de Julia, les petits bruits de pas semblaient toujours rester juste en dehors de la lumière. Après les avoir entendus, les gardes tirèrent l'épée un par un. *Ce ne sont que des rats.* Mais son imagination conjurait des images de gens qui les observaient depuis l'obscurité. Des hommes et des femmes, devenus étranges et fous dans leur isolement. Des enfants, qui n'avaient jamais connu d'autre univers que l'Aile sud. Julia était heureuse de sentir sa dague dans sa paume. *Même les rats peuvent être dangereux*, se dit-elle pour se justifier.

Puis Julia trébucha et faillit tomber quand le sol sursauta et bascula sous ses pieds. Les murs du couloir parurent reculer au loin puis revenir, comme s'ils avaient disparu l'espace d'un instant. Ses points de repère dans le monde basculèrent d'un coup et lui donnèrent le vertige avant de reprendre leur place. Des ténèbres soudaines engloutirent la lumière des lanternes, et elle entendit des cris de peur et de colère. Ils paraissaient si lointains… Elle voulut continuer à avancer, mais cela paraissait de plus en plus pénible, et ses muscles la brûlaient, épuisés par l'effort. Une pression immonde tentait de la repousser, mais Julia refusait de céder. Ça ne lui aurait pas ressemblé. La résistance culmina mais d'autres personnes avec elle, dans les ténèbres, l'aidaient à lutter. Ensemble, ils se lancèrent en avant. Puis la lumière revint, et le monde retrouva sa stabilité.

Julia se laissa tomber accroupie et reprit son souffle tandis que ses idées se dégageaient lentement. Elle était épuisée et couverte de sueur, comme si elle avait couru pendant des heures. Mais elle se trouvait toujours dans le même couloir. Il ne restait qu'une lanterne allumée, tenue par un garde presque aussi mal en point qu'elle. Julia fronça soudain les sourcils et regarda derrière elle. Le sénéchal était appuyé contre un mur, épuisé, mais les onze autres gardes avaient disparu.

— Que s'est-il passé ? demanda Julia. Et où sont les autres ?

Elle se remit sur pied en repoussant la main que lui tendait le garde. Le sénéchal avait le regard perdu dans les ténèbres, mais celles-ci ne laissaient rien paraître.

— L'Aile sud est piégée dans une sorte de barrière, expliqua le sénéchal en repliant sa carte. Sans doute créée quand le sort de l'astrologue a échoué. Les autres gardes doivent encore se trouver de l'autre côté de cette barrière. Comme d'habitude. Jamais là quand on a besoin d'eux.

Julia résista à son envie de saisir le sénéchal par les épaules pour le secouer, et lui adressa un sourire raisonnable.

— Messire sénéchal, on ne peut pas les laisser là…

— Oh, ils ne risquent rien. Nous les récupérerons en partant. C'est de leur faute, de toute façon. Nous sommes passés parce que nous avons refusé de nous laisser dominer, et parce que, au final, nous avons coopéré. Les autres n'étaient pas de taille. Dommage, mais peu importe. Nous sommes dans l'Aile sud, et c'est tout ce qui compte. Les premières personnes en trente-deux ans… Allons, inutile de rester ici, nous avons à faire.

Et sur ces mots, le sénéchal prit la lanterne des mains du garde et repartit dans le couloir sans un regard en arrière. Julia et le garde le rejoignirent. Julia étudia l'homme d'arme à la dérobée. Petit, les bras musclés, il évoquait un géant raccourci aux genoux. Il ne pouvait guère avoir plus de quarante ans, mais son visage sinistre lui donnait un air plus âgé. Ses traits larges à l'ossature lourde étaient surmontés par des cheveux en brosse si blonds qu'ils paraissaient blancs. Son regard altier rassura Julia. Quoi qu'il arrive, ce garde-là ne se laisserait pas prendre au dépourvu.

— Je m'appelle Bodeen, dit-il. Au cas où vous voudriez le savoir.

— Je ne voulais pas vous dévisager, je suis…

— Non, non, vous étiez très discrète. Mais je remarque beaucoup de choses.

— Très bien, dit Julia. Ça nous permettra peut-être de sortir en vie…

Ils gloussèrent tout bas, mais il y avait plus de tension que d'humour dans leur voix. Le sénéchal s'arrêta soudain devant un embranchement, puis s'engouffra dans un des passages. Julia et Bodeen le suivirent dans une série de tournants et de virages qui leur firent emprunter plusieurs escaliers. Au final, ils furent tout à fait désorientés par cette succession de portes, de passages et de couloirs. La princesse se sentait étrangement perdue, comme si elle restait immobile pendant que tout se déplaçait autour d'elle.

Bodeen avançait avec la délicatesse d'un chat en maraude, les yeux toujours en alerte. En temps normal, Julia aurait trouvé ce comportement crispant, mais, depuis leur entrée dans l'Aile sud, elle avait l'impression qu'on les épiait depuis l'obscurité. Elle ne voyait rien du tout, mais la sensation lui rongeait les nerfs et la laissait au bord de l'éclatement. Crispée sur sa dague à s'en faire mal, Julia se maudissait d'avoir rejoint l'expédition. Elle foudroya du regard le dos indifférent du sénéchal, puis se figea pour ne pas lui rentrer dedans quand il s'arrêta sans prévenir. Un moment immobile, la tête penchée comme un chien qui cherche une odeur dans le vent, il baissa la tête et se tourna vers elle.

— Il y a un problème.

— Comment ça ? demanda Julia.

Elle craignait d'exprimer ses propres peurs tout haut, par crainte du ridicule.

— Je ne sais pas trop. Le sort de l'astrologue devait être beaucoup plus puissant qu'il a bien voulu le reconnaître. Il est encore là, à rebondir dans le bois et la pierre, à faire trembler l'air.

— Vous voulez dire que nous sommes en danger ? demanda Bodeen, l'épée dressée.

— Oui. Non. Je n'en sais rien ! (Le sénéchal regarda ses deux compagnons, les sourcils froncés, puis il leur tourna le dos.) Nous perdons notre temps. Le Trésor n'est pas loin. Continuons.

Il communia brièvement avec son sens intérieur, puis s'éloigna par un couloir secondaire, laissant le garde et la princesse sans lanterne. Ils le rejoignirent donc en vitesse.

Plus que tout, c'était le silence qui dérangeait Julia. Et pas seulement parce qu'il lui rappelait le Noirbois. Aucun son ne paraissait le percer, comme si l'aile silencieuse s'opposait à toute intrusion. Bodeen balayait méticuleusement les ténèbres du regard, vérifiant chaque porte et chaque passage qu'ils dépassaient. Mais rien n'indiquait jamais que le groupe était suivi. Et pourtant, c'est par cette absence de menace que Julia sut qu'ils n'étaient pas seuls. Tous ses instincts lui hurlaient qu'elle était en danger de mort, et elle savait sans l'ombre d'un doute qu'on l'épiait depuis les ténèbres. Une panique aveugle montait en elle, et elle l'écrasa sans pitié. Elle aurait peur plus tard. Quand elle aurait le temps.

Le couloir se rétrécit soudain, les murs se resserrant depuis les ténèbres. La lanterne du sénéchal jetait une lueur jaune sur des tapisseries fanées et des portraits d'hommes et de femmes morts depuis longtemps. Il s'arrêta soudain devant une porte fermée. D'un coup, Julia sentit une présence toute proche. Un être sombre, dangereux et horriblement familier. Elle jeta un coup d'œil à Bodeen, qui regardait derrière eux. Il paraissait à l'aise, avec son épée, et assez sûr de lui. Julia foudroya la porte fermée du regard et frissonna malgré elle. Il y avait quelque chose d'horrible de l'autre côté de cette porte, elle le sentait dans son âme. Elle lécha ses lèvres sèches et regarda sa dague.

— Ça va ? demanda Bodeen.

— Très bien. J'ai juste un mauvais pressentiment…

— C'est parce qu'il fait noir. Ne vous laissez pas faire.

— Il n'y a pas que ça ! Vous n'écoutez jamais votre instinct ?

— Tout le temps. Mais en général, je me fie à mes yeux et mes oreilles et, pour l'instant, je n'ai rien vu qui suggère la moindre présence dans cette aile. À part nous et quelques araignées.

Julia secoua la tête, inébranlable.

— Nous ne sommes pas seuls ici. Et nous ne faisons que nous rapprocher de la présence.

— Si vous avez fini, interrompit le sénéchal, vous serez peut-être contents d'apprendre que nous avons presque achevé notre périple. Derrière cette porte se trouve la tour sud, et au-delà, l'entrée principale du Trésor.

Julia fronça les sourcils.

— Vous êtes sûr ?

— Évidemment !

— Alors qu'attendons-nous ?

— La porte me paraît anormale ! Je *sais* que cette porte mène à la tour sud… mais j'ai *l'impression* qu'elle mène ailleurs.

— Vous voulez dire que nous sommes perdus ? demanda Julia, découragée.

— Bien sûr que non ! Simplement, je ne sais pas vraiment où nous sommes.

— Magnifique, soupira Bodeen.

Le sénéchal foudroya la porte du regard, puis tendit une main prudente vers la poignée. Julia se crispa et tendit sa dague devant elle. Le sénéchal jeta un coup d'œil à ses compagnons, puis entrebâilla la porte. Une lumière vive se dessina dans la fente, repoussant les ténèbres. Julia et le sénéchal reculèrent, surpris par cette luminosité soudaine. Bodeen s'avança pour s'interposer entre la porte et eux. Il attendit un moment que ses yeux s'habituent à la lumière, puis poussa la porte du pied. Elle s'ouvrit lentement, et Bodeen siffla en voyant la lumière du jour inonder le couloir.

— Venez voir ça, dit-il. Vous n'allez pas en croire vos yeux.

Julia regarda autour d'elle, méfiante, avant de rejoindre le sénéchal, à côté de Bodeen. Son impression de danger imminent était retombée, ne laissant qu'un malaise diffus derrière elle. Mais elle avait tout de même l'impression qu'on les surveillait. *Tu es secouée, ma fille, c'est tout...* Elle cilla un moment devant la lumière, puis se rendit compte qu'elle se trouvait devant un ciel infini. Les nuages dérivaient devant elle, cotonneux, si proches qu'elle aurait pu les toucher. Un regard en l'air la fit hoqueter de surprise. Loin au-dessus d'elle, à au moins trente mètres, se trouvait le sol. La vue était à l'envers. Julia ferma les yeux et attendit que son estomac arrête de faire des bonds pour les rouvrir. En général, elle n'avait pas peur de l'altitude, mais cette vision inversée, contraire à tout ordre naturel, la perturbait beaucoup.

— Intéressant, finit-elle par dire en se forçant à regarder le sol.

— N'est-ce pas ? confirma le sénéchal d'une voix enjouée.

Écœurée, Julia remarqua que non seulement il regardait le haut et le bas sans la moindre impression de malaise, mais il paraissait même s'amuser.

— C'est la vue depuis la tour sud, Princesse. Ou du moins, de l'endroit où la tour Sud se trouvait. Si vous regardez en bas, donc en haut, vous verrez parfaitement la douve. Fascinant. Tout à fait fascinant. Ce n'est pas une illusion, vous savez. Dans ce pas-de-porte, l'espace lui-même a été inversé. Je le sens très nettement. Si une personne passait cette porte, elle tomberait vers le haut, j'imagine.

— Après vous, l'invita Julia.

Le sénéchal gloussa, et Bodeen leva les yeux vers le sol, les sourcils froncés.

— Si la tour a disparu depuis tout ce temps, dit Julia lentement, pourquoi personne ne l'a-t-il remarqué ? On aurait dû le voir, depuis l'extérieur.

— Eh bien non, dit le sénéchal en continuant à étudier le paysage. L'extérieur du château est principalement fait d'illusion.

— Au moins, maintenant, nous savons ce qui est arrivé aux autres groupes, dit Bodeen.

Julia et le sénéchal repassèrent la porte dans l'autre sens et s'éloignèrent de la porte avant de se tourner vers lui.

— C'est assez évident, quand on y pense. Comme vous, messire sénéchal, ils ont dû décider d'entrer dans le Trésor par la tour sud. Après tout, c'était l'entrée principale. Malheureusement, leurs guides n'étaient pas de votre niveau. Ils n'ont pas senti que la porte était devenue un piège. Et donc, aveuglés par la lumière, ils sont entrés et sont tombés.

— Mais... quelqu'un aurait retrouvé leurs cadavres, protesta Julia.

— Selon toute probabilité, ils sont tombés dans les douves, ou à côté. Et le monstre des douves a toujours faim.

— Rien n'assure que tous les groupes soient arrivés par ici, dit le sénéchal. Et quand bien même, j'ai du mal à croire qu'aucun n'ait survécu à ce piège.

— Ce n'est peut-être pas le seul, tempéra Bodeen.

Les trois explorateurs restèrent un moment en silence. Puis le sénéchal haussa les épaules et se détourna pour regarder de nouveau par la porte.

— Bon, soupira Julia. Et maintenant ? On n'arrivera jamais au Trésor par là.

— En fait, si, je pense qu'on peut y arriver. J'ai une idée.

— Ça fait froid dans le dos, hein ? souffla Julia à Bodeen.

Ce dernier hocha la tête, grave.

— La tour sud a peut-être disparu, poursuivit le sénéchal, mais la porte qui mène au Trésor est encore là. Je la vois, un peu plus loin, le long de ce qui sert de mur d'enceinte. Mais surtout, il y a un escalier qui relie les deux portes, construit dans le mur.

— Un escalier, répéta Julia. Intact ?

— À peu près. Les soutiens qui le tenaient en place ont apparemment disparu en même temps que la tour, mais il paraît assez stable. Il faudra être prudents, voilà tout.

— Voyons si j'ai bien compris, dit Julia. Vous comptez qu'on va traverser cette porte, ramper le long d'un escalier suspendu dans le vide, et qui plus est effrité, en ignorant l'à-pic à côté de nous, pour atteindre une autre porte qui est sans doute verrouillée ?

— Vous avez tout compris ! confirma le sénéchal.

Julia regarda Bodeen.

— C'est vous le plus proche. À vous de le frapper.

— Vous ne courrez aucun danger, rappela le sénéchal précipitamment.

— Évidemment. Puisque je ne bouge pas d'ici.

— Princesse Julia, reprit le sénéchal. Moi, j'y vais. Bodeen aussi. Si vous voulez rester en arrière et attendre notre retour, ou si vous voulez repartir dans le noir sans moi, c'est votre affaire.

Julia le foudroya du regard puis se tourna vers le garde.

— Désolé, Princesse. C'est le sénéchal qui commande.

— Grrr… D'accord ! Allez, qu'on en finisse.

Avec un petit gloussement irritant, le sénéchal s'avança. Il tendit le cou pour mieux voir ce qui se trouvait au-dessus de la porte, puis hocha la tête, heureux.

— L'escalier commence juste au-dessus de la porte. Le seul problème va être de passer d'une orientation à l'autre. Mais du moment que nous nous cramponnons bien à la porte… Eh bien, Bodeen, ne restez pas planté là, venez me faire la courte échelle…

Le garde s'exécuta. Plaçant son poids avec prudence, le sénéchal saisit le tour de la porte à pleines mains. Il regarda rapidement au dehors, puis hocha la tête pour Bodeen. Le garde souleva le sénéchal. Julia hoqueta en voyant le corps du guide basculer vers le haut par la porte. Après un long silence, le guide lâcha le cadre de la porte.

— Tout va bien, Monsieur ? demanda Bodeen.

— Bien sûr ! Laissez-moi avancer un peu et envoyez la princesse. Et dites-lui de faire attention. Les marches sont un peu glissantes.

Julia regarda Bodeen, et déglutit avec peine.

— Prenez votre temps, dit-il pour la réconforter. Rien ne presse.

— Le pire, c'est qu'on était volontaires pour l'accompagner, se lamenta Julia.

— C'est mieux que de ramasser le crottin dans les jardins, vous savez. Enfin, pour le moment. Vous êtes prête ?

Julia hocha la tête, rangea sa dague dans sa botte pour se libérer les mains, et posa le pied sur les mains croisées de Bodeen. Elle voulut saisir le cadre de la porte, mais ses doigts glissèrent sur le bois lisse. Elle les essuya sur sa robe afin de pouvoir se cramponner et expira pour se calmer. Sur son hochement de tête, Bodeen lui adressa un sourire rassurant et la souleva.

La gravité changea pendant qu'elle était encore en l'air. Le haut devint le bas, et la tête lui tourna quand elle se retrouva accrochée d'une main au bas de la porte. Ses pieds gesticulaient dans le vide, et elle n'osait pas regarder vers le bas. Elle tendit sa main libre et se cogna sur la pierre brute des marches. Avec un sourire, elle s'y cramponna et se hissa sur la première marche, large et d'une solidité rassurante. Elle se pressa contre le mur du château et regarda autour d'elle. L'escalier s'étirait sur quinze mètres, ébréché et ponctué de trous çà et là. De l'autre côté, accroupi devant une porte, le sénéchal fronçait les sourcils.

— Messire sénéchal, l'appela Julia avec douceur. Vous me revaudrez ça.

— Ah, vous voilà, Princesse. Je serais volontiers revenu vous aider, mais j'étais absorbé par la porte. J'avais l'esprit très, très loin.

— Comme j'aurais aimé y être aussi…

Le vent lui ébouriffa les cheveux tandis qu'elle regardait le panorama. La Forêt s'étendait jusqu'à l'horizon, couvrant la terre de verdure. Julia avait du mal à imaginer une vision si magnifique et intemporelle tomber face aux ténèbres de la longue nuit. Elle regarda partout, et ne vit pas le moindre signe du Noirbois. Elle se demanda si Rupert l'avait déjà traversé, en chemin vers le Haut Sorcier. Elle voulut se rappeler depuis combien de temps il était parti, et se sentit un peu honteuse de ne pas y arriver. Elle fronça les sourcils et se concentra sur l'escalier. Un problème à la fois. Sa grimace s'accentua encore quand elle remarqua à quel point les pierres étaient abîmées. Plusieurs même étaient de guingois, apparemment retenues par le mortier et l'accumulation de fientes de pigeon.

— Je peux venir, Princesse ? demanda Bodeen.

Julia sursauta, coupable d'avoir fait attendre le garde.

— La voie est libre ! répondit-elle aussitôt en passant sur la marche suivante pour lui laisser de la place.

Bodeen traversa la porte en se retournant, pris dans un saut périlleux quand la gravité changea. Il ne parut pas relâcher sa prise un seul instant et, quelques secondes plus tard, il était accroupi sur la première marche, absorbé par la vision qui s'offrait à lui.

— Arrêtez de traîner, dit le sénéchal. La porte du Trésor n'est pas verrouillée.

Julia se retourna à temps pour le voir tirer la porte. Manquant tomber quand le battant s'ouvrit, il reprit rapidement son équilibre, étudia l'ouverture sombre d'un œil soupçonneux puis s'y engouffra, basculant de nouveau cul par-dessus tête.

Cet homme a des nerfs d'acier, se dit Julia. *Ou alors, il n'a aucun instinct de survie.*

Elle regarda les marches usées par les intempéries qui la séparaient de la porte du Trésor. Il n'y avait que quelques trous, assez grands pour qu'elle les franchisse en sautant, mais les marches de chaque côté des écarts paraissaient vraiment précaires. Julia baissa les yeux, et le regretta aussitôt. Chaque fois, elle avait l'impression que l'à-pic était plus profond. Elle étudia l'escalier mal en point et jura tout bas pour ne pas perturber Bodeen. Si le sénéchal n'avait pas déjà franchi l'obstacle, elle aurait pensé la chose impossible. Mais là… Julia soupira, retroussa sa longue robe, et en cala le devant et le derrière dans sa ceinture. Le vent était froid contre ses jambes nues, mais il fallait qu'elle voie où elle mettait les pieds. Elle regarda la marche suivante, puis y descendit avec prudence. Elle attendit que la pierre cesse de grincer sous son poids pour faire un nouveau pas. Lentement, elle descendit l'escalier, pas à pas, testant chaque degré avant de s'y appuyer tout à fait. Il lui arriva plusieurs fois de se figer tandis que la pierre bougeait sous elle et que le mortier s'effritait en petites cascades. Julia sentait Bodeen dans son dos, prêt à la rattraper au cas où elle tomberait. Mais après un moment, elle lui ordonna de rester en arrière. Les marches ne supporteraient pas le poids de deux personnes.

Le premier saut fut le plus dur. Une série de six marches avait disparu, laissant un gouffre d'environ cinq mètres. Les marches paraissaient assez instables, de chaque côté, et Julia décida à contrecœur qu'il vaudrait mieux prendre de l'élan. Elle remonta deux marches plus haut, prit quelques inspirations pour se calmer, puis se lança dans le vide, comptant sur la vitesse et la chance pour arriver saine et sauve de l'autre côté. Après un instant de grâce où elle resta suspendue dans le vide, la jeune femme percuta lourdement la marche d'en face. Elle tomba en avant et se cramponna aux pierres inégales, mais le grand degré bougea à peine de quelques centimètres. Avec un soupir de soulagement, Julia se remit doucement sur ses pieds et passa à la marche suivante pour laisser

Bodeen sauter. Il franchit l'espace sans encombre, atterrissant comme un chat et perturbant à peine la pierre. Avec un sourire, ils repartirent dans l'escalier.

Le vent mordait de plus en plus, comme s'il voulait les peler. Julia n'arrêtait pas de frissonner et, dans sa hâte de sortir du froid, elle franchit rapidement les derniers degrés, tenaillée par le vent glacé. Avant les deux dernières marches et le Trésor, il restait un dernier trou d'un mètre de large. Julia vérifia que sa robe était encore bien coincée dans sa ceinture, étudia la distance jusqu'à l'autre côté, puis sauta sans peine. La pierre céda légèrement sous elle, puis s'arracha au mur avec un rugissement. En un clin d'œil, Julia se jeta en avant et elle se cramponna de justesse au bord de la marche suivante. Suspendue dans le vide, elle regarda la marche descellée qui tombait en tourbillonnant et sombrait dans les eaux verdâtres de la douve. Combien d'autres personnes l'avaient précédée dans ces miasmes ? Elle ne voulait pas y penser. Fermement agrippée, elle attendit que son cœur se calme.

— Accrochez-vous, Julia, dit Bodeen sans paniquer. Je vais sauter et vous remonter.

— Non ! Restez où vous êtes !

Julia sentait déjà la pierre qui bougeait. Il n'y avait aucune chance que la marche supporte leur poids à tous les deux. Lentement, elle se hissa sur le bord, s'arrêtant de temps en temps pour laisser la marche se déplacer. Ses bras lui cuisaient, mais elle n'osait pas se précipiter. Elle finit par passer un genou par-dessus le bord, puis par se hisser sur la pierre. Elle resta là, pantelante, sentant la pierre grincer et protester sous son poids. Son cœur martelait ses côtes, et la sueur lui coulait sur le visage et les flancs malgré le vent glacé. *Quand je serai à l'abri, je fracasserai le crâne du sénéchal avec l'objet contondant le plus proche.* Elle passa sur la marche suivante, et seulement alors se remit sur ses pieds et regarda Bodeen, qui surveillait la situation, inquiet.

— Ça va, Bodeen, vous pouvez traverser. Mais visez cette marche. Je ne pense pas que l'autre résistera à votre poids.

Bodeen hocha la tête et sauta comme si cela ne présentait pas le moindre problème. Le degré de pierre absorba son atterrissage avec le plus imperceptible des frissons, et Julia se retourna vers la porte ouverte du Trésor. *Après tout ce que j'ai fait pour arriver jusqu'ici, j'espère que le Trésor vaudra le déplacement.* Elle regarda une dernière fois la Forêt à ses pieds, puis passa la porte.

Une fois de plus, la gravité changea tandis qu'elle était en l'air, et elle parvint tout juste à retomber sur ses pieds. Elle chercha des yeux le sénéchal, puis dut s'écarter en vitesse quand Bodeen entra d'un saut périlleux. Il retomba de travers, et Julia tendit la main pour le stabiliser. Il s'écarta rapidement, et la jeune fille fut surprise de le voir rougir. Elle sourit en comprenant la raison, et remit ses robes en bon ordre pour cacher ses jambes. Bodeen se concentra sur la porte du Trésor, pour la refermer, jusqu'à ce qu'il soit certain de pouvoir se retourner sans rien apercevoir d'inconvenant.

— Cela ne vous dérangeait pas dans l'escalier.

— Ça n'a rien à voir. Ici, ce ne serait pas convenable. Enfin, que dirait le sénéchal ?

— Certainement quelque chose de désagréable.

Tandis que ses yeux s'habituaient aux ténèbres, elle se rendit compte qu'ils étaient dans une grande salle, éclairée seulement par la lumière faible qui filtrait par les interstices des nombreuses fenêtres aux volets clos. Au plafond haut pendaient des guirlandes de toiles d'araignées sales, mais il n'y avait que très peu de poussière. Sur les murs, des rangées d'étagères supportaient des volumes sans nombre, et des dizaines de chaises étaient rangées devant autant de pupitres, le tout relié par un linceul de toiles d'araignées.

— Je me demande à quoi servait cet endroit.

— Si nous sommes dans le vieux Trésor, c'était sans doute l'ancienne salle des comptes, suggéra Bodeen avec un haussement d'épaules.

— Tout à fait, confirma le sénéchal en sortant d'une porte à leur gauche. Qui sait combien de tonnes d'or, d'argent et de cuivre sont passées par cette pièce ? Toute la richesse du royaume de la Forêt a dû y transiter, un jour ou l'autre.

Les yeux de Julia étincelèrent soudain.

— Vous pensez qu'il pourrait en rester ?

— Qui sait…, gloussa le sénéchal.

— Finalement, je sens que je vais apprécier cette expédition, dit Julia, appuyée par les hochements de tête de Bodeen.

— Avant tout, trouvons la Vieille Armurerie, rappela le sénéchal avec sécheresse. Ensuite, nous pourrons éventuellement penser à notre chasse au trésor. Par ici, Princesse.

Julia sourit. Bodeen et elle suivirent le sénéchal. Julia s'arrêta et retroussa le nez en sentant l'odeur.

Déjà à l'époque où elle servait, l'antichambre avait dû paraître petite et miteuse. Mais après trente-deux ans d'abandon, elle puait l'humidité et la moisissure. Faute de fenêtres, seule la lanterne du sénéchal apportait un peu de chaleur au lieu. La moisissure et le bois pourri tachaient les lambris, et ce qui était auparavant un tapis épais et riche craquait sous les pas de Julia. La chaise unique était renversée dans un coin et couverte de toiles d'araignées. Le sénéchal se tourna vers Julia comme s'il allait lui parler, et se figea. Tout près, tout à fait distinct dans le silence, un bruit de frôlement se fit entendre. Bien trop lourd pour des rats.

Julia tira sa dague, et Bodeen son épée. D'un geste, le sénéchal les attira en silence vers la porte légèrement entrouverte de l'autre côté de l'antichambre. Les pas furtifs s'étaient interrompus presque aussi vite qu'ils étaient apparus, mais Julia en conservait une impression d'horreur. Ce n'était pas seulement qu'elle avait déjà entendu ce bruit dans leur traversée de l'Aile sud. C'était comme s'il y avait quelque chose qu'elle aurait dû reconnaître dans ce son, mais que la peur l'empêchait d'identifier. Julia fronça les sourcils et regarda par l'entrebâillement. Tout n'était que silence et ténèbres. Bodeen attendait les ordres du sénéchal. Ils se consultèrent les uns les autres, à base de regards, de haussements d'épaules et de sourcils froncés, jusqu'à ce que Julia perde patience et ouvre la porte d'un coup de pied.

Elle grinça et percuta le mur avec un grand fracas. Les échos parurent continuer à l'infini, mais rien ne vint se renseigner sur l'origine du bruit. Après un moment, Julia entra en silence, suivie de près par

Bodeen et le sénéchal. L'air était encore humide et lourd, avec un léger arôme de pourriture qui irritait sa gorge. Le sénéchal leva sa lanterne, et tous les trois hoquetèrent en voyant l'or, l'argent et les pierres précieuses épars sur le sol, comme les jouets d'un enfant qui s'en est lassé. Renversés ou fendus, de grands coffres au trésor avaient déversé leur contenu au sol. Partout, le bois portait de longues griffures. *Ils ont dû utiliser un pied-de-biche*, se dit Julia. *Au moins, nous savons que nous ne sommes pas seuls ici*. Pourtant, il n'y avait aucune cachette dans cette petite pièce encombrée. Le sénéchal alla vérifier les deux autres portes de la pièce, et Bodeen rengaina rapidement son épée pour empocher de pleines poignées de pierres précieuses. Julia sourit et s'accroupit à côté de lui.

— Ne vous chargez pas trop, dit-elle. Nous aurons peut-être besoin de nous battre pour sortir.

— « Prenez ce que vous pouvez, quand vous pouvez. » Ça a toujours été ma devise, répondit Bodeen calmement. N'importe lequel de ces joyaux vaut plus que ce que je touche en un an. Et puis, il n'y a personne à combattre, Princesse.

— Il a bien dû y avoir quelqu'un pour ouvrir ces coffres, dit Julia. Et plutôt récemment.

— Qu'est-ce qui vous fait dire ça? demanda Bodeen, intrigué.

— Pas de toiles d'araignées.

Julia le laissa réfléchir à sa remarque et alla étudier une paire d'épées fixées au mur, dans leur fourreau. S'ils devaient se battre, Julia préférait le faire avec une lame un peu plus longue. Sa dague rangée, elle tira l'une des armes. La lame brillait même dans la lumière chiche, et elle était parfaitement équilibrée. Elle testa le fil, et haussa les sourcils quand le sang perla sur son pouce.

Derrière elle, le sénéchal s'arrêta devant la seule fenêtre de la pièce, puis tira les volets clos jusqu'à ce qu'ils se rabattent sur des gonds récalcitrants. La lumière se déversa dans la pièce, et le sol fut soudain couvert de dizaines d'araignées qui détalaient, rendues folles par la lumière qui déferlait après des années de ténèbres. Bodeen glapit et se réfugia sur une chaise, mais les araignées disparurent rapidement dans une centaine de recoins. Bodeen regarda autour de lui pour s'assurer qu'elles étaient toutes parties, puis redescendit avec autant de dignité que possible. Julia secoua la tête, perplexe. Tout ça pour des araignées. Des rats, encore, elle aurait pu comprendre…

Puis Bodeen et elle se retournèrent d'un bloc quand le sénéchal cria de douleur et d'horreur. Il lâcha sa lanterne en reculant devant la deuxième porte, la poitrine couverte de sang. Alors les démons surgirent des ténèbres et tombèrent sur lui comme des mouches sur un quartier de viande. Julia et Bodeen chargèrent avec un cri de guerre et, incroyablement, les démons retournèrent dans les ténèbres d'où ils étaient venus, laissant leur proie derrière eux. Julia et le garde relevèrent le sénéchal. Il était couvert de sang et avait les yeux dans le vide, mais au moins, il respirait encore. Julia ramassa la lanterne, mais elle s'était éteinte dans la chute. La princesse jura et aida Bodeen à tirer le sénéchal vers la porte de l'antichambre. Les démons les guettaient depuis les ténèbres, mais ils ne firent pas mine de les suivre.

— Il faut sortir d'ici ! couina Bodeen.

— Tout à fait. Reculez lentement jusqu'à la porte. Sans geste brusque ni rien qui puisse les énerver. Si vous restez calme, on pourra s'en sortir en un seul morceau.

— Mais ce sont des démons ! Vous avez vu ce qu'ils ont fait au sénéchal ?

— Et alors ? Si vous leur plantez un pied d'acier dans le corps, ils meurent aussi facilement que n'importe qui ! Je suis bien placée pour le savoir, vous savez...

— Combien sont-ils ? demanda Bodeen, un peu plus détendu.

— Une dizaine, pas plus.

— Pourquoi ne nous attaquent-ils pas ?

— Je ne sais pas. Peut-être à cause de la lumière soudaine venue de la fenêtre. Ils ne savent peut-être pas combien on est.

— Alors on va bientôt avoir des ennuis.

— Oui. La porte est encore loin ?

Bodeen jeta un coup d'œil par-dessus son épaule.

— On y est presque, Princesse. Comment va le sénéchal ?

— Je ne sais pas. Ce n'est pas la forme.

— C'est grave ?

— Assez. Et il est le seul à connaître le chemin de la sortie.

— Magnifique.

Ils étaient presque arrivés à la porte quand les démons surgirent des ténèbres. Leurs yeux brillaient d'un éclat sanguinaire, et leurs corps pâles et difformes traversaient la lumière comme autant de spectres insanes. Julia et Bodeen poussèrent le sénéchal dans l'antichambre et bondirent à sa suite. Bodeen claqua la porte au nez des démons, puis rengaina son épée et saisit la poignée de porte à deux mains avant que les démons puissent ouvrir.

— Verrouillez-la ! cria-t-il à Julia.

— Il n'y a pas de clé !

— Et des loquets ?

Il y en avait deux, en haut et en bas, tous les deux bloqués par la rouille. Julia s'attaqua à celui du haut tandis que la porte vibrait et frissonnait sous l'assaut des démons. On entendait des griffes déchirer le bois. Julia fit glisser le loquet supérieur dans son logement, et se consacra à celui du bas. Qui céda dans sa main, cisaillé par la rouille.

— Aïe. Cette porte ne les retiendra pas très longtemps, dit Bodeen.

— Ce ne sera pas utile, dit le sénéchal. Nous devons les mener dans la salle des comptes.

Julia et Bodeen se retournèrent d'un bloc. Vacillant, le sénéchal se remettait sur ses pieds. Il était pâle, couvert de sang, mais son regard avait retrouvé sa fermeté habituelle. Bodeen s'approcha rapidement de lui pour le soutenir, et le sénéchal le remercia d'un hochement de tête.

— Les démons vont entrer d'une minute à l'autre. Bodeen, aidez-moi à passer dans la salle des comptes. Princesse, suivez-nous, mais restez dans l'encadrement de la porte, pour que les démons vous voient. Quand ce sera chose faite, vous pourrez nous rejoindre. Qu'ils ne vous perdent pas de vue, mais ne vous faites pas attraper non plus. Compris ?

— Pas vraiment, dit Julia. Vous savez vraiment ce que vous faites ?

— Bien sûr ! Je sais toujours ce que je fais. Et maintenant, donnez-moi cette lanterne.

La porte de l'antichambre trembla dans son cadre tandis que Julia hésitait.

— Oh, et puis zut. Tenez, voici la lanterne. Ç'aura été une vie courte, mais intéressante. Bodeen, emmenez-le. Je tiens la porte.

Bodeen la salua d'un hochement de tête, et entraîna le sénéchal vers la salle des comptes. La seule lumière venait de la porte ouverte devant Julia, et elle se réjouit d'avoir pris une épée. Découpée à contre-jour, elle ferait une cible évidente. Les sourcils froncés, elle cessa de soutenir la porte pour s'avancer vers l'autre issue, puis se cacha dans l'ombre de la porte de la salle des comptes. Elle se montrerait aux démons quand elle le déciderait, et pas avant. Puis le loquet céda, et le battant s'ouvrit à la volée. Les démons livides se déversèrent dans l'antichambre comme des vers du ventre d'une bête qu'on aurait laissée à pourrir. Leurs yeux sans pupille projetaient un éclat pourpre dans les ténèbres tandis qu'ils cherchaient une proie. Julia, immobile, attendit que quelque chose arrive à portée de son épée.

Les démons humaient l'air, puis ils tournèrent leurs visages difformes vers le sol comme des chiens qui chercheraient une piste. L'image aurait pu être amusante si elle avait été moins horrible. Puis ils trouvèrent la piste, à moins que Julia ait fait un bruit sans s'en rendre compte. Un par un, les démons tournèrent la tête dans sa direction. Julia sut que les ombres n'étaient pas assez profondes pour la cacher. Elle s'avança rapidement pour barrer la porte, faisant osciller la lame de son épée devant elle. L'un des démons s'élança, et Julia l'abattit d'un coup. La créature se tortilla en silence sur l'épais tapis. Puis les autres démons furent sur elle.

Le sénéchal lui avait dit de mener les démons vers la salle des comptes, mais Julia savait que, dès qu'elle aurait reculé, ils lui tomberaient tous dessus. Canalisés par la porte, ils ne pouvaient pas l'attaquer à plus de deux ou trois. Mais leur nombre finirait par l'épuiser ou la forcer à reculer. Alors, elle mourrait.

Julia abattait son épée de toutes ses forces, et le sang des démons volait dans l'air tandis que la douleur s'intensifiait dans ses muscles. Elle ouvrit le ventre d'un démon d'un coup sur le côté, puis dut reculer d'un pas pour esquiver une main griffue. Privée de sa protection, elle battit en retraite devant les démons qui attaquaient de plus belle. Puis Bodeen fut à côté d'elle, ajoutant son épée à la sienne.

Les démons reculèrent devant les deux lames féroces, et Julia sauta de côté quand Bodeen leur claqua la porte au nez. Julia chercha rapidement les loquets et jura en se rendant compte qu'il n'y en avait pas. Bodeen s'adossa à la porte quand les premières griffes commencèrent à l'entailler.

—À mon signal, courez vers l'autre porte, lui expliqua-t-il.

Julia hocha la tête. Quand elle se retourna, elle vit le sénéchal fermer cette autre porte, plongeant leur pièce dans les ténèbres. Julia se mordilla la lèvre et essuya sa paume moite sur sa robe.

— J'espère que quelqu'un sait ce qu'il fait, dit-elle tout haut.

Le gloussement du sénéchal ne la rassura pas vraiment.

— Préparez-vous, dit Bodeen. Je ne peux plus les retenir…

La porte s'entrebâilla de quelques centimètres, et une main griffue s'encadra dans la pièce, luisant faiblement dans les ténèbres.

— Maintenant, Julia ! Courez !

Bodeen s'écarta d'un bond et Julia courut vers la porte. Les démons la suivirent ventre à terre, ignorant Bodeen qui se cachait derrière la porte ouverte. Julia arriva dans la salle des comptes et fut aveuglée par la lumière vive du soleil. Le sénéchal la saisit par le bras et la tira de côté, mais les démons continuèrent sur leur lancée. Julia sourit en comprenant. Elle attaqua les démons par le flanc tandis que Bodeen tenait l'arrière, et il fut plus que facile de pousser les neuf démons par la porte ouverte, dans le vide.

Julia abaissa son épée et se laissa tomber au sol, épuisée. Elle avait mal à la tête, et ses bras étaient lourds comme du plomb. Ses jambes tremblaient de fatigue et, assise là, dos au mur, la jeune femme eut envie de dormir pendant une semaine. Elle frémit à cette pensée. Ses nuits d'insomnie avaient été terribles, à penser que, heure par heure, le Noirbois se rapprochait un peu plus. Mais toujours, les murs épais du château avaient paru la protéger des démons. Elle avait enfin compris que personne n'était à l'abri. Le coup était dur, et Julia serrait la poignée de son épée, doutant de jamais oser trouver le sommeil de nouveau.

Bodeen se pencha sur elle et poussa un sifflement de surprise en voyant le sang qu'elle avait sur le visage et les bras.

— Princesse, vous êtes blessée.

— Des égratignures, c'est tout, Bodeen. Aidez-moi à me relever.

Il lui tendit la main et la soutint le temps que la tête arrête de lui tourner. Elle finit par le repousser et se tourna vers le sénéchal, qui s'occupait de rallumer sa lanterne avec de l'acier et du silex.

— Comment vous sentez-vous, messire sénéchal ?

— J'ai connu mieux, Princesse. (Il finit par rallumer sa mèche et referma la lanterne.) Mais c'est sans doute moins grave qu'il n'y paraît.

— Vous aviez l'air très mal en point quand nous vous avons tiré des pattes de ces démons, souligna Bodeen.

— Ne m'en parlez pas, dit le sénéchal avec une grimace. J'ai bien cru mon heure venue.

— Vous devriez vous reposer un moment.

— Ça va, pas la peine de faire des histoires. J'aurai largement le temps de me reposer quand nous serons rentrés. Pour l'heure, c'est surtout l'Armurerie qui m'inquiète. J'ai peur des dégâts que ces démons ont pu y causer. Comment ces créatures ont-elles pu entrer dans le château ?

— Quelqu'un les y a introduites. Nous avons un traître dans le château. (Malgré les sourcils froncés de Bodeen et les dénégations du sénéchal, Julia ne faiblit pas.) Vous vous rappelez ces démons qui attendent devant nos murs pendant la nuit ? Eh bien maintenant, nous savons où ils se cachent pendant la journée.

— J'ai peine à y croire, princesse, dit le sénéchal. Qui pourrait être assez fou pour laisser des démons entrer dans le château lui-même ?

— Et surtout, dit soudain Bodeen, pourquoi dans l'Aile sud ?

Le sénéchal releva la tête d'un coup, les yeux écarquillés par l'horreur.

— Bien sûr ! L'Armurerie ! Cette saleté d'Armurerie !

Il se mit à courir vers l'antichambre. Surpris, Julia et Bodeen se lancèrent à sa suite. Ils suivirent le sénéchal dans des dizaines de chambres obscures et de couloirs, sa lanterne dansant devant eux comme un feu follet par une nuit sans lune. Julia perdit bientôt tout sens de l'orientation, et se concentra sur sa course. Si elle tombait, le sénéchal ne s'en rendrait sans doute même pas compte.

Ce dernier finit par s'arrêter devant une double porte en chêne d'au moins deux mètres et demi de haut et presque autant de large. Les moulures luisaient faiblement sous la lumière dorée de la lanterne. Le sénéchal poussa le battant gauche, qui s'écarta doucement sur ses gonds, les contrepoids grinçant lourdement dans le silence. Après un instant d'immobilité, le regard plongé dans les ténèbres derrière la porte, le sénéchal parut perdre ses dernières forces. Il trébucha et serait certainement tombé si Julia et Bodeen n'avaient pas été là pour le soutenir.

— Qu'y a-t-il, messire sénéchal ? demanda Julia. Qu'y a-t-il de si important derrière ces portes ?

— Vous ne comprenez pas ? murmura le vieillard en regardant la porte. Quelqu'un est entré dans l'Armurerie ! La Curtana n'est pas protégée…

Il se dégagea de Julia et Bodeen et les mena dans la Vieille Armurerie. Derrière les portes massives s'ouvrait une salle trop vaste pour que la lanterne du sénéchal l'éclaire en entier. Julia sursauta en apercevant une armure, et se détendit en voyant qu'elle était simplement exposée là, et n'avait paru bouger que par un jeu d'ombres. Des dizaines de grandes vitrines abritaient des épées et des haches, des arcs longs et des lances, des mains gauches et des étoiles du matin, dans toutes leurs variations. Julia regarda autour d'elle, fascinée. Les ancêtres de Rupert complétaient cette Armurerie depuis quatorze générations, arme après arme, et une vie entière n'aurait pas suffi à tout cataloguer. Julia sentit ses cheveux se dresser en comprenant pour la première fois combien le château de la Forêt était vieux.

Le sénéchal s'arrêta devant une plaque murale poussiéreuse, dans une niche qui la cachait aux regards des curieux. Le fourreau d'argent qui y pendait était terne et sali. Mais surtout, vide. Le sénéchal eut un soupir las.

— Elle a disparu. La Curtana n'est plus là.

— Mais l'épée de Compulsion est notre seul espoir contre les démons, dit Bodeen. Qui serait assez fou pour la voler ?

— Quelqu'un qui aurait intérêt à voir ce château tomber, expliqua le sénéchal. Et de nos jours, cela fait beaucoup de monde.

— Tout ce chemin, soupira Julia. Tout ce chemin pour rien. Allons, messire sénéchal. Partons d'ici.

— Bien sûr, Princesse. Il faut avertir le roi. (Le sénéchal se détourna du fourreau vide et plongea son regard dans les ténèbres.) Quelque part dans ce château se trouve un traître. Il faut le trouver, Princesse. Il faut le trouver et lui reprendre la Curtana avant qu'il soit trop tard.

— C'est peut-être déjà le cas, murmura Bodeen. Peut-être.

Depuis les écuries, Julia regarda la pluie qui tombait en rideau et soupira. L'après-midi touchait à peine à sa fin, mais l'obscurité avançait déjà. Il pleuvait depuis plus d'une heure. Un crachin persistant qui agaçait les nerfs et se glissait dans les plus petites cheminées pour faire fumer et crachoter les flambées. L'eau dégueulait des gouttières et des écoulements, transformant la cour en une mer de boue. Elle gouttait par les nombreuses fissures du toit de chaume de l'écurie, et tombait bruyamment sur le sol couvert de paille. Les poutres travaillaient avec force grognements, et Julia soupira de plus belle. Peut-être par solidarité, le dragon soupira derrière elle.

— Tu devrais te reposer dans ta chambre, dit-il d'un air sévère.

Julia sourit mais ne se retourna pas.

— Ça va. Quelques cicatrices de plus à ajouter à ma collection, c'est tout. C'est le sénéchal qui a encaissé le pire. Je ne sais pas comment il a réussi à rester sur pied assez longtemps pour nous sortir de l'Aile sud. Au premier coup d'œil, le chirurgien lui a ordonné le repos. Mais le sénéchal tenait impérativement à parler au roi. Bodeen et moi l'avons porté tout du long, mais il refusait d'abandonner. Coriace, ce sénéchal. Il ne s'est pas évanoui avant d'avoir tout raconté à John, ce qu'il soupçonnait sur l'effraction et l'attaque des démons.

Bodeen et moi l'avons porté jusqu'à sa chambre. Il doit dormir, maintenant. Solide, le grincheux…

— Toi aussi, tu devrais te reposer, insista le dragon. Je sens ta douleur et ta fatigue.

— Je n'arriverai pas à dormir. Pas encore. J'ai besoin de parler à quelqu'un.

— Qu'y a-t-il encore ? demanda doucement le dragon. Quelqu'un a encore menacé de te faire prendre des leçons d'étiquette ?

— Pas du tout. Je suis dispensée des leçons depuis que tous mes tuteurs refusent d'entrer dans la même pièce que moi sans escorte.

— Alors qu'est-ce qui te soucie ?

Julia alla s'asseoir près du dragon. L'épaisse couche de paille rendait la terre battue plus confortable, et elle se pencha contre son flanc large et rassurant. La pluie battante devint un agréable murmure d'ambiance, et un égouttement apaisant. L'odeur du foin fraîchement étalé appesantissait l'air, riche et lourd, et le dragon sentit les muscles de Julia se détendre peu à peu.

— Je ne sais pas… Au fait, qu'est-il arrivé aux chevaux qui vivaient ici ?

— Ils étaient délicieux…

Julia lui donna un coup de coude dans le flanc, et il grogna au bon moment. Pourtant, elle doutait qu'il ait senti quoi que ce soit.

— Tu n'as pas vraiment mangé tous ces gentils chevaux, quand même ?

— Non, bien sûr. Je suis arrivé, et ils sont partis. Au galop, si je me souviens bien.

Julia rit et se renfonça contre les écailles douces. Parfois, le dragon paraissait être son seul ami. Une île de calme dans un océan de tempêtes. Après le départ de Rupert, le dragon avait vagabondé dans le château, dormant là où il le voulait, et mangeant tout ce qui ne s'enfuyait pas et ne résistait pas activement. Il avait fini par s'installer dans une des vieilles écuries, et paraissait disposé à y rester tant qu'on lui apporterait ses repas à heures régulières. Le personnel du château s'était rapidement porté volontaire, et cela avait marqué la fin de leur calvaire : entre l'appétit du dragon et l'humeur orageuse de Julia, les serviteurs avaient eu de graves sujets d'inquiétude.

— Comment te sens-tu ? demanda Julia au dragon.

— Mieux, j'imagine… Le sort qui a appelé la Course à l'Arc-en-ciel m'a vraiment éprouvé. Et ensuite, l'arrivée des démons, les blessures… et j'ai dû cracher le feu. Ça m'a fait mal, Julia. À l'intérieur. Le temps que Rupert appelle l'Arc-en-ciel, j'étais mourant, et on dirait que la Magie sauvage n'est pas omnipotente. Elle m'a sauvé la vie, mais seul le temps me permettra de guérir. Il va falloir que j'hiberne, bientôt, que je dorme jusqu'à être tout à fait guéri. Si c'est encore possible. La magie est en train de quitter notre monde, et les créatures comme moi sont de plus en plus faibles. (Le dragon eut un sourire triste.) À moins que je me fasse vieux. Ça fait plus de trois cents ans que je n'ai pas vu un des miens. Je suis peut-être le dernier. Le dernier dragon dans le monde des hommes.

— Trois cents ans… Tu ne te sens jamais seul ?

— En règle générale, les dragons sont assez peu grégaires. Nous avons chacun notre territoire et notre trésor, et nous les gardons jalousement. Mais oui, ce dernier siècle, il m'est arrivé de regretter la compagnie d'un autre de ma race. Cela fait si longtemps que je n'ai pas volé avec les miens… Bien trop longtemps.

— Quand tout ceci sera fini, nous irons chercher d'autres dragons, dit Julia.

— Oui… Quand tout sera fini.

Julia regarda le toit de chaume et écouta la pluie.

— Dragon, tu penses que j'ai… un problème ?

— Non, pourquoi ?

— Ces satanées dames de compagnie. Avec elles, je me sens anormale, parce que je n'ai pas envie de me marier et d'élever une famille. Je ne suis pas prête pour ça. Pas encore.

— Alors ne le fais pas.

— Mais c'est que… parfois, je me demande si elles ont raison. Si je suis vraiment normale. Toutes mes amies et la plupart de mes sœurs étaient mariées, et elles avaient l'air plutôt heureuses. En gros. C'est peut-être elles qui ont raison. Peut-être que je rate quelque chose. Simplement, je ne comprends pas pourquoi je devrais abandonner ce que je suis pour me marier. Si j'épouse Harald, je deviendrai une sorte de mélange entre une maîtresse et une domestique. Mais c'est hors de question ! Et s'il me touche encore une fois, je lui fais une voix de fausset. (Elle se tut soudain et fronça les sourcils.) Tiens, d'ailleurs, ça fait partie du problème. Si j'avais dit ça à une dame de compagnie, elle se serait étouffée et aurait demandé des sels pour ne pas s'évanouir. Être crue et directe, ce n'est pas seulement démodé, c'est tout sauf féminin. Tu me trouves féminine ?

— Ha ! Julia, je ne suis pas vraiment un expert en comportement humain. Mais à mon avis, si tu n'étais qu'une femelle domestiquée comme les autres, tu n'aurais jamais survécu au Noirbois. Ni à ton voyage dans l'Aile sud, d'ailleurs.

— Tu peux le dire ! Alors pourquoi ne me fiche-t-on pas la paix ?

— Tu es une princesse. Tu as des responsabilités. Même moi, je le sais.

Julia eut un reniflement de dédain. Elle ramassa un brin de paille et le mâchonna.

— Une princesse. Et à cause de ça, je n'ai pas le droit aux sentiments, à l'espoir ? Je dois écouter ce que les autres ont à me dire sur la façon dont je dois m'habiller, marcher, me tenir ? Je dois épouser un homme que je n'aime pas ? Ils peuvent toujours aller pourrir en Enfer !

— On en arrive enfin à ce qui te tracasse vraiment, non ?

— Oui. (Elle jeta son brin de paille.) Rupert aurait dû rentrer depuis longtemps.

— L'aller-retour peut prendre du temps. Et d'après ce qu'on m'a dit, le Haut Sorcier ne sera pas facile à persuader.

— Je n'aurais jamais dû le laisser retourner dans le Noirbois. Tu sais ce que c'est…

— Oui. Je me rappelle.

Il déplia légèrement ses ailes, et Julia tendit la main pour lui gratter ses cicatrices.

— Tu fais encore des cauchemars ? demanda-t-elle soudain. Non ? Moi oui, ça m'arrive. Mais maintenant, je rêve de Rupert, qui meurt seul dans le noir.

— Rupert saura prendre soin de lui-même.

— Eh bien, on ne le dirait pas.

— Tu l'aimes, Julia ?

— On dirait que la pluie s'arrête enfin.

— Tu ne m'as pas répondu.

— Je sais.

— Ah, les humains… Si tu tiens à lui, pourquoi ne pas le lui dire ?

— Parce qu'il n'est pas là ! Il est parti en me laissant derrière lui !

— Il ne pouvait pas t'emmener avec lui vers le danger, hein ?

— Et pourquoi ça ? Je suis aussi douée que lui à l'épée ! Tout aurait été mieux que de me laisser ici. Il ne reviendra pas, dragon. Je le sais. Les démons ont fini par l'avoir, et je n'étais pas là pour l'aider…

Julia appuya son visage contre le flanc du dragon et laissa ses larmes couler. Le dragon souleva une aile et l'enroula autour d'elle, la serrant contre lui jusqu'à ce que les larmes se tarissent.

— Tu es fatiguée…, dit-il doucement. Pourquoi ne retournes-tu pas te reposer dans ta chambre ?

— Je ne veux pas. J'ai peur du noir. Des démons.

— Alors reste avec moi. Dors. Tu seras en sécurité, je te le promets.

— Merci, dit Julia si bas que seul un dragon aurait pu l'entendre.

Elle s'installa contre son flanc, suivant son souffle lent, et s'endormit rapidement.

— Ah, ces humains…, soupira le dragon avec affection.

Il posa sa grande tête sur sa queue et attendit patiemment, vigilant, que la nuit passe.

Chapitre 5

La Tour Sombre

Au cœur du Noirbois, dans les parties cachées de la nuit éternelle, se trouve une clairière. Loin au-dessus, les arbres voûtés mêlent leur canopée difforme pour la protéger de la lumière du jour. Des moisissures phosphorescentes mouchettent les troncs, diffusant une lumière bleuâtre. Les champignons et les mousses grasses couvrent le sol de la clairière, au milieu de laquelle se tient une souche isolée, pourrie, grossièrement taillée en forme de fauteuil.

Sur ce trône corrompu siégeait le prince Démon. À sa façon, il paraissait humain. Sa silhouette était bien celle d'un homme, mais ses traits étaient flous, ses doigts délicats s'achevaient par des griffes, et ses yeux écarlates et ardents ne reflétaient nulle émotion. S'il ressemblait à un homme, c'était par jeu. Autrefois, il avait ressemblé à autre chose, et il pourrait retrouver cette forme, mais pour l'heure il vivait dans le monde des hommes. Si l'on pouvait dire qu'il vivait. Après tout, il n'était jamais né.

Même assis, il était d'une taille surnaturelle, et fin au point d'en être émacié. Sa chair pâle avait une opalescence malsaine, et il s'habillait de lambeaux du noir le plus pur. Son chapeau large et mal en point rabattu sur les yeux, il trônait comme un charognard terrible. Ses mâchoires s'activaient, étouffant peu à peu les mouvements et les couinements de quelque petite créature. Le prince Démon n'avait aucun besoin de manger, mais il aimait tuer, et sa nature le forçait à terrifier.

Autour du trône corrompu, remplissant la clairière comme autant d'ombres tordues, les démons du Noirbois s'avilissaient devant leur seigneur. Assis, accroupis ou allongés dans la crasse, ils regardaient quand ils avaient des yeux, ils écoutaient quand ils avaient des oreilles, et ils… attendaient. Ils appartenaient aux ténèbres, et les ténèbres sont patientes…

Une sphère d'argent étincelante apparut soudain devant le trône, suspendue dans l'air puant. Le prince Démon eut un sourire horrible souligné de sang frais. Deux démons se déchirèrent pour ramasser les restes qu'il venait de cracher. Sur un geste du Sombre Seigneur, la sphère approcha.

— Maître…, dit une voix basse depuis la sphère.

— Oui, mon cher traître. J'attendais votre rapport.

Sa voix était douce, sémillante et légèrement irritante.

— Le prince Rupert et son groupe approchent de la frontière de votre royaume, Maître. Ils comptent le traverser pour atteindre la Tour Sombre. Vous devez les arrêter avant qu'ils retrouvent le Haut Sorcier.

— Il n'a aucune importance, dit le prince Démon. Nul homme ne peut s'opposer aux ténèbres. À moins que vous pensiez le contraire ?

Il ferma lentement un poing et des cris d'agonie montèrent de l'intérieur de la sphère. Les démons se dandinèrent, mal à l'aise, dérangés par tout signe de violence de la part de leur seigneur. Le prince Démon ouvrit la main, et les cris moururent, remplacés par un souffle lent et torturé.

— Je regrette, Maître, je…

— Vous oubliez votre rang, cher traître. Autrefois, vous avez voulu me vaincre, mais à présent, votre corps et votre âme sont mes jouets. Si vous me décevez, je ferai de vous le moindre de mes démons. Si vous m'obéissez en toutes choses, tous les royaumes du monde seront à vous.

— Oui, Maître. Je suis votre serviteur le plus fidèle.

— Vous êtes mon esclave.

Le prince Démon posa le menton sur sa main osseuse et regarda la sphère flottante. Le bord de son chapeau plongeait son visage dans l'ombre, des ténèbres impénétrables où l'on ne voyait que son regard ardent.

— Alors, traître, avons-nous la Curtana ?

— Oui, Maître. Elle est cachée à l'abri, dans le château.

Le Sombre Seigneur gloussa de plaisir.

— Vous avez bien agi, cher traître. Sans cette épée, ils n'ont aucune chance contre moi. J'ai la pierre de contact. J'ai la corne de licorne. J'ai mes jolis démons. Et maintenant, après tous ces siècles, la Lune Bleue se lève. Mon heure est revenue.

— Mais… et le Haut Sorcier, mon Maître ?

Le prince démon ferma la main, et de nouveaux cris s'élevèrent de la sphère.

— Malgré toutes ses connaissances, malgré son pouvoir, le sorcier n'est qu'un homme. J'ai déjà affronté de tels hommes par le passé, et je les ai brisés à ma guise.

Il ouvrit lentement la main, et les cris cessèrent. On n'entendit plus dans la clairière que les souffles laborieux de la sphère. Le prince Démon sourit.

— Retourne accomplir mon œuvre, esclave. Sois mes yeux et mes oreilles à la Cour. Sois mes ténèbres, au cœur de leur lumière.

La sphère frissonna et mourut, et les ténèbres reprirent leurs droits dans la clairière, brisées seulement par la luminescence des mousses. Le Sombre Seigneur regarda ses démons et ricana.

— Bientôt, leur promit-il. Très bientôt…

Le prince Rupert tira sur la bride et sa licorne fit halte. La frontière du Noirbois s'étalait devant lui. Les ténèbres coupaient l'air comme un rideau, marquant le nouveau commencement de la longue nuit. Rupert frissonna et resserra sa cape autour de lui. Les nuages menaçaient dans le soleil de midi, et le vent amer charriait une neige fondue. L'air était souillé par l'arôme de la corruption, et les arbres alentour étaient émaciés et tordus, séchés et déformés par la noirceur qui approchait. Sur leur écorce desséchée se répandaient des dizaines de mousses et de champignons différents, et les feuilles mortes encombraient la piste.

Derrière lui, Rupert entendait trépigner ses gardes, nerveux de leur première rencontre avec le Noirbois. Il fit signe au Champion d'approcher. Plus tôt il mènerait ses gardes dans la longue nuit, mieux cela vaudrait – avant que les ténèbres détruisent le peu de confiance qui leur restait. Malgré la neige fondue, Rupert ne pouvait se détourner du spectacle. Il sentait ses mains trembler, et l'odeur de sa propre sueur lui emplissait les narines. Il avait espéré que ce voyage serait plus simple. Il avait déjà survécu à deux rencontres avec les ténèbres, sans la troupe de gardes qui l'accompagnait à présent. Mais sa gorge ne s'en serrait pas moins, et son cœur n'en battait pas moins fort. Les mains crispées sur les rênes à en blanchir, il secoua la tête pour chasser ces idées noires. Il retournerait dans le Noirbois, quoi qu'il arrive, et les démons n'oublieraient jamais son passage.

Le Champion guida son destrier caparaçonné à côté de la licorne, et hocha la tête.

—Alors c'est ça, le Noirbois. C'est tout à fait comme vous l'aviez dit, Sire, et même plus. C'est un cauchemar projeté en plein jour, un chemin qui doit mener vers l'Enfer lui-même.

Rupert leva un sourcil et se tourna vers le Champion.

—Vous voulez dire que vous n'aviez encore jamais vu le Noirbois ?

—Je le crains, Sire. En tant que Champion, mon devoir m'a toujours cantonné au château ou à ses environs, et le Noirbois n'était plus une menace depuis des siècles. Grâce à Touffebois. J'ai lu tous les rapports, bien sûr, mais…

—Oui. Je sais…

Le Champion l'étudia plus attentivement, comme s'il le découvrait.

— Et vous avez bravé ces ténèbres par deux fois ? Rien d'étonnant à ce que vous ne soyez plus le même.

Il se détourna avant que Rupert puisse faire un commentaire, et sortit une carte de cuir de l'une de ses fontes. Rupert attendit que le Champion la déroule, puis il se pencha pour indiquer leur position.

— Vous le voyez vous-même, messire Champion, nous devons traverser le Noirbois. Il n'y a pas d'autre moyen. Vers l'est, nous trouverions les Montagnes de Stellombre. À l'ouest, les rapides d'Eau-vive à franchir. Ces deux chemins nous coûteraient des semaines de voyage, et nous ne pouvons pas nous le permettre. Mais si nos renseignements sont bons, le Noirbois est encore assez faible, ici. Nous devrions pouvoir passer en deux ou trois heures, si nous avons de la chance.

— Et dans le cas contraire, Sire ?

— Alors nous ne passerons pas du tout, répondit Rupert sans se démonter.

Avec un sourire soudain, le Champion étudia les ténèbres devant eux.

— Vous est-il venu à l'esprit, Sire, que le Noirbois ait pu rester délibérément faible à cet endroit pour attirer les voyageurs ?

— Bien sûr, dit Rupert. C'est presque certainement un piège. Voilà pourquoi il faudra faire vite. Nous devons entrer et sortir avant que les démons se rendent compte de notre présence.

Le Champion haussa les épaules, résigné, et enroula sa carte.

— Dommage. J'espérais avoir l'occasion de tester ma lame sur un démon ou deux.

Rupert frotta une large cicatrice qui barrait la droite de son visage.

— C'est un passe-temps très surfait. Si les démons nous trouvent, messire Champion, nous sommes tous morts.

— Je suis certain qu'ils paraissaient féroces quand vous les avez affrontés seul, Sire, mais…

— Vous ne compreniez pas le Noirbois avant de le voir, rappela Rupert. Vous ne comprendrez pas les démons avant de les voir se regrouper dans les ténèbres. Et maintenant, que les hommes se tiennent prêts à avancer. Nous avons perdu assez de temps à bavasser. Je ne sais pas comment les chevaux vont réagir à la longue nuit, alors tout le monde va commencer à pied, en tenant la bride serrée. Allumez toutes les lanternes et lampes à huile, et attachez-les aux selles des gardes. Dès que nous serons entrés, tous les hommes auront leur épée et leur bouclier en main. Mais notre seule vraie défense sera la lumière.

— Vous ne pensez pas que vous en faites un peu trop, Sire ?

— Non.

— Très bien, Sire. Quel chemin devrons-nous suivre dans le Noirbois ?

— D'après toutes les légendes, il n'y a qu'un seul chemin, à plusieurs kilomètres d'ici. Nous allons devoir nous frayer un passage dans le Noirbois, tailler notre propre sillon. Ce ne devrait pas être trop difficile. Ces arbres sont pourris jusqu'à la moelle.

Le Champion l'étudia de plus belle.

— S'il y a des démons à proximité, ils nous entendront forcément, Sire.

— J'ai déjà essayé la discrétion, messire Champion. Ça n'a rien donné. Notre seul espoir réside en la vitesse.

Le Champion hocha la tête, impassible, rangea la carte et alla donner les ordres. Rupert détourna le regard. Les ténèbres du Noirbois ramenaient trop de souvenirs. Il s'intéressa plutôt à ses gardes, déjà démontés et en train de fouiller leurs fontes à la recherche du silex qui allumerait leurs lanternes. Les hommes paraissaient calmes, mais les chevaux piaffaient. Ils piétinaient, hennissaient et renâclaient. Fascinés par les ténèbres, ils roulaient des yeux dès qu'on tentait de les y mener. Rupert fronça les sourcils et dit aux gardes d'envelopper la tête de leur monture avec une cape ou une couverture, pour les empêcher de paniquer quand ils avanceraient.

Les gardes opinèrent du chef et obéirent. Le Noirbois les avait impressionnés. Le fait que Rupert y ait déjà survécu deux fois prenait soudain une importance capitale. Rupert sourit. Les gardes le considéraient peut-être comme une sorte d'expert, mais lui n'était pas dupe. Il mit pied à terre et passa parmi eux, parlant d'une voix calme et répondant à toutes les questions possibles sur le Noirbois. Ses réponses n'étaient pas vraiment rassurantes, mais les gardes écoutèrent tout ce qu'il avait à dire, rirent poliment à ses plaisanteries et, sans rien ajouter eux-mêmes, firent comprendre qu'ils appréciaient son honnêteté. Plusieurs lui donnèrent des claques dans le dos, en confiant qu'ils avaient connu des officiers pires que lui. Rupert retourna vers sa licorne avec des larmes au coin des yeux. Il n'avait jamais été aussi fier de ses hommes, ni moins certain de sa capacité à les mener.

Enfin, tout fut prêt, et Rupert s'appuya contre l'épaule de la licorne en inspectant ses gardes une dernière fois. Chaque selle portait une lampe ou une lanterne, lançant une lueur pâle dans la lumière du jour. Les épées étincelaient. Les chevaux s'agitaient, dérangés par la puanteur du Noirbois, mais l'épais vêtement autour de leur tête les empêchait de paniquer vraiment. Rupert se mordilla la lèvre, cherchant ce qu'il avait pu oublier. Les provisions ne poseraient pas de problème pour ce voyage, mais il avait demandé aux gardes de remplir leur gourde à un cours d'eau tout proche, au cas où… Puis, avec un soupir, il se résigna : tout était prêt, il cherchait simplement à retarder l'inévitable. Les ténèbres avaient posé leur marque sur lui, et il ne voulait pas y retourner.

De rage, il secoua la tête. Le Champion attendait patiemment, son imposante hache à la main. Les deux longues lames brillaient dans l'ombre. Il regarda Rupert avec un air interrogateur, et sourit quand celui-ci hocha la tête. Le Champion saisit le manche de sa hache d'une poigne ferme et se tourna vers les ténèbres. Il parut hésiter, puis leva la hache et l'abattit sur le premier arbre. La lame d'acier s'enfonça lourdement dans le bois pourri, et l'odeur de corruption empira soudain. Le Champion libéra son arme et frappa de nouveau, fendant l'arbre en deux. Le tronc était creux, rongé de l'intérieur. Le Champion continua à travailler, balançant son arme de droite et de gauche sans effort. Puis il s'avança dans le Noirbois, et les ténèbres l'engloutirent. On n'entendait plus qu'à peine sa hache qui fendait le bois, comme s'il était trop loin. Rupert fit signe à la première demi-douzaine de gardes, qui s'attelèrent à élargir ce nouveau chemin ouvert dans les ténèbres.

Mal à l'aise, Rupert regarda leur épée se lever et s'abaisser à un rythme régulier, venant rapidement à bout du bois pourri. Les cicatrices de son visage lui cuisaient horriblement, le lançant au rythme des coups d'épée. Rien ne l'obligeait à retourner dans les ténèbres. Il pouvait encore changer d'avis, et les contourner. Il serra les poings jusqu'à s'enfoncer les ongles dans les paumes. Il avait déjà vaincu le Noirbois. Il pouvait le vaincre de nouveau. Il le fallait. Ne serait-ce que parce que ses hommes lui faisaient confiance pour ressortir sans encombre. Il se rendit compte qu'il tenait les rênes de sa licorne trop serrées, et se décrispa lentement.

— Rupert, souffla la licorne. Tu es sûr que c'est une bonne idée ?

— Non. Si tu en as une meilleure, je t'écoute.

La licorne renifla et leva la tête.

— Tu sais, moi, je ne suis qu'un véhicule. Tout le monde se fiche de ce que je pense.

— Ne recommence pas… Tu es mon ami, et pour l'instant, toute aide sera bienvenue. S'il y avait un autre moyen d'atteindre la Tour Sombre à temps, je le choisirais. Tu crois que j'ai envie de retourner dans les ténèbres ?

— Non. Je sais que non. Et moi non plus.

— Nous n'avons pas le choix, dit Rupert d'une voix moins ferme qu'il aurait voulu. Si la Lune Bleue se lève avant notre retour, nous n'aurons plus nulle part où aller. Le Haut Sorcier pourrait être notre dernier espoir d'arrêter la longue nuit.

— L'épée de l'Arc-en-ciel…

— … nous a sauvés une fois. Elle ne peut plus nous aider. J'ai essayé d'appeler un autre Arc-en-ciel dans la mine de Minebourg, quand j'étais poursuivi par la créature. Rien ne s'est passé.

— Pas étonnant. Comment un Arc-en-ciel pourrait-il te trouver au fond d'une mine ?

— J'y ai pensé, dit Rupert. J'ai essayé d'appeler un Arc-en-ciel une bonne dizaine de fois, depuis. Rien. L'épée n'a plus de magie.

— Super. Vraiment super. Je remarque que tu n'as rien dit de tout ça avant qu'on arrive dans le Noirbois.

— J'ai dû oublier, répondit Rupert d'un ton innocent.

La licorne soupira et frappa la piste du sabot.

— Pas de dragon, pas d'épée de l'Arc-en-ciel, et on retourne dans les ténèbres. On doit être fous. Enfin… Au moins, on retrouvera peut-être le démon qui a volé ma corne. Je me sens tout nu, sans.

— Tu es toujours tout nu.

— Tu sais, tu es fatigant, parfois.

Rupert gloussa et leva les yeux quand un des gardes l'appela. Ils avaient fini d'agrandir le chemin. Rupert prit une grande inspiration, la relâcha doucement, et mena sa licorne et ses hommes dans le Noirbois.

La nuit s'abattit quand Rupert passa la limite. Le vent et la neige ne pouvaient pas le suivre, mais les ténèbres étaient encore plus froides. Un frisson glacé lui rongea les os, jusqu'à ce qu'il ait l'impression qu'il ne se réchaufferait plus jamais. Au fur et à mesure que les gardes arrivaient de plus en plus nombreux, repoussant les ténèbres par leurs lampes et leurs lanternes, Rupert se mit à respirer plus facilement. Un peu en avant, le Champion et ses hommes continuaient à progresser dans leur propre flaque de lumière, ouvrant méthodiquement une nouvelle piste dans le Noirbois. Rupert garda son épée en main et regarda autour de lui, mais la lumière n'était pas assez forte pour pénétrer loin dans l'obscurité. Des arbres difformes luisaient sous la lumière, et de temps en temps une branche tordue s'agitait faiblement dans l'air immobile.

— Comment te sens-tu ? demanda la licorne tout bas.

— Pas bien. J'ai l'impression qu'on nous regarde.

— C'est sans doute le cas.

— Tu es très rassurant. Tu vois quelque chose ?

— Non.

Rupert fronça les sourcils, mécontent.

— Ils savent que nous sommes ici. Je le sens. Ce n'est qu'une question de temps... Avec un peu de chance, nous serons partis dans une heure.

— Depuis quand on a de la chance ? demanda la licorne.

L'ouverture du chemin était lente, pénible, et à mesure que la compagnie s'enfonçait dans le Noirbois, ils ralentissaient. Les gardes se serraient les uns contre les autres et lançaient des regards inquiets dans l'obscurité. Les ténèbres se frayaient peu à peu un chemin dans leur âme. Leur humeur badine s'était évaporée depuis bien longtemps, remplacée par un silence prudent et attentif.

Rupert relevait les hommes qui suivaient le Champion dès qu'ils faisaient mine de se fatiguer.

Mais il y avait une limite à la vitesse à laquelle les gardes pouvaient abattre puis écarter les arbres denses. Le bruit de l'acier qui tranchait le bois pourri résonnait très fort dans le silence, mais les démons n'étaient nulle part. Cette attente mettait les nerfs de Rupert à rude épreuve, et il se retenait tout juste de sursauter au moindre bruit ou mouvement soudain. Leur lente marche se poursuivait, et il commença à s'inquiéter que les bougies des lanternes ne durent pas assez longtemps. Il essaya de calculer combien d'huile pouvait rester pour les lampes, et repensa à ce qu'il avait utilisé pour brûler la créature de Minebourg. Il jura tout bas et vérifia la bougie de sa chandelle. Il n'en restait pas trois centimètres. Une demi-heure, au mieux. Rupert fronça les sourcils. C'était peut-être cela, le plan des démons. Attendre que la compagnie perde sa lumière, puis attaquer sous le couvert de l'obscurité. Rupert ordonna une halte et alla rejoindre le Champion.

— Je ne pense vraiment pas qu'il soit sage de se reposer, Sire, dit le Champion.

— Nous utilisons trop de lumière, dit Rupert. Soit nous l'économisons maintenant, soit nous finissons le trajet dans le noir.

Le Champion hocha la tête.

— Je vais ordonner qu'on éteigne les lampes. Les lanternes nous éclaireront bien assez. Quand elles seront épuisées, nous reprendrons les lampes. Mais les hommes ne vont pas aimer, Sire.

— Ils préféreront toujours cela à l'obscurité. Tout vaut mieux que les ténèbres.

Le Champion regarda les yeux hantés de Rupert et se détourna.

— Je vais donner l'ordre, Sire.

Il traversa lentement les rangs de ses hommes, et une par une les lampes s'éteignirent. Les ténèbres se resserrèrent autour du groupe. Plusieurs des hommes parurent mal à l'aise, et quelques-uns regardèrent Rupert d'un air irrité, mais personne ne dit mot. Le prince était trop fatigué ou trop inquiet pour en avoir quelque chose à faire. Le Champion le rejoignit.

— Nous avons un problème, Sire. Nous avons perdu sept hommes depuis que nous sommes entrés dans le Noirbois.

Rupert le regarda un instant sans comprendre, puis son sang se figea, le traversant comme un vent glacé.

— Sept ?

— Ils ont disparu sans laisser de trace, avec cheval et équipement. On pourrait croire qu'ils n'ont jamais été là. On les a pris doucement, en silence, un par un, et personne n'a rien vu ni entendu.

Rupert jura et donna un coup de pied dans la piste de terre. Si les démons les avaient déjà trouvés…

— À partir de maintenant, les hommes travaillent par paires. Un coupe la piste, et l'autre surveille ses arrières. Les démons ne doivent pas être très nombreux, sans quoi ils nous auraient déjà attaqués. Il leur faudra du temps pour en faire venir d'autres. Si nous arrivons à avancer assez vite, nous pourrons sortir d'ici en vie.

— Sans ciel ou étoiles pour nous guider, nous ne pouvons pas être certains de tracer un sillon tout à fait droit. Si nous avançons trop vite, nous pourrions bifurquer…

Rupert regarda le chemin par lequel ils étaient arrivés. La faible lumière ne montrait que quelques pas de leur sillon. Il haussa les épaules.

— Messire Champion, à la façon dont nous nous étalons, nous remarquerions rapidement un écart notable de la trajectoire. Et nous n'allons pas rester suffisamment longtemps dans le Noirbois pour qu'un écart subtil fasse la moindre différence.

Et ainsi, la compagnie repartit. Les ténèbres les oppressaient, étouffant les sons et atténuant les lumières. L'une après l'autre, les chandelles des lanternes s'éteignirent, remplacées par les lampes à huile. Et la compagnie continuait à avancer dans les arbres pourris, sans rien pour indiquer que la fin de leur voyage était proche. Ils ne perdirent plus un seul homme, mais Rupert sentait toujours la pression des yeux qui l'épiaient. Les cicatrices de son visage le lançaient, et seule sa fierté l'empêchait de regarder sans cesse dans les ténèbres. Sa lanterne se mit à crachoter, et il fouilla son sac à dos pour en tirer une lampe à huile. Puis tout se déchaîna en même temps.

Le sol se mit à onduler tandis que des dizaines de bras livides sortaient du sol pour saisir les jambes des gardes et les attirer vers ce qui attendait dans les tunnels. De longs filaments écarlates se déroulèrent des frondaisons pour fouetter l'air et s'enrouler autour des hommes, les entraînant avec une aisance atroce vers les hauteurs des arbres, où la lumière des lampes ne portait plus. Le sang coula sur les troncs, et les cris des gardes rebondirent dans l'air silencieux, pour s'interrompre abruptement. De petites créatures se déversèrent des ténèbres par centaines et dévorèrent les montures.

Dos à dos, Rupert et le Champion tuaient tout ce qui passait à portée de leur arme. Du coin de l'œil, Rupert vit sa licorne ruer encore et encore, délogeant les créatures et les écrasant sous ses sabots. En l'espace de quelques instants, une dizaine d'hommes avaient disparu, mais, alors même que Rupert hurlait sa rage à la forêt, un garde moucheté de sang émergea des sous-bois. D'autres le suivirent, et un dernier se laissa tomber depuis les branches au-dessus d'eux, cherchant du regard une nouvelle proie.

En cercle autour des montures encore en vie, les hommes repoussèrent les créatures difformes qui bondissaient des ténèbres pour les attaquer de la griffe et du croc. Dans ce périmètre d'acier étincelant, le sang volait et noyait le sol. Rupert maniait son épée à deux mains, grognant sous l'effort. Satisfait, Rupert voyait une créature se dresser pour chacune qu'il abattait. Enfin, les ténèbres lui avaient donné un adversaire qu'il pouvait combattre, qu'il pouvait vaincre. Rupert, le Champion et les gardes luttaient contre un ennemi dix fois plus nombreux qu'eux, mais ils refusaient de céder devant les ténèbres. Ils tinrent bon, côte à côte, et les créatures finirent par abandonner pour disparaître de nouveau dans l'obscurité.

Rupert abaissa lentement son arme et regarda autour de lui. Aucun bras ne dépassait du sol, aucun filament ne pendait des branches. Les ténèbres étaient immobiles et silencieuses. Des dizaines de petites créatures étaient écrasées au sol, mais tous les chevaux étaient morts, y compris le destrier du Champion, que son caparaçon n'avait pas sauvé. Le Champion s'agenouilla à côté de sa monture et lui flatta l'encolure une dernière fois, comme pour s'excuser. Cherchant sa licorne des yeux, Rupert la vit s'approcher lentement. Des griffures lui ensanglantaient les flancs, mais il paraissait sain et sauf. Rupert soupira de fatigue et s'appuya contre sa monture avant de passer ses gardes en revue. Sur les quarante-six hommes qui l'avaient suivi dans le Noirbois, il n'en restait que trente : sept disparus dans l'ouverture de la piste, et neuf autres pendant la bataille. Rupert jura tout bas, dégoûté par l'épée tachée de sang dans sa main. L'épée de l'Arc-en-ciel n'était plus qu'une lame d'acier ordinaire, alors que le Noirbois restait noir.

Le Champion vint se ranger à son côté, s'appuyant l'air de rien sur sa hache.

— Il semblerait que j'avais tort, prince. Les démons chassent bien en meute.

— Neuf hommes, messire Champion. Nous avons perdu neuf hommes.

— Nous sommes heureux de ne pas en avoir perdu davantage. Quelles chances avons-nous de passer ?

— Peu. Nous ne sommes certainement pas loin de la lisière, mais les démons seront sur nous avant que nous ayons couvert un mètre.

— Nous pourrions revenir sur nos pas…

La voix du Champion s'éteignit quand les démons sortirent des ténèbres pour s'accroupir à la limite que dessinait leur lumière. Des centaines de ces créatures cernaient la compagnie, et des centaines d'autres se déplaçaient sous le couvert des ténèbres. Les bruits de pas et de rampements portaient jusqu'aux oreilles des gardes.

— Ils nous attendaient, dit Rupert d'un ton amer. Ils ont dû nous repérer au moment même où nous entrions. Nous n'avons jamais eu la moindre chance de passer. Nous sommes arrivés jusqu'ici pour rien.

— Vous avez déjà affronté des démons, et vous les avez vaincus, dit le Champion.

— J'avais une épée magique, alors. Je ne l'ai plus.

— Alors nous allons le faire à la dure. (Le Champion rit et leva sa hache.) Soyez prêts, gardes. Il est temps de mériter notre solde.

— Si on en sort en vie, je veux une augmentation, lança un des hommes.

Les autres lâchèrent de petits gloussements amusés. Rupert ne put se résoudre à rire avec eux. Il avait échoué. Il leur avait promis une chance de sauver la Forêt et, au lieu de cela, il les menait à leur mort. La vue de ces hommes farouches qui attendaient ses ordres l'emplit de fierté. Ils avaient repoussé ce que le Noirbois pouvait leur envoyer de pire, et ils attendaient l'ordre de recommencer, alors même que le nombre les condamnait d'avance.

Les larmes aux yeux, Rupert put enfin sourire. Quoi qu'il arrive à présent, cela n'aurait aucune importance. Les ténèbres avaient essayé de les briser, et les ténèbres avaient échoué. Rupert rit à la face des démons. Malgré leur nombre, les créatures avaient encore trop peur pour venir dans la lumière. Ils préféraient attendre que la lumière meure avant d'attaquer. Puis le rire de Rupert se bloqua. Il avait une idée. Si évidente qu'il se serait giflé de ne pas y avoir pensé plus tôt.

— Les lampes ! cria-t-il d'un ton réjoui. Les lampes à huile, bon sang ! C'est ça, notre sortie ! Gardes, prenez les réserves d'huile et tracez un cercle autour de nous. Si les réserves ne suffisent pas, videz les lampes. Allez, ne restez pas plantés là ! On a une chance !

Les gardes se pressèrent d'obéir. Derrière les lampes, les démons s'agitaient, et Rupert souriait tellement qu'il en avait mal.

— Vous comprenez, Champion ? Il nous suffit d'attendre que les démons attaquent, puis nous mettrons le feu à l'huile. Les arbres du Noirbois ne brûlent pas, mais les démons, eux… Ça les arrêtera le temps qu'on s'ouvre une issue. Nous ne pouvons pas être très loin de la lisière.

— C'est une chance assez maigre.

— Je sais. Mais au moins, ça nous en laisse une.

Puis les démons s'élancèrent. Rupert cria, et une dizaine de torches se posèrent sur l'huile. Avec un rugissement de fin du monde, de grandes flammes jaunes s'élevèrent face aux ténèbres. Les premiers démons furent consumés en un instant. Ceux qui les suivaient continuèrent à arriver, comme des papillons attirés par une lanterne. Le simple nombre des cadavres commençait à étouffer le feu, et d'autres créatures utilisaient les cadavres calcinés de leurs frères pour passer le brasier et atteindre la compagnie. *Bien essayé*, se dit Rupert en abattant le premier démon qui fut sur lui. *Mais ça ne suffisait pas*. Comprenant qu'il allait mourir, il fut étonné de se sentir plus agacé qu'autre chose. Il lui restait tellement de choses à faire… comme dire à Julia qu'il l'aimait. Il sentait sa faveur sous son gilet, douce pression contre son cœur. Les démons se déversèrent des ténèbres, et Rupert leva son épée et s'avança à leur rencontre.

Mais alors même que les démons affluaient, les flammes bondirent de plus belle. L'huile avait atteint les arbres autour d'eux, qui s'étaient embrasés comme des torches. Poussés par la chaleur redoublée, Rupert et ses hommes reculèrent. Les démons, eux, s'arrêtèrent. Quelques pas plus loin, Rupert se figea, aveuglé. Sa première pensée fut que les flammes avaient tracé un cercle dans le bois, et qu'il était cerné. Mais les cris de joie et de soulagement de ses hommes lui firent comprendre la vérité. Rupert essuya ses yeux larmoyants et rit à en perdre haleine. Ils étaient sauvés. Ils avaient atteint la lisière du Noirbois.

Retrouvant rapidement la vue, Rupert regarda autour de lui sans comprendre. L'après-midi touchait à sa fin, approchant du soir. Quand il avait mené ses hommes dans le Noirbois, il était à peine midi.

Le temps avance différemment dans le Noirbois.

La gorge serrée, Rupert regarda ses derniers gardes sortir des ténèbres et arriver à la lumière, sans crainte d'être suivis par les démons. Rupert ne voyait rien au-delà de la lisière, mais il savait que les démons les épiaient. Il leur tourna le dos et sourit à ses hommes. Alors seulement il vit ce qui restait de sa compagnie. Vingt-cinq hommes sur cinquante. Rupert se détourna, malade.

— Ne le prenez pas aussi mal, dit le Champion.

— Et pourquoi ? La moitié de mes hommes sont morts. Je fais un beau chef, tiens…

— Plutôt bon, oui. Vu ce que nous avons affronté, il est miraculeux qu'un seul ait survécu. Sans vos idées, nous serions tous morts bien avant la lisière. D'accord, vous avez perdu la moitié de vos hommes, mais vous avez sauvé l'autre moitié. Personne n'aurait pu faire mieux. Dans l'ensemble, je suis très content de vous, Rupert. Vous pourriez faire un bon prince héritier.

Rupert le regarda, étonné.

— Je ne suis que le deuxième fils, vous vous souvenez ?

— Oui, oui. Bon, nous ne pourrons pas traverser de force dans l'autre sens, mais nous n'avons pas le temps de faire le tour. D'une façon ou d'une autre, nous devons convaincre le Haut Sorcier de rentrer avec nous.

Rupert hocha la tête, épuisé.

— Préparez les hommes, nous repartons. Dans un peu plus d'un kilomètre, nous pourrons peut-être nous reposer.

— Nous reposer ? À la Tour Sombre ?

— Ben voyons…, souffla la licorne. D'après ce qu'on dit de ce Haut Sorcier, nous aurions été plus à l'abri dans le Noirbois. Il est vraiment puissant, ce Haut Sorcier ?

— J'espère qu'il le sera assez pour arrêter les démons et bannir les ténèbres, dit Rupert.

— Mais jusqu'à quel point pouvons-nous lui faire confiance ?

— En résumé, je dirais qu'on ne peut pas.

— Super… Tout à fait super… Pourquoi ne pas se tuer tout de suite, histoire d'en finir ?

— Allez, dit Rupert avec affection. Tu te sentiras mieux en marchant.

— N'y compte pas trop. J'ai un mauvais pressentiment.

Rupert haussa les épaules.

— Les légendes ne m'impressionnent plus autant qu'avant. Le Haut Sorcier a quitté la Cour quand j'étais très jeune, mais je me rappelle encore les merveilleux feux d'artifice qu'il a faits pour mon anniversaire. Les fusées qui projetaient leurs lumières contre la nuit, et les roues qui tournaient sans jamais s'arrêter. Il m'a raconté des histoires, et a essayé de m'apprendre des tours de cartes. Vous étiez déjà à la Cour, messire Champion. Vous avez dû le connaître. Comment était-il vraiment ?

Le Champion acheva de nettoyer sa hache, les yeux dans le vague.

— C'était un traître, Sire. Un traître, un lâche et un ivrogne.

Cramponné aux rênes de sa monture, Rupert trébuchait dans la gadoue gelée, la tête baissée pour protéger ses yeux de la pluie. Le vent hurlait autour de lui, tiraillant sa cape et sa capuche, le poussant de tous côtés et emportant la litanie de jurons qui sortait de ses lèvres. Tous les trois pas, il regardait sa main droite pour s'assurer qu'il n'avait pas lâché sa licorne : malgré ses gants épais, ses doigts avaient perdu toute sensation. Rupert leva lentement les yeux, paupières plissées. Aucun signe de la Tour Sombre.

Et dire que le mois dernier, c'était encore l'été… Que diable arrive-t-il au climat ?

Il trébucha et faillit tomber quand le vent enragé changea de direction une nouvelle fois. La licorne se rapprocha, comme pour le protéger du pire des éléments. Rupert lui flatta l'encolure, reconnaissant, et plongea le regard dans le tourbillon de neige. Il s'inquiétait pour la licorne. L'animal avançait de moins en moins vite à mesure que le froid s'infiltrait dans sa chair, et même les couvertures qu'il lui avait posées sur le dos n'avaient pas changé grand-chose. Sa crinière et sa queue étaient constellées de cristaux de glace, et son souffle rauque devenait aussi incertain que ses pas. Rupert savait que, s'ils ne trouvaient pas rapidement à s'abriter, le froid et l'épuisement feraient leur œuvre. La licorne finirait par se coucher dans la neige pour se laisser mourir.

Il frappait le sol des pieds à chaque pas, pour tenter de leur rendre un peu de chaleur. La neige tombait en rideau épais et saturait l'air. Il faisait froid, de plus en plus froid. De temps en temps, Rupert apercevait un soleil rouge sang, bas dans le ciel, et se forçait à avancer un peu plus vite. Une fois que le soleil serait passé sous l'horizon, les démons se précipiteraient à leur suite. Il regarda par-dessus son épaule. Ses gardes avançaient obstinément, serrés les uns contre les autres pour partager leur chaleur. Et comme toujours, le Champion avançait seul, l'armure couverte de frisottis glacés. Mais de tous, il paraissait le moins affecté par le froid. Droit comme un I, la tête haute, il continuait à tracer son sillon dans les congères les plus hautes. Rupert fronça les sourcils. Il aurait dû trouver cela encourageant, mais c'était tout le contraire. Le calme du Champion avait quelque chose d'inhumain. Rupert se détourna et regarda derrière eux. Dans une soudaine accalmie du vent, la neige s'ouvrit, le narguant avec une brève vision du Noirbois. Rupert tourna le dos à cette ombre monstrueuse.

Et trébucha. Pendant qu'il avait la tête tournée, la tempête s'était arrêtée, et il se retrouva déséquilibré. Sonné par le silence, les tympans pleins d'un bourdonnement fantôme, il leva lentement la tête et regarda autour de lui. L'herbe à ses pieds et le ciel du soir avaient tout l'éclat de l'été. Il se tenait à l'orée d'une vaste clairière, bordée non pas d'arbres mais d'un mur de neige battante. D'où ses gardes émergèrent un par un. À mesure que la circulation se rétablissait dans ses membres, Rupert se sentit envahi de fourmis. Il se laissa tomber dans l'herbe et allongea les jambes.

— Sanctuaire ! Nous avons trouvé un sanctuaire, licorne.

— N'en sois pas si sûr, répondit la monture. Regarde par là…

Rupert suivit le regard de la licorne. Au centre de la clairière, sur un petit remblai, s'élevait une tour. Haute de plus de quinze mètres, elle était bâtie entièrement d'une pierre gris sombre, usée et érodée par le passage du temps. Du lierre rampait sur la maçonnerie, pendant comme des rideaux au-dessus des fenêtres aux volets tirés.

— La Tour Sombre…, dit le Champion. J'aurais cru qu'elle serait plus haute.

Rupert leva les yeux, surpris, et se remit sur ses pieds pour foudroyer le Champion du regard.

— Vous avez fini de me prendre par surprise ! J'ai déjà assez de mal à rester calme.

— Désolé, Sire…, répondit le Champion avec calme.

Un de ces jours…

Rupert secoua la tête, résigné.

— Allez, messire Champion. Installez les hommes et vérifiez que la tempête ne nous a pris personne. Je vais aller prévenir le Haut Sorcier de notre présence.

Le Champion s'inclina légèrement et s'écarta pour s'occuper de la petite grappe de gardes campés devant la Tour Sombre, épée en main. Rupert eut un sourire sombre. Il les comprenait très bien. Il repoussa sa capuche et battit sa cape pour en faire tomber la neige. Petit à petit, il sentait la tension le quitter. Puis, l'épée au fourreau, il se décida à aller affronter le Haut Sorcier. S'il tardait trop, la chaleur du soir se dissiperait tout à fait. La tempête était à l'évidence tenue à l'écart par magie, mais rien ne garantissait que cela repousserait aussi les démons après la nuit. S'il voulait mettre ses hommes à l'abri, il n'y avait qu'un seul moyen d'y parvenir. Avec un dernier soupir, Rupert écarta sa cape pour qu'elle ne l'empêche pas de dégainer, et grimpa lentement vers la Tour Sombre.

— Fais attention à toi, lança la licorne avant de se remettre à brouter l'herbe grasse.

Rupert parcourut deux fois la base de la tour. Malgré les dix-sept fenêtres fermées qu'il compta en chemin, il ne vit aucune porte. Les fenêtres elles-mêmes étaient de largeurs différentes, de trente centimètres à plus d'un mètre, mais les plus basses se trouvaient au moins à un mètre cinquante de la base. Le Haut Sorcier avait toujours été assez… excentrique.

Et ivrogne, et irascible. Au cours des années qu'il avait passées au château de la Forêt, les excès du Haut Sorcier étaient devenus presque aussi légendaires que sa magie. La plupart tournaient autour du vin et des femmes, séparément ou combinés. Et l'insistance qu'il mettait à toujours dire la vérité ne lui avait pas valu que des amis au château. La Cour avait poussé un soupir de soulagement collectif quand le roi John avait fini par l'exiler. Le danger passé, les gens avaient pu déverrouiller leur cave et rendre une certaine liberté à leurs filles. Rupert se mordit la lèvre inférieure. Depuis aussi longtemps qu'il se souvenait, personne n'avait parlé du motif de cet exil. Il résidait à la Cour du temps d'Eduard, et avait servi de tuteur au roi John. À part Thomas Grey, le sorcier avait toujours été le conseiller le plus honoré du roi. Jusqu'à la mort de la reine.

Une heure plus tard, le Haut Sorcier avait rassemblé ses possessions et était parti dans la Forêt. Dès qu'il avait entendu la nouvelle, le roi John avait réuni la Cour et lu l'édit de Bannissement contre le sorcier. Les joues baignées de larmes de rage et de désespoir, le roi prononça les formules officielles privant le sorcier d'eau, de nourriture, d'amitié et de gîte, dans tout le royaume. Quelques jours plus tard, des voyageurs apportaient la nouvelle que le Haut Sorcier s'était installé dans une ancienne tour de garde frontalière, de l'autre côté de la Forêt. Rupert se rappelait encore le regard de son père quand le Champion avait confirmé la nouvelle. À l'époque, il avait été trop jeune pour identifier l'émotion qu'il avait vue si clairement. Mais à présent, il reconnaissait la rage aveugle. Le sorcier défiait l'édit, et le roi n'y pouvait rien. Il essaya, bien sûr.

Il appela des magiciens de l'académie de Sorcellerie, mais leurs sorts et leurs malédictions ne donnèrent rien contre le Haut Sorcier. Il envoya une troupe de gardes pour abattre la tour. Aucun ne revint. Et ainsi, enfin, le roi se tourna vers d'autres sujets, et le sorcier fut laissé à son triste sort. Avec le temps, de sombres histoires circulèrent sur la Tour Sombre et la magie que le Haut Sorcier y pratiquait. Mais les faits restaient rares. Au fil des ans, le sorcier devint un croque-mitaine que les mères excédées agitaient sous le nez de leurs enfants indisciplinés.

C'était un traître. Un traître, un lâche et un ivrogne.

Des pas légers se firent entendre derrière lui, et il posa la main sur sa garde en se retournant. Le Champion dépassa Rupert et sourit froidement devant la tour.

— Les serpents ont leur trou, les rats leur nid, et le sorcier est encore dans sa tour. Il n'a jamais vraiment aimé la lumière du jour. Avez-vous trouvé la porte, Sire ?

— Il ne paraît pas y en avoir, sire Champion.

Le Champion haussa un sourcil et se pencha en avant pour frapper aux volets de la fenêtre la plus proche. Après un long moment, les volets s'ouvrirent à la volée sur un homme aux cheveux gris, vêtu du noir des sorciers. Il foudroya Rupert et le Champion du regard, cria :

— Fichez le camp !

Et leur claqua les volets au nez.

— On va rester polis, dit Rupert. On ne peut pas se permettre de se retrouver coincés là à la tombée de la nuit. Réessayez.

Le Champion hocha la tête et frappa de nouveau aux volets.

— S'il vous plaît, sortez, sieur sorcier, nous voulons vous parler.

— Non !

— Si vous ne sortez pas, nous viendrons vous chercher nous-mêmes.

— Ha ! Il vous faudrait une armée !

— Fort heureusement, nous en avons une.

Les volets s'ouvrirent de nouveau et le Haut Sorcier regarda les vingt-cinq gardes au pied de la tour. Rupert se retourna pour tenter de voir ses hommes par les yeux du sorcier. Malgré leur armure cabossée et ensanglantée, ils conservaient un air de compétence. Ils étaient sales, fatigués et très menaçants. Des bandits plus que des gardes. Le sorcier regarda le Champion.

— C'est *ça*, votre armée ?

— Oui.

— Qu'ils dégagent de ma pelouse ou vous vous retrouverez avec une armée de grenouilles.

Le sorcier claqua une nouvelle fois ses volets. Rupert se tourna vers le Champion.

— Et maintenant ?

— Eh bien maintenant, on les fait dégager de sa pelouse.

Rupert regarda le Champion s'éloigner, contrarié. Parfois, il se demandait dans quel camp il se trouvait. Il soupira, se retourna à contrecœur vers les volets, et y frappa poliment.

— Sieur sorcier ? Vous êtes encore là ?

Pas de réponse. Les volets restaient clos.

Super. Et maintenant, il boude…

Il regarda ses hommes. Sous les ordres du Champion, ils avaient rengainé leurs armes et s'éloignaient de la tour. Ils se tenaient au repos et faisaient de leur mieux pour paraître inoffensifs. Le résultat était… douteux. Rupert regarda le ciel qui s'assombrissait, et son expression anxieuse vira au mécontentement. La nuit était presque sur eux. Déjà, l'air se refroidissait et Rupert avait l'impression que le mur de neige se rapprochait un peu de la tour. Il martela les volets du poing, toujours sans réponse. Rupert jura. Il n'allait pas laisser ses hommes face aux ténèbres alors que l'abri était si proche. Il étudia les volets clos, pensif. Ils n'avaient pas l'air si solides que ça... Avec un sourire, il glissa la pointe de son épée entre les deux battants. Avec un petit effort, il la fit glisser jusqu'à la garde. Aucune réaction ne se fit entendre à l'intérieur. *Il a dû partir bouder ailleurs. Il a toujours eu un caractère de chien*. Rupert hésita, se rappelant le messager transformé qui gardait à présent leurs douves, puis secoua la tête. Il devait donner un abri à ses hommes.

Il prit la garde de son épée à deux mains et pesa dessus. Il n'osait pas mettre trop de pression de peur de briser sa lame, mais les volets refusaient de s'ouvrir. Rupert regarda le ciel du soir. La lumière avait presque entièrement disparu. Écœuré, il se décida pour une dernière tentative. Le volet de droite s'ouvrit d'un coup, et Rupert tomba à la renverse. Allongé dans l'herbe, le cœur battant la chamade, il attendit en vain une réaction de l'intérieur. Il se remit sur ses pieds, toujours cramponné à son arme, et regarda par la fenêtre ouverte.

La pièce était un vrai capharnaüm. Des tables et des bancs en bois mal poli bordaient les murs, presque enterrés sous un équipement alchimique divers. Des bocaux de verre et des pichets en terre cuite couvraient toutes les surfaces possibles, y compris le sol de terre battue. La moitié de la pièce était occupée par des cages d'animaux empilées, pleines à craquer d'occupants affolés : des oiseaux, des singes, des rats, des salamandres, et même quelques cochonnets. L'odeur était renversante. Un grand brasero de fer forgé trônait au milieu de la pièce, ses charbons encore rougis. Et partout, une forêt de tubes de verre reliés entre eux couvrait les tables, rampait le long des murs et dispersait ses racines et ses filaments partout où elle pouvait.

Aucun signe du Haut Sorcier. Rupert rengaina son épée et se hissa sur le rebord étroit. Il regarda la table encombrée en dessous de lui, et posa le pied sur le plus grand vide qu'il put trouver. Il sourcilla quand du verre se brisa sous sa botte, et sauta en hâte vers le sol. La pièce paraissait bien plus grande vue de l'intérieur. Elle faisait au moins dix mètres de diamètre, à la lumière de la sphère irradiante qui flottait dans les airs juste en dessous des poutres. Rupert fronça les sourcils. La pièce devait occuper toute la base de la tour, mais il ne paraissait pas y avoir d'accès aux autres étages. À part une trappe au plafond, sans aucun moyen d'y parvenir. Il haussa les épaules et parcourut la pièce avec prudence, fasciné par tout cet outillage magique. Les animaux en cage l'étudièrent curieusement à son passage, et un vieux singe au regard triste tendit la main au travers des barreaux de sa cage, comme pour lui demander son aide. Rupert eut un sourire coupable et passa son chemin. Un liquide clair circulait avec un battement régulier dans les tubes de verre, se vidant parfois dans des béquets placés à intervalles précis. Rupert se pencha pour renifler le contenu, puis s'interrompit en butant dans quelque chose. Un crâne humain, sans sa mâchoire inférieure. Rupert le posa sur le banc et posa la main sur la garde de son épée.

— Je ne me rappelle pas vous avoir invité, dit une voix douce au-dessus de lui.

Rupert sursauta. Une grosse échelle de corde pendait de la trappe ouverte, et, devant les yeux ébahis de Rupert, le sorcier en descendit agilement. De près, le sorcier n'avait rien d'impressionnant. Il était petit, arrivant à peine à hauteur de la poitrine de Rupert, et ses robes noires ne faisaient qu'accentuer sa silhouette trop maigre. Des rides profondes creusaient son visage étroit.

— Que faites-vous ici ? demanda-t-il avec douceur. Et pourquoi tous ces soldats me bouchent-ils la vue ?

— Nous avons besoin de votre aide, dit Rupert avec prudence. (Le sorcier paraissait tout avoir oublié de sa mauvaise humeur, et Rupert ne voulait pas l'énerver de nouveau.) Le Noirbois…

— Un lieu terrible, ça… et tellement noir. (Un verre de vin blanc apparut dans sa main comme par magie.) Une petite goutte ?

— Pas pour le moment, merci.

— Il est bon, insista le sorcier. Je le fais moi-même. (Il indiqua ses alambics et se pencha comme pour une confidence.) Je mets un rat mort dans chaque nouveau tonneau, pour lui donner un peu de corps.

Rupert préféra ne pas entendre.

— Nous pourrons parler de vin plus tard, messire sorcier. Pour l'heure, j'ai besoin de votre aide.

— Savez-vous qui je suis, jeune homme ?

— Vous êtes le Haut Sorcier, dit Rupert. Le dernier espoir du royaume de la Forêt.

Le sorcier plissa les paupières, son regard redevenant perçant.

— Vous n'apprendrez donc jamais ? Je me contrefiche du royaume de la Forêt. Tout votre petit royaume peut pourrir en Enfer ! Et maintenant, fichez le camp ! Sortez de chez moi et laissez-moi tranquille !

— Ce n'est pas ainsi qu'on parle à son prince, dit une voix froide derrière Rupert.

La silhouette du Champion, massive dans l'encadrement de la fenêtre, rassura Rupert. Le sorcier, lui, foudroya l'intrus du regard, et ses forces parurent l'abandonner. Il leva le verre de vin à ses lèvres, mais il était vide. Avec un juron, il le jeta derrière lui.

— Pourquoi ne pouvez-vous pas me laisser en paix ? marmonna-t-il. Partez, laissez-moi.

— Si cela ne dépendait que de moi, répondit le Champion en entrant dans la pièce, je vous laisserais vous terrer dans votre trou jusqu'à la fin des temps. Malheureusement, le roi a besoin de vous.

— Je ne rentrerai pas, annonça tout de go le sorcier. Et rien de ce que vous pourrez dire n'y changera quoi que ce soit. Rien ne pourra me faire retourner dans la Forêt. Rien du tout. (Il s'arrêta soudain et regarda Rupert.) Le Champion dit que vous êtes un prince. Vous êtes vraiment un des fils de John ?

— Rupert. Le cadet.

— Rupert, bien sûr. Je me disais bien que votre tête m'était familière. Vous... Vous ressemblez beaucoup à votre mère, vous savez.

— J'ai vingt-cinq hommes à l'extérieur. Leur donnerez-vous asile pour la nuit ?

— Ils sont tout à fait à l'abri. Aucun démon ne peut franchir mes charmes. Vos hommes peuvent camper là, et vous repartirez demain. Bien sûr, vous êtes le bienvenu chez moi, Rupert. Cela fait longtemps que je ne vous ai pas vu.

— Vingt et un ans, dit le Champion. Vingt et un ans depuis que vous avez trahi.

— Je n'ai jamais trahi ! (De larges taches rouges apparurent sur les joues du sorcier tandis qu'il s'avançait, les poings serrés.) Je suis parti parce que je l'ai décidé ! Pendant plus de quarante-cinq ans, j'ai veillé sur les rois de la Forêt, et j'ai protégé le territoire. John comptait déjà sur moi que vous appreniez tout juste à tenir une épée ! La raison qui m'a poussé à partir ne regarde que moi ! J'ai donné quarante-cinq années de ma vie au royaume de la Forêt ! Vous n'avez pas le droit de m'en demander davantage !

— Regardez-le bien, Sire, dit le Champion avec calme. Il fut un temps, il y a bien longtemps, où ce vieil ivrogne était un héros. Le plus puissant des magiciens que le royaume de la Forêt ait jamais connu. Ses actes sont légendaires. On chante des dizaines d'histoires sur lui. Vous en connaissez sûrement. On assurait qu'il avait tout pour devenir Sorcier Suprême. Mais un jour, il a décidé de tourner le dos à tout cela. Il a renoncé à son devoir et a gaspillé sa magie en feux d'artifices, en illusions et en belles babioles pour les dames. Au lieu d'inspirer toute une génération, il a préféré se saouler et courir la gueuse. Le voici, le Haut Sorcier des légendes : un lâche et un renégat qui a trahi son roi quand il avait besoin de lui.

— C'est faux ! cria le sorcier. Sale charogne, ça n'a rien à voir !

Le Champion rit, et le sorcier hurla de rage. Une flamme blanche et pure jaillit de sa main et frappa le plastron du Champion, le projetant contre la table encombrée sous la fenêtre. Des tubes de verre éclatèrent sous le choc. Le Champion, inerte, saignait de la bouche et du nez. Les animaux proches poussèrent des cris stridents et s'affolèrent dans les cages. Le Champion se redressa et tendit la main vers son épée. D'un nouveau geste, le sorcier projeta une gerbe de flammes pour écraser le Champion contre le mur de la tour. Rupert tira son épée et s'avança. Le sorcier le fit tomber sans même se retourner. Incapable de se relever, il regarda le feu du sorcier soulever le Champion et le plaquer au mur à plus de cinq mètres du sol.

— Je ne vous ai jamais aimé, dit le sorcier. Vous et votre précieux devoir ! Vous ne savez même pas ce que ce mot signifie ! Le devoir n'a jamais été pour vous qu'une excuse pour tuer des gens. Eh bien, votre roi n'est plus là pour vous protéger, messire Champion. Cela fait longtemps que j'attends ce moment…

Rupert chercha son épée du regard. Déjà, la cotte de mailles du Champion rougissait sous la chaleur. Certaines mailles cédèrent et s'écoulèrent en petites rivières d'acier fondu. Rupert finit par apercevoir son arme, juste hors de portée sous une table. Il serra les dents et se traîna pouce par pouce jusqu'à pouvoir l'atteindre. La tête lui tournait encore du choc qu'il avait subi, mais il sentit ses forces revenir quand il referma les doigts autour de la garde. Appuyé sur le bord de la table, il se hissa sur ses pieds. Captivé par sa victime, le Haut Sorcier lui tournait le dos. Les yeux du Champion étaient fermés, et il ne paraissait plus respirer. Rupert avança d'un pas chancelant et posa la pointe de son épée sur les reins du sorcier.

— Faites-le descendre. Tout de suite.

— Allez au diable, répondit le sorcier. On ne me traite pas impunément de traître.

— Je suis votre prince. Au nom de mon père, je vous ordonne de relâcher son Champion.

Le feu s'évanouit, et le Champion redescendit en flottant jusqu'à la table. Rupert écarta le sorcier et s'approcha du Champion. Sous les maillons fusionnés et le gilet de cuir calciné, la chair nue était intacte. La respiration du Champion était égale et paisible, et il paraissait déjà revenir à lui. Rupert se retourna vers le sorcier, furieux, mais le vieil homme haussa les épaules.

— Un simple sort de soins. Il reviendra vite à lui.

— Vous l'auriez vraiment tué si je ne vous avais pas arrêté ?

— Sans doute pas. J'ai toujours été trop tendre. Et très loyal à votre père, aussi. C'était un coup bas, mon Prince.

— Bien sûr. Je suis prince.

Ils échangèrent un sourire retors. Deux verres de vin blanc apparurent dans les mains du sorcier. Rupert accepta le sien de bonne grâce. Après tout ce qu'il venait de vivre, il avait bien le droit à un verre. Il en prit une gorgée et leva un sourcil appréciateur.

— Bonne cuvée, messire sorcier.

Ce dernier eut un sourire modeste.

— L'un de mes sorts les plus pratiques. Et maintenant, Prince Rupert, qu'est-ce qui vous amène à la Tour Sombre après toutes ces années ?

— Le Noirbois. Il s'étend. Nous pensons que le prince Démon est de retour.

Le sorcier plongea le regard dans son verre.

— Bon sang... Oh, bon sang... Il s'étend vite ?

— À peine moins d'un kilomètre par jour, à notre départ. Bien sûr, avec la Lune Bleue qui arrive...

— Pardon ? Vous êtes sûr ?

Rupert le regarda, incrédule. Le sorcier arborait une expression de douleur.

— Vous n'avez pas regardé la lune, récemment ?

— Je ne suis pas sorti de ma tour depuis vingt et un ans. Je n'en vois pas l'intérêt.

Il fit un geste, et Rupert et lui s'élevèrent lentement jusqu'à la fenêtre. Dans le ciel nocturne, les étoiles brillaient vivement. Malgré le feu installé par les gardes, la lumière la plus vive provenait d'une lune pleine aux trois quarts. Sa chair gibbeuse était striée de veines bleutées. Le sorcier la regarda, horrifié. Secoué, il mit un temps avant de se tourner vers Rupert.

— Je ne savais pas. J'aurais dû savoir, mais je ne savais pas. Qu'ai-je raté d'autre ?

Inquiet, il fronça les sourcils tandis que Rupert et lui redescendaient vers le sol.

— Je regrette, Prince Rupert. On dirait que je ne suis plus au courant de ce qui se passe dans le monde. Cela fait-il vraiment vingt et un ans ? Où a passé tout ce temps ? Bah... voilà ce qu'on gagne à devenir un ivrogne d'ermite. J'imagine que c'est votre père qui vous envoie me ramener à la Cour ? Évidemment... Il attend que la situation dégénère tout à fait, puis il me confie le bébé en espérant que je saurai faire un miracle. Je vous promets, si ma peau n'était pas menacée autant que la sienne, je le regarderais mariner dans son jus. Mais il sait que je ne peux pas faire ça. Malgré tout, la

Forêt reste mon foyer, et je ne puis lui tourner le dos. Ce sera étrange, de retourner à mes vieux quartiers dans le château, après toutes ces années. J'espère qu'on a refait leur décoration. Je n'ai jamais aimé les couleurs. J'imagine que John a levé l'édit de Bannissement ?

— Bien sûr, assura Rupert, heureux de pouvoir en placer une. Il a besoin de vous.

Le Haut Sorcier eut un sourire.

— Et je suis sûr que cela doit lui cuire ! Eh bien, nous ferions mieux de nous mettre en route. Il y a une trotte, jusqu'au château. Plus tôt nous serons partis, mieux ce sera.

— Vous voulez repartir de suite ? Pendant qu'il fait nuit ? Nous n'arriverons même pas jusqu'au Noirbois ! Messire sorcier, mes hommes ne sont pas en état de combattre les démons ! Ils doivent se reposer et reprendre leurs forces.

— Ne vous inquiétez pas ! Inutile de traverser le Noirbois, je connais un raccourci !

Rupert le regarda durement, puis se figea en entendant un grondement enragé. Rupert se retourna, épée en main, et se mit en position de combat. Avec un grand fracas, le Champion descendit de la table où le sorcier l'avait déposé. Il était rubicond, mais son regard était froid et sombre. Avec un sourire sinistre, il leva son arme et avança lentement vers le Haut Sorcier.

— Vous êtes un homme mort, sorcier. Vous auriez dû me tuer quand vous en aviez l'occasion.

— Oh, et flûte ! Rupert, vous voulez bien lui expliquer la situation ? À moins que je le transforme en quelque chose de moins menaçant… un mulot, peut-être ?

— Il m'écoutera, assura Rupert.

Le sorcier s'éloigna pour parler aux animaux dans leurs cages. Quand le Champion fit mine de le suivre, Rupert s'interposa vivement.

—Rengainez votre épée, messire Champion. Le Haut Sorcier a accepté de nous aider contre le Noirbois.

—Écartez-vous, Rupert.

—Nous avons besoin de sa magie.

—Il a essayé de me tuer!

—Oui, et si je ne l'avais pas arrêté, il l'aurait sans doute fait. Et dans ce cas, j'aurais quand même tout fait pour obtenir son aide. Il est notre seul espoir contre les ténèbres. La seule chance de survie pour le royaume de la Forêt. Et cela le rend plus important que vous ou moi. Alors rengainez votre épée, messire Champion. C'est un ordre.

Le Champion grommela, remit son épée au fourreau et foudroya le sorcier du regard. Celui-ci farfouillait dans le bazar d'une des tables les plus éloignées en parlant dans sa barbe.

—Le Haut Sorcier était déjà vieux quand je suis arrivé à la Cour, dit le Champion. Il doit avoir au moins quatre-vingt-dix ans. Comment pouvons-nous être sûrs qu'il sera de taille contre le Noirbois?

—Oh, je ne le suis pas, dit le sorcier sans se retourner. Mais ça va venir. Ah, voilà. (Le sorcier prit un flacon de bois, trempa les lèvres dans le liquide mousseux qu'il contenait, et fit la grimace.) Un de ces jours, il va vraiment falloir que je fasse quelque chose pour le goût…

Il avala le contenu du flacon en quelques grandes gorgées. Puis il reposa le récipient à grand bruit, fit une nouvelle grimace et se plia en deux, les mains crispées sur sa poitrine. Rupert le rejoignit en courant et le saisit par les épaules tandis qu'il s'écroulait sur la table, secoué de frissons. Rupert sourcilla en soutenant le sorcier. Il n'avait plus que la peau sur les os. Puis Rupert sentit ses poils se hérisser sur sa nuque quand la chair du sorcier ondula sous ses mains. Il recula, regardant sans y croire l'étoffe qui se tendait. Les épaules du vieil homme s'élargirent, son dos se redressa lentement, les vertèbres craquant comme des bûches mouillées sous la flamme. Des traces de noir parcoururent la chevelure grise du vieillard, qui s'épaississait à chaque seconde. Le sorcier soupira et se redressa, et Rupert, incrédule, le regarda tirer sur sa barbe jusqu'à ce qu'elle se détache de joues lisses et luisantes de bonne santé. Son épaisse crinière noire lui tombait sur les épaules, et il ne restait de sa barbe qu'une fine moustache noire. Son dos droit soutenait la silhouette musclée d'un homme tout juste trentenaire. Qui souriait à Rupert.

— Pas bien utile de savoir transformer des machins si on ne sait pas le faire sur soi-même, hein ? (Rupert hocha la tête, muet.) Alors… Vous venez pour le Noirbois, j'imagine ?

— On vous l'a déjà dit…

— Vraiment ? Ma mémoire n'est plus ce qu'elle était. Je devrais m'en occuper, mais chaque fois, j'oublie. Enfin, notre problème principal, ce n'est pas le Noirbois, c'est le prince Démon.

— Ça, on s'en doutait, confirma Rupert.

Le sorcier le foudroya du regard.

— Si tu m'interromps encore une fois, tu te transformes en oryctérope. Compris ?

Rupert opina du chef sans rien ajouter. Pas tout à fait certain de ce qu'était un oryctérope, il se dit que la curiosité était un vilain défaut.

— Le prince Démon, reprit le Haut Sorcier… Un maléfice qui arpente le monde sous les traits d'un homme. Le jamais-né, le sans-âme… L'un des Êtres éphémères qui rôdent aux frontières de la réalité. Son pouvoir augmente quand la Lune Bleue se lève, mais si nous pouvons l'affronter avant la pleine lune… avant que la Magie sauvage déferle sur le monde… (Le sorcier se tut, ses épaules s'affaissèrent ; malgré sa nouvelle jeunesse, il paraissait très fatigué.) Mais écoutez-moi… Je parle comme si nous avions la moindre chance… Même au faîte de ma puissance, je n'avais pas assez de pouvoir. Et je suis loin de mon faîte. Mon pouvoir vient de la Haute Magie, mais le Noirbois appartient à la vieille magie, la Magie sauvage.

— Quelle différence ? demanda Rupert.

— La Haute Magie peut être contrôlée, apprivoisée. La Magie sauvage ne reconnaît nul maître. (Il s'arrêta soudain et haussa les épaules.) Bah, après tout, pourquoi pas ? Il reste toujours les Objets infernaux de la Vieille Armurerie. Ça pourra servir.

Rupert se rendit compte pour la première fois que, au sujet du Noirbois, le puissant Haut Sorcier avait aussi peur que les autres.

— Si vous me montrez une façon de combattre les ténèbres, dit-il, je vous suivrai partout. Même si cela implique de retourner dans le Noirbois.

— Hmm… On a l'esprit pratique, hein ?

— On m'a bien appris.

— D'accord… Allez, on essaie. Qui sait, on pourrait avoir de la chance…

— On peut partir, maintenant ? Il ne nous reste déjà pas beaucoup de temps.

— Oh, bien sûr, dit le sorcier. Rupert, on fait la course jusqu'à la fenêtre ?

— Attendez un peu… Juste par curiosité, messire sorcier. Pourquoi n'y a-t-il pas de porte ?

— Les fenêtres sont plus faciles à défendre. Et puis, je n'ai jamais eu besoin de porte avant aujourd'hui. Je ne suis jamais sorti. (Il parcourut la pièce du regard.) Quel bazar ! J'ai toujours voulu y mettre de l'ordre, mais je n'ai jamais trouvé le temps. Je ferais mieux de mettre les animaux en hibernation avant de partir. C'est mieux que… bah, ça vaut mieux.

Il haussa de nouveau les épaules et s'approcha de la fenêtre la plus proche.

— Vous savez, Rupert… je n'aurais jamais dû quitter l'académie de Sorcellerie. J'y étais bien plus heureux, à transformer l'or en plomb…

— Ça n'aurait pas dû être l'inverse ?

— À votre avis, pourquoi je suis parti ?

Le mur de neige tourbillonnait près de la Tour Sombre, et l'air nocturne était glacial. Un givre argenté couvrait l'herbe et étincelait sur l'antique maçonnerie. Le sorcier partait, l'été était fini, et déjà l'hiver battait son plein dans cette terre qui se refusait à lui depuis si longtemps. De temps à autre, Rupert apercevait d'étranges silhouettes sombres dans le blizzard, attendant que le sorcier quitte la protection de son bouclier. Rupert fronça les sourcils et posa une main sur le pommeau de son épée. Ses gardes étaient fatigués, fourbus par leur traversée du Noirbois, et il allait leur demander de tout recommencer. Le sorcier avait parlé d'un raccourci, une façon d'éviter la longue nuit, mais Rupert savait qu'il n'en serait rien. Les cartes étaient catégoriques. Il n'y avait qu'un seul moyen de retourner au château de la Forêt avant la pleine lune, et c'était le chemin qu'ils avaient emprunté à l'aller. Par le Noirbois.

— J'ai faim, dit la licorne.

— Tu as tout le temps faim, dit Rupert. Je ne comprends pas comment tu peux penser à manger à un moment pareil.

— J'ai beaucoup d'entraînement. Qu'est-ce qu'on attend encore ? J'ai horreur de poireauter…

— Eh bien ne t'inquiète pas, on va bientôt retourner dans le Noirbois.

— Bon, finalement, poireauter c'est sympa…

Avec un bref éclat de rire, Rupert flatta l'encolure de sa monture.

— Ça devrait mieux se passer, cette fois. Nous aurons le Haut Sorcier avec nous.

Il leva les yeux. L'intéressé approchait, un verre de vin à la main, une chanson paillarde aux lèvres. La licorne l'étudia attentivement.

— C'est lui le Haut Sorcier ? Notre grand espoir contre le prince Démon ?

— Oui.

— On va tous mourir.

— La ferme.

Rupert se porta au-devant du sorcier.

— Ah, Rupert, commença ce dernier. Vos hommes sont-ils prêts à partir ?

— Oui, messire sorcier. Ce sont des hommes vaillants, vous pouvez compter sur eux pour vous protéger dans le Noirbois.

— Je n'en doute pas. Mais heureusement, ce ne sera pas nécessaire. Je vais nous emmener directement au château de la Forêt.

Rupert sentit son cœur s'arrêter. Il avait la bouche très sèche.

— C'est ça, votre raccourci ? Un sort de téléportation ?

— Exactement, mon garçon !

Rupert fit de son mieux pour tirer la bride à la colère qui montait.

— Je me trompe peut-être, messire sorcier, mais j'ai cru comprendre qu'il peut y avoir beaucoup de problèmes, avec un sort de téléportation.

— Oh oui, des centaines. C'est pour ça que plus personne ne s'en sert. Sauf en cas d'urgence.

— Messire sorcier... Je n'ai pas mené mes hommes dans le royaume de la Forêt, de l'autre côté de la longue nuit, pour leur faire perdre la vie par caprice de sorcier ! Regardez-vous ! Dans votre état, ils courront moins de risques face aux démons !

Le sorcier le regarda sans sourciller.

— Prince Rupert. S'il y avait un autre moyen d'atteindre le château à temps, j'en serais fort aise. Mais ce n'est pas le cas. Notre seule chance est de nous téléporter.

— Mais ça pourrait tous nous tuer ! Écoutez, s'il ne s'agissait que de mes hommes et moi, j'accepterais, mais vous ne pouvez pas risquer de vous détruire alors que vous êtes le dernier espoir du royaume de la Forêt !

Sans vous, il n'y aura plus personne pour s'opposer aux ténèbres.

— Ne comptez pas sur moi, dit le sorcier. C'est le meilleur moyen de vous faire tuer. Je me fréquente depuis trop longtemps pour avoir encore des illusions sur mon compte, Rupert. Je ne suis plus aussi doué qu'avant, et je n'ai jamais été aussi puissant qu'on a voulu le dire. J'aurais pu l'être, mais j'ai tout abandonné pour les femmes et le vin, comme l'a dit le Champion. Et je ne regrette rien. J'avais mes raisons, et elles étaient excellentes. Mais ne vous faites pas d'illusions. Je ne ferai pas disparaître le prince Démon d'un claquement de doigts. Mes pouvoirs sont à votre disposition, ainsi que mes connaissances et le peu de ruse que contient encore mon vieux cerveau. Si je peux nous faire rentrer à temps, je pourrai vous aider. Mais je ne suis pas indispensable à votre lutte, Rupert. Je ne suis plus si important que ça. Je ne l'ai jamais été, d'ailleurs.

Rupert secoua la tête.

— Je ne doute pas de votre magie, messire sorcier. C'est ce verre dans votre main qui m'inquiète plus que le reste. N'importe qui peut commettre une erreur, sous l'effet de la boisson.

— Je ne suis pas un grand sorcier quand je suis saoul, Rupert, mais je suis pire quand je suis à jeun. J'ai trop de souvenirs dans ma vieille caboche. Trop de *mauvais* souvenirs. C'est le vin qui les fait taire. Le Champion avait raison, tu sais. J'aurais pu devenir Sorcier Suprême. J'aurais pu être un héros de légende. Malheureusement, je n'étais pas de taille. Personne ne l'est. En fait, je n'ai pas l'étoffe des héros. Je ne suis ni courageux, ni intelligent. J'ai un talent pour la magie, j'ai étudié l'Art toute ma vie, mais ta famille a toujours attendu tellement de ma part ! Chaque fois qu'une nouvelle menace magique se présentait, on m'envoyait m'en occuper ! Et tant pis si je risquais ma vie… Les ogres, les démons, les catastrophes naturelles… J'ai fini par m'épuiser. Sous la pression, la responsabilité, la peur constante. C'est là que je me suis mis à boire. Au début, ça m'a aidé. Et ta famille a continué à me donner de nouvelles tâches, jusqu'à ce que je brise sous la charge. Tout simplement. Et après, je suis tombé amoureux d'une dame qui se fichait de moi, et… bah, tu dois connaître ce genre d'histoire, j'imagine.

» Écoute, Rupert. Ce que je veux dire, c'est que… tu me donnes une sorte de deuxième chance. Ne me demande pas d'arrêter de boire. Je ne peux pas. Mais si tu me fais confiance, je te donnerai tout ce que j'ai. Tu as ma parole.

Rupert regarda le Haut Sorcier sans sourciller. Malgré sa nouvelle jeunesse, le sorcier ne pouvait cacher la fatigue qui se lisait dans ses épaules. Mais il gardait la tête haute, assez fier pour attendre dignement la réponse de son prince. Celui-ci sourit et lui assena une petite claque sur l'épaule.

— Préparez le sort de téléportation, dit-il d'un ton bourru. La lutte serait longue et ardue, pour retraverser le Noirbois. Je préférerais que mes hommes rentrent en un seul morceau.

— Merci, Sire. Vous ne le regretterez pas, je vous le promets.

Le temps passa, la nuit continua à s'obscurcir. La lune bleuâtre luisait sur le sorcier qui regroupait les gardes. Au début, ceux-ci ne furent pas très impressionnés par ses robes tachées de vin et son air distrait. Mais après avoir vu ce qu'il avait fait à la cotte de mailles du Champion sur un coup de colère, ils se montrèrent beaucoup plus respectueux. Le Haut Sorcier lévitait en tailleur, les yeux dans le vide.

— Vous ne devez pas le laisser accomplir son sort de téléportation, Sire. On ne peut pas lui faire confiance.

— J'ai pris ma décision, messire Champion.

— C'est un traître et un ivrogne. Il…

— Silence! (Surpris par cette colère soudaine, le Champion le regarda en cillant.) Je ne veux plus entendre un seul mot. Retournez auprès de vos hommes et restez-y. C'est un ordre.

Le Champion le fixa, puis s'inclina légèrement et s'éloigna.

— Était-ce vraiment nécessaire? demanda la licorne.

— Oui.

— Parfois, tu me fais vraiment penser à ton frère.

Le blizzard se rapprocha encore, rongeant la clairière centimètre par centimètre. Les démons observaient et attendaient, de plus en plus nombreux, insensibles au froid et au vent. Le givre enveloppait la Tour Sombre dans un cocon argenté et faisait étinceler l'armure des hommes. L'haleine de Rupert fumait dans l'air gelé et son visage à nu était crispé. La neige commença à tomber dans la clairière. Puis le Haut Sorcier se laissa descendre au sol et hocha la tête.

— Désolé pour le retard, Sire. Je vérifiais les coordonnées d'arrivée. Un problème de décimale, et on se retrouve à plusieurs centaines de mètres du sol. Au-dessus ou en dessous.

Les gardes parurent décontenancés par cette information nouvelle.

— Commencez la téléportation, ordonna Rupert.

— Très bien, Sire. Si votre licorne et vous-même voulez bien venir à côté de moi… Merci. Commençons.

Il leva les bras en un geste d'invocation, et son regard se fixa sur un point que lui seul pouvait voir. Il ne se passait rien. Les sourcils froncés, le sorcier se concentrait. Hors de la clairière, le vent rugit de plus belle. Puis l'air parut danser et vibrer. Une sonorité profonde résonna dans les os de Rupert, presque trop basse pour être audible. Le sol tremblait sous ses pieds. L'espace même se déchira devant le sorcier, révélant un long tunnel argenté qui paraissait se poursuivre à jamais. Le sorcier s'éleva lentement dans les airs et, un par un, le prince Rupert, la licorne, le Champion et les gardes quittèrent le sol pour le suivre dans le tunnel.

La déchirure de l'espace se referma d'un coup sec et disparut sans laisser de trace. Les dernières protections du sorcier s'évanouirent, et la tempête enfin libérée se déchaîna autour de la Tour Sombre désertée.

Chapitre 6

Traîtres envers la Couronne

— Mais ma chérie…

— Écartez-vous ou je vous aplatis. Le roi John soupira, exaspéré. Harald et Julia reprenaient leur joute. Il se renfonça dans son trône, et essaya de faire semblant de ne pas les entendre. Pourtant, leurs voix lui parvenaient clairement depuis l'antichambre. Il avait bien assez de sujets d'inquiétude sans avoir besoin d'affronter sa potentielle belle-fille. Une dizaine d'émissaires apportaient les doléances des fermes les plus lointaines, appuyés sur leurs arcs longs. Leurs vêtements de cuir grossier étaient usés et salis par les longues journées de route qui les avaient menés jusqu'ici. Arrivés à pied une heure plus tôt, ils avaient tambouriné aux portes du château jusqu'à ce qu'on les laisse entrer. La nuit tombait peu à peu sur la Forêt. En entendant les nouvelles qu'ils apportaient, le roi John avait juré tout bas et accordé une audience privée à ces fermiers. Dans sa Cour déserte, ces hommes larges d'épaules, aux muscles sculptés par le labeur incessant, étaient l'image même de la rudesse. Et malgré leur volonté farouche, ils avaient dans le regard une peur et un désespoir qui glaçaient le cœur du roi.

— Julia, ma chérie, si vous pouviez me laisser…

On entendit un bruit mat de coup qui atteint sa cible, suivi d'un cri un peu étouffé d'Harald. La bouche du roi John se crispa, et il fit signe à l'un de ses gardes royaux d'approcher.

— Votre Majesté ?

— Exprimez tous mes compliments à mon fils Harald et à la princesse Julia. Et dites-leur que je les verrai à la fin de cette audience. Ajoutez aussi que, si j'entends encore un seul mot, je jure de les faire enchaîner ensemble pour qu'ils nettoient les culs de basse-fosse !

— Oui, Votre Majesté.

Le garde se dirigea d'un pas pressé vers les portes de l'antichambre.

Le roi John secoua la tête et se tourna vers les fermiers.

— Toutes mes excuses. Mon fils aîné fait sa cour.

Les fermiers sourirent et parurent se détendre un peu pour la première fois depuis leur arrivée à la Cour. Le roi John chercha d'autres paroles qui auraient pu les mettre à l'aise. À l'évidence, ils voulaient parler, mais aucun ne savait par où commencer. Le roi John se penchait en avant, choisissant ses mots avec soin, quand la double porte s'ouvrit à la volée. Le sénéchal entra en boitant furieusement, suivi par les protestations d'un garde. Le muselant d'un regard, le sénéchal s'approcha du roi.

— Bon sang, Votre Majesté, il faut faire quelque chose !

Le roi ferma les yeux et souhaita être ailleurs. N'importe où. Mais ailleurs.

— Qu'y a-t-il encore, messire sénéchal ?

— Les gobelins, sire, évidemment ! (Le sénéchal s'arrêta devant le trône, salua rapidement les fermiers mystifiés, puis s'appuya sur sa canne.) Vous n'auriez jamais dû laisser entrer ces créatures répugnantes, Sire. Ils ne nous ont causé que des ennuis. Je ne sais pas ce qui a pris au prince Rupert de nous les envoyer. J'ai connu des traîne-savates des Terriers qui étaient plus civilisés ! Il nous a fallu trois semaines pour leur apprendre à utiliser les toilettes. Et trois autres pour leur interdire d'utiliser les éviers. Et ils ne contribuent en rien à la défense du château. Ils ne savent pas se battre, et refusent d'écouter les ordres de qui que ce soit, à part leur chef. Ils font de relativement bons éclaireurs, quand on parvient à les persuader de sortir de l'enceinte du château, mais ils s'obstinent à tendre des pièges aux démons puis à oublier où ils les ont mis. Vous n'imaginez pas combien de forestiers j'ai perdus comme ça. Certes, cela fait réfléchir les braconniers, mais ce n'est pas…

— Messire sénéchal, dit le roi. Quel est votre problème, exactement ? Qu'ont fait les gobelins, cette fois ?

Le sénéchal renifla une fois ou deux, gêné, puis regarda le bout de ses chaussures.

— Eh bien Sire… faute d'une meilleure idée, je les ai affectés au chemin de ronde. Cela paraissait plutôt malin, surtout parce que cela les sortait de nos pattes. Quel mal pouvaient-ils faire, tout là-haut ? Quelle erreur… Vous serez content, Votre

Majesté, d'apprendre que nous connaissons à présent la destination de tous les chaudrons disparus des cuisines. Ces créatures s'en servaient pour préparer l'huile bouillante ! Nous sommes arrivés juste à temps pour les empêcher d'essayer leur nouvelle recette sur les trois landgraves qui rentraient de la chasse.

Le roi fit de son mieux pour prendre un air choqué, mais un sourire lui tiraillait la commissure des lèvres. L'idée d'un chaudron d'huile bouillante qui se déversait lentement sur les têtes surprises des trois landgraves… Il finit par cacher son sourire derrière sa main pour y tousser poliment.

— Les nobles landgraves sont-ils sains et saufs ? demanda-t-il au sénéchal quand il eut retrouvé sa voix.

— Eh bien, à peu près, Sire. Mais s'ils n'avaient pas porté cape et cotte de mailles…

Plusieurs fermiers eurent leur propre quinte de toux. Apparemment, les landgraves n'étaient pas très populaires hors de la Cour. Le roi prit note intérieurement de se pencher sur le sujet. Quelques alliés supplémentaires contre les barons ne pourraient pas lui nuire.

— Heureux que personne n'ait été blessé. Et comment les landgraves prennent-ils la chose ?

— Vous pourrez le leur demander vous-même, Votre Majesté. Ils devraient être là d'un instant à l'autre.

Le roi John foudroya son sénéchal du regard.

— Merci de m'avoir prévenu. Regroupez les gobelins, et renvoyez-les dans la Forêt. Je dois savoir à quelle vitesse le Noirbois avance, et ma troupe de gardes n'est pas revenue. Les gobelins sont au moins excellents pour la reconnaissance : ils ont un vrai génie pour ce qui est de se cacher de tout ce qui paraît peu ou prou menaçant.

— Très bien, Sire. Je les envoie immédiatement. (Il hésita et regarda le roi.) Leurs intentions sont bonnes, Votre Majesté, mais simplement…

— Oui. N'est-ce pas ?

Le sénéchal sourit, s'inclina et repartit au moment même où les trois landgraves entraient. Les deux gardes royaux se rapprochèrent du trône, la main près de l'épée. Depuis qu'on l'avait emporté de la Cour, inconscient, après sa tentative d'assassinat avortée, messire Bedivere s'était attaché à ne porter qu'un fourreau vide devant le roi. Et malgré cela, aucun garde ne lui faisait confiance. Ni aux deux autres landgraves, d'ailleurs.

Messires Bedivere, Blays et Guillam s'approchèrent du trône en silence, et les fermiers leur cédèrent la place pour qu'ils puissent se tenir seuls devant le trône. Ils savaient que rien ne servirait de protester face à des représentants des barons. Les fermiers travaillaient la terre, mais elle appartenait aux barons.

Le roi John se méfiait. L'assurance et le calme des trois nouveaux venus l'inquiétaient. Enfin, l'attaque valait toujours mieux, en cas d'indécision. Il se pencha en avant et regarda messire Blays.

— C'est une audience privée, messire landgrave. J'ai à parler à ces hommes.

— Les paysans peuvent attendre. Nous avons à vous parler.

— Et de quoi ?

— Les démons ont envahi les terres des barons. Que faites-vous pour les chasser ?

— Vous savez pertinemment ce que je fais, répondit le roi d'une voix aussi égale que possible. Mes gardes sont par monts et par vaux pour les repousser et former des milices dans les villes les plus proches des ténèbres, et aider à faire des provisions en cas de siège.

— Pendant que le château lui-même est presque sans défense, fit remarquer messire Blays.

— Au pire, il reste toujours les gobelins, mon cher landgrave, rappela le roi avec un sourire sardonique. Il paraît que leur huile bouillante est très efficace.

Messire Blays se raidit, et messire Guillam lui posa une main sur le bras pour le calmer. Il secoua légèrement la tête quand le premier le regarda, et Blays se détendit.

Intéressant…, se dit le roi. *Je savais bien que messire Guillam n'était pas aussi falot qu'il y paraissait.* Il considéra messire Bedivere, qui regardait dans le vague comme si la conversation ne l'intéressait pas. *C'est sans doute le cas. Ce n'est qu'une machine à tuer qui attend ses ordres. Mais qui les donne ? Blays, ou Guillam ?* Il regarda le petit homme timide devant lui, et réfléchit tout en tiraillant sa barbe. Pourquoi les barons l'avaient-ils envoyé ? Ce n'était ni un diplomate ni un assassin. Il se prétendait comptable, mais n'avait rien fait pour inspecter les finances du château. Non pas que le roi l'aurait laissé faire, bien sûr…

Le roi John fronça les sourcils. Si les landgraves ne venaient pas se plaindre des gobelins, que faisaient-ils là ? Et pourquoi ses gardes les intéressaient-ils tant ? Le roi soupira tout bas. Sans l'astrologue pour le conseiller, il se sentait très isolé.

— Eh bien, messire Guillam… Voulez-vous me dire pourquoi vous avez décidé d'interrompre une audience privée ? Messire Blays n'en paraît pas très certain.

— Nous avons des... questions... qui exigent des réponses, Sire.

— Par exemple ?

— Par exemple, qu'est-il advenu du Haut Sorcier ? Il paraît bien en retard. De plusieurs mois, en fait.

— Il va arriver.

— Quand ?

— Comment voulez-vous que je le sache ?

— Vous ne paraissez pas trop chagriné de son retard, remarqua messire Blays. On pourrait presque penser que vous ne voulez pas de lui.

— Messire Blays. Votre manière de m'interroger me déplaît. Vous savez très bien ce que je ressens à l'égard du Haut Sorcier. Vous étiez là quand j'ai prononcé son édit de Bannissement. À présent, nobles landgraves, la journée fut longue, et il me reste fort à faire. Que voulez-vous ?

— Des actes ! Les belles paroles et les promesses n'arrêteront pas le Noirbois ! Je sais que je parle aussi au nom de mes collègues landgraves en disant que les barons refuseront de laisser la Forêt tomber en ruines pendant que vous tergiversez !

— Je fais tout ce que je peux !

— Cela ne suffit pas. (Messire Bedivere s'avança, et les deux gardes royaux tirèrent l'épée ; indifférent, l'assassin observait le roi.) Si vous ne faites pas le nécessaire, d'autres le feront à votre place.

— Cela ressemble fort à une menace, dit le roi. Vous avez peut-être oublié ce qui s'est passé la dernière fois que vous m'avez menacé ?

—Ah oui… (Messire Guillam sourit.) Où est le bon Thomas Grey ces jours-ci ? Chercherait-il encore la Curtana… perdue ?

—Elle ne se trouvera pas sans aide ! L'astrologue travaille jour et nuit pour découvrir qui a volé la Curtana dans mon Armurerie !

—Si tant est qu'on l'a volée, commenta Blays. Quelle malchance, qu'elle disparaisse au moment même où l'Armurerie était redécouverte, mettant ainsi l'épée de compulsion hors de portée, et donc de contrôle, de la Cour…

—Vous abordez un sujet périlleux, noble landgrave.

Les trois hommes sourirent.

—En prenant l'épée pour vous-même, dit messire Blays, vous avez perdu tout droit à notre loyauté.

—Nous ne pouvons pas accepter une menace aussi directe à l'encontre des barons, dit messire Guillam. Nous exigeons donc en leur nom que vous nous remettiez la Curtana… pour que nous veillions sur elle.

—Vous exigez ? rugit le roi en se levant d'un bond. Vous n'avez rien à exiger à ma Cour ! Et maintenant, hors d'ici, ou je vous fais fouetter ! Sortez !

Messire Bedivere eut un rire bas, et le roi frissonna en entendant la folie revenir.

—Vous n'auriez pas dû dire cela, répliqua le gros landgrave avec un sourire. Je laverai cet affront dans votre sang.

—Vous osez…

—Votre astrologue n'est plus là pour vous protéger, roi John. Seuls ces deux gardes se dressent entre vous et moi. Et ils ne m'arrêteront pas. Donnez-moi votre épée, Blays.

Ce dernier regarda Guillam, qui hésita puis hocha la tête.

— Vous feriez mieux de partir, Votre Majesté, dit un garde. Nous le retiendrons aussi longtemps que possible.

Interdit, le roi John regarda Blays tirer l'épée.

— Pourquoi faites-vous cela, Blays ? Nous nous connaissons depuis plus de trente ans…

— Je vous en prie, partez ! siffla le garde. Allez donner l'alarme.

— Ce ne sera pas nécessaire, assura une voix à l'arrière de la salle. Le roi n'aura rien à craindre tant que nous serons avec lui.

On entendit un frisson de bois, et le roi John et les landgraves se tournèrent vers les paysans qui bandaient leur arc et encochaient une flèche. Les trois Landgraves étaient tenus en joue.

— Comment osez-vous ? chuchota messire Guillam. Comment osez-vous défier les barons ? Je ferai brûler vos fermes !

Les douze fermiers le regardèrent sans broncher, arc bandé. Messire Bedivere les étudia puis tendit la main vers messire Blays.

— Donnez-moi votre épée. Ce ne sont que des bouseux.

Messire Blays, voyant l'air implacable des hommes qui le tenaient en joue, secoua la tête.

— Donnez-moi votre épée !

— Non. C'est inutile.

Le roi John crut un instant que Bedivere allait attaquer les fermiers à mains nues, mais messires Guillam et Blays lui saisirent les bras et lui parlèrent à voix basse avec agitation jusqu'à ce que la lueur de folie quitte son regard. Il finit par se dégager, foudroya le roi du regard, puis quitta la Cour. Les deux autres landgraves le suivirent, mais messire Blays se retourna à la porte.

— Tout ceci est de ta faute, John.

Le roi se laissa retomber sur son trône, le cœur battant la chamade. Les gardes et les fermiers poussèrent un soupir presque simultané en rengainant leur épée et en rangeant leur flèche. On lisait le respect sur tous les visages. Le roi John leur sourit à tous, et inclina la tête.

— Merci pour votre soutien, mes amis. Je ne l'oublierai pas.

Il se massa doucement les tempes sans vraiment entendre les réponses marmonnées par les fermiers. Le roi John secoua la tête. En s'emportant face aux landgraves, il avait joué leur jeu. Leur visite n'avait qu'un seul but : l'insulter et l'humilier devant les fermiers. Rappeler qui portait réellement le pouvoir dans le royaume de la Forêt. Le roi s'inquiéta. Les landgraves avaient dépassé la trahison pour passer à la rébellion ouverte, assurés que le roi n'oserait pas les faire arrêter, par peur de déclencher une guerre civile. Et ils avaient peut-être bien raison. Sans le soutien des barons, il ne pourrait pas lutter contre l'invasion démoniaque, et ils le savaient. Le roi jura tout bas. Il aurait dû trouver un moyen d'éviter tout cela, mais sans le conseil de l'astrologue…

Il secoua la tête. Ces jours-ci, l'astrologue était son seul lien avec ses forces dispersées. Dans tout le royaume, ses gardes et milices luttaient pour repousser les ténèbres. La magie de l'astrologue permettait de leur faire parvenir des messages bien plus rapidement que n'importe quel autre moyen. Malheureusement, il avait tellement de communications à assurer qu'il n'avait presque plus de temps pour le reste. Y compris pour la recherche de la Curtana.

Et la situation empirait. Jusqu'à ce qu'il doive tout faire tout seul, le roi John ne s'était pas rendu compte à quel point il se reposait sur son vieil ami. Il fallait fixer les impôts, prélever les tributs. Toute la paperasserie infinie qui gère un royaume, et ne s'arrête pas même quand le pays est assiégé. Si seulement il avait pu se contenter de les signer, ces papiers…

Il avait réussi à se soulager d'une partie de ces tâches sur son sénéchal, mais, avec l'invasion croissante du Noirbois, chaque journée lançait sur les routes de nouvelles colonnes de réfugiés. Les chevaux étaient rares, et les gardes avaient réquisitionné toutes les charrettes pour réunir les récoltes qu'ils avaient pu sauver. Ces populations exilées faisaient des cibles idéales pour les pillards, bandits et démons. Malgré tous leurs efforts, les gardes n'étaient pas assez nombreux pour sécuriser toutes les routes.

D'autant que, dans les villes, la pénurie croissante faisait flamber les prix et échauffait les esprits. Pour mater les émeutes, les gardes devaient abandonner les routes… Où que le roi envoie ses hommes, cela ne paraissait jamais rien régler. Ils étaient toujours trop peu nombreux, et arrivaient trop tard. Même avec l'aide de son astrologue et de son Champion, ç'aurait été un cauchemar de logistique. Sans eux, le roi regardait son royaume se désagréger, impuissant.

Il soupira et continua à se masser les tempes. La couronne était parfois bien lourde à porter. Comment en était-il venu à tant dépendre de son astrologue ? Fut un temps, il avait des dizaines de conseillers autour de lui, autant de remparts entre le trône et la Cour, les barons et tous les autres problèmes de son règne. Mais au fil des ans, tous ceux-là étaient morts ou partis. Plus d'un avait aussi dévoilé son vrai visage, de vilenie et de tromperie. Au final, il ne restait plus que son astrologue et son Champion. Et aujourd'hui, ni l'un ni l'autre n'étaient là, alors que les deux n'auraient pas été de trop pour le soutenir.

La violence de cette pensée le ramena aussitôt au présent avec un frisson de honte. L'astrologue s'épuisait à maintenir le contact avec toutes les troupes, et le Champion était parti sans hésiter dans le Noirbois à la recherche du Haut Sorcier. S'ils pouvaient faire tout cela pour défendre le royaume, le roi ne saurait en faire moins. Le roi John fronça les sourcils et abattit le poing sur l'accoudoir de son trône. Rupert et le Champion auraient dû revenir depuis des mois, et, à chaque jour qui passait, les chances de leur retour s'amenuisaient. Pour la Cour, l'expédition avait connu un destin tragique. Le roi soupira et finit par admettre ce qu'il ne pouvait reconnaître en public : Rupert et le Champion ne reviendraient plus. Cela lui fit étrangement mal. Au fond de lui, il s'était accroché à la certitude que le Haut Sorcier sortirait de son exil et repousserait les démons et les ténèbres, et que tout redeviendrait comme avant. Il avait peine à croire qu'il avait mis tant d'espoir sur un rêve vide.

— Votre Majesté ? dit un garde d'un air hésitant.

Le roi John sortit de sa rêverie. La délégation des fermiers se tenait devant lui. Le roi cligna des yeux, honteux de les avoir fait attendre aussi longtemps pendant que son esprit divaguait.

— Pardonnez-moi… La migration du château a commencé la semaine passée, et j'ai beaucoup à faire. Que puis-je pour vous ?

Les fermiers hésitèrent, puis un homme entre deux âges sortit du rang. D'évidence mal à l'aise devant la grandeur de la Cour de la Forêt, il ne paraissait pas savoir quoi faire de ses mains, qu'il avait grandes, massives et tatouées de terre incrustée à force de travailler aux champs. Mais quand il finit par prendre la parole, le roi oublia tout cela pour ne voir que la dignité simple d'un homme alourdi par la peine, et pourtant droit et indomptable.

— Je suis Madoc Thorne, du domaine du Bouleau-qui-Coule. Je cultive douze acres, comme mon père avant moi, et le sien avant lui. La terre est encore bonne pour ma famille, même si nous devons la travailler durement et longtemps pour en vivre, et encore payer nos impôts et nos tributs. Depuis près de sept générations, ma famille cultive le maïs et le récolte, saison après saison. Mon intention était un jour de donner tout cela à mon aîné, comme la ferme m'avait été transmise. Mais je n'ai plus de fils. La peste me les a tous pris.

Le roi John frissonna soudain, comme si un vent froid avait soufflé sur sa tombe.

— Alors ces histoires sont vraies. La peste est au Bouleau-qui-Coule.

— Et même plus, Sire. Elle se répand comme le feu sous le vent. Dans tout le domaine, il n'y a pas une ville ou un village ni un hameau qui n'ait senti sa caresse. Quatre cents morts, à ma connaissance, et dix fois plus qui tremblent dans leur lit, brisés de douleur et dévorés de fièvre. Rien ne sert, les prières, les remèdes ou la magie. Les hommes, les femmes et les enfants sont frappés sans prévenir et dépérissent sous les yeux de leur famille. Le bétail tombe au pré et ne se relève plus. Le maïs pourrit sur pied, crevé par l'hiver précoce parce qu'il ne reste plus personne pour le ramasser.

» J'avais quatre fils, Votre Majesté. Quatre bons gars qui travaillaient dur à mes côtés. J'en ai déjà enterré deux à côté de leur mère. Les deux autres ne peuvent pas quitter le lit. Le temps que je rentre chez moi, j'aurai sans doute à creuser une autre tombe. C'est pourquoi je viens à vous, Sire. Parce qu'on ne pouvait pas rester chez nous à ne rien faire pendant que la peste détruit nos familles et leur ronge la chair.

» On n'est plus des jouvenceaux, Votre Majesté, vous comme nous, sauf votre respect. On a déjà connu les épreuves de la vie. Et on sait que même le pire finit par passer. Mais cette fois, si vous ne pouvez pas nous aider, j'ai peur qu'il ne reste personne pour le voir passer.

Il y eut un long silence, pendant lequel le roi John chercha quelque chose à dire. Le fermier avait raconté son histoire avec une honnêteté simple et presque brutale, ne s'épargnant rien, pour être certain que le roi comprenne ce qui se jouait à Bouleau-qui-Coule. Et le roi ne comprenait que trop bien. Apparue un mois plus tôt aux frontières du Noirbois, la peste s'était répandue avec une vitesse terrible. Au début, on pensait que c'étaient les rats qui la véhiculaient. Puis on avait accusé les réfugiés. Mais quand les rapports commencèrent à émaner de tout le royaume, il devint vite évident que la seule source possible de contagion était les démons. Le mal était né dans le Noirbois lui-même.

Et maintenant, la peste était au Bouleau-qui-Coule, à moins d'une semaine de route du château.

— Je vais vous envoyer des prêtres et des chirurgiens, dit le roi. Pour l'heure, ils n'ont aucun remède. Mais ils pourront peut-être soulager la douleur du trépas. Je ne sais pas combien vous arriveront. Je n'ai plus assez d'hommes pour protéger les routes. Les démons…

— Les démons ! Toujours les démons ! s'emporta Madoc Thorne, le regard voilé de larmes de rage et de désespoir. Sans remède, à quoi nous serviront ces prêtres et chirurgiens ? Envoyez-nous des hommes, Sire. Des hommes qui pourront se battre et nous apprendre à nous battre. Si nous ne pouvons pas défendre nos maisons contre la peste, nous pourrons au moins les défendre contre les démons qui l'apportent. Mais l'arc a ses limites ! Je sais que les barons nous ont toujours interdit d'apprendre la hache et l'épée, mais c'est notre seule chance d'endiguer la peste !

Incapable de soutenir le regard de ses fermiers, le roi baissa les yeux sur ses mains. Comment leur dire que leur voyage et leurs sacrifices avaient été vains ? Il soupira tout bas et leva la tête. Il chercha quelques paroles de réconfort pour adoucir sa réponse. Mais en croisant leur regard plein d'attente, il sut qu'il ne pourrait pas mentir à ces hommes.

— Mes amis… je ne peux rien pour vous. Je n'ai plus de troupes à vous envoyer. Les barons ne m'écoutent plus. Eux refusent de laisser partir leurs troupes. J'ai dû priver ce château de gardes pour que les routes restent ouvertes. J'ai amplement d'armes, et vous pouvez en prendre autant que vous pourrez en porter, mais je n'ai pas un seul homme à renvoyer avec vous.

Les fermiers restèrent sans voix.

— C'est tout? demanda un jeune homme en s'avançant au côté de Madoc Thorne. Nous avons fait tout ce voyage, nous avons combattu les brigands, les bandits et les créatures des ténèbres, nous avons laissé nos familles et nos fermes sans défense, pour entendre que vous ne pouvez rien faire?

— Je suis navré, dit le roi John.

Le jeune fermier s'avança, les poings serrés, mais Thorne le saisit par le bras et le retint.

— Ça suffit! Laisse le roi en paix. Il a dit ce qu'il avait à dire. Il aurait pu nous mentir, nous dire que tout s'arrangerait. Il ne l'a pas fait. Il nous a dit la vérité. Elle ne nous plaît peut-être pas, mais au moins, on sait à quoi s'en tenir…

— Oui, on sait…

Et le jeune fermier se détourna pour cacher ses larmes. Thorne le lâcha et regarda le roi, gêné.

— Il ne pensait pas à mal, Sire. Il n'est plus lui-même depuis que les démons lui ont pris sa femme et ses deux bébés.

— Je vous aiderais, si je le pouvais, assura le roi.

— On le sait bien, dit Madoc Thorne. Désolé de vous avoir dérangé, Votre Majesté. On voit bien que vous avez des soucis autres que les nôtres… Si vos hommes pouvaient nous trouver quelques armes, on va repartir au Bouleau-qui-Coule au matin.

— Bien sûr, dit le roi. J'enverrai des hommes vous escorter sur les premiers kilomètres.

— Pas la peine, remercia le fermier. On devrait se débrouiller.

Il inclina brièvement la tête et se retourna pour quitter la Cour. Un par un, les fermiers remercièrent le roi d'un mouvement de tête et suivirent leur porte-parole. Assis sur son trône, le roi John leur rendit leur salut à chacun, blessé par la pitié qu'il lisait dans leur regard. Ils avaient traversé les ténèbres pour arriver jusqu'à lui, ils l'avaient défendu contre les landgraves, et il leur avait refusé son aide. Et pourtant, ils le pardonnaient, car il était le roi. Malgré les tourments de leur cœur, ils pouvaient encore ressentir de la pitié pour ce qu'il était devenu. Un vieillard dépassé par l'ampleur du désastre. Un par un, les paysans quittèrent la Cour, et le roi les regarda partir. Au matin, ils rentreraient mourir avec leur famille. Le dernier homme referma la porte derrière lui, mais ce claquement résonna longtemps dans le silence de la Cour.

— Votre Majesté…, commença l'un des gardes, mais le roi le fit taire d'un geste.

— Rattrapez-les. Trouvez-leur des quartiers pour la nuit, et que le sénéchal leur donne toutes les armes qu'ils voudront. Puis ramenez-moi le commandant de la Garde royale. Et dites à mon fils et à Julia que je les verrai quand je serai prêt, mais pas avant. Et maintenant, rattrapez ces fermiers. Vite !

Les soldats s'inclinèrent et quittèrent la Cour en silence.

Le roi John contempla sa Cour déserte. Dehors, la nuit se pressait contre les vitraux. Les nombreuses bougies répandaient une lueur dorée, et un feu rugissait dans l'âtre imposant. Pourtant, les ombres se massaient entre les poutres, et l'air apportait un frisson qui ne céderait pas devant un simple feu de cheminée. Le roi regarda autour de lui, essayant de se mettre à la place des fermiers. Pour la première fois depuis longtemps, il vit la Cour telle qu'elle était, et non telle qu'elle avait été. Le parquet n'avait pas été ciré depuis des mois, les portraits et tapisseries étaient tachés et noircis par la suie et la fumée, et même le marbre sous son trône était fendillé et écaillé. Tous ces signes d'abandon marquaient la vieillesse, la fin d'une époque. D'un règne. La Cour de la Forêt était déjà ancienne quand John était monté sur le trône, mais jamais auparavant elle ne lui avait paru si fanée. Comme tant d'autres choses, elle s'était décomposée petit à petit, au fil des ans, sans qu'il le remarque.

Comment en sommes-nous arrivés là ? se demanda le roi en tirant sur son col d'hermine. Il avait toujours fait tout ce qu'il pouvait pour le royaume, tout ce qu'on pouvait attendre de lui. Son mariage était bon, et ils avaient été heureux ensemble, jusqu'à ce que la maladie les sépare vingt et une années plus tôt. Le roi John soupira, perdu dans ses souvenirs. Ç'avait été sa première leçon de royauté. Un petit rien, un simple rhume après un bain d'été, devenu rapidement fièvre, et la fièvre avait empiré. À la fin, la reine, clouée au lit, le visage tiré par l'épuisement et la maigreur sur son oreiller trempé de sueur, toussait d'un sang rouge vif en spasmes douloureux qui lui tordaient le corps. Durant toutes ces longues journées et ces nuits plus longues encore, le roi John lui avait tenu la main. Mais elle ne savait même pas qu'il était là. Les meilleurs chirurgiens, les prêtres les plus fervents, même les magiciens avaient répondu à son appel, mais aucun ne put la sauver. Et enfin, malgré tout son pouvoir, le roi regarda celle qu'il aimait mourir jour après jour.

Assis sur son trône, le souverain regardait sa Cour vide. Il avait fait ce qu'il pouvait. Lutté pour le royaume, défendu le pays contre ses ennemis, et pour quoi ? Pour rester seul au milieu d'échos poussiéreux, en sachant que ce qu'il avait fait ne suffirait pas.

Dans l'antichambre, Harald et Julia se regardaient avec dureté et se disputaient à murmures rageurs en attendant que le roi les convie.

— Écoutez, Julia, vous allez m'épouser, un point c'est tout. Tout est déjà arrangé.

— Alors vous pouvez le désarranger.

— Le contrat a été signé.

— Pas par moi.

— Votre signature n'est pas nécessaire, dit Harald. Ni votre consentement.

Il esquiva au dernier moment, et le poing de Julia lui effleura les cheveux. Harald prit la précaution de reculer d'un pas pendant que la princesse reprenait son équilibre. La présence de Julia avait fait plus de bien à ses réflexes que les années passées avec le Champion.

— Julia, nous en avons déjà discuté. Ce mariage va avoir lieu, quoi que cela nous inspire. Pourquoi ne pas en prendre notre parti ?

— Harald, je ne vous le répéterai pas. Je ne vous aime pas. Je ne vous apprécie pas. J'ai à peu près autant de sentiments pour vous que pour ce qu'on sort des écuries à la pelle tous les matins. Si j'avais le choix entre la lèpre et le mariage avec vous, devinez ce que je choisirais ?

— Vous apprendrez à m'aimer quand nous serons mariés, dit Harald crânement.

Et Julia lui donna un coup de pied dans le tibia. Harald sautilla sur place quelques minutes, jurant tout bas pour ne pas déranger son père. Il avait appris à anticiper les coups de poing, mais les coups de pied arrivaient sans prévenir.

Julia lui tourna le dos et se laissa aller à fulminer en silence. Vu sa position assez précaire à la Cour, une guerre ouverte avec l'héritier du trône n'augurait rien de bon. Mais elle ne pouvait pas s'en empêcher. N'importe quelle femme de la Cour se serait jetée au cou d'Harald, et il fallait qu'il s'intéresse à elle. Il était plus acharné qu'un lapin. Il lui avait apporté des présents, donné des compliments et ne comprenait pas pourquoi cela ne le menait nulle part. Certes, Harald pouvait se montrer de bonne compagnie, mais sa persistance n'avait d'égale que son insupportable assurance. Parfois, il lui suffisait de le voir pour que Julia ait envie de tirer l'épée. Sa main caressa automatiquement le pommeau de son arme.

Elle était contente de porter de nouveau l'épée de Rupert. Après son voyage dans l'Aile sud, elle n'avait pas perdu de temps pour remplacer ses robes de Cour par une tunique et un pantalon ordinaires. Son élégante tenue avait failli la faire tuer. Si les démons pouvaient entrer dans l'Aile sud, aucune partie du château n'était à l'abri. Julia portait son épée en permanence, et accrochait son fourreau à portée de main quand elle dormait.

Bizarre, se dit-elle. *Quand je vivais avec le dragon, je rêvais d'être secourue par un prince magnifique qui m'emmènerait dans son château. Et moralité, j'ai été sauvée par le prince le moins superbe de la création, et maintenant que je suis au château, je meurs d'envie d'en partir.*

— Ma douce…, commença une voix plaintive derrière elle.

— Si vous me touchez, je vous fais des nœuds aux doigts.

— Je n'y aurais même pas pensé, assura Harald avec honnêteté. Pourquoi ne m'aimez-vous pas, Julia ? Tout le monde m'apprécie.

— Harald, je ne vous aime pas. Vous ne le comprenez donc pas ?

— Les gens comme nous ne se marient pas par amour.

— Moi, si.

— Mais je serai roi, un jour, dit-il du ton d'un homme qui abat son quatrième as.

— Je ne veux pas devenir reine, répondit Julia en dévoilant son atout.

— Toutes les femmes veulent devenir reine.

— Pas moi.

— Alors que voulez-vous ?

— Je ne sais pas.

Julia se détourna, et Harald ne répondit rien. Puis il vint se tenir à côté d'elle.

— C'est Rupert, n'est-ce pas ?

— Peut-être.

— Il n'est que cadet. Il ne sera jamais roi.

— C'est tout ce qui vous intéresse ? Comme tous les autres dans ce maudit château ! Eh bien écoutez-moi bien, Harald. Rupert n'est peut-être pas le fils aîné, et il ne méritera peut-être jamais de s'asseoir sur votre trône, mais il était assez bon pour faire la Course à l'Arc-en-ciel, et pour affronter les démons avec le dragon et moi.

La voix de Julia se fendilla, et elle repoussa les larmes de justesse. Elle ne donnerait pas à Harald le plaisir de la voir pleurer. Quand elle le regarda de nouveau, elle avait les yeux secs et la voix assurée.

— Rupert est l'homme le plus courageux et le plus noble que j'aie jamais vu. Un guerrier, et un héros.

— On parle vraiment de la même personne ? s'étonna Harald.

— Il a eu l'audace de retourner dans le Noirbois, pour aller chercher le Haut Sorcier ! Je ne me rappelle pas que vous vous soyez porté volontaire pour cette mission !

— Ç'aurait été idiot. C'est assez simple, quand on y réfléchit. On ne pouvait pas partir tous les deux. Si par malheur nous devions mourir, cela laisserait le royaume de la Forêt sans héritier du trône. Au mieux, ce serait le chaos, et au pire la guerre civile. D'un autre côté, il était évident que l'un de nous deux devait y aller. Seul un prince de sang avait la moindre chance de convaincre le Haut Sorcier de revenir. Donc, c'était lui ou moi. Et Rupert est le moins important des deux.

— Il s'est porté volontaire. Pas vous.

Harald haussa les épaules.

— Ma place est ici, pour défendre le château de ses ennemis. Que Rupert aille s'amuser à jouer les héros s'il en a envie, j'ai des considérations plus importantes.

— Par exemple ? Me poursuivre dans tout le château comme un bouc en rut ?

— Cette réflexion ne mérite pas de réponse.

— Rupert aurait dû revenir depuis des mois ! C'est votre frère ! Cela ne vous fait rien ?

— Si Rupert meurt, je le vengerai, jura Harald avec grandeur.

— Je suis sûre que ça lui fera très plaisir.

— N'attendez rien de plus, Julia. La vie à la Cour n'inspire pas vraiment l'amour fraternel. Vous devriez le savoir. Combien de vos sœurs vous ont défendue quand on vous a condamnée à mort ?

— C'était différent. J'étais coupable.

— Pas plus que nous, Julia. Vous avez simplement eu la malchance d'être prise sur le fait. Quand Père mourra, Rupert et moi pourrions finir dans des camps opposés d'une guerre civile pour décider qui héritera du trône. Nous le savons depuis l'enfance. On ne peut pas se permettre de devenir proche d'une personne qu'il faudra sans doute tuer un jour.

» Mais je vous promets une chose, Julia. Si mon frère est mort, je ne me reposerai pas avant d'avoir trouvé le responsable. Je vengerai Rupert, dussé-je affronter le Haut Sorcier en personne.

Julia le regarda avec méfiance. Sa voix était peu à peu devenue dure et froide, tout à fait différente de son ton habituel, et des rides dures se dessinèrent sur ses traits placides. Julia ne se détourna pas.

— Vous pensez qu'il est mort, n'est-ce pas ? demanda-t-elle.

— Oui. Cela fait cinq mois. Il faut se faire une raison, Julia. Il ne reviendra pas.

Puis ils firent silence tous les deux quand un garde traversa l'antichambre et entra dans la Cour sans les regarder. Les deux jeunes gens gardèrent le silence un long moment, et le garde revint les chercher avec une courbette.

— Prince Harald, Princesse Julia, le roi va vous recevoir.

— Et rappelez-vous les culs de basse-fosse, murmura Harald en entrant dans la Cour.

— Comment oublier ?

— Alors souriez, bon sang, ça ne vous tuera pas.

— On parie ?

La tête haute, le sourire crispé, ils s'avancèrent rapidement pour s'incliner devant le trône.

— Pas la peine de sourire, mes enfants, vous ne trompez personne.

Il fit signe au garde de partir, et attendit que la double porte se soit refermée. Il étudia Harald et Julia sans mot dire. Harald avait le regard calme, tandis que Julia se dandinait d'un pied sur l'autre, la main toujours proche de l'épée. Le roi avait pris une décision. Elle le voyait à son visage.

— Vous ne vous entendez pas du tout, hein ? demanda le roi John.

— Il est encore tôt, Père, dit Harald.

Julia eut un soupir agressif, et le roi la regarda.

— Princesse Julia… comment peut-on causer tant de problèmes en si peu de temps ?

— Avec beaucoup d'entraînement, assura Julia. Qu'est-ce qu'on me reproche encore ?

— D'après les derniers rapports, vous organisez les femmes du château, des filles de cuisine aux dames de compagnie, pour en faire une milice de la dernière chance. Apparemment, cela comprend de leur apprendre l'épée, l'arc et quelques coups bas. Par exemple, où frapper un homme quand il est à terre, et comment étaler des excréments frais sur une lame pour infecter les blessures qu'on inflige.

— Tout à fait. Et certaines sont très prometteuses.

— Ce n'est pas la question ! Les femmes ne se battent pas.

— Et pourquoi cela ?

Le roi John chercha ses mots un moment.

— Parce qu'elles ne sont pas faites pour cela !

— Vraiment ? Vous voulez prendre une épée et faire quelques passes avec moi ? Je vous donne deux points d'avance, et je vous battrai quand même sur cinq manches.

— Et ça te fait sourire, toi ? rugit le roi pour Harald. J'imagine que tu l'as encouragée à tout cela ?

— Non. Je n'avais pas entendu parler de cette idée, mais je ne vois vraiment pas le mal que cela fait. Quand les démons décideront de prendre le château, nous aurons besoin de tous les défenseurs possibles. Peu importe que ce soit un homme ou une femme qui protège mes arrières, du moment que la personne sait utiliser une épée.

— De temps en temps, vous avez des moments de bon sens, le complimenta Julia. Pas souvent, mais c'est encourageant.

Le roi John poussa un grand soupir. Qui ne le calma pas autant qu'il aurait voulu.

— On m'a aussi laissé entendre, Princesse Julia, que, quand mes gardes ont essayé d'interrompre votre dernière séance d'entraînement, comme il se devait, vous les avez chassés *manu militari*. Est-ce exact ?

— Tout à fait. Ça leur apprendra à mettre leur nez dans nos affaires. Ça ne les regardait pas. Et surtout, la moitié de vos gardes ne savent pas se battre. Ils auraient dû rester ; ils auraient pu apprendre une chose ou deux.

Le roi secoua la tête, écœuré.

— Je ne sais même pas pourquoi je perds mon temps à discuter avec vous. Vous n'avez aucune notion de convenance.

— Pas la moindre, répondit Julia réjouie. C'est tout, je peux partir ?

— Oh que non ! Vous êtes ici pour discuter des arrangements de votre mariage à venir avec Harald.

— Je ne l'épouserai pas !

— Nous en avons déjà discuté, Julia. Vous n'avez pas voix au chapitre. Il y a vingt-deux ans, votre père et moi avons signé un traité de paix pour mettre fin à la guerre entre nos deux pays. Ce traité reposait sur un mariage entre mon fils aîné et la cadette du duc, quand ladite fille serait en âge de se marier. Vous êtes en âge, Julia et le mariage aura lieu comme prévu. Je refuse de risquer une autre guerre à cause de votre entêtement. J'ai parlé au chapelain du château, et le mariage aura lieu dans deux semaines.

— Deux semaines ?

Julia lança un regard furieux à Harald, mais ce dernier était tout aussi surpris qu'elle.

— Deux semaines, répéta le roi avec fermeté.

— Aux dernières nouvelles, vous l'aviez remis au mois prochain, s'étonna Harald. Pourquoi tant de précipitation ?

— Oui…, insista Julia. Qu'est-il arrivé ?

— J'ai reçu une lettre de votre père, ma chère. D'après ce que j'ai compris, il n'était pas le moins du monde étonné que vous ayez survécu à votre rencontre avec le dragon. À présent qu'il vous sait saine et sauve dans nos murs, il a émis le souhait que le mariage se tienne le plus tôt possible. En fait, il a tout à fait insisté. De vagues menaces d'invasion et de guerre flottaient entre chaque ligne.

— Ah oui, ça ressemble à mon père, ça. Une fois qu'il a décidé quelque chose, il refuse de céder d'un iota, quoi qu'il arrive. La sale brute.

— Il ne déclencherait pas vraiment la guerre, quand même ? demanda Harald.

— Si, si… S'il pensait qu'on l'insulte, il se battrait à mort. Enfin, jusqu'à la mort des autres. (Elle regarda le roi, les poings serrés d'impuissance.) Apparemment, vous aviez raison, Majesté. Je n'ai pas voix au chapitre.

John détourna les yeux, incapable de soutenir son regard accusateur. Harald tendit la main pour la réconforter, et la retira quand elle se tourna vers lui.

— J'imagine que mon père ne sera pas présent à la cérémonie ?

— Non. Apparemment, il est très occupé en ce moment, et les routes ne sont plus sûres… Il vous témoigne son amour.

— J'en doute.

Le roi John et Harald se regardèrent un long moment, et personne ne dit mot.

— Venez avec moi, tous les deux, dit le roi John en se levant de son trône. Je veux vous montrer quelque chose.

Il descendit prudemment de l'estrade, écartant la main tendue de son fils. Au fond de la Cour, à côté de la porte menant aux appartements privés du roi, pendait une tenture passée. Le roi John tira sur un cordon dissimulé, et la tapisserie s'écarta devant une alcôve où trônait une vitrine de plus de deux mètres de haut sur presque autant de large. Derrière le verre moucheté se trouvaient deux mannequins de bois, portant chacun une tenue délicate et ancienne. Des tenues de mariage.

— Splendides, n'est-ce pas ? dit le roi John. Voici vos robes de mariage, mes enfants. Depuis plus de neuf cents ans, le fils aîné et sa promise portent ces robes pour leur mariage. Ta mère et moi les portions, Harald. Ne les regardez pas ainsi, Julia, elles sont beaucoup plus confortables qu'il y paraît.

Julia était sceptique. Les robes de l'époux étaient sombres, de gris et de noir, rehaussées seulement de quelques boutons d'argent. L'épouse, elle, devait se présenter dans une grotesquerie de dentelles et de soies, le tout du blanc le plus pur. Julia regarda Harald, puis secoua la tête.

— Je n'aime pas beaucoup la vôtre, Harald. Le blanc ne vous ira pas.

— Celle-ci sera pour vous ! lança le roi en faisant de son mieux pour garder son calme.

— Je ne peux pas porter ça, dit Julia. Je n'aurai pas moyen de ceindre mon épée. Et puis, pourquoi faut-il toujours que ce soit blanc ?

— Cela symbolise la pureté de l'épouse, informa froidement le roi.

— Ah… Vous l'avez en couleur, alors, j'espère…

Harald fut pris de ricanements, qui se transformèrent en une très convaincante quinte de toux quand son père se tourna vers lui.

— Quelque chose te fait rire, Harald ? Non ? Content de l'entendre, car je veux vous dire quelque chose avec le plus grand sérieux. Écoutez-moi bien. Dorénavant, il n'y aura plus la moindre querelle entre Julia et toi en public.

— Mais, Père…

— Silence ! Fais quelque chose pour moi, Harald. Va au donjon, trouve le maître des clés, et demande-lui de te montrer les cellules directement sous les douves. Elles sont humides, sombres, exiguës, et l'odeur y est effarante. Elles paraissent aussi envahies d'un champignon qui dévore les insectes et les petits rongeurs, et serait certainement ravi de s'offrir un en-cas humain. Une fois que tu les auras bien vues, réfléchis à ce que je t'ai dit. Parce que, si Julia et toi haussez le ton encore une seule fois devant la Cour, je te jure par Sang et Pierres que je vous y ferai enfermer ensemble, et que je ne vous en laisserai sortir que pour la cérémonie ! Pas un mot de plus, Harald ! Et maintenant, hors de ma vue !

Harald regarda son père, décida rapidement que la discrétion était pour l'instant la meilleure partie du courage, et quitta la Cour avec autant de dignité que possible. Donc pas beaucoup.

Le roi John attendit que la porte se referme derrière son fils, puis se tourna vers la princesse.

— Vous n'appréciez pas beaucoup Harald, n'est-ce pas ?

— Oh, j'imagine qu'il a de bons côtés.

— C'est un calvaire, assura le roi. N'essayez pas de le défendre, je le connais depuis bien plus longtemps que vous. Sous l'image de grossier personnage capricieux qu'il cultive pour les courtisans, Harald est exactement ce que j'en ai fait. Un homme dur, impitoyable et indépendant. Bref, un candidat idéal au trône. Rupert, en revanche, tient trop de sa mère ; il pense plus avec son cœur qu'avec sa tête. J'ai toujours fait de mon mieux en tant que roi, mais je n'étais pas taillé pour ça. Rupert non plus. Harald, lui, pourrait être la meilleure chance qu'a ce royaume de retrouver sa grandeur.

» Même une fois qu'on aura repoussé la Grande Nuit, la Forêt ne sera plus jamais la même. Il s'est passé trop de choses. Les barons ont goûté au pouvoir, et ne l'abandonneront pas si facilement. Les choses tiendront sans doute encore un peu par inertie, mais celui qui me succédera devra se montrer impitoyable, déterminé et beaucoup plus diplomate que je le fus jamais. Alors que j'imposais la loyauté, Harald devra se battre et marchander pour l'obtenir. Ce qu'il fera sans doute bien mieux que moi. Il a toujours fait preuve d'un instinct naturel pour la tromperie et la trahison. Mais il n'a jamais été doué pour se faire des amis. Il lui faudra des gens à qui il pourra faire confiance s'il doit rester sur le trône. Surtout s'il doit mener une guerre civile pour le conserver.

» Harald a tout pour faire un bon roi, mais il aura toujours besoin d'une présence à ses côtés, d'une conscience, pour tempérer sa justice par la pitié. Pour lui apprendre la compassion. Quelqu'un qu'il respecte et qu'il aime. Vous ferez une bonne reine pour lui, Julia.

— Je ne veux pas être reine !

— Balivernes.

— Je n'aime pas Harald !

— Ce n'est pas nécessaire. Pour un mariage royal, le devoir est plus important que l'amour. Et ne froncez pas les sourcils comme si le devoir était un gros mot. Nous ne pouvons lui échapper. Par notre naissance, vous et moi avons accepté des responsabilités, en plus de nos privilèges. Nous avons ce qui se fait de mieux parce que nous devons faire le plus difficile. Nous nous alourdissons de devoirs pour que d'autres puissent être libres. Et contrairement aux autres emplois, nous ne pouvons pas quitter celui-ci s'il devient trop difficile ou si nous ne voulons pas le faire.

» Vous êtes une fille étrange, Julia, et je ne vous comprends pas toujours, mais vous me rappelez souvent mon Rupert. Vous êtes honnête et loyale, prête à mourir pour vos convictions. C'est un mélange rare, de nos jours. Votre mariage est poussé par de nombreuses raisons, mais en ce qui me concerne, une seule compte vraiment. La Forêt a besoin de vous.

» Alors ma chère, je n'ai pas voix au chapitre non plus. Ce que nous voulons n'a aucune importance. Nous devons tous les deux accomplir notre devoir. Le contrat est signé, et le mariage aura lieu dans deux semaines, même si je dois vous faire traîner devant l'autel par des gardes en armes.

Dans le long silence qui suivit, Julia regarda sa future robe de mariée d'un œil dur et froid.

— Puis-je me retirer, Sire ?

— Rupert ne reviendra pas.

— Je sais. Vous l'avez envoyé à la mort.

— J'y étais obligé. C'était mon devoir.

Julia lui tourna le dos et quitta la Cour.

Dans l'antichambre, Harald foudroya messire Blays du regard.

—Je sais que je suis en retard, Landgrave. Mon père a insisté pour me voir.

—Bien sûr, Prince Harald. Je comprends tout à fait. Malheureusement, la rencontre amicale que vous nous aviez demandé d'organiser est commencée depuis plus d'une heure, et si l'invité d'honneur ne fait pas son apparition, je crains que la fête s'achève avant même d'avoir vraiment commencé. Ces gens ont autant besoin de vous voir que l'inverse, Sire.

—Je vous rejoins au plus vite.

—Il vaudrait mieux que vous m'accompagniez, dit Blays.

Harald entendit bien la froideur soudaine de sa voix.

—Mieux ? Pour qui ?

—Pour nous tous, bien sûr. Nous sommes tous amis et alliés, Prince Harald.

—Je viendrai.

—Je l'espère.

Les deux hommes s'étudièrent avec méfiance. Leur relation changeait, et aucun ne savait trop ce qu'elle allait devenir.

—Cela ressemblait presque à une menace, souffla le prince.

—Voyez-y plutôt une amicale mise en garde.

—Comme celle que messire Bedivere a failli donner à mon père il n'y a pas une heure ? Sans ces fermiers, votre fou de guerre l'aurait tué !

Blays inclina la tête.

— Un regrettable incident.

— C'est tout ce que vous avez à en dire ? insista Harald en posant la main sur la garde de son épée.

— Je m'occuperai de Bedivere un peu plus tard.

— Cela ne suffit pas.

— Allons, Sire. Je serais navré de voir notre alliance se désagréger après que nous y avons investi tant de temps et d'efforts. Pour l'heure, beaucoup de gens attendent votre présence, Prince Harald. Tous sont réunis au même endroit à votre demande, ce qui les place dans un embarras et un danger considérables. Je vous déconseille donc fortement de les faire attendre plus avant. Par ici, Sire.

— Vous paraissez oublier lequel de nous deux commande.

— Non. Je n'ai rien oublié.

— Sans moi, tout ce dont nous avons parlé tombe à l'eau.

— Tout à fait. Vous avez besoin de nous, Harald, et vous êtes trop impliqué pour vous retirer. Les autres landgraves et moi-même pourrions toujours quitter ce château et retourner à nos maîtres. Tôt ou tard, les forces du roi seront trop dispersées pour pouvoir le défendre et, quand cela sera le cas, les barons viendront le déloger. Ils n'auront pas besoin de votre aide, et n'auront certainement pas besoin de vous mettre sur le trône. Bien sûr, s'il faut attendre si longtemps, presque toute la Forêt sera tombée devant les ténèbres. Et soyez assuré que, quand nous prendrons le château, votre père et vous n'aurez pas droit à l'exil. Me suis-je bien fait comprendre, Harald ?

—Très bien.

—Parfait. Aidez-nous, et nous ferons de vous notre roi. Les barons préféreront largement cela. Ils voient bien des utilités à un monarque constitutionnel.

—Vous voulez dire, un homme de paille.

—Oui, Harald, tout à fait. Et maintenant, assez perdu de temps en détail. Il est temps d'aller rencontrer vos invités.

Les épaules d'Harald parurent se voûter et il se détourna, incapable de soutenir le regard dédaigneux de Blays.

—Très bien, Landgrave. Il semblerait que je n'aie pas voix au chapitre.

Puis la double porte s'ouvrit à la volée, et Julia entra à grandes enjambées dans l'antichambre. Elle claqua la porte derrière elle, jura vertement et foudroya du regard les deux hommes qui s'étaient retournés vers elle.

—Ah, Julia, s'empressa de dire Harald. J'aimerais vous parler, si vous voulez bien.

Julia haussa les épaules dans un mouvement d'humeur.

—Si ça vous amuse.

Elle croisa les bras, s'adossa aux lambris et attendit, le regard dans le vide.

—Messire Blays, reprit Harald, je vous rejoins à votre fête dans quelques minutes. Je vous en donne ma parole.

Blays jeta un regard à Julia, puis sourit à Harald.

—Mais bien sûr, Sire, je comprends tout à fait. Acceptez toutes mes félicitations pour votre mariage imminent, Prince Harald. Nous aurons l'occasion de reparler à la fête. Dans quelques minutes.

Il s'inclina devant Harald et la princesse et quitta l'antichambre. Inquiet, Harald regarda sa promise. Son air vaincu, fatigué, touchait étrangement le prince. Depuis qu'il connaissait Julia, il ne l'avait jamais vue céder. Mais toute force semblait l'avoir quittée, et elle se retrouvait désemparée dans un monde hostile. Il s'avança vers elle.

— Julia, qu'y a-t-il ?

— Rien.

— Il y a un problème, je le sens.

— Un problème ? Comment ça ? Dans deux semaines, j'épouse un homme qui deviendra roi !

Harald hésita. Il savait instinctivement qu'avec les bonnes paroles, il pouvait la conquérir d'un coup. Ou la perdre à jamais s'il se trompait. Et étonnamment, cette perspective l'inquiétait.

— Julia, les choses seront différentes entre nous. Je sais à quel point Rupert comptait pour vous, mais vous l'oublierez. Quoi qu'il lui soit arrivé, je sais qu'il est mort avec bravoure et honneur. Dès que cette affaire avec le Noirbois sera finie, nous emmènerons une troupe de gardes et fouillerons la Forêt jusqu'à découvrir ce qui lui est arrivé. Puis, ensemble, nous le vengerons d'une façon que la Forêt n'oubliera jamais.

— Merci. Cela me ferait plaisir.

— Il est mort, Julia.

— Oui. Je le sais depuis une éternité, mais je ne parviens pas à l'accepter. Je le refusais. J'ai continué à espérer, longtemps, mais il ne reste aucun espoir. Plus maintenant. Plus d'espoir… J'aurais dû partir avec lui, Harald. J'aurais dû l'accompagner !

Harald la prit dans ses bras. Elle se tendit, puis se relâcha contre lui, la tête sur son épaule.

— Si vous étiez partie avec lui, vous seriez morte aussi. Il le savait. C'est pourquoi il vous a forcée à rester ici.

— Je le sais. Et ça ne change rien. Je n'étais pas à ses côtés, et il est mort. Rupert est mort. Chaque fois que j'y pense, on dirait que je prends un coup au ventre. J'ai mal, Harald.

— Je sais, Julia. Mais cela passera, quand nous serons mariés.

Ce n'était pas ce qu'il fallait dire, et Harald s'en rendit compte. Julia se raidit, et quand elle releva la tête, son visage était froid. Harald la lâcha et elle recula d'un pas. Incapable d'ajouter quoi que ce soit, il haussa intérieurement les épaules. Il y aurait d'autres occasions.

— Que voulait messire Blays ? demanda Julia.

— Il me rappelait que j'avais accepté son invitation à une fête qu'il donne. Je devrais y aller, d'ailleurs, je suis déjà en retard.

— Une fête ? Pourquoi ne m'a-t-on pas invitée ?

Harald haussa un sourcil.

— Je croyais que vous aviez une armée de femmes à entraîner ?

— Je croyais que vous aviez un donjon à visiter...

— Ha ! Très juste, ma chère, très juste ! Le donjon sous la douve est une sorte de plaisanterie familiale. Père m'en menace depuis longtemps. Plus il est énervé plus il m'entretient de leur atrocité. J'imagine qu'il y a bien des cellules sous cette douve, mais on ne les a pas utilisées depuis des siècles. Nos donjons ne sont plus que des endroits de passage, à présent. Une fois les prisonniers jugés, on les envoie purger leur peine en travaillant dans des fermes. Pourquoi gaspiller de la main-d'œuvre ?

— Et que se passe-t-il quand ils s'enfuient ?

— Impossible. Le magicien de la Cour les place sous un sort de compulsion, et…

— Peu importe, l'interrompit Julia en se rendant compte comme ils étaient loin de sa question d'origine. Cette fête…

— Vous ne voulez pas y aller, tout de même ? Vous ne vous amuseriez pas, vous savez…

— Non, je ne sais pas. Qui sera présent ?

À vrai dire, Julia se sentait assez furieuse qu'on l'exclue de la sorte. Non pas qu'elle ait envie d'aller à la fête, mais…

— Oh, les landgraves, quelques membres de la Haute Société, et sans doute deux ou trois autres. Moi-même, je n'en sais trop rien. Croyez-moi, Julia, ce sera très rasoir. Et de toute façon, c'est une soirée sur invitation. À présent, si vous le voulez bien, je dois vraiment partir. Nous nous reverrons bientôt.

Et sur ces mots, il sortit avant qu'elle puisse lui poser une autre question. Julia enragea en le voyant partir. Ne serait-ce que pour ça, elle irait à la fête, et tant pis pour celui qui tenterait de l'en empêcher. Elle fronça les sourcils, pensive. Une fête de cette taille ne serait sans doute pas discrète. Il devait se trouver quelque part un serviteur qui serait au courant et qu'elle pourrait convaincre de parler. Et alors… Julia sourit. Avec tout ça, elle était exactement d'humeur à mettre la pagaille dans une fête à laquelle on ne l'avait pas conviée. Avec un gloussement, elle partit en chasse d'un serviteur timoré.

Le prince Harald avançait avec désinvolture dans le couloir sombre, la main sur son épée. Ses pas rebondissaient en échos tristes sur les lambris de chêne. De temps en temps, tandis qu'il approchait des quartiers du seigneur Darius, un garde en cotte de mailles sortait de l'ombre qui le dissimulait pour l'arrêter, et reculait en reconnaissant les traits durs d'Harald. Le prince les ignora, mais fut très impressionné par les mesures de protection mises en place. À l'évidence, on ne comptait pas laisser qui que ce soit interrompre sa petite sauterie, et en postant ses hommes seuls ou par deux, Darius évitait d'attirer l'attention qu'un attroupement aurait suscitée. En l'espèce, Harald avait l'impression que toute une troupe de gardes séparait les quartiers du reste du château, à la fois système d'alarme et force de combat stratégiquement placée. Harald sourit. La rébellion paraissait bien organisée, au moins. Il avait hâte de voir qui l'attendrait à la soirée.

Deux grands gardes musclés s'interposèrent entre lui et la porte du seigneur Darius. Ils portaient une armure de cuir sans couleur ou signe distinctif qui aurait pu indiquer leur allégeance. Impassible, le regard méfiant, ils avaient leur arme en main. Ils inclinèrent la tête en reconnaissant le prince, mais ne s'écartèrent pas pour autant. Au lieu de cela, le plus grand des deux indiqua de son épée un petit guéridon sur la gauche. Harald avança et prit un simple masque domino dans la pile. Il regarda les gardes, interrogateur.

— Avec les compliments du seigneur Darius, dit le garde. Un bal masqué en votre honneur, Sire.

— Des masques… Comme c'est à propos. Mais je pense que je m'en passerai, merci.

Il laissa le masque retomber sur la pile. Le garde rengaina son épée, ramassa le masque et le tendit à Harald.

— Le seigneur Darius était plus qu'insistant, Sire. Personne n'entre à découvert.

— Il fera une exception pour moi. À présent, écartez-vous.

— Je regrette, Sire, mais je n'accepte que les ordres du seigneur Darius. Tout comme vous. Et maintenant, mettez votre masque.

— Et sinon ?

— Sinon, je vous le mets moi-même… Sire.

Harald le frappa juste sous le plexus de ses doigts tendus. Blême, le garde se pencha lentement en deux et tomba au sol, inerte. L'autre garde leva son épée et s'avança, mais se figea en plein mouvement quand la pointe de l'arme d'Harald se posa sur sa gorge. Le garde baissa son épée et fit de son mieux pour ne pas déglutir. Il avait entendu dire que le prince était doué, mais il n'avait jamais vu quelqu'un d'aussi rapide…

— De qui prenez-vous vos ordres ? demanda Harald.

— De vous, Sire. Uniquement de vous.

— Content de l'apprendre. (Harald recula d'un pas et rengaina son arme.) Et maintenant, garde, ouvrez la porte.

— Oui, Sire.

Le garde jeta un coup d'œil à son compagnon toujours étendu au sol, puis s'avança et frappa deux coups à la porte. On entendit deux verrous coulisser de l'autre côté, et la porte s'ouvrit lentement. Harald enjamba l'homme lové au sol et entra d'un pas décontracté dans les quartiers du seigneur Darius.

Toutes les conversations cessèrent à l'entrée d'Harald. La musique se tut, et les danseurs s'immobilisèrent. Même les flambées qui rugissaient dans les âtres parurent muettes. Harald s'arrêta sur le pas de la porte et observa la scène. Un vaste océan de masques le fixait.

Les salons de Darius n'étaient pas immenses, selon les critères du château, et n'auraient guère pu contenir plus que les deux ou trois cents personnes présentes. Le nombre correspondait tout à fait à une fête du château, assez grand pour être impressionnant, pas assez pour être intimidant. Mais les masques changeaient tout. Les dominos noirs étaient les plus courants, mais une moitié au moins des invités avaient préféré porter leur propre masque. Ornés, bizarres, grotesques ou difformes, ces visages inhumains aux expressions outrancières, presque démoniaques, fixaient Harald avec une intensité qui menaçait de l'effrayer. Juste devant Harald, vers sa gauche, un Pierrot lunaire se tenait bras dessus, bras dessous avec un mime à tête de cheval. Sur sa droite, une Camarde hilare s'appuyait avec décontraction sur l'épaule d'une Famine hurlante. Un Poisson le regardait de ses yeux ronds, tandis qu'un Chat lui clignait de l'œil. Et partout, les dominos noirs, les visages peints, les lorgnettes d'or martelé et d'argent. Harald regarda les masques, et les masques le regardaient.

Puis la mer de visages s'ouvrit pour laisser deux silhouettes venir à sa rencontre. Harald se sentit légèrement plus serein en reconnaissant le seigneur Darius et la dame Cecelia, et il ôta la main de la garde de son épée. Darius portait de longues robes d'un gris poussière, dont la coupe et le style luttaient en vain pour le faire paraître plus fin. Son masque était un domino de soie noire. Cecelia portait une délicate robe de bal bleu et argent rehaussée de pierres semi-précieuses, qui la couvrait des chevilles au cou sans rien cacher de sa magnifique silhouette. Des cloches d'argent pendaient à ses poignets et ourlets, soulignant chacun de ses mouvements d'un exquis carillon. Son masque était une lorgnette vieillotte d'or martelé sur une poignée d'ivoire sculpté. Darius s'inclina devant Harald, et Cecelia fit la révérence. Derrière eux, la mer de masques en fit autant. Harald hocha brièvement la tête en réponse, et Darius fit signe aux musiciens de reprendre ; un air entraînant résonna soudain, et la mer de masques ne fut plus qu'une foule de fêtards qui se regroupait en grappes pour discuter, danser ou savourer les mets et les vins de leurs hôtes. Deux serviteurs s'avancèrent pour verrouiller les portes derrière Harald. Il entendit les lourds loquets reprendre leur place.

— Bienvenue, Sire, dit Darius. Nous vous attendons depuis un moment.

— C'est ce que m'a dit messire Blays, dit Harald avec un sourire poli.

— Avez-vous eu le moindre problème pour entrer ?

— Rien de remarquable.

— Voulez-vous que je vous trouve un masque, Harald ? demanda vivement Cecelia. Je suis sûre que je saurai en trouver un qui vous convienne.

— À ce propos, glissa Darius, mes gardes avaient l'ordre catégorique de vous en fournir un.

— Ils ont bien essayé, avoua Harald. Je les ai convaincus que c'était une mauvaise idée. Après tout, je suis ici pour qu'on me reconnaisse, n'est-ce pas ?

— Bien sûr, Sire, bien sûr.

Darius fit signe à un serviteur qui passait, qui s'arrêta et présenta à Harald un plateau de boissons. Le prince préleva un verre de vin, le vida, le reposa et en prit un deuxième. Darius fit signe au serviteur de s'éloigner avant que le prince pût en prendre un troisième, puis étudia Harald. Il y avait un problème. Il le sentait.

— Pourquoi avez-vous choisi un bal masqué, cher seigneur Darius ?

La façon dont il buvait son vin suggérait que seule la politesse l'empêchait de faire la grimace.

— Pour être honnête, Sire, beaucoup de convives n'ont accepté de venir qu'à cette condition. Les masques doivent leur donner une rassurante impression d'anonymat. Nous nous démasquerons plus tard, une fois que nous aurons eu l'occasion de... faire connaissance.

Harald hocha la tête.

— Alors, chère hôtesse, cher hôte, si vous voulez bien m'excuser, je ferais mieux d'aller me mêler à vos invités.

— C'est bien le but de cette soirée, Sire.

Harald sourit et s'avança dans la foule de masques mouvants. Darius et Cecelia le regardèrent s'éloigner.

— Il y a un problème, dit Darius en posant la main sur la dague empoisonnée dans sa manche.

— Un problème ? Je n'en vois aucun, mon chéri. (Cecelia prit une gorgée de vin et regarda la foule.) La fête bat son plein, tous les invités importants sont présents.

Darius secoua la tête.

— C'est Harald. La façon dont il se comporte. Il devrait être plus… eh bien, plus impatient. Les gens ici présents pourraient le placer sur le trône, mais à le regarder, on pourrait se dire qu'il se fiche de ce qu'on pense de lui.

— C'est l'apanage des princes.

— Vous avez peut-être raison.

Prenant une longue gorgée de son vin, Darius fut surpris de trouver son verre vide en le reposant. Il fronça les sourcils. Ce n'était pas le moment de s'enivrer.

— Venez, ma chère. Nos invités attendent. Si Harald ne veut pas les charmer, nous devrons le faire pour lui.

— Vous voulez dire que *Gregory et moi* devrons les charmer. Pour votre part, vous serez trop occupé à passer des accords politiques et commerciaux.

— Bien sûr. C'est ce que je fais le mieux.

Ils se séparèrent sur un sourire.

Harald traversait la fête d'un pas nonchalant, saluant de la tête ceux qu'il reconnaissait, et souriant froidement aux autres. Il ignora toutes les amorces de discussion, et parcourut toute la salle. Une fois certain d'avoir vu chaque personne au moins une fois, il s'arrêta dos à la flambée, savourant la chaleur qu'elle répandait dans ses os. Même les nombreux et épais murs de pierre du château ne parvenaient pas à arrêter le froid surnaturel qui s'était abattu sur la Forêt. Un givre cruel mordait le pays, et chaque matin la neige était plus épaisse sur les fortifications. Même la douve commençait à geler.

Harald haussa les épaules et sirota son vin. De l'autre côté du salon, Darius le regardait fixement. Harald se détourna. Il n'était pas encore prêt à parler à qui que ce soit. Au lieu de cela, il s'amusa à regarder les invités masqués qui suivaient gracieusement les pas d'une danse ou se regroupaient pour discuter autour du buffet. Harald avait l'impression que, malgré les différents styles de masques, l'ordre social restait évident. La Haute Société possédait ses propres masques, raffinés et très stylisés, chacun avec de subtils indices indiquant qui pouvait se trouver en dessous. Les nobliaux avaient les masques les plus fantasques et les plus bizarres, comme pour compenser par l'originalité le statut qui leur faisait défaut. Les marchands et les militaires se contentaient des simples dominos noirs que Darius avait fournis.

Directement face à Harald, trois hommes démasqués se tenaient ensemble. Harald inclina la tête vers eux. Les trois landgraves lui répondirent de même, mais ne firent pas mine d'approcher. Harald fronça les sourcils et croisa leurs regards l'un après l'autre. Messire Blays resta calme ; messire Guillam agita la tête et serra les lèvres ; et messire Bedivere… Malgré lui, Harald frissonna, incapable de soutenir le regard froid et sombre du troisième homme. Il savait à présent, sans le moindre doute, que, s'il avait affronté le landgrave, à la Cour, messire Bedivere l'aurait tué sans peine. Harald foudroya du regard son verre vide. Il n'avait pas pardonné l'insulte faite à son père. Mais si la situation devait se représenter un jour, il se promit de ne pas le défier. Mieux vaudrait le poignarder dans le dos, ou mettre du verre pilé dans son vin.

— Bienvenue à la fête, dit une voix aiguë.

Harald se retrouva face à un masque d'Arlequin noir et blanc. Sa bouche pulpeuse sourit poliment, mais aucun humour ne pétillait dans les yeux bleu pâle.

— Je connais cette voix… Seigneur Vivian, n'est-ce pas ? Vous dirigez les gardes du château, en l'absence du Champion.

Le seigneur Vivian leva la main et ôta délibérément son masque, révélant un visage émacié si pâle qu'il en était presque incolore, surmonté d'une épaisse crinière gris argent. Ce visage immobile suggérait la force et la détermination, mais il avait le regard d'un fanatique. Son corps fin et noueux bougeait avec grâce, et Harald remarqua que la main droite de Vivian ne s'éloignait jamais beaucoup de son épée.

— Je commande aux gardes du château, dit le seigneur Vivian. Maintenant, et toujours, mon roi.

— Je ne suis pas encore roi.

— Vous le serez. Le Champion ne reviendra pas. Son cadavre est en train de pourrir dans le Noirbois. À présent, c'est moi qui parle pour les gardes, et tous les soldats du château suivent mes ordres. Si nous sommes à vos côtés, nul ne viendra contester votre accession au trône.

— Tout à fait. Mais pourquoi me soutenir moi plutôt que mon père ? Vous lui avez prêté un serment d'allégeance, sur votre vie et votre honneur.

— C'était avant la venue du Noirbois, dit Vivian. Mon serment de protection au pays est plus important que tous les autres serments. Ma loyauté est envers le trône, et non celui qui l'occupe. La Forêt est en danger, et votre père n'est plus capable de faire ce qu'il faut.

— Vous devez donc avoir une idée de ce que je devrais ordonner, en tant que roi ?

— Portez le combat sur le territoire de l'ennemi, Sire. Unissez tous les gardes et hommes d'armes en une seule grande armée et envoyez-les contre les ténèbres. Sous mon commandement, ils massacreront les démons et les repousseront.

— Et ensuite ?

— Ensuite, mes hommes érigeront un mur de feu entre les démons et nous. Une flamme étincelante qui repoussera ces immondes créatures vers la nuit d'où elles sont venues !

— Même en pensant qu'une telle tactique serait viable, dit Harald, des centaines de fermes seraient perdues dans cet incendie. Des milliers de fermiers mourraient.

— C'est regrettable, mais nécessaire, répondit Vivian. Si l'on n'arrête pas le Noirbois, ils mourront de toute façon. Quelle importance a la vie de quelques paysans, si par leur mort ils assurent la survie du royaume de la Forêt ? Je suis un soldat. Mes hommes et moi courons les mêmes risques chaque fois que nous partons au combat. Une fois la victoire remportée, nous pourrons construire d'autres fermes. De toute façon, les classes inférieures se reproduisent comme des lapins…

— Certes. Mais j'ai peur que les barons voient d'un mauvais œil une destruction aussi vaste de leurs terres.

— Mon armée serait prête à soutenir son roi contre n'importe quel ennemi. Où qu'il se trouve.

— C'est très réconfortant. Je vais réfléchir à vos paroles, seigneur Vivian, et à votre très généreuse proposition de soutien.

— En échange de mon poste de haut commandant de la Garde, Sire.

— Bien sûr, Seigneur Vivian. Mais bien sûr.

Vivian s'inclina légèrement et replaça son masque. Ses yeux bleus étincelèrent faiblement sous la soie noire et blanche, puis il se détourna et disparut dans la foule. Harald fronça les sourcils et secoua la tête. La présence du seigneur Vivian à cette fête n'était pas étonnante, mais Harald se sentait presque déçu. Il aurait attendu mieux d'un tel homme.

Il foudroya de nouveau du regard son verre vide, le jeta par-dessus son épaule dans la cheminée, et prit prestement un autre verre sur un plateau qui passait. Le vin était mauvais, mais une telle soirée serait au-dessus de ses forces s'il restait sobre. Il leva les yeux pour voir un seigneur et une dame masqués se diriger timidement vers lui. Harald soupira et hocha la tête dans leur direction. S'il ne parlait à personne, certains invités pourraient s'inquiéter et partir. Et ce serait dommage. Il s'inclina devant le couple, qui lui rendit un salut plus profond.

Ce qu'il ne faut pas faire..., se dit Harald, moqueur. *Ce qu'il ne faut pas faire...*

D'autres silhouettes masquées approchèrent et repartirent au fil de la soirée. Harald rencontra trois seigneurs qu'il soupçonnait, deux autres auxquels il n'aurait pas pensé, et une poignée de marchands du cru. Apparemment, le Noirbois était mauvais pour les affaires. La grande majorité de ceux qu'il rencontra était des courtisans, comme il l'avait imaginé. En tant que propriétaires terriens ou baillis des terres du roi, les courtisans étaient généralement conservateurs par nature : ils avaient beaucoup à perdre et peu à gagner d'un changement de pouvoir. Mais la plupart étaient des nobliaux qui aspiraient à la grandeur. La seule façon d'y parvenir était d'acquérir d'autres terres, ou de trouver des positions d'influence à la Cour. D'où leur sollicitude envers Harald, qu'ils cachaient derrière des masques de soie, de cuir et de métal fin. Les masques changeaient, mais l'histoire restait la même. Le soutien en échange d'une récompense. Au bout d'un moment, Harald arrêta d'écouter et se contenta d'acquiescer à tout. Cela allait plus vite.

Cecelia et Gregory paradaient bras dessus, bras dessous, souriant, bavardant et s'assurant que tout le monde avait amplement à boire. Alliant la beauté féminine et l'assurance mâle, ils formaient un beau couple, audacieux et intelligent. Cecelia étincelait de mille feux, ses petites piques et reparties réduisant les visages les plus sinistres au rire sincère. Si Gregory n'était pas le plus diplomate des hommes, il savait se montrer séduisant. Inspiré par Cecelia à son côté, le jeune garde se pavanait parmi les incertains, irradiant de confiance. Fort et entier, posé et enjoué, il calmait les nerfs mis à mal et répandait une détermination contagieuse. On regardait à la dérobée le bras de Cecelia passé au sien. Tout le monde connaissait, ou du moins soupçonnait. On lança bien quelques œillades dans la direction de Darius, mais personne ne fit de commentaire. Puisque Darius savait et ne paraissait pas en prendre ombrage, le sujet était clos, au moins en public. Parmi les courtisans, les regards se croisèrent, les épaules se haussèrent. La politique poussait à des unions bien étranges. Parfois littéralement.

Darius ne rata rien de tout cela. *Imbéciles.* Il savait très bien que, là où la raison ne pouvait conquérir un homme, le charme suffisait souvent. Ne possédant lui-même que peu de charme, Darius avait parfois besoin d'une façade. Quelqu'un qui aurait la beauté, l'aisance, et trop peu de cervelle pour trahir son maître. Gregory aurait pu être taillé pour cela. Bien sûr, Cecelia l'appréciait, et cela aidait les choses. Mais Cecelia elle-même n'était pas un génie.

Darius soupira et regarda autour de lui. Au moins, Harald avait enfin daigné parler à ses voisins, même s'il paraissait attirer avant tout les nobliaux sans la moindre influence ni importance. Darius eut un reniflement cynique. Il était temps qu'Harald salisse ses nobles mains. Darius pensa avec un sourire sinistre à l'âpre marchandage qui venait de lui rallier les deux plus gros marchands de grain de la Forêt. Pour une rébellion, la politique et la force ne suffisaient pas. Harald et les barons l'apprendraient à leurs dépens. En échange de certaines concessions futures, Darius possédait maintenant toutes les réserves de grain du royaume. Aucune charrette ne pouvait quitter les silos sans sa permission. Les landgraves le pensaient peut-être muselé, mais les barons comprendraient rapidement leur erreur quand ils quémanderaient au seigneur Darius le grain nécessaire pour nourrir leurs troupes… Il gloussa et reprit rapidement son masque impassible. Messire Blays approchait ; messires Guillam et Bedivere restaient introuvables.

— Messire Blays, mon cher ami, dit Darius en s'inclinant avec respect. J'espère que mon hospitalité vous convient.

— Votre vin est miteux, et la compagnie laisse à désirer. Mais quand on s'acoquine avec des traîtres, on apprend à ignorer ce qui vous rend normalement malade. Vous avez remarqué la popularité d'Harald ? Des courtisans qui préféreraient courir un kilomètre que de lui parler se disputent la chance de lui serrer la main en public.

— Ce cher Harald paraît à son aise, murmura Darius. Sans doute parce qu'il est trop généreux dans ses promesses. Enfin… Si cela fait plaisir aux courtisans, nous pourrons toujours réparer les torts par la suite.

— Vous voulez dire que les barons les répareront, Darius.

— Bien sûr, messire Blays. Cela va de soi.

— Quelque chose inquiète vos invités, dit soudain Blays. Quelque chose qui leur fait si peur qu'ils n'osent même pas en parler ici. Avez-vous la moindre idée de ce que cela pourrait être ?

— La Curtana, dit Darius. Ils ne croient pas qu'on l'ait volée. Et moi non plus. Non, mon cher Blays, ils ont peur que John et son cher astrologue détiennent à présent l'épée de Compulsion et l'utilisent contre eux jusqu'à ce qu'ils ne soient plus que des esclaves sans volonté.

— J'imagine que ce pourrait être vrai, dit Blays. Et vous ? Pensez-vous que John possède la Curtana ?

— Quelle importance ? Si c'est le cas, nous n'y pouvons rien. Et sinon, il est sans défense. Et puis, je suis sûr que les pouvoirs de l'épée ont été largement exagérés au fil des ans. Toute magie finit par disparaître, avec les siècles.

Messire Blays secoua la tête.

— D'après la légende, la Curtana tire ses pouvoirs du prince Démon en personne. La Curtana serait donc de nouveau l'une des armes les plus terribles sur cette Terre. Si par chance le roi ne l'a vraiment pas, nous ferions bien de vite découvrir qui la détient. John hésiterait peut-être à l'utiliser, mais beaucoup d'autres n'y réfléchiraient même pas à deux fois.

— Nous nous pencherons sur ce problème un autre jour. D'ici là, plus longtemps la Curtana restera perdue, mieux cela vaudra. Pour nous, elle est encore plus utile en ce moment, puisqu'elle sépare le roi John de sa Cour. Plus le roi est craint, plus il est seul.

— Ce ne sera pas aussi facile, Darius. Ces moutons ont besoin d'autre chose que la peur. Il faudra les pousser à l'action. Et pour cela, nous devrons leur assurer une certaine protection contre la Curtana et la Garde royale.

— Vous pensez vraiment que ce sera un problème ? Avec le seigneur Vivian comme haut commandant de la Garde…

— La Garde royale soutiendra tout de même le roi John. Ils sont loyaux au roi lui-même – presque fanatiques. Les autres gardes obéiront peut-être à Vivian plutôt qu'au roi. Ou resteront fidèles. Il y a surtout une chance pour qu'ils attendent de voir dans quelle direction le vent souffle. Non, très cher Darius. Il nous faut une arme assez puissante pour garantir notre sécurité quoi qu'il arrive. Heureusement, de telles armes sont disponibles dans l'Armurerie, maintenant qu'elle a été rouverte.

Darius le regarda étrangement.

— Vous voulez voler les Objets infernaux.

— Exactement.

— La Curtana est déjà assez dangereuse, Blays. Je me méfierais grandement d'un homme qui tirerait une des lames maudites. Ces armes sont malfaisantes.

— Il est un peu tard pour faire la fine bouche, Darius. Regardez autour de vous. De tout le château, à peine trois cents personnes sont venues nous soutenir ouvertement. Nous aurions dû être cinq fois plus nombreux. Malgré tout ce qui s'est passé, la Cour reste majoritairement loyale au roi. Ou du moins, ils ont plus peur de sa colère que de la nôtre. Nous aurons besoin de toutes les armes possibles, et cela comprend les Objets infernaux. Il est trop tard pour reculer, Darius.

Darius leva son verre et le vida, sans regarder Blays. Quand il finit par reprendre la parole, sa voix était calme.

— Très bien, messire Blays. Mais je refuse de tirer une de ces armes. Même contre le trône lui-même et tout le royaume.

— Je n'ai jamais compté que vous le fassiez.

Darius le regarda, puis s'inclina et s'éloigna. Messires Guillam et Bedivere rejoignirent messire Blays.

— Le noble seigneur Darius ne paraît pas très heureux. J'espère qu'il ne nous causera pas de problème.

— Mais non.

Blays n'avait même pas pris la peine de masquer le mépris dans sa voix. Il était peut-être obligé de travailler avec messire Guillam, mais rien ne le forçait à l'apprécier. C'était un homme si *déplaisant*, en fin de compte. S'il n'était pas essentiel aux plans des barons... Blays soupira de regret et sourcilla quand le regard de Guillam se tourna vers les dames les plus attrayantes de la fête, les déshabillant sans vergogne du regard.

— Essayez de garder un regard plus doux, bon sang. Nous devons persuader ces gens d'épouser notre cause, pas donner à des maris jaloux une raison de nous provoquer en duel.

Guillam gloussa et but une grande gorgée de vin. Ses traits ronds et neutres étaient rouges, son sourire déplaisant.

— Allons, Blays. À chacun ses préférences. En échange de mes services, les barons ont promis que je pourrais avoir ce que je voulais. N'importe quoi. Ou n'importe qui. Depuis que je suis ici, au château, j'ai vu la créature la plus charmante qui soit. Une si délicate jeune fille... Je la veux, et je l'aurai. Je suis sûr qu'elle m'appréciera énormément... à la longue.

Blays se détourna. Le peu qu'il avait appris de la vie privée de messire Guillam avait suffi à lui retourner l'estomac. Apparemment, le landgrave avait des plaisirs sanglants. Guillam regarda avec appétit une grande et fine dame masquée tandis que son mari et elle suivaient les pas d'une danse. Elle croisa son regard, frissonna et se détourna. Guillam se lécha les lèvres, et le mari le foudroya du regard.

— Bon sang, lâcha Blays, je vous ai dit…

— Vous n'avez pas d'ordre à me donner! dit Guillam.

Il se tourna d'un bloc vers Blays, un petit couteau à dépecer dans la main. Sa bouche tremblait d'impatience, et ses yeux étincelaient.

— Je suis un maître de Lames, et ne l'oubliez pas! Sans moi, vous ne saurez jamais contrôler les Objets infernaux, et sans eux, votre précieuse rébellion n'a aucune chance de réussir. Vous avez besoin de moi, Blays, alors que vous ne me servez à rien. Ma vie privée ne vous regarde pas, et personne n'a le droit de me dire quoi faire! Ni vous, ni les barons, ni…

Une grande main se referma sur la sienne et serra. Guillam glapit de douleur, livide. Des larmes dégoulinèrent sur ses joues tandis que Bedivere lui broyait la main.

— Faites quoi que ce soit pour chambouler nos plans, dit Bedivere, et je vous ferai mal, petit homme. Je vous ferai si mal que vous ne marcherez plus jamais droit. (Il le lâcha, et Guillam serra sa main blessée contre sa poitrine en reniflant.) Après, vous pourrez faire tout ce que vous voudrez, détritus. Mais pas pour le moment. Jusqu'à ce qu'Harald prenne le trône sous notre contrôle, vous ne ferez rien pour compromettre notre mission. Est-ce bien clair?

Guillam hocha la tête et Bedivere se détourna pour regarder la foule. La lueur écarlate avait déjà quitté ses yeux, mais la folie restait toujours présente.

Blays secoua la tête en regardant Guillam faire disparaître son couteau comme il pouvait. Une nouvelle fois, Blays se demanda comment il en était arrivé là, à comploter la trahison contre son roi avec un fou de guerre et un pervers. C'était la faute de John, parce qu'il était faible. S'il avait été plus fort, plus capable, s'il avait fait ce qui était si évidemment nécessaire, rien de tout ça n'aurait eu lieu. *Vous n'auriez jamais dû aller chercher la Curtana, John. Avec autre chose, nous aurions pu passer un accord, mais une fois l'Armurerie ouverte, je ne pouvais plus rien faire pour vous.* Harald s'en tirerait mieux. Il comprenait les réalités du pouvoir. Un roi fort sur le trône de la Forêt, qui travaillerait avec les barons et non contre eux. Voilà ce qui était nécessaire. Et ensuite le Noirbois serait repoussé, les démons détruits, et tout redeviendrait comme avant. Tout.

Soyez maudit, John. Vous avez fait de moi un traître !

Cecelia glissait avec assurance dans la foule bruyante, faisant la conversation à des gens qu'elle ne pouvait pas souffrir, et souriant à s'en faire mal. L'air était étouffant malgré les nombreuses aérations des salons, et le grondement constant des voix lui usait les nerfs. Elle était sur le point de crier. Enfin, elle décida que cela suffisait, et prit fermement Gregory par le bras pour l'entraîner vers le buffet, à la recherche d'un peu de calme et de beaucoup d'alcool.

—À combien de gens va-t-il encore falloir parler ? demanda-t-elle en engloutissant un verre de punch.

—Autant qu'il faudra, répondit Gregory avec calme. Personne ne doit partir sans être convaincu à cent pour cent que nous servons ses meilleurs intérêts.

Cecelia vida son verre et le tendit pour qu'on le remplisse.

— Vous savez, Gregory, je me rappelle encore l'époque où je pouvais danser, boire et chanter jusqu'au petit matin, dormir quatre heures et me réveiller l'œil vif et aimable, prête à recommencer. Et regardez-moi. Je ne suis ici que depuis quelques heures, et je suis déjà épuisée. Je deviens trop vieille pour tout cela.

— Absurde, répondit Gregory par galanterie.

— Mais si, insista Cecelia. J'ai quarante et un ans, un double menton, et mes seins s'affaissent.

— Balivernes, assura Gregory. Vous êtes aussi jeune et ravissante que jamais. Je suis bien placé pour le savoir.

Cecelia sourit et s'appuya contre la poitrine du garde.

— Cher Gregory. Vous dites les plus doux mensonges. C'est sans doute pour ça que je vous garde.

— Pas seulement, j'espère…

Cecelia gloussa et s'écarta de lui.

— Plus tard, mon cher, plus tard. Nous avons du travail… Gregory ?

— Ma dame ?

— Pourquoi restez-vous avec moi ? Vous savez que je ne divorcerai jamais de Darius.

— Oui. Je le sais.

— M'aimez-vous ?

— Peut-être. Quelle différence, du moment que nous passons du bon temps ? Inquiétons-nous de demain quand son heure sera venue. Pour l'heure, nous sommes ensemble, et je n'ai jamais été plus heureux. Jamais.

Cecelia lui prit les oreilles dans les mains et attira sa tête vers la sienne pour l'embrasser tendrement.

— Merci, mon cher. Et maintenant, rendez-moi service et allez parler à ces insupportables personnes un moment. Je vais rester ici et avoir mal à la tête jusqu'à ce que mes forces me reviennent.

Gregory hocha la tête et s'écarta d'un air viril dans la foule. Cecelia regarda son verre, puis décida de le vider à petites gorgées. Un verre de plus ne pourrait pas lui faire de mal. Darius la rejoignit, s'épongeant le front avec un mouchoir de soie qui avait eu des jours meilleurs.

— Comment cela se passe-t-il ? demanda-t-il en regardant le saladier de punch d'un air envieux.

— Pas trop mal. (Elle lui tendit son propre verre, qu'il refusa d'un mouvement de tête.) Ne vous inquiétez pas, Darius. Pour la plupart, ils sont avec nous. Les autres auront juste besoin qu'on les convainque de faire ce qu'ils ont déjà envie de faire.

— Prévenez-moi si quelqu'un fait mine de vouloir partir.

— Bien sûr. J'imagine que votre dague empoisonnée n'est pas loin ?

— Bien sûr. Et les gardes ont des ordres. Personne ne sortira d'ici en vie si je ne l'autorise pas. Nous ne pouvons plus prendre de risques. Toutes nos têtes tomberaient.

Cecelia hocha la tête et frissonna soudain. Elle tendit la main vers Darius, mais il regardait ses invités. Cecelia interrompit son geste et se rangea à son côté. Un peu moins assurés, les danseurs compensaient par l'enthousiasme l'adresse qui leur faisait défaut. Les voix étaient plus fortes, plus crues, et les rires étaient tour à tour stridents ou graveleux.

— Nous allons bientôt manquer de vin, dit Cecelia. Quand commencerons-nous à nous démasquer ?

— Bientôt, ma chère, bientôt. Ce n'est pas une chose qu'on peut précipiter. Ce sera le premier témoignage de confiance. Quand je penserai qu'ils sont prêts, je vous ferai signe, et nous nous démasquerons tous les deux. Une fois la glace rompue, les autres devraient suivre.

— Et sinon ? Et si nous ne les avons pas convaincus ?

— Il le faut, dit Darius tout bas. Sinon, c'est nous qui ne sortirons pas d'ici en vie.

Julia suivait le couloir faiblement éclairé, frottant d'une main absente ses phalanges endolories. Ce n'était pas un garde qui allait lui dire quels passages elle avait le droit d'utiliser ! Il regretterait certainement le ton insultant qu'il avait pris, quand il finirait par se réveiller. Julia sourit et s'arrêta, l'œil aux aguets. Elle aurait juré qu'un bruit… Elle regarda derrière elle, mais rien ne se déplaçait dans les ombres entre les torches. Julia haussa les épaules et continua. Elle tourna un angle et sursauta quand un garde en arme sortit d'un passage dissimulé. Julia porta la main à son épée, et se détendit en reconnaissant l'homme.

— Bodeen ! Que faites-vous ici ?

— Je meurs de soif, Princesse. (Le petit garde rengaina son épée.) Je suis de service depuis trois heures, et je n'ai pas une seule chope de bière aux épices pour me réchauffer.

— Dure vie que celle d'un garde, plaisanta Julia. Et qu'est-ce que vous gardez ?

— Oh, une simple fête. Une sauterie privée pour certains amis du seigneur Darius. Je ne savais pas que vous étiez invitée, Princesse. Je n'aurais pas cru que vous étiez de ce genre.

— Je ne le suis pas, et je ne le suis pas. Je vais juste m'incruster à la fête pour agacer Harald.

— Le prince Harald ? Tiens, je ne crois pas qu'il y soit. En tout cas, je ne l'ai pas vu passer.

Mince. Julia était pourtant certaine d'avoir suivi à la lettre les instructions du domestique… Ce satané château devait lui avoir joué un tour. Bah…

— Ah ! Mais que faites-vous ici, Bodeen ? Avec toutes les pierres précieuses que vous avez prises dans la salle des comptes, je pensais que vous seriez loin… Je vous imaginais acheter une petite taverne et…

— Je pensais la même chose… Malheureusement, le roi m'a forcé à tout rendre au sénéchal.

— Tout ? Quand même pas…

— Jusqu'à la dernière pièce d'or, Princesse. Ça donne envie de pleurer, tiens… D'autant que ça n'aurait pas vraiment manqué au roi… Sans nous, il n'en aurait jamais vu la couleur. Ça m'a donné une bonne leçon. On ne peut pas se fier à l'aristocratie. Pas même à son propre roi.

— Mais… Vous n'avez pas eu une récompense pour avoir aidé à redécouvrir l'Aile sud ?

— Non. Paraît que je faisais simplement mon travail. Qui vaut deux ducats d'argent par semaine.

— C'est révoltant. Je pense que je vais en toucher deux mots au roi.

— Je ne savais pas que vous aviez son oreille.

— Pas vraiment, mais ça vaut toujours le coup d'essayer.

— C'est vrai. Merci quand même, Princesse.

— Je vais vous dire ce que je peux faire. Je peux m'incruster à la fête de Darius et vous rapporter un verre. Ça vous dit ?

— C'est gentil, Princesse, mais, sans invitation, je ne peux pas vous laisser entrer.

— Allons, Bodeen. Je ne le dirai à personne.

— J'ai déjà assez de problèmes comme ça, Princesse. Merci de votre proposition, mais c'est non.

— Mais…

— Écartez-vous de lui, Julia.

La princesse se retourna et vit le roi John debout au croisement, qui regardait Bodeen. Derrière le monarque se tenait une compagnie entière de gardes, portant chacun les insignes or et gueule de la Garde royale.

— Écartez-vous, Julia, dit le roi. Il ne faudrait pas salir vos habits.

Le prince Harald s'aventura jusqu'au buffet et remplit son verre. Pour l'instant, le punch était la seule chose supportable de cette fête. Une fesse perchée sur le bord de la table, une jambe dans le vide, il regarda autour de lui. À présent que Darius et Cecelia avaient retiré leur masque, d'autres imitaient leur assurance. Les visages rouges d'angoisse et de vin lançaient des rires forcés et rauques. Avec un sourire fatigué, Harald s'étira. La trahison était rarement tâche aisée. Combien de temps cette fête allait-elle s'éterniser ? Il avait soupé des courtisans et des hommes d'affaires et des seigneurs et de leurs dames, et de toutes leurs belles promesses pour quand il serait roi. Et bien sûr, ce qu'ils attendaient de lui en retour. Ha !

Il avait une bonne surprise pour eux.

— Prince Harald. Pourrions-nous vous parler un moment ?

Harald leva les yeux. Les trois Landgraves se tenaient devant lui.

— Bien sûr, messire Blays. Après tout, c'est votre fête autant que la mienne. Que puis-je pour vous ?

— Nous avons besoin de votre décision, dit Guillam avec un sourire déplaisant. Et j'ai peur que nous devions insister pour vous la demander maintenant.

Harald se leva d'un mouvement fluide et se tint devant le landgrave, la main sur le pommeau de son épée.

— *Insistez* encore une fois auprès de moi, noble Landgrave, et je vous arrache le cœur.

Guillam rosit et Blays s'interposa rapidement entre le prince et lui.

— Messire Guillam ne pensait pas à mal, Sire. Simplement, nous manquons de temps. Ils commencent enfin à tomber les masques, et bientôt la fête va s'achever. Vous devez comprendre que nous sommes tous en danger, en restant ici. Si par hasard nous étions découverts, cela serait plus que délicat à expliquer.

— Ha ! Vous avez l'art de l'euphémisme, messire Blays.

— Tout à fait. Nous avons donc besoin de votre réponse, Prince Harald. Maintenant. Êtes-vous avec nous ou non ?

— Il me faut encore du temps pour y réfléchir.

—Vous n'avez plus le temps, intervint messire Bedivere. À quoi avez-vous besoin de réfléchir ? Si vous n'êtes pas avec nous, vous êtes contre nous. Et alors…

—Alors quoi, cher fou de guerre ?

Une lueur écarlate passa dans le regard du géant, mais il répondit d'une voix neutre.

—Alors nous trouverons quelqu'un d'autre qui pourra faire un roi convenable.

—Qui, par exemple ? Rupert ne reviendra pas, et personne ici ne peut avoir la moindre prétention au trône. Pour le meilleur ou pour le pire, je suis le dernier des rois de la Forêt. La lignée s'arrête avec moi.

—Exactement, souligna Guillam. Rien ne nous empêcherait d'établir une nouvelle dynastie.

Harald regarda Blays sans ciller.

—Pour cela, il faudra me tuer.

—Mais oui ! répondit Guillam avec le regard pétillant de quelqu'un qui raconte une plaisanterie.

—Ces histoires de meurtre sont inutiles, glissa Blays. Les barons préféreraient avoir un homme de confiance sur le trône de la Forêt. Quelqu'un avec qui ils sont sûrs de pouvoir travailler. Ils voudraient vous donner le trône, Prince Harald. Tout le monde dans ces salons est d'accord. Il vous suffit de dire oui.

—Supposons que j'accepte. Qu'avez-vous à y gagner ? Vous trois, personnellement. Que vous ont promis les barons ? L'argent, le pouvoir ?

Blays réfléchit à toute allure tandis qu'il regardait le prince. Il se passait quelque chose, et il ne savait pas quoi. Harald paraissait… différent. Quand il était allé chercher le prince pour la fête, Blays avait senti le jeune homme découragé. Et pourtant, il était là, toute incertitude écartée, la voix froide et dure. Il était bien trop assuré au goût de Blays, et son regard paraissait presque moqueur, comme s'il savait quelque chose que les landgraves ignoraient. Blays fronça les sourcils. Pour l'heure, il acceptait de suivre les règles d'Harald, mais plus tard… Plus tard, tout cela se paierait.

— Nous servons les barons, répondit-il lentement. Tel est notre devoir, et notre privilège. Nous serons certainement récompensés pour notre part dans tout ceci, mais notre loyauté va à l'Or, à l'Argent et au Cuivre.

— Fadaises. Personne ne vous écoute, mon cher Landgrave. Personne ne pourra vous entendre. Pour une fois dans votre vie, répondez sincèrement. Vous savez ce que j'ai à gagner dans cette affaire, mais si nous devons travailler ensemble, je veux savoir ce que *vous* gagnez en me plaçant sur le trône de la Forêt. En d'autres termes, je veux savoir ce que vous faites ici, mes chers Landgraves.

Le silence s'éternisa. Puis Blays s'inclina avec raideur devant le prince.

— Je parle pour l'Or, Prince Harald, comme toujours. Pour mon rôle dans cette rébellion et mes nombreux services passés, le baron m'a très généreusement désigné comme son successeur. Un mariage a été arrangé entre sa fille aînée et moi. La jeune fille est des plus charmantes. Vous vous souvenez peut-être d'elle ? Elle fut très peinée que vous rompiez vos fiançailles avec elle pour épouser la princesse Julia. Son père l'était encore plus. Mais au moins, à présent, le baron sait qu'il aura un beau-fils digne de confiance.

» À sa mort, je deviendrai le baron Oakeshoff. Je n'ai aucun désir d'hériter d'un domaine qu'un roi aura laissé mutiler et ravager par faiblesse. Avec vous sur le trône, et les barons pour vous guider, la Forêt retrouvera sa force, ainsi que le domaine Oakeshoff. Voilà ce que j'ai à y gagner, Prince Harald.

— Messire Bedivere ? dit Harald en se tournant face au grand landgrave.

On aurait cru un moment que l'homme n'allait pas répondre, mais il finit par river son regard dans celui du prince.

— Je serai votre Champion, Sire. C'est tout ce que je veux. C'est tout ce que j'ai toujours voulu. Vos ennemis tomberont face à moi, et je vous apporterai leurs têtes pour les placer sur vos portes. Je serai votre bras armé, semant la mort et la destruction, le sang et la terreur, chez ceux qui s'opposeront à vous. Je serai votre Champion, Sire, et tous les vivants craindront votre justice.

Son regard était dans le vague, et Harald frissonna. Il avait toujours su que Bedivere était un tueur, mais, à présent, il lisait dans ses yeux une folie sanguinaire. Ce géant de landgrave vivait pour le sang et le meurtre, et n'en serait jamais rassasié. Harald se promit que, quoi qu'il arrive, messire Bedivere devrait mourir.

— Et messire Guillam ?

Ce dernier leva les yeux de son verre de vin, laissant quelques gouttes tomber sur son menton en voulant avaler trop rapidement. Il se tamponna les lèvres avec un mouchoir de soie plié.

— Les barons m'ont promis que j'aurais ce que je voulais. Et j'ai vu ce que je voulais. Grande, gracieuse et très belle… Elle est trop fière pour me parler, pour le moment, mais elle sera vite matée quand je lui mettrai la main dessus. Comme les autres.

Il glousssa soudain, touchant le couteau dans sa manche et prenant une nouvelle gorgée de vin. Harald se détourna, écœuré, prenant en pitié la pauvre créature qui avait su éveiller l'intérêt du landgrave.

— Elle est ravissante, dit Guillam tout bas. Julia est vraiment ravissante.

— Qu'est-ce qui se passe, ici ? demanda Julia.

Bodeen tira l'épée et recula d'un pas, barrant le passage étroit. Derrière le roi, plusieurs gardes levèrent l'épée, et Julia en vit plusieurs tachées de sang.

— Une trahison, dit le roi. Et cet homme y est mêlé. N'est-ce pas, Bodeen ?

— J'ai peur de ne pas pouvoir vous laisser passer, Sire, répondit le garde. J'ai des ordres.

— Arrêtez vos bêtises, Bodeen, souffla Julia. Ces gens-là sont sérieux.

— Moi aussi.

À la lueur des bougies sur son arme, le garde royal le plus proche se crispa.

— Je vous faisais confiance, dit le roi John, la voix calme mais le regard courroucé. C'est vous qui avez appris à mon fils à tenir une épée. Vous avez lutté à mon côté dans la Campagne de la Frontière. Et maintenant, vous me trahissez. Posez votre arme, Bodeen. Au moins, ainsi, vous pourrez avoir un procès.

— Ce n'est pas une option très intéressante.

— Vous ne pourrez pas battre une compagnie entière, dit Julia. Allons, Bodeen, faites ce qu'il dit. Sinon, vous allez vous faire tuer.

— Je pense que vous avez raison.

Et avant que quiconque puisse réagir, Bodeen saisit Julia par le poignet et lui tordit le bras dans le dos. Au moment où le roi et ses gardes s'élançaient, Bodeen posa sa lame sur la gorge de Julia.

— Un pas de plus et elle est morte !

— Restez où vous êtes ! tonna le roi.

Le monarque s'avança, seul.

— Plus un pas, rappela Bodeen.

Son épée glissa légèrement, et Julia sentit sa peau s'ouvrir. Du sang goutta sur sa gorge et tacha sa tunique. Le roi s'arrêta net. Julia s'efforçait de respirer aussi faiblement que possible.

— Lâchez-la, dit le roi.

— Non. C'est mon billet de sortie. Je vais reculer, et vous allez me laisser partir. Parce que, sans cela, vous devrez inviter le père de la princesse à ses funérailles.

Julia essaya de soulager son bras tordu, mais Bodeen la rappela tout de suite à l'ordre. Elle cria de douleur, et sa gorge saigna d'autant plus.

— Ne bougez pas, Princesse. Je ne veux pas vous faire mal, mais je le ferai si j'y suis forcé.

Il est sérieux, se dit Julia. *Il est vraiment sérieux.*

Le roi John fit signe à ses gardes de se tenir prêts, et foudroya Bodeen du regard.

— D'accord, traître. Comment voulez-vous régler cette affaire ?

— Tout d'abord, que tout le monde pose son épée par terre. Puis Julia et moi allons partir nous promener. J'ai quelques personnes à prévenir. Et, Sire, si je vois quelqu'un nous suivre, je tranche la gorge à cette jeune femme.

Julia releva la tête d'un coup, écrasant le nez de Bodeen. Il céda avec un craquement, et le garde relâcha son étreinte sous la surprise. Julia enchaîna sur un coup de coude dans les côtes, passa sous l'épée et se libéra tout à fait pendant que Bodeen était encore déséquilibré. Il frappa dans le vide et Julia se jeta sur le côté. Tandis que la lame sifflait à quelques centimètres de son visage, Julia dégaina son arme. Bodeen secoua la tête pour s'éclaircir les idées et frappa de nouveau. L'acier tinta contre l'acier quand la princesse para le coup et écarta l'arme du garde avant de lui planter sa lame sous le cœur. La scène resta un instant figée : Julia fendue de tout son long, et Bodeen qui regardait l'arme plantée dans sa poitrine. Il voulut soulever son épée, et le sang se déversa d'entre ses lèvres. Puis il s'écroula au sol. Le roi s'avança avec ses gardes, mais Julia leur fit signe de reculer. Elle délogea l'épée de la poitrine de Bodeen et s'agenouilla à côté de lui. Il lui souriait, les dents rougies par le sang.

— J'avais oublié comme vous vous battiez bien. Bon sang…

— Vous m'auriez vraiment tuée ?

— Je ne sais pas. Sans doute.

— *Pourquoi* ? Pourquoi avez-vous trahi le roi ?

— Les barons me payaient plus.

Puis il mourut.

Julia leva les yeux vers le roi, qui lui posa la main sur l'épaule.

— Venez, Julia. Tout est fini. L'un de mes gardes va vous ramener à votre chambre.

— Ce n'est pas encore fini, dit Julia, les dents serrées. Je veux rencontrer les hommes qui ont acheté mon ami.

— Vous n'êtes pas obligée de faire ça, dit le roi. Ça ne vous concerne pas vraiment.

Julia posa la main sur sa gorge et montra au roi ses doigts ensanglantés.

— Ah ?

— Très bien. Mais ne vous mettez pas dans nos pattes. La situation risque de se dégrader.

— La trahison mène souvent à cela, dit Julia en s'essuyant la main sur son pantalon.

Le roi fit signe à ses gardes, et sa troupe repartit dans le couloir qui s'enfonçait dans l'Aile est. Ils découvrirent quelques autres gardes, mais aucun ne voulut résister à toute une compagnie de gardes royaux. Quelques-uns prirent la fuite et furent exécutés. La plupart se rendirent. Enfin, le groupe s'arrêta devant une porte close. Le roi regarda d'un œil sévère tandis qu'on désarmait et qu'on emmenait les deux gardes qui se trouvaient là. Puis, sur son geste, le commandant de la Garde s'inclina, s'avança et martela la porte de coups de poings gantés.

— Ouvrez, au nom du roi !

Le chaos éclata dans les salons quand les fêtards se mirent à courir en tous sens en criant et tirant leur épée ou leur dague. Certains replacèrent leur masque sur leur visage, comme si cela pouvait suffire à les protéger. Dans sa panique, la foule retourna les tables et piétina les maladroits qui trébuchaient. Le seigneur Darius tenta désespérément de ramener le calme, mais sa voix était noyée par l'affolement général. Cecelia lui serrait le bras, le visage crispé et blême, mais Darius ne savait même pas qu'elle était là. Gregory lutta contre la foule pour la rejoindre, mais le nombre même des invités le ralentissait considérablement.

Les trois landgraves étaient stupéfaits.

— La bibliothèque dans l'étude de Darius. Utilisons le passage secret pour nous enfuir, et ensuite…

— Et ensuite quoi ? gémit Guillam, le front baigné d'une sueur glacée. On nous a trahis ! Le roi nous fera tous exécuter !

— Il faudra qu'il nous capture, pour ça. Reprenez-vous. Vous êtes censé être un maître de Lames, bon sang. S'il le faut, vous pourrez sortir en luttant. À moins que vous nous mentiez sur vos capacités depuis tout ce temps. À présent, réfléchissez. Cette porte est en chêne massif, avec deux lourds verrous. Il leur faudra au moins une heure pour l'abattre. D'ici là, nous serons tous partis. Il nous suffit d'arriver aux écuries, et nous pourrons retourner au domaine d'Oakeshoff avant que le roi sache que nous avons quitté le château. Une fois à l'abri dans le fort de mon maître, personne ne pourra nous toucher.

— Où est Harald ? demanda soudain Bedivere.

Les trois landgraves regardèrent rapidement autour d'eux, mais Harald avait disparu. La grande porte frissonna soudain sous un nouveau coup de boutoir, et une fois de plus la voix exigea son ouverture, au nom du roi. Les hommes d'affaires et les courtisans se blottirent par cliques, épées brandies. Les dames et seigneurs s'étaient réunis et cherchaient à recouvrer leur dignité. Les cris de peur et de rage moururent rapidement, remplacés par des murmures résignés et des bravades sinistres. Puis tout le monde se tut quand s'imposa un autre son : celui d'un lourd verrou d'acier qui se retire peu à peu de son logement. Tout le monde se retourna à temps pour voir le prince Harald qui retirait le deuxième verrou et ouvrait la porte avec désinvolture. Le roi John salua calmement son fils en entrant, suivi de près par sa compagnie de gardes qui se dispersa dans le salon. Harald haussa un sourcil en apercevant Julia parmi les gardes, mais secoua la tête quand elle voulut prendre la parole. Les explications devraient attendre. Le roi s'avança lentement dans la foule, et les conspirateurs reculèrent jusqu'à ce qu'il ne reste que Darius, Cecelia et Gregory devant lui. Darius regardait Harald sans comprendre. Celui-ci, adossé contre le chambranle, secouait la tête avec tristesse.

— Désolé, Darius. On ne peut vraiment faire confiance à personne, de nos jours.

Les conspirateurs regardèrent le prince, sans voix. Darius s'avança, bouche bée.

— Pourquoi ? Mais pourquoi ? Avec nous, vous seriez devenu roi !

Harald haussa les épaules, mais ses yeux étaient froids.

— Si vous êtes prêts à trahir un roi, vous pouvez en trahir un deuxième. Me croyez-vous aveugle à ce point, Darius ? Vous avez menacé mon père, vous m'avez menacé. Vos manigances auraient mis toute la Forêt en danger ! Je connais mon devoir, Darius. Il est plus important que vous ou moi. Vous pensiez vraiment que j'allais tomber dans votre panneau ? Toute votre vie, vous n'avez jamais pensé qu'à vous.

— Ça suffit, Harald, dit le roi. Tu as fait tout ce qu'il fallait. Y a-t-il d'autres sorties à ces salons ?

—Une seule, Père. La porte dans le coin droit mène aux chambres privées de Darius. C'est un cul-de-sac.

Darius se retourna vers ses coconspirateurs.

—Ne restez pas plantés là, bon sang! Nous sommes trois fois plus nombreux que les gardes. Tuez le roi, et le pays est à nous! Tuez le roi, ou nous serons tous décapités.

Les conspirateurs regardèrent Darius, puis le roi.

—Lâchez vos armes, invita le roi. Ceux qui se rendront se verront accorder l'exil. Je vous en donne ma parole.

—Battez-vous, bon sang, cria Darius, le visage rubicond. Nous pouvons gagner!

Un par un, les hommes d'affaires, les courtisans, les seigneurs et les dames jetèrent leur épée ou leur dague sur le parquet ciré. Darius les regarda sans y croire, les yeux écarquillés. Gregory s'approcha de Cecelia, l'épée brandie.

—C'est fini, Darius, dit Vivian d'une voix qui rebondit dans le silence. Mieux vaut un exil honorable qu'une mort de traître.

Darius se détourna et partit en courant vers la porte de ses appartements. Cecelia et Gregory le suivirent.

—Attrapez-les! cria le roi.

Vingt gardes royaux se lancèrent à leurs trousses, suivis de Julia. Bodeen était mort à cause de Darius et de ses complots, et elle s'était promis de le venger. Poursuivis et poursuivants passèrent la porte, et le silence reprit ses droits. Ensemble, le roi John et le prince Harald allèrent se poster face aux trois landgraves. Dans tout le salon, eux seuls tenaient encore une arme. La moitié de la Garde royale se déploya autour du monarque pour le protéger.

— Bonsoir, John, dit Blays. L'un dans l'autre, la journée aura été intéressante, non ?

— Vous pensiez vraiment que mon fils me trahirait, Blays ? demanda le roi avec un sourire triste.

— Bah… ça paraissait être une possibilité raisonnable.

— Nous nous connaissons depuis plus longtemps que je veux me le rappeler, Blays. À une époque, vous étiez même un de mes alliés les plus fervents. Aussi proche que ma propre famille. Et maintenant, nous voici… Pourquoi, Blays ? Pourquoi vous êtes-vous retourné contre moi ?

— La Curtana, répondit simplement Blays. Quand vous avez décidé de tirer cette maudite épée, vous êtes devenu une menace pour mon maître. Vous auriez dû savoir que je ne vous regarderais pas faire sans réagir.

— Et donc, vous avez pris la Curtana par crainte que je l'utilise contre les barons. Cela n'a jamais été mon intention, Blays. Aujourd'hui plus que jamais, j'ai besoin de la Curtana pour repousser les ténèbres. Rendez-moi l'épée, et je vous promets que votre châtiment se limitera à l'exil.

Les yeux de Blays s'étrécirent, et son sourire se chargea de mépris.

— Ce n'est pas une très bonne proposition, John. Vous savez pertinemment que nous n'avons pas cette épée. À moins que vous cherchiez une excuse pour ordonner l'exécution ?

— Je vous somme de me rendre l'épée de Compulsion, Blays.

— Je ne l'ai pas.

— Traître ! Vous l'avez volée dans mon Armurerie !

— Menteur !

Blays se jeta sur le roi John, la pointe de son épée cherchant la gorge du monarque. Harald para le coup, et deux gardes embrochèrent Blays. Le landgrave s'abattit, inerte. Le sang commença à former une flaque autour de son corps. Avec un rugissement de tonnerre, messire Bedivere chargea. Le sang moucheta l'air quand sa lourde épée déchira la cotte de mailles d'un garde, puis se planta dans la poitrine de l'autre. Harald jura dans sa barbe et s'interposa entre le forcené et son père. Bedivere arracha sa lame au cadavre et frappa vers le prince. Harald passa sous la lame et se fendit. Son épée transperça la cotte de mailles de Bedivere et se ficha entre les côtes du géant. Bedivere grogna une fois, puis écarta le prince d'un coup de poing. Harald tomba à la renverse, arrachant son épée du flanc de Bedivere. Le landgrave jura en voyant le sang gicler de sa blessure tandis qu'il abattait les gardes l'un après l'autre, luttant pas à pas pour arriver au roi.

Horrifié, le monarque regardait le landgrave couvert de sang. L'épée qu'il tenait le rassurait par son poids, mais il savait qu'elle ne suffirait pas. Le commandant de sa Garde avait déjà suggéré qu'il se retire, mais il ne le pouvait pas. Un roi ne devait pas seulement être brave. Il fallait qu'il le soit devant les autres. Et puis, s'il n'affrontait pas Bedivere, il se demanderait toujours s'il aurait pu le vaincre. Puis les gardes les plus proches de lui s'écartèrent soudain dans une averse de sang tandis que Bedivere brisait leurs rangs. Les deux hommes s'entre-regardèrent un instant, à quelques mètres l'un de l'autre. La cotte de mailles de Bedivere était en lambeaux, mais sa main restait ferme et son regard furieux. Le roi John vit d'autres gardes s'avancer pour attaquer le landgrave, mais ils arriveraient trop tard. Bedivere leva son arme, et le roi John se prépara au coup qui le tuerait. Puis Harald apparut derrière messire Bedivere et lui trancha les jarrets. Le géant hurla de rage en tombant lourdement à terre, ses muscles tranchés soudain incapables de le soutenir. L'impact de sa chute lui fit lâcher son arme, et le roi John regarda sinistrement une dizaine de gardes l'embrocher encore et encore tandis qu'il gisait à terre, impuissant. Messire Bedivere mourut la bave aux lèvres, en essayant de mordre les mains qui le tuaient.

— Pardon, Père, dit Harald. Mais il vous aurait tué.

Le roi John opina du chef et se tourna vers messire Guillam. Le dernier landgrave regardait autour de lui, désespéré, son épée tremblant entre ses mains. John se demanda brièvement pourquoi il n'avait pas essayé de fuir, puis il se rendit compte que Blays et Bedivere étaient morts en moins d'une minute. Il regarda Guillam et se détourna. Il y avait eu assez de morts pour la journée. Il fit signe aux deux gardes les plus proches, qui se mirent au garde-à-vous.

— Emmenez messire Guillam, grogna-t-il.

Les deux hommes s'avancèrent sans hésitation.

Messire Guillam poignarda le premier en plein cœur, et égorgea le second avant que le précédent soit tombé. Le tableau se figea un instant. Le landgrave avait bougé si rapidement que son attaque avait été à peine visible. Puis quelqu'un cria, et tout se déchaîna. D'autres gardes s'avancèrent, et messire Guillam les accueillit avec sa lame. Il parcourait leurs rangs avec une aisance meurtrière, détournant tous les coups qu'on lui portait. Les gardes mouraient à toute allure, sans jamais savoir ce qui les avait frappés.

— Grands Dieux…, dit tout bas le roi John. Un maître de Lames. Je me demandais pourquoi les barons l'avaient nommé landgrave… Quel meilleur assassin qu'un homme littéralement invincible avec une épée à la main ? J'aurais dû deviner… Mais ils sont si rares de nos jours. Si rares.

— Vous feriez mieux de partir, dit Harald. Ces gardes ne vont pas le retenir très longtemps. Il est plus dangereux que Bedivere l'a jamais été.

— Tu dois avoir raison. Mais je ne vais pas fuir avant d'y être forcé. Messire Guillam est peut-être invincible avec une épée, mais voyons comment il se défend face à quelques arbalètes.

Il fit signe à deux gardes qui attendaient là, qui s'avancèrent, tenant chacun une arbalète chargée. Au signal du roi, ils s'écartèrent de quelques pas pour viser Guillam de deux angles différents. Guillam cria en les voyant épauler leur arme et, sans un mot, courut vers la porte des appartements de Darius. Il écarta les courtisans trop lents, et des hommes et femmes désarmés tombèrent au sol, morts. Puis deux cordes claquèrent en même temps, et Guillam fut projeté contre le mur à sa droite. Il gémit une fois, tout bas, puis lâcha son épée, suspendu par deux carreaux d'acier au mur couvert de sang.

Julia déboucha dans les appartements de Darius juste à temps pour voir la grande bibliothèque s'ouvrir. À côté du passage secret, le ministre attendait que l'issue s'ouvre suffisamment pour le laisser passer. Cecelia était cramponnée à son bras, sanglotant de panique. Gregory se prépara à affronter Julia, épée en main. Elle hésita sur le pas de la porte, faisant osciller sa lame devant elle. Les gardes, alourdis par leur armure, ne la rejoindraient jamais à temps pour l'aider. Elle eut un sourire sinistre. Au mieux, ils n'étaient que deux contre elle. Gregory jeta un coup d'œil à Darius.

— Emmenez Cecelia loin d'ici. Je les retiendrai.

Darius essaya de glisser sa masse dans l'ouverture étroite entre le mur et l'étagère. Il repoussa Cecelia, mais elle s'accrocha à lui encore plus fermement, les poussant tous les deux dans le passage. Des pas approchaient à grands renforts de cliquetis métalliques, puis une dizaine de gardes firent irruption. Gregory s'avança pour leur barrer le passage. Son épée tremblait, mais son regard disait toute la détermination qu'il avait à vendre chèrement sa vie. Il lança aux gardes un sourire moqueur, et jeta un coup d'œil par-dessus son épaule. Juste à temps pour voir Darius tirer une dague de sa manche et poignarder Cecelia plusieurs fois, jusqu'à ce qu'elle le lâche et tombe à ses pieds. Avec un cri rauque, Gregory abandonna son épée et courut s'accroupir aux côtés du cadavre. Darius disparut dans le passage dérobé, le refermant derrière lui. Le temps que les gardes l'atteignent, le passage était trop étroit pour qu'ils puissent y passer. Ils ne purent même pas l'empêcher de se refermer.

Julia approcha précautionneusement de Gregory, l'épée tendue devant elle, mais il ne bougea pas. Assis par terre, il berçait le cadavre de Cecelia. Elle avait les yeux écarquillés, et son justaucorps déchiré n'endiguait pas le flot de sang qui coulait de sa poitrine, tachant la tunique de Gregory. Quand ce dernier leva les yeux, Julia se rendit compte que le jeune garde pleurait.

— Ce n'était pas la peine, dit-il. Pas la peine. Cecelia ? Cecelia, ma chérie ?

Julia rengaina son épée.

— Allez, laissez-la, finit-elle par dire. Vous ne pouvez plus rien faire pour elle.

— Cecelia ?

— Elle est morte, Gregory.

Il ne l'entendit pas. Il resta assis là, à bercer Cecelia et à lui parler comme si elle dormait. Les petites cloches de sa robe tintaient doucement à chaque mouvement. Les larmes coulaient sans entrave sur les joues de Gregory, et ses yeux ne voyaient rien du tout.

La flambée craquelait doucement, chaude et réconfortante. Mais Julia était trop fatiguée pour tendre les mains vers les flammes. L'épuisement s'était abattu sur elle par surprise, pendant le court temps qu'il lui avait fallu pour revenir des salons de Darius jusqu'aux appartements du roi. Et à présent, une douleur persistante lui barrait le dos et les jambes. Elle parvenait à peine à garder les yeux ouverts. Julia voulut se redresser dans son fauteuil usé et trop rembourré, et frotta ses yeux rougis. Il serait beaucoup trop facile de s'endormir dans la chaleur du feu. La journée avait été longue et éprouvante. Mais apparemment, elle n'était pas finie.

Elle cacha un bâillement derrière sa main, et Harald lui adressa un sourire fatigué depuis le fauteuil opposé. À la différence de Julia, il restait vautré dans son fauteuil, ses longues jambes appuyées sur un repose-pieds, les orteils rôtissant doucement au feu. La fatigue avait dessiné de lourds cernes sous ses yeux, lui donnant un air sombre. Son sourire bancal suggérait qu'il n'avait plus la force de se sentir satisfait. Il trempait de temps en temps les lèvres dans la tasse de cidre épicé et chaud posée à côté de lui, comme s'il voulait débarrasser sa bouche d'un mauvais goût. Julia sourit. Elle avait goûté au cidre, et elle ne comprenait pas comment on pouvait en boire volontairement.

Le roi John, entre eux, réfléchissait dans un fauteuil ancien à haut dossier. L'air renfrogné, il tiraillait sa barbe en regardant le feu. Il portait encore son épais manteau de fourrure sur les épaules. De temps en temps, il était secoué d'un frisson, comme en réponse à un vent froid que lui seul aurait senti. Julia le regardait, inquiète. Aussi fatigué qu'il soit, il aurait dû être ravi, ou au moins rassuré. Il avait brisé la rébellion avant qu'elle se déclare, tué la plupart des meneurs et évité une guerre civile. Au lieu de cela, sa bouche portait un pli sinistre, son regard était troublé et, d'une façon incompréhensible, il paraissait… plus vieux.

Julia se détourna. Les appartements privés du roi étaient bien plus petits qu'elle aurait pensé. Son père avait vécu dans des pièces assez grandes pour y former des compagnies entières. De fabuleuses tapisseries pendaient à chaque mur de marbre, de merveilleuses mosaïques couvraient les sols, et de grandes fenêtres noyaient chaque pièce sous un déluge de lumière.

Bien sûr, le palais du duc était plein de courants d'air et impossible à chauffer, mais cela ne l'avait jamais dérangé. Il devait maintenir sa position et les apparences. Dans ses pires jours, le duc paraissait croire que, s'il entrait dans une pièce de moins de vingt mètres carrés, il passerait pour un pauvre. Julia eut un petit sourire. Certaines choses des Bas-Coteaux lui manquaient, mais le palais de son père n'en faisait pas partie. Ni son père, d'ailleurs.

Les appartements du roi John étaient différents. Les petites pièces paraissaient meublées par goût du confort plutôt que de la mode. Julia appréciait la combinaison de salon et chambre à coucher où ils se trouvaient. La pièce avait ce confort chaleureux propre aux endroits où un homme vit seul. Des livres recouvraient les murs du plancher au plafond. Sur les tables et les chaises, ils défendaient leur territoire contre les assiettes, tasses et documents d'État. Des statues et miniatures passées ou écaillées comblaient chaque recoin et tâchaient de se mettre en avant. La plupart des meubles paraissaient n'avoir échappé au rebut que parce qu'ils étaient vieux et familiers. Même les nombreux tapis qui couvraient le sol étaient élimés.

Un craquement dans la cheminée ramena le monarque au présent.

— Je suis troublé de me retrouver si tôt dans mes quartiers d'hiver, grommela-t-il. Ça n'est pas normal. C'est à peine l'automne et on trouve déjà des congères d'un mètre de haut et de la glace sur les douves. Les feuilles ont à peine quitté les arbres, et pourtant, sans flambée jour et nuit, je suis transi. Et ces imbéciles de serviteurs ont rangé mes meubles n'importe comment.

Je suis sûr qu'ils l'ont fait exprès parce que je leur ai crié dessus.

— Nous avons commencé la migration un peu tôt cette année, c'est vrai, dit Harald. Il faut comprendre…

— Non, il ne faut pas ! Je suis le roi !

Harald et Julia rirent, et le roi finit par sourire avec eux.

— Tu as raison. Je n'aurais pas dû leur crier dessus. Mais quand on a mon âge, les petites choses de la vie prennent davantage d'importance. Dans mes appartements, il y a une place pour tout, et tout doit être à sa place. Oh, vous pouvez sourire, Julia. Vous ne voyez qu'un capharnaüm, et vous avez sans doute raison. Mais pour moi, c'est un chaos familier, domestique. Si je me réveille en pleine nuit, je n'ai qu'à tendre la main pour trouver ma chandelle. Enfin, il ne fait plus jamais noir, ici. Je dois prendre soin de faire alimenter le feu avant de me coucher, sans quoi je passe la moitié de la nuit à frissonner sous mes couvertures. J'ai horreur de ce feu. Il reste là pendant que j'essaie de dormir, à me faire sursauter avec ses bruits étranges. Et tout le temps, il me fixe comme un grand œil rouge.

Il s'interrompit quand la porte s'ouvrit. Le seigneur Vivian entra calmement dans la pièce, poussé par un garde à la pointe de l'épée. Le traître s'arrêta là où le garde le lui ordonna, à bonne distance du roi, et se tint au repos. Son fourreau était vide, mais ses mains libres. Au hochement de tête du roi John, le garde s'inclina et sortit. Le seigneur Vivian regarda le roi.

— Vous me faites assez confiance pour me voir sans garde ? demanda-t-il lentement.

— Bien sûr. Vous êtes désarmé. (Le seigneur répondit par un sourire froid.) J'ai à vous parler. À présent que les landgraves sont morts et que Darius est encore en fuite, vous êtes ce que les rebelles ont de plus proche d'un chef. Ils vous écouteront, alors qu'ils ne me croiraient pas forcément. Ce que je vais vous dire les concerne donc tout autant. Vous comprenez ?

— Bien sûr, répondit le seigneur Vivian avec un regard d'une audace étrange. Mais je ne suis pas en position de refuser. Après tout, ma vie est entre vos mains.

— Vous serez exilé, et non exécuté.

— Nous sommes morts quoi qu'il arrive. Traditionnellement, les exilés n'ont droit ni aux armes, ni au refuge avant d'être sortis des frontières de la Forêt. Hors de la protection du château, mes coconspirateurs et moi-même ferons des cibles idéales pour les premiers démons que nous croiseront.

— Vous pourriez toujours demander la protection des barons, dit Harald.

— Pas vraiment. Ils n'ont déjà pas de quoi nourrir leurs propres sujets. Alors trois cents bouches de plus… Et sans escorte armée, nous ne survivrons jamais à la traversée de la Forêt. J'ai mené des groupes de reconnaissance d'un bout de ce royaume à l'autre. Les démons sont partout. Si vous nous obligez à sortir de ce château sans armes, vous nous condamnez à mort.

— Il existe une alternative…

— C'est bien ce que je pensais. Nous y voilà…

— Un peu plus tôt dans la soirée, j'ai accordé une audience à une délégation des fermes extérieures au royaume. Leurs terres sont envahies de démons, et les habitants mènent une bataille perdue d'avance contre la peste. Quand ils m'ont demandé de l'aide, j'ai dû avouer mon impuissance. Mais à présent, il me semble que je pourrais leur proposer une certaine aide.

» Partez avec eux, Seigneur Vivian. Vous et tous les rebelles. Escortez la délégation jusqu'à leurs fermes, défendez-les contre les démons et enseignez-leur l'art de la guerre. Je vous donnerai des armes, des chevaux et des provisions. Je vous l'accorde, ce n'est pas un choix particulièrement prometteur. Si les démons ne vous tuent pas, la peste s'en chargera sans doute. Mais tous ceux qui me serviront ainsi seront pardonnés. Quand les ténèbres seront vaincues, les survivants pourront revenir au château de la Forêt.

— Vous avez raison, le choix n'est pas prometteur. J'accepte votre offre, en mon nom comme en celui de mes compagnons.

Le roi hocha la tête.

— Je ne vous mentirai pas, Seigneur Vivian. Selon toute probabilité, aucun de vous ne survivra assez longtemps pour être pardonné.

— Mais au moins nous avons une chance, Sire. Je n'en ai jamais demandé davantage.

Le seigneur Vivian se tenait droit devant le roi, la tête haute, et, pour la première fois depuis qu'il était entré dans ces appartements, il émanait de lui une sorte de… dignité, de fierté. Julia l'étudia, méfiante, impressionnée malgré elle. Elle comprit qu'un traître n'était pas toujours un lâche. Harald trempa les lèvres dans sa chope sans commentaire. Le regard perdu dans le feu, le roi John acheva d'une voix claire :

— Mon sénéchal va vous présenter les fermiers. Leur chef s'appelle Madoc Thorne. Obéissez à ses ordres comme aux miens. Donnez-leur tout le soutien que vous pourrez, Seigneur Vivian. Ils me sont restés fidèles, même après que je les avais abandonnés.

— Nous défendrons leurs vies de la nôtre, Sire. Vous avez ma parole.

Le roi John leva les yeux et le regarda un moment.

— Pourquoi m'avez-vous trahi, Vivian ?

— Par ambition, Sire. Je voulais devenir haut commandant de la Garde.

— Rien d'autre ?

— Non, Sire. Aucune autre raison qui vaille d'être mentionnée.

Harald lança à Vivian un regard rapide, mais n'ajouta rien.

— Très bien… Nous nous reverrons, Seigneur, quand tout cela sera fini.

— Bien sûr, Sire.

Le seigneur Vivian s'inclina devant le roi, puis partit en ignorant Harald et Julia. Les deux hommes et la jeune femme restèrent un moment perdus dans leurs pensées.

— Vous pensez vraiment qu'il restera avec les fermiers ? demanda Julia.

— Bien sûr, répondit Harald. Il a donné sa parole.

— Drôle d'oiseau que ce seigneur Vivian, ajouta le roi. Je le connais depuis des décennies, et je ne comprends toujours pas ce qui se passe derrière ses yeux froids. C'est un opportuniste convaincu, et pourtant, à sa façon, il est incroyablement loyal au pays. Il ne suit aucune autre cause que la sienne, mais il a toujours tenu parole. Il veut revenir à la Cour et faire amende. Je viens de lui donner l'occasion de faire tout cela. Il aura en horreur d'obéir à des paysans, mais il le fera, et il abattra tous ses compagnons qui refuseront. Étrange homme que ce Vivian. Mais toujours fidèle au pays et à ses besoins.

— Ne vous inquiétez pas, Julia. Vivian est un salaud, mais il connaît son devoir. Il ne va pas nous trahir de nouveau.

— Eh bien, dit le roi. Voilà deux problèmes de réglés. Malheureusement, rien de tout cela ne nous aide à retrouver la Curtana.

— Je pensais qu'elle était aux mains des landgraves ? s'étonna Julia.

— Apparemment pas. J'ai fait fouiller tous les quartiers des traîtres par mes gardes, mais ils ne trouveront rien. Blays a soutenu mordicus qu'il ne l'avait pas, et je commence à le croire.

— Guillam ou Bedivere auraient pu la prendre.

— Pas sans que Blays le sache.

— J'ai tendance à être d'accord…, dit Harald en regardant sa chope vide. Et cela signifie que, dans ce château, il reste un traître que nous n'avons pas encore démasqué.

— Évidemment, dit Julia. Le même traître qui a fait entrer les démons dans l'Aile sud.

— Ah… J'avais oublié.

— Pas moi, insista la jeune femme. Mes cicatrices me le rappellent…

— Nous nous en inquiéterons demain, dit le roi. Dans l'ensemble, la journée a été plutôt réussie. Vu tout ce qui aurait pu mal se passer…

— Certes. Si vous n'aviez pas amené ces arbalétriers avec vous, par exemple, nul ne sait combien de gens messire Guillam aurait pu tuer.

— Tout à fait. Ce fut un coup de chance. Les landgraves m'avaient ouvertement menacé en début de soirée, pendant que je recevais la délégation des paysans. Ils avaient renoncé devant le soutien des fermiers. Cela m'avait intrigué, d'ailleurs. Pourquoi les fermiers avaient-ils si facilement mis les landgraves en déroute ? La réponse était simple. Mes gardes avaient des épées, mais les fermiers avaient des arcs longs. Alors j'ai suivi mon instinct, et cela a payé.

Le silence qui suivit était pensif.

— Trois cent quarante-huit traîtres, finit par dire John. Trois cent quarante-huit. Moins que j'aurais craint, mais beaucoup plus qu'il aurait dû y en avoir.

— Ne vous en veuillez pas, dit Harald. Ce sont eux qui ont trahi, pas vous. Et puis, j'ai parlé à tous ou presque pendant la fête. Croyez-moi, autant vous en débarrasser.

— Comment avez-vous pu jouer le jeu de telles personnes ? demanda Julia. Mener une double vie, raconter différents mensonges à chacun... Pourquoi avez-vous supporté tout cela ? Pourquoi ne pas avoir dénoncé Darius la première fois qu'il a pris contact avec vous ?

— C'est ce qu'il a fait. Je l'ai convaincu de maintenir une façade tout en me tenant au courant. Cette fête a été organisée à la demande d'Harald, et, grâce à lui, nous avons capturé tous les rats dans le même panier. Maintenant, je sais à qui je peux me fier, et qui me trompe. Et surtout, je sais que mon fils est loyal.

— En auriez-vous douté ? demanda Harald en haussant un sourcil.

— Non. Mais c'est toujours agréable d'en être certain.

— Que vont faire les barons, maintenant ? demanda Julia. D'autres complots ? D'autres conspirations ?

— Pas pour le moment, assura le roi avec un sourire. Ils voulaient savoir qui était le plus fort, et à présent, ils sont fixés. Après un désaveu des landgraves et une condamnation publique des rebelles, ils vont me promettre n'importe quoi du moment que je ne rappelle pas mes troupes. Non, Julia, ils ne risquent pas de faire de nouveau des vagues...

— Alors tout est fini. La rébellion est morte.

— Pas tout à fait, rappela Harald. Nous n'avons toujours pas retrouvé le seigneur Darius. Cette maudite bibliothèque s'ouvre sur les aérations, et elles se poursuivent sur des kilomètres. Je n'aurais jamais imaginé que les murs étaient creux.

— Mais cela signifie qu'il pourrait être n'importe où, dit Julia en regardant autour d'elle.

— Un rat de plus dans les murs. Nous le trouverons, Julia, ne craignez rien. Les gardes fouillent les tunnels en ce moment même. Nous l'aurons capturé au matin.

— Et comment va Gregory ?

Harald et John échangèrent un regard incompréhensif.

— Qui ?

— L'amant de Cecelia.

— Oh, lui ! Il s'est pendu dans sa cellule, le pauvre.

— Il ne m'avait jamais plu. Mais il m'a fait de la

peine. Il n'était pas méchant, finalement. Il méritait mieux que Darius et Cecelia.

— Je n'ai aucun doute qu'il nous aurait tous tués, si les barons l'avaient ordonné. Il était juste au mauvais endroit au mauvais moment.

— Et il aimait la mauvaise femme, ajouta Julia.

— Oui…, souffla Harald. Certainement.

— Je suis fatiguée, dit Julia. À moins qu'il vous faille autre chose, je retourne à mes appartements.

— Je vous raccompagne.

— D'accord. Un peu de compagnie me fera du bien.

Elle s'extirpa de son fauteuil, et Harald l'aida à rester sur ses pieds quand la fatigue la fit chanceler.

Le roi les salua d'un mouvement de tête.

— Allez vous reposer, mes enfants. Vous l'avez bien mérité. La journée fut longue pour tout le monde.

Ils étaient presque à la porte quand le roi se retourna dans son fauteuil.

— Julia… Bodeen était un de vos amis, n'est-ce pas ?

— Non… Je ne le connaissais pas vraiment.

Chapitre 7

La longue nuit

Toute la Forêt était occupée par les ténèbres. Toute ? Non. Le château baigné d'une irréductible lumière résistait encore et toujours à l'obscurité envahissante. Les démons se déplaçaient en silence dans la noirceur étouffante, affûtant leurs griffes sur l'écorce mourante des arbres. Le ciel servait d'écrin à la lune, un astre à la lumière immonde et malsaine. Les plantes mouraient faute de lumière, et la faune affamée servait de repas aux démons insatiables. La neige et la glace couvraient le sol, et l'air aspirait la chaleur de tout ce qu'il caressait. Des hommes se barricadaient avec leur famille dans le premier abri qu'ils trouvaient, et appelaient de leurs prières une aube qui n'arrivait jamais. Glaciale, obscure et impitoyable, la longue nuit régnait sans partage.

Un nouveau son résonna soudain dans le Noirbois : un glas sonore et profond, froid comme l'acier. Ce son se renforça peu à peu, devenant un puissant rugissement qui rebondissait dans la longue nuit, secouant le sol et les arbres et défiant le silence. Les démons renâclèrent, frémirent et voulurent fuir, mais ce tintement implacable venait de partout et de nulle part, et nul ne pouvait lui échapper. Puis le grand rugissement culmina et disparut au moment où l'espace se fendait, déversant une aveuglante lumière argentée dans le Noirbois. Le prince et sa troupe étaient enfin rentrés.

Rupert regarda autour de lui en descendant du tunnel argenté, et chancela légèrement quand le sol percuta ses pieds. Au cours de la poignée de secondes passées dans le tunnel, le monde avait changé du tout au tout. Une puanteur familière de corruption lui emplit les narines, et l'horrible oppression le recouvrit comme une vague. Il saisit les rênes de sa licorne et fouilla les alentours du regard, convaincu que le sorcier avait raté son sort et les avait renvoyés dans le Noirbois. Le tunnel recracha les derniers gardes et se referma, emportant sa lumière. Abandonné dans les ténèbres implacables, Rupert se tourna par réflexe vers la dernière source de lumière : la faible aura qui entourait le château.

Rupert eut un instant si mal qu'il en eut le souffle coupé, et secoua la tête. Il était arrivé à temps. La longue nuit n'avait pas pu recouvrir la Forêt aussi vite. Mais le château était là, frémissant de givre, de neige et de glace. De grandes stalactites dentées pendaient des tourelles et des fenêtres, et les douves paraissaient taillées dans un grand bloc de glace. Sur les fortifications, les torches à intervalles réguliers ne parvenaient pas à repousser la nuit. Rupert frissonnait, mais pas du froid qui s'infiltrait déjà dans ses os. Il avait traversé le Noirbois pour sa quête, puis parce qu'il le séparait du Haut Sorcier. Mais le Noirbois avait toujours été un malheur lointain. Il n'avait rien à faire ici, à menacer son foyer. Jusqu'à maintenant, Rupert n'avait pas vraiment cru que le château qui servait les rois de la Forêt depuis quatorze générations pourrait tomber face aux ténèbres. C'était impossible. Impensable… Rupert lutta pour repousser l'hystérie et retrouva peu à peu son calme. Son esprit tournait en rond à la recherche d'une réponse, n'importe laquelle. D'où venait cette tragédie ? Comment le Noirbois avait-il pu se répandre aussi vite ? Puis Rupert leva les yeux.

Juste au-dessus de lui, flottant par une nuit sans étoiles qui n'en finissait pas, la pleine lune. Sa couleur était celle d'un fromage gâté, ou d'une chair gangrenée. La seule tache de couleur dans cette nuit infinie. La Lune Bleue était levée.

Le temps passe différemment dans le Noirbois.

Rupert se tourna lentement vers le Haut Sorcier.

— Qu'avez-vous fait ? demanda le prince à voix basse. Maudit ivrogne, qu'avez-vous fait ?

Le sorcier le regarda bouche bée, puis déglutit avec peine. Son visage était livide.

— Je ne sais pas. Quelque chose a dû interférer avec mon sort de téléportation. Nous sommes au bon endroit, mais au mauvais moment. Je ne comprends pas…

— Nous en parlerons plus tard, Sire. (Malgré sa voix assurée, les mains du Champion paraissaient crispées sur le manche de sa large hache.) Nous sommes cernés par les démons. Apparemment, notre arrivée leur a fait presque aussi peur qu'à nous, mais ils se reprendront vite. Autant rentrer pendant que nous le pouvons.

Rupert regarda rapidement ses gardes, déjà organisés en cercle défensif d'épées et de lanternes. Leur calme le rassura, et il réprima sans pitié les derniers vestiges de sa peur.

— Vous avez raison, messire Champion. Mettons les hommes en route. Vous et moi prendrons la tête, le Haut Sorcier gardera nos arrières avec sa magie. Vous pouvez bien faire cela, au moins, messire sorcier ?

L'homme sourcilla et hocha la tête. Rupert tira l'épée, rassuré par ce poids familier, et se tourna vers ses gardes.

— Restez près les uns des autres, surveillez vos arrières et, une fois que nous serons en route, ne vous arrêtez sous aucun prétexte. Nous sommes à moins de cinq cents mètres du château. Après tout ce que nous avons vécu, il faudra plus que quelques démons pour nous arrêter ! Allez. En route. Le dernier arrivé paiera la bière !

Ce n'était pas un discours très entraînant, et Rupert le savait, mais les gardes n'en rirent pas moins de bon cœur. Fier d'eux, le prince se détourna pour qu'ils ne voient pas les larmes qui lui piquaient les yeux. Il saisit fermement les rênes de la licorne et se mit en marche. Sans hâte, mais sans traîner non plus. Si les démons pensaient que le groupe fuyait, ils attaqueraient. Une démonstration d'assurance suffirait peut-être à gagner quelques précieux mètres. Ce serait toujours ça. Rupert regarda discrètement autour de lui. Le Champion marchait à côté de lui, apparemment pas du tout ralenti par le poids de sa hache. Les gardes et le sorcier les suivaient à quelques pas, sur le qui-vive. Le sorcier faisait plus de bruit que tous les gardes ensemble. Rupert n'entendait pas les démons qui suivaient le groupe, mais de temps en temps, on apercevait deux yeux rouges qui les fixaient dans la nuit comme des charbons ardents, ou une vague silhouette floue qui sautait d'ombre en ombre, devant et derrière le groupe.

Rupert fronça les sourcils et voulut replacer sa cape d'un mouvement d'épaules. Le froid mordant lui brûlait la peau, et il frissonnait sans pouvoir s'arrêter. Cela faisait trop longtemps qu'il n'avait pas quitté la neige et le froid de cet hiver précoce. Il commençait même à oublier la sensation de la chaleur. Un mouvement soudain lui attira l'œil, et il fixa les ténèbres. Le château se rapprochait sans cesse, mais sa lumière ne portait pas très loin. Rupert eut un sourire sinistre. Il n'avait pas besoin de voir les démons pour savoir qu'ils étaient là. Et leur nombre n'importait pas. En cas d'affrontement, il y avait toutes les chances pour que le groupe soit éliminé avant d'arriver au château. Leur seul espoir était de se rapprocher autant que possible, puis de partir en courant. Ce qui ne leur donnait pas un grand espoir.

Rupert serrait son épée à s'en faire mal aux doigts, mais ses mains tremblaient malgré tout. Le poids implacable du Noirbois pesait de toute son horreur familière, et il n'était pas plus facile à porter qu'auparavant. Chaque fois que son devoir le forçait à retourner dans les ténèbres, il espérait malgré tout qu'elles seraient plus faciles à affronter. En fait, c'était tout l'inverse : la peur panique, abrutissante, imprégnait son âme comme une eau glacée, jusqu'à ce qu'il meure d'envie de se blottir au sol en hurlant.

Mais il ne pouvait pas. Il ne *voulait* pas. Il n'avait pas mené ses hommes aussi loin pour les abandonner aux portes du refuge. Rupert regarda le château, qui s'approchait à chaque pas. Presque arrivés. Presque rentrés. Mon Dieu, si près…

La licorne trébucha à côté de lui, et Rupert lui flatta l'encolure.

— On n'est plus très loin, maintenant, murmura-t-il. Encore une petite trotte, et on pourra se reposer.

— Voilà, continue à me dire ça. Une bonne nuit de repos dans une écurie sèche et chaude… Je te croirai quand j'y serai, hein ! J'espère simplement qu'ils auront des trucs agréables à manger. Ça fait des semaines que je ne mange que de l'herbe. Je donnerais mon cavalier pour de l'avoine.

— Une fois à l'abri, je t'enterrerai sous l'avoine.

— Vu notre situation actuelle, cette remarque n'est pas du meilleur goût.

Rupert et la licorne échangèrent un regard, puis gloussèrent tout bas.

— L'un dans l'autre, ce voyage aura été des plus bizarres…, dit Rupert.

— Je ne peux pas dire le contraire.

— Tu sais qu'on ne s'en tirera sans doute pas.

— Cette idée m'a traversé l'esprit.

— Je voulais juste… te remercier. D'avoir été avec moi quand j'avais besoin de toi.

— Je m'en serais voulu de rater ça. Tu es plutôt bien, tu sais… Pour un humain, bien sûr.

— Merci. Enfin, je crois. On est amis ?

— Bien sûr. Pourquoi pas…

— Super.

—Et je veux quand même l'avoine que tu m'as promise.

Rupert éclata de rire et le Champion le regarda étrangement. Rupert se rendit compte que sa main tremblait un peu moins. D'une certaine façon, il avait presque envie que les démons attaquent, pour en finir. Quand il se battait, il n'avait pas le temps d'avoir peur. Il inspira une grande goulée d'air et le regretta aussitôt. La puanteur du Noirbois avait repris toute sa force dans ses narines. Rupert secoua la tête, et regarda par-dessus son épaule. Les gardes avançaient toujours en silence, épée brandie, mais le sorcier n'était plus avec eux. Puis son cœur recommença à battre quand il l'aperçut, suspendu trois mètres au-dessus du sol. Les yeux fermés, les sourcils froncés, le sorcier émettait une lueur diffuse. À ce moment-là, Rupert se rendit compte que le groupe avançait dans une petite flaque de lumière. Au moins, la magie du sorcier leur servait à quelque chose.

Le château continuait à se rapprocher, luisant comme un gigantesque fantôme de pierre à la lueur de ses propres torches. Il n'y avait pas de gardes sur les fortifications, mais le pont-levis était levé. Rupert eut un sourire amer. Si les démons décidaient un jour de prendre le château, ils ne se fatigueraient pas à utiliser le pont-levis. Ils se contenteraient d'escalader les murs. Il se rappela la dernière fois qu'il était entré dans la cour du château, silencieuse et déserte… Il secoua la tête, agacé. Il n'avait pas fait tout ce chemin pour rentrer trop tard. C'était impossible.

Mais où sont les démons ? Qu'est-ce qu'ils attendent ?

La troupe arrivait à trois cents mètres du château. Deux cents. Cent. Puis les démons donnèrent l'assaut.

Rupert eut à peine le temps de lever son épée avant que les démons le cernent, puis il n'y eut plus qu'un océan d'acier, de sang et de griffes. Il abattait son épée en arcs serrés et cruels, tranchant la chair des démons à coups mesurés. Le sang de démon empuantissait l'air. Les créatures tordues et difformes aux crocs et aux griffes acérés, aux yeux perpétuellement affamés, affluaient de toutes parts. La terre trembla sous les pieds de Rupert, puis se crevassa paresseusement. Des centaines de tentacules pâles et visqueux jaillirent de la faille et se tendirent vers les gardes. Rupert regarda dans l'une des fissures les plus proches en tranchant un tentacule. Autour d'un œil d'au moins quatre mètres de large, des centaines de bouches s'ouvraient et se refermaient. Rupert recula, et l'œil suivit son mouvement. Trois tentacules s'enroulèrent autour d'un garde et le déchirèrent en quelques secondes. Une créature avec des ailes et des pattes d'araignée velues s'abattit sur un soldat isolé, lui ouvrit la gorge et repartit dans les ténèbres avant que le cadavre ait fini sa chute. Trop épuisé pour sentir la douleur, Rupert s'adossa à un arbre tordu et abattit mécaniquement son épée devant lui. Les démons étaient si nombreux autour de lui qu'il ne pouvait pas les rater.

Et les démons continuaient à affluer. Certains sur deux pattes, d'autres sur quatre, et d'autres encore qui rampaient sur la terre. Dans la lumière changeante, Rupert avait l'impression que ces formes cauchemardesques se déformaient sous ses yeux comme une argile fraîche. D'étranges hybrides de plantes, d'animaux et d'insectes s'élevaient et disparaissaient devant lui ; d'ignobles créatures qui n'auraient jamais dû survivre.

Rupert continua à se battre. Il y avait toujours d'autres démons pour remplacer ceux qu'il abattait. Une masse lui tomba dessus, et quelque chose de froid et écailleux s'accrocha à ses épaules tandis que des mains griffues se tendaient vers ses yeux et sa gorge. Rupert hurla de peur et de rage et chercha désespérément la créature de sa main gauche. Les démons alignés devant lui s'élancèrent, et il les repoussa de l'épée. Du coin de l'œil, Rupert vit la tête oblongue s'avancer de derrière lui, et des centaines de petites dents se plantèrent dans son épaule gauche. Il poussa un cri étranglé et lâcha son épée quand la créature resserra son étreinte. Au moment où les démons lui sautaient à la gorge, un éclair de lumière blanche les faucha, ne laissant que quelques os difformes et carbonisés.

Rupert s'élança, cherchant encore la créature sur son dos, et un autre éclair de feu la délogea. Il n'en restait que la tête, encore cramponnée sur son épaule. À genoux, incapable de se relever, Rupert vit soudain le Champion à son côté. De sa dague, il fit levier sur les mâchoires du démon, et Rupert détourna le regard. Tout autour de lui, les démons se retiraient dans les ténèbres environnantes, incapables de résister au feu du Haut Sorcier. Les tentacules tachés de sang disparurent sous terre. En l'espace de quelques secondes, le Noirbois avait retrouvé son immobilité silencieuse. Le Champion finit par ouvrir la gueule du démon et la jeta de côté. Il aida Rupert à se relever et lui rendit son arme. La licorne s'avança vivement pour se ranger au côté du prince. Soulagé, Rupert s'appuya avec gratitude sur l'animal. La douleur dans son épaule ne faisait pas mine de disparaître, mais au moins elle ne l'empêchait plus de penser. Il sentait du sang couler le long de son bras gauche, mais avait perdu toute sensation dans la main.

Je m'en inquiéterai plus tard. Comme de tout le reste.

— Messire Champion ! articula-t-il péniblement.

— Sire.

Le Champion était à côté de lui, le dos raide et la tête haute. Sa cotte de mailles déchirée était couverte de sang de démon.

— Nous devons rejoindre le château. Il ne nous reste qu'à courir. Si nous continuons à nous battre, nous mourrons tous. Rassemblez les hommes et dites-leur que nous repartons. Le Haut Sorcier nous aidera. Vous comprenez ? Bien. Ouvrez le chemin, Champion. Nous vous suivons.

— Oui, Sire. Nous irons plus vite si vous montez votre licorne.

Rupert regarda sa monture. Même dans son état second, il voyait clairement le sang qui couvrait les flancs de l'animal. Il l'avait déjà vu dans cet état. Une fois. À l'époque, son ami avait failli mourir dans la clairière du Noirbois… Rupert écarta ce souvenir.

— Qu'en penses-tu, licorne ? Tu te sens en état de me porter jusque-là ?

— Bien sûr. Sans problème. Je suis à peine égratigné. Allez, en selle, Rupert.

Le Champion aida Rupert à monter, et le prince oscilla dangereusement. Il lutta pour ne pas s'évanouir. Il regarda sa main droite et sourit. Il avait réussi à garder son épée. Bon présage. Quand on croit aux présages.

Dans les ténèbres, quelque chose s'agita.

— Courez vers le château ! Allez !

La voix de Rupert n'était guère qu'un murmure rauque, mais ses gardes se mirent à courir avant même qu'il ait fini sa phrase. Il serra les genoux pour se cramponner quand l'animal accéléra. Le Champion courait devant lui, la hache prête à frapper. Le Haut Sorcier volait au-dessus d'eux, les mains entourées de feu crépitant. Et quatorze gardes suivirent Rupert dans le château.

Quatorze. Quatorze sur cinquante. Rupert se pencha en avant contre le cou de la licorne quand ses dernières forces l'abandonnèrent. Sa prise sur son épée se relâchait, et seule la douleur atroce qui le traversait à chaque pas le maintenait éveillé. L'échec ne le dérangeait pas. Il y était habitué. Mais ses hommes l'avaient suivi, lui avaient fait confiance, et il les avait menés à leur mort. Tout comme il avait déjà mené la licorne à sa mort, brisée et ensanglantée dans une petite clairière du Noirbois. Mais cette fois, il n'y aurait pas d'Arc-en-ciel pour repousser les ténèbres.

La douleur ne le retenait presque plus. Ses yeux n'arrêtaient pas de se fermer. Rupert savait qu'il était sans doute en état de choc, mais il s'en fichait. Cela calmerait la douleur de son corps et de ses souvenirs, ce qui lui convenait tout à fait. Les arbres gigantesques de la Forêt se penchaient sur lui depuis les ténèbres tandis que la licorne le portait à chaque pas un peu plus près du château. Écœuré, Rupert remarqua les taches de mousse malsaine qui striaient leur écorce. Malgré les ténèbres et les démons, il n'acceptait pas que la forêt soit morte. Cette idée même était impensable. La

Forêt existait déjà plusieurs siècles avant les hommes, et Rupert avait toujours été convaincu qu'elle serait encore là des siècles après que le dernier homme aurait disparu. Voir ces grands arbres ancestraux morts, c'était plus que Rupert pouvait supporter. C'était plus pénible encore que la mort qu'il sentait venir. Car si la Forêt elle-même pouvait périr face aux ténèbres, quelle chance avaient les hommes ? À cet instant, Rupert se sentit céder, et lentement le monde se mit à disparaître, emmenant la douleur et la peine avec lui.

Puis un démon grimaçant s'abattit depuis les ténèbres, et Rupert leva son épée par réflexe. La longue créature noueuse s'empala sur la lame, et retomba avec un aboiement muet. Rupert regarda sans la voir son épée ensanglantée, puis secoua la tête tandis qu'une colère sourde montait en lui, le réveillant de force. Il arrivait peut-être trop tard pour sauver la Forêt, mais il pourrait encore la venger. D'autres démons jaillirent des ténèbres, et Rupert tailla autour de lui tandis que la licorne luttait pour trouver le dernier élan qui les ferait arriver au château avant que les démons fassent chuter son cavalier.

Le Champion abattait les démons sans même ralentir, les yeux fixés sur le pont-levis devant eux. Rangés de part et d'autre de la licorne, les gardes combattaient furieusement pour repousser la masse de démons surgie des ténèbres. Impuissant, Rupert vit trois hommes mourir sous les griffes et crocs des démons, et il se concentra de nouveau pour rester en selle. De sa main gauche, il essaya de saisir les rênes, mais ses doigts refusaient de lui obéir. Le château n'était qu'à cinquante mètres, mais ç'aurait pu être cinquante kilomètres. Le chemin était tout à fait bouché par les démons. Un cri étouffé sur sa droite apprit à Rupert qu'il avait perdu un garde de plus, mais il n'avait pas le temps de regarder. Les démons se rapprochaient, et la licorne ralentit encore un peu. Rupert sentit une envie presque écrasante de faire volte-face et de repartir dans les ténèbres, pour tuer et tuer jusqu'à ce que sa lame et lui soient couverts de sang de démon. Mourir en se battant plutôt qu'en fuyant. Cette idée passa aussi vite qu'elle était venue, et Rupert sourit en fauchant un adversaire. Il n'avait pas fait tout ce chemin pour renoncer à la vie sur une bravade. Il avait traversé le Noirbois pour ramener le Haut Sorcier de sa Tour Sombre, et maintenant il allait rentrer chez lui. Tant pis pour ceux qui s'interposeraient.

La licorne continuait à avancer, pas à pas. L'épée de Rupert s'abattait encore en une boucherie sans fin. Le château continuait à se rapprocher… et les démons d'affluer. Quarante mètres. Trente. Vingt-cinq. *On va peut-être y arriver… On va y arriver !* Des visages irréels et difformes jaillissaient des ténèbres autour de lui, et il les abattait automatiquement de son épée. Un martèlement lent commença loin derrière lui. Un bruit étouffé, comme le battement d'un cœur géant. Au début, Rupert crut qu'il s'agissait du tonnerre. Quand le sol lui-même commença à trembler en rythme avec ce battement, il se rendit compte qu'il entendait les pas d'une créature immense et lourde éveillée au cœur du Noirbois. Rupert risqua un rapide coup d'œil derrière eux, mais les ténèbres impénétrables ne révélèrent rien. Puis les poils sur sa nuque se hérissèrent quand un rugissement vil et étranglé résonna dans la longue nuit. Un meuglement assourdissant de rage irraisonnée. Le sol trembla violemment quand la créature se rapprocha, et Rupert se rendit compte qu'autre chose sortait des ténèbres. Une chose énorme, ancienne, d'une puissance indicible. Il se rappela la gelée informe combattue dans la mine de Minebourg, et pressa sa monture.

La lumière brilla soudain dans la longue nuit, repoussant les ténèbres, au moment où le sorcier déchaînait enfin ses pouvoirs. Des arbres furent arrachés et projetés, et les démons hurlèrent en silence quand une force invisible les écrasa au sol. La terre s'éleva et retomba comme une vague lente sous sa poussée. L'obscurité poussa un rugissement de douleur et de peur. Rupert frissonna en sentant le pouvoir battre l'air fétide et déchirer les ténèbres avec sauvagerie. Cette magie avait un côté primal. Elle se tordait et crépitait dans l'air, détruisant tout ce qui n'appartenait pas au groupe de Rupert. Et pourtant, au fond de lui, le prince savait que seul le sorcier empêchait ce pouvoir de les faucher tous, de raser le château, la Forêt et tout le reste en une vaste orgie de destruction. Les démons refluèrent, et le pouvoir les suivit. Rupert abaissa lentement son épée, et la licorne se mit tant bien que mal au trot en comprenant que le chemin était de nouveau dégagé. Le sorcier volait derrière eux, oscillant lentement en plein air, comme sous un vent que lui seul sentait.

Abandonné par ses dernières forces, Rupert vacilla sur sa selle quand le Fort apparut devant lui. Il serra la garde de son épée, catastrophé à l'idée de la lâcher, et une créature râblée aux pattes innombrables jaillit des ténèbres en volant et se posa sur le cou de la licorne. La monture trébucha et faillit tomber. Le démon s'accrochait, forçant presque par son poids seul la monture immaculée à s'arrêter. De fines rigoles de sang gouttèrent le long de l'encolure de la licorne quand les jambes barbelées de la créature resserrèrent leur étreinte. La licorne rua et secoua la tête, poussant un hennissement strident quand des griffes cherchèrent ses yeux.

Rupert s'efforça de rester en selle, et frappa le démon de son épée. La lame traversa la créature sans la tuer. Devant Rupert, les bords de la plaie commencèrent à se rejoindre et à se refermer. Le prince leva son épée pour un nouveau coup, et le corps du démon s'étira et changea, d'une forme immonde à une autre, pour se diriger vers lui. Le démon laissait un sillage de blessures sanguinolentes sur la chair de la licorne, comme si son ventre cachait des centaines de dents. La licorne continuait à avancer, d'un pas trébuchant, tout en hurlant piteusement. Malgré la douleur qui lui embrumait l'esprit, Rupert frappait, mais il ne parvenait pas à libérer sa monture. Des bras et des jambes dissemblables poussaient régulièrement sur le corps velu du démon et se refondaient presque aussitôt dans la masse. Embroché de part en part, le démon rampa le long de la lame pour saisir le poignet de Rupert. Agrippé par une demi-douzaine de mains osseuses, Rupert sentit sa peau brûlée comme par l'acide. Deux yeux d'un jaune chassieux le regardaient au-dessus d'une large bouche baveuse remplie de centaines de dents effilées. Rupert jura et frappa la créature de son bras gauche toujours engourdi. Les doigts de sa main gauche s'enfoncèrent dans la chair du démon, et se refermèrent lentement sur un œil. Le démon lutta pour se dégager, mais Rupert ignora la douleur qui montait dans son bras et se concentra sur sa main. Avec un torrent de douleur insensée, ses doigts finirent par retrouver leur sensibilité. Mais au-delà de cette douleur, il sentit quelque chose de mou qui battait sous sa main. Le cœur du démon. La créature lui lâcha le bras et se lança vers la gorge du prince, sa bouche étirée de façon impossible. Rupert rit, et avec ses dernières forces, jeta le démon à bas de sa monture. La licorne le piétina en hennissant hystériquement. Le démon finit par cesser de bouger, et la licorne fila aveuglément vers le château.

Les douves couvertes de glace se trouvaient droit devant eux, et, en quelques instants, les sabots de sa monture sonnèrent sur le bois ancien du pont-levis. Rupert secoua la tête pour s'éclaircir les idées. Il n'avait pas vu le pont-levis se baisser. Le Champion se tenait déjà devant la porte intérieure, la martelant de son poing couvert de mailles. Les battants s'ouvrirent lentement devant lui. Rupert tira sur les rênes et attendit que les portes soient assez ouvertes pour le laisser entrer. Un mouvement derrière lui le fit se retourner. Dix gardes approchaient lentement. Bien que mal en point et épuisés, ils portaient tous leur épée. Derrière eux, le Haut Sorcier flottait dans l'air, projetant de grandes vagues de pouvoir qui couchaient les arbres comme une bourrasque implacable. Les démons se tordaient au sol, leur corps difforme s'écoulant dans la terre couverte de sang. Le Champion cria quand les portes furent enfin ouvertes, et la licorne s'élança. Rupert brandit son épée en défi aux ténèbres, et entra dans l'abri de la cour du château. Les portes commencèrent aussitôt à se refermer.

— Non ! cria Rupert d'une voix rendue inhumaine par la douleur et l'épuisement. Laissez les portes ! Mes hommes sont encore dehors !

— Qu'ils aillent au diable ! cria un garde furieux. La Forêt est pleine de démons !

Quand Rupert arrêta la licorne à côté de lui et lui posa la pointe de l'épée sur la gorge, le garde hésita. Quand il croisa son regard, il se tut pour de bon. Un instant lui avait suffi pour comprendre que la silhouette ensanglantée et tailladée qui se penchait sur lui était plus dangereuse que tout ce que le Noirbois pourrait envoyer.

— Ces portes resteront ouvertes jusqu'à ce que mes hommes soient entrés, dit Rupert. Donnez l'ordre, ou je vous jure que je vous abats sur place.

— Laissez ouvert ! cria le garde. Et préparez-vous à repousser les démons. Des hommes sont en route !

Rupert abaissa son épée et se détourna, oubliant déjà le garde. Ses hommes rentraient enfin chez eux, et aussi épuisé et endolori soit-il, il ressentait une fierté sinistre. Ses dix derniers soldats s'aidèrent à passer la porte, écartant les hommes du château qui voulaient les aider. Même après tout ce qu'ils avaient traversé, après tout ce que le Noirbois leur avait fait subir, ils restaient déterminés à achever leur aventure par eux-mêmes. La lumière du Haut Sorcier s'éteignit soudain, et il se posa au milieu du pont-levis, tourné vers les ténèbres. La Haute Magie qu'il avait déchaînée ne faisait plus vibrer l'air, mais un soupçon de son pouvoir ancestral donnait une certaine dignité à la petite silhouette. Les démons s'attroupèrent au bord de la lumière du château, mais ne firent pas mine d'approcher le sorcier. Il leur tourna le dos et entra dans la cour par la porte. Les démons s'élancèrent.

Les gardes crièrent leurs ordres à la porte, et les deux grands battants se refermèrent. Rupert avait tout juste eu le temps d'apercevoir le pont-levis qui remontait, déjà noyé de démons, puis les grandes portes de chêne se rejoignirent, et les hommes firent coulisser les lourds verrous d'acier. Rupert finit par rengainer son épée et s'avachit sur sa selle. Comme un tonnerre incessant, des milliers de démons martelaient les murs du château, furieux de cette défaite. Et loin, très loin, au cœur pourri du Noirbois, monta un cri inhumain de rage frustrée.

Rupert descendit de sa selle, réussit à faire quelques pas incertains, puis s'assit lourdement contre le mur d'enceinte. Ses sept mètres de pierre solide ne parvenaient pas à amortir tout à fait la vibration des coups démoniaques. Il posa son bras gauche sur ses genoux et, pour la première fois depuis trop longtemps, s'autorisa à se détendre. La tête lui tournait, il commençait à trembler de peur et de choc, et seule la douleur qui lui déchirait l'épaule gauche le maintenait éveillé. Mais il s'en fichait. Il était rentré au château, et rien d'autre n'avait d'importance. Pour le meilleur ou pour le pire, quelles que soient les conséquences, il était rentré.

Peu à peu, les démons cessèrent leur assaut sur le mur du château, et le grand rugissement céda la place à un silence encore plus sinistre. Rupert ferma les yeux et se laissa flotter. Après tout ce qu'il avait fait, il avait bien le droit de se reposer. Un moment. Un gémissement épuisé à son côté l'éveilla de nouveau, et il leva les yeux sur la licorne, debout devant lui, sa grande tête fourbue, les yeux dans le vague. Rupert lui lança un sourire attendri.

— Beau galop, licorne.

— Tu n'en verras jamais de meilleur, tu peux me croire. Je n'avais jamais couru aussi vite de ma vie. Incroyable ce qu'on peut faire, poussé par l'urgence. Comment te sens-tu ?

— Terriblement mal, avec un soupçon d'affreusement pas bien. Je pense que je pourrais tuer quelqu'un pour un verre d'eau. Si j'en avais la force, bien sûr.

— Je me fiche de ta soif. Où est mon avoine ?

Rupert parvint à rire, et trouva pour la première fois la force de lever la tête pour regarder autour de lui. La cour était pleine de monde. Des fermiers, des villageois et des citadins, forcés de se réfugier dans le château quand les démons avaient envahi leur foyer. Réfugiés de la longue nuit, ils se serraient en petits groupes au milieu de leurs possessions entassées. Des feux ouverts brûlaient çà et là, luttant faiblement contre le froid et la nuit. Mais la cour restait glaciale, et des ombres sinistres se dessinaient entre les flambées. Quelques tentes et auvents élimés donnaient une certaine illusion d'intimité, sans pour autant fournir un véritable abri. Des animaux erraient librement de feu en feu, grignotant en silence les maigres détritus. Avec tant de gens et d'animaux les uns sur les autres, l'odeur était terrifiante, mais personne ne paraissait la remarquer. Ils y étaient habitués.

Le pire, c'était le silence. Les gens se pressaient les uns contre les autres pour se rassurer et se réchauffer, mais ne parlaient pas. Ils regardaient les feux, léthargiques : leurs yeux avaient vu trop d'horreur et pas assez d'espoir. Ils attendaient simplement que les ténèbres viennent les chercher. Rupert eut un sourire amer. Même les murs du château et leur magie ne parvenaient pas à repousser toute l'influence du Noirbois. La peur, l'incertitude et le désespoir saturaient l'air comme un brouillard étouffant, reflété clairement dans les visages terrifiés. Les ténèbres avaient pénétré leur âme et posé leur marque. Rupert se détourna. Malgré tous ses voyages et tout ce qu'il avait accompli, il avait échoué. Il était arrivé trop tard. La Lune Bleue était levée, et la forêt était tombée face à la longue nuit. Et sur les cinquante hommes partis avec lui vers la Tour Sombre, dix seulement étaient revenus.

J'ai essayé, se dit Rupert, écœuré. *Au moins, j'ai essayé.*

Il lutta contre une vague d'apitoiement qui menaçait de le noyer. Il aurait bien le temps plus tard. Il n'avait pas encore fait son rapport au roi, et il devrait s'occuper de ses hommes. Ils en avaient bavé, à la fin. Rupert chercha le Champion du regard, mais il n'était plus là. Sans doute parti voir le roi aussitôt, pour l'informer du retour du Haut Sorcier. Rupert fronça les sourcils. En tant que chef de la mission, ç'aurait été à lui, et non au Champion, de faire ce rapport. Au moins, le Champion aurait dû lui en parler avant. Rupert eut un sourire faible quand la réponse lui revint. Le Champion avait juré d'obéir à ses ordres jusqu'à la fin de la mission. À présent qu'ils étaient de retour dans le château, Rupert n'était plus qu'un fils cadet, sans aucun contrôle sur le Champion. En fait, il ferait bien de surveiller ses arrières de nouveau. Des bottes frottèrent les pavés tout près de lui, et Rupert vit un garde qui le regardait. Grand et large d'épaules, il aurait été impressionnant même sans la rage qui tordait ses traits couturés de cicatrices. Il portait une pique rouillée, et derrière lui se tenaient plusieurs autres gardes, tous menaçants. Rupert les regarda calmement.

—Vous voulez quelque chose ?

—Je m'appelle Chane, dit le garde des portes. Vous vous souvenez de moi ? J'imagine que oui. Vous auriez pu nous tuer tous, pauvre salaud, pour quelques gardes ! Je ne sais pas ce que vous fichiez dehors, ni comment vous avez pu ouvrir les portes, mais, quand nous en aurons fini avec vous, vous allez regretter que les démons ne vous aient pas trouvé en premier.

Super. J'ai traversé le Noirbois et ses démons, et je vais me faire rosser par mes propres gardes. Ben voyons.

Il se leva tant bien que mal, le bras gauche inerte à son côté. La licorne s'approcha pour le défendre. Chane leva sa pique avec un sourire mauvais. Puis dix gardes sales et ensanglantés sortirent des rangs des réfugiés pour s'interposer entre Rupert et ses assaillants. Après un coup d'œil pour ces nouveaux venus, Chane et ses camarades commencèrent à reculer. Et pressèrent le pas quand les dix hommes dégainèrent leur épée.

—C'est notre chef que vous menacez, dit Rob Hawke, le maître de Lames. Il nous a ramenés des ténèbres. S'il ne vous en avait pas empêché, vous nous auriez claqué les portes au nez et laissés mourir dehors. Alors soit vous baissez ces piques, soit on vous les fait manger. Compris ?

— Mais vous êtes qui, tous ? balbutia Chane.

— Depuis quand êtes-vous garde dans ce château ? demanda une voix froide et autoritaire.

Rupert trouva le Champion à son côté, hache en main. Chane resta bouche bée et blêmit.

— Messire Champion… On nous a dit que vous étiez mort ! Mais si vous êtes en vie… alors ce doit être…

Les yeux écarquillés, il regarda le sourire de Rupert. Puis, à la grande surprise du prince, Chane baissa sa pique, mit un genou en terre et baissa la tête. Les autres gardes l'imitèrent.

— Pardonnez-moi, Sire, dit Chane d'une voix lourde d'émotion. Pardonnez-moi de ne pas vous avoir reconnu, mais cela fait si longtemps… Nous avions abandonné tout espoir… Tout le monde vous disait mort ! Tout le monde…

— Eh bien non, répondit Rupert. Ou alors, je suis une saleté de fantôme.

Rob Hawke tendit immédiatement sa gourde à Rupert, qui le remercia d'un hochement de tête et rengaina son épée. Il prit la gourde, la déboucha avec les dents et avala avec joie quelques gorgées d'eau tiède. Il n'avait jamais goûté une eau aussi bonne. Sa soif enfin étanchée, il lui rendit la gourde. Chane et les autres étaient encore à genoux, et il leur fit signe de se relever. Leur dévotion devenait gênante.

— Content de vous revoir, Prince Rupert, dit Chane. Bienvenue au château.

Il se pressa de se relever, les yeux témoignant d'une sorte de... d'émerveillement religieux. Ses paroles rebondirent dans le silence, puis un murmure passa parmi les réfugiés. Les têtes se tournèrent, et certains se levèrent pour mieux voir. Le murmure continua à enfler, de plus en plus fort, devenant un rugissement. En quelques secondes, tout le monde dans la cour était debout et s'approchait de Rupert, riant, lançant des vivats et chantant son nom. Les gardes de Rupert s'avancèrent instinctivement pour le défendre, et Chane et ses piquiers les rejoignirent rapidement, formant une muraille humaine entre Rupert et la foule extatique. Rupert se pressa contre le mur du château, regardant autour de lui avec étonnement quand la foule continua à approcher. Où qu'il regarde, il voyait des visages qui criaient, souvent noyés de larmes. Certains réfugiés sautaient même de joie. Rupert se tourna vers le Champion.

— Qu'est-ce que c'est que cette histoire ?

— Apparemment, on nous avait tous donnés pour morts depuis longtemps. Et puisque votre quête de la Tour Sombre avait échoué, ces gens n'avaient plus aucun espoir. Mais voilà que vous revenez de la longue nuit au dernier moment, et vous ramenez le légendaire Haut Sorcier, qui bien sûr va tout arranger d'un geste de la main. Vous êtes la réponse à toutes leurs prières, Sire.

— Et c'est vous qui allez leur annoncer la mauvaise nouvelle, ou vous allez me laisser faire ?

Le Champion eut un sourire amer. Les réfugiés continuaient à avancer, sans écouter les avertissements des gardes ni remarquer leurs épées tirées. La voix de la foule changeait peu à peu de ton, désespérée et colérique. Rupert n'était pas qu'un héros revenu des enfers, c'était aussi leur prince. Ils voulaient savoir où il était allé, ce qui lui était arrivé, pourquoi le voyage avait pris tant de temps, pourquoi il n'était pas revenu à temps pour les sauver des ténèbres. Personne ne remarquait son épuisement, ni le sang qui le recouvrait. Ils ne voyaient que le héros dont ils avaient besoin. Le faiseur de miracles qui pourrait repousser les démons, vaincre la longue nuit et ramener tout ce qu'ils avaient perdu. D'impatiente, leur voix se fit querelleuse et exigeante. Puis suivit la bousculade pour dépasser les gardes et toucher Rupert, pour attirer son attention. Et quand celui-ci ne leur fit pas les promesses rassurantes qu'ils avaient tant besoin d'entendre, la voix de la foule se durcit encore. Différentes factions essayèrent de crier plus fort les unes que les autres. Certains imploraient plus de nourriture ou d'eau pour leur famille ou leurs bêtes, d'autres réclamaient des quartiers à l'intérieur du château, loin des ténèbres. Leur voix enflait sans cesse pour exiger l'espoir, le réconfort et les réponses que Rupert ne pouvait pas leur apporter. Il voulut leur parler, leur expliquer, mais ils criaient trop fort pour écouter. Rupert ne leur en voulait pas. Il était si fatigué et troublé que ses propres explications lui paraissaient absconses. Les réfugiés reculaient et avançaient tour à tour, leur joie envolée. Les gardes, tout aussi mal en point que lui, attendaient les ordres quand la foule pressa de plus belle.

— Écartez-vous ! rugit le prince en tirant l'épée.

Les gardes se mirent aussitôt en position de combat et attendirent l'ordre de l'assaut. Les hommes d'armes tendirent leurs piques, et le Champion passa sa hache d'une main à l'autre. Les reflets des torches sur les lames tachées de sang et les piques rouillées ramenèrent le silence. Rupert regarda les visages crispés qui lui faisaient face.

— Je suis épuisé, finit-il par grogner. Je vais aller à mes appartements pour me reposer. Le premier qui me dérangera le regrettera. Quels que soient vos problèmes, ils peuvent largement attendre que j'aie dormi. Et maintenant écartez-vous, ou j'ordonne à mes gardes de m'ouvrir le chemin.

Le silence s'éternisa, tendu.

— Toujours aussi diplomate, hein Rupert ? lança une voix amusée.

Par-dessus les têtes, Rupert vit Harald descendre les marches du château. Il s'avançait sans hâte parmi les réfugiés, les rassurant par sa simple présence. Malgré sa fatigue, Rupert fut impressionné. La voix calme d'Harald promettait tout sans engager à rien, mais cela parut satisfaire les réfugiés, qui finirent par retourner à leurs feux et leurs animaux. Aucun n'eut le moindre regard pour Rupert. Leur héros de retour n'était finalement qu'un homme. Rupert regarda son frère disperser la foule et secoua la tête. Harald avait toujours eu le sens des mots quand il le fallait. Cette petite mascarade pouvait tromper la Cour, mais Rupert savait mieux que quiconque qu'il s'agissait de manipulation, et non de véritable sollicitude. Depuis l'enfance, Harald s'arrangeait pour avoir le beau rôle, généralement aux dépens de Rupert.

Malgré tous ses défauts, et Harald en avait plus que sa part, c'était un excellent organisateur. Avant la fin de la soirée, il aurait dressé une liste de toutes les doléances des réfugiés et aurait imaginé un système pour régler les plus importantes. Rupert soupira, rengaina son épée et s'adossa au mur du château. Fut un temps, il pensait qu'Harald ne faisait tout cela que pour avoir le beau rôle tout en laissant le gros du travail à d'autres. Mais maintenant, il voyait que c'était une autre raison pour laquelle Harald deviendrait roi et pas lui. C'était un diplomate. Rupert haussa les épaules. *Merde à la diplomatie. Qu'il essaie de faire preuve de tact et de raison avec un démon, on verra s'il sauve sa tête.*

Il se détourna et remercia Chane et ses hommes.

— Merci. Les choses auraient très facilement pu dégénérer.

Les hommes se mirent au garde-à-vous et s'inclinèrent rapidement.

— Désolé pour les réfugiés, Sire, dit Chane. On ne peut pas leur en vouloir. Ils ont tout perdu quand les ténèbres sont arrivées. Je doute qu'il y ait ici une famille qui n'ait pas perdu un enfant ou un parent face aux démons. Ils ont peur depuis si longtemps, ils ont besoin de quelqu'un sur qui se défouler. C'est tombé sur vous.

— Oui, eh bien… Merci quand même.

— Avec plaisir, assura Chane. Si vous avez de nouveau besoin de nous, vous savez où nous trouver. On ferait mieux de retourner à nos postes, d'ailleurs. Les démons pourraient attaquer à tout moment.

Il s'inclina une nouvelle fois et ramena ses hommes vers leur poste. Rupert les regarda partir et fronça les sourcils, perplexe. Soit Chane était l'homme le plus généreux qu'il ait rencontré, soit il y avait quelque chose de louche. Ou alors… Rupert sourit soudain. Ou alors il redevenait paranoïaque. Un retour au château pouvait facilement susciter ce genre de réaction. Il soupira et se tourna face à ses hommes. Au moins, il n'avait pas à s'inquiéter à leur sujet. Ils lui étaient loyaux depuis le début. Même s'ils n'avaient aucune raison pour cela. Après tout, le Champion ne lui obéissait que parce que le roi le lui avait ordonné. Rupert secoua la tête, mais cette pensée ne le quitta pas. Il savait qu'il devait poser la question, ne serait-ce que parce qu'il avait peur de la réponse. Quoi qu'il en soit, il fallait qu'il sache. Il ignora le Champion qui l'attendait patiemment et alla se planter devant Rob Hawke.

— Pourquoi m'avez-vous conservé votre loyauté ? Quand je suis parti, j'avais une troupe de cinquante hommes. Vous n'êtes plus que dix au retour. Vous ne m'en voulez pas de la mort de vos amis ?

Hawke secoua la tête.

— Vous n'êtes responsable de rien, Sire. Nous ne pensions pas survivre au Noirbois, sans parler de la Tour Sombre. Nous pensions déserter dès que nous serions hors de vue du château. Ne le prenez pas mal, Sire, mais le peu qu'on nous avait raconté sur vous n'était pas très encourageant. D'après les rumeurs du château, vous n'aviez jamais mené une troupe, vous aviez raconté des mensonges insensés sur une double traversée du Noirbois, et vous étiez un lâche. Nous n'avions aucune intention de suivre un homme pareil au combat.

» Et après, nous vous avons vu affronter votre frère, puis le Champion, devant nous, dans la cour. Vous avez fait saigner le Champion. Deux fois ! Personne n'y était parvenu depuis qu'il est devenu Champion. Après ça, on a compris que les rumeurs se trompaient. Affronter le Champion, ce n'était pas très malin, mais au moins, ça prouvait que vous saviez vous battre, et que vous n'étiez pas un lâche. Alors on a décidé de vous suivre le temps de vous dissuader d'aller à la Tour Sombre. Vous auriez pu déserter avec nous. Le Champion se serait simplement réveillé tout seul un matin.

» Mais à Minebourg, nous avons vu ce qui vivait dans la mine. Et vous l'avez vaincu ! Après ça… on a commencé à croire en vous, et en votre mission. Et peut-être en nous-mêmes, aussi. Dans l'ensemble, ça nous a plutôt réussi. Personne n'avait jamais survécu à ce que nous avons affronté. Nous ne vous en voulons pas, Sire. De quoi que ce soit. Nous sommes fiers d'avoir servi sous vos ordres.

Rupert le regarda un moment, trop pris d'émotion pour répondre. Puis la parole lui revint.

— Merci. Je ne pourrais pas être plus fier de vous. Je parlerai à mon père. Si nous survivons aux ténèbres, vous recevrez tous des terres. Je vous en donne ma parole.

— Nous n'avons fait que notre travail. Enfin, les primes de combat de cette sortie devraient être plus que confortables. Si vous acceptez de nous rendre un petit service, en tout cas…

— Tout ce que vous voudrez.

— Eh bien… Si le Champion rapportait notre intention de déserter, nous ne toucherions rien du tout.

— Il ne vous dénoncera pas. N'est-ce pas, messire Champion ?

L'intéressé regarda Rupert d'un air pensif. Puis il s'inclina légèrement.

— Comme vous voudrez, Sire.

Les gardes sourirent, et Hawke leva son épée à la façon traditionnelle du serment d'allégeance. Les autres gardes l'imitèrent. En quelques secondes, dix épées étaient dressées pour le salut ancestral. La scène resta fixe un instant, puis les lames retrouvèrent leur fourreau avec un grand claquement. Les gardes se détournèrent et partirent vers leur caserne et un repos bien mérité. Rupert les regarda s'éloigner et regretta de ne pouvoir les suivre pour conserver cette camaraderie. Mais c'était impossible, bien sûr. Le prince devait retourner à sa chambre vide, aux intrigues de sa famille et de la Cour. Il se détourna. Le Champion le regardait, dubitatif.

— Un problème, messire Champion ?

— Je ne sais pas, Sire. Je dois y réfléchir.

— Je ne suis toujours que le cadet.

— Justement.

Puis il s'éloigna.

Rupert renonça à le rattraper. Cela pourrait attendre le matin. Ou le lendemain. Des pas pressés le firent se retourner. Un petit homme grassouillet en soies criardes s'approchait de lui. Ses cheveux blonds mi-longs étaient coiffés avec soin à la dernière mode, et, dans une cour pleine d'affamés, il paraissait presque indécemment bien nourri. Arrivé devant Rupert, il se redressa avec toute la dignité possible, puis s'inclina avec élégance. Rupert hocha la tête en retour, méfiant, et l'homme se redressa de nouveau.

— Mille pardons de cette intrusion, Sire, mais en apprenant votre retour miraculeux, je me suis précipité toutes affaires cessantes.

— Vraiment ?

— Mais bien sûr, Sire ! Vous nous revenez depuis le cœur des ténèbres ! Pour nous sauver tous ! Quelle épopée cela fera !

— Une chanson ? demanda lentement Rupert.

— Mais bien sûr, Sire. Je suis le nouveau ménestrel officiel de la Cour. Ne vous inquiétez pas, Sire, la chanson que je ferai de vos exploits sera une histoire d'héroïsme, d'actes altruistes, d'honneur, d'aventure et d'échappées belles…

Sa voix dérailla quand il aperçut l'expression de Rupert. Il se mit à reculer quand Rupert tira l'épée, et se retourna tout à fait pour détaler quand Rupert avança sur lui. Le prince abandonna après quelques pas, mais le ménestrel eut l'intelligence de continuer à courir.

— C'était vraiment nécessaire ? demanda la licorne.

— Tout à fait. Ce sont les ménestrels et leurs chansons imbéciles sur les joies de l'aventure qui m'ont mis dans tout ce pétrin.

— Tu as vraiment mauvaise mine.

— Tu sais quoi ? Ça ne m'étonne pas vraiment…

— Va te reposer, Rupert. Avant de t'écrouler.

Rupert ferma les yeux, et pour la première fois s'autorisa à penser à un bain chaud et un lit moelleux. Avec un soupir d'aise, il ouvrit les yeux et regarda la licorne. Des traînées sanglantes couvraient l'animal de la tête à l'arrière-train, là où les démons l'avaient griffé. Sa tête pendait, et ses pattes tremblaient de fatigue.

— Toi aussi, tu as mauvaise mine. Ces démons t'ont vraiment mis en piteux état.

— La flatterie ne te mènera nulle part, dit la licorne. Demain, il n'y paraîtra plus. Ce ne sont que des égratignures. Tu as subi pire que moi. J'ai vu des gens enterrés en meilleur état que toi. Pour une fois, fais ce qu'on te dit et va te coucher. Je suis ravi de pouvoir dormir comme il faut pour la première fois depuis des semaines, et j'ai déjà assez de soucis comme ça sans me demander comment tu vas.

— Je t'accompagne à l'écurie.

— Non. Vu ton état, je vais me retrouver à te porter, et j'ai mal au dos. Va te coucher, Rupert. Tout ira bien quand je serai arrivé à l'écurie. Avec un peu de chance, je trouverai un garçon d'écurie et je le terroriserai jusqu'à ce qu'il me donne de l'avoine. Si j'arrive à rester éveillé assez longtemps pour la manger.

— D'accord, j'abandonne, dit Rupert avec un sourire.

— Eh bien quand même ! Et fais soigner ton épaule.

— Oui, chef…, murmura Rupert.

Pris de vertige, il appuya sa tête contre le mur. Le frisson passa aussi vite qu'il était venu, et le laissa vidé. Il s'écarta du mur, et ne fit que quelques pas avant de s'arrêter. Le sol paraissait s'éloigner sous ses pas, et il devait lutter pour ne pas tomber. Le monde était de moins en moins net, mais redevint normal quand il se concentra. Rupert écarta la sueur de ses yeux d'un clignement des paupières. Il n'allait pas s'évanouir au milieu de la cour après avoir traversé le Noirbois et repoussé toute une horde de démons ! Il retournerait à sa chambre debout, un point c'est tout. Et après, il s'évanouirait.

Pas à pas, il traversa la foule des réfugiés. À ceux qui voulaient lui parler, il répondait d'un regard noir qui imposait le silence, insistant s'il le fallait en posant la main sur son épée. Son bras gauche était de nouveau engourdi, et il avait remarqué du sang frais qui coulait le long de sa manche jusque sur sa main. Il glissa le poignet sous son gilet et resserra ses lacets pour en faire une écharpe improvisée. La douleur dans son épaule éclatait à chaque pas, mais l'épuisement assourdissait la sensation et lui permettait presque de l'ignorer. Beaucoup de réfugiés s'écartaient sur son passage. Leur précieux héros devait avoir une autre mine, de près. Fatigué, irritable et couvert de sang, principalement le sien. Il essayait de ne pas toucher à son épée, mais cela ne changeait rien. Les marches vers l'entrée du château s'approchaient, et Rupert serra les dents. Il venait de poser le pied sur la première marche quand Harald s'interposa devant lui.

— Bienvenue à la maison, mon frère. On s'inquiétait un peu pour toi.

Rupert regarda son frère, épuisé.

— Vraiment, Harald ? Cela m'étonne.

— Tu es parti depuis longtemps. On s'était presque faits à l'idée que tu ne reviendrais pas. Je commençais à craindre de devoir partir te venger.

— Tu risquerais ta vie pour venger ma mort ?

— Tu es de ma famille. Je connais mon devoir. Tu en ferais autant pour moi.

— Oui. Tu as sans doute raison.

Il hocha la tête pour Harald, touché. Son frère sourit en retour, toujours aussi impénétrable.

— Alors ? demanda Rupert. Que s'est-il passé pendant mon absence ?

— Pas grand-chose. Le Noirbois est là depuis un peu moins d'une semaine. Ou un peu plus. Difficile de suivre le cours du temps, quand il n'y a plus de soleil dans le ciel. On utilise des bougies marquées et des clepsydres pour mesurer le temps, mais ce n'est pas très fiable. Enfin, à présent que tu as ramené le Haut Sorcier, les choses vont certainement s'améliorer. Tu as bien ramené le Haut Sorcier, n'est-ce pas ?

— Oh oui, il est revenu.

— À vrai dire, je ne me souviens pas bien de lui, dit Harald. Il est vraiment aussi catastrophique qu'on nous l'a dit ?

— Oui et non. Ça n'a pas d'importance, en fait. Il a du pouvoir, et c'est tout ce qui nous intéresse…

— Assez de pouvoir pour repousser la longue nuit ?

— Je ne sais pas. Peut-être… Combien de réfugiés abritons-nous dans le château ?

— Environ douze mille. Dieu sait combien d'autres sont prisonniers de la nuit, sans protection. Nous en avons accueilli autant que possible quand la nuit est tombée, mais à l'arrivée des démons, nous avons dû barrer les portes et relever le pont-levis. Tout est arrivé si vite, Rupert… Sans prévenir. Les démons n'ont pas encore lancé d'attaque. Ils restent devant nos murs, à attendre. De temps en temps, ils nous appellent avec des voix humaines et nous supplient de les laisser entrer. Nous n'ouvrons plus les portes à qui que ce soit.

Rupert le regarda et leva un sourcil.

— Et vous avez fait une exception pour nous ?

— Non. Le pont-levis s'est abaissé tout seul, et les portes se sont ouvertes d'elles-mêmes. C'est pourquoi j'ai supposé que le Haut Sorcier vous accompagnait.

— Où est le dragon ? demanda soudain Rupert. Pourquoi n'est-il pas venu nous aider ?

— Apparemment, il ne s'est toujours pas remis de son dernier affrontement. D'après Julia, il est blessé bien plus grièvement qu'on l'avait compris. Il hiberne depuis des mois, pour essayer de se guérir. On se demande s'il va se réveiller un jour…

— Et Julia ? Comment va-t-elle ?

— Oh, elle est en parfaite santé. D'ailleurs, tu rentres juste à temps. Julia et moi devions nous marier il y a des semaines, mais, une chose en entraînant une autre, nous n'avons pas eu le temps. Enfin, Père m'a assuré que la cérémonie aurait bien lieu demain. Ça fera beaucoup de bien au moral, dans le château. Content que tu sois revenu, Rupert. Ça n'aurait pas été pareil si tu n'avais pas pu être mon témoin.

Rupert le regarda en silence, et Harald recula d'un pas. La fatigue et la douleur avaient disparu du visage de son frère, remplacées par une rage froide et calculatrice. Les yeux d'Harald s'étrécirent et il posa la main sur son épée.

— Penses-tu vraiment, commença Rupert, que j'ai affronté le Noirbois, les démons, la longue nuit, et même le Haut Sorcier dans sa tour, pour que tu me prennes Julia ? Je préfère encore te voir mort.

Harald réprima son envie de reculer. Il ne pouvait pas se permettre de paraître faible. Nerveux, il se rappela son dernier combat contre son frère, dans cette même cour. Il avait conservé certaines des cicatrices. Cette fois, Rupert était à l'évidence fatigué par les blessures et la perte de sang, mais Harald hésitait tout de même. Il y avait quelque chose dans son regard… quelque chose de froid, sombre et très dangereux.

— Les choses ont changé… Tu es parti depuis près de sept mois, et Julia a eu le temps de réfléchir. De voir les choses différemment. Julia et moi… nous avons eu le temps de faire amplement connaissance, en ton absence. Très amplement, même. Elle m'épouse de son propre gré, Rupert, parce qu'elle me préfère à toi.

— Menteur !

— Parle-lui, si tu veux. Elle te dira la même chose. Tu l'as perdue, Rupert. Comme tu perdras toujours face à moi.

Il se détourna. Rupert tira l'épée et se jeta sur son frère. Harald se retourna, l'épée en main. Les lames se heurtèrent dans une averse d'étincelles, puis Rupert s'écroula sur les marches, trahi par ses jambes. Il voulut se relever, en vain. Il avait épuisé ses forces contre les ténèbres, et il ne lui restait plus rien. Étendu sur les marches, à bout de souffle, il tenait encore son arme. Au-dessus de lui, Harald souriait.

— Va te reposer, mon frère. Tu dois être épuisé, et je serais très déçu si tu ratais mon mariage.

Il remit son épée au fourreau et partit, laissant Rupert baigner dans son sang. Le prince voulut se redresser, mais il n'avait plus de force. Son épaule blessée lui faisait mal à hurler, et la puanteur du sang de démon sur ses vêtements devint soudain insupportable. Rupert posa la tête sur son bras armé et ferma les yeux.

Je suis épuisé. J'ai fait tout ce que je pouvais ; que quelqu'un d'autre s'occupe de tout ça. Je suis trop fatigué…

Il entendit quelqu'un descendre l'escalier à sa rencontre, mais n'eut même pas la force de lever la tête. Une main ferme le saisit par son épaule indemne pour le retourner. Rupert gémit et vit le Haut Sorcier qui le considérait d'un air contrarié.

— Pourquoi ne pas m'avoir dit que vous étiez blessé ?

— Ce ne sont que des égratignures, protesta Rupert.

— Imbécile. (Le sorcier s'agenouilla à côté de Rupert, et d'un geste, les vêtements du prince s'écartèrent de son épaule. Le sang se mit à couler sans entrave.) Eh bien, eh bien… mordu jusqu'à l'os, qui est brisé en une dizaine d'endroits. Incroyable que vous ayez tenu jusque-là…

Les doigts du sorcier dessinèrent quelques arabesques complexes dans l'air, et la douleur dans son épaule disparut. Rupert tourna la tête et regarda l'os se recoller et la chair se recomposer. La blessure se referma en une longue cicatrice blanche. Rupert regarda son membre un moment, puis plia le bras. Il fonctionnait parfaitement. La sensation lui plaqua un grand sourire sur le visage. Le sorcier gloussa, et un verre de vin apparut dans sa main.

— Buvez. Ça vous fera du bien.

Rupert renifla avec méfiance le vin blanc trouble, puis engloutit le verre. Le goût était pire que l'odeur, déjà infecte. Il secoua la tête et rendit le verre.

— Mauvais cru, messire sorcier.

Ce dernier sourit, et le verre disparut en un nuage de soufre.

— Vous auriez dû le goûter avant qu'on le dissolve dans du vin. Ça vous aidera à remplacer le sang que vous avez perdu et à éliminer une partie des toxines, mais ce qu'il vous faut avant tout, c'est une bonne nuit de sommeil. Allez vous reposer. Et si vous voulez bien m'excuser, il est temps que j'aille discuter avec votre père. Nous avons beaucoup de choses à nous dire.

Il hésita, comme s'il avait quelque chose à ajouter, puis se détourna et retourna dans l'entrée. Allongé sur les marches, Rupert savourait la paix merveilleuse qui suit la disparition de la douleur. Il essaya de nouveau de bouger son bras gauche. Son épaule paraissait un peu raide, et la nouvelle cicatrice le tiraillait dans ses mouvements, mais dans l'ensemble, Rupert ne s'était pas senti aussi bien depuis des mois. Une plaisante léthargie se répandait en son être, et il était plus que tenté de se laisser tomber dans le sommeil. Mais il ne fallait pas. S'il dormait sur du marbre froid, il ne serait bon à rien au réveil. Il soupira de regret, et se tenta avec la promesse d'un bain brûlant, suivi d'un lit moelleux dans une chambre chaude. Le paradis. Sans hésitation. Il se leva doucement, rengaina son épée, s'étira, bâilla, et finit par monter. Après tout ce temps, il allait enfin dormir dans un endroit civilisé. Et tous ceux qui se mettraient sur sa route ne vivraient que le temps de le regretter.

La peur et l'oppression constantes du Noirbois s'estompèrent peu à peu tandis que Rupert s'enfonçait dans le château, interposant plusieurs couches de pierre entre lui et la longue nuit. Le chemin jusqu'à la tour nord-ouest où il dormait était long, mais l'anticipation rendait le délai supportable. Après tant de temps, il était heureux de revenir à un cadre familier. Pourtant, Rupert était déstabilisé par les nombreux changements qu'il remarquait. Les réfugiés avaient envahi les couloirs et les passages. La plupart le regardaient d'un air vide. Le pire, c'étaient les enfants. Ils restaient là où leurs parents leur avaient dit de s'asseoir et surveillaient les ombres avec de grands yeux effrayés. Rupert reconnaissait ces signes. Restés trop longtemps dans le Noirbois, ils étaient sous la coupe de la longue nuit. Les enfants auxquels il essaya de parler se détournèrent.

Chaque âtre abritait une flambée, qui remplissait l'air de plus de fumée que les aérations pouvaient en évacuer. Et pourtant, les couloirs du château restaient sinistres et froids, et de petites flaques de givre ornaient par endroits la maçonnerie. Où que Rupert aille, la lumière était chiche. L'éclairage du château de la Forêt avait toujours dépendu de la moussefeu, et les réserves étaient épuisées. L'hiver précoce y avait veillé. Il restait quelques torches et lampes à huile, mais leur lueur incertaine remplissait les couloirs étroits d'ombres inquiétantes.

Quelques petits courtisans accompagnèrent Rupert un moment, le tenant au courant des événements joués en son absence. Rupert écouta sans y croire les histoires de la rébellion avortée et de ses conséquences, mais il n'était pas d'humeur à faire la conversation. Et enfin, ils commencèrent à lui raconter des choses qu'il préférait ignorer, et il les chassa en posant la main sur son épée et en les regardant d'un œil noir. Rupert poursuivit, seul. Une partie de ce que les courtisans lui avaient appris était intéressante, mais il était trop fatigué pour s'en soucier, voire se concentrer.

La porte de chêne des appartements de Rupert n'avait jamais paru aussi accueillante. Il s'y appuya, retardant encore de quelques instants le moment où il pourrait se reposer pour le savourer encore plus.

— Rupert ! Maudit fieffé, où étais-tu ?

Rupert se retourna. Julia l'enlaça et le serra contre lui sans attendre de réponse. Rupert la serra tout aussi fort et enfonça son visage dans ses longs cheveux blonds. Pour la première fois depuis longtemps, il se sentit heureux, en paix. Enfin, Julia le repoussa légèrement, et ils se tinrent à bout de bras, plongeant leur regard avide dans les yeux de l'autre. Ils souriaient tous les deux si fort qu'ils s'en faisaient mal. Puis le sourire de Julia disparut quand elle vit les dures rides de fatigue et de douleur qui creusaient les traits ensanglantés de Rupert.

— Rupert ! Tu es blessé ! Que s'est-il passé ?

— Plusieurs centaines de démons ont eu l'idiotie de croire qu'ils pourraient m'empêcher de te revenir. Mais ça va. Vraiment. Et toi, ma belle ? Tu es magnifique.

— Enfin, je l'étais jusqu'à ce qu'un grand échalas de prince me mette du sang sur ma robe toute neuve.

Rupert recula et la regarda un peu mieux. Les robes de Julia étaient un compromis étrange entre la mode et l'aisance. Et même si son visage était maquillé à la dernière mode de la Cour, ses longs cheveux lui tombaient pêle-mêle à la taille, écartés de son visage par un simple bandeau de cuir. Elle portait une épée à la hanche.

— C'est ton épée. Tu me l'as donnée dans le Noirbois, tu te souviens ?

— Oui. Je me souviens.

La voix de Rupert retomba soudain. Julia le regarda étrangement.

— Qu'y a-t-il, Rupert ?

— Harald vient de m'inviter à votre mariage, demain.

Julia se détourna, incapable de croiser son regard.

— Nous pensions tous que tu étais mort. Même moi. Tu n'imagines pas comme ç'a été dur, ici toute seule. Je n'avais pas vraiment le choix, de toute façon. Et Harald… Harald a été très bon avec moi pendant ton absence.

— J'imagine sans peine.

Julia fit volte-face et partit d'un pas furieux. Rupert secoua la tête, écœuré. Pourquoi avait-il fallu qu'il la ramène ? Maintenant, il devrait la rattraper, s'excuser, et… Et quel intérêt ? Elle avait admis qu'elle épousait Harald. Rupert regarda le couloir, mais il était vide. Il se détourna.

Une fois dans ses appartements, le prince tira le loquet derrière lui et donna un tour de clé. Il s'adossa au lourd battant de chêne, poussa un soupir de soulagement et examina sa chambre. Cinq mètres sur cinq, principalement occupés par le lit, l'armoire et le lavabo. Le sol était couvert de tapis élimés, mais les murs de pierre étaient nus. La seule autre porte menait à ses cabinets d'aisance. Guère du genre à accumuler les possessions, Rupert appréciait cette chambre qu'un autre aurait trouvée austère. En tant que prince héritier, il avait droit à toute une suite, et une demi-douzaine de serviteurs. Mais il n'en avait jamais eu envie. Les serviteurs l'auraient gêné quand il avait envie d'être seul, et puis… on n'occupe jamais qu'une seule pièce à la fois.

Rupert regarda le lit, puis vérifia que la porte était bien fermée. Il passa plusieurs fois le pouce sur le solide loquet d'acier pour s'assurer qu'il était entré tout entier dans son logement. Depuis son premier retour du Noirbois, Rupert était heureux que sa chambre n'ait pas de fenêtre. Il n'avait plus que sa porte à protéger. Avec son épée, il pouvait affronter autant de démons qu'il le faudrait, mais, depuis son premier voyage dans la nuit éternelle, il avait peur de ce qui pourrait le prendre par surprise dans son sommeil. Il avait besoin de se reposer. De dormir. Mais il savait qu'il ne pourrait rien faire de tout cela s'il ne se sentait pas en sécurité. Il alla à l'armoire, secoua la tête et céda une fois de plus à sa peur. Il posa l'épaule contre le flanc du meuble et le poussa lentement jusqu'à la porte pour la barrer. Et seulement alors, il put se résoudre à s'asseoir sur son lit.

Une lampe à huile brûlait fort sur le plateau de bois qui accueillait son lavabo. Des crochets de métal sur la tête du lit accueillaient deux bougies éteintes. Rupert utilisa la lampe pour les allumer, puis reposa la lampe sur l'étagère en veillant à ne pas troubler la flamme. Il ne supportait pas l'idée de se réveiller dans une chambre sans lumière. Il défit lentement la ceinture de son épée et la posa à terre, à portée de main en cas de besoin. Et enfin, il se posa sur le lit, à regarder le mur de pierre devant lui.

La Lune Bleue était pleine. Les ténèbres avaient envahi la Forêt parce qu'il n'était pas rentré à temps. Et Julia…

J'aurais pu t'aimer, Julia.

Rupert s'étendit sur son lit, tout habillé et ensanglanté, et se réfugia dans un sommeil aux rêves sombres et agités.

Le seigneur Darius trottait sans fin dans les tunnels obscurs, marmonnant tout du long. Sa petite voix hostile rebondissait en échos contre les épais murs de pierre. Ses paroles paraissaient même vibrer dans l'air humide longtemps après son passage. De temps en temps, on entendait le petit trot des rats qui reculaient devant cette intrusion. Darius les ignorait. Ils étaient trop timides pour lui nuire, du moment qu'il continuait à avancer. Une faible lueur perçait les ténèbres devant lui, comme une étoile unique par une nuit sans lune. Darius arrêta de courir et s'accroupit dans l'ombre, regardant fixement ce fanal. Hormis son propre souffle laborieux, tout n'était que silence et immobilité. Après un moment, Darius tira sa dague et se remit à avancer avec prudence.

D'épaisses colonnes de lumière dorée tombaient d'une grille de métal rouillée haut dans le mur. Darius s'accroupit juste à côté de la lueur et se mordit la lèvre. S'il y avait de la lumière, c'était qu'il était proche des parties habitées du château, et donc de la nourriture, de la boisson et d'une chance de se venger de ses ennemis. Mais il devait se montrer prudent. Depuis sa fuite dans le réseau des tunnels, à l'intérieur des murs (depuis combien de temps ? lui-même l'ignorait), il avait eu peur de retourner dans le château lui-même. Même quand la faim et la soif avaient fini par le chasser de ses tunnels, il avait vécu dans une hantise constante d'être attrapé par les hommes du roi. Il ne doutait pas que les gardes le tueraient à vue. Lui, en tout cas, l'aurait ordonné. Question de bon sens. Et donc, il ne quittait les ténèbres que contraint et forcé, sortant par des panneaux dérobés et des aérations cachées, à des moments où il était sûr que personne ne le verrait. Il volait du pain, de la viande et du vin. Jamais assez pour qu'on s'en rende compte, ni pour satisfaire la faim dévorante qui lui labourait le ventre pendant ses heures d'éveil.

Darius regarda la lumière dorée devant lui et repoussa l'envie de quitter ses tunnels pour tenter sa chance dans le château, pour se tenir de nouveau dans la lumière. Les ténèbres constantes des tunnels appesantissaient son âme et l'usaient comme l'eau qui goutte sur le roc. *Non, non, non!* Il ne pouvait pas encore quitter les ténèbres. Il était trop tôt. Il avait juré de rester dans les tunnels jusqu'à ce que son maître l'appelle à en sortir, en échange de quoi il recevrait le pouvoir de se venger. Un vrai pouvoir. Un pouvoir de sorcellerie. Il le sentait en lui, ardent, brûlant, de plus en plus fort. L'obscur avait saisi le talent si négligé de Darius et l'avait amené à une vie impie. Darius sourit. Bientôt, son pouvoir l'appellerait comme un phare. Alors, il quitterait l'obscurité et se vengerait. Jusque-là, il attendrait. Car, s'il voulait retrouver la lumière, la vengeance l'intéressait plus encore. Beaucoup plus.

Darius s'avança dans la lumière dorée et se mit sur la pointe des pieds pour regarder par la grille. La lumière lui faisait mal aux yeux, et des larmes coulèrent sur ses joues duveteuses. Mais il ne pouvait pas se détourner. Au bout d'un moment, les chevilles commencèrent à lui cuire. Il ignora la douleur aussi longtemps que possible, mais finit par s'écarter de la lumière si réconfortante. Il réfléchit un moment aux avantages et aux inconvénients, puis tira de sa manche son dernier morceau de bougie. Il utilisa le pommeau de sa dague pour faire des étincelles sur le métal de la grille, et la mèche s'alluma. D'un coup, le tunnel apparut autour de lui, comme s'il avait attendu avec impatience cette petite flamme de vie pour prendre forme et corps. Darius s'écarta du plafond du tunnel quand il se retrouva à quelques centimètres de sa tête. Les murs se resserraient tandis que la lumière lui rappelait à quel point ces tunnels étaient étroits et étouffants. Darius tourna sur lui-même en trébuchant. Où qu'il regarde, il était entouré d'une maçonnerie ancienne. Une sueur froide lui coula sur le visage, et il gémit, glapit et battit des mains en sentant la panique monter. Darius continuait à tourner, incapable de s'arrêter. Il était enterré vivant dans les entrailles du château, à des kilomètres de toute lumière et de toute liberté. Il cria soudain et attaqua le mur devant lui à coups de poings. Puis il trébucha, tomba et sanglota dans les immondices qui couvraient le sol. Il resta un moment étendu, aveugle à tout sauf à sa panique. Puis ses sanglots refluèrent en même temps que sa peur, ne laissant qu'une fatigue écrasante. Il s'assit et essuya son visage du dos de la main. Il sentit quelque chose dans son poing serré. En l'ouvrant, il vit qu'il avait écrasé sa bougie, n'en laissant qu'une masse de cire informe. Darius renifla et jeta l'objet au loin.

Il se remit tant bien que mal sur ses pieds, récupéra sa dague là où il l'avait lâchée, et revint dans la lumière. Il brossa ses habits pour les débarrasser de leur crasse et regretta un instant de ne pas avoir de miroir. Il se demandait souvent à quoi il ressemblait. Il savait qu'il avait perdu du poids, à la façon dont ses robes battaient autour de lui, mais il sentait d'autres changements qu'il ne pouvait pas tout à fait nommer. Il avait froid en permanence, la fatigue ne le quittait plus, mais il s'y était habitué. Darius haussa les épaules et cessa de réfléchir. Ça n'avait pas d'importance. Rien n'en avait, à part le visage qui flottait devant lui, même dans les plus obscurs des tunnels. Le visage d'Harald, qui souriait calmement en trahissant ses ennemis.

Désolé, Darius. On ne peut vraiment faire confiance à personne, de nos jours.

Darius s'assit sur ses talons, dans la lumière. De chaque côté, il voyait les murs couverts de suie et de fumée, dégouttant d'une eau souillée. Une fine boue rendait chaque pas glissant. La maçonnerie centenaire qui l'entourait était grêlée, et les canaux d'écoulement qui auraient dû emporter la condensation et autres dépôts étaient bouchés. Le château tombait en ruine. Un peu comme lui. Darius fronça les sourcils et se remémora en marmonnant tous les projets qu'il avait eus. Tout ce qu'il avait compté faire… et la liste était longue. Mais tout était fini. Sa rébellion était morte, vaincue avant d'avoir commencé. Darius gloussa, et ce bruit déplaisant mourut lentement dans les échos faiblissants. Il restait encore sa vengeance. Tous ceux qui l'avaient trompé et poussé dans les ténèbres le paieraient dans le sang. Le Sombre Seigneur le lui avait promis.

Darius admira la façon dont la lumière brillait sur le stylet étroit qu'il tenait encore. De petites taches de sang séché mouchetaient encore la lame près de la garde. Darius fronça les sourcils. Dommage pour Cecelia. Certes, il était mieux tout seul. Elle se serait mise dans ses pieds et l'aurait ralenti. Elle voulait toujours le *toucher*. Mais elle lui manquait. Il avait toujours pu parler à Cecelia, même si elle ne comprenait pas la moitié de ce qu'il disait. Dommage pour elle. Mais elle n'avait qu'à ne pas se mettre dans ses pattes.

Darius se tendit soudain en entendant des voix monter et descendre. Les voix se firent de plus en plus fortes à mesure qu'elles se rapprochaient. Mais elles avaient un côté embrouillé et flou qui rendait les mots indéchiffrables. Darius se cala contre le mur quand les voix se mirent à résonner dans le tunnel, puis s'arrêtèrent à mi-mot. Darius sourit, puis se détendit. Les sons se déplaçaient étrangement dans ces tunnels. Ils rebondissaient jusqu'à mourir en échos, mais de temps en temps un étrange phénomène acoustique rapportait à Darius des fragments de conversations depuis le cœur du château, aussi clairement que s'il avait été dans la pièce où elles se tenaient. Darius savait ce qui était arrivé à ses compagnons de rébellion. Plusieurs fois, il avait été tenté de sortir de ses tunnels pour supplier qu'on l'exile, lui aussi. Mais sa fierté l'en avait empêché. Il devait se venger, ou tout ce temps passé dans l'ombre n'aurait servi à rien.

Il se détourna de la grille d'aération et repartit, laissant la lueur dorée derrière lui. Les ténèbres revinrent bientôt, comme si elles n'avaient jamais disparu. Darius marmonnait sans cesse dans sa barbe en trottant dans l'étroit tunnel, préparant mille vengeances sanglantes pour ses nombreux ennemis.

Bientôt. Bientôt.

Le Haut Sorcier s'ennuyait. Le Champion était en conférence avec le roi et ne devait pas être dérangé. Rupert avait disparu. Tous les autres étaient trop occupés ou fatigués pour parler. Alors le sorcier déambula un moment dans les couloirs, mais il se lassa rapidement. Il avait besoin d'air pur et d'espace. Le château abritait trop de souvenirs. Il trouva un coin désert et s'y assit pour se plonger en transe. Son esprit retraversa les couloirs pour déboucher dans la cour, présence invisible comme le vent.

La place était encombrée et, même à ciel ouvert, les épais murs de pierre étaient oppressants. Le sorcier survola rapidement les têtes des réfugiés apathiques, dépassa le mur d'enceinte et partit dans la longue nuit.

Le château, cerné par les glaces, scintillait dans sa propre lumière, comme un immense flocon de neige. Autrefois, la Forêt avait été pleine de vie, mais seuls les démons y bougeaient, à présent. Et bien que les arbres eux-mêmes soient pourris et mourants, ils restaient assez vivants pour que le sorcier les entende crier.

Tout autour de lui, les ténèbres battaient comme un coup de tonnerre perpétuel. Et au-dessus, la Lune Bleue hurlait à la mort. Les sens du sorcier lui en apprenaient bien plus que les humains pourraient l'imaginer, et ce qu'un autre aurait pris pour une scène statique était un manège de bruit et de fureur pour le Haut Sorcier. À sa gauche et à sa droite, les fantômes du passé retraçaient sans cesse leurs mouvements. Des instants prisonniers dans l'air comme des insectes pris dans l'ambre. De temps à autre, un spectre disparaissait à sa vue avec un bruit de bulle qui éclate, tandis que la présence d'aujourd'hui finissait par vaincre son ténu rappel du passé. Des chemins de pouvoir, anciens ou récents, brillaient tout autour du château, épargnés par la corruption du Noirbois. Le sorcier fronça soudain les sourcils en sentant une présence sous la terre. Ancienne et inhumaine, elle s'agita puis retourna à son long sommeil. Le sorcier se détendit un instant. La Forêt était bien plus ancienne qu'on le pensait en général, et il y restait certaines des créatures disparues avant l'arrivée des hommes. Trop peu de personnes se rendaient compte à quel point ces créatures avaient le sommeil léger.

Le sorcier leva les yeux d'un coup quand un démon sortit du Noirbois. Il marchait tant bien que mal sur deux pattes, et, bien que sa silhouette ait été vaguement humaine, un feu vert gouttait continuellement de sa gueule sur le sol. Sa bouche large était remplie de grosses dents carrées, et son regard jaune luisait dans l'obscurité. Les yeux du sorcier s'étrécirent, et le démon arrêta son avance. Le Haut Sorcier leva une main, et le démon gronda sans un bruit avant de repartir dans le Noirbois.

Dans les profondeurs des ténèbres, une créature rugit sa faim, et le sorcier fronça les sourcils. Vers la fin de la dernière attaque des démons, il avait senti un être énorme et horrible approcher du château. Au dernier moment, il avait reculé plutôt que d'affronter le pouvoir du sorcier, mais celui-ci sentait déjà les changements qui s'opéraient dans le Noirbois. Les démons se préparaient pour une autre attaque, et avec eux… Le sorcier frissonna soudain, bien qu'il n'ait plus de corps. Sous la lumière de la Lune Bleue, des créatures qui auraient dû dormir jusqu'à la fin des temps marchaient de nouveau dans le monde des hommes. Des cauchemars et des horreurs de chair et d'os s'agitaient sans cesse dans la nuit éternelle et attendaient l'ordre d'attaquer le château.

Le sorcier haussa les épaules et monta de nouveau dans les airs. Il ne pouvait pas influer sur ce qui se passerait, ni sur le moment où cela se passerait. Et donc, il ne servait à rien de s'en occuper pour l'instant. Il écarta ces sinistres pensées et survola la douve, observant avec curiosité l'épaisse couche de glace qui recouvrait l'eau. Une grande ombre se déplaça en dessous, suivant son chemin. Le sorcier s'immobilisa, et l'ombre l'imita. Intrigué, le sorcier ne parvenait pas à voir exactement de quoi il s'agissait. Et encore plus intéressant, la créature piégée sous la glace paraissait percevoir son corps astral. Le sorcier descendit au-dessus d'une fissure et regarda la silhouette dans l'eau. Celle-ci s'agita, puis le sorcier recula instinctivement quand la forme remonta brusquement et heurta la glace, y formant un trou. Un œil unique s'éleva sur un long pédoncule rosâtre. Le sorcier redescendit vers la glace, mais garda ses distances.

— Bonjour. Qui êtes-vous ?

Une voix épaisse monta vers lui avec un bruit de bulles, depuis l'eau ou dans son esprit.

Je vis ici. Dans l'eau. Dans la douve. Chez moi. Mon nom… C'était il y a longtemps. Très longtemps. Qui êtes-vous ?

— Je suis le Haut Sorcier.

L'œil pivota pour mieux le regarder.

Je me souviens de vous, je crois. La Tour Sombre ?

—Ah oui… C'était il y a quelques années, n'est-ce pas ? Vous m'aviez dérangé dans mon travail, alors je vous ai transformé et renvoyé ici.

Il y a longtemps, dit l'épaisse voix inhumaine. *Longtemps. Je vis ici maintenant. Dans la douve. Chez moi.*

—Je ne me rendais pas compte que cela faisait si longtemps, répondit le sorcier. Je suis désolé, je vais vous rendre…

Non ! S'il vous plaît, non. Je suis content ici, à garder la douve. C'est tout ce que je veux. Tout ce que je voulais. En été, il y a des poissons et des oiseaux et des insectes, et j'entends leurs voix, leurs chansons. Le vent et la pluie et la forêt font partie de moi, maintenant, et moi d'eux. Je sens les saisons qui changent, et le monde qui tourne, et le lent battement de la vie. Je ne peux pas abandonner tout ça. Je ne peux pas redevenir humain. Seulement humain.

—Oui, je comprends. Moi non plus, je ne pourrais plus renoncer à tout cela. N'y a-t-il rien que je puisse faire pour vous ?

L'œil opina, pensif.

Venez me parler. De temps en temps. Je me sens seul, par ici. Personne à qui parler dans la langue des hommes.

—Je viendrai quand je pourrai.

Promis ?

—Promis.

Bien. Bien. (L'œil se tourna derrière lui et vit les ténèbres.) *La longue nuit est tombée, sorcier. Vous seriez plus à l'abri dans le château.*

—Vous aussi.

Bulles de rire.

Les démons ne me dérangent pas. Ils savent qu'il faut m'éviter. Retournez au château, Haut Sorcier. Retournez dans la lumière et l'asile de la société. Revenez me voir, quand la nuit sera passée. S'il vous plaît ?

— Bien sûr, répondit le sorcier. Adieu, mon ami.

Il se détourna et remonta dans les airs. L'œil le regarda partir jusqu'à ce qu'il passe de l'autre côté du mur du château, regarda les ténèbres un instant, puis disparut sous la glace avec un vague bruit liquide. La fissure se referma, et la silhouette sombre recommença à parcourir les eaux gelées de la douve.

Rupert fut réveillé en sursaut par un martèlement insistant à sa porte. Il roula sur le dos et regarda le plafond sans le reconnaître, le temps que ses rêves refluent. Puis il se leva d'un coup et chercha son épée. Il se sentait plus en sécurité, épée à la main. Il regarda sa lampe à huile et sourit en voyant que l'huile était épuisée, tandis que les bougies brûlaient encore. Il foudroya du regard les ombres qui avaient envahi les coins de sa chambre et voulut se rappeler ce qui l'avait réveillé. Les coups reprirent, et l'esprit de Rupert lui hurla : *les démons les démons les démons !* Il secoua la tête et prit une grande inspiration. La peur sauvage et irraisonnée qui l'avait envahi retomba lentement. La douleur qui lui brûlait encore les muscles le fit sourciller, mais il rengaina son épée et la reposa sur le lit. *J'espère que cette personne a une bonne raison de me déranger.* Il se frotta les yeux et alla jusqu'à l'armoire qui barrait sa porte. Tout en parlant, il s'autorisa un long étirement qui lui fit craquer le dos. Le visiteur frappa de nouveau, avec force.

— Qui est-ce ?

— Le Champion, Sire. On a besoin de vous.

C'est nouveau, ça…, se dit Rupert avec cynisme.

— D'accord, attendez un peu.

Il s'appuya contre l'armoire et la remit à sa place. Des creux profonds indiquaient l'endroit où elle avait été placée pour la nuit. Rupert se pencha et retourna rapidement le tapis. Si on apprenait qu'il devait barricader sa porte avant de se coucher, il en entendrait parler pendant des années. Rupert prit son temps pour défaire les verrous et loquets qui retenaient sa porte. Quoi que le Champion ait envie de lui dire, ça ne lui ferait sans doute pas plaisir.

— J'espère pour vous que c'est important, messire Champion, grogna Rupert en ouvrant la porte.

— Je vois que vous vous sentez mieux, Sire. (Le prince le regarda sans rien répondre.) Vous ne pouvez pas être encore fatigué, tout de même ? Vous avez dormi près de quatre heures.

— *Quatre heures ?*

Rupert chercha du regard un objet suffisamment lourd pour défoncer le crâne du Champion, mais abandonna l'idée. Trop fatigant. Il s'appuya contre le chambranle de sa porte et regarda le nouveau venu, aussi calme et reposé que d'habitude.

— Très bien, messire Champion. Annoncez-moi la mauvaise nouvelle. Que s'est-il passé pendant mon repos ?

— Pas grand-chose, Sire. Les démons attendent toujours devant nos murs, et le roi et le Haut Sorcier se lancent des insultes au visage depuis qu'ils se sont retrouvés.

— Magnifique.

— Donc… je me suis dit que vous pourriez aller à la Cour pour les reprendre.

— Et pourquoi croyez-vous qu'ils m'écouteraient ?

— Vous avez une connaissance personnelle immense du Noirbois, Sire. Personne n'y a passé autant de temps que vous. Du moins personne qui en soit revenu.

— Et ?

— Et vous êtes sans doute le seul membre de la Cour qui n'ait pas une rancœur à servir.

— Ça vaut le coup d'essayer.

Rupert retourna prendre son épée. Il la portait depuis si longtemps qu'il se sentait nu, sans son poids à la hanche. Dans l'ensemble, ces quatre heures de sommeil lui avaient fait beaucoup de bien. Son épaule avait perdu toute raideur, et il sentait à peine sa nouvelle cicatrice quand il bougeait le bras. Il était encore fatigué, mais ce n'était rien d'insurmontable. Ces derniers mois l'avaient bien endurci. Il passa les doigts dans ses cheveux, redressa son gilet puis regarda ses habits tachés de sang. Quatre heures de sommeil agité n'avaient pas arrangé leur apparence. Après réflexion, Rupert décida de ne pas se changer avant d'aller à la Cour. Si cela déplaisait, tant pis. Il cala son ceinturon et rejoignit le Champion.

— Allons-y.

Le Champion regarda la tenue sale de Rupert, et sa bouche se tordit.

— Eh bien, ça devrait attirer leur attention, Sire.

— Très bien.

Dans l'antichambre de la Cour, le prince Rupert et le Champion échangèrent un sourire sardonique.

Malgré la double porte fermée, les cris leur parvenaient sans peine. Rupert secoua la tête et ouvrit les battants à la volée. Une vague de sons le frappa vivement – un cri animal de rage et de fureur. Les courtisans avaient enfin vu les ténèbres de la longue nuit, et cela les avait menés au bord de la folie. Les seigneurs et les dames de la Cour allaient et venaient, la voix stridente, le regard perdu, passant d'une faction à l'autre à la façon des abeilles butinant de fleur en fleur. D'autres courtisans blottis en grappes apeurées n'écoutaient que leurs propres mensonges rassurants. Chaque homme de la Cour portait une épée, même ceux qui n'avaient à l'évidence jamais connu un vrai combat. Et partout, les poings s'agitaient, les voix montaient, les visages se tordaient sous la rage, la peur et l'hystérie. Le Noirbois était arrivé au château de la Forêt.

À l'autre extrémité de la Cour, le roi John considérait la scène depuis son trône, flanqué de deux gardes de chaque côté. *Depuis combien de temps a-t-il besoin de protection dans sa propre Cour ?* se demanda Rupert. Le roi se pencha en avant et foudroya du regard le Haut Sorcier, fier devant lui. Même sans entendre leurs paroles, Rupert savait qu'ils se disputaient. Son inquiétude augmenta à mesure qu'il étudiait leurs visages. On y lisait clairement la colère et la peur, mais aussi autre chose. Une sorte de trahison mutuelle.

C'était un traître. Un traître, un lâche et un ivrogne.

Rupert se détourna. À la droite de son père, Harald incarnait le prince par excellence, noble dans sa cotte de mailles étincelante. Ses muscles ondulaient de façon impressionnante tandis qu'il prenait sans en avoir l'air une pose héroïque après l'autre. Rupert sourit.

Harald avait toujours eu la tête de l'emploi, bien plus que lui. Puis il aperçut Julia au bras d'Harald, et son sourire disparut. Amer, Rupert regarda Julia tenir le bras du prince avec aisance et bonne humeur. Harald lui sourit et dit quelques mots qui la firent rire aux éclats. Puis un instinct les fit se retourner tous les deux dans la direction de Rupert. Julia détourna les yeux, mal à l'aise, puis les releva comme par défi. Harald sourit et s'inclina avec politesse. Rupert se détourna. Il se sentait fatigué. Épuisé. Il ne voulait qu'une chose, retourner dans sa chambre et dormir, jusqu'à ce que tous ces problèmes s'en aillent et qu'on cesse de lui demander son avis. L'humeur passa, mais la fatigue demeura. *Allez… Pas de repos pour les braves.*

—Regardez-les, dit le Champion d'un air écœuré. La longue nuit est enfin tombée, et les courtisans se contentent de se chamailler comme des enfants gâtés. Ils vont finir par se tirer les cheveux.

—Vous savez, messire Champion, il fut un temps où j'ai vraiment cru que le Haut Sorcier pourrait résoudre quelque chose. J'aurais dû me douter que non.

—Je vous avais pourtant prévenu, Sire. Je ne fais pas confiance au Haut Sorcier pour deux sous.

—Alors pourquoi avez-vous risqué votre vie avec moi pour aller le chercher ?

—Parce que mon roi l'a ordonné, tout simplement.

—Ah… Bon, je devrais aller mettre fin à leur petit différend, ou on n'arrivera à rien. À ce rythme, quelqu'un va finir par vraiment vexer le sorcier, et on va se retrouver avec tout un tas de crapauds surpris.

—Il n'oserait pas utiliser sa magie ici, assura le Champion.

— Je ne parierais pas, à votre place. Le Haut Sorcier a autant d'instinct de survie qu'un lemming dépressif.

Le prince s'avança dans la Cour et la foule se resserra autour de lui. Le bruit était effrayant, et la foule si dense que Rupert eut bientôt du mal à progresser. Il vit une faille dans la foule et s'y engagea, mais un courtisan y parvint avec lui. Quand Rupert essaya de le dépasser, le courtisan lui lança un regard méprisant. Rupert saisit l'obstacle par l'épaule, le retourna et l'assomma. Les seigneurs et dames les plus proches regardèrent le prince avec colère, puis reculèrent en voyant son air et ses habits. Rupert approchait du trône à mesure que les courtisans prenaient conscience de la silhouette sinistre qui traversait leurs rangs. Ils s'écartèrent et le regardèrent passer en silence.

Rupert finit par s'arrêter devant le trône. Le roi et le sorcier continuèrent leur prise de bec, trop absorbés pour remarquer la présence du prince ou le silence qui régnait sur la Cour. Rupert croisa le regard de son frère. Celui-ci s'agita et parut soucieux. Le temps que Rupert avait passé dans le Noirbois l'avait changé, et pour la première fois Harald ressentit une certaine crainte. L'étranger froid et sanguinolent qui se tenait devant lui n'avait plus rien à voir avec le frère calme et indécis qu'il dominait depuis si longtemps. Harald se détourna, incapable de soutenir son regard. Sans comprendre pourquoi, il avait vraiment peur. La mort paraissait flotter autour de Rupert comme un linceul, comme si une infime partie de la nuit éternelle l'avait accompagné dans cette Cour vivement éclairée. À moins que ce soient ses yeux, plus lourds de douleur et d'horreur qu'un homme devrait pouvoir en porter. Harald se mit à frissonner sans pouvoir s'arrêter. Il voulut se concentrer sur ce que le roi et le sorcier disaient, en ignorant la sueur froide qui lui coulait au front.

— On ne peut pas se cacher indéfiniment derrière ces murs ! cria le roi. Si on n'affronte pas les démons, ils viendront vite nous chercher !

— Vous êtes soit fou, soit aveugle, répliqua le Haut Sorcier. Vous parlez comme si la Forêt était toujours assiégée par le Noirbois. Il faut vous faire une raison, John. La Forêt a disparu. Il ne reste que la nuit. Hors de ces murs, il n'y a pas de lumière, pas de vie. Rien que l'obscurité et ses démons. Les créatures de la nuit sont mille fois plus nombreuses que tous les hommes que vous pourriez réunir. Tous ceux qui quitteront ce château n'y reviendront jamais.

— Alors que devons-nous faire ? Nous cacher dans notre petit terrier pendant que les ténèbres continuent à se renforcer ? Attendre que le prince Démon lui-même vienne nous chercher ? Les démons vont finir par passer les murs et nous massacrer tous.

— J'ai besoin de temps. Je peux utiliser certains sorts pour repousser les démons, mais il faut du temps pour les lancer. Vous pourrez bien retenir les ténèbres encore un peu ?

— Avec quoi ? rugit le roi. Mes hommes meurent. Je suis à court de nourriture, d'eau, de bois… Si les démons nous attaquaient maintenant, je ne serais même pas certain de les mettre en déroute. Vous devez agir, bon sang ! Sans cela, nous allons tous mourir.

— C'est toujours à moi de faire, n'est-ce pas ? Tout repose sur ma magie. Avez-vous jamais pensé que je pourrais en avoir assez de nettoyer après vous ? Pour une fois, ne pouvez-vous pas assumer la responsabilité de vos actes ? Vous n'avez pas changé du tout, John. Vous restez sur votre trône, à tergiverser jusqu'à ce que la situation dégénère. Après quoi, vous me demandez de tout arranger. D'un coup de baguette magique, j'imagine ? Et ma vie, que suis-je censé en faire ? À part la risquer chaque fois pour vous tirer d'affaire ? Eh bien, cette fois, nous allons faire comme je dis. Je refuse de me mettre en danger parce que vous êtes trop impatient !

— Je suis votre roi ! Je vous ordonne de…

— Vous pouvez vous mettre votre ordre au…

— SILENCE !

Le rugissement de Rupert les fit taire sur-le-champ. Le silence se posa sur la Cour. Un courtisan à côté de Rupert ouvrit la bouche pour prendre la parole, et se retrouva fasciné par l'épée pointée à quelques centimètres de son ventre.

— Un seul mot, de qui que ce soit, et je l'éventre.

Tout le monde regarda son visage déterminé, l'épée ensanglantée dans sa main, et décida qu'il pourrait être sérieux. Rupert regarda autour de lui la Cour silencieuse et attentive, et sourit.

— À présent que j'ai votre attention, nous pourrions peut-être discuter calmement de la situation au lieu de hurler en courant comme un poulet sans tête.

Il rengaina son épée et entendit un soupir de soulagement parcourir l'assemblée. En commençant par le courtisan qui lui avait servi d'exemple.

— Vous apprenez vite, Sire, glissa le Champion.

L'homme se tenait juste derrière lui. Rupert hocha la tête poliment et se détourna. Il ne savait pas tout à fait à quel point le Champion le soutiendrait, à présent que leur mission était achevée, mais, pour le moment, il semblait avoir un allié à la Cour de son père. Ne serait-ce que parce qu'il détestait les courtisans… Rupert s'avança et s'inclina devant son père. Le roi le regarda un long moment, froid et impassible.

— Je te croyais mort, finit-il par dire. Après tant de mois sans nouvelles, je pensais ne jamais te revoir.

— J'ai cru comprendre, répondit Rupert d'un ton acide. Dans la cour, la moitié des réfugiés a eu l'air de voir un fantôme. Eh, attendez un peu… Les gobelins ne vous ont pas dit que j'étais en vie ? Ils sont bien arrivés, non ?

— Oui. Malheureusement. Mais c'était il y a plusieurs mois. Tu devais revenir bien plus vite que cela.

La pause s'éternisa. Immobiles, ils attendaient que l'autre prenne la parole.

— Vous pourriez au moins dire que vous êtes content de me revoir, finit par dire Rupert. À moins que ç'ait été une autre quête dont je ne devais pas revenir ?

— Tu n'as pas changé… Tu n'as pas changé du tout, Rupert.

— N'en soyez pas si sûr… (La dureté soudaine de sa voix fit sourciller le roi et frissonner Harald de plus belle.) Et maintenant que vous avez eu le temps de réfléchir, Haut Sorcier, vous pourriez peut-être m'expliquer ce qui a pu se produire pour que votre sort de téléportation nous transporte si lentement. Nous aurions dû arriver bien avant que la Lune Bleue soit pleine. Vous m'aviez promis que votre sort nous ramènerait ici à temps. Je vous faisais confiance, Haut Sorcier.

— Ce n'était pas de ma faute. Quelqu'un dans ce château a interféré avec mon sort. Nous sommes arrivés au bon endroit, mais au mauvais moment.

— Quelqu'un d'ici ? Vous êtes sûr ?

— Bien sûr que oui ! Je suis le Haut Sorcier ! Ce n'est pas une personne très puissante. Elle n'a pas pu briser ou déformer le sort, juste le détourner. D'après ce que je comprends, nous aurions dû arriver encore plus tard, après la chute du château, mais sa magie n'était pas assez forte.

— Comment quelqu'un aurait-il pu interférer avec votre sort ? Personne ne savait que nous reviendrions par téléportation.

— Sauf le prince Démon, rappela le Haut Sorcier.

Un murmure bas traversa la Cour, et plusieurs courtisans regardèrent autour d'eux d'un air nerveux, comme si ces seules paroles pouvaient suffire à le faire apparaître. Le roi se pencha en avant, contrarié et pensif.

— Vous voulez dire que le prince Démon lui-même a participé au cafouillage de votre sort ? insista Rupert.

— Indirectement, oui. Il n'a aucun pouvoir hors du Noirbois, mais il peut avoir des agents humains. Ce château abrite un traître qui travaille pour les ténèbres.

— Nous le savions déjà, messire sorcier, grogna le roi. Mais pourriez-vous le nommer ?

— Pas facilement. Il a trop bien couvert ses traces. Avec du temps, peut-être…

— Nous n'avons pas le temps, coupa Rupert. Nous nous inquiéterons des traîtres une fois les démons éliminés. Père, combien d'hommes armés peut-on aligner ?

— Peu, Rupert. La peste ne nous a pas laissé beaucoup de bras.

— La peste ? (Rupert frissonna sous un courant d'air froid qui parut lui caresser la nuque.) Quelle peste ?

— Il s'est passé beaucoup de choses depuis ton départ, mon fils. La peste est avec nous depuis des mois. Une maladie et une fièvre qui affaiblissent avant de tuer. Nous avons tout essayé, mais rien ne l'arrête. Elle a traversé la Forêt comme un incendie, et est entrée dans le château une bonne semaine avant la longue nuit.

— Combien de gens avons-nous perdus ?

— Des centaines. Ou des milliers. Impossible de le savoir.

— Bon sang ! Je le savais ! Dès que Rupert m'a dit que sa licorne avait perdu sa corne, je me suis douté qu'il y avait une raison.

— Je ne vous suis pas. Quel rapport avec la corne ?

— Tout. Deux choses, Rupert. Tout d'abord, la nature du prince Démon est de corrompre. Ensuite, la corne d'une licorne a la capacité spéciale de détecter et de guérir les poisons. Si on assemble ces deux faits, la source de cette peste devient évidente. Une corne de licorne souillée qui répand le poison au lieu de le guérir. Entre les mains du prince Démon, cette corne a produit une peste magique, répandue par ses démons et incurable par des moyens naturels ou surnaturels.

— S'il n'y a pas de remède, alors nous ne pourrons pas l'endiguer. Tout le monde mourra, quoi qu'on fasse. Je ne peux pas l'accepter, messire sorcier. Il doit y avoir une solution.

— Oui. Détruisez le prince Démon, et sa peste périra avec lui.

— Très intéressant, intervint Harald, mais nous paraissons nous éloigner du sujet. Le prince Démon et sa peste sont des problèmes futurs, si tant est que nous ayons un futur. Pour l'heure, permettez-moi de vous rappeler que nous sommes encore assiégés. Rupert, tu prétendais avoir une solution. Après tout, c'est pour cela que tu as interrompu si brutalement notre… discussion.

— Votre discussion ? D'après ce que j'ai entendu, cette prétendue discussion n'a servi qu'à vous scinder en deux camps : Force brute et ignorance d'un côté, et Fermons les yeux en attendant que ça passe de l'autre. Avec ce genre de raisonnement, oui, nous mourrons tous.

— J'imagine que vous avez une meilleure idée ? contra Julia.

Rupert regarda la princesse cramponnée au bras d'Harald.

— Oui. En effet. Père, où est l'astrologue ?

— En isolement. Il utilise sa magie pour essayer de découvrir qui a volé la Curtana et où elle a été cachée.

— La Curtana ? Comment a-t-on pu la voler ? Elle ne se trouve plus dans l'Aile sud perdue ?

— Plus maintenant, informa Julia. J'ai aidé à découvrir une entrée de l'Aile sud. Malheureusement, quand nous sommes arrivés à la Vieille Armurerie, la Curtana avait disparu.

La tête de Rupert lui tourna quand il essaya de digérer toutes ces informations.

— Tu as été très occupée, n'est-ce pas, Julia ? Enfin, nous en parlerons plus tard. D'ici là, Père, vous feriez mieux de le faire venir. Si mon plan doit fonctionner, nous aurons besoin de toute la magie possible.

— Que voulez-vous à l'astrologue ? grogna le Champion. Que va-t-il faire ? Lire l'horoscope des démons et leur dire que ce n'est pas le moment d'attaquer les châteaux ?

— C'est un sorcier, insista Rupert, et la magie est la clé de notre problème.

— La sorcellerie, c'est l'arme du prince Démon, dit le Champion. Si on combat le feu par le feu, on finira tous brûlés. L'heure est à l'acier, Sire. Au courage et à la force.

— Nous avons essayé dans le Noirbois, vous vous rappelez ? demanda Rupert. L'acier ne suffit plus ! Les démons se fichent de leurs pertes, du moment qu'ils nous terrassent. Ils sont des milliers à nos portes, et Dieu sait combien d'autres attendent pour prendre leur place. Non, messire Champion. Le Noirbois est une chose magique, et il faut l'abattre par magie.

Le roi ouvrit la bouche pour dire quelque chose, puis regarda autour de lui, surpris, quand la double porte s'ouvrit à la volée devant l'astrologue.

— Pardon pour mon retard, Sire. J'ai eu une sorte de révélation. D'après mes conclusions, l'épée de Compulsion n'existe plus. Celui qui l'a prise a dû la détruire. Je dois avouer que je ne sais pas si c'est une bonne ou une mauvaise chose.

Un murmure bas traversa les courtisans. Eux non plus n'en savaient rien.

— Cette épée aurait pu nous sauver des ténèbres, Thomas. J'imagine qu'on ne pourra pas savoir qui l'a volée ?

— Sans la Curtana ? Non, Votre Majesté. (L'astrologue se tourna vers le Haut Sorcier et s'inclina.) Heureux de vous revoir, après toutes ces années, messire sorcier. Mes maigres pouvoirs sont à vos ordres.

— Merci, messire astrologue, répondit le Haut Sorcier. Je suis sûr que vous serez un allié précieux.

— Bon, nous nous serrerons la main plus tard, intervint Rupert. Pour le moment, il nous reste quelques milliers de démons à tuer.

— Ah ! Nous en arrivons donc à ton fameux plan ?

— Harald… Tu m'énerves. Encore une interruption, et je t'envoie les boules derrière la tête à coups de genoux. Compris ?

Dans un silence gêné, tout le monde fit semblant de n'avoir rien entendu.

— Ton plan, Rupert ? invita le roi.

— Il est assez simple. Contrairement aux autres, j'ai déjà combattu le Noirbois. Les épées ne nous apporteront pas la victoire, et la magie non plus. Mais mises ensemble, elles pourraient nous donner la victoire. Donc, nous devons assembler notre plus grosse armée. Tous ceux qui peuvent manier l'épée. Ensuite, avec le soutien du Haut Sorcier et de l'astrologue, avec tous les autres sorciers et magiciens que nous trouverons, nous attaquons. Si nous parvenons à repousser les ténèbres, nous renversons la balance. Les démons ne sont pas invincibles. Si nous en tuons suffisamment, ils reculeront. Et sans son avant-garde de démons, la longue nuit ne pourra pas progresser. Si nous tenons bon, nous avons une chance de repousser la nuit. Une faible chance, certes… mais qu'avons-nous à perdre ?

— Ce n'est pas un plan très prometteur, remarqua le roi avec tact.

— C'est le moins qu'on puisse dire, reconnut Rupert. Mais c'est notre meilleure chance. Les démons se renforcent chaque jour que Dieu fait. Si on les frappe assez durement, assez souvent, ils meurent comme n'importe quelle autre créature.

Le roi hocha la tête malgré lui.

— À moins que quiconque veuille ajouter quelque chose de constructif ? De *constructif*, Harald… Très bien. Les horloges disent que l'aube sera sur nous dans trois heures. Une demi-heure avant cela, je veux voir tous les hommes en état de se battre dans la cour. Avec un peu de chance, nous aurons d'ici là trouvé où loger tous ces réfugiés. Ne soyez pas en retard. Si vous n'êtes pas là, nous partirons sans vous. Les portes s'ouvriront à l'aube. Et nous donnerons aux démons un combat dont ils se souviendront. C'est tout. Je renvoie la Cour. Rupert, Harald, rejoignez-moi dans mes appartements privés.

Le roi se leva, hocha la tête pour les courtisans inclinés, et partit vers ses quartiers, suivi à bonne distance par ses gardes. Le Haut Sorcier et l'astrologue s'éloignèrent ensemble, discutant de tactique magique. Les courtisans sortirent en petits groupes, retournant à leurs quartiers pour préparer leur épée, leur armure et leur courage, sachant que, dans quelques heures, ils devraient combattre les démons et mourir. Malgré tout son mépris pour les courtisans en général, Rupert fut légèrement impressionné par la façon dont ils prenaient la chose. Pour une fois, ils ne gémirent pas et ne discutèrent pas. Ils étaient à l'évidence pétrifiés de peur, mais Rupert savait que, à l'heure dite, la plupart seraient dans la cour, épée à la main. Et les autres n'auraient sans doute pas été très utiles dans un combat.

Il regarda Julia discuter avec Harald. Tous deux paraissaient absorbés l'un par l'autre et oublier complètement la présence de Rupert. Pourtant, celui-ci était incapable de se détourner. Au début, il avait cru que Julia utilisait Harald pour le rendre jaloux, et qu'elle tenait toujours à lui. Mais maintenant, il avait compris. Pour la première fois, il remarqua à quel point Julia paraissait à sa place dans cette robe. Elle semblait tout à fait à l'aise au côté d'Harald. Rupert regarda ses propres habits tachés et déchirés, et la pensée de cette splendide princesse à son bras lui parut ridicule. Il regarda une dernière fois la beauté blonde qui riait à côté du prince Harald, et se détourna.

Je suis un fils cadet. Et je ne serai jamais rien d'autre. Il n'a pas fallu longtemps à Julia pour comprendre où était le vrai pouvoir dans cette famille. Ce n'est pas la femme que je connais. Ce n'est pas la femme au côté de qui j'ai combattu dans le Noirbois… la femme dont je suis amoureux. Cette Julia-là n'était qu'une illusion. Un rêve né du besoin et du danger… et de la solitude. J'aurais dû m'en douter.

Il dépassa le trône vide et rejoignit les appartements du roi, et le devoir qui l'écrasait. Mais il n'en avait cure. C'était tout ce qui lui restait.

Julia le regarda partir et se mordit les lèvres. Elle voulait l'appeler, mais sa fierté l'en empêchait. C'était à lui de venir vers elle. Elle ne lui ferait pas le plaisir de ramper à ses pieds. Après tout ce qu'elle avait traversé, après les mois où elle l'avait cru mort… Quand on lui avait appris que Rupert était sain et sauf, elle avait été si pleine de joie et d'incrédulité qu'elle n'avait pas su si elle devait rire, pleurer ou bondir de joie. Elle avait forcé le sénéchal à lui dire où étaient les appartements de Rupert, y était allée en courant pour l'accueillir… et l'avait trouvé froid et insultant. Elle aurait pu lui expliquer, pour Harald et le mariage, s'il lui en avait laissé le temps. Mais non. Il était trop occupé à laisser parler sa colère et sa peine. Il n'avait pas le droit. Il ne savait pas ce qu'elle avait ressenti dans le château, seule, à regarder les ténèbres approcher. Avec le dragon endormi ou mort et Rupert parti, bien sûr qu'elle s'était tournée vers Harald. Il n'y avait personne d'autre… Julia regarda Rupert partir, et serra les poings à s'en faire mal.

Elle jeta un regard à Harald, tourné vers la porte par laquelle Rupert venait de disparaître. Aucun doute, le frère aîné était devenu une partie importante de sa vie ces derniers mois. Mais Julia ne savait toujours pas ce qu'elle pensait de lui. Il était doux, attentif, même charmant, et pourtant, parfois, elle le voyait sourire avec un regard si froid qu'elle en frissonnait.

Certes, Harald avait des défauts, mais Julia était très impressionnée par la façon dont il avait pris les événements en main à mesure que les ténèbres approchaient et que la situation dégénérait. Le roi John avait fait de son mieux, mais l'arrivée des réfugiés avait rapidement dépassé ce qu'un homme seul pouvait gérer. Le roi avait fini par accepter qu'il ne pouvait plus s'en charger sans aide. Harald et le sénéchal avaient aidé au mieux, mais le roi John était de plus en plus amer et attristé de ce qu'il prenait pour un échec personnel. De plus en plus souvent absent, il avait laissé Harald gagner en influence. Et maintenant, c'était lui qui commandait la plupart du temps. Il paraissait s'en tirer honorablement, surtout vu les circonstances.

Et pourtant, malgré ces problèmes, Harald trouvait toujours le temps de lui parler et de lui tenir compagnie. Il était loin de l'audacieux insensible qui la pourchassait si implacablement les premiers jours. Julia sourit. Au moins, elle l'aurait civilisé. Elle regarda Harald presque avec tendresse, mais se glaça devant l'expression de son futur mari. Harald était toujours tourné vers la porte qui menait aux appartements du roi, mais, sous les yeux de Julia, son air calme et aimable fut remplacé par des traits durs et implacables qui le changeaient tout à fait. Fascinée, Julia ne put se détourner de ce nouveau Harald. Certes, elle lisait la force sur son visage, la détermination, et aussi une volonté d'acier. Mais surtout de la peur. Et Julia comprit qu'il avait peur de Rupert. Le moment passa, et le masque d'Harald reprit sa place. Il se tourna vers elle avec un sourire. Julia se convainquit que c'était son imagination qui projetait dans son regard une fureur froide et meurtrière.

—Eh bien, Julia, je crains de devoir partir voir Père. Mais j'espère que nous aurons encore un peu de temps avant que je parte au combat. Pourquoi ne pas me rejoindre dans mes appartements dans une heure environ ? Nous pourrons passer un peu de temps ensemble avant l'aube.

— Oui. Bien sûr. Harald, je…

— C'est Rupert, n'est-ce pas ? Ne vous inquiétez pas pour lui, ma chère. Vous l'oublierez bientôt, une fois que nous serons mariés. Vous ne serez même plus obligée de lui parler si vous n'en avez pas envie. D'ailleurs, cela vaudrait sans doute mieux. Rupert exerce une assez mauvaise influence sur vous, Julia. Et pour être honnête, je n'ai jamais compris ce que vous lui trouviez. Enfin, dès que notre entrevue avec mon père sera finie, je suis certain qu'il trouvera un trou où se cacher jusqu'à ce qu'il doive sortir se battre avec nous. Malgré ses belles paroles, Rupert n'a jamais été très doué pour le combat.

— Il vous a pourtant bien battu lors de votre dernier duel, non ? demanda Julia, sans savoir pourquoi elle avait dit cela.

Harald sourcilla.

— Par hasard. Il avait appris quelques nouveaux tours. La prochaine fois…

— Attendez un peu… Vous avez dit que Rupert sortirait se battre à l'aube ?

— Bien sûr, c'est son devoir…

— Vous n'êtes pas sérieux ! Vous avez bien vu qu'il est épuisé !

Harald soupira.

— Il n'a pas le choix. Rupert, Père et moi mènerons la charge contre les démons. C'est ce qu'on attend de nous. On ne peut pas demander à la piétaille d'aller là où les nobles refusent de mener, n'est-ce pas ? Non pas que la venue de Rupert compte, du moment que j'y suis. C'est moi qu'ils suivront. L'aîné.

—Il sera là, et vous le savez, dit Julia. Rupert connaît son devoir. Il l'a toujours connu. Ce n'est pas un lâche.

Julia sentit la colère l'envelopper comme une vieille cape familière. Qui flamboya au rire d'Harald.

—Rupert a *toujours* été un lâche. Il a encore besoin de lumière dans sa chambre pour dormir.

Julia lui tourna le dos et se dirigea vers la porte. Harald la rattrapa.

—Julia, où allez-vous ?

—Je dois voir Rupert. Je dois lui parler.

Harald la saisit par le bras et l'arrêta au pied du trône. Elle se dégagea et posa la main sur la garde de son épée.

—Éloignez-vous, Harald.

—Non, Julia. Vous ne pouvez plus revenir en arrière.

—N'en soyez pas si sûr.

—Oh que si, ma chère. Croyez-vous vraiment que Rupert accepterait de vous retrouver, après avoir appris à quel point vous et moi sommes devenus proches pendant son absence ?

—Je le croyais mort !

—Je doute que cela fasse la moindre différence. Il a toujours été… vieux jeu… dans ce domaine. Regardez les choses en face, ma chère. Comme on fait son lit, on se couche, et nous savons tous les deux où vous avez préféré vous coucher. Oubliez Rupert. Vous allez devenir ma femme, Julia, et vous devez apprendre à m'obéir.

Julia releva le genou de toutes ses forces, et Harald tomba à la renverse, plié en deux. Julia le laissa là et courut presque jusqu'à la porte par laquelle Rupert était passé. Il était évident pour elle que, si elle ne lui parlait pas, Rupert irait au combat en pensant qu'elle ne tenait pas à lui. Et elle ne pouvait pas le laisser mourir en croyant un mensonge.

Elle sortit de la Cour et suivit le couloir qui menait aux appartements du roi. Elle reprit son souffle avant de frapper poliment. Personne ne répondit, et la poignée refusa de tourner sous sa main. Elle frappa du plat de la main sur le panneau, puis recula quand un œil rouge s'ouvrit dans le bois pour la regarder. Julia frissonna devant cet œil métallique. Son instinct lui disait de fuir, mais elle tint bon et lui rendit son regard avec morgue.

Cette porte est scellée, dit une voix froide dans son esprit.

— Vous devez me laisser entrer, dit Julia d'une voix tremblante. Je dois voir le roi.

Le prince Harald, le prince Rupert et le Haut Sorcier sont autorisés à entrer, dit la voix. *Pour tous les autres, cette porte est scellée. Partez.*

— Je dois voir le roi ! C'est important !

Partez.

— Allez au diable et laissez-moi entrer !

Julia tira son épée et un éclair de feu blanc l'envoya bouler. Elle secoua la tête et se remit sur ses pieds tant bien que mal, prenant garde de ne pas toucher son arme. L'œil dans la porte l'observait calmement, inhumain.

Partez. Maintenant.

Julia le fixa, impuissante, puis se détourna et repartit. L'œil se referma, disparaissant dans le grain du bois. Julia retourna lentement dans la salle du trône. Quoi que le roi veuille dire à ses fils et au Haut Sorcier, ce devait être très important pour justifier un tel sort de protection. Elle devrait parler à Rupert un peu plus tard, voilà tout.

Il fallait qu'elle lui parle, pendant qu'elle en avait le temps.

Aux tréfonds de l'Aile sud, une porte dissimulée s'ouvrit lentement, et le seigneur Darius sortit dans le couloir. Un coup d'œil circulaire lui assura qu'il était seul. Avec un léger sourire, Darius referma derrière lui. Le panneau se rabattit avec un infime déclic, et rien dans le lambris ne signalait sa présence. La seule lumière venait d'une lampe à moussefeu placée haut dans le mur, mais les yeux de Darius étaient si habitués à l'obscurité que cela suffisait à éclairer le couloir pour lui. Après l'exiguïté des tunnels, un espace aussi ouvert le mettait mal à l'aise. Ses vêtements autrefois élégants étaient souillés et pendaient sur sa silhouette amincie. Sa chair malsaine, pâle et tachetée, pendait en bajoues et replis laids d'avoir perdu trop de poids en trop peu de temps. Aucun seigneur ou dame de la Cour n'aurait reconnu cet épouvantail à moitié fou, tapi dans les ombres parce qu'il préférait cela à la lumière.

Ses yeux bouffis luisaient tandis qu'il observait son environnement, prêt à fuir au premier signe de danger. Sa main se porta plusieurs fois à sa dague dans sa manche, mais aucune ombre ne bougeait et aucun bruit ne brisait le silence. L'Aile sud attendait, comme depuis toutes ces années, mais une tension y était palpable, comme si les pierres elles-mêmes sentaient le mal en leur sein.

Darius paraissait sombre, comme s'il détenait un sinistre secret des choses faites et préparées dans les ténèbres. Rupert aurait reconnu cette expression. Il avait traversé la nuit éternelle, et une partie de ces ténèbres s'était installée en lui à jamais. Le Noirbois avait placé sa marque sur leur âme, mais, alors que Rupert s'efforçait de rejeter les ténèbres, Darius s'était abandonné à elles en échange de ce qu'elles lui avaient promis.

Darius leva sa main gauche, et des flammes montèrent autour de ses doigts sans les consumer. Son maître obscur lui avait donné le pouvoir de venger le mal qu'on lui avait fait. Darius rit, et les flammes disparurent. Il resta accroupi, sans rien dire ou penser. Il attendait ceux qu'il craignait et haïssait, ici, dans le silence, le froid et les ténèbres de l'Aile sud.

Le roi John soupira et regarda son souffle embuer l'air froid. Il resserra sa cape autour de lui et rapprocha son fauteuil du feu. Même ses appartements privés, au cœur du château, paraissaient succomber au froid du Noirbois. Il regarda étrangement le Haut Sorcier de l'autre côté de l'âtre. Vautré dans son fauteuil, l'homme mâchonnait une cuisse de poulet, les jambes sur un repose-pieds. Le froid ne paraissait pas du tout le gêner.

Malgré les lampes et les bougies qui occupaient chaque recoin de la chambre déjà encombrée, l'impression générale restait sombre. Par le passé, le roi avait toujours pu tirer force et réconfort des nombreuses couches de pierre ancestrale qui l'entouraient, des magies et mystères du château de la Forêt, de son héritage. Depuis quatorze générations, les rois de la Forêt défendaient le pays. Une partie de leur force et de leur détermination avait imprégné le château. Du moins était-ce ce que John avait toujours ressenti. Mais la magie antique du château n'avait pas suffi à repousser le Noirbois. Le roi fronça les sourcils. Elle était bien dure, l'époque où les hommes ne pouvaient plus trouver de paix dans le confort de leur maison. John reconnut la mesquinerie de cette pensée et l'écarta fermement. Le Haut Sorcier ramenait beaucoup de souvenirs, bons comme mauvais. Les deux hommes n'avaient jamais été très proches, mais leur collaboration avait été efficace pendant plusieurs années. Fut un temps, il l'avait même considéré comme son bras droit. Mais cette époque était révolue depuis longtemps. Très longtemps.

Le sorcier grignota les derniers morceaux de viande sur l'os puis, sous les yeux du roi, rompit l'os et en aspira la moelle. Quand il eut fini, il jeta les deux morceaux dans le feu et essuya ses doigts gras sur le devant de sa robe. Le roi John se détourna. Le Haut Sorcier dont il se souvenait aurait préféré mourir que se comporter de façon si peu civilisée. Élégant et gracieux, et même un peu précieux à ses heures, toujours à la dernière mode, jamais un cheveu déplacé… Jusqu'à la fin, il n'avait jamais perdu de sa superbe. Les taverniers avaient dit qu'il était l'ivrogne le plus digne de leur carrière. John sourit malgré lui, et retrouva son sérieux quand d'autres souvenirs arrivèrent. Les yeux fermés, il finit par repousser les horreurs qui lui revenaient. Mais comme toujours, une partie de la douleur resta avec lui. Il regarda une nouvelle fois son ancien compagnon, perdu dans sa rêverie. Le visage du sorcier était impassible, et John ne savait pas à quoi il pouvait penser.

— Je me demandais ce que je penserais en vous revoyant, commença le roi John. Si je vous détesterais, si je vous craindrais… Cela fait longtemps, n'est-ce pas ?

— Oui.

— Vous n'avez pas beaucoup changé. Vous n'avez pas vieilli, d'ailleurs.

— Une simple métamorphose. Je peux avoir l'âge que je veux. Bien sûr, plus je suis jeune, plus j'use rapidement ce qu'il me reste de vie. Je suis un vieillard, John. Plus vieux que vous et votre père mis ensemble. Vous savez, Eduard me manque parfois. J'arrivais à lui parler. Vous et moi, nous n'avons jamais eu grand-chose en commun.

— Non. Mais vous étiez toujours de bon conseil.

— Alors vous auriez peut-être dû m'écouter plus souvent.

— Peut-être.

Ils se turent tous les deux, et laissèrent le feu soupirer à leur place.

— Il n'était pas vraiment utile de me bannir, John. Je l'avais déjà fait tout seul.

— Il fallait bien que je fasse quelque chose. Eleanor était morte, et il fallait que je fasse quelque chose.

— J'avais fait tout ce que je pouvais pour elle, John. (Le roi regardait les flammes sans rien dire.) Que pensez-vous du plan de Rupert ?

—Il pourrait fonctionner, admit le roi. Nous avons essayé tout le reste. Va savoir…

—J'aime bien Rupert. Il a l'air intelligent. Et courageux.

—Oui. Oui, sans doute.

Trop d'années de douleur, de rage et d'amertume rentrées les séparaient. Ils le savaient tous les deux, mais il n'y avait rien à dire. Ils avaient épuisé les cris, les insultes et les larmes. Le Haut Sorcier se leva.

—Je ferais bien d'aller discuter avec Grey. Ses pouvoirs ont l'air de s'être développés en mon absence. Il pourra peut-être m'aider, finalement. Bonne nuit, John. Nous nous reverrons avant la bataille.

—Bonne nuit, messire sorcier.

Le roi s'abîma dans la contemplation du feu, et ne se détendit qu'en entendant la porte se refermer. Même après toutes ces années, les souvenirs refusaient de le laisser en paix. Il ferma les yeux, et une nouvelle fois le sorcier et lui se retrouvèrent devant le lit d'Eleanor. Les draps avaient été rabattus sur son visage.

Elle est morte, John. Je regrette.

Ramène-la.

Je ne peux pas faire ça, John.

Tu es le Haut Sorcier ! Sauve-la, bon sang !

Je ne peux pas.

Tu n'as même pas essayé.

John…

Tu l'as laissée mourir parce qu'elle ne t'aimait pas !

Le roi se prit le visage à deux mains, mais les larmes refusaient de venir. Il les avait toutes versées des années plus tôt, et il était sec. La porte s'ouvrit derrière lui, et il se redressa en hâte, se recomposant un masque sévère. Rupert et Harald s'inclinèrent devant lui. Ils se tenaient côte à côte, mais auraient aussi bien pu se trouver à des kilomètres l'un de l'autre. John eut un rictus épuisé. Le jour où ces deux-là se souriraient, il mangerait ses bottes. Avec les éperons. Rupert et Harald attendaient, regardant calmement un point au-dessus de la tête de leur père. John se prépara. Ni l'un ni l'autre n'apprécieraient ce qu'il avait à leur dire. Mais il avait besoin de leur aide.

— Asseyez-vous, leur dit-il. Quand vous êtes debout, on dirait que mes appartements sont en désordre.

Harald se laissa tomber dans le fauteuil que le sorcier venait de quitter, laissant Rupert se trouver un autre siège. John essaya de ne pas sourciller en entendant les chocs des meubles et les objets qui tombaient. À ces bruits, le roi savait exactement où se trouvait Rupert. Celui-ci revint, traînant un fauteuil derrière lui. Harald toussa derrière sa main, jusqu'à ce que le roi le foudroie du regard. John ne se retourna pas pour voir les dégâts. Il n'était pas sûr de pouvoir garder son calme.

— Désolé, dit Rupert en plaçant son fauteuil à mi-chemin d'Harald et du roi.

— Mais non. C'est un peu encombré, je le reconnais.

Il attendit que Rupert s'asseye et tirailla sa barbe en se demandant par où commencer. Le silence s'éternisa. Il savait que ce qu'il comptait faire était à la fois juste et nécessaire, mais ça ne l'aidait guère.

— Vous vouliez nous voir, Père, finit par dire Harald. C'est à propos du mariage ?

— Non, répondit le roi en remarquant la façon dont Rupert avait posé la main sur son épée. Mais le mariage sera encore repoussé, malheureusement.

— Oh… Quel dommage, souffla Rupert.

— N'est-ce pas…, ajouta Harald.

— Alors que faisons-nous ici ? demanda Rupert. C'est en rapport avec mon plan contre les démons ?

— Je n'appellerais pas ça un plan, tempéra Harald. « Suicide collectif » serait plus approprié.

— Si tu as une meilleure idée, je serai ravi de l'entendre, cracha Rupert. Que préfères-tu : rester caché ici jusqu'à ce que les démons viennent nous chercher ? Crois-moi, Harald, il vaudrait mieux mourir en combattant.

— Il vaudrait encore mieux ne pas mourir du tout, dit Harald. Il doit y avoir une autre façon. Peut-être le Haut Sorcier…

— Non. Même au plus fort de ses pouvoirs, il n'était pas assez puissant, assura le roi. Mais tu as raison, Harald. Il doit y avoir un autre moyen. Et je pense l'avoir trouvé. Au moins, cela nous donnera de meilleures chances contre les démons.

— Je ne comprends pas, dit Rupert. S'il y a un autre moyen, pourquoi ne pas en avoir parlé à la Cour ?

— Parce que la Cour n'aurait pas approuvé.

— C'est en rapport avec la Curtana, c'est ça ? demanda Harald.

— D'une certaine façon. J'avais prévu d'utiliser la Curtana contre les démons, mais cette épée nous est perdue. Mais il reste d'autres armes tout aussi puissantes, voire plus.

Le roi John ressentit un vague amusement en voyant la surprise apparaître sur le visage de ses fils. Au moins, il avait enfin trouvé un sujet pour les mettre d'accord.

— Vous voulez parler des *Objets infernaux* ? s'étonna Rupert. Père, vous n'êtes pas sérieux !

— Pourquoi cela ?

— Les Objets infernaux nous sont interdits, rappela Harald.

Mais le roi avait bien vu le calcul et l'avidité qui se reflétaient dans ses yeux.

— Nous ne pouvons pas les utiliser, insista Rupert. La Curtana, c'était déjà assez terrible, mais ces épées… Je ne sais pas ce qui me fait le plus peur… les démons ou ces armes maudites.

— Je te comprends, dit Harald. Cela dit, beaucoup de choses te font peur, n'est-ce pas ?

Rupert se contenta de le regarder, et Harald se sentit soudain mal à l'aise.

— Continue à parler, Harald. C'est tout ce que tu sais faire.

— Ça suffit ! ordonna le roi. Gardez vos querelles pour l'heure où nous serons libérés des ténèbres. C'est un ordre !

Domptés par son regard, ses fils inclinèrent la tête. John se renfonça dans son fauteuil et reprit la parole d'une voix calme et mesurée.

— Les Objets infernaux sont des épées de pouvoir. Un pouvoir assez grand pour sauver notre pays de la longue nuit qui le menace. Rien d'autre n'a d'importance.

— Mais nous ne savons même pas ce qu'elles font, protesta Rupert. Cela fait si longtemps que personne n'a osé tirer ces épées que même les légendes sont vagues. Fendroc, Fulgente, Gangrène. Ces noms ne veulent rien dire ! Nous risquons d'éveiller un mal plus grand que celui que nous tentons de repousser.

— Même une épée maléfique peut servir le bien, dit Harald. Si on la contrôle étroitement.

— Je me méfie des épées magiques, insista Rupert.

— Quel choix avons-nous ? demanda John. Tu l'as dit toi-même, Rupert. La force du Noirbois repose sur la magie, et doit donc être vaincue par la magie. D'après les légendes, les Objets infernaux sont les artefacts les plus puissants jamais créés par l'homme.

— Et la dernière fois qu'on les a tirées, rappela Rupert, ces épées ont dévasté la moitié du monde avant qu'on puisse les rengainer. D'après les mêmes légendes.

— Cette fois, elles pourraient sauver le monde !

— Ou le damner pour l'éternité !

— Quelle différence ? intervint Harald. Hors de ces murs, il ne reste plus que les ténèbres. Le pays est tombé. Les Objets infernaux sont peut-être notre dernière chance, notre dernier espoir… ou notre ruine. Ça n'a pas vraiment d'importance. D'une façon ou d'une autre, nous sommes condamnés. Pour ma part, je préfère avoir une chance d'emmener mon ennemi dans la tombe avec moi.

— Il doit y avoir une autre façon…

— Non, assura John. Nous n'avons plus le choix, Rupert. Il ne nous reste que les Objets infernaux.

— Alors, que Dieu ait pitié de notre âme !

John, Harald et Rupert restèrent assis en silence, captivés par le feu qui leur évitait de croiser le regard des autres. Ils savaient que, bientôt, ils devraient se rendre dans l'Aile sud pour tirer les épées interdites de leurs fourreaux antiques. Mais pas tout de suite. Pas tout de suite. Avec un désespoir résigné, chacun se perdit dans ses pensées. Rupert repensait à Minebourg, au monstre qu'il y avait trouvé, mais il pensait surtout à l'épée magique qui l'avait abandonné.

Fendroc. Fulgente. Gangrène.

Rupert commença à frissonner, et ne put s'arrêter.

Dans la salle déserte et silencieuse qui marquait les limites de l'Aile sud, le château était un peu plus sombre. Il y avait des torches, des lampes à huile et à moussefeu, mais aucune ne troublait vraiment les ténèbres qui saturaient l'air comme une brume sale. Rupert se tenait à l'entrée nord de la salle et regardait avec méfiance la double porte en face de lui. Derrière ces portes se trouvaient l'Armurerie et les Objets infernaux. Peut-être le dernier espoir de la Forêt. Rupert fronça les sourcils et se dandina, mal à l'aise. La salle marquait le début de l'Aile sud, et il n'aimait pas ça. Du tout. Elle lui rappelait trop le Noirbois.

Rupert avait tenu à arriver avant les autres. En partie parce qu'il avait besoin d'être seul, mais surtout parce qu'il voulait bien regarder l'aile qu'on venait de redécouvrir avant d'y entrer. Beaucoup de rumeurs avaient été accumulées sur l'Aile sud au cours des trente-deux années où elle avait disparu. Et toutes étaient mauvaises. Dans des centaines de fêtes, il avait cherché à dévoiler les secrets de l'aile perdue, mais les seuls qui revenaient étaient ceux qui n'avaient pas trouvé l'entrée. Jusqu'au retour de Julia et du sénéchal.

Rupert regarda autour de lui et secoua la tête. Vu ce qu'il avait sous les yeux, l'Aile sud aurait aussi bien fait de rester perdue.

L'une des lampes vacilla soudain et s'éteignit. Rupert ne parvenait pas à se calmer. Pour ne pas craquer, il traversa la salle, descendit la lampe de sa niche et la secoua. Plus d'huile. Tout simplement. Rupert se détendit un peu. La salle ne paraissait plus aussi vaste et intimidante, à présent qu'il y était. Mais le silence restait inquiétant. Rupert eut soudain conscience de pas doux qui s'approchaient derrière lui, et il se retourna, épée en main. Le sénéchal le regardait sévèrement depuis la porte. Rupert sourit pour s'excuser et rengaina son épée.

— Pardon, messire sénéchal.

— Oh, ne faites pas attention à moi. Après tout, je ne suis qu'un serviteur. Personne ne fait attention à moi, pourquoi feriez-vous exception ? C'est moi qui ai découvert et détruit la barrière qui isolait l'Aile sud. Je leur ai *dit* de ne pas y retourner. L'endroit est dangereux. Mais personne n'écoute. Tout le monde n'en fait qu'à sa tête. Je me ferais bien une crise de nerfs, si j'avais le temps.

— Quelqu'un vous a contrarié, messire sénéchal ? demanda Rupert.

— Ha ! Contrarié ? Pourquoi serais-je contrarié ? La Garde royale est venue me tirer du lit pour m'escorter jusqu'ici. Et à mon arrivée, un troglodyte avec le front le plus bas du monde et les phalanges qui traînent par terre m'informe que j'ai l'insigne honneur de mener la famille royale dans l'Aile sud, immédiatement. Sans « S'il vous plaît », ou « Si ça ne vous dérange pas ».

(Voûté, le sénéchal était l'image même de l'abattement. Il avait beaucoup d'entraînement.) Qu'importe si je n'ai pas eu un moment à moi depuis que les réfugiés sont arrivés. Si je cours jour et nuit pour chercher un endroit où les loger parce que le roi change d'avis comme de chemise. Et maintenant, il veut que je le mène à l'Armurerie. À une heure de la nuit où n'importe quel homme doué d'intelligence dort ! Il devient sénile, si vous voulez mon avis ! Bientôt, il ne pourra pas retrouver ses propres cabinets !

Rupert écoutait la tirade du sénéchal avec un sourire. Au moins, certaines choses n'avaient pas changé.

— Alors, messire sénéchal. Vous ne voulez pas me dire ce qui est arrivé à votre jambe ?

— Ma jambe ? (Le sénéchal le regarda sans comprendre, puis baissa les yeux vers sa canne.) Ah, ça ! Julia et moi avons trouvé des démons cachés dans l'Aile sud. Mais ne vous inquiétez pas, ils sont partis.

Il ne donna aucun détail, et Rupert préféra ne pas en demander.

— Je n'ai même pas eu le temps de dire bonjour à mon grand-père. Non pas qu'on ait beaucoup de choses à se dire, mais quand même…

— Votre grand-père ?

— Le Haut Sorcier. Ça doit bien faire vingt ans que je ne l'ai pas vu.

Rupert entendit des pas derrière lui, et se retourna juste à temps pour voir Harald et le roi entrer dans la salle. Le sénéchal renifla, agacé, et leur tourna le dos.

— Quelqu'un vous a contrarié, messire sénéchal ? demanda le roi.

— Ha ! répondit le vieil homme.

— Rupert… Pourquoi le sénéchal boude-t-il ?

— Je ne boude pas !

— Alors qu'attendons-nous ? demanda Harald. L'Aile sud nous ouvre les bras.

— Il n'y a personne d'autre ? s'étonna Rupert. Pas de gardes, pas d'escorte ? D'après le sénéchal, l'Aile sud reste assez dangereuse.

— Tu pourras toujours rester derrière moi, si tu t'inquiètes…, proposa Harald.

— Je pensais à la sécurité du roi, dit Rupert.

— Bien sûr.

— Assez ! interrompit le roi. Nous n'emmenons pas de gardes. Parce que, si la Cour soupçonnait nos intentions, on essaierait de nous arrêter. Et nous n'avons pas le temps de mater une autre rébellion.

— Que se passera-t-il quand nous reviendrons avec les épées ? La Cour ne va pas apprécier d'avoir été laissée dans l'ignorance.

— C'est le moins qu'on puisse dire, souffla le sénéchal.

— Nous en avons déjà parlé, messire sénéchal, dit le roi. Vous avez accepté de m'aider.

— Et puis, une fois que nous aurons les épées, l'opinion de la Cour n'aura plus d'importance, ajouta Harald.

— Nous aurons le temps d'en reparler, dit le roi. L'aube se rapproche, et nous ne sommes pas encore à l'Armurerie. Messire sénéchal, si vous voulez bien…

— Oh, bon… Autant se mettre en route, oui. C'est de ma faute. Je suis trop arrangeant, voilà tout. Je laisse les gens abuser de ma bonne disposition.

Le sénéchal continua à marmonner en prenant la tête de l'expédition. Harald et le roi le suivaient de près, et Rupert fermait la marche, la main sur le pommeau de son épée. Il regardait autour de lui tandis que le groupe avançait d'un bon pas dans les couloirs chichement éclairés. Au début, il fut presque déçu que tout ait l'air si... ordinaire. Après toutes les chansons et légendes entendues sur l'aile disparue, il s'attendait à plus intimidant. Rupert sourit. Si quelqu'un devait savoir que les légendes ne sont pas tout à fait exactes, c'était bien lui. Et pourtant, cette Aile sud restait... dérangeante. Déjà dans la salle où il attendait les autres, Rupert avait ressenti un certain malaise. Et plus le groupe progressait, plus la sensation paraissait évidente. Les couloirs lui laissaient une impression d'attente. Comme si un événement se préparait, ou était déjà en cours. Un événement infini... Un vent froid lui fit dresser les cheveux sur la nuque, et il secoua la tête. Ce n'était pas le moment de céder à la paranoïa. Puis une nouvelle idée lui vint, et il pressa le pas pour rejoindre le sénéchal.

— Messire sénéchal, pourquoi l'Aile sud est-elle vide alors que le reste du château est bondé de réfugiés ? Ne peut-on pas en loger ici ?

— Personne ne veut y vivre. Il y a trente-deux ans, il s'est passé quelque chose dans cette aile, si terrible que les échos en demeurent encore. C'est dans le sol, dans les murs, et dans l'air lui-même. Une impression maléfique, passée et pourtant très présente. Les pierres s'en souviennent. Et vous le sentez aussi, n'est-ce pas, Rupert ? Tout le monde le sent, au bout d'un moment. Les premières personnes que nous avons logées ici sont revenues en courant au bout de quelques heures. Les autres n'ont même pas tenu aussi longtemps. Nous avons fini par abandonner l'idée et l'Aile sud. Quoi qu'il s'y trouve, dans les ténèbres, cela n'a pas envie de compagnie.

Rupert déglutit.

— Alors cette aile est tout à fait déserte ?

— À part tes dégoûtants amis, précisa Harald.

— Ah oui, j'oubliais les gobelins. Ils sont ici, Sire. Et apparemment très heureux. Soit ils ne sont pas superstitieux, soit cela ne les affecte pas.

— Oui, ça ne m'étonne pas.

— Content de l'entendre, dit une voix de basse depuis les ombres. Et content de vous revoir, Prince Rupert.

Le groupe s'arrêta net quand le chef gobelin sortit de l'obscurité, suivi d'une cinquantaine d'autres. Ils portaient tous un semblant d'armure et des couteaux, des épées courtes ou des haches. Personne ne bougea. Puis, d'un seul mouvement, les gobelins mirent un genou en terre devant Rupert. Même le chef des gobelins pencha la tête rapidement. Comme s'il s'était incliné en voulant que personne ne le voie. Rupert regard autour de lui, satisfait. De meilleures conditions de vie et des repas réguliers avaient remplumé les gobelins. Surtout, ils tenaient pour la plupart leurs armes avec la confiance d'un vétéran. Ils étaient bien plus impressionnants qu'à leur première rencontre dans Touffebois. Il avait presque l'impression qu'il aurait dû les saluer.

— Levez-vous, dit-il sans cacher la chaleur de sa voix. Vous êtes des guerriers, à présent.

— Bah, on fait ce qu'on peut, répondit le chef en regardant ses hommes d'un air écœuré. Content de vous revoir, Sire. On nous a dit que vous étiez mort, mais personne n'y a cru, chez nous.

— Merci. Je suis content de retrouver des amis.

Harald gloussa.

— Il n'y a que toi pour te prendre d'amitié pour des gobelins, Rupert. Enfin, personne d'autre n'aurait envie de s'associer avec ce genre de créatures, j'imagine.

Le chef des gobelins fit un geste, et la demi-douzaine de gobelins la plus proche saisit Harald et le fit tomber. Harald balbutia et voulut prendre son épée. Mais son geste s'interrompit quand le plus petit des gobelins s'avança et pressa son couteau à dents de scie contre sa gorge.

— Vous n'avez qu'un mot à dire, invita-t-il avec entrain. Et on vous le dépèce. Ou un mouvement de tête, si vous préférez. On n'est pas difficiles. Vraiment arrangeants, même. Ou vous le voulez en fricassée ? On peut faire des choses très désagréables, avec une flambée.

— Je n'en doute pas. Malheureusement, nous avons besoin d'Harald pour le moment. Vous pouvez le lâcher. Je suis sûr qu'il sera plus poli à l'avenir.

— On ne peut pas le cogner un peu contre les murs, au moins ?

— Plus tard, sans doute, promit Rupert.

Les gobelins abandonnèrent Harald, déçus. Le prince regarda autour de lui d'un air mauvais. Il fit une tentative pour sortir son épée, et s'arrêta en voyant que tous les gobelins le surveillaient. Harald décida de les ignorer. Il se remit sur ses pieds et s'efforça de se recomposer une dignité.

Le roi John passa devant son fils cadet tandis qu'il parlait calmement avec le chef des gobelins. Au début, le roi avait été amusé par l'émerveillement que son fils avait inspiré à ces créatures. Mais il comprenait peu à peu que, sous cette adoration idiote, il y avait un véritable respect. Depuis tout le temps qu'ils étaient à la Cour, les gobelins ne s'étaient jamais inclinés devant le roi. Si quelqu'un le leur avait suggéré, ils seraient sans doute morts de rire. Mais ils s'agenouillaient devant Rupert. Ainsi que les gardes qui étaient revenus avec lui de la longue nuit. À entendre les histoires qu'ils racontaient, Rupert était un grand héros de légende. Même le rapport du Champion avait fait l'éloge du courage et de l'adresse de Rupert. Le Champion… Le roi John fronça les sourcils et tirailla sa barbe. Il allait devoir y réfléchir. Rupert devenait enfin un guerrier, un héros. Et ça… c'était dangereux.

— Je dois repartir, expliqua Rupert. Nous sommes plutôt pressés par le temps. Vous savez que nous sortons affronter les démons dans quelques heures ?

— Bien sûr. Certains d'entre nous seront à vos côtés. Nous nous rappelons ce que les démons ont fait à nos familles, à nos foyers. Ils sont venus par une nuit sans lune, et ont tué nos enfants, puis nos femmes, et seuls ceux d'entre nous qui ont fui sont encore vivants. Nous ne savions rien, alors, de la guerre, de la rage ou de la vengeance. Nous avons beaucoup appris en peu de temps. Il paraît que les humains savent oublier. Peut-être un jour, Prince Rupert, vous pourrez nous enseigner cela, aussi. Nous avons beaucoup de choses à oublier, mais nous ne savons pas comment faire. Pour nous, le sang et la mort restent à jamais sous nos yeux, et les cris dans nos oreilles.

» Pour l'heure, on a simplement appris comment tuer des démons. Ça nous suffit. Faute de paix, on aura au moins la vengeance. Maintenant que nous n'avons pas le choix, nous pourrons peut-être apprendre à être courageux.

Rupert tendit la main, et le chef gobelin la serra fermement.

— Vous serez fier de nous, Prince Rupert.

— Je le suis déjà. Croyez-moi.

Le chef des gobelins hocha la tête, puis se détourna et repartit. En quelques secondes, les autres gobelins eurent disparu, se coulant dans l'ombre aussi vite qu'ils étaient arrivés. Rupert se rendit compte que ses yeux étaient un tout petit peu trop humides et cligna rapidement des paupières. Alors seulement il se tourna vers le reste du groupe. Le roi le regardait étrangement, mais ne dit rien. Harald fit de son mieux pour paraître indifférent, tout en essayant encore de défroisser ses vêtements. Appuyé contre un mur, le sénéchal regardait le plafond et tapait du pied.

— On peut continuer ? Cette conversation est sans doute très intéressante, mais elle ne nous rapproche pas de l'Armurerie.

— Un instant, messire sénéchal, dit le roi. Vous avez trouvé un itinéraire qui évite la tour disparue ?

— Amateurs… J'ai à faire à des amateurs. Bien sûr que j'ai trouvé un chemin ! C'est mon travail, vous vous souvenez ? C'est pour ça qu'on m'a sorti de mon lit bien chaud. Et maintenant, veuillez me suivre, et de près. J'ai assez de soucis sans devoir vous chercher si vous vous perdez.

— Bien sûr, messire sénéchal, cajola le roi.

L'intéressé grogna et repartit en boitillant. Rupert fermait une fois de plus la marche, fronçant les sourcils. Qu'est-ce que c'était que cette tour disparue, et pourquoi fallait-il l'éviter ? Et d'ailleurs, comment les démons étaient-ils entrés dans l'Aile sud ? Comme d'habitude, on lui cachait beaucoup de choses. À l'évidence, les événements s'étaient précipités pendant que Julia redécouvrait l'Aile sud. Mais la connaissant, c'était naturel. Rupert sourit, puis pensa volontairement à autre chose. Le sujet de la princesse était encore trop douloureux.

L'éclairage se raréfia à mesure que le groupe s'avançait dans l'Aile sud. Les couloirs devinrent des galeries, puis des salles, des rotondes et, apparemment, des escaliers sans fin. Enfin, ils arrivèrent à l'Armurerie. Le sénéchal déverrouilla la grande double porte et se recula pour laisser entrer le roi. Rupert examina les battants, partagé entre la peur et l'émerveillement. Et ça lui donnait la chair de poule. Depuis quatorze générations, l'Armurerie abritait les armes des rois de la Forêt. Derrière ces portes reposaient toutes les puissantes épées de l'Histoire et des légendes. Des héros et des monstres et des ennemis vaincus du royaume. Et quelque part, aussi, les Objets infernaux : Fendroc, Fulgente et Gangrène.

Rupert regarda le roi, qui ne faisait pas mine d'entrer. Sous sa couronne, son visage tendu se couvrait de sueur. Harald, lui, restait toujours aussi impassible, ne montrant qu'un intérêt poli et patient.

Et ce ne devait être que par antipathie que Rupert croyait déceler de l'avidité dans son regard. Rupert se tourna vers la porte. Le battant de gauche se rabattit doucement sous sa poussée, les anciens contrepoids murmurant à peine malgré les longues années d'abandon. Le sénéchal à son côté, avec une torche, le prince Rupert entra dans l'Armurerie des rois de la Forêt.

La grande salle s'ouvrait devant lui, trop vaste pour que la lumière parvienne de l'autre côté. À sa gauche, à sa droite et devant lui, des épées dont il avait entendu parler toute sa vie mais qu'il n'aurait jamais imaginé voir. Rupert s'avança lentement dans l'allée. Des épées, des haches et des masses d'armes remplissaient les présentoirs et pendaient fièrement aux murs. Le métal ouvragé et le cuir soigneusement travaillé des fourreaux étaient encore parfaitement préservés par les sorts de l'Armurerie. Sous une simple plaque de bronze reposait l'épée large Justicière, portée par sept rois de la Forêt tour à tour, jusqu'à ce qu'elle soit trop usée et ébréchée pour qu'on puisse l'affûter. Tout près, la fine lame argentée nommée Traîtresse, portée par l'ignoble duc des Étoiles quand il avait brièvement usurpé le trône. Et d'autres, tant d'autres… Une impression soudaine d'histoire, de tradition, écrasa Rupert comme une marée tandis qu'il traversait la salle. Le royaume de la Forêt était bien plus ancien qu'on se le rappelait.

Beaucoup de présentoirs étaient vides ou abandonnés, leurs épées parties armer ceux qui défendaient actuellement le château contre les démons. On en avait laissé d'autres en arrière, trop abîmées pour pouvoir servir autrement que pour des cérémonies ou des leçons d'histoire. Mais il restait des milliers d'armes, qui attendaient patiemment le jour où elles défendraient de nouveau la Forêt. Rupert en reconnut certaines par leur nom ou leur réputation, et d'autres avaient été oubliées par l'histoire. Plusieurs fois, Rupert regarda une épée anonyme et se demanda quel triomphe ou quelle tragédie résonnait encore dans cet acier inconnu. Mais même sans les avoir jamais vus, il reconnut les Objets infernaux au premier coup d'œil.

Ils se trouvaient côte à côte dans une alcôve. Trois grosses épées longues dans des fourreaux d'argent. Leurs poignées de trente centimètres étaient entourées de cuir noir et taché, et, à voir la taille des fourreaux, les lames devaient mesurer plus de deux mètres. Rupert comprit pourquoi il avait eu la chair de poule devant l'Armurerie. Ces épées puaient le sang. Dès qu'il eut reconnu l'odeur, elle disparut, laissant Rupert se demander s'il n'avait pas tout rêvé. Devant lui, les lames droites et majestueuses ne paraissaient pas plus dangereuses qu'une autre. Mais Rupert ressentait encore une angoisse profonde, comme si, tout près, une créature ancienne et atroce s'agitait dans son sommeil. Il secoua la tête pour s'éclaircir les idées, et tendit la main vers l'épée la plus proche. Le sénéchal le saisit par le poignet et le retint.

— À votre place, j'éviterais, Sire. Les épées sont protégées. Si vous en touchez une avant que le sort soit annulé, vous sortirez de l'Aile sud dans un seau.

— Bien sûr, messire sénéchal. Je n'avais pas réfléchi. Il y a donc un contre-sort ?

Se sentant rougir, il se traita d'imbécile en silence. C'était évident, même pour lui. Des lames aussi puissantes ne seraient pas laissées sans protection.

— Oui, dit le roi. Je l'ai appris de mon père, et lui du sien. Je n'aurais jamais pensé l'utiliser un jour.

Rupert et le sénéchal s'écartèrent pour laisser le roi John approcher des Objets infernaux. Harald se recula un peu, observant attentivement, derrière son masque d'indifférence. Le roi considéra un moment les trois épées, puis finit par prononcer trois mots dans un langage guttural que Rupert n'avait jamais entendu. Les paroles du roi parurent rester suspendues en l'air, rebondissant sans cesse. Puis les épées lui répondirent.

Rupert sentit ses poils se hérisser en entendant les trois voix irréelles sorties de nulle part, qui montaient, descendaient et se mêlaient en harmonies étranges toujours à la limite de l'intelligible. Le résultat était complexe, liquide et tout à fait inhumain. Le roi répondait parfois, la voix rauque et tendue par rapport aux chants presque langoureux. Puis les lames se turent. La voix du roi prit un rythme étrange et déplaisant avant de devenir un murmure inaudible. La salle devint de plus en plus froide, et Rupert regarda son souffle se condenser devant lui. Les vieilles runes gravées dans l'argent des fourreaux parurent se tordre comme des êtres vivants, et Rupert sentit une pression monter tout près, comme pour sortir… ou entrer. L'air empestait le sang frais. Dans l'ombre, quelque chose rampait. Puis le roi prononça les trois derniers mots, et les Objets infernaux rirent doucement. Rupert frissonna, comme si ce son avide et impatient l'avait avili. Le dernier écho mourut rapidement, et tout redevint silencieux. Les torches parurent hésiter un instant, mais les ombres n'étaient que des ombres. L'air se réchauffa et l'odeur écœurante se dissipa. Le roi John, impassible, regardait les trois épées. Et quand il parla, ce fut d'une voix calme et égale.

— Trois épées. Une pour chacun d'entre nous, pour la lignée royale, afin de repousser la nuit éternelle. Je choisis… Fendroc.

— Et que Dieu nous délivre du mal, murmura le sénéchal.

Le roi prit l'épée de gauche. La lame géante paraissait presque sans poids dans sa main, mais il ne fit pas mine de la tirer de son fourreau. Il le regarda un moment, puis le passa à son épaule gauche et serra les lanières. La lame pendait dans son dos, sa pointe à quelques centimètres du sol, sa garde dépassant derrière la tête du roi. Il haussa les épaules pour mieux caler ce poids nouveau, puis recula et fit signe à Harald de choisir son arme.

Le prince héritier s'approcha prudemment des deux épées. Ses yeux allaient de l'une à l'autre, indécis, mais son regard finit par se poser sur celle de droite. Son masque d'indifférence tomba, révélant un visage aux yeux déterminés et au sourire sinistre et sans humour.

— Fulgente, dit Harald en lisant les runes antiques gravées dans la garde. Je choisis Fulgente.

— Et que Dieu nous délivre du mal, murmura le sénéchal.

Harald souleva l'épée et la passa à son épaule, si pressé que le sénéchal dut l'aider à boucler les sangles.

Le roi John fit signe à Rupert d'approcher. Le regard braqué sur la dernière épée, Rupert resta où il était. *Vas-y*, murmura une voix sous son crâne. *Ce n'est qu'une épée.* Le fourreau d'argent étincelait, charmeur à la lueur du flambeau. Gangrène. Une épée de pouvoir.

Et Rupert se retrouva dans la mine de Minebourg, levant son épée, appelant une aide qui ne vint jamais.

—Non. Je ne fais plus confiance aux épées magiques. Je la laisse à quelqu'un d'autre.

—Prends l'épée, insista le roi John. Tu es de la lignée royale. Cette épée te revient, de droit et de devoir. Le peuple a besoin de symboles pour le mener.

—Non. Il y a des choses que je refuse de faire, même par devoir.

—Prends cette épée ! cria le roi. C'est un ordre !

—Va au diable.

Rupert s'éloigna. Ses pas rebondirent dans l'air tandis qu'il retournait vers l'entrée de l'Armurerie. Tout autour de lui, les épées de héros sans nombre le regardaient avec dédain tandis qu'il leur tournait le dos. Rupert continua à marcher, la tête haute. Il en avait fait assez, et même plus. Personne n'avait le droit d'exiger quoi que ce soit d'autre. Il affronterait de nouveau les démons parce qu'il le fallait, mais avec une arme honnête dans sa main, et non les maléfices terribles qu'il avait sentis dans les Objets infernaux. Une vague de fatigue s'abattit sur lui, et Rupert se demanda s'il aurait le temps de dormir avant l'aube. Il était si fatigué… Il secoua la tête et sourit. Il aurait tout le temps de se reposer après la bataille, d'une façon ou d'une autre. Tout le temps du monde. Il sortit de l'Armurerie et entra dans le couloir, où le seigneur Darius l'attendait.

Rupert aperçut un bref éclat de lumière sur la dague de Darius tandis qu'elle fendait l'air devant lui, et il se jeta de côté. L'attaque de Darius déchira la cotte de mailles du prince dans sa chute, mais rata les côtes. Rupert roula sur lui-même et se releva rapidement, épée en main. Darius chargea, grognant et marmonnant dans sa barbe.

Le couteau pâle frappait en petits coups vicieux, et Rupert reculait devant l'assaut. Il savait reconnaître une lame empoisonnée, et il ne voulait pas prendre de risques. L'allonge supérieure de son épée devrait lui permettre de garder Darius à distance jusqu'à ce que les autres le rejoignent.

Harald et le roi John sortirent de l'Armurerie et Darius glapit. Un feu noir et liquide jaillit de sa main tendue. Harald tira Fulgente de son fourreau, et le feu fut absorbé par la lame étincelante. Darius se tourna vers le roi, mais celui-ci avait déjà tiré Fendroc. Darius recula et leva les mains en signe d'invocation. Une longue faille apparut dans la pierre devant lui. Une brume rougeâtre et puante en sortit, suivie d'une foule de démons griffus. Harald et le roi se figèrent de terreur, puis ils s'élancèrent en criant. Fulgente et Fendroc luisaient dans la brume ambiante. Les diables hurlaient sous la morsure de l'acier maudit, mais ils se relevaient toujours pour revenir à l'attaque, leurs blessures guéries en un clin d'œil. Harald et le roi se tenaient dos à dos et continuaient à lutter.

Darius se tourna de nouveau vers Rupert et le repoussa contre un mur, passant d'un pied sur l'autre pour trouver une ouverture dans la défense du prince. Il voulait le tuer à la dague, s'il le pouvait. Sentir la dague s'enfoncer dans la chair du prince. Ce serait beaucoup plus satisfaisant. Rupert suivait les mouvements du traître et cherchait une issue à cette situation. Il n'avait plus de retraite possible et, apparemment, Harald et le roi avaient largement besoin de son aide. La dague empoisonnée frappa encore et encore, et Rupert sentait la sueur couler sur ses flancs. Darius laissait des ouvertures dans sa défense, mais Rupert n'osait pas baisser sa garde le temps d'attaquer. La moindre égratignure de cette dague serait fatale. D'un autre côté, même sans la douleur dans son bras, il aurait su qu'il ne tiendrait plus très longtemps. Malgré les sorts du Haut Sorcier, il n'était pas remis de ses blessures. La force et la fureur de Darius, elles, paraissaient sans limite. Rupert fronça les sourcils. Il fallait agir pendant qu'il en avait encore l'énergie.

Rupert para un nouveau coup, et frappa vers les yeux de Darius. Celui-ci recula instinctivement. Et Rupert se jeta sur Darius, lui saisissant le poignet. Ils tombèrent en tas, et les diables disparurent en un clin d'œil, comme s'ils n'avaient jamais été là. Même la faille avait disparu.

Rupert et Darius se remirent sur leurs pieds. Avec un rire essoufflé, Darius se jeta à la gorge de Rupert. Harald le faucha d'un coup de Fulgente. Le sang moucheta l'air quand Darius, sous le choc, fut précipité contre le mur. Presque tranché en deux, le traître tenta tout de même de s'enfuir. Harald s'avança et l'embrocha par-derrière. Le traître grogna une fois, puis s'écroula, laissant une grande traînée de sang sur le lambris.

Harald voulut déloger son arme du dos de Darius, mais la lame était coincée. Une teinte rouge rampa lentement le long de l'acier tandis que Fulgente s'enfonçait un peu plus loin dans la blessure. Harald tira l'épée à deux mains, et elle se dégagea comme à contrecœur. Toute la longueur de l'épée avait acquis un éclat sanglant.

—Eh bien, dit le sénéchal depuis la porte de l'Armurerie. Au moins, les Objets infernaux paraissent tenir leurs promesses. Tirés depuis quelques minutes à peine, et déjà baptisés dans le sang.

—Oui, dit Harald. Elles aiment le sang. Et elles adorent tuer.

Il regarda pensivement la lame rougie, puis la glissa dans son fourreau. Son visage retrouva rapidement son calme habituel, mais ses yeux restaient vagues et incertains, comme s'il commençait seulement à comprendre ce dans quoi il s'était engagé. Il remarqua soudain ses mains tachées de sang, et les essuya sur son gilet à grands mouvements compulsifs.

—Enfin, reprit-il. L'important, c'est que nous avons fini par prendre notre traître. Darius a dû faire entrer les démons dans l'Aile sud par les tunnels d'aération qu'il connaissait si bien, et a utilisé sa nouvelle magie pour interférer avec le sort du Haut Sorcier. Heureusement, il ne nous manquera pas. Il ne manquera à personne.

Chapitre 8

Créatures des ténèbres

Avant même d'y poser le pied, Rupert sentit le froid qui l'attendait dans la cour. La température baissait à mesure qu'il approchait, et soudain, son souffle se condensa devant lui. Rupert resserra sa cape autour de lui et salua le garde d'un bref hochement de tête. Celui-ci entrebâilla la porte. Rupert se glissa à l'extérieur et sentit le battant se refermer vivement pour garder le peu de tiédeur qui restait à l'intérieur. Le vent mordant balayait la cour et la chaleur semée par les braseros et les flambées. La neige et la glace couvraient les fortifications et le toit des écuries, et le givre brillait sur les murs. Les torches brillaient à intervalles réguliers, mais la lumière la plus vive restait celle de la Lune Bleue, haut dans la nuit sans étoiles. Et dans cette cour, sous cette lueur impie, la dernière armée de la Forêt s'assemblait.

Rupert tapa des pieds et des mains pour les réchauffer, en regardant la foule qui occupait toute la cour. Les réfugiés étaient partis, déménagés dans le château pour le moment. À leur place, des hommes et des femmes maussades se préparaient au combat.

On parlait peu. Dehors, le Noirbois se pressait contre le château de la Forêt, reniflant ses murs comme un chien cherchant la proie qui lui était refusée. Rupert frissonna en retrouvant l'oppression qui l'avait accompagné dans le Noirbois. Il repoussa sa peur, refusant de lui céder, sachant que, s'il le faisait ne serait-ce qu'un instant, il ne s'en libérerait plus jamais. Il étudia l'armée devant lui et se demanda comment ils réagiraient en entrant dans le Noirbois. En découvrant que les démons n'étaient pas leur seul ennemi.

Il regarda ces cinq cents hommes et cinquante femmes sangler leur armure et vérifier l'équilibre de leur arme. Il était évident que beaucoup n'avaient jamais mené un vrai combat de leur vie. Les gardes et soldats effectuaient leurs échauffements avec calme, tandis que les courtisans, commerçants, fermiers et citadins faisaient de leur mieux pour les imiter à grands mouvements gauches. Les prêtres allaient et venaient de groupe en groupe, parlant d'une voix réconfortante, rassurant ceux qu'ils pouvaient. Les garçons d'écurie sortaient les montures, nerveuses, et leur murmuraient à l'oreille. Rupert fronça les sourcils. La dernière fois qu'il avait mené des chevaux dans le Noirbois, il avait fallu leur bander les yeux et les mener à pied. *Espérons que les destriers du château seront plus coriaces.*

Il se détourna et sourit en voyant un petit groupe de gobelins près des écuries. Ils s'occupaient à limer leurs lames pour y faire des dents de scie et à y étaler de la bouse fraîche pour que les blessures s'infectent. Sur les fortifications, les autres gobelins préparaient des chaudrons de poix et d'huile bouillante. Rupert secoua la tête. Malgré tous leurs bons côtés, on ne pouvait oublier que les gobelins n'avaient aucun sens de l'honneur. Dans la bataille qui s'annonçait, ce serait un avantage certain.

Assis au bas des marches, le Haut Sorcier buvait du vin à la bouteille. Rupert descendit vers lui et s'arrêta en voyant son regard perdu dans le lointain. Il y avait des taches récentes sur ses robes, et il oscillait d'un côté puis de l'autre au rythme d'une ancienne chanson qu'il fredonnait tout bas. Rupert le regarda un moment, et sentit tout espoir l'abandonner. Face à une telle adversité, il avait espéré que le sorcier resterait sobre et alerte. Mais apparemment, c'était trop demander. Les poings de Rupert se crispèrent, puis se rouvrirent. Ce n'était pas de la faute du sorcier s'il n'était pas à la hauteur des légendes. *Et puis, il n'a pas été le seul à me décevoir*, se dit Rupert. Il repensa à Julia à la Cour, suspendue au bras d'Harald. *Depuis le temps, j'aurais dû comprendre. Je ne peux compter que sur moi-même.* Rupert continua son chemin. Le sorcier ne le remarqua pas.

Rupert traversa la foule, saluant et souriant d'un air absent à ceux qui lui parlaient ou l'appelaient. Il savait qu'il aurait dû faire son travail de prince, donner un discours pour galvaniser les troupes, mais il n'avait pas le cœur à ça. Les mots se seraient transformés en cendres dans sa bouche. Harald s'en serait occupé facilement. Il aurait distribué de grandes claques dans le dos des gardes, leur aurait raconté de beaux mensonges : l'honneur et la gloire pour les fermiers et les marchands, l'immortalité pour ceux qui tomberaient au champ de bataille. Rupert fendait la foule, abattu. Il avait combattu les démons trop souvent pour se faire la moindre illusion. Il n'y aurait que les ténèbres et les créatures qui y vivaient, et ce qu'il faudrait faire pour les vaincre. Avec peu d'honneur, et aucune gloire pour les vivants ni les morts.

La foule finit par se faire moins dense quand Rupert atteignit l'une des écuries. La grande structure branlante paraissait silencieuse et déserte, comme abandonnée. Toutes les fenêtres avaient été barrées, la grande porte verrouillée. Des stalactites pendaient en grappes des gouttières, et plusieurs centimètres de neige s'étaient accumulés sur les cadres de fenêtres. Rupert prit la clé que le sénéchal lui avait donnée et ouvrit la porte. Elle s'écarta lentement, son cadre tordu protestant légèrement par une série de grincements et de craquements. Rupert rangea la clé et resta dans l'encadrement de la porte, fouillant l'obscurité du regard. Tout était immobile. Il recula d'un pas, prit une torche à côté de la porte et entra lentement dans l'écurie.

— Dragon ? appela-t-il tout bas. C'est moi, Rupert.

Aucune réponse. Rupert leva la torche. Au fond de l'écurie, des écailles vertes luisaient doucement dans la lumière tremblante. Entouré d'ombres furtives, Rupert approcha lentement. L'air était sec, poussiéreux et musqué. Enroulé sur lui-même dans la paille sale, blotti dans ses ailes, le dragon avait posé la tête sur sa queue. Les membranes massives se soulevaient au rythme de la respiration du reptile. Rupert posa la torche dans un anneau au mur et s'accroupit près de la tête du dragon. Les grands yeux dorés étaient clos, et la bouche entrouverte. Rupert tendit la main et toucha doucement le grand front osseux.

— Dragon ? C'est Rupert. Il faut que je te parle. J'ai besoin de ton aide.

Le dragon continua à ronfler. Rupert s'accroupit dans la paille sale et regarda la créature. Une vague soudaine de désespoir l'emporta. Il avait toujours cru que le dragon, au moins, serait à son côté pour affronter le Noirbois. *J'aurais dû le savoir…* D'abord Julia, puis le Haut Sorcier, et enfin le dragon. Il n'avait de droits sur aucun, et cela lui convenait très bien. Mais il aurait aimé que l'un d'eux, au moins, soit présent. Pour qu'il ne soit pas seul face aux ténèbres. Rupert soupira, et le souvenir lui revint. Le dragon dressé, fier au milieu du Noirbois, crachant son feu liquide sur les ennemis, les détruisant par dizaines de son souffle ardent. Et il se rappela le dragon, brisé, épuisé, dans cette même clairière, une aile à demi arrachée, son sang doré dégoulinant sur ses flancs. Le dragon, mourant dans la nuit parce qu'il avait fait confiance à Rupert pour les mener sains et saufs dans le Noirbois.

— Dors, mon ami, dit Rupert tout bas. Je n'ai pas le droit de t'en demander davantage.

Il se leva, récupéra sa torche et ressortit après un regard en arrière. Il voulait lui dire au revoir, mais il se retint. Il verrouilla la porte derrière lui. Les ténèbres reprirent leurs droits sur l'écurie, troublées seulement par le souffle puissant à l'intérieur.

Vautré sur les marches, le Haut Sorcier s'imbibait consciencieusement. C'était un cru pitoyable, mais il ne voulait pas le changer. Il faisait de son mieux pour s'enivrer, et l'oubli se refusait à lui. Le vin lui emplissait le ventre, mais son esprit restait toujours aussi lucide. Certes, sa vision était un peu trouble, ses jambes un peu incertaines, mais les souvenirs douloureux l'accompagnaient encore. Plus ou moins. Le sorcier fronça les sourcils et secoua la tête, tâchant de se rappeler les paroles de la chanson qu'il fredonnait. Elles continuaient à lui échapper. C'était détestable. Vraiment. Il avait de plus en plus de trous dans la mémoire. Il n'oubliait que de petites choses, certes inutiles, mais qui lui manquaient tout de même. *Je me fais vieux. Beaucoup trop vieux. Et trop d'alcool. Ou un peu des deux. Oui, sans doute les deux.* Il avala une nouvelle gorgée, renversant du vin sur sa robe. Il aurait aimé se rappeler ces paroles. Eleanor adorait cette chanson.

Cette nuit-là, ils s'étaient tenus sur le balcon, à regarder tous les deux le feu d'artifice peindre ses couleurs sur le ciel. Derrière eux, on donnait le Bal de la Victoire. Une douce brise d'été faisait onduler la robe du sorcier et jouait paresseusement avec les cheveux couleur de maïs d'Eleanor. Elle portait une robe de bleu et d'or, mais il ne se rappelait plus ses yeux. Dans leur coin, les ménestrels jouaient cette chanson, presque noyée par les bavardages des courtisans. Le sorcier surveillait de près ses feux d'artifice. Il avait tout préparé, mais un accident est toujours possible. Les feux d'artifice sont si capricieux ! Une fusée éclata dans la nuit, ses feux dessinant une tête de lion. Le sorcier sourit et se détendit. Eleanor lui prit le bras et se blottit contre lui. Il ne se rappelait plus ses yeux.

Les feux d'artifice sont magnifiques.

Merci, Votre Majesté.

Allons, messire sorcier, tant de formalité est-elle vraiment nécessaire ? Par une telle nuit, les amis ne devraient être que cela. Appelez-moi Eleanor.

Comme vous voudrez. Eleanor.

C'est mieux. Et si vous me disiez le vôtre ?

Connaître le nom d'un sorcier, c'est le détenir en son pouvoir.

Je regrette. Je l'ignorais.

C'est tout naturel.

Oh, regardez cette fusée ! Une cascade. Comme c'est astucieux ! Cette nuit est vraiment magnifique, n'est-ce pas messire sorcier ?

Tout à fait, Eleanor.

Je pense que je n'ai jamais été plus heureuse. John va rentrer victorieux de la guerre frontalière, la récolte est enfin entrée, et… et mon meilleur ami m'a donné un si beau feu d'artifice pour mon anniversaire ! J'ai presque honte d'être si heureuse. Et les ménestrels qui donnent ma chanson préférée ! Dansez avec moi, messire sorcier. Je vous en prie.

Je… doute que cela soit très convenable, Eleanor. La Cour…

Alors dansez avec moi ici, sur le balcon. Rien que nous deux. Seuls.

Son parfum lui avait empli l'esprit pendant qu'ils dansaient, main dans la main, face à face, leurs corps se déplaçant lentement et gracieusement dans la musique tout juste audible. La nuit colorée par le feu d'artifice avait fait une toile de fond parfaite à leur baiser. Et quand elle avait tendu son visage vers lui, elle ne tremblait que des lèvres.

Il ne se rappelait plus ses yeux.

Le Haut Sorcier regarda la bouteille à moitié vide dans sa main et se maudit d'avoir quitté sa Tour Sombre. Il n'aurait jamais dû revenir au château. Il aurait été plus à l'abri caché du monde, avec son alcool et son travail. Caché de son passé, de ses souvenirs, et de toutes les choses qu'on attendait de lui. Il n'aurait jamais dû revenir.

Il regarda dans la cour et salua Rupert en le voyant approcher. Le prince regarda la bouteille dans la main du sorcier, et sa bouche prit un pli dur.

— Je sais… Vous n'approuvez pas, mon prince. Mais sorcier ou pas, j'ai besoin d'un appui. (Il prit une longue gorgée et s'essuya la bouche sur sa manche.) Je vous répète depuis le début que je ne suis pas le sorcier tout-puissant qu'on croit. Il ne reste plus de vrais magiciens. Pas comme avant. La magie est en train de quitter ce monde, Rupert. À cause de nous.

— De nous ?

— Des hommes. À cause des hommes, de leur logique, de leur raison. La magie ne respecte que ses propres règles, et se moque de la cause ou de l'effet. C'est pourquoi les grands sorciers ont toujours été excentriques. Ils ont maîtrisé la magie parce qu'ils étaient capricieux et contradictoires, comme la sorcellerie qu'ils étudiaient. La magie possède une structure, une logique, mais ce n'est pas la nôtre. Et même les règles qui dominent la magie ont tendance à n'être que des accords de principe, plutôt que des lois. Je vous ai perdu, n'est-ce pas ? La magie est ainsi. Chaque année, de moins en moins de personnes sont capables de déformer leur esprit pour manipuler la magie. Ils sont de moins en moins à être assez fous pour comprendre la sorcellerie tout en restant assez sains d'esprit pour ne pas être détruits.

» Et bientôt, la magie sera entièrement partie, Rupert. Chassée par les hommes, avec leur besoin de réponses simples et compréhensibles. La science remplacera la magie, et nous serons tous ravis. La science fonctionne, elle. Nous n'aurons perdu qu'un peu de poésie, un peu de beauté… et peut-être un peu de la merveille du monde. Plus de dragons. Plus de licornes, de gobelins ou de lutins.

— Plus de démons.

— Donnant-donnant, concéda le sorcier, qui leva sa bouteille et la reposa en voyant le regard de Rupert. C'est ironique. La seule chose qui pourrait assurer la survie de la magie, c'est la Lune Bleue. Mais c'est de la Magie sauvage, et un monde dominé par la Magie sauvage n'aurait pas de place pour les hommes. Il n'y a rien de rationnel ou de logique dans la Magie sauvage. Ni subtilité ni contrôle. Rien que de la puissance brute. La puissance de reformer la réalité elle-même. Si nous perdons cette bataille contre le prince Démon, Rupert, ce sera la fin de tout. Il ne restera que le Noirbois et ses démons.

» Enfin, rien d'humain. Il restera de la vie. Comme toujours. Il y a une créature fascinante qui vit dans les douves.

— Le monstre des douves ! s'écria Rupert.

— Si vous le dites. Il était humain, avant. C'est moi qui l'ai transformé, il y a longtemps.

— C'est vrai. Ça au moins, on peut l'arranger. Rendez-lui sa forme humaine.

— Pardon ?

— Rendez-lui sa forme humaine. Il est né humain, et il devrait avoir une chance de mourir en homme, et pas en… créature.

— Il ne veut pas redevenir humain, dit le sorcier. Il est très heureux comme ça. En fait, il a même insisté quand je lui ai parlé.

— Vous plaisantez ?

— Je ne plaisante jamais. Ce n'était qu'un sort temporaire, après tout. Il aurait pu redevenir humain à n'importe quel moment, une fois l'effet dissipé. S'il ne l'a pas fait, c'est qu'il préfère cette nouvelle forme.

Rupert regarda le sorcier, qui restait sérieux.

— Je vais aller discuter avec ma licorne, dit Rupert. Si vous voulez bien m'excuser…

Rupert repartit, perplexe. Le sorcier gloussa et prit une longue gorgée. Quand il baissa sa bouteille, c'était le roi John qui se tenait devant lui, l'air révulsé. Les torches se reflétaient sur sa cotte de mailles, et le sorcier remarqua la garde ancienne et entourée de cuir qui dépassait derrière son épaule.

— Bonjour, John, dit-il poliment. Tu as l'air très… impressionnant. Je te proposerais volontiers un verre, mais je n'ai qu'une seule bouteille.

— Tu ne peux pas t'en passer cinq minutes ? demanda le roi d'un ton dur.

— Que veux-tu, j'avais soif…

— Comme toujours.

— Je vois que tu portes Fendroc. Qui a eu cette brillante idée ?

— Moi. Les Objets infernaux sont notre dernier espoir contre le Noirbois.

— Je croyais que c'était moi ? commenta le sorcier avec un sourire ironique.

— Non, répondit John avec un regard pour la bouteille de vin. Plus maintenant.

— N'utilise pas cette épée, John. On ne peut pas se fier aux Objets infernaux. Ils ont le pouvoir de détruire le monde. Si tu réveilles ce pouvoir, tu n'auras aucun espoir de le contrôler.

— Nous utiliserons les épées. Nous n'avons plus le choix.

Le sorcier soupira et se détourna.

— Tu as tout à fait raison, tu sais. Je ne devrais pas boire autant. Ça affecte mon esprit, ça déforme mes sorts, et je pense que ça me tue peu à peu.

— Alors arrête, gronda le roi.

— Je ne peux pas. J'ai essayé, bien sûr. Je ne bois pas par envie, John. Je bois par besoin. Sans ça, je ne tiendrais pas une seule journée.

— Toujours les mêmes excuses.

— Tu n'as jamais compris, John. Parce que tu n'as jamais voulu. Tu n'as jamais eu besoin de boire de toute ta vie. Tu n'as jamais eu *besoin* de quoi que ce soit. Bah, du diable. On ne peut pas tous être parfaits.

— Tu n'es qu'un ivrogne !

— Je suis ce que tu as fait de moi, John. Toi et ta famille. À vous tirer d'affaire encore et encore. Je n'ai pas toujours été un ivrogne.

— Seulement lorsque c'était important.

— Je faisais ce qu'il fallait, sobre ou pas !

— Sauf une fois. La fois où il aurait fallu réussir.

— Arrête… Pitié.

— Mon Eleanor était mourante, et tu n'étais pas là.

J'ai envoyé des hommes te chercher dans les tavernes pour te ramener. Et tout le temps où j'attendais près de son lit, ma femme… mon Eleanor… Tu aurais pu la sauver !

— Je ne suis pas arrivé à temps.

— Tu étais ivre !

— Oui… Oui, j'étais ivre.

Il regarda la bouteille dans sa main, et se mit à pleurer.

Devant les portes du château, le prince Harald cachait son impatience, comme à son habitude. Autour de lui, un serviteur s'affairait à ajuster les boucles de son armure. Les nombreuses couches de mailles qui se chevauchaient étaient lourdes et gênantes, elles lui tenaient chaud, mais Harald était convaincu de l'importance des armures. Aussi bon qu'on soit à l'épée, on finissait forcément un jour ou l'autre par tomber sur meilleur ou plus chanceux que soi. Et c'était là qu'une bonne armure pouvait faire la différence. Harald fronça les sourcils en repensant à son dernier combat, dans cette même cour, contre Rupert. Son armure ne l'avait pas sauvé. Le visage d'Harald s'éclaircit peu à peu tandis qu'il repoussait cette idée. Les choses avaient changé. Il avait Fulgente, à présent. L'Objet infernal était accroché dans son dos, la longue poignée dépassant de son épaule. Il l'apercevait du coin de l'œil chaque fois qu'il tournait la tête. Pour une arme aussi grande, l'épée était incroyablement légère, mais Harald sentait sa présence à chaque geste. Il sentait une chaleur sourde et désagréable dans son dos, comme si l'épée brûlait dans son fourreau. Et parfois, sans raison, Harald pensait qu'il serait bon de tirer son épée et de faucher des ennemis sans nombre…

Le serviteur finit par achever son travail, et Harald lui fit signe de s'écarter. Il tira son épée habituelle du fourreau à sa hanche et commença une série d'échauffements. Le poids solide de l'acier dans sa main était rassurant, et il sentait une partie de la tension déserter ses muscles. Il prenait son entraînement bien plus au sérieux depuis que Rupert l'avait vaincu, et il sentait la différence. Il avait toujours été bon, mais il était devenu meilleur. Le visage souriant de Rupert était suspendu devant Harald tandis qu'il frappait l'air, son épée passant de la taille à la parade à l'estoc. Le fourreau de Fulgente lui claquait dans le dos à chaque mouvement, comme pour lui rappeler qu'elle était là. Harald tournait sur lui-même, son épée étincelant sous les torches, mais il savait que, dans la longue nuit, sa propre épée ne suffirait pas, malgré tout son entraînement. Sa seule chance contre les démons serait l'Objet infernal. Mais il avait une certaine réticence à l'utiliser.

Il vit le roi se diriger vers lui, mais continua délibérément ses exercices. Il attendit que le roi soit presque arrivé devant lui avant de lever les yeux et de s'arrêter. Il abaissa et rengaina son épée en un seul mouvement fluide et s'adossa l'air de rien contre les portes. Il essuya son visage en sueur avec un mouchoir, puis s'inclina légèrement devant le roi, qui hocha la tête en retour.

— Prêt au combat, Harald ?

— Bien sûr, Père.

Le roi John garda le silence un moment, comme s'il attendait qu'Harald lui parle. Celui-ci le laissa attendre.

— Tu voulais me parler, Harald ?

— Tout à fait, Père. Je voulais que vous nous marriez, Julia et moi, avant la bataille. Nous avons le temps.

— Pardon ?

— Je veux que Julia devienne ma femme, et je veux que la cérémonie ait lieu tout de suite. Cela sera excellent pour le moral de nos troupes, et réglera la question houleuse de savoir qui, de Rupert ou de moi, est votre fils favori. Je dois être sûr que les hommes me suivront.

— Ton mariage a été repoussé, rappela le roi. Hormis le fait que ce n'est ni l'heure ni le lieu pour un mariage, je ne veux pas contrarier Rupert. Il sera bientôt au combat à côté de nous, et certains le suivront, lui, qui refuseraient de te suivre.

— Exactement. Je suis le fils aîné. Ce sont *mes* ordres qu'ils devraient suivre. Et puis, ce mariage a d'autres raisons. Il est tout à fait possible que vous, Rupert et moi mourions dans la bataille, laissant la Forêt sans monarque. Si Julia était ma femme, la lignée royale se poursuivrait à travers elle. Et si vous mouriez alors que Rupert et moi survivions, mon mariage avec Julia assurerait mon accession au trône. Dans tous les cas, ce mariage clarifierait vos désirs en la matière. Autrement, nous pourrions remporter ce combat contre les ténèbres et perdre notre pays dans la guerre civile.

— Non. Je t'ai donné ma réponse, Harald, et je n'aime pas me répéter. Le mariage est repoussé ; indéfiniment.

— Je vois. C'est donc ainsi que tourne le vent.

Les deux hommes restèrent un moment face à face. Tout à leur conflit, le roi et son fils aîné avaient oublié la dernière armée de la Forêt qui s'organisait autour d'eux. Le roi John étudia sans comprendre l'animosité soudaine qui animait son héritier. Harald et Rupert avaient toujours été adversaires. Leur situation rendait cela tout à fait naturel. Par le passé, Harald avait toujours été capable de s'occuper de Rupert seul. Il n'avait jamais perdu son calme, ni dépassé les bornes. C'était la première fois qu'Harald demandait de l'aide à son père. Le roi John fronça les sourcils. Soit Harald tenait vraiment à la princesse Julia, soit il s'inquiétait de l'influence croissante de Rupert… C'était de loin la raison la plus probable, mais on ne savait jamais. On ne savait jamais rien, avec Harald.

Le roi John soupira et se détourna. Il eut envie de le laisser planté là, mais il savait que ce ne serait pas sage. Harald ne devait pas penser que son roi avait peur de lui. Ce ne serait pas… prudent.

— Tu es mon fils aîné, rappela le roi. Quand ces portes s'ouvriront, tu chevaucheras à ma droite. Mais Rupert est également mon fils, et il se tiendra à ma gauche. Pour le moral de nos troupes, il est vital que nous présentions un front uni contre les ténèbres. Notre armée aura déjà assez de problèmes sans devoir décider quels ordres elle doit suivre. L'heure de la politique est passée. Donc, il n'y aura plus de dissensions ouvertes entre Rupert et toi. C'est bien clair, Harald ?

— Parfaitement clair.

— Bien. Alors nous n'avons plus rien à dire, je crois ?

— Je vous ai vu parler avec le sorcier. Il continue à boire ?

— Bien sûr. Mais il fera le nécessaire, le moment venu.

— Dites-moi… Je me suis toujours demandé si les histoires qu'on raconte sont vraies ?

— Les histoires ? Quelles histoires ?

— Les histoires sur Mère et lui, bien sûr. On dit qu'il l'aimait. Et aussi que…

Le roi John leva la main pour le gifler, et la rabaissa. Harald ne sourcilla pas, mais ses yeux étaient vigilants. Le roi soupira.

— Harald…

— Oui, Père ?

— Tu as tout pour faire un bon roi, Harald. Tu connais la politique, l'intrigue et la loi. Tu comprends même la paperasserie, qui m'a toujours échappé. Mais il te faudra bien plus que cela si tu veux le soutien de ton peuple. Oh, tu as du charme, quand tu le veux, mais… J'ignore ce que tu penses vraiment, et je doute que quiconque le sache. Parfois, je m'inquiète pour toi. Tu es mon fils. Mon sang. Et pourtant, je ne te connais pas plus qu'au jour de ta naissance.

— Je suis ce que vous avez fait de moi, répondit Harald.

Il se demanda longtemps pourquoi son père avait sourcillé à ces mots.

De l'autre côté de la cour, les portes des grandes écuries étaient béantes. À l'intérieur, à présent que les chevaux et les garçons d'écurie étaient partis, il ne restait que Rupert et sa licorne, qu'il sellait à la lueur d'une lanterne. Tout autour de lui, les petits bruits prenaient de l'ampleur dans le silence, et les échos paraissaient chuchoter. L'air immobile était lourd de terre, de foin et de bouse. Rupert savait qu'il aurait dû trouver ces écuries dérangeantes. Et pourtant, non. Ce silence lui plaisait. Il était heureux de se retrouver loin de tout et de tous, ne serait-ce qu'un moment. Dehors, les voix continuaient leur brouhaha, comme des vagues sur la plage. Mais tout cela était trop lointain pour qu'il s'y intéresse.

Rupert cala la selle de sa licorne et s'attaqua aux nombreuses lanières. La licorne paraissait bien plus en forme que la veille. Ses blessures avaient été nettoyées et recousues, sa crinière et sa queue lavées et peignées, et il restait même un peu d'avoine dans sa mangeoire.

— Alors, comment te sens-tu ? demanda Rupert.

— Très très mal, répondit la licorne. Si je me sentais un peu moins bien, tu ferais de la colle avec mes sabots. Et dire qu'on va retourner se battre contre les démons… Qui a eu cette brillante idée ?

— Eh bien… Moi.

— J'aurais dû m'en douter.

— Ne sois pas comme ça. Une dernière bataille, et tout sera fini.

— C'est bien ce qui me fait peur. On ne pouvait rien tenter d'autre ?

— Par exemple ?

— Comme ça, au débotté ? Je ne sais pas, fuir ?

Rupert rit en resserrant la sangle ventrale.

— Où irions-nous ? Les ténèbres recouvrent tout. Non, licorne. Soit nous combattons une dernière fois, soit nous attendons la mort ici. Nous n'avons pas d'autre choix.

Silence. Les ombres se resserrèrent autour de la lanterne, et l'air se rafraîchit. Rupert finit de préparer sa licorne, et se laissa tomber sur un tas de paille sale. Une heure tout au plus, et il faudrait qu'il retourne se battre contre le Noirbois. Contre les démons, les ténèbres, et l'horreur de la nuit éternelle. Rupert bâilla et s'adossa à la paroi du box. Il était trop fatigué pour avoir peur. La licorne renâcla, comme en réponse à une discussion intérieure.

— Rupert…

— Oui ?

— Tu m'as demandé mon nom. Je t'ai répondu que, tant que je serais esclave, j'avais juré de ne plus m'en servir. Mais j'ai l'impression que, si je ne te le dis pas tout de suite, je n'en aurai peut-être plus l'occasion.

Rupert se tortilla un peu sous le regard de la licorne.

— Tu n'es pas obligé de me le dire, si tu n'en as pas envie.

— Tu es mon ami, dit la licorne. Je m'appelle Vent.

Rupert se releva et serra le cou de la licorne contre lui.

— Vent… (Quand il eut l'impression de pouvoir de nouveau faire confiance à sa voix, il lâcha la licorne et recula d'un pas pour la regarder en face.) Vent, si par miracle nous sortons vivants de tout ceci, tu seras libre. Je te le jure, par la Pierre et le Sang. Je consulterai les archives pour voir où l'on t'a enlevé. Une partie de ton troupeau pourrait s'y trouver encore. Nous pourrions… aller les chercher. Ensemble.

— Oui… Oui, ce serait avec plaisir.

— Tu ne penses pas qu'on va s'en tirer vivants, hein ?

— Non.

— Très bien… Par l'autorité qui m'est conférée, par mon sang et ma race, par la Pierre et le Sang, je libère à cette heure la licorne nommée Vent de toutes ses obligations envers moi ou ma famille. Voilà, Vent. Tu es libre, à présent. Enfin, autant que chacun peut l'être.

— C'est tout ?

— Que voulais-tu ? Une fanfare ? Ma parole ne te suffit pas ?

— Ta parole m'a toujours suffi, Rupert. Mais… C'est légal ?

— Bien sûr. Je suis prince, après tout.

— J'avais remarqué. Libre. *Libre*… Je pensais que je me sentirais… différent.

— Comment te sens-tu ?

— Bizarre. Nu. Je ne sais pas encore.

— Eh bien, en tout cas, tu n'es plus obligé de retourner dans le Noirbois.

— Tu ne tiendrais pas cinq minutes, sans moi.

— Ça n'a rien à voir, Vent.

— Mais si. J'aurais pu te laisser tomber quand je voulais. Tu m'en as souvent donné l'occasion. Je suis resté avec toi parce que tu es mon ami, et que tu as besoin de moi. Rien d'autre. Alors épargne-moi ces idioties de retourner dans le Noirbois sans moi. Nous formons une équipe, ne l'oublie pas.

— Mais tu es libre, maintenant. Officiellement. J'ai dit tout ce qu'il fallait.

— On n'a pas besoin d'un témoin ?

— Vous en avez un, dit le Champion.

Rupert et la licorne se tournèrent vers la voix. Le Champion se tenait à l'entrée de l'écurie. Il pencha la tête vers Rupert, qui s'inclina légèrement en réponse. Le Champion portait une armure de plaques d'acier bruni. Toute sa surface était gravée de signes héraldiques et de charmes anciens. Il portait un casque d'acier sans ornements sous le bras, et ses grandes mains étaient protégées par des gantelets d'acier. Il paraissait impressionnant, menaçant et tout à fait implacable.

— Messire Champion. L'heure est venue ?

— Bientôt, Sire. Le roi m'a dit que vous aviez refusé de porter l'un des Objets infernaux quand il vous a demandé de le faire.

— Exact.

— Votre devoir était de prendre cette épée.

— Mon devoir est de servir mon royaume. Et ces maudites épées le menacent tout autant que le Noirbois.

— Vous avez peut-être raison, Sire. Cela dit, je n'ai jamais beaucoup apprécié la magie.

Rupert regarda le Champion, étonné. Il paraissait sur le point de dire quelque chose. Quelque chose d'important.

— Avez-vous vu le sorcier ? demanda soudain le Champion.

— Oui. Nous avons discuté un moment.

— Il est encore ivre.

— Je ne l'ai jamais connu autrement.

— Moi oui. Il y a longtemps. (Il s'adossa à un mur, ses yeux froids se perdant dans les souvenirs.) Il était impressionnant. Il aurait pu être Sorcier Suprême. Devenir la légende que tout le monde imaginait. Il aurait pu être le plus grand héros de ce royaume.

Rupert l'écoutait attentivement. Il y avait de la haine et de l'amertume dans la voix du Champion. Mais aussi autre chose… De la trahison ?

— Messire Champion. Pourquoi le sorcier a-t-il quitté le château quand ma mère est morte ?

— Il aurait pu la sauver. S'il avait été sobre. S'il avait été là. (Rupert voulut se détourner de la rage qui déformait les traits du Champion, tant le spectacle paraissait indécent, chez un homme si maître de lui.) C'est à cause du sorcier que je suis venu au château de la Forêt, Rupert. Il était célèbre, et je voulais toucher cette légende. Et je suis devenu le Champion de votre père.

» C'est alors que j'ai appris la vérité sur le Haut Sorcier. Votre mère était une grande beauté, Rupert. Tout le monde le disait. Quand elle tomba malade, cet été-là, tout le pays pria pour sa guérison. Le sorcier aurait dû être avec elle. Au lieu de cela, il l'avait laissée pour aller boire quelque part. Quand nous avons fini par le ramener, il était trop tard.

» Alors il s'est enfui. Il s'est enfui ! Je vénérais cet homme, Rupert. Je croyais en lui. Et il s'était révélé n'être qu'un ivrogne et un lâche. J'aurais pu lui pardonner bien des choses, mais pas cela. Jamais. Il a laissé mourir votre mère, et s'est enfui plutôt que d'affronter ce qu'il avait fait.

» Et maintenant qu'il est revenu, une fois de plus, notre sort repose entre ses mains tremblantes. Après toutes ces années, malgré tout ce que j'ai accompli en tant que Champion, le destin du royaume ne sera pas déterminé par des héros et des guerriers armés d'acier, mais par un vieil ivrogne et sa magie !

Le Champion sortit de l'écurie, les poings serrés mais impuissants. Rupert le regarda disparaître dans la foule. Un souvenir revint à Rupert : le Champion et lui sur une colline au-dessus de Minebourg. Et le Champion lui racontait comment il avait fui la mine dans son enfance, et promis de ne plus jamais fuir.

Julia se fraya un chemin dans la foule, ignorant les regards noirs et les insultes de ceux qu'elle laissait derrière elle. La journée avait diablement mal commencé, et ne faisait pas mine de s'améliorer. Elle regarda autour d'elle, espérant contre tout espoir apercevoir Rupert dans la cour. Mais non. Julia soupira et retourna dans le coin où sa troupe de guerrières l'attendait. Elle leur avait promis un dernier exercice avant la bataille. Qui ne ferait pas grande différence, bien sûr. Elles avaient bien appris, bien mieux qu'elle l'aurait imaginé. Et certainement bien mieux que les gardes du château l'auraient imaginé. Quelques mois de plus, et... Julia sourit amèrement. Ces mois de sursis, elles ne les avaient pas. Elles pourraient s'estimer heureuses de vivre encore quelques heures. Les portes s'ouvriraient à l'aube, et après cela, ses femmes seraient des guerrières ou des cadavres.

Les mains de Julia se serrèrent à faire mal sur le pommeau de son épée. Il restait tant de choses qu'elle n'aurait pas le temps de faire. Rupert devait être par là, mais personne ne l'avait vu. Comme s'il avait disparu de la surface de la planète. Elle devait le trouver avant la bataille. Il le fallait. Mais ses femmes l'attendaient. L'esprit de Julia tournait à toute allure tandis qu'elle traversait la foule, cherchant désespérément une issue à son dilemme. Puis un grand calme la saisit quand elle comprit qu'il n'y en avait pas. Ses femmes avaient besoin d'elle, et elle avait donné sa parole. Rupert aurait compris. Il savait ce qu'était le devoir.

La foule s'ouvrit soudain devant elle, et Julia s'arrêta net. Le roi John se dressait sur son chemin, Harald à côté de lui. Le prince portait une grande épée longue dans son fourreau, comme si elle était à la fois précieuse et repoussante. Julia regarda Harald et le roi avec méfiance quand ils s'inclinèrent devant elle. Ils étaient polis et formels. Donc, ils préparaient quelque chose. Elle regarda leurs visages changer en voyant qu'elle ne portait plus sa tenue de Cour, et leur sourit poliment, les mettant au défi de faire un commentaire. Elle avait dû fouiller la moitié de la lingerie du château pour trouver la tenue de cuir qu'elle portait dans la Forêt avec Rupert, mais cela valait la peine. Pour la première fois depuis des mois, elle se sentait à son aise.

Et puis elle ne pourrait pas utiliser une épée en robe de Cour.

— Princesse Julia..., dit le roi. Votre tenue ne convient guère à une dame de la Cour.

— Sans doute. Mais elle convient tout à fait à une bataille. Si vous pensez que je vais aller me battre en talons hauts et robe longue, vous êtes fous. Et maintenant, vouliez-vous me dire quelque chose en particulier, ou désiriez-vous simplement parler chiffons ?

— Nous avons quelque chose pour vous, dit Harald.

— Et quoi donc ? demanda-t-elle avec méfiance.

— Une épée. On l'appelle Gangrène.

Il lui tendit le long fourreau d'argent qu'il tenait à la main, et Julia le regarda un long moment avant de l'accepter. Malgré les deux mètres qu'elle dépassait largement, l'épée ne pesait rien. Le fourreau était couvert de runes anciennes et profondes qui semblaient toujours sur le point de lui dire quelque chose. *Je n'aime pas cette épée*, se dit soudain Julia. *Elle est… malsaine.* Elle voulut la rendre à Harald, et s'arrêta en remarquant que le roi et lui en portaient une similaire. Les longues poignées entourées de cuir dépassaient de leur épaule comme un œil vigilant. Alors, Julia sut pourquoi elle connaissait ce nom.

— C'est un des Objets infernaux, dit-elle. L'une des épées les plus puissantes et les plus maléfiques jamais créées. Et vous voudriez que je l'utilise ?

— Elles sont notre seul espoir, dit le roi. Nous avons besoin de leur pouvoir.

— Attendez un peu. Pourquoi me la donnez-vous, et pas à Rupert ?

— Il n'en a pas voulu, expliqua Harald.

— Pourquoi cela ?

— Il avait peut-être peur de son pouvoir.

— Et s'il avait raison ?

Le roi parut mal à l'aise quand la jeune femme se tourna vers lui.

— Nous lui avons vraiment proposé cette arme, Julia. Mais il a refusé de la prendre. Il a dit… qu'il ne faisait plus confiance aux épées magiques. Savez-vous ce qu'il a voulu dire ?

Julia fronça les sourcils, se mordilla la lèvre, et secoua la tête. Elle fit mine de dégainer Gangrène, mais le roi prit une inspiration soudaine et recula.

— Ne faites pas ça. Vous pourriez déchaîner l'attribut de l'épée.

Julia étudia l'épée dans son fourreau.

— Six Objets infernaux, chacun avec un attribut différent. Je me rappelle les histoires que mon père m'a racontées quand j'étais jeune. Six épées magiques, et la destruction qu'elles avaient semée avant qu'on les maîtrise. Et il n'en reste plus que trois. Fendroc, Fulgente, Gangrène. Je n'aurais jamais cru tenir une légende entre mes mains. Quel est l'attribut de celle-ci ? Que fait-elle ?

— Nous n'en sommes pas tout à fait certains. Cela fait longtemps que personne n'a osé les dégainer.

— Magnifique. Bon, et que savez-vous sur ces épées, alors ?

— Elles aiment le sang, répondit Harald. Et elles adorent tuer.

Julia le regarda, inquiète. Il y avait eu quelque chose dans sa voix... De la peur, ou du mépris.

— Mais pourquoi moi ? D'accord, Rupert a refusé l'épée, mais pourquoi moi ? Pourquoi pas le Champion, l'astrologue, ou...

— Vous êtes de sang royal, expliqua le roi.

— Bien sûr. Une telle épée pourrait faire d'un homme un roi. Et vous ne pouvez pas confier ce pouvoir à n'importe qui.

— Exactement. À part à vous.

— Et je suis sûre que cela vous agace copieusement, dit Julia. Une femme avec une épée. Où va le monde ? D'accord, je m'en servirai. Mais seulement si je n'ai pas le choix. Je ne me fie pas non plus aux épées magiques.

Elle passa le fourreau à son épaule gauche et en ajusta les sangles. Harald s'avança pour l'aider et se figea net sous le regard noir de la jeune femme.

— L'un de vous a-t-il vu Rupert ? demanda-t-elle l'air de rien.

— Je suis sûr qu'il est dans les parages, assura le roi. Mais je ne l'ai pas revu depuis que Darius est mort.

— D'accord. J'ai appris la nouvelle. Contente de savoir que Darius a enfin eu ce qu'il méritait.

— À votre service, répondit Harald. Je n'ai pas vu Rupert non plus, mais il n'a pas grand-chose à me dire depuis que je lui ai demandé d'être mon témoin à notre mariage.

Julia le regarda, puis se tourna vers le roi.

— Vous ne pouvez pas le laisser tranquille cinq minutes ? Même maintenant, vous êtes toujours sur son dos. Vous êtes méprisables, tous les deux… Fichez-moi le camp.

— Julia…, commença le roi.

— Disparaissez !

Le roi John s'inclina, raide, et repartit. Harald voulut parler, mais Julia posa la main sur le pommeau de son épée. Avec un sourire poli, le prince héritier rattrapa son père. Julia le regarda partir, surprise de trembler de colère. Elle inspira profondément l'air glacé de la cour, et retrouva une partie de son calme. *Rupert, mon chéri… qu'allons-nous faire ?* Elle secoua la tête, puis sursauta quand une longue poignée d'épée couverte de cuir apparut dans le coin de son œil. Elle se détourna. Gangrène était une présence solide et inconfortable dans son dos, malgré sa légèreté. Elle n'était pas sûre d'avoir bien fait d'accepter. Elle se sentait plus heureuse avec la lame qu'elle connaissait, à sa hanche. L'épée que Rupert lui avait donnée, il y avait longtemps, dans une clairière du Noirbois où tout paraissait perdu…

Julia regarda autour d'elle. *Où que tu sois, Rupert, sois prudent!* Elle soupira et repartit vers la troupe de femmes qui l'attendait. L'Objet infernal dans son dos paraissait s'alourdir à chaque pas.

Dans l'ombre de la porte de l'écurie, Rupert observait Julia qui instruisait ses femmes. Les épées, les lances et les haches étincelaient tandis qu'elles s'entraînaient, encore gracieuses malgré les lourdes cottes de mailles qu'elles portaient. Julia allait de l'une à l'autre, s'arrêtait pour sourire, encourager ou expliquer un coup délicat. Sa grande silhouette évoquait une déesse guerrière venue instruire ses fidèles.

Elle avait retrouvé les habits qu'elle portait en arrivant au château la première fois. Sans qu'il sache pourquoi, cela le blessait plus que le reste. Avec sa tenue martiale et ses deux nattes simples et fonctionnelles, elle était un souvenir cuisant du temps qu'ils avaient partagé. Du temps où il avait été heureux.

— Ça me ferait plaisir que tu ailles lui parler, dit la licorne. Tu m'énerves, à la regarder comme ça, là…

— Tout est dit. Elle épouse Harald de son plein gré.

— Bien sûr. Et les démons sont végétariens. Tu es trop dur avec elle, Rupert. Si elle épouse Harald, c'est seulement parce que la Cour l'y force. Elle n'avait pas vraiment le choix, hein…

— Je ne sais pas. Je ne sais plus rien.

— Du nerf. On va bientôt affronter les ténèbres.

Tu vas pouvoir t'amuser autant que tu voudras et te défouler sur les démons. Ils vont salement morfler.

— Oui. Oui.

Dans la cour, Julia se retourna vers l'écurie, et Rupert recula dans l'ombre avant qu'elle le voie. Il ne comprenait pas pourquoi il était si en colère. C'était sa vie, elle avait le droit d'en faire ce qu'elle voulait. Il ne la connaissait pas depuis très longtemps. Ils avaient passé quelques mois sur les routes, puis il avait dû la laisser au château pour partir en quête de la Tour Sombre. Après tant de temps, il était naturel qu'elle se soit tournée vers quelqu'un d'autre. Qui plus est si elle le croyait mort. Et Harald avait toujours été charmant, le salaud. Leur mariage était presque inévitable.

Peut-être… Mais que je sois damné si je lui sers de témoin !

Il se détourna de la porte de l'écurie et tirailla sa cotte de mailles neuve. Le gilet avait à l'évidence été taillé pour une personne un peu plus grande et beaucoup plus large que lui. Aux rares endroits où elle était bien ajustée, elle lui cuisait cruellement. Les bras étaient trop longs, les jambes bouffantes, et la taille était à pleurer de rire. Et pour ne rien arranger, la capuche lui tombait sur les yeux. Rupert fit les cent pas entre les box, à essayer de s'habituer. En vain. Il faudrait des semaines pour ajuster la cotte de mailles. Et bien sûr, c'était hors de question. Il faudrait faire avec.

— Typique.

— Quoi donc ? demanda la licorne.

— Me voilà, en armure toute neuve, et il faut que j'aille aux cabinets.

La licorne gloussa.

— C'est les nerfs, mon petit. Pense à autre chose.

— C'est facile pour toi. Tu peux pisser quand tu veux. Mais moi, il faut que je défasse mon armure.

— Ne t'inquiète pas, lui dit la licorne. Quand on sera sortis, un bon coup d'œil à la horde de démons et tu pourras te pisser dessus sans gêne.

— Merci beaucoup.

— Je t'en prie.

— Oh, et mince !

Et, sous les yeux de la licorne, Rupert commença à défaire son armure.

— Rupert, que fais-tu ?

— Pour commencer, je vais me débarrasser de cette armure, et ensuite, je vais me vider la vessie. D'autres questions ?

— Une seule. Combien de temps penses-tu survivre sans armure ? Les démons vont te tailler en pièces.

— Je m'en occuperai le moment venu.

— Remarque, si je me souviens bien, dit la licorne en regardant les morceaux d'armure tomber au sol, la dernière fois que tu as retiré ton armure, nous avons été attaqués par une horde de gobelins, et tu les as terrorisés. Tu pourrais avoir de la chance…

— De toute façon, grogna le prince en vidant sa vessie contre un poteau, je me bats mieux sans armure. La cotte de mailles n'est pas aussi gênante que la plaque, mais ce machin est un sac à patates, et ça m'empêche de bouger. Je vais garder le gilet. Je ne suis pas idiot. Tu veux ajouter quelque chose, licorne ?

— Je n'oserais pas…

Rupert retourna à sa monture en rajustant son ceinturon.

— Alors, on se sent mieux ? demanda Vent.

— Beaucoup.

— Alors tu aimerais peut-être me dire quelles chances nous avons de nous en sortir en vie ?

— Je ne sais pas… Nous avons le Haut Sorcier avec nous, s'il est en état de se lever. Et les Objets infernaux devraient faire une différence, s'ils ne nous échappent pas. Nos propres chances… ne sont pas très bonnes, mais nous avons déjà échappé à des situations désespérées, non ?

— Donc… on va tous mourir.

— On dirait bien. Nous avons tenté le diable trop souvent, mon ami. Seul un miracle pourrait nous sauver, cette fois. Enfin, au moins, comme ça, on emmènera quelques démons avec nous.

— Alors il faudra s'en contenter…, dit la licorne.

— Rupert… J'aimerais te parler, dit Julia d'une voix hésitante.

Rupert se retourna d'un bloc. La silhouette de la princesse se découpait dans la porte. Elle s'avança dans la lumière, et Rupert ne savait pas s'il devait sourire, s'incliner, s'enfuir ou lui tourner le dos. Dans ses vieux vêtements, elle ressemblait à sa Julia. Et il ne voulait plus penser à elle.

— Je suis occupé, Julia. Ça ne peut pas attendre ?

— Non. Vraiment pas.

Elle étudia Rupert en silence, remarquant les cernes noirs de fatigue sous ses yeux, et sa posture prudente. Elle ne lui avait jamais vu l'air aussi abattu. Elle le reconnaissait à peine. Mais le moment passa, et Julia sourit. *En cas de doute, va au cœur du sujet.*

— Rupert, je t'aime.

Il sourcilla comme si elle l'avait frappé.

— Mais bien sûr. C'est pour ça que tu épouses Harald.

— Non, Rupert. Ils peuvent me menacer et me supplier, et ils peuvent me traîner de force devant l'autel, mais personne ne me forcera à l'épouser.

— Bien sûr…

Trop épuisé pour s'énerver, Rupert était simplement amer. Julia lui posa une main sur le bras. Elle paraissait lourde, malgré sa douceur.

— Rupert. Je ne veux pas que tu partes te battre avec une fausse idée. Je me fiche d'Harald, ou d'être une reine, ou de tout le reste. Tout ce que je veux, c'est être avec toi.

— Je vous ai vus à la Cour… Je t'ai vue avec Harald…

— J'étais furieuse. Je voulais te faire mal, te rendre jaloux, parce que… Oh, Rupert!

Elle s'avança et le prit dans ses bras. Il lui rendit son étreinte, désespéré, comme un homme qui se noie, le visage dans ses cheveux.

— Ne me quitte pas, dit Rupert d'une voix rauque. Tu es tout ce qui me reste.

— Je ne te quitterai jamais, lui promit Julia. Plus jamais, mon amour.

— Moi non plus, dit la licorne en leur donnant un petit coup de tête.

Sans se retourner, Rupert tendit la main et étreignit sa licorne.

Au bout d'un moment, le prince reprit le contrôle de lui-même et se redressa. Julia le lâcha immédiatement et frotta ses affaires, remit sa cotte de mailles d'aplomb pour ne pas le regarder pendant qu'il essuyait ses yeux. Rupert était sensible à ce genre de choses.

— Dans combien de temps va-t-on ouvrir les portes ? demanda-t-elle d'une voix calme.

— Bientôt, répondit Rupert.

Il sourit en voyant Julia s'affairer autour de lui, puis fronça les sourcils en remarquant la garde qui dépassait de son dos.

— Julia, où as-tu trouvé cette épée ?

— Le roi voulait que je la porte. Il a dit que tu l'avais refusée.

— Oui. J'aurais préféré que tu refuses aussi.

— Ce n'est qu'une épée, Rupert.

— Mais non. C'est un Objet infernal. Un mal si grand que mes ancêtres l'ont enfermé dans l'Armurerie pendant plus de cinq cents ans.

— Comment une épée peut-elle être aussi maléfique ?

Rupert la regarda fixement.

— D'après la légende, ces épées sont vivantes. Elles corrompent l'âme de celui qui les porte.

Julia secoua la tête.

— Une épée est une épée. D'accord, elle est étrange… Mais, tant qu'elle tue les démons, elle me sera utile. Et puis, toi aussi, tu portes une épée magique… (Julia se tut net et regarda Rupert.) L'épée de l'Arc-en-ciel. Je l'avais oubliée. Pourquoi ne pas l'utiliser contre les ténèbres ? Ça a déjà marché, tu te rappelles ?

Rupert secoua la tête.

— J'ai déjà essayé, Julia. Elle ne fonctionne plus.

Julia fit la grimace et n'ajouta rien. Elle se tourna vers la porte de l'écurie.

— Rupert. Je ne peux pas rester très longtemps. Mes femmes m'attendent.

— Oui. Je t'ai regardée les former. Elles ont l'air… prometteuses. Je ne sais pas, ma belle… Ça paraît franchement injuste de t'envoyer dans les ténèbres avec un Objet infernal à la tête d'une compagnie de femmes. Après tout, on veut simplement tuer les démons, pas les terroriser.

— Ha ! Je te ferai payer ça, après la bataille.

— Promis ?

— Promis.

Rupert prit la main de Julia.

— Julia. Quoi qu'il arrive… Je t'aime, ma belle. N'en doute jamais.

— Je t'aime, Rupert. Fais attention à toi.

— Oui. Et quand on aura gagné…

— Oui. Nous aurons le temps pour beaucoup de choses, quand on aura gagné.

Ils échangèrent un baiser langoureux, puis Julia retourna vers ses femmes. En la regardant partir, pour la première fois depuis longtemps, Rupert se sentit en paix. De sous son gilet, il sortit un mouchoir froissé et moucheté de taches de sang.

— La faveur de ma dame, souffla Rupert.

Il déposa un baiser sur le tissu et le rangea à sa place, contre son cœur.

— Lanciers, en selle ! Gardes, préparez-vous !

La voix du Champion avait retenti dans toute la cour, et la foule fit silence un instant avant de monter dans un chaos d'ordres et de hennissements. Rupert soupira, redressa les épaules et guida la licorne jusque dans la cour.

Le Champion montait un grand destrier à l'œil vif, les torches teintant de feu son armure polie. Impressionnant et invincible, dominant la foule... Une statue épique. Il eut un geste impatient avec sa hache, et cent lanciers rangèrent leurs montures derrière lui. Les lances se pointèrent vers le ciel comme autant de bannières étincelantes. Encore derrière, les fantassins plaisantaient et se passaient des flasques de vin. Ils tapaient des pieds contre le froid, et regardaient les portes fermées avec impatience, heureux que l'attente touche à sa fin. Tout au fond de la cour, les courtisans, les fermiers et les commerçants, mal à l'aise dans leur armure mal ajustée, étaient décidés à ne pas démériter. Hommes et femmes se tenaient côte à côte, armés d'épées, de piques ou de haches, et personne ne trouvait cela étrange. Les femmes se battaient pour la même raison que les hommes : parce qu'elles étaient utiles, et parce qu'il n'y avait personne d'autre.

Rupert monta sur sa licorne et traversa lentement la foule pour prendre place à la tête de l'armée. Une poignée de gardes apparut de nulle part et forma une garde d'honneur autour de lui. Rupert inclina la tête devant eux, et les dix gardes qu'il avait ramenés du Noirbois le saluèrent de leur épée.

— Que faites-vous ici ? demanda Rupert. Vous devriez rester dans vos baraquements, en train de vous remettre. Vous êtes encore blessés.

— Si nous pouvons marcher, nous ne sommes pas si blessés que ça, dit Rob Hawke. Ce sont les ordres. Et puis, on ne va pas vous laisser vous amuser sans nous. On commençait tout juste à s'habituer à tuer des démons quand vous nous avez ramenés au château.

—Vous savez que toutes les chances sont contre nous, commença Rupert.

Il fut interrompu par les rires désabusés des gardes.

—Ça ne change pas vraiment de la dernière fois, hein ?

—Perdus ! gémit un garde. Nous sommes tous perdus !

Plusieurs des gardes entonnèrent un chant funèbre, mais ils s'en lassèrent rapidement et passèrent à un rythme plus soutenu. Les gens autour d'eux regardèrent les dix hommes, puis se détournèrent rapidement. Rupert ne pouvait rien dire tellement il riait fort. Le temps que son petit groupe arrive aux portes du château, il menait ses hommes dans une chanson de marche où le mot « perdus » revenait à intervalles réguliers.

Un genou en terre à côté de son cheval, dans l'ombre du mur nord, le roi John se battait avec une lanière récalcitrante. Ses cheveux gris et ébouriffés étaient retenus par un simple bandeau en cuir, et sa cotte de mailles portait les cicatrices et les réparations de centaines de batailles. Malgré Fendroc plaquée contre son dos comme si elle faisait partie de lui, il portait encore son ancienne épée à la hanche. L'astrologue attendait à son côté. Il finit par tendre le bras et resserra prestement la sangle.

—Merci, grogna le roi en se relevant. Je n'ai jamais été très doué avec les chevaux.

—Je t'en prie, John.

—Je suis content que tu sois là, Thomas. Apparemment, tout le château se fiche de savoir si je survis ou pas.

— Il y a toujours ta famille.

— Ma famille… Je n'ai plus de famille, depuis la mort d'Eleanor. Mes fils et moi… ne sommes pas vraiment proches. Et je le comprends. Harald est un combattant assez brave, et meilleur homme d'État encore, mais son cœur est aussi vide qu'une bourse de miséreux. Je ne pense pas qu'il reconnaîtrait une véritable émotion si elle venait lui mordre le nez.

— Et Rupert ?

Thomas Grey eut l'impression que John allait l'envoyer paître, puis ses épaules s'affaissèrent et le roi parut vieilli.

— Rupert. Ce garçon n'a jamais fait ce que j'attendais de lui. Pas une seule fois dans sa vie. Il ne devrait même pas être ici. Quand je l'ai envoyé en quête, je ne m'attendais pas à ce qu'il revienne. Il n'aurait jamais dû trouver un dragon. S'il avait eu deux sous de jugeote, il aurait continué droit devant lui. Accepté un exil honorable. Mais non, il fallait qu'il se fasse remarquer. Qu'il fasse son devoir. Bah, il n'est pas méchant, j'imagine.

— Alors pourquoi n'est-il pas ici ?

— Pourquoi le serait-il ? Sa naissance même l'a condamné à la solitude et au désespoir. Je n'avais pas besoin d'un deuxième fils. Je n'en voulais même pas. Et la Cour est très rapide à comprendre ce genre de choses. Sa vie est devenue un calvaire, et je les ai laissés le maltraiter. J'aurais pu le protéger, le conseiller… l'aimer. Mais je ne l'ai pas fait. Parce que je savais qu'un jour, peut-être, je devrais ordonner sa mort pour assurer la place d'Harald. Il le fallait. La Forêt n'aurait pas pu survivre à une guerre civile. Pas si tôt après la guerre contre les Bas-Coteaux. Et maintenant, après toutes ces années… Je ne peux m'empêcher de penser que la Forêt serait plus à l'abri entre les mains de Rupert que celles d'Harald. Au moins, Rupert a un cœur.

John se retourna vers son cheval, tira sur l'étrier pour vérifier qu'il tenait bon, puis se hissa sur la selle. Le cheval renâcla, impatient de se mettre en route. John se cala dans sa selle, refusant de se laisser presser, puis sourit à Thomas Grey.

— Nous serons bientôt partis. Souhaite-moi bonne chance.

— Bonne chance, John. Et fais attention à toi.

Le roi John poussa son cheval en avant et traversa lentement les rangs de l'armée qui attendait devant les portes. Il y rejoignit ses fils.

Les mains de Rupert serraient les rênes de sa licorne tandis qu'il regardait son père approcher lentement. Son dos se tendit tandis qu'il essayait de prendre l'air décontracté. *Qu'est-ce que tu veux encore ? Tu ne peux plus rien me faire, tu ne peux plus rien me prendre.* Les gardes qui l'entouraient se turent et regardèrent le roi se mettre en position entre Harald et Rupert. Les deux princes s'inclinèrent brièvement devant leur roi.

— Vous arrivez juste à temps, Père, dit Harald d'un ton mielleux. Nous nous inquiétions.

— Merci, Harald. Et si tu veux bien m'excuser, j'aimerais parler à Rupert en privé.

Harald se raidit légèrement et jeta un coup d'œil à son frère avant de s'incliner et de s'éloigner de quelques mètres. Raide sur sa selle, il étudiait les grandes portes de chêne devant lui, et son visage ne montrait rien. Rien du tout. Le roi John l'ignora et regarda la garde d'honneur de Rupert. Les gardes ne sourcillèrent pas. Plusieurs posèrent ostensiblement la main sur la garde de leur épée. Le roi eut un sourire sombre.

— Rappelle tes chiens, Rupert. Avant que je décide de les faire museler.

Sur un hochement de tête du prince, les soldats s'inclinèrent, regardèrent froidement le roi, puis se reculèrent. Pas très loin. Rupert étudia le roi.

— Quoi que vous vouliez, Père, la réponse est non.

— Tu as toujours été prudent, Rupert.

— J'ai de bonnes raisons de l'être.

Le roi se détourna, incapable de soutenir le regard de Rupert. Son cheval piétina.

— Rupert…

— Père.

— Encore combien de temps avant la sortie ?

— Quelques minutes, tout au plus.

— Me détestes-tu, mon fils ?

Cette question prit Rupert à l'improviste, et il répondit en balbutiant :

— Parfois, sans doute. Tu m'as donné peu de raisons de t'aimer. Mais… tu es le roi, et le pays passe en premier. Je le sais.

— La politique, soupira le roi. Tout cela semble si mesquin, par rapport à la longue nuit qui nous attend. J'ai toujours fait de mon mieux pour le pays, ce que je pensais être juste. Même quand cela me coûtait ce que j'avais de plus cher. Mais rien de ce pour quoi je me battais ne paraissait très important. Rupert, tu es mon fils, mon sang, et je veux que tu saches que je suis fier de toi. Malgré… bien des choses, tu as toujours été fidèle au pays, et à ton devoir.

— Pourquoi avoir attendu maintenant pour me le dire ? Pourquoi ne pas me l'avoir dit, que c'était important ? Rien qu'une fois, devant la Cour ?

— Pour faire de toi une cible encore plus évidente pour les intrigues de la Cour ? Je t'ai isolé du trône et des barons pour que les partisans d'Harald ne te voient pas comme une menace. Avais-je vraiment tort de vouloir que tu vives, au lieu de te voir assassiné pour être écarté définitivement du trône ?

— Ce n'est pas la raison pour laquelle tu l'as fait. Tu l'as fait pour Harald, et pas pour moi.

— J'ai fait de mon mieux pour toi, répondit le roi en hochant la tête. Où est ta cotte de mailles ? Pourquoi ne la portes-tu pas ?

— Elle me gênait. Je me battrai mieux sans armure.

Le roi paraissait douter, mais n'insista pas. Il ne voulait pas mettre en danger le début de lien qui se nouait avec son fils.

— Fais attention à toi, fils. J'aimerais que tu reviennes en un seul morceau.

— Je ferai de mon mieux pour te faire plaisir, dit Rupert avec solennité.

Ils gloussèrent tous les deux.

Il ne restait rien à ajouter. Peu de chose les avait rapprochés par le passé, et Rupert savait que son père et lui s'éloignaient de nouveau l'un de l'autre.

— Je ne sais pas pourquoi tout le monde s'inquiète autant ? glissa-t-il. Comment pourrions-nous perdre, avec le Champion à notre tête ?

Il désigna l'homme, impassible sur son destrier, comme une antique statue héroïque.

Le roi John lança un coup d'œil à son Champion et fronça les sourcils.

— Le Champion n'est pas forcément un garant du succès, Rupert. Il n'a pas été vaincu au combat depuis qu'il est devenu mon Champion, il y a plus de vingt ans. Et cela le rend dangereux. Pour nous, et pour lui-même.

— Dangereux ? En quoi ?

— Il est trop confiant. Le temps qu'il se rende compte qu'il n'est pas invulnérable, il sera peut-être trop tard pour qu'il profite de la leçon.

Rupert hocha la tête.

— Je le garderai à l'œil.

— Ce pourrait être sage. Et maintenant, je ferais bien d'aller parler à ton frère avant qu'il soit trop tard.

— Père… Si vous l'aviez pensé nécessaire, vous auriez ordonné ma mort, n'est-ce pas ?

— Bien sûr, répondit calmement le roi John.

Puis il repartit dans la foule, se dirigeant vers Harald, qui attendait sur son destrier. Rupert secoua la tête et se détourna.

— Et nous revoilà, Vent. Nous allons de nouveau affronter les ténèbres.

— Tant mieux. J'en ai bien assez d'attendre. Tout vaudra mieux que ça. Enfin, presque tout.

— Oui. J'ai peur, Vent.

— Moi aussi, Rupert.

— Mes tripes sont nouées comme pas permis.

— Du calme. Les portes vont bientôt s'ouvrir, et,

une fois le combat commencé, tu n'auras pas le temps d'avoir peur.

— Oui, bien sûr. Oh, bon sang, j'ai encore besoin de pisser.

— Mais non.

— Eh, c'est ma vessie, quand même…

— Préparez la porte ! cria le Champion.

Le silence recouvrit soudain la cour. Une demi-douzaine de gardes se mirent en position devant les portes, prêts à tirer les grands loquets d'acier au signal du roi. Rupert passa le bras gauche dans les lanières de son bouclier et les resserra. Il saisit les deux rênes de la main gauche, puis tira l'épée. La sensation familière de sa garde et le poids du bouclier le rassuraient.

Ses gardes se frayèrent un chemin dans la foule et reprirent position autour de lui. D'une façon ou d'une autre, ce serait sans doute la dernière fois qu'il affronterait les ténèbres. Julia cria son nom, et il se retourna à temps pour la voir manœuvrer jusqu'à lui. Ses guerrières formaient une garde d'honneur autour d'elle. Elles avaient l'air efficaces et dures, et prêtes au combat. Rupert se demanda un instant s'il avait l'air aussi intimidant qu'elles. Il s'inclina poliment devant les dames, et échangea un regard avec Julia.

— On dirait que c'est parti.

— On dirait bien, ma belle.

— Prêt pour le combat ?

— Aussi prêt que possible. Comment va le Haut Sorcier ?

— Il fait de son mieux pour paraître confiant, mais il a du mal. L'astrologue a réuni une cinquantaine de sorciers et sorcières mineurs, mais aucun ne vaut tripette. Le sorcier les fait collaborer pour soutenir ses sorts, mais on ne sait pas si ça va marcher.

— Julia, tu penses que mon plan va fonctionner ?

— Ha ! Aucune chance. Mais il faut bien faire quelque chose, non ?

Rupert soupira.

— Ce serait sympa que *quelqu'un* croie en moi, pour une fois.

— Tu préférerais qu'on te mente ?

— Franchement ? Oui…

— Armée, en place ! rugit le Champion.

Rupert trouva une position plus confortable pour son bouclier et resserra sa prise sur son épée. Tout autour de lui, la respiration combinée de cinq cents hommes et femmes paraissait étrangement forte et claire dans le silence, montant et retombant comme une marée sans fin. Les épées, les lances et les masses jetaient des reflets sanglants à la lueur des torches. La peur et la tension s'étaient envolées, remplacées par une détermination farouche et générale, qui faisait de cette armée un seul corps, au cœur massif. Une détermination simple : faire payer aux démons ce qu'ils avaient fait à la Forêt. Le roi John leva son épée.

— Ouvrez les portes !

Une fois les lourds loquets d'acier rangés dans leur logement, les grandes portes de chêne s'écartèrent pour laisser la dernière armée de la Forêt s'élancer vers son destin.

Le bruit des sabots rebondit sur les murs du Fort, puis les chevaux se mirent à trotter sur le pont-levis. Laissant la lumière des torches derrière elle, l'avant-garde de l'armée passa au galop pour charger dans la nuit éternelle. Au-dessus de leur tête, la lune lépreuse répandait toujours sa lueur bleue malveillante. Dans les ombres, les démons impatients se bousculaient. Ces silhouettes toutes dissemblables partageaient la même faim, la même volonté. La souillure des ténèbres, la marque du prince Démon, était sur eux tous. Le clair de lune soulignait de bleu les crocs et les griffes des créatures qui sortaient des fissures de la terre en marchant ou en rampant. Puis l'armée percuta les démons, et le carnage commença.

Les épées s'abattaient sur les ténèbres, et le sang des démons mouchetait l'air puant. Mais l'élan de la charge fut bientôt absorbé par le nombre des démons. Les lanciers continuèrent à avancer, suivis par une partie des gardes, mais le gros de l'armée se retrouva englué à quelques centaines de mètres de la douve. Les chevaux ruaient et criaient devant la horde démoniaque, et c'était souvent la foule mouvante qui seule sauvait les montures de la mutilation ou de la mort. L'armée tournait sur elle-même à l'orée du Noirbois, brisée en une dizaine de groupes, combattant désespérément pour tenir face à la marée de démons qui se déversait sans fin des ténèbres. L'air était plein de cris, de hurlements et de serments, et du bruit cruel de la chair déchirée par l'acier. Mais les démons attaquaient en silence, sans un bruit, même dans la mort. Dans la lumière irréelle de la Lune Bleue, les démons évoquaient des fantômes monstrueux, des cauchemars incarnés. Et aussi brave que soit l'armée, la moitié des combattants furent massacrés dès les premières minutes. Les démons étaient tout simplement trop nombreux.

Une lumière jaillit soudain dans la nuit, une flamme blanche qui crépita dans l'air. Des éclairs zébrèrent les ténèbres et frappèrent dans le Noirbois, dispersant les démons. Des dizaines de créatures traversèrent la bataille en aveugles, brûlant sans un cri. D'autres se griffaient la gorge et étouffaient, l'air soudain consumé dans leurs poumons. Le feu brillait d'argent dans la nuit, et la Haute Magie saturait tout. Les démons se retournaient les uns contre les autres et se déchiquetaient, traçant des sillons de dévastation dans les rangs de leurs frères impies. Lentement, les démons commencèrent à céder du terrain, et l'armée pressa son avantage en louant le nom du Haut Sorcier. Puis le feu disparut, la Haute Magie relâcha son étreinte sur l'air, et l'obscurité reprit ses droits sur le Noirbois, sous l'égide de la Lune Bleue.

Rupert se pencha sur sa selle pour faucher un démon et dut éviter brusquement un tentacule barbelé cinglant depuis une branche basse. Il voulut le frapper, mais sa licorne l'avait déjà mis hors de portée. La bataille avait perdu tout semblant d'ordre. Les démons attaquaient sans structure, affluaient de toutes parts et avançaient de front, sans manœuvre. Pour chaque créature qui tombait, cent bataillaient pour prendre sa place. L'armée et les démons avançaient et reculaient dans une confusion d'épées, de haches, de crocs et de griffes sur un sol jonché de corps immobiles. Rupert chercha un abri autour de lui. Ses gardes avaient disparu, séparés de lui quand l'armée s'était désagrégée. Il jura et frappa les démons qui s'approchaient de sa monture. Sans la Haute Magie, l'armée avait perdu le maigre avantage qu'elle avait pu prendre et, déjà, les groupes les plus petits reculaient devant la férocité des démons.

Rupert fendit en deux un adversaire cramponné à sa botte, sans parvenir à le déloger. Autour de lui, l'armée de la Forêt avait perdu plus de la moitié de ses forces et reculait sans cesse. Il n'y avait pas de blessés, ni d'un côté ni de l'autre. Les démons avaient faim. La gorge serrée, Rupert vit l'étendue des pertes dans son camp, alors que la bataille commençait tout juste.

Nous n'avons jamais eu la moindre chance. Je leur avais promis une chance de sauver la Forêt, et je les ai menés à la mort. Qu'ils soient tous maudits ! Il doit y avoir quelque chose pour arrêter les démons ! Il y a forcément une solution.

Il tailla autour de lui dans la masse de démons, tentant de dégager un espace autour de lui. Mais sa licorne et lui étaient cernés. Lentement, pied à pied, les démons repoussaient l'armée. La bataille s'était transformée en lente retraite vers le château de la Forêt. L'armée reculait, et les démons la suivaient. Le sang coulait sur le sol crevassé, sombre et visqueux. Quelques démons s'écartèrent pour le boire, plongeant leur groin au fond de cette boue rougeâtre. Depuis les ombres du Noirbois, les hauteurs de la nuit ou les entrailles de la terre, les démons continuaient à affluer. La nuit s'assombrissait sans cesse, gangrenée d'une vie impie.

Harald éventra un démon d'un coup bien ajusté, puis s'accrocha aux rênes de son cheval, qui piétinait la créature. Sa cotte de mailles étincelante était déchirée et trempée de sang, en partie le sien Son épée s'élevait et retombait sans cesse, et les démons continuaient à l'attaquer. Il les affrontait froidement, calmement, aussi dur et implacable que l'épée dans sa main. Et les démons continuaient à affluer. À chaque occasion, il jetait un œil aux douves pour voir la distance qu'il perdait. Le roi n'avait pas encore donné l'ordre de la retraite, mais la bataille était perdue. Harald ne ressentait ni culpabilité ni regret. Personne n'aurait pu gagner face à une telle adversité. L'armée de la Forêt était vaincue avant même de franchir le pont-levis. Les douves n'étaient plus très loin, et Harald aurait voulu faire volte-face, mais le nombre des combattants rendait la manœuvre impossible. Il pouvait simplement reculer avec le reste de l'armée, pas à pas. Piégé et impuissant, il sentit la panique éclater en lui. Ses vieilles habitudes de maîtrise de soi lui permirent de la repousser. S'il perdait la tête maintenant, ne serait-ce qu'un instant, il ne vivrait que le temps de le regretter. À sa droite, Rupert reculait lentement sur sa licorne. Véritable rempart étincelant, l'épée du prince cadet fauchait les démons comme des blés. Harald se détourna. Il savait bien que son frère était doué à l'épée. Il en avait encore les cicatrices.

Tu pourrais être le meilleur, murmura une voix dans son esprit. *Il te suffirait de dégainer Fulgente.*

Harald frissonna. Il tirerait l'épée quand ce serait nécessaire, et pas avant.

Le roi John luttait pour rester en selle tandis que son destrier chargeait de-ci, de-là, à moitié fou de peur et de douleur. Il frappait à tour de bras, ratant sa cible autant de fois qu'il la touchait, mais parvenait à repousser les démons. Son épée était de plus en plus lourde et de moins en moins précise. Il s'essoufflait et son cœur battait douloureusement dans sa poitrine. La sueur lui coulait dans les yeux, et il n'avait ni le temps ni l'énergie de l'essuyer. *Trop vieux*, se dit-il amèrement. *Beaucoup trop vieux*.

Fendroc lui battait les reins à chaque mouvement, comme pour lui rappeler sa présence. Le roi John l'ignorait. Il n'était pas tout à fait prêt à dégainer l'Objet infernal.

La princesse Julia avait enroulé ses rênes autour de son avant-bras et abattait son épée à deux mains, repoussant les démons par sa seule férocité. Ses femmes étaient dispersées dans toute l'armée, mais Julia avait vu la plupart mourir face aux démons. Elles s'étaient battues avec honneur, mais elles n'avaient pas la moindre chance face à tant d'adversaires. *Si seulement j'avais eu plus de temps. Quelle armée j'aurais pu faire de vous...*

Son cheval chancela soudain sous elle et hennit de peur. Julia se dégagea de ses étriers et sauta au sol tandis que sa monture s'écroulait. Malgré ses faibles ruades, les démons lui déchiquetèrent la gorge. Quelques créatures la dévoraient déjà. Julia fut rapidement sur ses pieds, mais la chute l'avait ébranlée. Tout se passait si vite ! Elle recula rapidement quand les démons voulurent l'encercler et la couper du reste de l'armée. Adossée à un arbre, la princesse regarda autour d'elle. L'armée reculait un peu plus à chaque mouvement, et elle ne pourrait pas la rejoindre. Les démons avançaient lentement pour savourer sa peur. Julia frappait d'un côté et de l'autre, le souffle court et douloureux. Seule, à pied, sa force et son adresse ne suffiraient pas à la sauver. C'était évident. Avec un juron, elle rengaina son épée et tira Gangrène.

L'épée parut presque bondir dans sa main, tant elle quitta le long fourreau d'argent avec aisance. La large lame d'acier luit faiblement devant elle, puis battit d'une lueur jaune écœurante. Comme hypnotisés, les démons se figèrent. La garde était d'une tiédeur désagréable dans sa main, et elle sentit autre chose dans la nuit. Un mouvement, un sommeil interrompu après des siècles… Des yeux qui s'ouvraient…

Un démon sauta à la gorge de Julia, et elle le fendit en deux d'un revers. L'épée immense ne pesait presque rien entre ses mains, et son fil ne grinça même pas contre les os de la créature. Julia sourit en voyant le démon tomber, et grimaça en voyant son cadavre se décomposer en quelques secondes. D'autres démons s'élancèrent et rejoignirent leur frère dans la putréfaction. L'Objet infernal luisait d'un jour malsain, comme un bûcher sur un cairn. Les démons reculèrent, mais quelque chose poussa Julia à les poursuivre pour massacrer tout ce qui bougeait. Les démons mouraient sans bruit, à leur tour victimes de la corruption.

Gangrène. Pourriture, flétrissure et mort.

Elle abattait son arme en arcs larges, tuant tout ce qui passait à sa portée. Malgré le sort atroce que son arme réservait aux démons, Julia ne trouvait pas la moindre pitié en elle. Ces créatures de la nuit tombaient en nombre toujours croissant sous ses coups, et un sourire sauvage et sinistre se dessina peu à peu sur ses traits. C'était bon, de tuer des démons. De les blesser comme ils avaient pu blesser les autres. Le pays. La Forêt. Son épée s'abattait, et les démons mouraient dans la souffrance. Elle rit, mais personne n'aurait reconnu sa voix dans ce son atroce.

Harald entendit clairement le bris de l'os dans le rugissement de la bataille, et son cheval céda sous lui. Il quitta la selle avec aisance et tomba sur le sol détrempé de sang. D'un coup rapide, il tua le démon ricanant qui avait cassé la jambe de l'animal. La monture gémissait et roulait des yeux tandis que les démons s'approchaient d'elle et de son cavalier. Le prince rengaina son épée et tira Fulgente. Profitant de l'hésitation des démons, Harald plongea l'Objet infernal dans la poitrine de sa monture, l'achevant instantanément. Il attendit une seconde, puis retira son épée. La longue lame d'acier brûlait d'une flamme écarlate. Les démons reculèrent un peu. Harald s'inclina avec respect et regret devant sa monture. Il avait toujours beaucoup aimé cet animal, mais il n'aurait pas pu le laisser souffrir. Et puis, il avait besoin de son sang pour activer l'épée. Les démons s'avancèrent soudain, et Harald les attendit sans bouger. Chaque fois que Fulgente mordait dans la chair d'un démon, celui-ci prenait feu et tombait en cendres. L'épée buvait leur sang pour alimenter ses flammes. Harald semblait l'avoir toujours su, et il ne comprenait pas pourquoi il avait tant hésité à utiliser cette épée.

Sans crainte, il s'avança et traça dans les rangs des démons un sillon de mort ardente. Mais il n'en tira aucune joie. Pour la première fois de sa vie, les événements lui échappaient. Il secouait la tête en permanence, comme pour s'éclaircir les idées, et il comprit rapidement qu'il ne savait plus ce qui se passait. Utilisait-il l'épée, ou l'épée se servait-elle de lui ? Les flammes de Fulgente se firent plus vives à mesure que l'Objet infernal se repaissait de sang démoniaque, jusqu'à ce qu'Harald puisse à peine supporter leur chaleur. Il tenait son arme à bout de bras, et les flammes montaient toujours plus haut. Fulgente brûlait contre les ténèbres, mais Harald savait que ce n'était pas une flamme saine ou naturelle. Et aussi que la lame était à peine réveillée, qu'elle n'utilisait qu'une fraction de son pouvoir. Les démons brûlaient autour de lui comme autant de bougies tordues, et la sueur qui coulait sur son front ne devait pas tout aux flammes de son épée.

L'épée du roi John se brisa sur les écailles d'un démon, et il lui lança le moignon de lame au visage. Le démon recula d'un pas et, avant qu'il puisse charger de nouveau, le roi tira Fendroc et trancha le démon en deux. L'épée longue d'une légèreté surnaturelle avait un éclat étrangement doré. Le roi John taillada cruellement les démons qui cherchaient à le faire tomber. La lame les traversait sans même ralentir dans sa course. Le roi fronça les sourcils, impressionné, mais cette arme lui offrait plus qu'un fil acéré. Il sentait son pouvoir antique qui s'agitait, impatient. Sans trop savoir pourquoi, le roi John sauta à côté de son cheval. L'animal rua, lui arrachant les rênes, et fila comme le vent vers le château. Les démons l'abattirent à moins de cinq mètres de là. Le roi John se détourna des cris de sa monture et, levant Fendroc au plus haut, l'abattit d'un coup dans le sol.

La terre s'ouvrit avec un rugissement, en de longues failles serpentant dans toutes les directions sur des centaines de mètres. Comme une grande mâchoire, la Terre avala les démons et les broya en se refermant.

Au plus profond de la terre, une créature immense et étrangère s'agita dans son sommeil, puis cria en sentant la terre l'écraser sous son poids implacable. Satisfait, le roi regarda autour de lui, mais il se figea en voyant les hommes et les femmes de son armée s'efforcer de sortir des crevasses avant qu'elles se referment. Le roi John tira rapidement Fendroc du sol, et la terre s'immobilisa.

Il y a du pouvoir dans cette épée. Le pouvoir de briser et de refaçonner la terre. Le pouvoir de raser des montagnes, ou d'en lever de nouvelles. Fendroc.

Et c'est bien plus tard qu'il se rappela combien son peuple avait souffert de ce pouvoir.

Les démons moururent par centaines devant les trois Objets infernaux, mais ils continuaient à affluer. Acculée aux douves, l'armée tint autant que possible. Le pont-levis ne s'abaisserait pas avant que le roi ordonne la retraite. Sur les cinq cent cinquante hommes et femmes partis à l'assaut du Noirbois, il en restait moins de cent. Les lanciers avaient disparu, massacrés dans les premières minutes. La plupart des fermiers, commerçants et citadins étaient morts, ainsi que la moitié des gardes et soldats. Les survivants se serraient les uns contre les autres, et abattaient leurs lames rougies avec une détermination sauvage. Innombrables, les démons remplissaient la nuit, et d'autres venaient toujours remplacer les mourants.

Rupert chancela de fatigue sur sa selle, et faillit tomber. Il se rattrapa juste à temps et raffermit sa prise sur les rênes. Il avait mal, la tête lui tournait, mais il continuait à se battre. Au début, il pensait à son devoir, puis à sa survie, puis enfin, il continua à se battre parce qu'il refusait de céder face aux ténèbres. Il avait déjà été vaincu de nombreuses fois, mais il n'avait jamais cédé, et il n'allait pas commencer aujourd'hui. Il voyait le Champion à sa gauche, à la tête de l'armée, balançant sa hache de guerre massive comme un jouet. Aucun signe de son destrier, et son armure était tailladée. Mais les démons se brisaient sur lui comme une vague sur les rochers. Rupert supposa qu'il aurait dû trouver cela encourageant, mais il était trop fatigué pour ça.

Dans un geyser de glace brisée, le monstre des douves se lança dans la bataille. Quinze mètres de la gueule à la queue. Il saisit le premier démon qui menaçait Rupert et le déchiqueta. Les mâchoires cruelles du monstre s'ouvrirent et il lança un défi à la face des ténèbres. Son long corps écailleux et musclé faisait trembler la terre à chaque pas. D'un coup d'œil, il s'assura que Rupert allait bien, avant de se jeter sur les démons. Ses griffes longues de trente centimètres et ses crocs innombrables déchiquetèrent les démons dans une averse de sang et de chair.

C'est donc à ça que ressemble le monstre des douves, se dit Rupert. *Je me demandais. Il est vraiment… impressionnant.*

Un démon surgit des ténèbres, et Rupert l'éventra en plein air. La créature saisit le bouclier du prince dans sa chute, et Rupert dut trancher les lanières avant que ce poids le déloge de sa selle. Une créature aux yeux rouges et fumants arriva par les airs et le percuta en pleine poitrine, manquant le mettre à bas. La créature s'accrocha à sa cotte de mailles avec sa dizaine de pattes et voulut mordre sa gorge exposée. Rupert leva le bras gauche pour se protéger, et le démon lui planta ses crocs dans la chair jusqu'à l'os. Avec un grognement, Rupert tenta d'atteindre la créature avec son épée, mais elle était trop proche de sa poitrine et ne voulait pas lâcher son bras. D'autres démons remarquèrent bientôt sa vulnérabilité et affluèrent vers lui. Rupert voulut lever son épée, mais la terrible douleur dans son bras gauche masquait tout le reste.

Puis la hache du Champion s'abattit comme par miracle et éventra le démon. Ses mâchoires se relâchèrent et Rupert put enfin se dégager. Il voulut remercier le Champion, mais les reflux de la bataille l'avaient déjà emporté au loin.

Un instant isolé des combats, Rupert en profita pour examiner sa blessure. Des éclats d'os étaient clairement visibles, mais il pouvait encore bouger les doigts. Il serra les dents contre la douleur et glissa son bras gauche sous son ceinturon, le resserrant pour le maintenir en place. Cette écharpe de fortune devrait faire l'affaire. *Décidément, je n'ai pas beaucoup de chance avec mon bras gauche*, se dit-il. *Encore du travail pour le Haut Sorcier.* Cette pensée lui rappela que la magie qui devait les soutenir n'avait pas refait son apparition. Il se tordit sur sa selle pour regarder les fortifications. Bien qu'illuminées par les torches, elles étaient désertes. Avec un juron, Rupert se tourna vers les démons qui revenaient à la charge.

Pas à pas, il était repoussé avec le reste de l'armée. Les démons continuaient à arriver, toujours aussi nombreux. Et pourtant, grâce aux monticules de cadavres, l'attaque se faisait moins violente. Rupert regarda vaguement autour de lui, cherchant les visages familiers dans la foule. Il fronça les sourcils en constatant qu'il ne voyait plus Julia. Il se redressa sur ses étriers, et se figea. Julia, une bonne dizaine de mètres devant cette barricade morbide, était isolée, dos à un arbre. Encerclée par les démons, bien sûr.

Rupert raffermit sa prise sur son épée et talonna sa monture. Après seulement quelques pas, l'animal trébucha et faillit tomber. Rupert baissa les yeux et vit, écœuré, le sang épais qui coulait aux flancs de l'animal. Il démonta rapidement et chercha d'autres blessures. Un démon passa la barricade, et Rupert le tua avant qu'il pose le pied par terre. Puis il se retourna vers la licorne.

— Qu'est-ce que tu fabriques ? souffla la licorne. Remonte en selle avant de te faire tuer.

— Pourquoi tu ne m'as pas dit que tu étais blessé ?

— On est tous blessés, Rupert.

— Tu n'es plus en état de me porter. Retourne au bord des douves, et passe le pont-levis dès qu'il sera baissé. Ça ne devrait plus tarder.

— Tais-toi. Tu ne durerais pas cinq minutes, sans moi.

— Vent…

— Non. Je refuse de te laisser.

— C'est un ordre !

— M'en fiche. Tu m'as libéré, tu te rappelles ?

— Vent, une fois dans ta vie, sois gentil, tu veux ? Je dois aider Julia. Elle a besoin de moi. On te rejoint dès que mon père aura lancé l'ordre de la retraite. Je te le promets. Et maintenant, bouge pendant que tu en as la force.

— Je te déteste encore plus quand tu as raison.

La tête basse, la licorne retourna vers l'arrière de l'armée. Rupert le regarda juste le temps de s'assurer qu'il arrivait sain et sauf. Puis il étudia la barricade. Il fallait qu'il rejoigne Julia…

Harald et le roi John luttaient dos à dos, repoussant les démons grâce aux Objets infernaux. Leurs armures dégouttaient de sang, démoniaque et humain. Rupert attendit un moment pour s'assurer qu'ils étaient tout à fait accaparés par les démons, puis il se hissa sur la barricade. Son père n'aurait sans doute pas essayé de l'arrêter, mais il ne pouvait pas courir le risque. Les corps empilés s'affaissèrent sous lui, et Rupert s'immobilisa, accroupi dans l'ombre. La plupart des démons paraissaient concentrés sur le franchissement de la barrière, et non sur sa défense. Bientôt, le combat connut une nouvelle accalmie et, choisissant bien son moment, Rupert descendit de l'autre côté avec force jurons. Chaque choc et chaque mouvement lui plantaient des flèches de feu dans le bras. Puis il fut sur la terre ferme et s'élança vers Julia, épée en main.

Dos à un tronc pourri, la princesse balançait Gangrène de part et d'autre. Malgré les dizaines de cadavres desséchés à ses pieds, les démons ne se décourageaient pas et bondissaient toutes griffes dehors. Julia les fauchait avec d'autant plus de détermination qu'elle se savait condamnée. Avec le temps, elle serait trop fatiguée ou trop lente, et il suffirait d'un seul démon pour la terrasser. Elle espérait que sa mort serait rapide, mais craignait le contraire. Sa lame chancela quand sa concentration faiblit, et un démon passa sous son épée et se jeta vers sa gorge. Un revers de sa lame lui arracha presque la tête, mais laissa les défenses de Julia grandes ouvertes. Les démons s'élancèrent.

Rupert les percuta par l'arrière, et les démons s'éparpillèrent tandis qu'il traversait leurs rangs et venait se ranger au côté de Julia. On ne vit que l'acier étincelant et le sang qui mouchetait l'air, puis les démons se retirèrent dans l'ombre, laissant Rupert et Julia seuls devant l'arbre pourrissant. Ils abaissèrent lentement leurs armes et regardèrent autour d'eux. Les ténèbres se tordaient encore, pleines de vie malsaine, mais les démons paraissaient se retirer dans le Noirbois. Derrière la barricade, l'armée observait la scène, mais ne fit pas mine de poursuivre.

— Ça ne ressemble pas aux démons, de céder si facilement, haleta Rupert en s'appuyant lourdement sur son épée. Ils manigancent quelque chose. Forcément.

— Certainement, concéda Julia.

Elle s'assit soudain, les jambes coupées, et Rupert la rejoignit. Il jeta un coup d'œil à Gangrène.

— Alors, c'est une bonne épée ?

— J'ai connu pire.

Rupert regarda les cadavres putréfiés autour d'eux.

— Tu sais, ma belle, il doit y avoir de meilleures façons de gagner sa vie.

Ils étaient trop fatigués pour rire. Rupert regarda la blessure de Julia et fronça les sourcils.

— Tu es blessée.

— Toi aussi. Mais tu as quand même réussi à me sauver la vie.

— Tu aurais fait la même chose pour moi.

— Et ton bras ?

— C'est pas la joie. Comment te sens-tu ?

— J'ai connu mieux.

Rupert lui passa le bras droit sur les épaules, et elle s'appuya contre la poitrine du prince. Ils restèrent un moment en silence, calmant leur douleur en la partageant. Rupert savait qu'ils auraient dû rejoindre le gros de l'armée pendant que les démons avaient reculé, mais il n'en avait pas la force.

— Au moins, dit Julia, j'aurai d'autres cicatrices intéressantes à montrer.

— Pareil.

Julia s'agita, impatiente.

— Rupert, cette bataille ne se passe pas très bien, n'est-ce pas ?

— C'est un satané fiasco, tu veux dire. On est presque tous morts ou mourants. Sans la magie du Haut Sorcier pour nous soutenir, nous faisions des cibles faciles. C'est même étonnant qu'il reste des hommes en vie.

— Rupert… Tu entends quelque chose ?

— Quoi ?

— Il y a quelque chose… Rupert, c'est énorme, et ça vient vers nous.

Rupert plongea le regard dans les ténèbres, puis se remit sur ses pieds, son épée en main. Julia se leva lentement, appuyée sur son arme maudite. Au cœur de la nuit, une lueur bleutée se formait. La même teinte malsaine que la lune au-dessus de leur tête. La lueur s'approchait peu à peu de l'orée du Noirbois, montant, retombant, changeant continuellement de forme. Les démons s'agitaient dans l'ombre et reculaient sur son chemin. *Qu'est-ce que ça peut être ? Une chose si atroce que même les démons en ont peur…* Il se rappela la mine de Minebourg, et s'interposa entre Julia et la chose. L'armée restait à l'abri derrière sa barricade.

Un rugissement de basse profonde fit trembler la nuit, plein de rage malveillante et irraisonnée. Ce bruit trouva un écho dans les os de Rupert, même après que le rugissement fut devenu un grondement menaçant, puis se fut tu. Rupert jeta un coup d'œil à la barricade, mais décida rapidement qu'il ne fallait pas essayer d'y courir. Ce qui approchait ne s'arrêterait pas devant une simple barricade. Un martèlement étouffant se mit en place, comme un battement de cœur géant. Rupert sentit ses cheveux se hérisser. Il avait déjà entendu ce bruit, quand il avait ramené le Haut Sorcier devant le château. Le sol tremblait sous ses pas, et une nouvelle fois Rupert ressentit une froideur dans son cœur. Il avait enfin reconnu ce bruit. Des pas massifs et gigantesques. Qui approchaient. La puanteur de pourriture empirait à chaque pas, la lueur approchait, et les pas gigantesques frappaient la terre comme autant de coups. La lueur finit par s'arrêter vingt mètres avant l'armée, et les pas s'interrompirent. La lumière pulsa une fois, soulignant les arbres pourris, puis disparut et révéla l'horreur qu'elle abritait.

Elle était à l'évidence morte depuis longtemps, et pourtant, la vie et la conscience ne l'avaient pas désertée. Sa chair blanchâtre était sèche et momifiée, rongée par endroits jusqu'à l'os décoloré. Elle mesurait près de quinze mètres de haut, sa tête plate et large à moitié cachée par l'ombre. Sa large bouche était remplie de crocs énormes et barbelés, et ses yeux étaient embrasés. Elle avait deux bras, deux jambes et se tenait debout, mais rien d'autre chez la créature n'évoquait l'humain. Une longue queue barbelée fouettait l'air derrière elle, fauchant les arbres sans peine. La créature était morte, mais consciente. La Lune Bleue l'avait tirée de son sépulcre immémorial pour en faire un agent de mort. Le sol tremblait sous ses pas, et sa haine résonnait dans l'air puant.

— Les épées ! cria le roi John. Les Objets infernaux ! C'est notre dernier espoir !

Il escalada la barricade, Harald sur ses talons. L'armée fit mine de suivre, mais le roi fit signe de rester en arrière. Puis il s'avança vers la créature, et Harald, Rupert et Julia formèrent un rang derrière lui. La tête de la créature les suivit, les flammes de ses orbites bondissant dans le mouvement. Le roi s'arrêta soudain, leva les yeux vers la créature et planta Fendroc dans le sol. La terre se souleva et se déchira, grondant comme un animal blessé, mais la créature tint bon, campée sur ses jambes et sa queue. Le roi retira Fendroc, et Harald s'avança, Fulgente brandie au-dessus de la tête. Des flammes écarlates dansèrent le long de la lame, puis un éclair enflammé jaillit de l'épée vers le poitrail de la créature. Elle hurla de rage, mais les flammes marquèrent à peine sa chair morte. Julia contourna la créature par la gauche, Gangrène prête à frapper. La créature la regarda tout du long, et Rupert la contourna par la droite. Il ne savait pas quel mal il pourrait faire à une chose morte, surtout si les Objets infernaux l'éraflaient à peine, mais il devait agir. La flamme de Fulgente disparut quand Harald baissa sa lame, et la créature s'élança. Elle tendit vers Julia une main griffue, et Gangrène étincela en tranchant la chair momifiée. La créature recula. Même dans ce jour faible, Rupert vit que l'épée avait ouvert la main jusqu'à l'os. Il n'y avait pas de sang, mais la blessure était déjà corrompue et gangrenée. La créature grogna une fois et attaqua Julia de nouveau.

Harald leva Fulgente et un feu vif força la créature à s'arrêter. Le roi John enfonça Fendroc dans la terre et l'y laissa plantée. L'épée restait debout, luisant férocement dans les ténèbres, et de grandes fissures s'ouvrirent dans le sol, filant de la lame vers la créature. Les crevasses se formèrent tout autour du monstre, qui refusait toujours de tomber. Julia s'élança et frappa les jambes de la créature. Celle-ci hurla d'une rage meurtrière, et Julia dut se jeter au sol quand une grande main griffue fendit l'air vers sa tête. Puis elle se tendit de nouveau vers la princesse, et Rupert passa derrière le monstre pour frapper sa cheville gauche. Le tendon tranché claqua comme un câble trop tendu, et la créature rugit en sentant sa jambe céder sous elle. Elle chancela en arrière, puis chuta lourdement dans une crevasse. La terre délogée céda sous les pieds de Rupert comme un sable mouvant, et il se trouva rapidement en train de glisser vers la même fissure que la créature. Il abandonna son épée et se jeta vers le bord de la crevasse, et parvint tout juste à s'y accrocher. Agrippé de sa seule main valide, il resta là un moment, les jambes dans le vide. La terre commença à s'effriter sous ses doigts, puis Julia lui saisit le poignet et le retint jusqu'à ce qu'il puisse remonter sur la terre ferme.

Le roi John retira Fendroc du sol, et la terre se referma. Rupert récupéra son épée, et Julia et lui s'aidèrent mutuellement à se relever. Puis un long rugissement furieux rebondit depuis les profondeurs de la terre, et une grande main livide sortit de la crevasse et enfonça ses griffes dans la terre. La grande tête plate passa le bord de la faille, ses yeux brillant plus fort que jamais tandis que la créature tentait de s'extraire du piège. Harald s'élança et lui planta Fulgente dans le cou. Des flammes rougeâtres dévorèrent la chair de la créature, et elle poussa un hurlement horrible. Rejetant la tête en arrière, elle arracha l'épée des mains d'Harald. Les flammes rugissaient tout autour de la tête de la créature, mais celle-ci refusait de lâcher prise. Julia s'avança et lui planta Gangrène dans le cou, jusqu'à la garde. La chair livide se mit à pourrir, et les flammes rugirent de plus belle. La créature lâcha sa prise et retomba dans la fosse, emportant les deux épées avec elle. Elle disparut à la vue de tous, et bientôt les bords de la crevasse se rejoignirent, ramenant le silence dans la nuit.

Rupert se rangea au côté de Julia, qui regardait calmement la terre reformée.

— Tu as lâché ton épée, dit-il tout bas. Pourquoi ?

— Je n'aimais pas ce qu'elle me faisait, répondit Julia en retournant vers le roi.

Ce dernier regardait ce qui restait de son armée, blottie au bord des douves, derrière leur barricade de cadavres empilés. Dans les ténèbres, il entendait les premiers signes du retour de la horde des démons. Il se tourna vers la nuit éternelle, et une faible lueur bleutée apparut, au cœur des ténèbres. Puis une autre. Et une autre. Et une autre. Le roi John resserra sa prise sur Fendroc, et eut une soudaine envie de la planter dans le sol et de déchaîner tout son pouvoir, en un geste ultime qui détruirait la Forêt et tout ce qui s'y trouvait. L'instant passa, et il secoua la tête. On en arriverait peut-être là, à venger la destruction du pays, mais pas encore. Il attendrait que tout espoir ait disparu, que le château soit tombé, et alors, il prendrait sa décision. Les démons approchaient. Le roi se tourna vers son armée.

— Retraite ! Nous ne pouvons plus rien faire ici. Abaissez le pont-levis !

On entendit des chaînes et des contrepoids se mettre en mouvement, et le pont-levis s'ouvrit lentement pour couvrir les douves. Vaincus, les survivants de la dernière armée de la Forêt s'y engagèrent aussi vite que leurs blessures et l'épuisement le leur permettaient. Comme leurs bannières, leur espoir gisait en lambeaux sous les cadavres de leurs compagnons. Côte à côte sur le pont-levis, Harald et le roi John réconfortaient et encourageaient comme ils pouvaient les guerriers rescapés. Ils avaient mené l'armée au combat, et seraient les derniers à rentrer. C'était ce qu'on attendait d'eux. Rupert et Julia se tenaient de l'autre côté du pont-levis, enlacés, les yeux vagues d'épuisement. Quelques mètres en avant du pont, le Champion se dressait comme une vigie tournée vers les ténèbres. Son visage était froid, et, bien que son armure soit couverte de sang, il se tenait toujours aussi droit.

Un rugissement retentit soudain dans les ténèbres, et les quelques hommes et femmes qui se trouvaient encore sur le pont-levis paniquèrent et entrèrent dans le château en courant. Harald et le roi les suivirent, sans courir, puis Rupert et Julia. Le Champion resta seul hors du château, la hache à la main. La horde des démons chargea de nouveau, la lune bleuâtre éclairant leurs crocs et leurs griffes. Avec un sourire mauvais, le Champion attendit qu'ils arrivent jusqu'à lui.

Il les repoussa sans peine, balançant sa hache en grands arcs de cercle qui tranchaient la chair comme les os. Les démons voulurent le contourner, mais dérapèrent misérablement sur la glace des douves. Le pont-levis était le seul moyen d'accéder au château, et il faudrait passer le Champion. Les démons se déversaient sans fin des ténèbres, mais le Champion tenait bon et refusait de reculer.

Rupert se trouvait aux portes intérieures quand il se retourna. Les rives des douves étaient noires de démons, et une petite grappe de silhouettes sombres et difformes débordait le Champion. Il se battait avec force, mais, avec le temps, les démons finiraient par l'abattre. Rupert voulut le rejoindre, et Harald apparut à son côté.

— Qu'est-ce qui se passe là-bas ?

Rupert indiqua la scène sans un mot, et Harald se tourna rapidement vers les gardes pour leur ordonner de hausser le pont-levis. Rupert s'avança.

— Messire Champion ! cria-t-il avec désespoir. Nous sommes tous rentrés ! Revenez, bon sang, ils vont lever le pont-levis !

Le Champion ne l'entendit pas. Les démons tombaient encore et encore sous sa hache, mais ils étaient toujours plus nombreux. C'était bon de combattre, de prouver qu'il était le Champion, de tuer ceux qui menaçaient le royaume. Les démons venaient vers lui sans nombre, et il les accueillait par un sourire aussi froid que sa lame. Il allait mourir, et ça n'avait aucune importance. Seul le château comptait. Aussi légère qu'au premier jour, son immense hache fauchait les démons comme des blés trop mûrs. Le sang des démons mouchetait l'air, et le pont-levis devenait glissant de sang et d'excréments. Le Champion continuait à lutter, seul contre une armée. Et l'armée se brisa sur lui.

Mais en fin de compte, il n'était qu'un homme, et aucun homme n'aurait su résister longtemps. Les démons déchirèrent son armure. Lui ne sentait ni les blessures ni le sang qui s'écoulait. Le château était sous sa protection, et il refusait de fuir.

Il refusait de fuir.

Les démons le mirent à bas. Il ne sentit pas les griffes qui lui ouvraient la gorge, et il mourut en essayant d'abattre sa hache une dernière fois. Les démons recouvrirent son cadavre et s'élancèrent sur le pont-levis, vers le Fort.

Pas le temps d'abaisser la herse, se dit Rupert. *Les démons seront là avant qu'on puisse fermer les portes… à moins que quelqu'un les arrête…*

Il traversa le Fort pour affronter les démons, épée à la main. Il n'avait qu'à les retenir quelques minutes, et les portes seraient fermées. Il atteignit la base du pont-levis, et les premiers démons bondirent sur lui. *Pourquoi moi ?* se demanda-t-il amèrement. *Pourquoi faut-il toujours que ce soit moi ?* Puis il affronta le gros des démons, et ils s'arrêtèrent devant cet homme qui les frappait à coups redoublés.

— Fermez les portes ! cria-t-il. Fermez ces Bon Dieu de portes !

Les démons le lacéraient, et il sanglota de douleur, mais il les retarda. Encore quelques minutes. Encore quelques minutes. *Julia, ma chérie. Si seulement nous avions eu un peu plus de temps…* Puis les démons trop nombreux le submergèrent et il tomba, l'épée à la main.

Dans la cour, Harald et quelques soldats étaient prêts à faire coulisser les grands verrous d'acier une fois que le treuil aurait fini de fermer les portes. Appuyée contre le mur intérieur, Julia regarda autour d'elle.

— Rupert ? Rupert, où es-tu ?

Elle se redressa en voyant qu'il n'était plus là, et regarda rapidement dans la cour encombrée. Elle ne le voyait nulle part, et une panique froide lui étreignit le cœur. Julia s'écarta du mur et approcha d'Harald. Il devait savoir où était son frère. Puis elle s'arrêta net en voyant les portes qui se refermaient lentement, et Rupert avalé par la masse des démons. Julia courut vers Harald et le saisit par le bras.

— Arrêtez les portes ! Rupert est encore dehors !

— Il est déjà mort. Il est mort pour nous donner le temps de fermer ces portes. Alors aidez-nous avec les verrous ou laissez-nous tranquilles !

— Vous vouliez qu'il meure ! cria Julia.

Tirant sa vieille épée du fourreau, elle se glissa entre les deux battants et sortit dans le Fort. Elle entendit des pas de course derrière elle. D'un coup d'œil pardessus son épaule, elle vit le roi John sur ses talons, Fendroc en main. Ils eurent juste le temps d'échanger un sourire avant que les démons soient sur eux. Les premiers tombèrent facilement sous la rage de Julia, et ceux qu'elle rata ou ne vit pas n'étaient pas de taille face à Fendroc. Julia maniait son épée à deux mains, et un démon se plia en deux en plein air, tentant en vain de retenir ses entrailles dans son ventre ouvert. Il tomba en se tortillant au sol, et Julia l'écarta d'un coup de pied en luttant pour rejoindre son bien-aimé. À côté d'elle, Fendroc traçait un large sillon dans les démons, mais Julia sentait que John était épuisé. Ils forcèrent les démons à reculer, pas à pas, puis Julia et le roi percutèrent une petite grappe de démons enragés. Ils reculèrent, et une grande silhouette ensanglantée se dressa, éparpillant les démons dans toutes les directions. L'homme vacillait dramatiquement, un bras inerte, mais il tenait encore son épée. Il essuya le sang qui lui couvrait le visage et sourit à Julia.

— Tu en as mis, du temps !

Julia rit et se rangea à son côté, frappant à coups redoublés. Les démons affluaient sans nombre, et Rupert, Julia et le roi reculèrent jusqu'au Fort. Le sang éclaboussait les murs de pierre et coulait en rigoles sur le sol. Julia ne regarda pas les portes du château. Ils n'allaient certainement pas claquer la porte au nez de leur roi. Et s'ils le faisaient, elle préférait ne pas le savoir. Du moment qu'il restait un espoir, elle se battrait. *Il y a pire façon de mourir qu'en sauvant celui qu'on aime*, se dit-elle en souriant malgré les larmes qui coulaient librement sur son visage. *Rupert, mon Rupert. Nous avons trop souffert pour que je te perde maintenant.*

La charge des démons se heurta aux épées de Rupert, de Julia et du roi John.

Le feu crépita soudain dans les ténèbres, dispersant les démons dans l'explosion. Des éclairs sautèrent sur toute la longueur du Fort, calcinant toutes les créatures impies qu'il croisait. Rupert se tourna vers les portes et vit une silhouette vivement illuminée entre les deux battants immobiles. L'éclat était si aveuglant que le prince dut se détourner, mais il savait de qui il s'agissait. Il sentait la Haute Magie qui repoussait la nuit. Julia le saisit par son bras valide et commença à le tirer vers les portes.

— Le Champion…, protesta-t-il d'une voix lourde.

— Il est mort, mon petit, dit le roi en approchant de l'autre côté. Les démons ne nous ont pas laissé de quoi l'enterrer.

Ensemble, Julia et le roi portèrent à moitié Rupert vers les portes ouvertes pendant que l'orage de feu repoussait les démons. Une fumée grasse s'éleva de la pile de cadavres qui bloquait l'entrée du Fort. Julia et le roi poussèrent Rupert dans la cour. La silhouette lumineuse recula pour les rejoindre, et les grands battants de chêne se refermèrent enfin. Harald et les gardes mirent les loquets d'acier en place, et commencèrent à barricader la porte.

Rupert s'écroula contre le mur, et Julia n'eut pas la force de le retenir. Il s'allongea de tout son long sur les pavés déjà baignés de son sang. Julia se laissa tomber à côté de lui, prit la tête de son bien-aimé sur ses genoux et laissa aller les dernières larmes qui lui restaient. Le roi John s'assit dos au mur, la tête basse, Fendroc abandonnée à côté de lui. La silhouette étincelante de la porte s'approcha d'eux tout en perdant son éclat. Le Haut Sorcier portait de nouvelles rides de fatigue, et ses cheveux étaient entièrement gris.

Dehors, les démons martelaient les portes closes jusqu'à évoquer un immense tambour irréel.

Chapitre 9

Dans le Noirbois

Allongé sur le dos dans la cour, Rupert se demandait qui pleurait. Cette voix étranglée par les larmes paraissait familière, d'autant plus qu'elle l'appelait par son nom, mais il ne la reconnaissait pas tout à fait. Il aurait voulu réconforter cette personne… mais il ne savait pas comment. Les sanglots finirent par retomber. Rupert savait qu'il se trouvait dans la cour. Il sentait les pavés durs qui lui blessaient le dos, mais tout le reste paraissait lointain. Il n'avait pas mal, et cela l'inquiéta un instant. Rien qu'un instant. Il avait du sang sur le visage et dans les yeux, et ses mains refusaient de l'essuyer. Quand la voix recommença à l'appeler et qu'on tirailla sa cotte de mailles, il ne répondit pas. Il était trop fatigué, cela pourrait attendre. Si fatigué…

Julia voulut retirer la cotte de mailles de Rupert pour examiner ses blessures, mais les sangles étaient poisseuses de sang, et elle était si fatiguée que sa vision se troublait. Elle lutta malgré tout avec les boucles, jurant contre ses doigts gourds. Cela faisait un moment que Rupert ne bougeait plus, et plus Julia l'examinait plus elle avait peur. Il y avait tellement de sang qu'elle ne pouvait même plus distinguer les blessures. Elle voulut lui essuyer le visage avec un chiffon, et s'arrêta en découvrant qu'il n'avait plus d'œil droit. L'orbite vide la regardait aveuglément, et elle se serait remise à pleurer s'il lui était resté la moindre larme. Elle voulut appeler à l'aide, mais les mots moururent sur ses lèvres lorsqu'elle regarda autour d'elle.

La cour était un abattoir, les morts, les mourants et les blessés étendus côte à côte. Certains survivants restaient là où ils étaient tombés, trop fatigués ou trop choqués pour bouger, serait-ce pour manger, boire ou se soigner. Quelques serviteurs allaient et venaient, aidant ceux qu'ils pouvaient ; les femmes et les enfants gardaient les fortifications avec des armes improvisées.

Au-dessus de la cour, la Lune Bleue regardait sans pitié les victimes de ses serviteurs, les démons, qui continuaient à marteler les portes de chêne.

Le roi John se releva lentement et rengaina Fendroc sans la regarder. Malgré leur pouvoir légendaire, les Objets infernaux n'avaient pas été de taille contre le Noirbois. À présent, deux d'entre eux étaient perdus, et il n'avait plus rien à opposer à la nuit éternelle. *Nous avons perdu. J'ai tenté tout ce que nous pouvions, et nous avons tout de même perdu.* Il eut envie d'aller se cacher, de se barricader dans ses quartiers et d'attendre que les démons viennent le chercher, mais il savait qu'il ne pouvait pas. Le roi devait donner l'exemple. Même si cela n'avait plus aucun sens. Il hocha la tête pour Harald quand son fils s'approcha, puis ils se tournèrent vers Rupert et Julia.

— Comment va-t-il ? demanda le roi.

Il fit un effort pour ne pas se détourner en voyant l'étendue des blessures de Rupert.

— Il n'a pas l'air en forme, dit Harald.

Julia se retourna vers lui, furieuse.

— Vous l'avez abandonné pour qu'il meure, salaud !

Harald croisa son regard avec calme.

— Si les démons ne s'étaient pas arrêtés sur lui, nous n'aurions jamais pu fermer les portes à temps. En retenant les démons quelques minutes, Rupert a aidé à sauver toutes les vies de ce château. Il savait qu'il n'avait aucune chance, mais il savait aussi que c'était son devoir. De mon côté, je devais fermer les portes pour que son sacrifice ne soit pas vain. J'ai fait ce qu'il fallait, Julia. J'ai fait ce qu'il fallait.

— Comme toujours, Harald, dit le roi.

Il s'agenouilla douloureusement à côté de Julia et lui passa le bras autour des épaules.

— On doit bien pouvoir faire quelque chose ! plaida Julia. Il faut faire quelque chose. Il va mourir !

— Oui, dit le roi John. Je crois qu'il va mourir. C'était une belle action, une noble action. La plus brave que j'aie jamais vue.

— Tu ne peux pas mourir ! cria Julia en secouant Rupert par les épaules. Réveille-toi, bon sang ! Je ne te laisserai pas mourir !

Harald et le roi essayèrent de l'écarter du prince, et elle résista.

— Laissez-moi passer, dit une voix faible.

Julia arrêta de se débattre et se retourna en reconnaissant la voix du Haut Sorcier.

— Aidez-le ! Vous êtes un sorcier ! Aidez-le.

— Si j'en suis capable, ma fille.

Le sorcier s'avança lentement, avec soin, comme un vieillard perclus de douleurs. Alors Julia se rendit compte avec effroi que le Haut Sorcier était vieux. Les cheveux noir de jais quelques heures plus tôt étaient à présent d'un gris sale strié de blanc, et son visage était émacié, osseux, la chair ridée et fripée. Ses mains tordues tremblaient constamment. Une lumière vive brilla aux doigts du sorcier, et les blessures de Rupert se refermèrent peu à peu. Le saignement cessa, le visage de Rupert se détendit, mais il ne se réveilla pas. Le Haut Sorcier hocha la tête et se tourna vers Julia. Elle sentit une chaleur traverser son corps avant de disparaître, emmenant ses douleurs avec elle. Il ne restait que sa fatigue, et le désespoir profond qui lui déchirait le cœur chaque fois qu'elle pensait combien elle avait été près de perdre Rupert.

— C'est tout ? demanda-t-elle. Il va se remettre ?

— Je ne sais pas, Julia. Il ne me reste pas beaucoup de pouvoirs, mais j'ai fait tout ce que je pouvais.

— Qu'est-il arrivé à votre magie pendant la bataille ? gronda le roi.

— Nous avons été trahis, Sire. Juste avant l'ouverture des portes, un serviteur nous a présenté plusieurs cruches de vin avec vos compliments. Très touchés par ce geste, nous avons porté un toast à votre nom. Plusieurs, même. Il y avait assez de poison dans ce vin pour tuer une armée. Ma magie a été assez forte pour en combattre les effets, mais les autres n'avaient aucune chance. Ils ont commencé à tomber juste après l'ouverture des portes, en se griffant la gorge. J'ai tenu autant que j'ai pu, puis le poison m'a emporté. Quand j'ai repris connaissance, entouré de cadavres, la bataille était finie. J'ai fait ce que je pouvais pour vous, John, autant que j'ai pu. J'aurais voulu en faire davantage.

—Thomas Grey ! dit soudain le roi. Il était avec vous !

—Il a eu de la chance. Le vin ne lui disait rien, alors il n'a pris qu'une petite gorgée. Nous sommes les deux seuls survivants. Sur plus de cinquante sorciers.

—Qui a fait ça ? Qui nous a poignardés dans le dos ? demanda Harald. Je croyais que tous les traîtres étaient morts.

—Le serviteur qui nous a apporté le vin l'est, en tout cas. Quelqu'un l'a utilisé puis tué pour qu'il ne puisse pas le dénoncer.

Il s'interrompit en voyant Rupert bouger et chercher à se redresser.

—Julia ?

—Je suis là, Rupert.

Elle lui passa le bras autour des épaules pour le soutenir, et il secoua lentement la tête pour s'éclaircir l'esprit.

—Comment te sens-tu, fils ?

—Terriblement mal. Mais je survivrai.

—Bien sûr, dit Harald. Tu survis toujours.

—Mon œil me fait mal, dit Rupert. Mon œil… Qu'est-il arrivé à mon œil ?

Stupéfait, il avait senti du bout des doigts une paupière close, et plate.

—Du calme, mon petit, dit le roi.

Julia lui saisit la main pour l'empêcher de se blesser.

— Pardon, Rupert, dit le Haut Sorcier tout bas. Je ne peux rien faire de plus.

Rupert repoussa la panique. Il se sentait mutilé, handicapé, plus encore que s'il avait perdu une jambe ou un bras. Le monde paraissait différent, d'un seul œil. Plat, irréel. Et il avait du mal à évaluer les distances. Il se rappela un garde borgne, autrefois, qui lui avait parlé de la perception des distances, ajoutant que cela l'avait empêché de continuer l'escrime. La panique revint.

— Comment vais-je pouvoir utiliser une épée avec un seul œil ?

— À ta place, je ne m'inquiéterais pas trop, plaisanta Harald. Avec tous ces démons, si tu tapes partout, tu finiras bien par en toucher un.

Julia hésita à le tuer pour son insensibilité, puis écarta la main de son épée. Rupert riait.

— Harald, espèce de salopard. On peut toujours compter sur toi pour dédramatiser la situation.

— C'est l'un de mes talents les plus utiles, confirma Harald. Si tu veux bien m'excuser, je vais m'assurer que les fortifications sont bien défendues.

Il s'inclina avec politesse et s'éloigna dans la cour. Julia le regarda partir en secouant la tête.

— Il y a des fois où je ne comprends pas cet homme.

— Vous n'êtes pas la seule, avoua le roi.

Il se frotta les yeux. Julia le regarda attentivement.

— John, vous avez l'air épuisé. Comment s'est déroulée votre partie de la bataille ? Vous êtes blessé ?

— Des égratignures, rien de plus. Et il n'y a pas grand-chose à raconter. J'ai mené mes hommes au combat, et certains sont encore vivants. À une ou deux reprises, je me suis même senti de nouveau dans la peau d'un roi. (Il regarda les cadavres empilés dans la cour pavée.) Mais c'était un peu cher payé.

— Vous êtes retourné avec moi pour sauver votre fils, dit Julia. Je n'ai jamais rien vu d'aussi courageux.

— Le courage ne suffit plus. Regardez autour de vous, Julia. Mon armée est brisée, le château assiégé, et je n'ai plus assez d'hommes pour garder les fortifications. Quatorze générations durant, ma famille a construit et a renforcé le royaume de la Forêt. Il n'aura fallu qu'une seule génération pour le détruire. Un roi incompétent.

— Ce n'était pas votre faute…

— Vraiment ? Le roi est le Territoire, et le Territoire est le roi. J'ai échoué en tant que roi, et c'est le pays qui en paie le prix.

— Fadaises, dit Julia. Vous êtes un homme comme les autres, et vous avez fait ce que vous pouviez dans une situation impossible. Ne vous flagellez pas, John. Le Noirbois se fiche de votre force et de votre courage. Il fait partie de la Nature, comme un tremblement de terre ou un orage. Vous ne le vaincrez pas avec des épées, des haches et des armées.

— Alors que dois-je faire ? Abandonner ?

— Non ! Continuons la lutte, mais différemment. Nous avons essayé les armées et la magie, sans résultat. À présent, il ne reste qu'une seule solution. Réfléchissez, John. Quel est le véritable cœur du Noirbois ? Qu'est-ce qui lui donne vie et but ? Le prince Démon ! Si vous le détruisez, vous détruirez le Noirbois !

— Dites-moi que je rêve, dit Rupert. On arrive à peine à tenir le château contre les démons, et tu voudrais qu'on aille crapahuter dans le Noirbois pour trouver le prince Démon ? On ne tiendrait pas cinq minutes !

— Il faut essayer ! C'est notre dernier espoir.

— Attendez un peu… Je regrette de suggérer ça, mais… un autre sort de téléportation ? S'il y parvenait, le sorcier pourrait nous amener droit au prince Démon.

— Non, dit le sorcier tout bas. Je n'ai plus assez de magie pour lancer un tel sort.

— Le dragon ! dit Rupert. Il pourrait nous faire survoler le Noirbois !

— Vous avez un dragon ? s'étonna le Haut Sorcier.

— Bien sûr, répondit Julia. Il dort dans l'écurie.

— On ne me dit jamais rien…, se lamenta le sorcier.

— Je n'ai pas réussi à le réveiller avant la bataille. Mais vous y arriverez peut-être, messire sorcier.

— Ça vaut le coup d'essayer. Mais d'abord, je dois me reposer.

— Très bien, dit le roi John. Que tout le monde aille se reposer. Nous nous retrouvons dans une heure. À moins bien sûr que les démons nous massacrent tous avant.

— Tu as toujours été sinistre, John, remarqua le Haut Sorcier.

Le sorcier était assis, seul, en bas des marches de l'entrée, regardant la bouteille vide dans sa main. Quelques heures plus tôt, il aurait pu conjurer un verre rien qu'en y pensant. Et maintenant… Il soupira et reposa la bouteille là où il ne la verrait plus. Il se rappelait le vin drogué que le serviteur leur avait apporté. Il était peut-être temps qu'il arrête. Pour l'heure, il se serait satisfait d'un bon brandy. Il envisagea un instant de faire une descente dans la cave royale, mais changea d'avis. Les démons pourraient passer les murs à n'importe quel moment, et il devait être là pour les accueillir. Avec un nouveau soupir, il leva les yeux. Le roi John venait d'apparaître devant lui.

—Tu as une tête affreuse.

—Merci John.

—Tes cheveux sont gris.

—La sobriété ne me réussit pas.

Le roi John sourit malgré lui.

—Tu perds ta magie, n'est-ce pas ?

—On dirait. Rien d'étonnant. J'ai lancé plus de sorts ces dernières vingt-quatre heures qu'en une année courante. Et le poison m'a pris beaucoup de forces. Chaque sort me vieillit un peu plus. Je sens l'hiver dans mes os, et je commence à oublier des choses. J'ai horreur de ça.

—Je sais… Je comprends tout à fait de quoi tu parles. Mais d'une certaine façon, c'est une bénédiction. Après tout, nous avons tous les deux des choses que nous préférerions oublier.

Julia détacha le long fourreau d'argent qu'elle portait dans le dos et l'étudia avec attention. Il paraissait différent, sans l'Objet infernal. L'argent lui-même paraissait terne et les runes antiques ne renfermaient plus le moindre sens. Julia soupesa le fourreau et le lança loin d'elle. Il tomba sur un tas d'armes abandonnées par l'armée revenue. Et de loin, on ne le distinguait pas des autres fourreaux.

Julia s'adossa au mur intérieur et ferma les yeux. Elle avait presque honte de se reposer alors que tout le monde courait comme un poulet sans tête. Mais jusqu'à ce que le sorcier décide qu'il était prêt, elle ne pouvait rien faire. Elle resta assise contre le mur, les jambes étendues, et se reposa. Elle laissa une main se poser sur la garde de son épée et sourit. Rupert lui avait donné cette épée il y avait bien longtemps, ou du moins en avait-elle l'impression, et elle l'avait bien servie. Elle ne pouvait pas en dire autant de Gangrène. Elle n'avait jamais apprécié cette arme. Elle aurait pu s'y accrocher, plutôt que de la laisser disparaître dans la terre avec la créature qu'elle tuait, mais elle avait préféré l'abandonner. Gangrène n'était pas qu'une épée. Elle était vivante, consciente, et elle désirait l'esprit et l'âme de Julia. Et celle-ci savait que, si elle avait utilisé l'épée trop longtemps, l'arme aurait eu ce qu'elle voulait. Elle avait abandonné l'épée parce qu'elle avait trop envie de la garder.

Elle entendit des pas approcher. Elle ouvrit les yeux juste assez longtemps pour reconnaître Harald, puis les referma.

—Je vois que tu t'es débarrassée du fourreau, dit Harald. C'est sans doute sage. D'après certaines légendes, les Objets infernaux sont indestructibles, et, si on les perd ou abandonne, ils finissent par revenir à leur fourreau.

—Et tu crois à ces âneries ? demanda Julia sans se donner la peine d'ouvrir les yeux.

— J'ai vu beaucoup de choses que je pensais impossibles, ces derniers temps. C'est pourquoi j'ai fait comme toi.

Julia ouvrit les yeux et le regarda. Sans le fourreau, Harald paraissait un peu plus grand, un peu moins accablé. Leurs regards se croisèrent un instant, dans le partage d'un savoir secret qu'ils ne révéleraient jamais. Ils avaient tous les deux failli se laisser séduire et dominer par leur arme. Ils se détournèrent. Peut-être préféraient-ils qu'on ne le leur rappelle pas. Peut-être préféraient-ils oublier.

— Tu penses que le sorcier pourra réveiller le dragon ? demanda Harald.

— Je ne sais pas. Il hiberne depuis des mois. Rupert se demande s'il n'est pas en train de mourir.

— Eh bien, Rupert se trompe, de temps en temps.

— Tu n'aurais pas hésité à refermer les portes sans le sauver, hein ?

— Combien de fois vais-je devoir te l'expliquer, Julia ? C'était nécessaire. Quelqu'un devait défendre le Fort, pour qu'on puisse fermer les portes.

— Alors pourquoi ne l'as-tu pas fait ?

— Je n'ai pas la fibre héroïque.

— J'ai remarqué, dit Julia en se levant.

Elle partit à la recherche de Rupert.

Adossé à la porte de l'écurie, Rupert attendait que les autres le rejoignent. Il faisait encore très froid dans la cour, et il commençait à regretter de ne pas être entré dans le château pour y trouver une bonne cape bien épaisse. Il tapa dans ses mains et souffla dessus, puis les coinça sous ses aisselles. Froid.

Toujours, ces derniers temps. Il regarda dans la cour, mais les autres n'étaient toujours pas en vue. *Je me demande pourquoi je me fatigue à arriver à l'heure*, se dit Rupert. *Personne d'autre ne prend cette peine…* Il tira son épée et fit une série d'exercices simples, mais le froid le rendait malhabile, et son manque de perception des profondeurs le gênait beaucoup. Il finit par abandonner, écœuré, et rangea son épée au fourreau. Que cela lui plaise ou non, ses années d'escrimeur étaient finies. Il devrait peut-être se mettre à la hache. Beaucoup plus difficile de rater, avec une hache.

Il passa le bout de ses doigts sur sa paupière close et jura tout bas. Son œil avait disparu, mais il lui faisait mal. Il plia le bras gauche, et eut un sanglot de douleur. Enfin, il pouvait être reconnaissant de ne pas l'avoir perdu aussi.

Il fronça les sourcils, se rappelant l'état de sa licorne, qui dormait dans l'écurie. Le garçon lui avait donné une potion de sommeil. Il avait assuré que la monture finirait par se remettre de ses blessures, mais il y avait mis plus d'espoir que de conviction. Rupert soupira. Longtemps avant que la licorne se réveille, la bataille serait finie – d'une façon ou d'une autre.

Il regarda dans la cour et sourit en voyant un gobelin familier trotter en portant un seau de poix fumante. Rupert l'appela et le gobelin se retourna, surpris. Il sourit largement en voyant le prince et revint vers lui. Il lâcha le seau par terre et jura vertement quand la poix fit mine de déborder. Il allait tendre la main vers Rupert pour la lui serrer, vit son état de saleté juste à temps et se décida pour un salut.

— Bonjour, m'sieur le prince, dit le plus petit des gobelins. Ça va ?

— Pas trop mal, tout bien considéré, dit Rupert. Je me demandais simplement si tu savais comment tes amis se sont débrouillés pendant la bataille ? J'ai été séparé du gros des combats et je n'ai rien vu.

— Ils sont tous morts, dit le gobelin d'un ton détaché. Tous. Ils ont fait de leur mieux, mais les gobelins ne sont pas faits pour le combat ou le courage.

— Je regrette. Je ne savais pas.

— Notre chef est mort avec eux. Il a insisté pour mener ses hommes au combat. Il n'était pas heureux d'être chef, mais c'était ce que nous avions de mieux. Il faisait ce qu'il pouvait. Le pauvre. Il ne s'est jamais vraiment remis de la mort de sa famille pendant le premier raid des démons.

— Alors qui est chef, maintenant ?

— Moi, bien sûr. Qui d'autre ? Je ne connais pas grand-chose au combat ni à l'héroïsme, mais je suis un as des mauvais tours et des pièges. D'ailleurs, si vous voulez bien m'excuser, il faut que je rapporte ce seau sur les fortifications avant que la poix refroidisse. Attendez que les démons essaient d'escalader les murs ! Ils vont avoir une sale surprise.

Il gloussa, prit son seau et repartit dans la foule. Rupert le regarda s'éloigner en repensant au plus gros gobelin qu'il avait jamais vu, voûté dans une armure de bronze mal ajustée, qui grognait derrière son cigare puant. Un gobelin qui lui avait demandé s'il pourrait enseigner aux gobelins comment on oublie, parce qu'ils ne savaient pas le faire, mais que leurs souvenirs étaient trop lourds.

Quelqu'un appela Rupert. Julia et le Haut Sorcier sortirent de la foule et se dirigèrent vers lui.

— J'ai quelque chose pour toi, dit Julia avec entrain.

Elle tendit à Rupert une longueur de soie noire. Rupert la regarda, hésitant.

— C'est très beau, Julia. De quoi s'agit-il ?

— C'est un bandeau, idiot. Essaie-le.

Rupert l'ouvrit et, après quelques faux départs, l'attacha sur sa tête. Il regarda Julia avec appréhension.

— Alors ? De quoi j'ai l'air ?

— Très redoutable, dit-elle. On dirait un pirate de mes livres d'histoires, quand j'étais petite.

— Merci beaucoup, grogna Rupert.

D'un regard noir, il mit le Haut Sorcier au défi d'ajouter quoi que ce soit, mais ce dernier se détourna rapidement pour étudier l'écurie. Il ne parut pas très impressionné.

— Vous êtes sûr que vous avez un dragon là-dedans ?

— C'est lui qui a choisi l'écurie, dit Julia. Et je ne me voyais pas l'en dissuader.

— Je comprends, dit le sorcier. Comment l'avez-vous persuadé de vous accompagner ?

— Je l'ai sauvé d'une princesse, expliqua Rupert.

Julia opina du chef, grave. Le Haut Sorcier les regarda sans poser de questions. Son intuition lui disait que c'était plus sage.

Rupert déverrouilla la porte et l'ouvrit. Les ténèbres remplissaient la vieille masure en bois, et quelques filets de lumière passaient par les fenêtres condamnées. Rupert prit une torche dans son montant près de la porte et l'alluma avec son silex. La flamme soudaine repoussa les ténèbres, et les écuries prirent corps sous leurs yeux. Les ombres étaient partout, et le toit bas était à peine visible. Rupert précéda ses deux compagnons.

Leurs pas lançaient de petits échos dans l'air, et la torche n'arrêtait pas de danser sans qu'aucun d'eux sente un courant d'air. Ils trouvèrent le dragon à l'arrière, roulé en boule sur son nid de paille sale. Ses ailes pliées s'élevaient et retombaient au rythme régulier de son souffle. Rupert le regarda en silence et ressentit un grand élan de honte. Le dragon avait été blessé dans le Noirbois, à cause de lui. Si blessé qu'il ne s'était toujours pas remis, plusieurs mois après. Il était peut-être mourant. Et maintenant, il espérait le réveiller de nouveau pour lui demander de retourner risquer sa vie dans le Noirbois. Mais, malgré sa honte, il allait essayer quand même. Le dragon était la dernière chance de la Forêt.

Le Haut Sorcier siffla tout bas en mesurant la taille du dragon et hocha la tête.

— Depuis quand dort-il comme ça ?

— Deux ou trois mois, dit Julia. Il ne s'est jamais remis du combat dans le Noirbois. Une fois au château, il s'est mis à dormir tout le temps, et finalement il a été impossible de le réveiller.

Le sorcier fronça les sourcils.

— Étrange. En général, les dragons se remettent très vite. Soit une blessure suffit à les tuer, soit elle guérit rapidement.

Il s'approcha du dragon et passa la main sur la tête de la créature. Une lueur pâle forma un halo autour de la créature, puis disparut. Le dragon continua à dormir. Le Haut Sorcier se recula en hochant la tête.

— C'est bien ce que je pensais. Il est sous l'influence du sort depuis des mois.

— Un sort ? Vous voulez dire que son sommeil n'est pas naturel ? demanda Rupert. Quelqu'un l'a maintenu dans cet état de façon délibérée ?

— J'en ai peur. Et celui qui a fait ça est forcément dans les parages, sans quoi le sort aurait disparu.

— Je n'arrive pas à y croire, balbutia Julia. Encore un traître ? Impossible ! Seuls Darius et ses coconspirateurs avaient une dent contre le roi John, et ils sont tous morts ou exilés. Qui d'autre pourrait être un traître ?

— Ce n'est pas à moi qu'il faut poser la question…, dit le sorcier. J'ai un peu perdu de vue la politique à la Cour.

— Celui qui fait tout cela veut prendre la couronne. Rien d'autre ne mériterait de tels risques. Alors on cherche quelqu'un qui veut être roi… ou qui n'a plus envie d'attendre pour le devenir.

— Non, souffla Julia. Impossible.

— Pourquoi ?

— Parce qu'il ne… il ne ferait jamais ça. Il a dénoncé la conspiration de ceux qui voulaient le mettre sur le trône.

— D'après ce que j'ai compris, s'il les avait suivis, il ne serait devenu qu'un homme de paille pour les barons.

— Je suis peut-être un peu lent…, glissa le sorcier, mais de qui parlez-vous ?

— Harald, dit sombrement Rupert. Mon frère, le prince Harald. Il a toujours été… ambitieux.

— Harald…, dit le sorcier. Je me souviens de lui quand il était jeune. Un grand gars bien sain. Il aimait la chasse. J'ai été son tuteur un moment, mais je ne me rappelle pas qu'il ait jamais été très doué pour la magie.

— Ah, tu vois… Notre traître doit être bon magicien.

— Pas forcément, dit Rupert. On n'a jamais retrouvé la Curtana.

— L'épée de Compulsion ! Bien sûr ; c'est ce que le roi voulait utiliser en dernier recours contre les démons.

— Tout à fait. Mais on l'a perdue pendant la conspiration. Les landgraves ont juré qu'ils ne l'avaient pas, et j'ai tendance à les croire. Les charmes qui protégeaient les Objets infernaux sont spécifiquement accordés sur la lignée royale. Toute autre personne qui aurait voulu les prendre aurait été tuée sur le coup. Il semble logique que la Curtana ait été isolée de la même façon.

— Donc, celui qui a pris l'épée doit être membre de la lignée royale, dit le Haut Sorcier.

— Oui, dit Rupert. Mon père, Harald ou moi. Je n'étais pas là quand l'épée a disparu, et le roi n'a aucune raison de l'avoir prise. Cela ne laisse qu'Harald.

— Cela n'a aucun sens non plus, s'obstina Julia. S'il avait la Curtana, Harald l'aurait déjà utilisée. Il ne serait pas allé affronter les démons sans elle.

— Il a peut-être une bonne raison de ne pas l'utiliser. C'est forcément Harald. Ça ne peut être que lui.

— Non, dit Julia. Je n'y crois pas.

— Tu veux dire que tu ne veux pas y croire. D'après ce qu'on m'a dit, Harald et toi êtes devenus très proches pendant mon absence.

— Qu'est-ce que c'est censé vouloir dire ?

— Tu sais très bien ce que ça veut dire.

— Ne me crie pas dessus !

— Je ne crie pas !

— SILENCE ! rugit le Haut Sorcier. Vous êtes pires que des enfants. Bien, ce serait trop vous demander de vous concentrer sur le sujet qui nous intéresse ? Le dragon, je veux dire ?

— Désolée, murmura Julia.

Rupert marmonna à son tour d'un ton conciliant. Ils échangèrent des regards et des sourires d'excuse pendant que le sorcier étudiait le reptile endormi d'un air sombre. Une lueur diffuse émana de ses mains et disparut avant de toucher les écailles du dragon. Le sorcier fronça les sourcils et réessaya. Cette fois, la lueur fut plus forte, mais ne réveilla pas le dragon pour autant. Avec une moue encore plus contrariée, le sorcier marmonna quelques vulgarités dans sa barbe et leva les bras. Un bref éclair pourpre enveloppa ses mains et s'effaça, et une flamme ardente dansa soudain dans l'air devant lui. Elle descendit lentement vers le dragon endormi, puis la flamme crachota, s'agita comme si elle s'écrasait contre un obstacle. Le sorcier prononça quelques mots dans une langue étrange et fluide. Son visage était baigné de sueur, ses mains tremblantes, mais la flamme continuait à flotter en l'air, incapable de se rapprocher du dragon assoupi. Le Haut Sorcier prit une inspiration et prononça un seul Mot de Pouvoir. Sa bouche s'écarta en une grimace de douleur, et la lumière rugit autour de lui. Puis elle disparut et la flamme écarlate s'enfonça lentement dans les écailles luisantes du dragon. L'air dans l'écurie se réchauffa, comme si une tension sous-jacente venait d'éclater et de disparaître. Le dragon s'agita et ouvrit lentement ses grands yeux dorés. Il leva sa tête massive de la paille sale. Julia se jeta à son cou et le serra fort.

— Oh, dragon… Dragon !

— Julia ! Qu'y a-t-il, Julia ?

— Rien. Tout va bien, maintenant que tu es revenu.

Le dragon regarda Rupert et écarquilla les yeux.

— Rupert… Tu es là ? Combien de temps ai-je dormi ?

— Plusieurs mois. Content de te revoir, dragon. Content que tu sois revenu.

— Content de te revoir aussi, Rupert. Julia et moi étions assez inquiets pour toi. Euh, tu as dit plusieurs *mois* ?

— C'est ça, dit Julia en le lâchant. Le Noirbois est tombé sur le château, les démons sont à nos portes, et à tout moment ils pourraient passer nos murailles et nous dévorer tous.

— Rien ne change jamais. (Quand le dragon bâilla, le sorcier étudia les centaines de dents acérées, très impressionné.) J'imagine que vous ne m'avez rien amené à manger ?

— Dragon…, gronda Julia.

— Je sais… Nous sommes tous en danger de mort, mais je dors depuis des mois. Et même en étant habitué à hiberner sur de longues périodes, pour l'heure, j'ai faim. Très faim. Quelques poulets rôtis en entrée, peut-être, plus une vache ou deux. Ou trois.

— Dragon, dit Rupert. Nous avons besoin que tu nous emmènes dans le Noirbois pour trouver le prince Démon. Accepterais-tu ?

— Bien sûr. Dès que j'aurai dîné.

Le sorcier regarda Rupert et Julia.

— C'est donc pour ça que personne n'a de dragon comme animal de compagnie.

La glace se formait sur les murs du château, et les pavés de la cour devenaient traîtres. Une dizaine de braseros de fonte brûlaient ardemment dans la cour, mais ne troublaient guère le froid mordant qui recouvrait le château comme un linceul. On avait emmené tous les blessés à l'intérieur, où subsistait encore une certaine chaleur. Seul au milieu de la cour, le dragon dévorait tranquillement un tas de viandes variées. Quelques gardes s'occupaient de rcnforcer les barricades des portes. On aurait dit des ours maladroits, dans leurs grandes capes et gants de fourrure. Hors des murs du château, la nuit éternelle se taisait.

Au bas des marches de l'entrée principale, enroulés dans leurs épaisses capes de fourrure, Rupert et Julia interrompirent leur conversation et se rapprochèrent l'un de l'autre en voyant le roi John les rejoindre.

— J'aime beaucoup ton bandeau, dit le roi. Très pirate.

— Épargnez-moi ce genre de plaisanteries, Père, dit Rupert. Et au prochain garde qui me chante une chanson de marin, je l'aplatis.

— Ne t'inquiète pas, mon chéri, dit Julia. Quand tout sera fini, je t'offrirai un œil de verre.

— Quel bonheur…

Le roi John décida qu'il était temps de changer de sujet.

— Dans combien de temps le dragon sera-t-il prêt à prendre son envol ?

— Bientôt, je pense, dit Rupert. Nous sommes à court de viande.

— Le prince Démon, dit Julia. À quoi ressemble-t-il ?

— Mystère. Personne n'est jamais revenu pour nous le dire.

— Super. Et comment pourrons-nous le trouver, si nous ne savons pas à quoi il ressemble ?

— Thomas Grey va vous mener à lui, dit le roi. Et si vous voulez bien m'excuser…

Il s'inclina et s'éloigna rapidement, se dirigeant vers un brasero tout proche où l'astrologue et le Haut Sorcier se réchauffaient les mains et discutaient boutique. L'astrologue leva les yeux en entendant le roi approcher, et murmura quelque chose au Haut Sorcier. Celui-ci s'inclina poliment et alla tranquillement parler au dragon. Le roi salua l'astrologue d'un hochement de tête brusque et se plaça à côté de lui.

— Thomas, nous devons parler.

— Bien sûr, John.

— Le dragon est presque prêt. C'est pour bientôt.

— Bien. À chaque heure, je me dis qu'il ne pourrait pas faire plus froid. Et à chaque heure, la température chute.

— Thomas… (Le roi chercha l'inspiration dans les flammes devant lui.) Je n'aurais jamais imaginé qu'on en arriverait là. Le pays en ruines, le château assiégé, tant de morts… Et tout cela à cause de nous.

— Ne te flagelle pas, John. Comment aurions-nous pu prévoir quoi que ce soit de semblable ?

— Nous aurions dû.

— Nous avons fait ce que nous pensions le mieux.

— Et mon brave Champion est mort. S'il n'avait pas tenu le pont-levis, le château aurait été envahi. Il nous a tous sauvés. Et il est mort, seul dans les ténèbres, sans même savoir s'il avait réussi ou non. Il me manque, Thomas. C'est étrange, de ne plus le voir à mon côté. Il avait des défauts, mais il était brave, loyal et même honorable, d'une certaine façon. De tout le royaume, c'était sans doute la seule personne à qui je faisais vraiment confiance.

L'astrologue haussa un sourcil.

— La seule, John ?

Avec un grand rire, le roi John donna une claque dans le dos de son ami.

— Et toi, bien sûr, Thomas. Je te confierais ma vie sans hésiter.

— Je t'ai vu parler à Rupert, dit l'astrologue. Tu lui as dit que nous l'accompagnerons dans le Noirbois ?

— Pas encore. Il va être difficile de le convaincre. C'est de ça que je voulais te parler. Nous devrions lui dire la vérité.

L'astrologue se redressa, crispé.

— Tu penses vraiment que c'est sage, John ?

— Je ne sais pas, Thomas. Mais je crois que c'est nécessaire.

Rupert regarda le roi John laisser là l'astrologue et revenir vers lui. Il vit l'astrologue faire mine de retenir son père, puis laisser tomber sa main comme s'il changeait d'avis. Et dans ce bref instant, il vit que l'astrologue portait une épée au côté, soigneusement cachée sous sa cape. Avec un sourire canaille, Rupert se dit que l'astrologue ne faisait pas si confiance que cela à sa magie. Il abandonna vite son sourire quand le roi approcha. Julia lui prit le bras, et il la serra doucement contre son flanc. Un peu de soutien moral, ça ne faisait jamais de mal. Le roi s'arrêta devant lui et hésita.

— Tu n'es pas obligé de retourner dans le Noirbois, Rupert. Tu y es allé si souvent…

— Voilà pourquoi je dois y retourner. Personne n'a autant d'expérience que moi.

— Et je l'accompagne, dit Julia. Il a besoin d'une personne de confiance pour le protéger.

Le roi fronça les sourcils.

— Combien de personnes le dragon peut-il porter en tout ?

— Quatre, tout au plus. Pour l'instant, il y a nous, et le Haut Sorcier…

— Non, répondit l'intéressé en les rejoignant.

Rupert remarqua sans y prêter attention que les cheveux du sorcier étaient presque entièrement blancs.

— Comment cela, non ? dit Julia. Nous avons besoin de vous !

— Je regrette, Julia. Mais pour réveiller le dragon, j'ai utilisé presque tout ce que j'avais. Avec toute la Magie sauvage qui circule dans le monde, j'ai du mal à contrôler le peu de pouvoir qui me reste. Emmenez plutôt l'astrologue. Il lui reste du pouvoir. Je vais rester ici pour protéger le château de mon mieux. Mon pouvoir reviendra peu à peu. Si les démons attendent encore vingt-quatre heures, je pourrai les accueillir comme il se doit.

— L'astrologue ? dit Julia sans y croire. Vous plaisantez ? Il nous faut un vrai sorcier. Le château ne résistera pas contre les démons, quoi qu'il arrive. Mais vous êtes le seul d'entre nous qui ait une chance contre le prince Démon.

— Non, Julia. Je ne peux plus rien faire pour vous.

— Thomas Grey est un bon sorcier, dit le roi. Et il a trouvé un moyen de nous conduire directement au prince Démon.

— *Nous* ? s'étonna Rupert. Comment ça, *nous* ?

— Je vous accompagne, dit le roi.

— Vous ne pouvez pas. Le château a besoin de vous.

— Comme Julia l'a fait remarquer, le château tombera quoi qu'il arrive, si personne n'arrête le prince Démon. Je dois venir avec vous, Rupert. Parce que, sans moi, vous n'aurez aucune chance de détruire le prince Démon.

— Pourquoi ? Parce que vous portez Fendroc ?

— En partie. Mais il y a une autre raison.

— Laisse-moi le leur dire, John.

L'astrologue s'avança rapidement. Son visage était tiré, et ses mains se crispaient à ses côtés. Il regarda rapidement autour de lui, presque en colère. Sa voix était plate et dure.

— John et moi devons venir avec vous. Nous étions là quand ce mal est apparu. Nous n'avons pas d'autre choix que d'y être à sa fin.

— Je ne comprends pas, dit Rupert en regardant les trois vieillards devant lui.

— Tout est de notre faute, dit le roi. Les morts, la destruction… Tout est de notre faute.

—Comment ? dit le Haut Sorcier. Comment avez-vous causé tout cela ?

—C'est nous qui avons appelé le prince Démon dans le monde des hommes, annonça le roi.

Tout le monde garda le silence. L'astrologue paraissait presque arrogant, ses yeux allant de visage en visage comme un animal acculé. Le roi paraissait fatigué, vaincu, mais il n'était pas privé de sa dignité. Et il ne se détourna pas du regard horrifié de Rupert.

—*Pourquoi* ? voulut savoir celui-ci.

—Les barons étaient incontrôlables, dit l'astrologue. Ils ruinaient le royaume avec leurs intrigues et leurs jalousies perpétuelles. Il fallait les ramener à l'ordre. Nous pensions qu'une menace suffirait peut-être à les unir dans une cause commune et à les ramener sous l'autorité de la couronne.

—En tout cas, telle était notre idée, dit le roi. Et sinon, il nous suffirait d'inverser le sort pour renvoyer le prince Démon dans ses ténèbres.

—Imbéciles…, souffla le Haut Sorcier. Pauvres imbéciles.

—Oui. De vieux imbéciles effrayés. Mais nous étions plus jeunes, alors, et nous croyions savoir ce que nous faisions. Tout nous a échappé d'entrée de jeu. Nous avons tracé le pentacle, et Thomas a placé les protections. J'ai allumé les bougies aux pointes de l'étoile, et il a placé l'eau bénite aux creux. Je me rappelle tout cela si clairement, même après tant d'années. Nous avons prononcé les paroles, et l'avons appelé par son nom. Puis les ténèbres sont tombées sur nous comme un animal affamé. Je ne voyais plus rien, je ne pouvais plus respirer, mais je sentais quelque chose d'atroce, qui se déplaçait près de moi. J'ai entendu Thomas crier, et j'ai voulu le rejoindre, mais c'était impossible, dans l'obscurité. Je me suis évanoui, et à mon réveil les ténèbres avaient disparu, et Thomas était inconscient à côté de moi.

» Les années ont passé, et nous ne voyions aucun signe du prince Démon. Nous pensions être tirés d'affaire, et qu'il était retourné aux ténèbres d'où nous l'avions convoqué. Et alors, très récemment, les démons ont commencé à apparaître dans Touffebois, et les frontières du Noirbois ont commencé à s'étendre.

— Attendez un peu…, dit Rupert. Quand avez-vous appelé le prince Démon ?

— Il y a trente-deux ans.

— Mais c'est là que…

— Oui, c'est là que nous avons perdu l'Aile sud.

— Je m'étais absenté de la Cour cet été-là, se rappela le Haut Sorcier. Je n'avais jamais compris pourquoi vous étiez si évasifs dès que je parlais de la Tour sud. Pourquoi ne m'en avez-vous pas parlé ? Je vous aurais prévenus…

— Tu m'aurais dissuadé. Et je ne voulais pas être dissuadé.

— Évidemment. D'accord, mais où l'astrologue et vous avez trouvé assez de pouvoir pour ce genre d'invocation ?

— Dans la Curtana, dit l'astrologue. Je me suis téléporté avec John dans l'Armurerie, John a pris l'épée, et je nous ai ramenés encore par téléportation. Personne n'a su que nous y étions allés.

— Je ne savais pas que vous pouviez vous téléporter, dit Rupert.

— Il y a beaucoup de choses que vous ignorez à mon sujet, répondit l'astrologue avec un sourire froid.

— Donc, vous avez pris la Curtana, reprit Julia. Pas étonnant que le sénéchal ne l'ait pas trouvée. Vous nous avez envoyés courir après un fantôme !

— Non. C'est bien le problème. Thomas et moi l'avons remise à sa place avant de quitter l'Aile sud, il y a trente-deux ans. Elle aurait dû y être.

Rupert et Julia échangèrent un regard.

— Alors qui a l'épée, à présent ? se demanda Rupert.

— Une fois que j'avais rompu les sceaux de protection, n'importe qui pouvait prendre l'épée. Darius aurait pu se rendre dans l'Aile sud, avec ces maudits tunnels. Il a dû prendre la Curtana en assurance, au cas où ses plans tourneraient au vinaigre, puis oublier dans sa folie où il l'avait cachée. Et maintenant que Darius est mort, nous avons de fortes chances de ne jamais retrouver la Curtana. Elle pourrait être n'importe où dans les tunnels. N'importe où.

— Cela vaut peut-être mieux, dit Rupert. La Curtana n'a jamais apporté que le malheur.

— Nous nous sommes écartés du sujet, rappela l'astrologue. L'important, c'est que John et moi devons vous accompagner. Puisque c'est nous qui avons invoqué le prince Noir, il ne pourra être banni ou tué qu'avec notre aide.

Rupert regarda le Haut Sorcier.

— C'est vrai, messire sorcier ?

— J'en ai peur, Rupert. C'est ce que disent les légendes.

— Les légendes…, murmura Rupert. On en revient toujours aux légendes.

— J'ai le droit d'affronter le prince Démon de nouveau, dit le roi. Malgré tout ce que j'ai fait, je reste le roi de la Forêt, et j'exige réparation pour ce qui est arrivé à mon pays.

— John…, prévint le Haut Sorcier. Si tu vas dans le Noirbois, il y a peu de chances que tu en reviennes.

— Je le sais. Mais nous aspirons tous à nos moments de noblesse. On ne peut guère espérer davantage.

— Allons-y, proposa Rupert. Plus nous attendrons, plus il y a de risques que les démons passent nos murailles. Dragon ! Tu es prêt ?

— Bien sûr, Rupert. Montez, nous partons.

Rupert et Julia se dirigèrent vers le dragon, suivis de l'astrologue. Le roi s'arrêta net en voyant Harald devant l'entrée. Il attendit que son fils aîné le rejoigne. Ni l'un ni l'autre ne savait quoi dire.

— Si nous ne revenons pas, tu seras roi, Harald. Sauve le pays, de toutes les façons possibles. La nuit ne pourra pas durer éternellement. Si les démons passent les murs et les portes, repliez-vous dans le château. Bloquez les couloirs d'entrée. Reculez sans cesse. Qu'ils se battent pour chaque pièce, chaque galerie. Ce château a été bâti pour résister à tous les sièges. Il y a assez de passages secrets ici pour perdre les démons. Ne panique pas et tu pourras y arriver. Sauve le pays, Harald. Sauve-le.

— Promis, Père, dit Harald. Vous feriez mieux de partir. Les autres vous attendent. Bonne chance.

Rupert et Julia les regardèrent se donner l'accolade depuis le dragon. Julia lança un coup d'œil à l'astrologue qui patientait à côté du dragon, puis passa les bras autour de la taille de Rupert et se pencha pour murmurer à son oreille.

— Tu penses qu'on devrait dire quelque chose ? demanda-t-elle. Si Harald est le traître…

— Que pourrions-nous dire ? Nous n'avons aucune preuve contre lui. Tu as entendu le roi. Sans les protections, n'importe qui aurait pu prendre la Curtana.

— Mais, on lui laisse le château…

— On ne peut rien faire pour le moment, Julia.

Ils firent silence quand le roi monta maladroitement sur le dos du dragon, suivi de l'astrologue. Tout le monde s'installa aussi confortablement que possible, et le dragon étendit ses ailes avec prudence.

— Oh, que je me sens raide…, murmura-t-il.

— Tu es sûr que tu vas pouvoir, dragon ? Nous sommes quatre, et le voyage risque d'être long.

— Est-ce que je te dis comment on utilise une épée ? Bien sûr que je vais pouvoir. Accrochez-vous bien, et je vous emmène. J'espère simplement que quelqu'un sait où on va. Au fait, Rupert…

— Oui ?

— La prochaine fois, essaie de me réveiller avant qu'on en arrive là.

Rupert cherchait encore une réponse bien sentie quand le dragon se releva d'un coup. Le prince s'accrocha en sentant les grandes ailes se mettre à battre autour de lui. Puis, avec un choc immense, le dragon s'élança dans l'air. La cour recula lentement sous lui, au moment où les démons passaient enfin les murs du château. Rupert regarda avec horreur les fortifications céder l'une après l'autre. Les démons arrivèrent dans la cour. Seul au milieu de la cour, le Haut Sorcier fit jaillir le feu sur les démons assaillants. Les grandes portes éclatèrent comme du petit-bois et la cour fut soudain pleine de démons bondissants.

Puis le château disparut à leur vue. En dessous d'eux, le Noirbois défilait dans la lumière de la Lune Bleue.

— Tout est fini, dit Rupert. Les démons ont gagné.

— Nous devons faire demi-tour, dit Julia. Dragon…

— Non, dit le roi. Continuons. Nous ne pouvons rien faire.

Le dragon survola les ténèbres, et tout le monde se tut. L'air froid et pinçant sifflait autour d'eux, brûlant leurs mains et leurs visages découverts. Rupert sentit Julia se serrer un peu plus contre lui, et il essaya de la protéger du vent avec son corps. Le ciel nocturne était vide d'étoiles, mais la Lune Bleue donnait aux ténèbres son pouvoir ancestral. La Magie sauvage rugissait dans la nuit comme un battement de cœur géant, étrange, capricieux et tout à fait inhumain. Loin en dessous, Rupert sentait des êtres qui se réveillaient et se déplaçaient alors que leur place n'était pas dans le monde des hommes. La réalité elle-même paraissait changer subtilement à mesure que le dragon les portait plus près du cœur de la nuit. De plus en plus, Rupert avait l'impression d'être un intrus. Comme si sa race n'avait plus sa place dans ce monde.

Le pouvoir de la Lune Bleue. Refaçonner la réalité.

Rupert secoua la tête pour s'éclaircir les idées. Pour l'heure, le pays n'avait rien subi qui ne pourrait être défait. Du moins était-ce ce qu'on lui avait dit. Rupert fronça les sourcils. Il n'était plus certain de croire ce qu'on lui disait.

— Comment te sens-tu, dragon ? demanda Rupert, autant pour entendre sa voix que pour se rassurer.

— Très bien, dit le reptile. Comme si j'étais de nouveau jeune. Mes os ne me font plus mal, mon souffle est sain, et je vois à l'infini. J'avais oublié comme la jeunesse est agréable. C'est la Magie sauvage, Rupert. Je la sens qui chante dans mon sang. La Magie sauvage domine de nouveau le monde, comme dans ma jeunesse. Avant l'époque des Hommes.

— C'était une meilleure époque, pour toi ? demanda Rupert.

— Meilleure ? (Le dragon se tut un moment, et son grand front se plissa.) C'était... différent.

Le Noirbois s'étendait à l'infini sous eux, masse infinie de branches emmêlées. Tordues et noueuses, elles formaient une prison de bois pourrissant. Des ronces cruelles s'élevaient au-dessus de cette canopée malsaine, certaines tachées de sang frais. La Lune Bleue scintillait sur les branches en décomposition, et l'odeur douce-amère de la corruption baignait tout.

— C'est peut-être une question stupide, dit Julia, mais comment allons-nous trouver le prince Démon dans tout cela ? Il va nous falloir des heures pour nous frayer un chemin, sans être certains d'être au bon endroit.

— Je vais trouver le prince Démon, dit l'astrologue. Ma magie va nous mener droit sur lui.

— Et qu'allons-nous faire quand nous le trouverons ? demanda Julia.

— Le détruire, répondit le roi. Le pays demande vengeance.

— Bien sûr, dit Julia. Le détruire. Tout simplement. Vous n'avez pas la moindre idée de la façon de faire, n'est-ce pas ?

— On fera ce qu'on pourra, dit Rupert. Nous essaierons l'acier, puis la magie si cela échoue. Et sinon, le dragon pourra toujours lui cracher du feu.

— Et si ça ne marche pas non plus ?

— Alors nous aurons un gros problème.

— Super, dit Julia. Magnifique.

La canopée infinie s'écoulait sous eux comme un océan solide. L'horreur oppressante de la longue nuit était un peu plus facile à supporter au-dessus du Noirbois, mais les ténèbres écrasaient le dragon. Elles alourdissaient ses ailes et se renforçaient à chaque mètre qui l'emmenait dans la nuit. Comme si elle cherchait à le repousser. Rupert sentait une pression croissante qui s'exerçait contre eux à mesure qu'ils volaient, et le dragon devait lutter pour ne pas ralentir. Le battement de ses ailes prit un rythme plus pressé, son souffle se fit court et laborieux. Des voix dans les ténèbres murmuraient, riaient et criaient. Plus d'une fois, Rupert sentit comme une caresse malsaine sur son visage ou ses mains. Par prudence, il préféra ne pas demander aux autres s'ils les avaient senties aussi. Il avait envie de lâcher le cou du dragon pour repousser les ténèbres autour de lui. Mais il se retenait. Il ne pouvait pas perdre le contrôle. Pas maintenant. Pas même un instant. *Du calme, mon garçon, du calme. Ils essaient de te faire peur, c'est tout. Ne leur montre pas à quel point ils réussissent bien.*

—Là, en bas à gauche, indiqua l'astrologue. Il y a une sorte de clairière recouverte. C'est là qu'on va trouver le prince Démon.

—Tu es sûr ? demanda le roi.

—Oh oui, John. Certain.

Le dragon regarda la direction qu'indiquait l'astrologue puis descendit vers la cime des arbres. Les ronces géantes se précipitaient à sa rencontre. Au dernier moment, il ouvrit la gueule et laissa jaillir de grandes flammes rugissantes. Les branches cédèrent comme si elles avaient été touchées par de l'acide. Le feu ne trouva pas de carburant durable dans le bois pourri, mais il ouvrit rapidement un trou assez large pour le dragon s'il repliait ses ailes. Le clair de lune disparut derrière eux, et le reptile plongea dans les ténèbres. Il rouvrit ses ailes pour ralentir la chute, et percuta le sol, manquant jeter ses passagers à terre. Personne ne bougea. Tout autour d'eux, ils n'entendaient que la nuit, silencieuse et mortelle.

—Quelqu'un a pensé à amener une lanterne ? demanda Julia.

Le dragon toussa poliment, et un rapide jet de flammes sauta de sa bouche. Il prit sur une petite plaque de mousse qui couvrait le sol, et la clairière tout entière fut éclairée d'une lumière incertaine. Rupert descendit du dos du dragon, évitant soigneusement le feu. Il paraissait bien brûler, mais ne faisait pas mine de s'étendre. Rupert hocha la tête, satisfait pour le moment, et tira l'épée en s'éloignant du dragon.

La clairière était large de moins de quinze mètres, avec une demi-douzaine de chemins qui partaient en étoile. Au centre exact de ce croisement se dressait une souche pourrie, grossièrement ouvragée en forme de trône. Des taches de sang frais en mouchetaient la surface. Rupert regarda le trou dans la canopée, mais il ne voyait ni la Lune Bleue ni sa lumière. Rien que des ténèbres infinies. Julia vint se tenir à son côté, l'épée en main. Ils échangèrent un bref sourire, puis la princesse retourna dans les ténèbres alentour pour guetter un mouvement. Le roi et l'astrologue se tenaient à côté du trône pourrissant.

— Ce feu est-il bien avisé ? demanda le roi. Les démons vont savoir que nous sommes là, s'ils voient la lumière.

— Ils le sauront de toute façon, John.

— Cet endroit est répugnant, ajouta Julia en enjambant quelques os encore couverts de viande.

Le sol moussu exprima du sang sous ses pas.

— Très bien, messire astrologue, dit Rupert. C'est vous qui nous avez menés ici. Alors, où est le prince Démon ?

— Vous voulez le voir ? Alors je vais l'appeler. Maître ! Ils sont ici ! Je vous les ai amenés !

Rupert et Julia le regardèrent avec horreur, puis s'élancèrent d'un seul mouvement. Mais, avant qu'ils l'aient atteint, un poids les écrasa au sol et les y cloua. Rupert lutta de toutes ses forces, mais il parvenait à peine à lever la tête. Il avait lâché son épée, et ne voyait même pas où elle était tombée. Il apercevait tout juste le roi, impuissant lui aussi, tandis que derrière lui le dragon haletait au bord de la clairière, incapable de se redresser. L'astrologue rit tout bas. Centimètre par centimètre, Rupert leva la tête pour le regarder. Thomas Grey était assis à son aise sur le trône, et entre ses mains se trouvait une épée lumineuse, à la garde ornée d'un joyau noir et terne.

— Que se passe-t-il ? Pourquoi on ne peut plus bouger ?

— C'est la Curtana, dit le roi. Son épée. Il devait l'avoir depuis le début.

— Bien sûr. Je devais m'assurer que vous seriez en état d'accueillir mon maître comme il se doit.

— Bienvenue, fit une voix douce et pétillante depuis les ombres. Bienvenue, mes chers amis. Je vous attendais.

Rupert lutta pour regarder une grande silhouette dégingandée s'extraire des ténèbres et prendre corps, perspective et réalité, comme un cauchemar qui se serait assemblé sous ses yeux. Le prince Démon mesurait plus de deux mètres cinquante, avec un corps émacié au point d'en paraître famélique. Sa peau blanchâtre et morte était couverte de haillons et de lambeaux de tissu, et deux yeux pourpres brûlaient sous le large bord de son chapeau élimé. Le peu qu'on voyait de son visage paraissait flou et bâclé. Il sourit lentement à ses ennemis impuissants sur le sol, montrant tous ses crocs pointus, et avança avec la soudaineté d'une araignée. Il tira Fendroc du fourreau dans le dos du roi. L'épée parut presque frissonner dans la grande main squelettique.

— Beau jouet, souffla le prince Démon. Fut un temps, il aurait même pu avoir son utilité contre moi.

Il brisa l'épée sur son genou d'un geste rapide, et jeta les morceaux au loin. Rupert crut entendre un cri d'agonie fantomatique, rapidement retombé dans le silence. Le prince Démon se tourna vers l'astrologue et tendit la main. D'un bond Thomas Grey se releva et alla donner la Curtana à son maître. Le prince Noir examina la lame, et celle-ci s'embrasa. En quelques secondes, il ne resta rien de l'épée de Compulsion qu'une flaque de métal fondu au sol, où flottaient quelques pierres précieuses. Rupert vérifia ses liens magiques, et se rendit compte que la force qui le retenait était un peu plus faible. Mais la Magie sauvage restait puissante.

— Tu as réussi, mon esclave, dit le prince Démon à l'astrologue qui s'inclinait devant lui. Tous mes ennemis sont à présent réunis au même endroit, et les seules épées qui auraient pu me nuire sont détruites.

Il s'interrompit et se précipita vers Julia, qui tendait la main vers l'épée qu'elle avait lâchée. Elle venait de saisir la garde quand le prince Démon lui écrasa la main sous le talon. Le bruit des os brisés fut incroyablement fort. Le prince Démon broya les doigts de Julia sous son talon, mais la princesse refusait de crier. Il gloussa, savourant l'agonie qui se lisait sur le visage de la jeune femme, puis revint vers l'astrologue. Malgré la faible lumière, Rupert vit que la main de Julia n'était plus qu'une bouillie de sang et d'os éclatés. Elle voulut soulever son épée malgré tout, et l'arme tomba de sa main mutilée. Le prince Démon ne se retourna même pas. Il se posa avec élégance sur son trône de bois pourri, l'astrologue à sa droite, et regarda froidement ses ennemis à terre.

— Alors ? dit le prince Démon d'une voix légèrement irritante à l'oreille. N'avez-vous rien à me dire ? Après tout, vous attendez de me rencontrer depuis si longtemps ! Et toi, dragon ? Nous sommes pareils, toi et moi. Nous nous rappelons encore la jeunesse du monde. L'époque où nous étions puissants. Les choses ont changé depuis, depuis l'arrivée des hommes. Tu as vieilli, dragon. Tu es faible. La magie quitte le monde, et tu le quittais avec elle. Mais maintenant, la Lune Bleue est pleine, et la Magie sauvage est de retour. Oublie les humains. Sers-moi. Et tu verras la race des dragons retrouver sa place.

Le dragon leva lentement sa grande tête, luttant contre le geas qui le retenait prisonnier.

— Réponds-moi, dit le prince Démon.

— Va pourrir en enfer, dit le dragon. Julia et Rupert sont mes amis, et je ne les trahirai pas pour un prince des arbres morts.

Le feu jaillit de sa gueule avec un rugissement, et retomba au sol sans toucher qui que ce soit. Il crépita sur la mousse morte et s'éteignit.

— Animal idiot, dit le prince. Dors.

Les yeux du dragon se fermèrent et sa tête retomba lourdement au sol. Le prince Démon alla jusqu'à lui et lui donna un coup de pied dans la tête, puis un autre. Rupert vit le sang doré se mettre à couler.

Le prince commença à ramener ses jambes sous lui, luttant à chaque instant contre la compulsion qui le clouait au sol. Il voyait son épée, entre le roi et lui, mais elle était trop loin. Il aurait pu la rejoindre d'un bond, si le sort avait été plus faible. Rupert ramena lentement son autre jambe, et attendit avec rage que le geas se dissipe.

— Tu avais tout prévu, Thomas, dit le roi d'un air vide et abattu. C'est toi qui as empoisonné les autres sorciers. (L'astrologue gloussa de bonheur.) Pourquoi ? Pourquoi te retourner contre la Forêt ? Contre moi ?

— Réponds-lui, esclave. Son désespoir m'amuse.

— À cause de toi, John, répondit Thomas Grey. De toi et de ton satané trône. J'ai passé plus de trente années à te soutenir, à prendre les décisions à ta place, mais qu'est-ce que ça m'a rapporté ? Toutes ces années à vivre dans ton ombre, à faire ta sale besogne, pendant que tu avais la richesse et le pouvoir. J'aurai pu être quelqu'un, John ! J'aurais pu être quelqu'un, seul, sans toi. Un Sorcier Suprême, qui sait ? Mais j'ai tout abandonné pour toi, parce que tu avais besoin de moi. J'aurais fait un bien meilleur roi que toi. Beaucoup de gens me l'ont dit, mais je suis resté loyal. Tu étais mon ami. Puis, des années plus tard, je me suis rendu compte que je n'avais pas plus de pouvoir, de station ou de richesse qu'en arrivant à la Cour pour devenir ton astrologue !

John le regarda, les joues baignées de larmes.

— Thomas… nous étions amis depuis l'enfance…

— Tous les amis finissent par grandir.

— Me détestes-tu à ce point ?

— Plus que tu ne l'imagines, John. J'attends ce moment depuis des années. De nombreuses années.

— C'est toi… toi qui as suggéré le premier d'appeler le prince Démon !

— Bien sûr ! Avec son pouvoir, j'aurais pu devenir roi !

Il s'interrompit quand le prince Démon lui posa la main sur l'épaule et serra doucement. Le sang coula sur l'épaule de Thomas Grey, mais il ne fit pas un bruit quand les grandes griffes s'enfoncèrent sous la chair.

— Quel mortel idiot, à penser qu'il pourrait me contrôler, murmura le prince Démon. Tu étais à moi, corps et âme, dès le moment où tu as décidé de m'invoquer. Dès cet instant, tu es devenu mon agent, mon esclave, mon…

— Traître, murmura le roi.

— Les traîtres m'ont toujours bien servi, dit le prince Démon.

John pencha la tête et se détourna. En l'espace d'une seule journée, il avait perdu son royaume, son château et son plus vieil ami. Il ne paraissait pas possible de continuer à vivre avec une telle souffrance.

Rupert se hissa lentement sur les coudes. Le geas était presque dissipé, mais l'épée était trop loin. Le prince Démon l'arrêterait avant qu'il l'approche. Le roi, lui, était presque à côté de l'arme… Rupert fronça les sourcils. Le roi aurait besoin d'une diversion, pour détourner l'attention du prince Démon et de l'astrologue. Rupert sourit. Il ne pourrait peut-être pas attraper l'épée, mais il pourrait attraper le prince Démon. *Bon sang, ça va faire mal.* Il croisa le regard de son père et indiqua l'épée entre eux. Si le prince Démon s'approchait encore de quelques pas… L'astrologue eut un rire soudain, et le roi se tourna lentement vers lui.

— Alors, John ? railla Thomas Grey. Plus rien à me dire ? Pas de supplique de dernière minute, ou d'invocation de l'amitié que nous avons partagée ?

Le roi John le regarda sans répondre.

— Je vais devenir roi, dit Thomas Grey avec suffisance. Enfin, je vais être roi. Mon maître m'a promis ton trône en dédommagement. Ne t'inquiète pas, John. Je redresserai le royaume, et je le dirigerai comme il se doit. Et avec les démons pour me soutenir, tous les barons m'obéiront.

— Vous êtes fou, dit Julia. roi ? Roi de *quoi* ? Il ne reste que le Noirbois.

— Les choses ne vont pas rester ainsi. Je dirigerai la Forêt. Il me l'a promis.

— Quelle ambition mesquine, dit le prince Démon. Je t'avais proposé tous les royaumes de la Terre.

— Seule la Forêt m'intéresse, dit Thomas Grey. Depuis toujours. Et maintenant, je vais enfin être roi.

— Non, dit le prince Démon.

L'astrologue se retourna lentement vers la créature qui ricanait sur son trône pourri.

— Les rois m'ennuient. Je ne veux que des esclaves. Viens ici, esclave.

Thomas Grey secoua la tête.

— Mais je devais devenir roi. Roi de la Forêt ! Vous m'aviez promis !

Le prince Démon sourit de tous ses crocs.

— J'ai menti.

Il se leva d'un mouvement brusque et alla droit sur l'astrologue. Thomas Grey recula, puis se retourna et commença à courir. Il avait à peine couvert dix pas que la nuit se referma sur lui comme une cape vivante. Grey tomba à terre, enveloppé de ténèbres, et cria horriblement en sentant son corps se restructurer.

Les cris finirent par se taire, et le roi John regarda d'un air horrifié le démon qui avait été son ami. Une tête au front bas était posée sur de larges épaules musclées, et ses bras pendaient jusque sous ses genoux. Des poils gras et épais dépassaient des robes déchirées du sorcier. Dans ses yeux rougeâtres, une intelligence simple et retorse avait remplacé l'esprit humain qui y brillait jusqu'alors. Il regarda le roi sans le reconnaître, puis repartit vers son maître.

— Alors ? demanda le prince Démon au roi. Que pensez-vous de votre ami, à présent ?

Rupert s'élança et percuta le prince Démon. La créature chancela, mais reprit son équilibre au dernier moment. Rupert serra les bras autour de la poitrine du prince Démon et se cramponna de toutes ses forces.

— Père ! cria-t-il avec désespoir. Prenez l'épée ! Prenez cette satanée épée !

La tête du prince Démon se rabattit en avant, le long cou noueux s'étendant de manière impossible. Rupert n'eut qu'un aperçu de petites dents cruelles tendues vers sa gorge avant de se jeter en arrière. Les mâchoires claquèrent juste devant son visage, puis un genou osseux le frappa au flanc. Rupert grogna en sentant ses côtes se briser, puis le sol se précipita vers lui. Il roula lentement sur le ventre et se releva sur un coude, juste à temps pour voir Julia tenter de nouveau de prendre son épée. L'astrologue devenu démon lui donna un coup de poing dans le ventre, et la jeune femme retomba, le souffle coupé. Le démon gloussa. Le prince Démon s'avança lentement en riant. Rupert se prépara et jeta un regard à son père. Ce dernier n'avait pas bougé, et l'épée non plus.

— Père !

Le prince Démon s'arrêta devant le roi et lui sourit.

— Je ne pense pas qu'il vous entende, mon garçon. Il est brisé, à présent. Ce n'est plus qu'un esclave.

N'est-ce pas, John ? (Il souleva le roi par la gorge à bout de bras, souriant en le regardant se débattre faiblement, le souffle rauque.) *N'est-ce pas, John ?* Tu seras le plus vil de mes esclaves, petit lâche.

Le prince Démon attira le visage du roi contre le sien et rit de plus belle. Le roi lui cracha au nez. Avec un hurlement de rage, le prince Démon serra le poing. De l'autre main, il déchira la cotte de mailles du roi et lui enfonça ses griffes dans la poitrine, à la recherche de son cœur.

Rupert se releva maladroitement et se dirigea vers eux, puis l'astrologue-démon le percuta. Julia s'élança, souleva l'épée de Rupert et la lui lança. Rupert la saisit au vol et se retourna face à la créature qui grogna et recula lentement. Le prince Démon jeta le roi à terre et se dirigea vers Rupert avec un grand sourire. Le prince ne bougea pas, prêt au combat. Julia et John s'efforçaient de se relever, leur sang trempant la mousse sale. Même le dragon bougea dans son sommeil. Rupert déglutit. Il savait que l'acier ne suffirait pas à vaincre le prince Démon, mais il devait essayer. Il leva l'épée au-dessus de sa tête pour une dernière attaque désespérée, et sa rage, son espoir et son angoisse passèrent dans la lame et en jaillirent, jusque dans la longue nuit et au-delà, et le prince Démon cria de désespoir. Avec un rugissement de cascade, l'Arc-en-ciel s'abattit dans la clairière du Noirbois.

Des couleurs étincelantes repoussèrent la nuit. Rupert leva le visage et rit tout haut en sentant ses forces lui revenir. Des teintes vives brûlaient dans l'obscurité, repoussant le Noirbois. Rupert chercha le prince Démon du regard. Il apercevait juste une ombre dégingandée qui se débattait dans les couleurs, comme un insecte piégé dans l'ambre. Puis, sous ses yeux, l'ombre se dissipa. L'Arc-en-ciel brûla plus fort dans la nuit, et disparut.

Rupert abaissa lentement son épée et regarda le ciel nocturne. Il crut que rien n'avait changé, mais, une par une, les étoiles s'allumèrent, et la pleine lune dans le ciel brillait d'un argent pur. L'oppression du Noirbois était dissipée, comme si elle n'avait jamais régné, et déjà les premières lueurs de l'aube se déversaient dans les ténèbres. La longue nuit s'achevait enfin.

Rupert rengaina son épée et regarda autour de lui. Envolées, les mousses qui avaient couvert le sol de la clairière, remplacées par un épais tapis d'herbe habité d'une lumière intérieure. Le prince Démon était parti, emmenant avec lui la créature qui avait été autrefois l'astrologue. Assis, le dragon secouait la tête pour achever de se réveiller. Ses écailles d'émeraude brillaient vivement là où l'Arc-en-ciel l'avait touché. Julia se tenait à côté de lui, pliant avec bonheur ses doigts intacts et regardant autour d'elle avec émerveillement. Rupert la prit dans ses bras, et le soleil levant fut une bénédiction.

Assis à côté du trône pourri, le roi John se tenait la tête entre les mains, et pleurait la perte de son ami.

Chapitre 10

Fins et commencements

Dans la Forêt, les oiseaux chantaient. Les feuilles commençaient à apparaître dans les arbres, et l'air était plein d'odeurs saines et familières. Le soleil se déversait par la trouée qui s'ouvrait lentement dans la canopée, et le ciel du petit matin était si lumineux que Rupert en avait mal à l'œil. Au-dessus de la Forêt, le dragon planait sans effort sur les vents doux, ses écailles reflétant la lumière du matin. Enfin, Rupert sentait le soleil chasser le froid de l'hiver. Tout autour de lui, il entendait les animaux qui sortaient de leurs cachettes pour observer le retour de la Forêt. Et pourtant, pour chaque arbre qui se striait d'or et de vert, un autre était rongé de l'intérieur. Pour certains, l'Arc-en-ciel était arrivé trop tard.

— La moitié de la Forêt est morte malgré tout, dit Julia. Je pensais qu'une fois le prince Démon parti, tout retournerait à la normale.

— Même l'Arc-en-ciel ne peut pas rendre la vie, aux plantes comme aux humains. La plupart de ces arbres sont restés trop longtemps dans les ténèbres. Le Noirbois est parti, certes, mais il faudra des siècles à la Forêt pour se remettre des dégâts. Non, ma belle.

Nous sommes débarrassés du prince Démon, mais nous garderons son héritage.

Julia trébucha sur un objet à moitié caché dans l'herbe longue et le ramassa.

— Qu'est-ce que c'est ? demanda Rupert.

— Je ne sais pas trop. On dirait une corne, ou un os…

— Une corne ? Fais voir… (Trahie par ses doigts tout juste guéris, Julia faillit lâcher la corne. Rupert la saisit au vol et sourit.) Comment va ta main, ma belle ? Encore douloureuse ?

— Oui, dit Julia en se massant la paume. L'Arc-en-ciel a réparé les blessures, comme avant, mais il va me falloir beaucoup d'exercices pour pouvoir de nouveau manier l'épée.

— Je sais ce que c'est, dit Rupert.

Un mouvement trop soudain lui avait lancé une douleur préventive le long de ses côtes tout juste guéries une nouvelle fois.

— Dommage que l'Arc-en-ciel n'ait rien fait pour ton œil.

— Oui, ma belle. Mais d'un autre côté, je suis heureux d'être en vie. Ha, c'est bien ce que je pensais !

La corne dans sa main, longue de plus de cinquante centimètres et torsadée, était d'un ivoire craquelé et décoloré.

— De quoi s'agit-il ?

— D'une corne de licorne. De *ma* licorne. Il l'a perdue contre un démon dans le Noirbois, tu te rappelles ? Le prince Démon s'en est servi pour répandre la peste.

— Elle est encore dangereuse ? On devrait peut-être la détruire.

— Le Haut Sorcier saura quoi en faire. Je la lui donnerai en rentrant. Il pourra peut-être la rendre à la licorne.

— Rupert… Nous ne pouvons pas savoir si qui que ce soit a survécu à l'attaque des démons.

— Bon sang… Oh pardon, Julia… Je n'avais pas réfléchi. Je n'arrive pas à croire que tant de personnes aient pu mourir en si peu de temps.

Julia passa un bras sur les épaules de Rupert, et il la serra contre lui. Ils restèrent un moment ainsi, regardant autour d'eux, appréciant le soleil et la fraîcheur de l'air pur. Perdus dans le moment, ils tentèrent d'oublier les horreurs de la nuit.

— Difficile de croire que tout est enfin fini.

— Ce n'est pas fini. (Le roi John, assis en lisière de la clairière, regardait le sol sans le voir.) Le prince Démon n'est pas mort. L'Arc-en-ciel l'a simplement chassé. Puisque l'astrologue et moi étions responsables de sa venue, nous sommes les seuls à pouvoir le bannir. Un jour, le prince Démon reviendra. Même s'il lui faut des siècles, il reviendra.

Rupert et Julia attendirent, mais le roi n'avait rien à ajouter. Il n'avait pas élevé la voix, ni relevé les yeux.

— Eh bien, finit par souffler Rupert, même si vous avez raison, Père, s'il lui faut des siècles pour revenir, je ne vois pas ce que nous y pouvons. Tant que nous prenons garde à ne pas perdre l'épée de l'Arc-en-ciel.

— Oui, admit Julia. Nous avons sauvé la Forêt, et c'est le plus important. Rupert…

— Oui ?

— Je peux te poser une question ?

— Bien sûr.

— Pourquoi m'as-tu dit que l'épée de l'Arc-en-ciel ne fonctionnait plus ?

Rupert sourit, un peu honteux.

— Juste avant de commencer la Course à l'Arc-en-ciel, le dragon m'avait expliqué que, si j'arrivais au bout, je trouverais ce que je désirais vraiment. Mais que cela ne serait peut-être pas ce que je pensais. Quand j'ai fait la Course à l'Arc-en-ciel, je voulais quelque chose qui pourrait m'aider à sauver mes amis et toi. Et c'est ce qu'on m'a donné. La fois suivante, dans la mine de Minebourg, je n'avais que moi à sauver. Donc, ça n'a pas marché. Cette fois, je me fichais de ce qui m'arriverait. Je voulais simplement vous sauver du prince Démon, mon père et toi. Donc l'épée a fonctionné. C'est très simple, en fait, quand on y réfléchit.

— Si c'est aussi simple, pourquoi n'y as-tu pas pensé plus tôt ?

— Je n'ai pas eu beaucoup de temps pour réfléchir, ces derniers jours.

Ils échangèrent un sourire, puis se retournèrent quand un rugissement déchira l'air du matin, faisant taire les oiseaux. L'air frissonna et s'ouvrit, et d'un tunnel argenté sans fin sortit le Haut Sorcier. Il descendit lentement jusqu'au sol, et la déchirure se ferma derrière lui. Rupert et Julia s'avancèrent vers lui avec un grand sourire, et lui donnèrent une claque dans le dos. Rupert finit par reculer et regarda le sorcier. Ses cheveux et sa moustache étaient d'un blanc de neige, et il paraissait encore plus vieux et fragile que quand Rupert l'avait rencontré.

— Eh bien, messire sorcier… Vous avez l'air… euh…

— Oui, je sais. Voilà ce que je gagne à être sobre et convenable.

— Ha ! Bon. Que s'est-il passé après notre départ du château ? Nous avons tout juste eu le temps de voir les démons qui déferlaient.

Le sorcier haussa les épaules.

— Ils ne sont pas restés assez longtemps pour faire des dégâts. Nous nous sommes tous retirés dans le château et avons formé des barricades. Puis les démons ont commencé à se battre entre eux. Sans le prince Démon pour maintenir la cohésion de la horde, il n'a pas fallu longtemps pour que les démons se comportent de nouveau comme les animaux irraisonnés qu'ils sont. La plupart sont morts aux mains de leurs frères, et les gardes ont chassé les autres sans trop de problèmes. Je doute que les survivants durent longtemps dans la Forêt, maintenant qu'ils n'ont plus d'ombre où se cacher. Mais dites-moi… comment avez-vous tué le prince Démon ?

— Avec ceci, dit Rupert en lui montrant son épée. Je l'ai trouvée au pied de l'Arc-en-ciel. Elle appelle l'Arc-en-ciel.

— Pourquoi ne m'avez-vous pas dit que vous aviez l'épée de l'Arc-en-ciel ?

— Nous ne sommes pas tout à fait sûrs que le prince Démon soit mort, dit Julia. Le roi John dit que nous l'avons simplement banni.

— Avec une créature comme le prince Démon, il est difficile d'être certain de quoi que ce soit. Puisqu'il n'est jamais né, il ne peut pas vraiment mourir. Je ferais mieux d'étudier le sujet d'un peu plus près.

Ils se turent et profitèrent du spectacle autour d'eux. La Forêt était illuminée de couleurs, et partout l'on entendait les oiseaux et les animaux reprendre le cours de leur existence.

— Heureux de voir que vous avez retrouvé vos pouvoirs, messire sorcier, dit enfin Rupert.

— Oui. C'était une belle téléportation, hein ? Maintenant que la Magie sauvage est repartie, le reste de mes pouvoirs me répond enfin.

— Que se passait-il, au château, lorsque vous êtes parti ? demanda Julia. Il y a eu beaucoup de morts ?

— Quelques-uns, concéda le sorcier. Surtout sur les fortifications. Mais la plupart des nôtres sont rentrés sans encombre. Ils commençaient tout juste à nettoyer quand je suis parti.

— Ça va prendre du temps, dit Rupert.

— Oh, je ne sais pas, dit Julia. Harald fera en sorte que tout le monde soit occupé.

Rupert sourit, connaissant l'amour qu'avait son frère pour l'organisation et les ordres. Le Haut Sorcier remarqua la façon dont Rupert et Julia se tenaient, l'un contre l'autre, et sourit.

— Si je comprends bien, le mariage d'Harald est vraiment annulé ?

— Définitivement. Julia et moi sommes…

— C'est ce que je vois. J'espère que vous serez très heureux.

— Eh, attendez un peu, protesta Julia. Je n'ai pas mon mot à dire ?

— Non, répondit Rupert avant de clore ses lèvres d'un baiser.

Quand ils se séparèrent, Julia arborait un sourire tendre.

— Tu me paieras ça, dit-elle calmement.

Puis elle l'embrassa de nouveau. Le Haut Sorcier patienta un instant, et, quand il devint évident que Rupert et Julia ne pensaient plus que l'un à l'autre, il s'approcha du roi John et se tourna face à la Forêt.

— John…

— Je sais. Tu vas repartir, n'est-ce pas ?

— Oui. Je te téléporte au château, et je repars. La magie est en train de quitter le monde, et le temps me rattrape.

— Tu t'apitoies sur toi-même ?

— Un petit peu, oui… Je ne devrais pas me plaindre. Au moins, comme ça, j'aurai fini ma vie avec une dernière grande aventure.

— Une dernière aventure, dit le roi. Oui, c'est une bonne façon d'en finir. Je ne retourne pas non plus au château. Tu sais que Thomas Grey est mort ?

— Oui. Je sais.

— Il m'a trahi, il a trahi le pays, et à la fin, il a dit que tout était de ma faute. De plus en plus, je pense qu'il avait raison. La confiance que j'ai donnée à Thomas était excessive. Mais ce n'est qu'une des nombreuses erreurs que j'ai faites. Je ne retournerai pas au château.

» Je n'ai jamais demandé à être roi. Tout ce travail, les problèmes, les responsabilités sans fin… J'ai fait de mon mieux, mais ça n'a jamais suffi. Et maintenant, de plus en plus, la Forêt va avoir besoin d'un roi fort. Il y a tant à faire ! Superviser l'aide aux villes et aux villages dévastés, sauver ce que l'on peut des récoltes ravagées, rétablir le contrôle sur les barons. Enfin, remettre tout le pays sur pied, en quelque sorte. Et je ne suis pas de taille. Que quelqu'un d'autre s'en charge. Rupert ou Harald. Ils feraient tous les deux un bon travail.

» Moi, je veux qu'on me laisse tranquille. Dans la Forêt, je trouverai peut-être une certaine paix. L'absolution. Une façon de vivre avec les souvenirs de ce que j'ai fait. Et de ce que je n'ai pas fait.

— John...

— Au revoir, sorcier. Je ne ferai pas mes adieux à Julia et Rupert. Sinon, je ne pourrais pas partir. Tu devras trouver le moyen de le faire à ma place. Je ne les reverrai pas.

Il sourit et partit dans la Forêt. Le sorcier le regarda en silence tandis qu'il disparaissait dans les ombres vertes, entre les arbres. Rupert et Julia remarquèrent soudain que le roi avait disparu, et rejoignirent le Haut Sorcier.

— Où est mon père ? demanda Rupert.

Le Haut Sorcier se retourna et s'inclina avec respect devant lui.

— Votre père est mort, Rupert. Le roi est mort. Vive le roi Rupert du royaume de la Forêt.

Il était 3 heures du matin, et le château était profondément endormi. Les étoiles brillaient de mille feux dans le ciel nocturne, et la pleine lune illuminait la cour comme en plein jour. Quelques gardes fatigués patrouillaient sur les fortifications, mais il n'y avait que des ombres dans la cour vide. Rupert descendit discrètement les marches de l'entrée, puis traversa la cour rapidement, sans bruit. Il se pressa contre le mur intérieur et attendit que sa respiration se calme et que ses yeux s'habituent au changement de luminosité.

Les gardes passaient lentement d'un poste à l'autre, regardant de temps en temps la Forêt. Aucun ne jeta le moindre coup d'œil à la cour. Rupert poussa un long soupir de soulagement et bougea les épaules pour caler son sac à dos plus confortablement. Il longea le mur jusqu'à la vieille écurie, toujours dans l'ombre, et frappa à la porte deux coups, séparés par une pause. La porte s'écarta juste assez pour qu'il entre.

Julia découvrit sa lanterne, et une lumière jaune se répandit lentement dans l'écurie. Deux chevaux sellés attendaient patiemment dans leur box pendant que la licorne regardait autour d'elle, nerveuse. Rupert vérifia rapidement les volets pour s'assurer qu'ils ne risquaient pas d'être découverts, puis s'adossa à la porte et se détendit un peu.

— Tu es en retard ! siffla Julia. Où étais-tu ?

— J'avais deux ou trois choses à faire.

— Par exemple ?

— J'ai laissé l'épée de l'Arc-en-ciel à l'Armurerie. Au cas où Père aurait eu raison et que le prince Démon revienne un jour.

— Oui, bon, l'épée leur sera sans doute plus utile qu'à nous. Tu as pris une autre arme ?

— Bien sûr.

— Et tu as vérifié les gardes à la porte ?

— Oui, Julia. Ils me sont tous loyaux. Et, oui, le dragon nous attend dans la Forêt. Mais calme-toi un peu. Tout va bien se passer. Et toi, tu es prête ?

— À peu près. Tu as décidé où nous allions ?

— Pas vraiment. Le plus important, c'est de sortir de cet asile de fous. Le roi n'est pas mort depuis un jour que les vautours se rassemblent déjà. Il y a presque plus de factions que de personnes à la Cour. Plus tôt je partirai, mieux ce sera.

— Il y a toujours un risque qu'on nous coure après.

— J'en doute. Sans moi, Harald aura le champ libre. Si je ne partais pas, il me ferait sans doute exiler ou tuer.

— Si on ne se met pas en route, intervint la licorne, quelqu'un va finir par nous surprendre. Et Harald vous fera sans doute pendre tous les deux pour vol de chevaux.

— Harald ne nous en voudra pas pour deux chevaux. Enfin, si, mais il ne fera rien.

— Et pourquoi veux-tu deux chevaux ? demanda la licorne d'un ton blessé. Le sorcier m'a remis sur pied avant de partir. Je pourrais très bien te porter.

— Eh bien, en fait, il y a une raison…

— Ah oui ? Et quoi donc ? J'attends…

— Je ne peux plus monter sur une licorne…, dit Rupert en rougissant. Plus maintenant. Je ne suis plus… qualifié. Tu vois, Julia et moi…

— D'accord, d'accord, j'ai compris. Vous avez fait la fête toute la nuit, c'est ça ?

— Voilà. Mais nous voulons quand même que tu nous accompagnes, dit Rupert. Tu te souviens, je t'ai promis de t'aider à retrouver ton ancien troupeau ?

— Oui, oui, je me rappelle. Mais après ça, où irez-vous ?

— Je ne sais pas. Pourquoi ?

La licorne renâcla et secoua la tête.

— Si tu crois que je vais vous laisser vagabonder seuls, vous êtes fous. Vous ne tiendriez pas dix minutes, sans moi, et vous le savez. Il faudra bien quelqu'un pour vous chaperonner.

Rupert et Julia rirent et étreignirent la licorne à tour de rôle. La lampe lança des reflets dorés sur sa corne.

— Eh, Rupert, fit Julia. Qu'est-ce que tu as dans ton sac à dos ?

— Une autre raison d'être en retard.

Il posa son sac et l'ouvrit sur un tabouret. Julia jura vertement. Le vieux sac à dos en cuir contenait des centaines de pierres précieuses. La princesse tendit la main, en prit une poignée et les laissa tomber entre ses doigts.

— Où as-tu trouvé tout cela, Rupert ? Il y a une fortune !

— C'est une partie du trésor que le sénéchal et toi avez trouvé. Avec toutes ces aventures, personne n'a pensé à le mettre à l'abri. On l'a juste flanqué dans une salle de rangement, avec un cadenas et un sort de protection simple sur la porte. Un sort lié à la famille royale. Et puisque nous manquons de gardes, personne n'a été posté devant. Donc j'ai bien choisi mon moment, j'ai ouvert le cadenas et je me suis servi. Le temps qu'Harald comprenne, nous serons loin.

Il referma le sac et le remit sur son dos en grognant.

— Maintenant que mon père est… parti, je pense que j'ai droit à un héritage. Et voilà.

Julia lui posa la main sur le bras.

— Nous ne sommes pas certains qu'il soit mort, Rupert. On n'a pas retrouvé son corps, et le sorcier a disparu.

— Je n'arrive pas vraiment à croire qu'il ait disparu. Mon père a toujours été là. Il faisait partie de ma vie, autant que la nourriture, le sommeil ou le devoir. Nous n'avons jamais été… proches, mais c'était volontaire.

Et maintenant, alors que je commençais tout juste à le connaître, à l'apprécier… Il est mort, Julia. Ça ne fait aucun doute. Il n'aurait pas abandonné le pays. Jamais de la vie.

— Mais toi, il n'y a plus rien qui te retienne ici.

— Non. Et il est temps de nous mettre en route, d'ailleurs, dit-il en se détournant pour cacher son visage.

— Attends un peu, dit Julia. Imaginons qu'Harald ne nous envoie pas une armée aux trousses pour récupérer ses pierres précieuses, tu as une idée de ce que nous allons faire ?

— Pas vraiment. Je n'ai jamais eu à me demander comment j'allais gagner ma vie. Les pierres devraient nous aider.

— Oui. On pourrait s'acheter une taverne.

— Non, les horaires sont trop envahissants…

— Ou une ferme ?

— Trop de travail physique.

— Alors, que voudras-tu faire ?

— Je ne sais pas, ma belle. Mais je préférerais quelque chose qui ne m'oblige pas à utiliser une épée. J'en ai assez.

— Ça, je suis d'accord. Au moins tant que ma main ne sera pas redevenue normale.

— Allons-y, dit Rupert. Je ne me sentirai en sécurité que quand j'aurai mis plusieurs kilomètres entre le château et moi.

— Rupert… rien ne nous oblige à partir, tu sais. Tu pourrais rester et devenir roi. Après tout ce que tu as fait pour le pays, tu n'aurais aucun mal à trouver du soutien.

— Je ne veux pas être roi, répondit Rupert. Ça ne me conviendrait pas. Et puis il sera assez difficile de reconstruire le royaume sans le déchirer par une guerre civile. J'ai risqué ma vie pour le sauver, je ne veux pas le détruire. Non, Julia. Pour le bien de la Forêt, je dois partir. C'est mon dernier devoir. Alors, enfin, je serai libre.

— Et tu es satisfait de laisser Harald sur le trône ?

— Oui. Malgré tous ses défauts, et il en a sa dose, il fera un bon roi. Certainement meilleur que je le serais jamais.

— Je suis on ne peut plus d'accord. (Rupert et Julia se retournèrent. Harald était appuyé contre la porte fermée de l'écurie.)

Tu aurais dû verrouiller la porte, mon garçon. Tu deviens imprudent.

— N'essaie pas de nous arrêter, Harald.

— Bien sûr, petit frère. Comme tu l'as dit, la Forêt se passera très bien de toi. Mais la princesse Julia, c'est une autre histoire.

— Ah oui ? s'étonna l'intéressée.

— Vous n'irez nulle part, Julia. Vous resterez ici, et deviendrez ma reine.

— Ou pas. Notre mariage était arrangé, signé sans mon consentement. En ce qui me concerne, il est désarrangé. Ne vous inquiétez pas pour mon père. Les Bas-Coteaux ont dû souffrir au moins autant que nous du Noirbois. Il aura bien trop de soucis pour envahir la Forêt. Et, si vous ne cherchez qu'une alliance, j'ai des sœurs…

— Ce n'est pas elles que je veux, mais ce qui me revient. Vous.

— Harald, répondit Julia avec fermeté. Le mariage est annulé. Entre le couvent et vous, je choisis la cornette. C'est clair ?

— Comment pouvez-vous dire cela après ce que nous avons vécu ? Vous avez bien tout dit à Rupert ?

— Ce n'était pas la peine, dit le prince cadet. J'étais à peine rentré au château depuis une heure que tes amis prenaient toutes les peines du monde pour s'assurer que je savais qu'elle avait partagé ton lit pendant mon absence. Et tu sais quoi, Harald ? Je m'en fiche. Elle me croyait mort, et tu as toujours su être charmant. Non, Harald, l'important, c'est qu'elle m'a choisi, moi. Pas toi, *moi.* Parce qu'elle m'aime autant que je l'aime.

— C'est ça, dit Julia. Je ne parierais rien sur vous, Harald.

— Nous partons, dit Rupert. Écarte-toi.

— Je vous ferai pendre.

Il voulut prendre son épée, et Rupert lui donna un coup de poing dans la bouche. Harald s'affala contre la porte fermée, déséquilibré, et Rupert lui planta son poing dans le ventre. Harald se plia en deux, et Julia lui assena un coup sur la nuque. Harald tomba au sol, immobile. Rupert s'agenouilla pour vérifier son pouls, puis se releva en souriant.

— Il va s'en souvenir en se réveillant… Tu sais, ça fait longtemps que j'attendais de faire ça.

— Et moi donc… Et moi donc.

— Je regrette de gâcher ce beau moment, dit la licorne, mais il me semble assez improbable qu'Harald soit venu seul. Vous feriez mieux de vérifier s'il y a des gardes, non ?

Rupert alla plaquer l'oreille contre la porte, pendant que Julia masquait sa lanterne. Tout resta un instant silencieux, à l'exception des mouvements des chevaux et du murmure du cuir contre l'acier quand les deux amoureux tirèrent leurs épées.

— Alors ?

— Je n'entends rien, répondit Rupert.

— Je refuse qu'on m'arrête si près du but.

— Moi aussi. Prête ?

— Prête.

Rupert ouvrit la porte et s'élança dans la cour. Dehors, une dizaine de gobelins s'occupaient de dépouiller la demi-douzaine de gardes inconscients. Le plus petit des gobelins leva les yeux, surpris, puis sourit à Rupert.

— Bonjour m'sieur l'Prince. Comment ça va ?

— Bien mieux maintenant que je vous vois. Mais nous ferions mieux de rentrer ces gardes dans l'ombre, non ? Ils sont un peu voyants, ici.

— Quand le reste sera fini, répondit-il en faisant glisser la chevalière d'un garde. Les seuls qui pourraient nous voir sont les gardes des fortifications, et j'ai quelques gars qui les occupent, au cas où.

— Mais qu'est-ce que vous faisiez par ici à cette heure ? demanda Julia sans rengainer son épée.

Elle regarda autour d'elle, et adressa un regard noir à un gobelin un peu trop proche. Il recula en vitesse.

Le plus petit des gobelins sourit d'un air triomphant en glissant la chevalière à son pouce, puis prit un air piteux.

— Eh bien, vous n'étiez pas les seuls à préparer une sortie définitive. Il ne nous a pas fallu beaucoup de réflexion pour savoir que une fois le combat fini, les gobelins seraient à peu près aussi bien accueillis qu'une épidémie de poux. Donc, nous avons décidé de regrouper nos familles, de prendre tout ce qu'on pourrait porter et de filer en douce. Nous n'avons aucune raison de rester. Vous êtes notre seul ami à la Cour. Et avec votre frère sur le trône… Enfin, nous avons vu que vous aviez des soucis, et nous avons voulu vous donner un coup de main. En souvenir du bon vieux temps…

— Merci. Où allez-vous ?

— On retourne dans la Forêt. Nous n'aimons pas beaucoup les villes. Les murs nous rendent nerveux. Et puis j'ai trouvé de grandes idées pour piéger les voyageurs. On ne change pas une équipe qui gagne, comme je dis toujours.

— Bonne chance, répondit Rupert en lui serrant la main.

— Bonne chance vous-même, m'sieur l'Prince. Vous êtes quelqu'un de bien. Pour un humain.

À son signal, les gobelins tirèrent les gardes dans l'ombre. Après quelques instants, il ne restait rien pour indiquer leur présence. Le plus petit des gobelins lança à Rupert un salut brusque, souffla un baiser à Julia, et disparut dans l'ombre.

— Filons d'ici, dit la princesse. Cette cour devient aussi animée qu'un marché.

Rupert hocha la tête, et retourna dans l'écurie. Julia mena les chevaux dans la cour pendant que Rupert ligotait Harald, le bâillonnait, et prenait soin de faire du très bon travail. Il finit par le caler dans un coin caché et particulièrement sale, puis la licorne et lui rejoignirent Julia et les chevaux. Des sacs attachés autour des sabots étouffaient les bruits au maximum, mais Rupert se sentait malgré tout très exposé et vulnérable. Il regarda autour de lui, saisit les rênes de son cheval et traversa lentement la cour vers les portes. Julia le suivait de près, et la licorne fermait la marche. Les sons paraissaient incroyablement forts dans le silence, et Rupert espérait que les gardes des fortifications étaient encore occupés par les gobelins. Julia se rangea à sa hauteur en arrivant devant le bastion. Quatre gardes se tenaient devant la porte, pique dressée.

— Ce sont tes hommes ? demanda Julia.

— Oui.

— Tu es sûr de pouvoir leur faire confiance ?

— Bien sûr. Ils sont revenus du Noirbois avec moi. Je leur confierais ma vie.

— C'est ce que nous faisons, d'ailleurs, souffla la licorne.

Les gardes saluèrent Rupert d'un hochement de tête respectueux et abaissèrent leurs piques.

— Nous commencions à nous demander si vous viendriez, Sire, dit Rob Hawke.

— J'avais quelques affaires à régler. Un problème de votre côté ?

— Pas pour l'instant. Vous avez tout ce qu'il vous faut ?

— À peu près.

— Alors mettez-vous en route, avant que l'officier fasse sa ronde.

Les quatre gardes firent coulisser les lourds verrous d'acier et ouvrirent la porte en grand. Le bois, griffé et creusé, tenait toujours bon. Les gardes revinrent et Rupert leur serra à tous la main.

— Bonne chance, Sire, dit Hawke.

— Merci. Mon frère se repose dans la vieille écurie, pour le moment. Vous pourriez le découvrir dans un moment.

— Oh, bien sûr. Enfin, rien ne presse, n'est-ce pas ?

— Vous n'aurez pas de problème pour nous avoir laissé passer ?

— J'en doute. C'est un tel bazar que personne ne sait vraiment où il est affecté. Et plus encore pour les gardes.

— Écoutez… vous pouvez venir avec nous, si vous voulez.

— Merci, mais non. Le nouveau roi aura besoin d'autant de gardes que possible pour remettre le pays sur pied. Et donc, cela fera de l'argent et des promotions pour les anciens comme nous. Et puis, nous avons nos terres à protéger, n'est-ce pas ? Vous nous les avez données, et le vieux roi a ratifié le décret en personne, juste avant le dernier combat. Qui sait, nos descendants pourraient finir seigneurs ou barons, un jour.

— Cela fera du mouvement, dit Rupert, suscitant des rires généraux.

Rupert et Julia se mirent en selle et avancèrent vers le bastion, la licorne les suivant. Les portes se refermèrent derrière eux et ils passèrent sous la herse dressée, et sur le pont-levis abaissé. La glace avait presque disparu des douves, mais Rupert ne vit aucun signe du monstre. Il poussa son cheval, et bientôt Rupert, Julia et la licorne furent entre les premiers arbres au bord de la clairière. Derrière eux, le pont-levis se releva en silence. *Heureusement que j'ai ordonné de tout graisser*, se dit Rupert. *En temps normal, ces rouages font un bruit d'enfer*. Il se dit que ce serait sans doute le dernier ordre qu'il donnerait de sa vie. Il ne savait pas trop ce que cela lui inspirait, si ce n'est du soulagement. Il mena sa troupe dans la Forêt jusqu'à ce que le château ne soit plus en vue. Puis il tira les rênes de son cheval. Julia et la licorne s'arrêtèrent à son côté.

— Dragon ? Où es-tu ?

— Ici, dit l'intéressé en sortant d'entre les arbres, à sa gauche.

Les chevaux le virent du coin de l'œil et voulurent prendre la fuite. Rupert et Julia les firent rester en place, et leur murmurèrent à l'oreille pour les calmer.

— Désolé, dit le dragon en s'avançant.

— Quoi que tu fasses, ne leur souris pas, prévint Rupert en voyant que sa monture se calmait. Je ne pense pas qu'ils survivraient. Tu es prêt à partir ?

— Bien sûr. Au fait, tu penses qu'on pourrait s'arrêter à ma montagne pour que je prenne ma collection de papillons ? J'ai vu des spécimens fascinants, et j'aimerais beaucoup en recueillir.

— Volontiers, dit Julia. Pourquoi pas ?

— Bien. Vous savez, je pense que je vais être très content de faire ce voyage. Où que vous alliez. Vous êtes les deux humains les plus intéressants que j'aie rencontrés depuis des siècles. Toujours au cœur de l'action. Où que nous allions, je doute qu'on s'ennuie.

Rupert regarda le ciel d'un œil expert.

— Le soleil ne va pas tarder à se lever. Nous ferions mieux d'avancer. Quelque part, hors de la Forêt, il y a des territoires qui n'ont jamais entendu parler du royaume de la Forêt. Allons les visiter.

— En route, dit Julia.

Ils s'engagèrent sur la piste poussiéreuse qui s'enfonçait dans la Forêt, et passèrent de l'histoire à la légende. Et quoi qu'ils aient fait, où qu'ils soient allés, et quoi qu'ils aient trouvé, Rupert, Julia, le dragon et la licorne firent front ensemble. Comme des héros.

Achevé d'imprimer en septembre 2009 par CPI-Hérissey

N° d'impression : 112494 - Dépôt légal : septembre 2009

Imprimé en France

81120210-1